外国文学名著丛书

〔法〕巴尔扎克/著

欧也妮·葛朗台
高老头

傅 雷/译

"外国文学名著丛书" 编委会

人民文学出版社
PEOPLE'S LITERATURE PUBLISHING HOUSE

Honoré de Balzac
EUGÉNIE GRANDET
LE PÈRE GORIOT
根据 Editions Classiques Garniers，Paris，1950 年版本译出。

图书在版编目（CIP）数据

欧也妮·葛朗台 高老头／（法）巴尔扎克著；傅雷译. — 北京：人民文学出版社，2019（2025.5 重印）
（外国文学名著丛书）
ISBN 978-7-02-014678-9

Ⅰ.①欧… Ⅱ.①巴…②傅… Ⅲ.①长篇小说—小说集—法国—近代 Ⅳ.①I565.44

中国版本图书馆 CIP 数据核字（2019）第 045350 号

责任编辑　黄凌霞
装帧设计　刘　静
责任印制　王重艺

出版发行　人民文学出版社
社　　址　北京市朝内大街 166 号
邮政编码　100705

印　　刷　河北新华第一印刷有限责任公司
经　　销　全国新华书店等

字　　数　329 千字
开　　本　850 毫米×1168 毫米　1/32
印　　张　15.75　插页 3
印　　数　27001—31000
版　　次　1980 年 3 月北京第 1 版
印　　次　2025 年 5 月第 8 次印刷

书　　号　978-7-02-014678-9
定　　价　55.00 元

如有印装质量问题，请与本社图书销售中心调换。电话：010-65233595

巴尔扎克

出版说明

人民文学出版社自一九五一年成立起,就承担起向中国读者介绍优秀外国文学作品的重任。一九五八年,中宣部指示中国科学院文学研究所筹组编委会,组织朱光潜、冯至、戈宝权、叶水夫等三十余位外国文学权威专家,编选三套丛书——"马克思主义文艺理论丛书""外国古典文艺理论丛书""外国古典文学名著丛书"。

人民文学出版社与中国科学院文学研究所,根据"一流的原著、一流的译本、一流的译者"的原则进行翻译和出版工作。一九六四年,中国社会科学院外国文学研究所成立,是中国外国文学的最高研究机构。一九七八年,"外国古典文学名著丛书"更名为"外国文学名著丛书",至二〇〇〇年完成。这是新中国第一套系统介绍外国文学作品的大型丛书,是外国文学名著翻译的奠基性工程,其作品之多、质量之精、跨度之大,至今仍是中国外国文学出版史上之最,体现了中国外国文学研究界、翻译界和出版界的最高水平。

历经半个多世纪,"外国文学名著丛书"在中国读者中依然以系统性、权威性与普及性著称,但由于时代久远,许多图书在市场上已难见踪影,甚至成为收藏对象,稀缺品种更是一书难求。在中国读者阅读力持续增强的二十一世纪,在世界文明交流互鉴空前频繁的新时代,为满足人民日益增长的美好生活的需要，人民文学出版社决定再度与中国社会科学院外国文学研究所合作，以"网罗经典，格高意远，本色传承"为出发点，优中选优，推陈出新，出版新版"外国文学名著丛书"。

值此新版"外国文学名著丛书"面世之际，人民文学出版社与中国社会科学院外国文学研究所谨向为本丛书做出卓越贡献的翻译家们和热爱外国文学名著的广大读者致以崇高敬意！

"外国文学名著丛书"编委会

二〇一九年三月

编委会名单

目　次

译 本 序

奥诺雷·德·巴尔扎克(Honoré de Balzac)生于一七九九年五月二十日,是法国都尔人。他活到一八五〇年八月十八日,在巴黎弃世。《欧也妮·葛朗台》与《高老头》是他总称为《人间喜剧》的作品中的两部。《人间喜剧》由约莫九十部长篇和中短篇小说所构成。巴尔扎克第一次正式用他的名字发表作品是一八二九年,当时他已经三十岁了。他经过长达十年的摸索、学习以后,给法国小说开辟了一个新天地,给后人建立了一个直到现在想摆脱而摆脱不掉的现实主义传统。在他以前,法国有它自己的小说传统,无论是书信体、自传体、叙述体、对话体,都给人一种故事的感觉:它反映社会某个角落、某个状态、某种情调,然而不是牵一发而动全局的感觉。他在《拜耳先生研究》中曾经讲起他的抱负:"我不相信十七、十八世纪文学的严峻方法描绘得了现代社会。在我看来,把戏剧成分、形象、画面、描写、对话介绍到现代文学里头,是势不可免的。"资产阶级革命已经结束了法国的封建社会,而法国文学却还没有跳出老一套创作方法。针对这种情况,他决定要用全部文学手段来反映他要写的整个时代的这一社会的全貌。他尽到了他自许的历史的"秘书"的职责,这是他在《人间喜剧》"前言"中许的愿。他用那么多人物,那么多杰作还了他的愿,而他的时代却欠下他的情分,涨红着脸,低着头,就是不给他荣誉,不给他公道。

他活着的时候,国家学会不要他,因为他是一个负债的作家;正人君子不容他,因为他是一个负债的作家;一八四八年的革命议会不要他,因为他是一个"反动的"不体面的作家,跟不上"社会主义"的风头,不像欧仁·苏那样写一部《巴黎的秘密》,也不像乔治·桑那样写几部贵族妇女下嫁工人的"社会主义"小说。他活着的时候追求了十七年的波兰贵妇人,在他死前只是出于怜悯,而不是为了早年爱他的感情嫁给他。我们今天能读到他的著述,能读到经过许多学者钻研之后整理出来的一切有关文字,全仗着一位有心的外国人——比利时的子爵洛万儒(Lovenjoul)到处搜购才建立起来的巴尔扎克图书馆。学者们在这里以绝大的耐心和毅力,在馆长布特隆(M. Bouteron)的协助下,对巴尔扎克的未了事业付出多少心血!

他的父亲本来姓巴尔萨(Balssa),一七四六年生在一个农民家庭,成了这个农民家庭中的第一个知识分子。一七七六年,他为了向上爬,和十七世纪书信家巴尔扎克接上了宗,便以这个姓在路易十六驾下的庞大松散的政务会议里当上了一名并不高贵的秘书,直到一七九四年四月革命政府废除政务会议为止。后来,他又投入资产阶级革命阵营,一七九五年被任命为国家第二十二师的粮食部部长,于是一七九七年,这位五十一岁的新郎带着他的十九岁的新婚夫人去了师部所在地都尔,一直活到一八二九年,可以说是四世为人了。

巴尔扎克的母亲是巴黎一位富商萨朗毕耶(Sallambier)的女儿。在所有人中,怎么会看上比她大三十二岁的官儿,别人也难以揣测。他们的"头生"由她自己乳养,活了三十三天就夭折了,长子的名分于是留给了我们的大小说家巴尔扎克。她讨厌这个孩子,把他交给外人抚养。母亲喜欢最小的儿子亨利,这是她的私生子。

一八一四年底,全家人搬回巴黎,老头子被任命为第一师的粮食部部长。这期间巴尔扎克中学毕业,在一家律师事务分所当小练习生,同时在巴黎大学法学院听课。一八一九年初,他得到法学士证明书。可是,尽管父亲这时正被迫退休,他却不肯进法律界,偏要做出路渺茫的文学家。孩子很固执,家里人拗他不过,只好允许他独自留在巴黎,而全家搬到巴黎的东郊居住。这是他最苦闷不过的时期。一个人住在阁楼里,冬天没有煤火,还得想主意把戏写成。他赶时髦,用克伦威尔做题材,把他写成一个冷酷的有野心的阴谋家。他还想把戏写成诗剧。他向大妹诉苦道:"克雷毕庸(Crébillon)①让我稳住神,伏尔泰吓得我发呆,高乃依使我振奋,拉辛叫我绝望。"②他煎熬了一年,写成诗剧,读给全家和行家听,失败了。他不认输,宁可和人合作,写流行的通俗小说维持生活。一八二二年四月三日他给大妹写信,说他看出了"《克伦威尔》分文不值,连怀胎都不够格"。

这个不懂人情世故和阴谋诡计的幻想家,总在想找门道发财,却总发不了财。他搞印刷所,欠下母亲五万多法郎;他办铸字局,亏了本,不得不盘给他的债主——他的老情人的儿子,眼睁睁地看着人家靠它赚钱。他回到创作已经三十岁了。

①　克雷毕庸是法国十八世纪的悲剧家,以情节悲惨取胜。

②　巴尔扎克:《致洛尔》(1819 年 11 月),《巴尔扎克通信集》,第一册,加尔尼耶(Garnier)出版社印行,共五册。

他开始发表《人间喜剧》的头几部著作,从而结束了他苦磨苦炼的学习。他的《驴皮记》引起即将去世的大诗人歌德的注意。这位老人被迫为读完《驴皮记》安排他的读书日程,考虑"怎样才能在今天晚上读完它的第二部"。巴尔扎克的新手法吸住了他。"这是最新风格的一部优秀作品,特色是它在不可能的欲望与痛苦之间忽前忽后活动的气势与巧妙,并以这种逻辑方式借助于神怪之物,产生思想与故事的最奇特的连锁反应,就细节而言也令人赞叹不止。"①歌德一眼看出作者和他十八世纪的写法不同了,有"最新风格"。欧洲现代小说的传统诞生了,我们有了《欧也妮·葛朗台》,有了《高老头》,以及由其他许许多多小说所构成的《人间喜剧》。

* * * *

译者没有译出《欧也妮·葛朗台》一书的献辞。它对我们领会欧也妮的形象和品行不无帮助。译文如下:

"给 马利亚

你的画像是这本著作的最美丽的装饰。愿你的名字在这里像一个被赐过福的黄杨枝子,为了庇佑家室,不知道从哪棵树上采来,经过宗教的圣化并被虔诚的手所更新,因而永葆常青。②

德·巴尔扎克。"

---

① 见莱默尔(Riemer)的《歌德谈话录》,一八三一年十月十一日,莱默尔错记为雨果的作品。
② 基督教为纪念耶稣进入耶路撒冷,用黄杨(小灌木)枝子或棕榈叶子表示欢迎,通常在复活节前一星期举行,叫作"树枝节。"

"马利亚"是谁,一直是个谜。巴尔扎克把"马利亚"看作欧也妮的原型①,自己却守口如瓶,女方更是三缄其口。但是,法国二十世纪中叶的学者终于给出了圆满的答案。一九五五年十月、十二月号(合刊)的《人类科学杂志》(Revue des Sciences Humaines)发表了尚色莱耳(A. Chancerel)与皮耶洛(R. Pierrot)合写的《真正的欧也妮·葛朗台》,揭开了这个讳莫如深的谜底。马利亚生于一八〇九年,姓达米弩瓦(Daminois),一八二九年嫁给迪·夫勒雷伊(Guy du Fresnay);她母亲是一位相当知名的小说家,父亲是一位相当知名的法律界人士。巴尔扎克在遗嘱中提到马利亚,要人把他收藏的吉拉尔东(Girardon,1628—1715)雕刻的"基督"送给她。他在一八三三年十月十二日给大妹的信里说起他这位沉默寡言的情妇有了身孕:"……这个可怜、淳朴与美妙的资产阶级妇女……;我是父亲了,这是我要告诉你的另一个秘密。这落在一个温柔的女子身上,最天真的创造物,像一朵自天而降的花,悄不作声地来到我这里,不要通信,不要照料,说:'爱我一年!我将爱你一辈子。'"一八三四年六月四日,她为巴尔扎克生了一个私生女儿。

欧也妮的外形是从马利亚这里移过去的。"她的脑袋很大,前额带点儿男相,可是很清秀,像菲迪亚斯②的朱庇特雕像;贞洁的生活使她灰色的眼睛光芒四射。圆脸上娇嫩红润的线条,生过天花之后变得粗糙了,幸而没有留下痘瘢,只去掉了皮肤上绒样的那一层,但依旧那么柔软细腻,会让妈妈的

---

① 巴尔扎克借取原型的某一特点构成为他的人物,而人物并不限于某一原型。
② 菲迪亚斯是古希腊的知名雕刻家。

亲吻留下一道红印。她的鼻子大了一点,可是配上朱红的嘴巴倒很合适;满是纹缕的嘴唇,显出无限的深情与善意。脖子是滚圆的。遮得密不透风的饱满的胸部,惹起人家的注意与幻想。当然她因为装束的关系,缺少一点儿妩媚;但在鉴赏家心目中,那个不甚灵活的体态也别有风韵。所以,高大壮健的欧也妮并没有一般人喜欢的那种漂亮,但她的美是一望而知的,只有艺术家才会倾倒的。"

　　她的道德品质也从马利亚的一心相与和默默无声得到启示。这样一个老实巴交的外省女孩子,不懂得"什么叫作爱情,只照着镜子想:'我太丑了,他看不上我的!'"然而她不退缩,"天真,老实,她听凭纯朴的天性自由发挥,并没对自己的印象和情感有所顾虑。一看见堂兄弟,女性的倾向就在她心中觉醒了,而且来势特别猛烈,因为到了二十三岁,她的智力与欲望都已经达到高峰。她第一次见了父亲害怕,悟出自己的命运原来操在他的手里"。"悟出了"和"怎么做"之间还有很长一段距离,然而她变了。我们在一些生活细节上看见她怎样顶撞父亲。她的爱情是主动的,战斗的;她敢于拿出父亲历年给她的全部金币转赠给他去西印度冒险的堂兄弟,不考虑一毛不拔的父亲对她的叛逆将做出怎样的处分! 而对这缄默、等待、刚强、不知外界变化一任命运摆弄的老实绝顶的姑娘,她所一眼看中的堂兄弟却把她忘了个干干净净。他成了殖民主义者,人贩子,让她等了七年,没有一封信——我们错了,有一封信给她,宣告他要娶一位贵族小姐,送还她八千法郎(当时金币的价值),讨回交给她保存的梳妆匣。他想爬进买空卖空的封建贵人家庭,却又不甘愿为此而掏钱去了结父亲破产时所欠的债务。于是,欧也妮一言不发地为他还清了这笔债,让他如愿以偿;自己却在幽暗之中,像先前在悭吝的父亲看管下那样,人在金子堆里而精神却在极度贫穷之中挨日子:"这便是欧也妮的故事,她在世等于出家,天生的贤妻良母,却既无丈夫,又无儿女,又无家庭。"

小说写来明白如话,朴素有力,他在一八三三年十月二十四日,给韩斯卡(Hanska)夫人写信道:"我需要一次胜利,一次绝大的胜利。《欧也妮·葛朗台》是一件美丽的作品。"而欧也妮的爱情是"纯洁的、无边无际的、傲岸的"①。他的估价是确切的:这"是一件美丽的作品"。他不仅细致地描绘了这份"纯洁的、无边无际的、傲岸的"爱情,而且栩栩如生地为它刻画了一座不可逾越的封建大山,堵住它的生命之流。

这座阴森的大山就是她的父亲葛朗台老头子。他和所有作品中的吝啬鬼一样,灭绝人性,而其他的吝啬鬼和他相比,包括莫里哀的阿尔巴贡②,包括他自己创造的高布赛克③以及其他许多吝啬鬼在内,都不及他"亲切"、"崇高"、工于心计、恶毒和有社会性。他是一个活在一个观点上的人,机警、狡猾,少交往,利用一切发财的机会,成为吝啬鬼中的吝啬鬼。而实际上他依然是一个箍桶匠,有一双惯于劳动的手,在细微处,总带着箍桶匠的本质。他积聚了一个人在十九世纪可能积聚的最大财富:它似乎夸张然而却是一种令人信服的社会病。你最初不相信,像巴尔扎克的大妹那样不相信,像他的挚交卡娄夫人那样不相信。一八三四年二月八日卡娄夫人在信

---

① 巴尔扎克:《致韩斯卡夫人》(1833年10月24日),《巴尔扎克致韩斯卡夫人书》,第1册,戴耳塔(Delta)版,共4册。

② 《吝啬鬼》的主人公。

③ 《高利贷者》的主人公。

中说:"欧也妮·葛朗台很惹我喜欢。即使她不是一位诱惑人的妇女,至少她是真实的;忠心耿耿,像许多人那样,不带光彩。她的精神的感悟,在爱情的初次感受时,也是真实的,非常真实的。我倒希望她嫁给一位可敬的人,既然她的婚姻只是遗产转移。葛朗台一家人的周围人物也是真实的,他们对女继承人纠缠不放,他们的流言蜚语都是真实的。高个子拿侬,好得不得了!!我知道有些忠心的女仆,会帮她们吝啬的主人偷盗的。葛朗台太太存在于外省的每一个城市。这个女人把一切给了一位她不怎么爱的丈夫,她的道德生活,不是因为她有一个女儿的话,会死掉一百回。到处有这样的妇女。像这类牺牲品,只需住在外省稍微观察一下,就会注意到人数是很多的。只有葛朗台不真实。首先,他太阔。在法兰西,任何节约、任何吝啬,在二十年、五十年内都不能带来那么大的财富;只有国家信贷的财富才可能有这么多的百万;正当财富做不到这一点,除非它是世袭的,在一个平等继承不存在的国度。你在这方面没有一个真正的原型。其次,一个人在法兰西不可能囤积那么多的金币,在这个国家金币是这样少,尤其是私下里囤积那么多的金币;这将是一场经济革命,它将在商业中、在行政管理中到处制造混乱。吝啬鬼葛朗台既然不真实,他就只能是卑微与贫穷。一位有百万家资的吝啬鬼,头脑灵活得不得了,足以干大宗投机买卖,同时在家室小事上(关于这一点,他又在现实之中),这个吝啬鬼却不会对他老婆说:'吃吧,这不花钱。'他不切他的肉饼,听其腐烂;他只在它发霉之后才端到桌子上来。我要让你和一些百万富翁的吝啬鬼相识,有一两百万也就成了;你会看见他们对我说:'哎呀,求求你了,别切这个,留下它吧!'刀子切下了,他在受罪;随后,端上来了,他胆怯怯地吃它。……《欧也妮·葛朗台》其余的人物,包括堂兄弟,都写得好,不过,在这阴暗生活的真实而又必须是阴暗的图画中,前景不该写得这样突出才是。在外省,没有什么突出的事。甚至你,我亲爱的封建贵人①,你将给这样一种存在的迷雾加上一层阴暗的颜色。道德在外省是深厚的,然而不带光彩,人们甚至连意识都没有意识到。"②关于葛朗台的不可置信的庞大财富,巴尔扎克的回答是:"我对你的批评没有什么可说的,就是事实在反驳你。在都尔,有一个开铺子的杂货商,就有八百万。艾纳尔先生,一个简单的流动小贩,有两千万,家里有现金一千三百万;他在一八一四年,以百分之五点六的利率放给国家,因而得到两千万。尽管如此,下一版我将从葛朗台的财富里减去六百万③……"④

对于巴尔扎克这样一位小说艺术家来说,主要不在积累财富的数字大小,而在积累财富的手段高明和心肠狠毒。对于葛朗台,高明和狠毒是合理的。这种合理性是他以之为生的乐趣和目的。创造这样一个人,数字还是说明问题的。他的狡猾来自他观察他的社会的心得。有困难时,他说话结结巴巴;无困难时,他说话流畅自如。他是一个高人一等的心理学家。他四周的有限人手统统变成他发财致富的工具。他控制了他的社会。人的关系变成金钱的关系。吝啬激情化后,他的一切有意义的活动都集中到这一点,每一个细节都在为

---

① 巴尔扎克公开他的保王党思想之后。

② 《卡娄(Carroud)夫人致巴尔扎克》,《巴尔扎克通信集》,第 2 册。

③ 一八三九年版,作者从两千万法郎改为一千一百万;但是,临到一八四三年版,他又提升到一千七百万。

④ 巴尔扎克:《致卡娄夫人》(1834 年 2 月 12 日)。

他的画像着力。为了敛财他可以牺牲一切。他欣赏他玩弄人的手法。他的权威使他可畏。他把老婆的钱霸在手心。他要老婆活下去,然而老婆竟死于他的"恩爱"之下:这真是一个意外。母亲死了,成年的女儿有权过问她所继承的财产。幸而女儿对这一点不感兴趣,依然由他掌管。他要永远活下去,他不相信死会临到他的头上,可是死神到底来了,他要女儿到阴曹地府向他交账。

巴尔扎克笔触之大之细,从开篇写来,浑然一体。从箍桶匠成长为一个国际葡萄酒商,使人明白发展的道路是稳稳当当的。从房屋到高个子拿侬,处处透露一个信息:都是发财和守财的工具! 在不属于自己的金子的墙里,"欧也妮的天真烂漫,一刹那间把查理的爱情也变得神圣了"。她不知道自己有那么多的钱,他也不知道她有那么多的钱。她等他等了整整七年,等到三十岁了,而他没有只字片语寄来! 这个尾声是难以忍受的,然而必须忍受。等他知道她有钱时后悔已经来不及了。命运玩弄了他,也玩弄了欧也妮,这个一尘不染的傻姑娘!

"如此人生!"资本主义社会的个人占有狂的家庭悲剧正应如此。

* * * *

《高老头》的主要故事,在一八三二年三月的《夏倍上校》的末尾,巴尔扎克借用律师但维尔之口谴责巴黎时就讲到了:"我亲眼看到一个父亲给了两个女儿每年四万法郎进款,结果自己死在一间阁楼上,不名一文,那些女儿理都没有理他!"这显然指的是高老头,给两个女儿都安排好了八十万法郎的陪嫁费,以百分之五的利息来计算,正好是四万法郎。这似乎是事实,不是小说家捏造的虚构。最初的版本,正文前面引用了莎士比亚《亨利八世》的标题:All is true("一切都是真情实事"),一八三九年给取消了。他在《夏倍上校》中让但维尔律师说:"总而言之,凡是小说家自以为凭空捏造出来的丑史,和事实相比真是差得太远了。"在他强调作品真实的同时,他又以远不及现实真实自责。一八三九年,他在他的《古物陈列室》的序文中,又以《高老头》为例,说起它和真实的关系:"作者早已不时回答说,他常常不得不削弱自然的粗犷之处。某些读者把《高老头》看成一种对儿女的诽谤;但是,作为样板的事实依据,却提供了可怕的情况,比吃人的人还要凶狠。可怜的父亲临终前喊了二十小时要水喝,没有一个人帮助,他的两个女儿,一个在舞会,一个在看戏,虽然她们不是不知道父亲的处境。这种真实简直不能使人相信。"然而你不能不相信。所以他在成书之前,给韩斯卡夫人写信,自诩说:"《高老头》是一部美丽的作品,不过,骇人听闻地悒郁。为了完整起见,有必要让人看一下巴黎一条道德的阴沟,这有一种令人反胃的创伤的效果。"①他反复强调不是他的小说污染巴黎,而是巴黎社会本来如此,污染的程度甚至于比他的小说还要严重。骂他的人那样多,包括那些妒忌他的人在内,他不得不在这方面多说两句。可是小说受到无名的读者的重视和欢迎。"《高老头》的成功是空前的。这个看不上《绝对物质》②的愚蠢的巴黎,在广告刊出之前就把第一版一抢而空。有两

① 巴尔扎克:《致韩斯卡夫人》(1834 年 11 月 26 日)。
② 指他在当时出版的《绝对物质的探求》。

版在等着付印,我送你第二版吧。"①他送去的不是第二版,而是他的手稿。

《欧也妮·葛朗台》的长处在于朴素,他从《欧也妮·葛朗台》中收到的戏剧效果异常单纯。可是,他在《高老头》中的戏剧效果却见之于错综复杂的社会关系,然而殊途同归,更见功力。实际上,他们都带着居室、环境的烙印:一个是葛朗台的四个人的家庭生活,一个是杂七杂八的伏盖公寓。这里,故事不以面粉商为中心,而以穷学生拉斯蒂涅的社交活动为枝蔓。他一上手就致力于描写伏盖公寓:"一切都跟这寒酸气十足而暗里蹲着冒险家的饭厅调和。"他利用早饭的聚会——介绍它的房客。通过房客把巴黎社会整个写到。铺得开,收得拢,有条不紊地一气呵成。读者也恨不得一口气把这部"悒郁"的小说读完。这里有一个从南方来的"向上爬"的不顾一切干到底的青年大学生。他胸怀凌云"壮"志,上上下下,接触到各色人等。每个房客带着自己的历史背景走进社会。伏脱冷第一次在这里和我们见面。这个怪物"专爱挖苦法律,鞭挞上流社会,攻击它的矛盾,似乎他对社会抱着仇恨,心底里密不透风地藏着什么秘密事儿"。高老头在这部小说的末尾结束了他的生命,而伏脱冷这个社会渣滓却方兴未艾,和拉斯蒂涅一样,开始走向变化多端的未来。《高老头》对他们来说只是一个起点。

事实上,《高老头》和《人间喜剧》的关系也正是如此。从这部小说起,巴尔扎克开始了《人间喜剧》人物的重新出现。他摸索出他心中人物交往的社会存在。从今以后,小说的人

①　巴尔扎克:《致韩斯卡夫人》(1835 年 3 月 11 日)。

物不受一部小说的限制,和客厅一样,去者来,来者去,带着不同的时间所赋予的不同的新身份和新面貌,来来往往,帮他摆脱以故事为中心的局限性。新世纪有新要求。他的现实主义就这样以新手法开始了向社会进军的号角。他的做法为他的人物加深了他们的社会性和他们的历史性。

《高老头》前面有这样一句献辞:

> "献给杰出伟大的若夫华·圣伊莱尔,以示对他的才华和著作的敬佩。
>
> 德·巴尔扎克。"

若夫华·圣伊莱尔(Geoffroy Saint Hilaire)是一位主张动物器官同一论的著名动物学家。巴尔扎克从他的进步理论中得到启示,在《人间喜剧》的"前言"中说起了社会统一的图案。他悟出(当然,他从历史变动中也认识到)一个符合社会发展的道理,人在社会中本来是相同的,后来有了阶级,而且阶级关系在不断变化着:"社会环境是自然加社会。"在这里,"杂货商肯定可以成为法国元老,而贵族有时会沦落到社会的最底层"[1]。这个启示帮助作者说明社会的个人活动都是阶级活动,因而描写社会环境就成为他创造人物的一种必要手段。《高老头》正是根据这种认识写成的。

伏脱冷是这个动荡不定的社会的产物,一个冷眼观世的越狱逃犯,在一场惊心动魄的出卖勾当之后,被警察带走了。他的戏剧性活动使人怀疑他的真实性。一八四六年,有一位评论家卡斯地叶(Castille)就发表了这个论点。巴尔扎克在

---

[1]　引自《人间喜剧》"前言"。

十月号的《周报》上回答他的批评道:"来看一下伏脱冷。再有几个月,我要发表《娼妓荣辱记》最后一卷,这个人将沉沦了。你许可我保留这个结论的秘密。这个人在其穷凶极恶之处,代表腐败、苦役与社会罪恶,没有什么惊人之笔。我不妨告诉你,实例存在着,是可怕的伟大,他在我们今天的社会中有他的位置。这个人就是全部伏脱冷,除掉我借给他的激情。他是被别人利用的恶之神。"这个"实例"就是资本主义社会为他提供的维道克①,巴尔扎克曾经帮他整理过他的回忆录,他的生活历程是巴尔扎克所写的伏脱冷的原型。

高里奥曾经利用资产阶级革命发财致富。他从一个普通的面粉商当上了巴黎一个粮食分会的主席。他利用权力从西西里和乌克兰买进粮食囤积起来,再看准了时机高价卖出去。他的老婆很早就去世,给他留下两个宝贝女儿。他以母亲和父亲的感情培育她们,使她们受到高等教育。一个女儿"喜欢金钱,嫁给纽沁根,一个原籍德国而在帝政时代封了男爵的银行家",另一个嫁给了一个旧贵族。女儿们在复辟时期进了高等社会,但是女儿们的父亲却被摒于门外,两个女婿不许他和她们公开往来,他只得住进这家伏盖公寓。而且他在公寓里的变迁也很大,他从一千二百法郎的膳宿费跌到九百法郎,最后在第三年,小说开始的年月,跌到四百五十法郎,临死前穷得搬进四楼。他的溺爱毁灭了自己。女儿的挥霍成了他替她们还债的无底坑。最后,他为两个女儿急出了病,人拖垮

----

① 维道克(Vidocq,1775—1857),法国秘密警察的头目和创始者,年轻时当过强盗、苦役犯,曾多次越狱,后自愿投靠警厅,充当密探。维道克与巴尔扎克、雨果都有过交往,他的《回忆录》给巴尔扎克的《人间喜剧》和雨果的《悲惨世界》提供了不少生活素材。

了,在叫唤女儿声中死去,在两家空马车送殡的行列之中入土。他能入土还是两个学生帮的忙。一个学生就是拉斯蒂涅,站在公墓的高处,蔑视巴黎高等社会,放完挑战性的空炮,到纽沁根太太家吃饭去了。巴尔扎克的笔墨对他并不留情,他的揶揄是有来由的:这个人物的原型据说是他最反感的法国资产阶级所崇拜的"侏儒怪物"梯也尔!

这就是巴尔扎克用一个多月的时间埋头写出的揭示阶级变化的杰作。

* * * *

准确的观察、细节的选择、生活环境的缔造、戏剧性的开展、形象与激情的统一与集中,使巴尔扎克得以成功地建立起他的社会的现实主义方法。他在各种序文里为这些方法做出了明确无误的解释。而最好的解释,是他的小说。它们是他的理解的具体的体现。在他还没有想出一个更好的名字之前,他只能用当时畅行无阻的哲学上的"折中主义"来表示他的立意。

恩格斯在一八八八年致哈克奈斯的信里为现实主义下了一个"据我看来"的谦虚的定义,这个定义(或者不叫定义,叫作什么也成,只要符合他的原意)我们敢于大胆地指出,恩格斯是从他最喜爱的巴尔扎克这里得到启示并加以归纳的。恩格斯说:"据我看来,现实主义的意思是,除细节的真实外,还要真实地再现典型环境中的典型人物。"①接着他就以巴尔扎克为例,说明他的定义所含有的特殊明确性:"这一切我认为

---

① 《马克思恩格斯选集》第4卷,第462页。

是现实主义的最伟大胜利之一,是老巴尔扎克最重要的特点之一。"①巴尔扎克应当感谢恩格斯为他的匠心找到"再现"的理论,他正是按照这样的思想达到他对小说艺术的要求的。这个要求,我们在开始就已经说起了,是反映社会的全貌。

无论是《高老头》的纷繁的头绪,使人"终于体会到社会的各阶层是怎样重叠起来的",还是《欧也妮·葛朗台》的简洁的构思蕴藏着怎样一种动人心弦的力量,都有力地说明作者对他的社会有着独特的见地,从而使其比任何同代小说作家都更能使恩格斯心折于他的现实主义的造诣。

李 健 吾

一九七九年六月

① 《马克思恩格斯选集》第4卷,第463页。

欧也妮·葛朗台

给　马利亚*

　　你的画像是这本著作的最美丽的装饰。愿你的名字在这里像一个被赐过福的黄杨枝子，为了庇佑家室，不知道从哪棵树上采来，经过宗教的圣化并被虔诚的手所更新，因而永葆常青。

德·巴尔扎克

---

* 据考证，这位马利亚就是欧也妮·葛朗台的原型。原名玛丽·德·弗勒内依，于一八三二年成为作者的情妇，一八三三年作者给妹妹洛尔的信中提到她为他生了一个女儿，并称她为一位温柔的女性。此段献辞为李健吾译。

资产者的面目

　　某些外省城市里面,有些屋子看上去像最阴沉的修道院,最荒凉的旷野,最凄凉的废墟,令人悒郁不欢。修道院的静寂,旷野的单调,和废墟的衰败零落,也许这类屋子都有一点。里面的生活起居是那么幽静,要不是街上一有陌生的脚步声,窗口会突然探出一个脸孔有几分像僧侣的人,一动不动,黯淡而冰冷的目光把生客瞪上一眼的话,外乡客人可能把那些屋子当作没有人住的空屋。

　　索漠城里有一所住宅,外表就有这些凄凉的成分。一条起伏不平的街,直达城市高处的古堡,那所屋子便在街的尽头。现在已经不大有人来往的那条街,夏天热,冬天冷,有些地方暗得很,可是颇有些特点:小石子铺成的路面,传出清脆的回声,永远清洁,干燥;街面窄而多曲折;两旁的屋子非常幽静,坐落在城脚下,属于老城的部分。

　　上了三百年的屋子,虽是木造的,还很坚固,各种不同的格式别有风光,使索漠城的这一个区域特别引起考古家①与艺术家的注意。你走过这些屋子,不能不欣赏那些粗大的梁

① 十九世纪初,考古家(Antiquaire)一词泛指所有对古代遗迹感兴趣的人。

3

木,两头雕出古怪的形象,盖在大多数的底层上面,成为一条黝黑的浮雕。

有些地方,屋子的横木盖着石板,在不大结实的墙上勾勒出蓝色的线条,木料支架的屋顶,年深月久,往下弯了;日晒雨淋,屋面板①已经腐烂,翘曲。有些地方,露出破旧黝黑的窗槛,细巧的雕刻已经看不大清,穷苦的女工放上一盆石竹或蔷薇,窗槛似乎就承受不住那棕色的瓦盆。再往前走,有的门上钉着粗大的钉子,我们的祖先别出心裁,刻上些奇形怪状的文字,意义是永远没法知道的了:或者是一个新教徒在此表明自己的信仰,或者是一个天主教联盟②的成员在诅咒亨利四世③。也有一般布尔乔亚刻些徽号,表示他们是旧乡绅,掌管过当地的行政,这一切中间就有整部法兰西历史的影子。一边是墙壁粉得很粗糙的摇摇欲坠的屋子,还是工匠卖弄手艺的遗物;贴邻便是一座乡绅的住宅,半圆形门框上的贵族徽号,受过了一七八九年以来历次革命的摧残,还看得出遗迹。

这条街上,做买卖的底层既不是小铺子,也不是大商店,喜欢中世纪文物的人,在此可以遇到一派朴素简陋的气象,完全像我们上代里的习艺工场。④ 宽大低矮的店堂,没有铺面,没有摆在廊下的货摊,没有橱窗,可是很深,黑洞洞的,里里外外没有一点儿装潢。满板的大门分作上下两截,简陋地钉了

---

① 按七星文库版注释,bardeaux 一词指十五至十六世纪建造房屋常用的一种木板条制的屋面板。
② 天主教联盟,十六世纪法国旧教徒为反对新教而成立的宗教组织。
③ 亨利四世(1553—1601),一五八九年即位为法国国王。原来信奉新教,为继承王位改信旧教,后在宗教上奉行宽容政策,并于一五九八年颁布著名的南特敕令。
④ 当初是教会为救济贫苦妇女而设立的。

铁皮;上半截往里打开,下半截装有带弹簧的门铃,老是有人开进开出。门旁半人高的墙上,一排厚实的护窗板,白天卸落,夜晚装上,外加铁闩好落锁。这间地窖式的潮湿的屋子,就靠大门的上半截,或者窗洞与屋顶之间的空间,透进一些空气与阳光。半人高的墙壁下面,是陈列商品的地位。招徕顾客的玩意儿,这儿是绝对没有的。货色的种类要看铺子的性质:或者摆着两三桶盐和鳘鱼,或者是几捆帆布与绳索,楼板的小梁上挂着黄铜索,靠墙放一排桶箍,再不然架上放些布匹。

你进门吧,一个年轻漂亮的姑娘,干干净净的,戴着白围巾,手臂通红,立刻放下编织物,叫唤她的父亲或母亲来招呼你,也许是两个铜子也许是两万法郎的买卖,对你或者冷淡,或者殷勤,或者傲慢,那得看店主的性格了。

你也可看到一个卖酒桶木材的商人,两只大拇指绕来绕去的,坐在门口跟邻居谈天。表面上他只有些起码的酒瓶架或两三捆薄板;但是安茹地区所有的箍桶匠,都是向他码头上存货充足的工场购料的。他知道如果葡萄的收成好,他能卖掉多少桶板,估计的误差最多是一两块板上下。一天的好太阳教他发财,一场雨水教他亏本:酒桶的市价,一个上午可以从十一法郎跌到六法郎。

这个地方像都兰区域一样,市面是由天气做主的。种葡萄的,有田产的,木材商,箍桶匠,旅店主人,船夫,都眼巴巴地盼望太阳;晚上睡觉,就怕明早起来听说隔夜结了冰;他们怕风,怕雨,怕旱,一会儿要雨水,一会儿要天时转暖,一会儿又要满天云。在天公与尘世的利益之间,争执是没得完的。晴雨表能够轮流地叫人愁,叫人笑,叫人高兴。

这条街从前是索漠城的大街，从这一头到那一头，"黄金一般的好天气"这句话，对每户人家都代表一个收入的数目，而且个个人会对邻居说："是啊，天上落金子下来了。"因为他们知道一道阳光和一场时雨带来多少利益。在天气美好的节季，到了星期六中午，就没法买到一个铜子的东西。做生意的人也有一个葡萄园，一方小园地，全要下乡去忙他两天。买进，卖出，赚头，一切都是预先计算好的，生意人尽可以花大半日的工夫打哈哈，说长道短，刺探旁人的私事。某家的主妇买了一只竹鸡，邻居就要问她的丈夫是否煮得恰到好处。一个年轻的姑娘从窗口探出头来，绝没有办法不让所有的闲人瞧见。因此大家的良心是露天的，那些无从窥测的，又暗又静的屋子，并藏不了什么秘密。

　　一般人差不多老在露天过活：每对夫妇坐在大门口，在那里吃中饭，吃晚饭，吵架拌嘴。街上的行人，没有一个不经过他们的研究。所以从前一个外乡人到外省，免不了到处给人家取笑。许多有趣的故事便是这样来的，昂热人的爱寻开心也是这样出名的，因为编这一类的市井笑料是他们的拿手。

　　早先本地的士绅全住在这条街上，街的高头都是古城里的老宅子，世道人心都还朴实的时代——这种古风现在是一天天地消灭了——的遗物。我们这个故事中的那所凄凉的屋子，就是其中之一。

　　古色古香的街上，连偶然遇到的小事都足以唤起你的回忆，全部的气息使你不由自主地沉入遐想。拐弯抹角地走过去，你可以看到一处黑魆魆的凹进去的地方，葛朗台府上的大门便藏在这凹坑中间。

　　在外省把一个人的家称作府上是有分量的；不知道葛朗

台先生的身世,就没法掂出这称呼的分量。

葛朗台先生在索漠城的名望,自有它的前因后果,那是从没在外省耽留过的人不能完全了解的。葛朗台先生——有些人还称他作葛朗台老头,可是这样称呼他的老人越来越少了——他在一七八九年上是一个很富裕的箍桶匠,识得字,能写能算。共和政府在索漠地区标卖教会产业的时候,他正好四十岁,才娶了一个有钱的木板商的女儿。他拿自己的现款和女人的陪嫁,凑成两千金路易,跑到县政府①。标卖监督官是一个强凶霸道的共和党人,葛朗台把丈人给的四百路易往他那里一送,就三钱不值两钱地,即使不能算正当,至少是合法地买到了县里最好的葡萄园,一座老修道院,和几块分种田。

索漠的市民很少革命气息,在他们眼里,葛朗台老头是一个激烈的家伙,先进分子,共和党人,关切新潮流的人物;其实箍桶匠只关切葡萄园。上面派他当索漠县的行政委员,于是地方上的政治与商业都受到他温和的影响。

在政治方面,他包庇从前的贵族,想尽方法使流亡乡绅的产业不致被公家标卖;商业方面,他向革命军队承包了一二千桶白葡萄酒,代价是把某个女修道院上好的草原,本来留作最后一批标卖的产业,弄到了手。

拿破仑执政的时代,好家伙葛朗台做了市长,把地方上的公事应付得很好,可是他葡萄的收获更好;拿破仑称帝的时候,他变成了光杆儿的葛朗台先生。拿破仑不喜欢共和党人,

<hr>

① 这里的县指一七八九年创建的省以下的行政区划,由县政委员会和选举产生的十二人督政府治理。

另外派了一个乡绅兼大地主,一个后来晋封为男爵的人来代替葛朗台,因为他有红帽子①嫌疑。葛朗台丢掉市长的荣衔,毫不惋惜。在他任内,为了本城的利益,已经造好几条出色的公路直达他的产业。他的房产与地产登记②的时候,占了不少便宜,只完很轻的税。自从他各处的庄园登记之后,靠他不断的经营,他的葡萄园变成地方上的顶儿尖儿,这个专门的形容词是说这种园里的葡萄能够酿成极品的好酒。总而言之,他简直有资格得荣誉勋位勋章。

免职的事发生在一八○六年。那时葛朗台五十七岁,他的女人三十六,他们的独养女儿才十岁。

大概是老天看见他丢了官,想安慰安慰他吧,这一年上葛朗台接连得了三笔遗产,先是他丈母德·拉戈迪尼埃太太的,接着是太太的外公德·拉贝特利耶先生的,最后是葛朗台自己的外婆,冉蒂耶太太的:这些遗产数目之大,没有一个人知道。三个老人爱钱如命,一生一世都在积聚金钱,以便私下里摩挲把玩。德·拉贝特利耶老先生把放债叫作挥霍,觉得对黄金看上几眼比放高利贷还实惠。所以他们积蓄的多少,索漠人只能以看得见的收入估计。

于是葛朗台先生得了新的贵族头衔,那是尽管我们爱讲平等也消灭不了的,他成为本区纳税最多的人物。他的葡萄园有一百阿尔邦③,收成好的年份可以出产七八百桶酒,他还有十三处分种田,一座老修道院,修道院的窗子,门洞,彩色玻璃,一齐给他从外面堵死了,既可不付捐税,又可保存那些东

---

① 法国大革命时,雅各宾党人爱戴弗里吉亚红色软帽。
② 这种地籍房产估价登记的制度,是执政府时期由国民议会制订的。
③ 当时一个阿尔邦相当于三分之二公顷。

西。此外还有一百二十七阿尔邦的草原,上面的三千株白杨是一七九三年种下的。他住的屋子也是自己的产业。

这是他看得见的家私。至于他现金的数目,只有两个人知道一个大概。一个是公证人克罗旭,替葛朗台放债的,另外一个是德·格拉桑,索漠城中最有钱的银行家,葛朗台认为合适的时候可以跟他暗中合作一下,分些好处。在外省要得人信任,要挣家业,行事非机密不可;老克罗旭与德·格拉桑虽然机密透顶,仍免不了当众对葛朗台毕恭毕敬,使旁观的人看出前任市长的资力何等雄厚。

索漠城里个个人相信葛朗台家里有一个私库,一个堆满金路易的秘窟,说他半夜里瞧着累累的黄金,快乐得无可形容。一般吝啬鬼认为这是千真万确的事,因为看见那好家伙连眼睛都是黄澄澄的,染上了金子的光彩。一个靠资金赚惯大利钱的人,像色鬼,赌徒,或帮闲的清客一样,眼风自有那种说不出的神气,一派躲躲闪闪的,馋痨的,神秘模样,决计瞒不过他的同道。凡是对什么东西着了迷的人,这些暗号无异帮口里的切口。

葛朗台先生从来不欠人家什么;又是老箍桶匠,又是种葡萄的老手,什么时候需要为自己的收成准备一千只桶,什么时候只要五百只桶,他预算得像天文学家一样准确;投机事业从没失败过一次,酒桶的市价比酒还贵的时候,他老是有酒桶出卖,他能够把酒藏起来,等每桶涨到两百法郎才抛出去,一般小地主却早已在一百法郎的时候脱手了。这样一个人物当然博得大家的敬重。那有名的一八一一年的收成,他乖乖地囤在家里,一点一点地慢慢卖出去,挣了二十四万多法郎。讲起理财的本领,葛朗台先生是只老虎,是条巨蟒:他会躺在那里,蹲在那里,把俘房打量个半天再扑上去,张开血盆大口的钱袋,倒进大堆的金银,然后安安宁宁地去睡觉,好像一条蛇吃饱了东西,不动声色,冷静非凡,什么事情都按部就班的。

他走过的时候,没有一个人看见了不觉得又钦佩,又敬重,又害怕。索漠城中,不是个个人都给他钢铁般的利爪干净利落地抓过一下的吗?某人为了买田,从克罗旭那里弄到一笔借款,利率要一分一,某人拿期票向德·格拉桑贴现,给先扣了一大笔利息。市场上,或是夜晚的闲谈中间,不提到葛朗台先生大名的日子很少。有些人认为,这个种葡萄老头的财富简直是地方上的一宝,值得夸耀。不少做买卖的,开旅店的,得意扬扬地对外客说:

“嘿,先生,上百万的咱们有两三家;可是葛朗台先生哪,连他自己也不知道究竟有多少家私!”

一八一六年的时候,索漠城里顶会计算的人,估计那好家伙的地产大概值到四百万;但在一七九三到一八一七中间,平均每季的收入该有十万法郎,由此推算,他所有的现金大约和不动产的价值差不多。因此,打完了一场牌,或是谈了一会儿葡萄的情形,提到葛朗台的时候,一般自作聪明的人就说:“葛朗台老头吗?……总该有五六百万吧。”要是克罗旭或德·格拉桑听到了,就会说:

“你好厉害,我倒从来不知道他的总数呢!”

遇到什么巴黎客人提到罗特希尔德或拉斐特那般大银行家,索漠人就要问,他们是不是跟葛朗台先生一样有钱。如果巴黎人付之一笑,回答说是的,他们便把脑袋一侧,互相瞪着眼,满脸不相信的神气。

偌大一笔财产把这个富翁的行为都镀了金。假使他的生活起居本来有什么可笑得给人家当话柄的地方,那些话柄也早已消灭得无影无踪了。葛朗台的一举一动都像是钦定的,到处行得通;他的说话,衣着,姿势,眨眼睛,都是地方上的金科玉律。大家把他仔细研究,像自然科学家要把动物的本能研究出它的作用似的,终于发现他最琐屑的动作,也有深邃而不可言传的智慧。譬如,人家说:

"今年冬天一定很冷,葛朗台老头已经戴起皮手套了:咱们该收割葡萄了吧。"

或者说:

"葛朗台老头买了许多桶板,今年的酒一定不少的。"

葛朗台先生从来不买肉,不买面包。每个星期,那些佃户给他送来一份足够的食物:阉鸡,母鸡,鸡子,牛油,麦子,都是抵租的。他有一所磨坊租给人家,磨坊司务除了缴付租金以外,还得亲自来拿麦子去磨,再把面粉跟麸皮送回来。他的独一无二的老妈子,叫作长脚拿侬的,虽然上了年纪,还是每星期六替他做面包。房客之中有种菜的,葛朗台便派定他们供应菜蔬。至于水果,收获之多,可以大部分出售。烧火炉用的木材,是把田地四周的篱垣,或烂了一半的老树,砍下来,由佃户锯成一段一段的,用小车装进城,他们还有心巴结,替他送进柴房,讨得几声谢。他的开支,据人家知道的,只有教堂里座椅的租费、圣餐费、太太和女儿的衣着、家里的灯烛、拿侬的工钱、锅子的镀锡、国家的赋税、庄园的修理和种植的费用。他新近买了六百阿尔邦的一座树林,托一个近邻照顾,答应给一些津贴。自从他置了这个产业之后,他才吃野味。

这家伙动作非常简单,说话不多,发表意见总是用柔和的声音,简短的句子,搬弄一些老生常谈。从他出头露面的大革命时代起,逢到要长篇大论说一番,或者跟人家讨论什么,他便马上结结巴巴的,弄得对方头昏脑涨。这种口齿不清,理路不明,前言不对后语,以及废话连篇把他的思想弄糊涂了的情形,人家当作是他缺少教育,其实完全是假装的;等会故事中有些情节,就足以解释明白。而且逢到要应付、要解决什么生活上或买卖上的难题,他就搬出四句口诀,像代数公式一样准确,叫作:"我不知道,我不能够,我不愿意,慢慢瞧吧。"

他从来不说一声是或不是,也从来不把黑笔落在白纸上。人家跟他说话,他冷冷地听着,右手托着下巴颏儿,肘子靠在左手背上;无论什么事,他一朝拿定了主意,就永远不变。一点点儿小生意,他也得盘算半天。经过一番钩心斗角的谈话之后,对方自以为心中的秘密保守得密不透风,其实早已吐出了真话。他却回答道:

"我没有跟太太商量过,什么都不能决定。"

给他压得像奴隶般的太太,却是他生意上最方便的挡箭牌。他从来不到别人家里去,不吃人家,也不请人家;他没有一点儿声响,似乎什么都要节省,连动作在内。因为没有一刻不尊重旁人的主权,他绝对不动人家的东西。

可是,尽管他声音柔和,态度持重,仍不免露出箍桶匠的谈吐与习惯,尤其在家里,不像在旁的地方那么顾忌。

至于体格,他身高五尺,臃肿,横阔,腿肚子的圆周有一尺,多节的膝盖骨,宽大的肩膀;脸是圆的,乌油油的,有痘瘢;下巴笔直,嘴唇没有一点儿曲线,牙齿雪白;冷静的眼睛好像要吃人,是一般所谓的蛇眼①;脑门上布满皱褶,一块块隆起

① 传说蛇怪的目光可以杀伤人畜。

的肉颇有些奥妙;青年人不知轻重,背后开葛朗台先生玩笑,
把他黄黄而灰白的头发叫作金子里掺白银。鼻尖肥大,顶着
一颗布满血筋的肉瘤,一般人不无理由地说,这颗瘤里全是刁
钻促狭的玩意儿。这副脸相显出他那种阴险的狡猾,显出他
有算计的诚实,显出他的自私自利,所有的感情都集中在吝啬
的乐趣,和他唯一真正关切的独养女儿欧也妮身上。而且姿
势,举动,走路的功架,他身上的一切都表示他只相信自己,这
是生意上左右逢源养成的习惯。所以表面上虽然性情和易,
很好对付,骨子里他却硬似铁石。

他老是同样的装束,从一七九一年以来始终是那副模样。
笨重的鞋子,鞋带也是皮做的;四季都穿一双呢袜;一条栗色
的粗呢短裤,用银箍在膝盖下面扣紧;上身穿一件方襟的闪光
丝绒背心,颜色一忽儿黄一忽儿古铜色;外面罩一件衣裾宽大
的栗色外套;戴一条黑领带,一顶阔边帽子。他的手套跟警察
的一样结实,要用到一年零八个月,为保持清洁起见,他有一
个特定的手势,把手套放在帽子边缘上特定的地位。

关于这个人物,索漠人所知道的不过这一些。

城里的居民有资格在他家出入的只有六个。前三个中顶
重要的是克罗旭先生的侄子。这个年轻人,自从当了索漠初
级裁判所所长之后,在本姓克罗旭之上又加了一个篷风的姓
氏,并且极力想叫篷风出名。他的签名已经变作克·德·篷
风了。倘使有什么冒失的律师仍旧称他"克罗旭先生",包管
在出庭的时候要后悔他的糊涂。凡是称"所长先生"的,就可
博得法官的庇护。对于称他"德·篷风先生"的马屁鬼,他更
不惜满面春风地报以微笑。所长先生三十三岁,有一处名叫
篷风的田庄,每年有七千法郎进款;他还在那里等两个叔父的

遗产,一个是克罗旭公证人,一个是克罗旭神甫,属于图尔城圣马丁大寺的教士会的;据说这两人都相当有钱。三位克罗旭,房族既多,城里的亲戚也有一二十家,俨然结成一个党,好像从前佛罗伦萨的那些梅迪契一样;而且正如梅迪契有帕济一族跟他们对垒似的,克罗旭也有他们的敌党。

德·格拉桑太太有一个二十三岁的儿子,她很热心地来陪葛朗台太太打牌,希望她亲爱的阿道尔夫能够和欧也妮小姐结婚。银行家德·格拉桑先生,拿出全副精神从旁协助,对吝啬的老头儿不断暗中帮忙,逢到攸关大局的紧要关头,从来不落人后。这三位德·格拉桑也有他们的帮手,房族,和忠实的盟友。

在克罗旭方面,神甫是智囊,加上那个当公证人的兄弟做后援,他竭力跟银行家太太竞争,想把葛朗台的大笔遗产留给自己的侄儿。克罗旭和德·格拉桑两家暗中为争夺欧也妮的斗法,成为索漠城中大家小户热心关切的题目。葛朗台小姐将来嫁给谁呢? 所长先生呢还是阿道尔夫·德·格拉桑先生?

对于这个问题,有的人的答案是两个都不会到手。据他们说,老箍桶匠野心勃勃,想找一个贵族院议员做女婿,凭着岁收三十万法郎的陪嫁,谁还计较葛朗台过去、现在、将来的那些酒桶? 另外一批人却回答说,德·格拉桑是世家,极有钱,阿道尔夫又是一个俊俏后生,这样一门亲事,一定能叫出身低微、索漠城里都眼见拿过斧头凿子、而且还当过革命党的人心满意足,除非他夹袋里有什么教皇的侄子之流。可是老于世故的人提醒你说,克罗旭·德·篷风先生随时可以在葛朗台家进出,而他的敌手只能在星期日受招待。有的认为,德·格拉桑太太跟葛朗台家的女太太们,比克罗旭一家接近得多,久而久之,一定能说动她们,达到她的目的。有的却认为克罗旭神甫的花言巧语是天下第一,拿女人跟出家人对抗,正好势均力敌。所以索漠城中有一个才子说:

"他们正是旗鼓相当,各有一手。"

据地方上熟知内幕的老辈看法,像葛朗台那么精明的人家,绝不肯把家私落在外人手里。索漠的葛朗台还有一个兄弟在巴黎,非常有钱的酒商;欧也妮小姐将来是嫁给巴黎葛朗台的儿子的。对这种意见,克罗旭和德·格拉桑两家的党羽都表示异议,说:

"一则两兄弟三十年来没有见过两次面;二则巴黎的葛朗台先生对儿子的期望大得很。他自己是巴黎某区的区长,兼国会议员,禁卫军上校,商务裁判所推事,一心要跟拿破仑提拔的某公爵联姻,早已不承认索漠的葛朗台是本家。"

周围七八十里,甚至在昂热到布卢瓦的驿车里,都在谈这个有钱的独养女儿,七嘴八舌,议论纷纷,当然是应有之事。

一八一八年初,有一桩事情使克罗旭党彰明昭著地占了德·格拉桑党上风。弗鲁瓦丰田产素来以美丽的别庄、园亭、小溪、池塘、森林出名,值到三百万法郎。年轻的弗鲁瓦丰侯爵急需现款,不得不把这所产业出卖。克罗旭公证人,克罗旭所长,克罗旭神甫,再加上他们的党羽,居然把侯爵分段出售的意思打消了。公证人告诉他,分成小块地标卖势必要跟投标人打不知多少场官司,才能拿到田价;还不如整块儿让给葛朗台先生,既买得起,又能付现钱。公证人这番话把卖主说服了,做成一桩特别便宜的好买卖。侯爵的那块良田美产,就这样给张罗着送到了葛朗台嘴里。他出乎索漠人意料之外,办完手续,竟打了些折扣当场把田价付清。这件新闻一直传播到南特与奥尔良。

葛朗台先生搭着人家回乡的小车,到别庄上视察。以主人的身份对产业瞥了一眼,回到城里,觉得这一次投资足足有五厘利,他又马上得了一个好主意,预备把全部的田产并在弗鲁瓦丰一起。随后,他要把差不多出空了的金库重新填满,决意把他的树木,森林,一齐砍下,再把草原上的白杨也出卖。

葛朗台先生的府上这个称呼,现在你们该明白它的分量了吧。那是一所灰暗、阴森、静寂的屋子,坐落在城区上部,靠着坍毁的城脚。

门框的穹隆与两根支柱,像正屋一样用的灰凝土,卢瓦尔河岸特产的一种白石,质地松软,使用不了两百年。寒暑的酷烈,把柱头,门洞,门顶,都磨出无数古怪的洞眼,像法国建筑的那种虫蛀样儿,也有几分像监狱的大门。门顶上面,有一长条硬石刻成的浮雕,代表四季的形象已经剥蚀,变黑。浮雕的础石突出在外面,横七竖八地长着野草,黄色的苦菊,五爪龙,旋覆花,车前草,一株小小的樱桃树已经长得很高了。

褐色的大门是独幅的橡木做的,过分干燥,到处开裂,看上去很单薄,其实很坚固,因为有一排对花的钉子支持。一边的门上有扇小门,中间开一个小方洞,装了铁栅,排得很密的铁梗锈得发红,铁栅上挂一个环,环上吊一个敲门用的铁锤,正好敲在一颗奇形怪状的大钉子上。铁锤是长方形的,像古时的钟锤,又像一个肥大的惊叹号;一个玩古董的人仔细打量之下,可以发现锤子当初是一个小丑的形状,但是年深月久,已经磨平了。

那个小铁栅,当初在宗教战争的时代,原是预备给屋内的人探望来客的。现在喜欢东张西望的人,可以从铁栅中间望到黑魆魆的半绿不绿的环洞,环洞底上有几级七零八落的磴级,通上花园。厚实而潮湿的围墙,到处渗出水迹,生满垂头丧气的杂树,倒也另有一番景致。这片墙原是城墙的一部分,邻近人家都利用它布置花园。

楼下最重要的房间是那间堂屋,从大门内的环洞进出的。在安茹、都兰、贝里各地的小城中间,一间堂屋的重要,外方人是不大懂得的。它同时是穿堂,客厅,书房,上房,饭厅;它是日常生活的中心,全家公用的起居室。本区的理发匠,替葛朗台先生一年理两次发是在这里,佃户、教士、县长、磨坊伙计上门的时候,也是在这间屋里。室内有两扇临街的窗,铺着地板;古式嵌线的灰色护壁板从上铺到下,顶上的梁木都露在外面,也漆成灰色;梁木中间的楼板涂着白粉,已经发黄了。

壁炉架上面挂着一面耀出青光的镜子,两旁的边划成斜面,显出玻璃的厚度,一丝丝的闪光照在哥特式的镂花钢框上。壁炉架是粗糙的白石面子,摆着一座黄铜的老钟,壳子上有螺钿嵌成的图案。左右放两盏黄铜的两用烛台,座子是铜镶边的蓝色大理石,矗立着好几只玫瑰花瓣形的灯芯盘;把这些盘子拿掉,座子又可成为一个单独的烛台,在平常日子应用。

古式的座椅,花绸面子上织着拉封丹的寓言,但不是博学之士,休想认出它们的内容:颜色褪尽,到处是补丁,人物已经看不清楚。四边壁角里放着三角形的酒橱,顶上有几格放零星小件的搁板,全是油腻。两扇窗子中间的板壁下面,有一张嵌木细工的旧牌桌,桌面上画着棋盘。牌桌后面的壁上挂一只椭圆形的晴雨表,黑框子四周有金漆的丝带形花边,苍蝇肆无忌惮地钉在上面张牙舞爪,恐怕不会有多少金漆留下的了。

壁炉架对面的壁上,挂两幅水粉画的肖像,据说一个是葛朗台太太的外公,德·拉贝特利耶老人,穿着王家卫队中尉的制服;一个是已故冉蒂耶太太,挽着一个古式的髻。窗帘用的是图尔红绸,两旁用系有大坠子的丝带吊起。这种奢华的装饰,跟葛朗台一家的习惯很不调和,原来是买进这所屋子的时候就有的,连镜框、座钟、全套软垫家具、红木酒橱等等都是。

靠门的窗洞下面,一张草垫椅子放在一个木座上,使葛朗台太太坐了可以望见街上的行人。另外一张褪色樱桃木的女红台,把窗洞下的空间填满了,近旁还有欧也妮的小靠椅。

十五年以来,从四月到十一月,母女俩就在这个位置上安安静静地消磨日子,手里永远拿着活计。十一月初一,她们可以搬到壁炉旁边过冬了。只有到那一天,葛朗台才答应在堂屋里生火,到三月三十一日就得熄掉,不管春寒也不管早秋的凉意。四月和十月里最冷的日子,长脚拿侬想法从厨房里腾出些柴炭,安排一只脚炉,给太太和小姐挡挡早晚的寒气。

全家的内衣被服都归母女俩负责,她们专心一意,像女工一样整天劳作,甚至欧也妮想替母亲绣一方花领,也只能腾出睡眠的时间来做,还得想出借口来骗取父亲的蜡烛。多年来女儿与拿侬用的蜡烛,吝啬鬼总是亲自分发的,正如每天早上分发面包和食物一样。

也许只有长脚拿侬受得了她主人的那种专制。索漠城里都羡慕葛朗台夫妇有这样一个老妈子。大家叫她长脚拿侬,因为她身高五尺八寸。她在葛朗台家已经做了三十五年。虽然一年的工薪只有六十法郎,大家已经认为她是城里最有钱的女仆了。一年六十法郎,积了三十五年,最近居然有四千法郎存在公证人克罗旭那儿做终身年金。这笔长期不断的积蓄,似乎是一个了不得的数目。每个女用人看见这个上了六十岁的老妈子有了老年的口粮,都十分眼热,却没有想到这份口粮是辛辛苦苦做牛马换来的。

二十二岁的时候,这可怜的姑娘到处没有人要,她的脸丑得叫人害怕;其实这么说是过分的,把她的脸放在一个掷弹兵的脖子上,还可受到人家称赞哩。可是据说什么东西都要相称。她先是替农家放牛,农家遭了火灾,她就凭着天不怕地不怕的勇气,进城来找事。

那时葛朗台正想自立门户,预备娶亲。他瞥见了这到处碰壁的女孩子。以箍桶匠的眼光判断一个人的体力是准没有错的:她体格像大力士,站在那儿仿佛一株六十年的橡树,根牢固实,粗大的腰围,四方的背脊,一双手像个赶车的,诚实不欺的德行,正如她的贞操一般纯洁无瑕;在这样一个女人身上可以榨取多少利益,他算得清清楚楚。雄赳赳的脸上生满了疣,紫糖糖的皮色,青筋隆起的胳膊,褴褛的衣衫,拿侬这些外表并没吓退箍桶匠,虽然他那时还在能够动心的年纪。他给这个可怜的姑娘衣着、鞋袜、膳宿,出了工钱雇用她,也没有过分地虐待、糟蹋。

长脚拿侬受到这样的待遇暗中快活得哭了,就一片忠心地服侍箍桶匠。而箍桶匠当她家奴一般利用。拿侬包办一切:煮饭,蒸洗东西,拿衣服到卢瓦尔河边去洗,担在肩上回来;天一亮就起身,深夜才睡觉;收成时节,所有短工的饭食都归她料理,还不让人家捡取掉在地下的葡萄;她像一条忠心的狗一样保护主人的财产。总之,她对他信服得五体投地,无论他什么想入非非的念头,她都不哼一声地服从。一八一一那有名的一年①收获季节特别辛苦,这时拿侬已经服务了二十年,葛朗台才发狠赏了她一只旧表,那是她到手的唯一礼物。固然他一向把穿旧的鞋子给她(她正好穿得上),但是每隔三个月得来的鞋子,已经那么破烂,不能叫作礼物了。可怜的姑娘因为一无所有,变得吝啬不堪,终于使葛朗台像喜欢一条狗一样地喜欢她,而拿侬也心甘情愿让人家把链条套上脖子,链条上的刺,她已经不觉得痛了。

　　要是葛朗台把面包割得过分小气了一点,她绝不抱怨;这户人家饮食严格,从来没有人闹病,拿侬也乐于接受这卫生的好处。而且她跟主人家已经打成一片:葛朗台笑,她也笑;葛朗台发愁、挨冻、取暖、工作,她也跟着发愁、挨冻、取暖、工作。这样不分彼此的平等,还不算甜蜜的安慰吗?她在树底下吃些杏子、桃子,枣子,主人从来不埋怨。

　　有些年份的果子把树枝都压弯了,佃户们拿去喂猪,于是葛朗台对拿侬说:"吃呀,拿侬,尽管吃。"

　　这个穷苦的乡下女人,从小只受到虐待,人家为了善心才把她收留下来;对于她,葛朗台老头那种教人猜不透意思的笑,真像一道阳光似的。而且拿侬单纯的心,简单的头脑,只容得下一种感情,一个念头。三十五年如一日,她老是看到自己站在葛朗台先生的工场前面,赤着脚,穿着破烂衣衫,听见箍桶匠对她说:"你要什么呀,好孩子?"她心中的感激永远是那么新鲜。

　　有时候,葛朗台想到这个可怜虫从没听见一句奉承的话,

---

①　该年制成的酒为法国史上有名的佳酿;是年有彗星出现;经济恐慌,工商业破产者累累。所谓有名的一年是总括上列各项事故而言。

完全不懂女人所能获得的那些温情;将来站在上帝前面受审,她会比圣母马利亚还要贞洁。葛朗台想到这些,不禁动了怜悯,望着她说:

"可怜的拿侬!"

老用人听了,总是用一道难以形容的目光瞧他一下。时常挂在嘴边的这句感叹,久已成为他们之间不断的友谊的链锁,而每说一遍,链锁总多加上一环。出诸葛朗台的心坎,而使老姑娘感激的这种怜悯,不知怎么总有一点儿可怕的气息。这种吝啬鬼的残酷的怜悯,在老箍桶匠是因为想起了自己的无数快乐,在拿侬却是全部的幸福。"可怜的拿侬!"这样的话谁不会说?但是说话的音调,语气之间莫测高深的惋惜,可以使上帝认出谁才是真正的慈悲。

索漠有许多家庭待用人好得多,用人却仍然对主人不满意。于是又有这样的话流传了:

"葛朗台他们对长脚拿侬怎么的,她会这样忠心?简直肯替他们拼命!"

厨房临着院子,窗上装有铁栅,老是干净,整齐,冷冰冰的,真是守财奴的灶屋,没有一点儿糟蹋的东西。拿侬晚上洗过碗盏,收起剩菜,熄了灶火,便到跟厨房隔着一条过道的堂屋里绩麻,跟主人们在一块。这样,一个黄昏全家只消点一支蜡烛了。老妈子睡的是过道底上的一个小房间,只有一个墙洞漏进一些日光;躺在这样一个窠里,她结实的身体居然毫无亏损,她可以听见日夜都静悄悄的屋子里的任何响动。像一条看家狗似的,她竖着耳朵睡觉,一边休息一边守夜。

屋子其余的部分,等故事发展下去的时候再来描写;但全家精华所在的堂屋的景象,已可令人想见楼上的寒碜了。

一八一九年,秋季的天气特别好;到十一月中旬某一天傍晚时分,长脚拿侬才第一次生火。那一天是克罗旭与德·格拉桑两家记得清清楚楚的节日。双方六位人马,预备全副武装,到堂屋里交一交手,比一比谁表示得更亲热。

早上,索漠的人看见葛朗台太太和葛朗台小姐,后边跟着拿侬,到教堂去望弥撒,于是大家记起了这一天是欧也妮小姐的生日。克罗旭公证人,克罗旭神甫,克·德·篷风先生,算准了葛朗台家该吃完晚饭的时候,急急忙忙赶来,要抢在德·格拉桑一家之前,向葛朗台小姐拜寿。三个人都捧着从小暖房中摘来的大束的花。所长那束,花梗上很巧妙地裹着金色缕子的白缎带。

每逢欧也妮的生日和本名节日①,照例葛朗台清早就直闯到女儿床边,郑重其事地把他为父的礼物亲手交代,十三年来的老规矩,都是一枚稀罕的金洋。

葛朗台太太总给女儿一件衣衫,或是冬天穿的,或是夏天穿的,看什么节而定。这两件衣衫,加上父亲在元旦跟他自己的节日所赏赐的金洋,她每年小小的收入大概有五六百法郎,葛朗台很高兴地看她慢慢地积起来。这不过是把自己的钱换一只口袋罢了,而且可以从小培养女儿的吝啬。他不时盘问一下她财产的数目——其中一部分是从葛朗台太太的外祖父母那里来的,盘问的时候总说:

“这是你陪嫁的压箱钱呀。”

所谓压箱钱是一种古老的风俗,法国中部有些地方至今

---

① 西俗教徒皆以圣者之名命名。凡自己名字的圣者的纪念日,称为本名节日。

还很郑重地保存着这种风俗。贝里、安茹那一带，一个姑娘出嫁的时候，不是娘家便是婆家，总得给她一笔金洋或银洋，或是十二枚，或是一百四十四枚，或是一千二百枚，看家境而定。最穷的牧羊女出嫁，压箱钱也非有不可，就是拿大铜钱充数也是好的。伊苏屯地方，至今还谈论曾经有一个有钱的独养女儿，压箱钱是一百四十四枚葡萄牙金洋。卡特琳娜·德·梅迪契嫁给亨利二世，她的叔叔教皇克莱芒七世送给她一套古代的金勋章，价值连城。

吃晚饭的时候，父亲看见女儿穿了新衣衫格外漂亮，便喜欢得什么似的，嚷道：

"既然是欧也妮的生日，咱们生起火来，取个吉利吧！"

长脚拿侬撤下饭桌上吃剩的鹅，箍桶匠家里的珍品，一边说：

"小姐今年一定要大喜了。"

"索漠城里没有合适的人家喔。"葛朗台太太接口道，她一眼望着丈夫的那种胆怯的神气，以她的年龄而论，活现出可怜的女人是一向对丈夫服从惯的。

葛朗台端详着女儿，快活地叫道：

"今天她刚好二十三了，这孩子。是咱们操心的时候了。"

欧也妮和她的母亲心照不宣地彼此瞧了一眼。

葛朗台太太是一个干枯的瘦女人，皮色黄黄的像木瓜，举动迟缓，笨拙，就像那些生来受折磨的女人。大骨骼，大鼻子，大额角，大眼睛，一眼望去，好像既无味道又无汁水的干瘪果子。黝黑的牙齿已经不多几颗，嘴巴全是皱褶，长长的下巴颏儿往上钩起，像只木底靴。可是她为人极好，真有拉贝特利耶家风。克罗旭神甫常常有心借机会告诉她，说她当初并不怎样难看，她居然会相信。性情柔和得像天使，忍耐功夫不下于给孩子们捉弄的虫蚁，少有的虔诚，平静的心境绝对不会骚乱，一片好心，个个人可怜她，敬重她。

丈夫给她的零用，每次从不超过六法郎。虽然相貌奇丑，她的陪嫁与继承的遗产，给葛朗台先生带来三十多万法郎。然而她始终诚惶诚恐，仿佛寄人篱下似的；天性的柔和，使她摆脱不了这种奴性，她既没要求过一个钱，也没对克罗旭公证人要她签字的文件表示过异议。支配这个女人的，只有闷在肚里的那股愚不可及的傲气，以及葛朗台非但不了解还要加以伤害的慷慨的心胸。

葛朗台太太永远穿一件淡绿绸衫，照例得穿上一年；戴一条棉料的白围巾，头上一顶草帽，差不多永远系一条黑纱围身。难得出门，鞋子很省。总之，她自己从来不想要一点儿什么。

有时，葛朗台想起自从上次给了她六法郎以后已经有好久，觉得过意不去，便在出售当年收成的契约上添注一笔，要买主掏出些中金给他太太。向葛朗台买酒的荷兰商人或比国商人，总得破费上百法郎，这就是葛朗台太太一年之中最可观的进款。

可是，她一朝拿到了上百法郎，丈夫往往对她说，仿佛他们用的钱一向是公账似的："借几个子儿给我，好不好?"可怜的女人，老是听到忏悔师说男人是她的夫君是她的主人，所以觉得能够帮他忙是最快活不过的，一个冬天也就还了他好些中金。

葛朗台掏出了做零用、买针线、付女儿衣着的五法郎月

费,把钱袋扣上之后,总不忘了向他女人问一声:

"喂,妈妈,你想要一点儿什么吗?"

"噢,那个,慢慢再说吧。"葛朗台太太回答,她觉得做母亲的应该保持她的尊严。

这种伟大真是白费!葛朗台自以为对太太慷慨得很呢。像拿侬、葛朗台太太、欧也妮小姐这等人物,倘使给哲学家碰到了,不是很有理由觉得上帝的本性是喜欢跟人开玩笑吗?

在初次提到欧也妮婚事的那餐晚饭之后,拿侬到楼上葛朗台先生房里拿一瓶果子酒,下来的时候几乎摔了一跤。

"蠢东西,"葛朗台先生叫道,"你也会栽斤斗吗,你?"

"哎哟,先生,那是你的楼梯不行呀。"

"不错,"葛朗台太太接口,"你早该修理了,昨天晚上,欧也妮也险些儿扭坏了脚。"

葛朗台看见拿侬脸色发白,便说:

"好,既然是欧也妮的生日,你又几乎摔跤,就请你喝一杯果子酒压压惊吧。"

"真是,这杯酒是我拼命得来的喔。换了别人,瓶子早已摔掉了;我哪怕碰断肘子,也要把酒瓶擎得老高,不让它砸破呢。"

"可怜的拿侬!"葛朗台一边说一边替她斟酒。

"跌痛没有?"欧也妮很关切地望着她问。

"没有,我挺一挺腰就站住了。"

"得啦,既然是欧也妮的生日,"葛朗台说,"我就去替你们修理踏级吧。你们这班人,就不会拣结实的地方落脚。"

葛朗台拿了烛台,走到烤面包的房里去拿木板、钉子和工具，让太太、女儿、用人坐在暗里，除了壁炉的活泼的火焰之外，没有一点儿光亮。拿侬听见他在楼梯上敲击的声音，便问：

"要不要帮忙？"

"不用，不用！我会对付。"老箍桶匠回答。

葛朗台一边修理虫蛀的楼梯，一边想起少年时代的事情，直着喉咙打呼哨。这时候，三位克罗旭来敲门了。

"是你吗，克罗旭先生？"拿侬凑在铁栅上张了一张。

"是的。"所长回答。

拿侬打开大门，壁炉的火光照在环洞里，三位克罗旭才看清了堂屋的门口。拿侬闻到花香，便说：

"啊！你们是来拜寿的。"

"对不起，诸位，"葛朗台听出了客人的声音，嚷道，"我马上就来！不瞒你们说，楼梯的踏级坏了，我自己在修呢。"

"不招呼，不招呼！葛朗台先生。区区煤炭匠，在家也好当市长①。"所长引经据典地说完，独自笑开了，却没有人懂得他把成语改头换面，影射葛朗台当过市长。

葛朗台母女俩站了起来。所长趁堂屋里没有灯光，便对欧也妮说道：

"小姐，今天是你的生日，我祝贺你年年快乐，岁岁健康！"

说着他献上一大束索漠城里少有的鲜花；然后抓着独养女儿的肘子，把她脖子两边亲了一下，那副得意的神气把欧也

---

① 成语原为："区区煤炭匠，在家也好当主人。"法语中主人（maitre）和市长（maire）谐音，所长于是故意以"市长"代替"主人"。

妮羞得什么似的。所长，像一只生锈的大铁钉，自以为这样就是追求女人。

"所长先生，不用拘束啊，"葛朗台走进来说，"过节的日子，照例得痛快一下。"

克罗旭神甫也捧着他的一束花，接口说：

"跟令爱在一块儿，舍侄觉得天天都是过节呢。"

说完话，神甫吻了吻欧也妮的手。公证人克罗旭却老实不客气亲了她的腮帮，说：

"哎，哎，岁月催人，又是一年了。"

葛朗台有了一句笑话，轻易不肯放弃，只要自己觉得好玩，会三番四次地说个不休；他把烛台往座钟前面一放，说道：

"既然是欧也妮的生日，咱们就大放光明吧！"

他很小心地摘下灯台上的管子，每根按上了灯芯盘，从拿侬手里接过一根纸卷的新蜡烛，放入洞眼，插妥了，点上了，然后走去坐在太太旁边，把客人，女儿，和两支蜡烛，轮流打量过来。克罗旭神甫矮小肥胖，浑身是肉，茶红的假头发，像是压扁了的，脸孔像个爱开玩笑的老太婆，套一双银搭扣的结实的鞋子，他把脚一伸，问道：

"德·格拉桑他们没有来吗？"

"还没有。"葛朗台回答。

"他们会来吗？"老公证人扭动着那张脚炉盖似的脸，问。

"我想会来的。"葛朗台太太回答。

"府上的葡萄收割完了吗？"德·篷风所长打听葛朗台。

"统统完了！"葛朗台老头说着，站起身来在堂屋里踱步，他把胸脯一挺的那股劲儿，跟"统统完了"四个字一样骄傲。

长脚拿侬不敢闯入过节的场面,便在厨房内点起蜡烛,坐在灶旁预备绩麻。葛朗台从过道的门里瞥见了,踱过去嚷道:

"拿侬,你能不能灭了灶火,熄了蜡烛,上我们这儿来?嘿!这里地方大得很,怕挤不下吗?"

"可是先生,你们那里有贵客哪。"

"怕什么?他们不跟你一样是上帝造的吗?"

葛朗台说完又走过来问所长:

"府上的收成脱手没有?"

"没有。老实说,我不想卖。现在的酒固然好,过两年更好。你知道,地主都发誓要坚持公议的价格。那些比国人这次休想占便宜了。他们这回不买,下回还是要来的。"

"不错,可是咱们要齐心啊。"葛朗台的语调,教所长打了一个寒噤。

"他会不会跟他们暗中谈判呢?"克罗旭心里想。

这时大门上锤子响了一下,报告德·格拉桑一家来了。葛朗台太太和克罗旭神甫才开始的话题,只得搁过一边。

德·格拉桑太太是那种矮小活泼的女人,身材肥胖,皮肤白里泛红,过着修道院式的外省生活,律身谨严,所以在四十岁上还显得年轻。这等女子仿佛过时的最后几朵蔷薇,叫人看了舒服,但它们的花瓣有种说不出的冰冷的感觉,香气也淡薄得很了。她穿着相当讲究,行头都从巴黎带来,索漠的时装就把她做标准,而且家里经常举行晚会。

她的丈夫在拿破仑的禁卫军中当过连长,在奥斯特利茨一役受了重伤,退伍了,对葛朗台虽然尊敬,但是态度爽直,不失军人本色。

"你好,葛朗台。"他说着向葡萄园主伸出手来,一副俨然的气派是他一向用来压倒克罗旭的。向葛朗台太太行过礼，他又对欧也妮说："小姐，你老是这样美，这样贤惠，简直想不出祝贺你的话。"

然后他从跟班手里接过一口匣子递过去，里面装着一株好望角的铁树，这种花还是最近带到欧洲而极少见的。

德·格拉桑太太非常亲热地拥抱了欧也妮，握着她的手说：

"我的一点小意思，教阿道尔夫代献吧。"

一个头发金黄、个子高大的青年，苍白，娇弱，举动相当文雅，外表很羞怯，可是最近到巴黎念法律，膳宿之外，居然花掉上万法郎。这时他走到欧也妮前面，亲了亲她的腮帮，献上一个针线匣子，所有的零件都是镀金的；匣面上哥特式的花体字，把欧也妮姓名的缩写刻得不坏，好似做工很精巧，其实全部是骗人的起码货。

欧也妮揭开匣子，感到一种出乎意外的快乐，那是使所有的少女脸红、打寒战、高兴得发抖的快乐。她望着父亲，似乎问他可不可以接受。葛朗台说一声："收下吧，孩子!"那强劲有力的音调竟可以使一个角儿成名呢。

这样贵重的礼物，独养女儿还是第一遭看见，她的快活与兴奋的目光，使劲盯住了阿道尔夫·德·格拉桑，把三位克罗旭看呆了。德·格拉桑先生掏出鼻烟壶，让了一下主人，自己闻了一下，把蓝外套纽孔上沾了烟末的荣誉勋位勋表抖干净了，转过头去望着几位克罗旭，神气之间仿佛说："嘿，瞧我这一手!"

德·格拉桑太太就像一个喜欢讪笑人家的女子，装作特意寻找克罗旭他们的礼物，把蓝瓶里的鲜花瞅了一眼。在这番微妙的比赛中,大家围坐在壁炉前面;克罗旭神甫却丢下众人,径自和葛朗台踱到堂屋那一头,离德·格拉桑最远的窗洞旁边,咬着守财奴的耳朵说:

"这些人简直把钱往窗外扔。"

"没有关系,反正是扔在我的地窖里。"葛朗台回答。

"你给女儿打把金剪刀也打得起呢。"神甫又道。

"金剪刀有什么稀罕,我给她的东西名贵得多哩。"

克罗旭所长那猪肝色的脸本来就不体面,加上乱蓬蓬的头发,愈显得难看了。神甫望着他,心里想:

"这位老侄真是一个傻瓜,一点讨人喜欢的小玩意儿都想不出来!"

这时德·格拉桑太太嚷道:

"咱们陪你玩一会儿牌吧,葛朗台太太。"

"这么多人,好来两桌呢……"

"既然是欧也妮的生日,你们不妨来个摸彩的玩意,让两个孩子也参加。"老箍桶匠一边说一边指着欧也妮和阿道尔夫,他自己是对什么游戏都从不参加的。

"来,拿侬,摆桌子。"

"我们来帮忙,拿侬。"德·格拉桑太太很高兴地说,她因为得了欧也妮的欢心,快活得不得了。那位独养女儿对她说:

"我一辈子都没有这么快乐过,我从没见过这样漂亮的东西。"

德·格拉桑太太便咬着她的耳朵:

"那是阿道尔夫从巴黎捎来的,他亲自挑的呢。"

"好,好,你去灌迷汤吧,刁钻促狭的鬼女人!"所长心里想,"一朝你家有什么官司落在我手中,不管是你的还是你丈夫的,哼,看你有好结果吧。"

公证人坐在一旁,神色泰然地望着神甫,想道:

"德·格拉桑他们是白费心的。我的家私,我兄弟的,侄子的,合在一起有一百一十万。德·格拉桑最多也不过抵得一半,何况他们还有一个女儿要嫁!好吧,他们爱送礼就送吧!终有一天,独养女儿跟他们的礼物,会一股脑儿落在咱们手里的。"

八点半,两张牌桌端整好了。俊俏的德·格拉桑太太居然能够把儿子安排在欧也妮旁边。各人拿着一块有数目字与格子的纸板,抓着蓝玻璃的码子,开始玩了。这聚精会神的一幕,虽然表面上平淡无奇,所有的角儿装作听着老公证人的笑话——他摸一颗码子,念一个数目,总要开一次玩笑——其实都念念不忘地想着葛朗台的几百万家私。

老箍桶匠踌躇满志地把德·格拉桑太太时髦的打扮、粉红的帽饰,银行家威武的脸相,还有阿道尔夫、所长、神甫、公证人的脑袋,一个个地打量过来,暗自想道:

"他们都看中我的钱,为了我女儿到这儿来受罪。哼!我的女儿,休想;我就利用这班人替我钓鱼!"

灰色的老客厅里,黑魆魆的只点两支蜡烛,居然也有家庭的欢乐。拿侬的纺车声,替众人的笑声当着伴奏,可是只有欧也妮和她母亲的笑才是真心的;小人的心胸都在关切重大的利益。这位姑娘受到奉承,包围,以为他们的友谊都是真情实意,仿佛一只小鸟全不知道给人家标着高价作为赌注。这种种使那天晚上的情景显得又可笑又可叹。这原是古往今来到处在搬演的活剧,这儿不过表现得最简单罢了。利用两家的假殷勤而占足便宜的葛朗台,是这一幕的主角,有了他,这一幕才有意义。单凭这个人的脸,不是就象征了法力无边的财神,现代人的上帝吗?

人生的温情在此只居于次要地位;它只能激动拿侬、欧也妮和她母亲三颗纯洁的心。而且她们能有这么一点天真,还是因为她们蒙在鼓里,一无所知!葛朗台的财富,母女俩全不知道;她们对人生的看法,只凭一些渺茫的观念,对金钱既不看重也不看轻,她们一向就用不到它。她们的情感虽然无形中受了伤害,但依旧很强烈,而且是她们生命的真谛,使她们在这一群唯利是图的人中间别具一格。人类的处境就是这一点可怕!没有一宗幸福不是靠糊涂得来的。

葛朗台太太中了十六个铜子的彩,在这儿是破天荒第一遭的大彩;长脚拿侬看见太太有这许多钱上袋,快活地笑了。正在这时候,大门上砰的一声,锤子敲得那么响,把太太们吓得从椅子上直跳起来。

"这种敲门的气派绝不是本地人。"公证人说。

"哪有这样敲法的!"拿侬说,"难道想砸破大门吗?"

"哪个混账东西!"葛朗台咕噜着。

拿侬在两支蜡烛中拿了一支去开门,葛朗台跟着她。

"葛朗台!葛朗台!"他太太莫名其妙地害怕起来,往堂屋门口追上去叫。

牌桌上的人都面面相觑。

"咱们一块儿去怎么样?"德·格拉桑说,"这种敲门有点儿来意不善。"

德·格拉桑才看见一个青年人的模样,后面跟着驿站上的脚夫,扛了两口大箱子,拖了几个铺盖卷,葛朗台便突然转过身来对太太说:

"玩你们的,太太,让我来招呼客人。"

说着他把客厅的门使劲一拉。那些骚动的客人都归了原位,却并没玩下去。德·格拉桑太太问她的丈夫:

"是不是索漠城里的人?"

"不,外地来的。"

"一定是巴黎来的了。"

公证人掏出一只两指厚的老表,形式像荷兰战舰,瞧了瞧说:

"不错,正九点。该死,驿车倒从来不脱班。"

"客人还年轻吗?"克罗旭神甫问。

"年轻,"德·格拉桑答道,"带来的行李至少有三百公斤。"

"拿侬还不进来。"欧也妮说。

"大概是府上的亲戚吧。"所长插了句嘴。

"咱们下注吧,"葛朗台太太轻声轻气地叫道,"听葛朗台的声音,他很不高兴;也许他不愿意我们谈论他的事。"

"小姐,"阿道尔夫对坐在隔壁的欧也妮说,"一定是你的堂兄弟葛朗台,一个挺漂亮的青年,我在纽沁根先生家的跳舞会上见过的。"

阿道尔夫停住不说了,他让母亲踩了一脚;她高声叫他拿出两个铜子来押,又咬着他的耳朵:

"别多嘴,你这个傻瓜!"

这时大家听见拿侬和脚夫走上楼梯的声音;葛朗台带着客人进了堂屋。几分钟以来,个个人都给不速之客提足了精神,好奇得不得了,所以他的到场,他的出现,在这些人中间,犹如蜂房里掉进了一只蜗牛,或是乡下黢黑的鸡场里闯进了一只孔雀。

"到壁炉这边来坐吧。"葛朗台招呼他。

年轻的陌生人就座之前,对众人客客气气鞠了一躬。男客都起身还礼,女太太们都深深地福了一福。

"你冷了吧,先生?"葛朗台太太说,"你大概从……"

葛朗台捧着一封信在念,马上停下来截住了太太的话:"嘿!娘儿腔!不用烦,让他歇歇再说。"

"可是父亲,也许客人需要什么呢。"欧也妮说。

"他会开口的。"老头儿厉声回答。

这种情形只有那位生客觉得奇怪。其余的人都看惯了这个家伙的霸道。客人听了这两句问答,不禁站起身子,背对着壁炉,提起一只脚烘烤靴底,一面对欧也妮说:

"大姊,谢谢你,我在图尔吃过晚饭了。"他又望着葛朗台说:"什么都不用费心,我也一点儿不觉得累。"

"你先生是从京里来的吧?"德·格拉桑太太问。

夏尔(这是巴黎葛朗台的儿子的名字)听见有人插嘴,便拈起用金链挂在项下的小小的手眼镜,凑在右眼上瞄了瞄桌上的东西和周围的人物,非常放肆地把眼镜向德·格拉桑太太一照,他把一切都看清楚了,才回答说:"是的,太太。"——他又回头对葛朗台太太说:"哦,你们在摸彩,伯母。请呀,请呀,玩下去吧,多有趣的玩意儿,怎么好歇手呢!……"

"我早知道他就是那个堂兄弟。"德·格拉桑太太对他做着媚眼,心里想。

"四十七,"老神甫嚷道,"嗳,德·格拉桑太太,放呀,这不是你的号数吗?"

德·格拉桑先生抓起一个码子替太太放上了纸板。她却觉得预兆不好,一忽儿望望巴黎来的堂兄弟,一忽儿望望欧也妮,想不起摸彩的事了。年轻的独养女儿不时对堂兄弟瞟上几眼,银行家太太不难看出她越来越惊讶、越来越好奇的情绪。

巴黎的堂兄弟

夏尔·葛朗台,二十二岁的俊俏后生,跟那些老实的外省人正好成为古怪的对照;人家看了他贵族式的举动态度已经心中有气,而且还在加以研究,以便大大地讪笑他一番。这缘故需要说明一下。

在二十二岁上,青年人还很接近童年,免不了孩子气。一百个中间,说不定九十九个都会像夏尔·葛朗台一样行事。那天晚上的前几日,父亲吩咐他到索漠的伯父那里住几个月。也许巴黎的葛朗台念头转到了欧也妮。初次跑到内地的夏尔,便想拿出一个时髦青年的骠劲,在县城里摆阔,在地方上开风气,带一些巴黎社会的新玩意来。总之,一句话说尽,他要在索漠比在巴黎花更多的时间刷指甲,对衣着特别出神入化,下一番苦功,不比有些时候一个风流年少的人倒故意地不修边幅,要显得潇洒。

因此,夏尔带了巴黎最漂亮的猎装,最漂亮的猎枪,最漂亮的刀子,最漂亮的刀鞘。他也带了全套最新奇的背心:灰的,白的,黑的,金壳虫色的,闪金光的,嵌水钻的,五色条纹的,双叠襟的,高领的,直领的,翻领的,纽扣一直扣到脖子的,金纽扣的。还有当时风行的各式硬领与领带,名裁缝布伊松做的两套服装,最讲究的内衣。母亲给的一套华丽的纯金梳妆用具也随身带了。凡是花花公子的玩意儿,都已带全;一只玲珑可爱的小文具盒也没有忘记。这是一个最可爱的——至少在他心目中——他叫作安奈特的阔太太送的礼物。她此刻正在苏格兰陪着丈夫游历,烦闷不堪,可是为了某些谣言不得不暂时牺牲一下幸福。他也带了非常华丽的信笺,预备每半个月和她通一次信。巴黎浮华生活的行头,简直应有尽有,从决斗开场时用的马鞭起,直到决斗结束时用的镂工细巧的手枪为止,一个游手好闲的青年出门打天下的随身家伙,都包括尽了。父亲吩咐他一个人上路,切勿浪费,所以他包了驿车的前厢,很高兴那辆特地定造、预备六月里坐到巴登温泉与贵族太太安奈特相会的、轻巧可爱的轿车,没有在这次旅行中糟蹋。

夏尔预备在伯父家里碰到上百客人,一心想到他森林中去围猎,过一下宫堡生活。他想不到伯父就在索漠;他在这儿问起葛朗台,只是为了打听去弗鲁瓦丰的路;等到知道伯父在城里,便以为他住的必是高堂大厦。索漠也罢,弗鲁瓦丰也罢,初次在伯父家露面非体体面面不行,所以他的旅行装束是最漂亮的,最大方的,用当时形容一个人一件东西美到极点的口语说,是最可爱的。利用在图尔打尖的时间,他叫了一个理发匠把美丽的栗色头发重新烫过;衬衫也换过一件,带一条黑缎子领带,配上圆领,使那张满面春风的小白脸愈加显得可爱了。一袭小腰身的旅行外套,纽扣只扣了一半,露出一件高领羊毛背心,里面还有第二件白背心。他的表随便纳在一只袋里,短短的金链系在纽孔上。灰色裤子,纽扣都在两旁,加上黑丝线绣成的图案,式样更美观了。他极有风度地挥动手杖,精工雕刻的黄金柄,并没夺去灰色手套的光泽。最后,他的便帽也是很雅致大方的。

　　只有巴黎人，一个第一流的巴黎人，才能这样打扮而不至于俗气，才有本领使那些无聊的装饰显得调和；支撑这些行头的，还有一股骠劲，表示他有的是漂亮的手枪，百发百中的功夫，和那位贵族太太安奈特。

　　因此，要了解索漠人与年轻的巴黎人彼此的惊讶，要在堂屋与构成这幅家庭小景的灰暗的阴影中，把来客风流典雅的光彩看个真切的话，就得把几位克罗旭的模样悬想一番。三个人都吸鼻烟，既淌鼻水，又让黄里带红、衣领打皱、褶裥发黄的衬衫胸饰沾满了小黑点：他们久已不在乎这些。软绵绵的领带，一系上去就缩成一根绳子。衬衫内衣之多，一年只要洗两次，在衣柜底上成年累月地放旧了，颜色也灰了。邋遢与衰老在他们身上合而为一。跟破烂衣服一样衰败，跟裤子一样打皱，他们的面貌显得憔悴，硬化，嘴脸都扭作一团。

　　其余的人也是衣冠不整，七零八落，没有一点儿新鲜气象，跟克罗旭他们的落拓半斤八两。外省的装束大概都是如此，大家不知不觉只关心一副手套的价钱，而不想打扮给人家看了。只有讨厌时装这一点，德·格拉桑与克罗旭两派的意见是一致的。巴黎客人一拿起手眼镜，打量堂屋里古怪的陈设，楼板的梁木，护壁板的色调，护壁板上数量多得可以标点《日用百科全书》与《政府公报》的苍蝇屎的时候，那些玩摸彩戏的人便立刻扬起鼻子打量他，好奇的神情似乎在看一只长颈鹿。德·格拉桑父子虽然见识过时髦人物，也跟在座的人一样惊讶，或许是众人的情绪有股说不出的力量把他们感染了，或许他们表示赞成，所以含讥带讽地对大家挤眉弄眼，仿佛说："你们瞧，巴黎人就是这副腔派。"

并且他们尽可从从容容地端详详尔，不用怕得罪主人。葛朗台全副精神在对付手里的一封长信，为了看信，他把牌桌上唯一的蜡烛拿开了，既不顾到客人，也不顾到他们的兴致。欧也妮从来没见过这样完美的装束与人品，以为堂兄弟是什么天上掉下来的妙人儿。光亮而鬈曲有致的头发散出一阵阵的香气，她尽量地闻着，嗅着，觉得飘飘然。漂亮精美的手套，她恨不得把那光滑的皮去摸一下。她羡慕夏尔的小手，肤色，面貌的娇嫩与清秀。这可以说是把风流公子给她的印象作了一个概括的叙述。可是一个没有见过世面的姑娘，只知道缝袜子，替父亲补衣裳，在满壁油腻的屋子里讨生活的，——冷清的街上一小时难得看到一个行人，——这样一个女子一见这位堂兄弟，自然要神魂颠倒，好像一个青年在英国纪念册上看到了威斯托尔①笔下那些奇妙的女人，经过芬登②精心镂刻，仿佛吹一口气就会把天仙般的美女从纸上吹走了似的。

　　夏尔掏出一条手帕，是在苏格兰游历的阔太太绣的，美丽的绣作正是热恋中怀着满腔爱情做成的；欧也妮望着堂兄弟，看他是否当真拿来用。夏尔的举动，态度，拿手眼镜的姿势，故意的放肆，还有对富家闺女刚才多么喜欢的那个针线匣，他认为毫无价值或俗不可耐而一脸瞧不起的神气，总之，夏尔的一切，凡是克罗旭与德·格拉桑他们看了刺眼的，欧也妮都觉得赏心悦目，使她当晚在床上老想着那个了不起的堂兄弟，睡不着觉。

　　摸彩摸得很慢，不久也就歇了。因为长脚拿侬进来高

①　威斯托尔(1765—1836)，英国著名画家。
②　威廉·芬登(1787—1852)，英国版画家。

声说：

"太太，得找被单替客人铺床啦。"

葛朗台太太跟着拿侬走了。德·格拉桑太太便轻轻地说：

"我们把钱收起来，歇了吧。"

各人从缺角的旧碟子内把两个铜子的赌注收起，一齐走到壁炉前面，谈一会儿天。

"你们完了吗？"葛朗台说着，照样念他的信。

"完了，完了。"德·格拉桑太太答着话，挨着夏尔坐下。

欧也妮，像一般初次动心的少女一样，忽然想起一个念头，离开堂屋，给母亲和拿侬帮忙去了。要是一个手腕高明的忏悔师盘问她，她一定会承认那时既没想到母亲，也没想到拿侬，而是非常急切地要看看堂兄弟的卧房，替他张罗一下，放点儿东西进去，唯恐人家有什么遗漏，样样要想个周到，使他的卧房尽可能显得漂亮、干净。欧也妮已经认为只有她才懂得堂兄弟的口味与心思。

母亲与拿侬以为一切安排停当，预备下楼了，她却正好赶上，指点给她们看，什么都不行。她提醒拿侬捡一些炭火，弄个脚炉烘被单；她亲手把旧桌子铺上一方小台布，吩咐拿侬这块台布每天早上都得更换。她说服母亲，壁炉内非好好地生一个火不可，又逼着拿侬瞒了父亲搬一大堆木柴放在走廊里。德·拉贝特利耶老先生的遗产里面，有一个古漆盘子放在堂屋的三角橱上，还有一只六角水晶杯，一只镀金褪尽的小羹匙，一个刻着爱神的古瓶：欧也妮一齐搬了来，得意扬扬地摆在壁炉架上。她这一会儿的念头，比她出世以来所有的念头还要多。

"妈妈,"她说,"蜡油的气味,弟弟一定受不了。去买一支白烛怎么样?……"说着她像小鸟一般轻盈地跑去,从钱袋里掏出她的月费,一块五法郎的银币,说:

"喂,拿侬,快点儿去。"

她又拿了一个糖壶,塞夫勒窑烧的旧瓷器,是葛朗台从弗鲁瓦丰别庄拿来的。葛朗台太太一看到就严重地警告说:

"哎,父亲看了还了得!……再说哪儿来的糖呢?你疯了吗?"

"妈妈,跟白烛一样好叫拿侬去买啊。"

"可是你父亲要怎么说呢?"

"他的侄儿连一杯糖水都没得喝,成什么话?而且他不会留意的。"

"嘿,什么都逃不过他的眼睛。"葛朗台太太侧了侧脑袋。

拿侬犹疑不决,她知道主人的脾气。

"去呀,拿侬,既然今天是我的生日!"

拿侬听见小主人第一次说笑话,不禁哈哈大笑,照她的吩咐去办了。

正当欧也妮跟母亲想法把葛朗台派给侄儿住的卧房装饰得漂亮一些的时候,夏尔却成为德·格拉桑太太大献殷勤、百般挑逗的目标。

"你真有勇气呀,先生,"她对他说,"居然肯丢下巴黎冬天的娱乐,住到索漠来。不过,要是你不觉得我们太可怕的话,你慢慢会看到,这里一样可以消遣的。"

接着她做了一个十足外省式的媚眼。外省女子的眼风,因为平常矜持到极点,谨慎到极点,反而有一种馋涎欲滴的神气,那是把一切欢娱当作盗窃或罪过的教士特有的眼风。

夏尔在堂屋里迷惘到万分,意想之中伯父的别庄与豪华的生活,跟眼前种种差得太远了,所以他把德·格拉桑太太仔细瞧过之后,觉得她淡淡的还有一点儿巴黎妇女的影子。她上面那段话,对他好似一种邀请,他便客客气气地接受了,很自然地和她攀谈起来。德·格拉桑太太把嗓子逐渐放低,跟她说的体己话的内容配合。她和夏尔都觉得需要密谈一下。所以时而调情说笑,时而一本正经地闲扯了一会之后,那位手段巧妙的外省女子,趁其余的人谈论当时全索漠最关心的酒市行情而不注意她的时候,说道:

"先生,要是你肯赏光到舍间来,外子一定跟我一样高兴。索漠城中,只有在舍间才能同时碰到商界巨头跟阀阅世家。在这两个社会里,我们都有份;他们也只愿意在我们家里见面,因为玩得痛快。我敢骄傲地说一句,旧家跟商界都很敬重我丈夫。我们一定得给你解解闷。要是你老待在葛朗台先生家里,哎,天哪! 不知你要烦成什么样呢! 你的老伯是一个守财奴,一心只想他的葡萄秧;你的伯母是一个理路不清的老虔婆;你的堂姊,不痴不癫,没有教育,没有陪嫁,俗不可耐,只晓得整天缝抹布。"

"她很不错呢,这位太太。"夏尔这样想着,就跟德·格拉桑太太的装腔作势呼应起来。

"我看,太太,你大有把这位先生包办的意思。"又胖又高的银行家笑着插嘴。

听到这一句,公证人与所长都说了些俏皮话;可是神甫很狡猾地望着他们,吸了一撮鼻烟,拿烟壶向大家让了一阵,把众人的思想归纳起来说:

"除了太太,还有谁能给这位先生在索漠当向导呢?"

"啊,啊!神甫,你这句话是什么意思?"德·格拉桑先生问。

"我这句话,先生,对你,对尊夫人,对索漠城,对这位贵客,都表示最大的好意。"奸猾的老头儿说到末了,转身望着夏尔。

克罗旭神甫装作全没注意夏尔和德·格拉桑太太的谈话,其实早已猜透了。

"先生,"阿道尔夫终于装作随便的样子,对夏尔说,"不知道你还记得我吗,在纽沁根男爵府上,跳四组舞的时候我曾经跟你照过一面,并且……"①

"啊,不错,先生,不错。"夏尔回答,他很诧异地发觉个个人都在巴结他。

"这一位是你的世兄吗?"他问德·格拉桑太太。

神甫狡猾地瞅了她一眼。

"是的,先生。"她说。

"那么你很年轻就上巴黎去了?"夏尔又转身问阿道尔夫。

"当然喽,先生,"神甫插嘴道,"他们断了奶,咱们就打发他们进京看花花世界了。"

德·格拉桑太太极有深意地把神甫瞪了一眼,表示质问。他却紧跟着说:

"只有在外省,才能看到像太太这样三十多岁的女子,儿子都快要法科毕业了,还是这么娇嫩。"他又转身对着德·格拉桑太太:"当年跳舞会里,男男女女站在椅子上争着看你跳

---

① 四组舞的规则,两对舞伴在某种姿势中必须互相照面。

舞的光景,还清清楚楚在我眼前呢。你红极一时的盛况仿佛是昨天的事。"

"噢!这个老混蛋!"德·格拉桑太太心里想,"难道他猜到了我的心事吗?"

"看来我在索漠可以大大地走红呢。"夏尔一边想一边解开上衣的纽扣,把一只手按在背心上,眼睛望着空中,仿英国雕刻家尚特雷塑的拜伦的姿势。

葛朗台老头的不理会众人,或者不如说他聚精会神看信的神气,逃不过公证人和所长的眼睛。葛朗台的脸这时给烛光照得格外分明,他们想从他微妙的表情中间揣摩书信的内容。老头儿的神色,很不容易保持平日的镇静。并且像下面这样一封悲惨的信,他念的时候会装作怎样的表情,谁都可以想象得到:

> 大哥,我们分别快二十三年了。最后一次会面是我结婚的时候,那次我们是高高兴兴分手的。当然,我想不到有这么一天,要你独立支撑家庭。你当时为了家业兴隆多么快活。可是这封信到你手里的时候,我已经不在世界上了。以我的地位,我不愿在破产的羞辱之后觍颜偷生。我在深渊边上挣扎到最后一刻,希望能突破难关。可是非倒不可。我的经纪人与公证人罗甘的破产,把我最后一些资本也弄光了。我身边不名一文,欠了近四百万的债,资产只有一百万。囤积的酒,此刻正碰到市价惨跌,因为你们今年丰收,酒质又好。三天之后,全巴黎的人都要说:"葛朗台原来是个骗子!"我一生清白,想不到死后要受人唾骂。我既玷污了儿子的姓氏,又剥夺了他母亲的一份财产。他还一点儿不知道呢,我疼爱的这个

可怜的孩子！我和他分手的时候，彼此依依不舍。幸而他不知道这次诀别是我最后一次发泄热情。将来他会不会咒我呢？大哥，大哥，儿女的诅咒是最可怕的！儿女得罪了我们，可以求告，讨饶；我们得罪了儿女，却永远挽回不了。葛朗台，你是我的兄长，应当保护我：不要让夏尔在我的坟墓上说一句狠毒的话！大哥，即使我用血泪写这封信，也不至于这样痛苦，因为我可以痛哭，可以流血，可以死，可以没有知觉；但我现在只觉得痛苦，而且眼看着死，一滴眼泪都没有。你如今是夏尔的父亲了，他没有外婆家的亲戚，你知道为什么。唉，为什么我当时不听从社会的成见呢？为什么我向爱情低头呢？为什么我娶了一个贵人的私生女儿？夏尔无家可归了。可怜的孩子！孩子！你得知道，葛朗台，我并不为了自己求你；并且你的家产也许还押不到三百万。我求你是为我的儿子呀！告诉你，大哥，我想到你的时候是合着双手哀求的。葛朗台，我临死之前把夏尔托付给你了。现在我望着手枪不觉得痛苦了，因为想到有你担起为父的责任。夏尔对我很孝顺，我对他那么慈爱，从来不违拗他，他不会恨我的。并且你慢慢可以看到：他性情和顺像他母亲，绝不会有什么事教你难堪。可怜的孩子！他是享福惯的。你我小时候吃穿不全的苦处，他完全不知道……而他现在倾家荡产，只有一个人了！一定的，所有的朋友都要回避他，而他的羞辱是我造成的。啊！我恨不得把他一手带上天国，放在他母亲身边，唉，我简直疯了！我还得讲我的苦难，夏尔的苦难。我打发他到你那儿，让你把我的死讯和他将来的命运婉转地告诉他。希望你做他的父亲，慈爱的父亲。切勿一下子逼他戒绝悠闲的生活，那他会送命的。我愿意跪下来，求他抛弃母亲的遗产，而不要站在我的债权人的位置上。可是不必，他有傲气，一定知道他不该站在我的债主一边。你得教他趁早抛弃我的遗产。①我替他造成的艰苦的处境，你得仔细解释给他听；如果他对我的孝心不变，那么替我告诉他，前途并不绝望。咱们俩当初都是靠工作翻身的，将来他也可以靠了工作把我败掉的家业挣回来。如果他肯听我为父的话——为了他，我简直想从坟墓里爬起来——他应该出国，到印度去！② 大哥，夏尔是一个勇敢正直的青年，你给他一批出口货让他经营，他死也不会赖掉你给他的第一笔资本的；你一定得供给他，葛朗台！否则你将来要受良心责备的。啊！要是你对我的孩子不肯帮忙，不加怜爱，我要永久求上帝惩罚你的无情无义。我很想抢救出一部分财产，因为我有权在他母亲的财产里面留一笔给他，可是月底的开支把我全部资源分配完了。不知道孩子将来的命运，我是死不瞑目的；我真想握着你温暖的手，听到你神圣的诺言，好叫我略感放心；但是来不及了。在夏尔赶路的时间，我要把资产负债表造起。我要以业务的规矩诚实，证明我这次失败既没有过失也没有私弊。这不是为了夏尔吗！——别了，大哥。我付托给你的监护权，我相信你一定会慷慨地接受，愿上帝为此赐福给你。在彼世界上，永久有一个声音在为你祈祷。那儿我们早晚都要去的，而

———

① 法律规定，抛弃遗产即可不负前人债务的责任。
② 本书所谓印度泛指东印度（即荷属南洋群岛）与西印度（即美洲）。

我已经在那里了。

维克托-昂热-纪尧姆·葛朗台

"嗯,你们在谈天吗?"葛朗台把信照原来的折痕折好,放在背心袋里。

他因为心绪不宁,做着种种盘算,便故意装出谦卑而胆怯的神气望着侄儿说:

"烤了火,暖和了吗?"

"舒服得很,伯父。"

"哎,娘儿们到哪里去了?"

他已经忘了侄儿是要住在他家里的。

这时欧也妮和葛朗台太太正好回到堂屋。

"楼上什么都端整好了吧?"老头儿的心又定了下来。

"端整好了,父亲。"

"好吧,夏尔,你觉得累,就教拿侬带你上去。我的妈,那可不是漂亮哥儿住的房间喔!原谅我们种葡萄的穷人,都给捐税刮光了。"

"我们不打搅了,葛朗台,"银行家插嘴道,"你跟令侄一定有话谈。我们走了。明儿见。"

一听这几句话,大家站起身来告别,各人照着各人的派头行礼。老公证人到门口找出灯笼点了,提议先送德·格拉桑一家回去。德·格拉桑太太没料到中途出了事,散得这么早,家里的当差还没有来接。

"太太,肯不肯赏脸,让我搀着你走?"克罗旭神甫对德·格拉桑太太说。

"谢谢你,神甫,有孩子招呼我呢。"她冷冷地回答。

"太太们跟我一块儿走是没有嫌疑的。"神甫说。

"喂,就让克罗旭先生挽着你吧。"她的丈夫接口说。

神甫挽着美丽的太太,故意轻快地走在众人前面。

"这青年很不错啊,太太,"他紧紧抓着她的胳膊说,"葡萄割完,篮子没用了! 事情吹啦。你休想葛朗台小姐了,欧也妮是给那个巴黎人的喽。除非这个堂兄弟爱上什么巴黎女子,令郎阿道尔夫遇到了一个最……的敌手……"

"别这么说,神甫。回头他就会发觉欧也妮是一个傻姑娘,一点儿娇嫩都谈不上。你把她打量过没有? 今晚上她脸孔黄得像木瓜。"

"这一点也许你已经提醒堂兄弟了?"

"老实不客气……"

"太太,你以后永远坐在欧也妮旁边,那么不用对那个青年人多说他堂姊的坏话,他自己会比较,而且对……"

"他已经答应后天上我们家吃晚饭。"

"啊! 要是你愿意的话,太太……"神甫说。

"愿意什么,神甫? 是不是想教坏我? 天哪,我一生清白,活到了三十九岁,总不成再来糟蹋自己的声名,哪怕是为了得蒙古大皇帝的天下! 你我在这个年纪上都知道说话应该有个分寸。以你教士的身份,你的念头真是太不像话了。呸! 倒像《福勃拉》①书中的……"

"那么你念过《福勃拉》了?"

"不,神甫,我是说《危险的关系》②那部小说。"

"啊! 这部书正经多了,"神甫笑道,"你把我当作像现在

①　《福勃拉》,描写十八世纪轻狂淫逸风气的小说。

②　《危险的关系》,法国作家拉克洛(1741—1803)的小说。

的青年一样坏！我不过想劝你……"

"你敢说你不是想替我出坏主意吗？事情还不明白？这青年人固然不错，我承认，要是他追求我，他当然不会想到他的堂姊了。在巴黎，我知道，有一班好妈妈为了儿女的幸福跟财产，不惜来这么一手；可是咱们是在外省呀，神甫。"

"对，太太。"

"并且，"她又说，"哪怕是一亿家私，我也不愿意用这种代价去换，阿道尔夫也不愿意。"

"太太，我没有说什么一亿。诱惑来的时候，恐怕你我都抵抗不了。不过我认为一个清白的女子，只要用意不差，无伤大雅地调调情也未始不可，交际场中，这也是女人的一种责任……"

"真的吗？"

"太太，我们不是都应当讨人喜欢吗？……对不起，我要擤一下鼻子。真的，太太，"他接下去说，"他拿手眼镜照你，比他照我的时候，神气似乎要来得亲热一些；自然，我原谅他爱美甚于敬老……"

"显而易见，"所长在后面用他粗嘎而宏大的声音说，"巴黎的葛朗台打发儿子到索漠来，完全是为了亲事……"

"那么堂兄弟就不至于来得这么突兀了。"公证人回答。

"那倒不一定，"德·格拉桑先生表示意见，"那家伙一向喜欢藏头露尾的。"

"喂，德·格拉桑，"他太太插嘴道，"我已经请他来吃晚饭了，那小伙子。你再去邀上拉索尼埃夫妇，杜·奥图瓦一家，还有那美丽的杜·奥图瓦小姐；噢，但愿她那一天穿得像个样子！她母亲真会忌妒，老把她打扮得那么丑！"她又停下

49

脚步对三位克罗旭说:"希望你们也赏光。"

"你们到了,太太。"公证人说。

三位克罗旭别了三位德·格拉桑回家,一路上拿出外省人长于分析的本领,把当晚那件大事从各方面推敲了一番。为了这件事,克罗旭和德·格拉桑两家的关系有了变化。支配这些大策略家行事的世故,使双方懂得暂时有联合对付共同敌人的必要。他们不是应该协力同心阻止欧也妮爱上堂兄弟,阻止夏尔想到堂姊吗?他们要用花言巧语去阴损人家,表面上恭维,骨子里诋毁,时时刻刻说些似乎天真而别有用心的话:那巴黎人是否能够抵抗这些手段,不上他们的当呢?

赶到堂屋里只剩下四个家属的时候,葛朗台对侄儿说道:"该睡觉了。夜深了,你到这儿来的事不能再谈了;明天再挑个合适的时间吧。我们八点吃早饭;中午随便吃一点水果跟面包,喝一杯白葡萄酒;五点吃晚饭,像巴黎人一样。这是我们的规矩。你想到城里城外去玩儿吧,尽管自便。原谅我很忙,没有工夫老是陪你。说不定你会到处听见人家说我有钱:这里是葛朗台先生,那里又是葛朗台先生。我让他们说,这些废话不会破坏我的信用。可是我实在没有钱,到了这个年纪,还像做伙计的一样,全部家当只有一双手和一只整脚刨子。你不久或者自己会明白,要流着汗去挣一个钱是多么辛苦。喂,拿侬,把蜡烛拿来。"

"侄儿,我想你屋子里用的东西大概都齐了,"葛朗台太太说,"缺少什么,尽管吩咐拿侬。"

"不会吧,伯母,我什么都带齐的!希望你跟大姊都睡得好。"

夏尔从拿侬手里接过一支点着的白烛,安茹城里的货色,铺子里放久了,颜色发黄,初看跟蜡烛差不多;葛朗台根本想不到家里有白烛,也就不曾发现这件奢侈品。

"我来带路。"他说。

照例应当从大门里边的环洞中出去,葛朗台却郑重其事地,走堂屋与厨房之间的过道上楼。过道与楼梯中间隔着一扇门,嵌着椭圆形的大玻璃,挡一下楼梯洞里的冷气。但是到了冬天,虽然堂屋的门,上下四周都钉着绒布条子,照样有尖厉的冷风钻进来,使里面不容易保持相当的温度。

拿侬把大门上锁,关起堂屋,到马房里放出那条声音老是发嘎,仿佛害什么喉头炎似的狼狗。这畜生凶猛无比,只认得拿侬一人。他们都是乡下出身,所以彼此了解。夏尔看到楼梯间墙壁发黄,到处是烟熏的痕迹,扶手全给虫蛀了的楼梯,在伯父沉重的脚下颤抖,他的美梦更加被吹得无影无踪了。他疑心走进了一座鸡棚,不由得转身望望他的伯母与堂姊;她们却是走惯这座楼梯的,根本没有猜到他为什么惊讶,还以为他表示亲热,便对他很愉快地一笑,越发把他气坏了。

"父亲送我到这儿来见什么鬼呀!"他心里想。

到了楼上,他看见三扇土红色的门,没有门框子,嵌在剥落的墙壁里,钉着两头作火舌形的铁条,就像长长的锁眼两端的花纹。正对楼梯的那扇门,一望而知是堵死了的。这间屋正好在厨房上面,只能从葛朗台的卧房进去,是他办事的密室,独一无二的窗洞临着院子,装着粗大的铁栅,光线就从这里射进屋子。

这间房,不用说别人,连葛朗台太太都不准进去,他要独自守在里面,好似炼丹师守护丹炉一般。这儿,他准是很巧妙地安排下什么秘窟,藏着田契屋契之类,挂着秤金路易的天平,更深夜静地躲在这里写凭据,收条,作种种计算;所以一般生意人永远看到葛朗台样样都有准备,以为他有什么鬼使神差供他驱遣似的。当拿侬打鼾的声音震动楼板,狼狗在院中巡逻、打呵欠,欧也妮母女俩沉沉酣睡的时候,老箍桶匠一定在这儿眯着眼睛看黄金,摩挲把玩,清点码放装入桶内,加上箍套严加封存。密室的墙壁既厚实,护窗也严密。钥匙只有他一个人有。据说他还在这儿研究图样,上面连果树都注明的,他核算他的出产,数字的误差至多是一根葡萄秧一捆柴上下。

这扇堵死的门对面是欧也妮的房门。楼梯道的尽头是老夫妇俩的卧室,占据了整个前楼的地位。葛朗台太太和女儿的屋子是相连的,中间隔一扇玻璃门。葛朗台和太太的两间卧室,有板壁分隔,密室与他的卧房之间是厚实的墙。

葛朗台老头把侄儿安置在三楼上,那间高爽的顶楼正好在他的卧室上面,如果侄儿高兴起来在房内走动,他可以听得清清楚楚。

欧也妮和母亲走到楼梯道中间,互相拥抱道别;她又对夏尔说了几句告别的话,嘴上很平淡,在姑娘的心里一定是很热的;然后她们各自进房。

"这是你的卧房了,侄儿,"葛朗台一边开门一边说,"要出去,先叫拿侬。没有她,对不起!咱们的狗会一声不响把你吃掉。好好睡吧。——再见。嗨!嗨!娘儿们给你生了火啦。"

这时长脚拿侬提着脚炉进来了。

"哦,又是一个!"葛朗台说,"你把我侄儿当作临产的女人吗?把脚炉拿下去,拿侬!"

"先生,被单还潮呢,再说,侄少爷真是娇嫩得像女人一样。"

"也罢,既然你存心讨好他,"葛朗台把她肩膀一推,"可是留神,别失火。"

吝啬鬼一路下楼,不知嘟囔些什么。

夏尔站在行李堆中愣住了。这间顶楼上的卧房,那种黄地小花球的糊壁纸,像小酒店里用的;粉石的壁炉架,线条像沟槽一般,望上一眼就教你发冷;黄椅子的草坐垫涂过油,似乎不止有四只角;床几的大肚子打开着,容得下一个轻骑兵;稀薄的脚毯上边是一张有顶的床,满是蛀洞的帐幔摇摇欲坠。夏尔一件件地看过了,又一本正经地望着长脚拿侬,说道:

"嗨!嗨!好嫂子,这当真是葛朗台先生的府上吗,当过索漠市长,巴黎葛朗台先生的哥哥吗?"

"对呀,先生,一个多可爱、多和气、多好的老爷哪。要不要帮你打开箱子?"

"好啊,怎么不要呢,我的兵大爷!你没有在御林军中当过水手吗?"

"噢!噢!噢!"拿侬叫道,"什么? 御林军的水手? 淡的还是咸的? 走水路的吗?"

"来,把钥匙拿去,在这口提箱里替我把睡衣找出来。"

一件金线绣花古式图案的绿绸睡衣,把拿侬看呆了。

"你穿了这个睡觉吗?"

"是呀。"

"哎哟!圣母马利亚! 披在祭坛上做桌围才合适呢。我的好少爷,把它捐给教堂吧,包你上天堂,要不然你的灵魂就没有救啦。噢! 你穿了多好看。我要叫小姐来瞧一瞧。"

"喂,拿侬,别嚷,好不好?让我睡觉,我明儿再来整东西;你看中我的睡衣,就让你拿去救你的灵魂吧。我是诚心的基督徒,临走一定留下来,你爱怎么办就怎么办吧。"

拿侬呆呆地站在那里,端详着夏尔,不敢相信他的话。

"把这件漂亮衣衫给我?"她一边走一边说,"他已经在说梦话了,这位少爷。明儿见。"

"明儿见,拿侬。"——夏尔入睡之前又想:"我到这儿来干什么呢?父亲不是一个呆子,叫我来必有目的。好吧,正经事,明儿想,不知哪个希腊的笨伯说的。"

欧也妮祈祷的时候忽然停下来想道:"圣母马利亚,多漂亮呀,这位堂兄弟!"这天晚上她的祷告没有做完。

葛朗台太太临睡的时候一点念头都没有。从板壁正中的小门中间,她听见老头儿在房内踱来踱去。像所有胆小的女人一样,她早已识得老爷的脾气。海鸥预知雷雨,她也能从微妙莫测的征兆上面,预感到葛朗台心中的风暴,于是就像她自己所说的,她装着假死。

葛朗台望着那扇里边有铁板的密室的门,想道:"亏我兄弟想得出,把儿子送给我!嘿,这笔遗产才有趣哩!我可是没有一百法郎给他。而且一百法郎对这个花花公子中什么用?他拿手眼镜照我晴雨表的气概,就像要放一把火把它烧掉似的。"

葛朗台想着那份痛苦的遗嘱可能发生的后果,心绪也许比兄弟写的时候还要乱。

"我真的会到手这件金线衣衫吗……"拿侬自言自语地说。她睡熟的时候,已经穿上了祭坛的桌围,破天荒第一遭梦见许多鲜花,绫罗绸缎,正如欧也妮破天荒第一遭梦见爱情。

外省的爱情

少女们纯洁而单调的生活中,必有一个美妙的时刻,阳光会流入她们的心坎,花会对她们说话,心的跳动会把热烈的生机传给头脑,把意念融为一种渺茫的欲望;真是哀而不怨、乐而忘返的境界!儿童睁眼看到世界就笑,少女在大自然中发现感情就笑,像她儿时一样地笑。要是光明算得人生第一个恋爱对象,那么恋爱不就是心的光明吗?欧也妮终于到了把世界上的东西看明白的时候了。

跟所有外省姑娘一样,她起身很早,祷告完毕,开始梳妆,从今以后梳妆是一件有意义的事情了。她先把栗色的头发梳光,很仔细地把粗大的辫子盘上头顶,不让零星短发从辫子里散出来,发髻的式样改成对称,越发烘托出她一脸的天真与娇羞;头饰的简朴与面部线条的单纯配得很调和。拿清水洗了好几次手,那是平日早已浸得通红,皮肤也变得粗糙了的,她望着一双滚圆的胳膊,私忖堂兄弟怎么能把手养得又软又白,指甲修得那么好看。她换上新袜,套上最体面的鞋子;一口气束好了胸,一个眼子都没有跳过。总之,她有生以来第一次希望自己显得漂亮,第一次懂得有一件裁剪合适、使她惹人注目的新衣衫的乐趣。

穿扮完了,她听见教堂的钟声,很奇怪只数到七下,因为想要有充分的时间梳妆,不觉起得太早了。她既不懂一卷头发可以做上十来次,来研究它的效果,就只能老老实实抱着手臂,坐在窗下望着院子,小园,和那些居高临下的平台;一派凄凉的景色,也望不到远处,但也不无那种神秘的美,为僻静的地方或荒凉的野外所特有的美。

厨房旁边有口井,围着井栏,辘轳吊在一个弯弯的铁杆上。绕着铁杆有一株葡萄藤,那时节枝条已经枯萎,变红;蜿蜒曲折的蔓藤从这儿爬上墙,沿着屋子,一直伸展到柴房顶上。堆在那里的木柴,跟藏书家的图书一样整齐。院子里因为长着青苔、野草,无人走动,日子久了,石板都是黑黝黝的。厚实的墙上披着绿荫,波浪似的挂着长长的褐色枝条。院子底上,通到花园门有八级向上的石磴,东倒西歪,给高大的植物掩没了,好似十字军时代一个寡妇埋葬她骑士的古墓。剥落的石基上面,竖着一排腐烂的木栅,一半已经毁了,却还布满各种藤萝,乱七八糟地扭作一团。栅门两旁,伸出两株瘦小的苹果树丫枝。园中有三条平行的小径,铺有细砂;小径之间是花坛,四周种了黄杨,借此堵住花坛的泥土;园子尽头是一片菩提树荫,靠在平台脚下。一头是些杨梅树,另一头是一株高大无比的核桃树,树枝一直伸到箍桶匠的密室外面。那日正是晴朗的天气,碰上卢瓦尔河畔秋天常有的好太阳,使铺在幽美的景物、墙垣、院子和花园里树木上的初霜,开始溶化。

欧也妮对那些素来觉得平淡无奇的景色,忽而体会到一种新鲜的情趣。千思百念,渺渺茫茫地在心头涌起,外界的阳光一点点地照开去,胸中的思绪也越来越多。她终于感到一阵模糊的、说不出的愉快把精神包围了,犹如置身云雾中一般。她的思绪,跟这奇特的风景连细枝小节都配合上了,心中的和谐与自然界的融成一片。

一堵墙上挂着浓密的凤尾草,草叶的颜色像鸽子的颈项一般时刻变化。阳光照到这堵墙上的时候,仿佛天国的光明照出了欧也妮将来的希望。从此她就爱这堵墙,爱看墙上的枯草,褪色的花,蓝的灯笼花,因为其中有她甜蜜的回忆,跟童年往事一样。有回声的院子里,每逢她心中暗暗发问的时候,枝条上每张落叶的声响就是回答。她会整天待在这儿,不觉得时光飞逝。然后她又心中乱糟糟地骚动起来,便突然站起身子,走过去照镜,好比一个有良心的作家打量自己的作品,想吹毛求疵地挑剔一番。

"我的相貌配不上他!"

这是欧也妮的念头,又谦卑又痛苦的念头。可怜的姑娘太瞧不起自己了;可是谦虚,或者不如说惧怕,的确是爱情的主要德行之一。像欧也妮那样的小布尔乔亚,都是身体结实,美得有点儿俗气的;可是她虽然跟米洛岛上的爱神①相仿,却有一股隽永的基督徒气息,把她的外貌变得高雅,净化,有点儿灵秀之气,为古代雕刻家没有见识过的。她的脑袋很大,前额带点儿男相,可是很清秀,像菲迪亚斯的朱庇特雕像;贞洁的生活使她灰色的眼睛光芒四射。圆脸上娇嫩红润的线条,生过天花之后变得粗糙了,幸而没有留下痘瘢,只去掉了皮肤上绒样的那一层,但依旧那么柔软细腻,会让妈妈的亲吻留下一道红印。她的鼻子大了一点,可是配上朱红的嘴巴倒很合适;满是纹缕的嘴唇,显出无限的深情与善意。脖子是滚圆

---

① 米洛岛的爱神为希腊许多爱神雕像之一,特点在于体格健美,表情宁静。

的。遮得密不透风的饱满的胸部,惹起人家的注意与幻想。当然她因为装束的关系,缺少一点儿妩媚;但在鉴赏家心目中,那个不甚灵活的体态也别有风韵。所以,高大壮健的欧也妮并没有一般人喜欢的那种漂亮,但她的美是一望而知的,只有艺术家才会倾倒的。有的画家希望在尘世找到圣洁如马利亚那样的典型:眼神要像拉斐尔所揣摩到的那么不亢不卑;而理想中的线条,又往往是天生的,只有基督徒贞洁的生活才能培养,保持。醉心于这种模型的画家,会发现欧也妮脸上就有种天生的高贵,连她自己都不曾觉察的:安静的额角下面,藏着整个的爱情世界;眼睛的模样,眼皮的动作,有股说不出的神明的气息。她的线条,面部的轮廓,从没有为了快乐的表情而有所改变,而显得疲倦,仿佛平静的湖边,水天相接之处那些柔和的线条。恬静、红润的脸色,光彩像一朵盛开的花,使你心神安定,感觉到它那股精神的魅力,不由不凝眸注视。

欧也妮还在人生的边上给儿童的幻象点缀得花团锦簇,还在天真烂漫的采朵雏菊占卜爱情①的阶段。她并不知道什么叫作爱情,只照着镜子想:"我太丑了,他看不上我的!"

随后她打开正对楼梯的房门,探着脖子听屋子里的声音。她听见拿侬早上例有的咳嗽,走来走去,打扫堂屋,生火,缚住狼狗,在牛房里对牲口说话。她想:

"他还没有起来呢。"

她立刻下楼,跑到正在挤牛奶的拿侬前面。

"拿侬,好拿侬,做些乳酪给堂兄弟喝咖啡吧。"

"嗳,小姐,那是要隔天做起来的,"拿侬大笑着说,"今天

---

① 欧俗,少男少女常以撕雏菊花瓣的方式占卜爱情。

我没法做乳酪了。哎，你的堂兄弟生得标致，标致，真标致。你没瞧见他穿了那件金线纺绸睡衣的模样呢。嗯，我瞧见了。他细洁的衬衫跟本堂神甫披的白祭衣一样。"

"拿侬，那么咱们弄些千层饼吧。"

"烤炉用的木柴谁给呢？还有面粉，还有牛油？"拿侬说。她以葛朗台先生的总管资格，有时在欧也妮母女的心目中特别显得有权有势。"总不成为了款待你的堂兄弟，偷老爷的东西。你可以问他要牛油，面粉，木柴，他是你爸爸，会给你的。哦，他下楼招呼食粮来啦……"

欧也妮听见楼梯在父亲脚下震动，吓得往花园里溜了。一个人快乐到极点的时候，往往——也许不无理由——以为自己的心思全摆在脸上，给人家一眼就会看透；这种过分的羞怯与心虚，对欧也妮已经发生作用。可怜的姑娘终于发觉自己父亲的家里冷冰冰的一无所有，怎么也配不上堂兄弟的风雅，觉得很气恼。她很热烈地感到非给他做一点儿什么不可；做什么呢？不知道。天真，老实，她听凭纯朴的天性自由发挥，并没对自己的印象和情感有所顾虑。一看见堂兄弟，女性的倾向就在她心中觉醒了，而且来势特别猛烈，因为到了二十三岁，她的智力与欲望都已经达到高峰。她第一次见了父亲害怕，悟出自己的命运原来操在他的手里，认为有些心事瞒着他是一桩罪过。她脚步匆忙地在那儿走，很奇怪地觉得空气比平时新鲜，阳光比平时更有生气，给她精神上添了些暖意，给了她新的生命。

她正在想用什么计策弄到千层饼，长脚拿侬和葛朗台却斗起嘴来。他们之间的吵架是像冬天的燕子一样少有的。老头儿拿了钥匙预备分配当天的食物，问拿侬：

"昨天的面包还有得剩吗!"

"连小屑子儿都没有了,先生。"

葛朗台从那只安茹地方做面包用的平底篮里,拿出一个糊满干面的大圆面包,正要动手去切,拿侬说:

"咱们今儿是五个人吃饭呢,先生。"

"不错,"葛朗台回答,"可是这个面包有六磅重,还有得剩呢。这些巴黎人简直不吃面包,你等会瞧吧。"

"他们只吃馅子吗?"拿侬问。

在安茹一带,俗语所说的馅子,是指涂在面包上的东西,包括最普通的牛油到最贵族化的桃子酱。凡是小时候舐光了馅子把面包剩下来的人,准懂得上面那句话的意思。

"不,"葛朗台回答,"他们既不吃馅子,也不吃面包,就像快要出嫁的姑娘一样。"

他吩咐了几样顶便宜的菜,关起杂货柜正要走向水果房,拿侬把他拦住了说:

"先生,给我一些面粉跟牛油,为孩子们做一个千层饼吧。"

"为了我的侄儿,你想毁掉我的家吗?"

"为你的侄儿,我并不比为你的狗多费什么心,也不见得比你自己多费心……你瞧,你只给我六块糖!我要八块呢。"

"哎唷!拿侬,我从来没看见你这个样子,这算什么意思?你是东家吗?糖,就只有六块。"

"那么侄少爷的咖啡里放什么?"

"两块喽,我可以不用的。"

"在你这个年纪不用糖?我掏出钱来给你买吧。"

"不相干的事不用你管。"

那时糖虽然便宜,老箍桶匠始终觉得这是最珍贵的舶来品,要六法郎一磅。帝政时代大家不得不节省用糖,在他却成了牢不可破的习惯。

所有的女人,哪怕是最蠢的,都会用手段来达到她们的目的:拿侬丢开了糖的问题,来争取千层饼了。

"小姐,"她隔着窗子叫道,"你不是要吃千层饼吗?"

"不要,不要。"欧也妮回答。

"好吧,拿侬,"葛朗台听见了女儿的声音,"拿去吧。"

他打开面粉柜舀了一点给她,又在早先切好的牛油上面补了几两。

"还要烤炉用的木柴呢。"拿侬毫不放松。

"你要多少就拿多少吧,"他无可奈何地回答,"可是你得给我们做一个果子饼,晚饭也在烤炉上做,不用生两个炉子了。"

"嘿!那还用说!"

葛朗台用着差不多像慈父一般的神气,对忠实的管家望了一眼。

"小姐,"厨娘嚷道,"咱们有千层饼吃了。"

葛朗台捧了许多水果回来,先把一盆的量放在厨房桌上。

"你瞧,先生,"拿侬对他说,"侄少爷的靴子多好看,什么皮呀!多好闻哪!拿什么东西上油呢?要不要用你鸡蛋清调的鞋油?"

"拿侬,我怕蛋清要弄坏这种皮的。你跟他说不会擦摩洛哥皮就是了……不错,这是摩洛哥皮,他自己会到城里买鞋油给你的;听说那种鞋油里面还掺白糖,叫它发亮呢。"

"这么说来,还可以吃的了?"拿侬把靴子凑近鼻尖,"呦!

呦！跟太太的科隆水一样香！好玩！"

"好玩！靴子比穿的人还值钱,你觉得好玩?"

他把果子房锁上,又回到厨房。

"先生,"拿侬问,"你不想一礼拜来一两次砂锅,款待款待你的……"

"行。"

"那么我得去买肉了。"

"不用;你慢慢给我们炖个野味汤,佃户不会让你闲着的。不过我得关照科努瓦耶打几只乌鸦,这个东西煮汤再好没有了。"

"可是真的,先生,乌鸦是吃死人的?"

"你这个傻瓜,拿侬！它们还不是跟大家一样有什么吃什么。难道我们就不吃死人了吗? 什么叫作遗产呢?"

葛朗台老头没有什么吩咐了,掏出表来,看到早饭之前还有半点钟工夫,便拿起帽子拥抱了一下女儿,对她说:

"你高兴上卢瓦尔河边遛遛吗,到我的草原上去? 我在那边有点儿事。"

欧也妮跑去戴上系有粉红缎带的草帽,然后父女俩走下七转八弯的街道,直到广场。

"一大早往哪儿去呀?"公证人克罗旭遇见了葛朗台问。

"有点儿事。"老头儿回答,心里也明白为什么他的朋友清早就出门。

当葛朗台老头有点儿事的时候,公证人凭以往的经验,知道准可跟他弄到些好处,因此就陪了他一块儿走。

"你来,克罗旭,"葛朗台说,"你是我的朋友,我要给你证明,在上好的土地上种白杨是多么傻……"

"这么说来,卢瓦尔河边那块草原给你挣的六万法郎,就不算一回事吗?"克罗旭眨巴着眼睛问,"你还不够运气?……树木砍下的时候,正碰上南特城里白木奇缺,卖到三十法郎一株。"

欧也妮听着,可不知她已经临到一生最重大的关头,至高至上的父母之命,马上要由公证人从老人嘴里逼出来了。

葛朗台到了卢瓦尔河畔美丽的草原上,三十名工人正在收拾从前种白杨的地方,把它填土,铲平。

"克罗旭先生,你来看一株白杨要占多少地。"他提高嗓子唤一个工人:"冉,拿尺来把四……四……四边量……量……一下!"

工人量完了说:"每边八尺。"

"那就是糟蹋了三十二尺地,"葛朗台对克罗旭说,"这一排上从前我有三百株白杨,是不是?对了,……三百……乘三……三十二……尺……就……就……就是五……五……五百棵干草;加上两旁的,一千五;中间的几排又是一千五。就……就算一千堆干草吧。"

"像这类干草,"克罗旭帮着计算道,"一千堆值到六百法郎。"

"算……算……算它一千两百法郎,因为割过以后再长出来的,还好卖到三四百法郎。那么,你算算一年一千……千……两百法郎,四十年……下……下……下来该有多多多多少,加上你……你知道的利……利……利上滚利。"

"一起总该有六万法郎吧。"公证人说。

"得啦!只……只有六万法郎是不是?"老头儿往下说,这一回可不再结结巴巴了,"不过,两千株四十年的白杨还卖不到五万法郎,这不就是损失?给我算出来喽,"葛朗台说到这里,大有自命不凡之概,"冉,你把窟窿都填平,只留下河边的那一排,把我买来的白杨种下去。种在河边,它们就靠公家①长大了。"他对克罗旭补上这句,鼻子上的肉瘤微微扯动一下,仿佛是挖苦得最凶的冷笑。

"自然喽,白杨只该种在荒地上。"克罗旭这么说,心里给葛朗台的算盘吓住了。

"可不是,先生!"老箍桶匠带着讥讽的口吻。

欧也妮只顾望着卢瓦尔河边奇妙的风景,没有留神父亲的计算,可是不久克罗旭对她父亲说的话,引起了她的注意:

"哎,你从巴黎招了一个女婿来啦,全索漠都在谈论你的侄儿。快要叫我立婚书了吧,葛朗台老爹?"

"你……你……你清……清……清早出来,就……就……就是要告诉我这个吗?"葛朗台说这句话的时候,扯动着肉瘤,"那么,老……老兄,我不瞒你,你……你要知……知道的,我可以告诉你。我宁可把……把……女……女……女儿丢在卢瓦尔河里,也……也不愿把……把她给……给她的堂……堂……堂兄弟;你不……不……不妨说给人人……人……人家听。啊,不必;让他……他们去胡……胡……胡扯吧。"

这段话使欧也妮一阵眼花。遥远的希望刚刚在她心里萌芽,就开花,长成,结成一个花球,现在她眼看剪成一片片的,扔在地下。从隔夜起,促成两心相契的一切幸福的联系,已经使她舍不得夏尔;从今以后,却要由苦难来加强他们的结合

----

① 河边的地属公家所有。

了。苦难的崇高与伟大，要由她来担受，幸运的光华却与她无缘，这不就是女子的庄严的命运吗？父爱怎么会在她父亲心中熄灭的呢？夏尔犯了什么滔天大罪呢？不可思议的问题！她初生的爱情已经够神秘了，如今又包上了一团神秘。她两腿哆嗦着回家，走到那条黝黑的老街，刚才是那么喜气洋洋的，此刻却一片荒凉，她感到了时光流转与人事劳劳留在那里的凄凉情调。爱情的教训，她一桩都逃不了。

到了离家只有几步路的地方，她抢着上前敲门，在门口等父亲。葛朗台瞥见公证人拿着原封未动的报纸，便问：

"公债行情怎么样？"

"你不肯听我的话，葛朗台，"克罗旭回答说，"赶紧买吧，两年之内还有二成可赚，并且利率很高，八万法郎有五千息金。行市是八十法郎五十生丁。"

"慢慢再说吧。"葛朗台摸着下巴。

公证人展开报纸，忽然叫道："我的天！"

"什么事？"葛朗台这么问的时候，克罗旭已经把报纸送在他面前，说："你念吧。"

> 巴黎商界巨子葛朗台氏，昨日照例前往交易所，不料返寓后突以手枪击中脑部，自杀殒命。死前曾致书众议院议长及商务裁判所所长，辞去本兼各职。闻葛氏破产，系受经纪人苏舍及公证人罗甘之累。以葛氏地位及平素信用而论，原不难于巴黎商界中获得支援，徐图挽救；讵一时情急，遽尔出此下策，殊堪惋惜……

"我早知道了。"老头儿对公证人说。

克罗旭听见这话抽了一口冷气。虽然当公证人的都有镇静的功夫,但想到巴黎的葛朗台也许央求过索漠的葛朗台而被拒绝的时候,他不由得背脊发冷。

"那么他的儿子呢? 昨天晚上还多么高兴……"

"他还不知道。"葛朗台依旧很镇定。

"再见,葛朗台先生。"克罗旭全明白了,立刻去告诉德·篷风所长叫他放心。

回到家里,葛朗台看到早饭预备好了。葛朗台太太已经坐在那张有木座的椅子上,编织冬天用的毛线套袖。欧也妮跑过去拥抱母亲,热烈的情绪,正如我们憋着一肚子说不出的苦恼的时候一样。

"你们先吃吧,"拿侬从楼梯上连奔带爬地下来说,"他睡得像个小娃娃。闭着眼睛,真好看! 我进去叫他,嗨,他一声也不回。"

"让他睡吧,"葛朗台说,"他今天起得再晚,也赶得上听他的坏消息。"

"什么事呀?"欧也妮问,一边把两小块不知有几克重的糖放入咖啡。那是老头儿闲着没事的时候切好在那里的。葛朗台太太不敢动问,只望着丈夫。

"他父亲一枪把自己打死了。"

"叔叔吗? ……"欧也妮问。

"可怜这孩子哪。"葛朗台太太嚷道。

"对啦,可怜,"葛朗台接着说,"他一个钱都没有了。"

"可是他睡的模样,好像整个天下都是他的呢。"拿侬声调很温柔地说。

欧也妮吃不下东西。她的心给揪紧了,就像初次对爱人的苦难表示同情,而全身都为之波动的那种揪心。她哭了。

"你又不认识叔叔,哭什么?"她父亲一边说,一边饿虎般地瞪了她一眼,他瞪着成堆的金子时想必也是这种眼睛。

"可是,先生,"拿侬插嘴道,"这可怜的小伙子,谁见了不替他难受呢? 他睡得像木头一样,还不知道飞来横祸呢。"

"拿侬,我不跟你说话,别多嘴。"

欧也妮这时才懂得一个动了爱情的女子永远得隐瞒自己的感情。她不作声了。

"希望你,太太,"老头儿又说,"我出去的时候对他一字都不用提。我要去把草原上靠大路一边的土沟安排一下。我中饭时候回来跟侄儿谈。至于你,小姐,要是你为了这个花花公子而哭,这样也够了。他马上要到大印度①去,休想再看见他。"

父亲从帽子边上拿起手套,像平时一样不动声色地戴上,交叉着手指把手套扣紧,出门了。

欧也妮等到屋子里只剩她和母亲两个的时候,嚷道:

"啊! 妈妈,我要死了。我从来没有这么难受过。"

葛朗台太太看见女儿脸色发白,便打开窗子教她深呼吸。

"好一点了。"欧也妮过了一会说。

葛朗台太太看到素来很冷静很安定的欧也妮,一下子居然神经刺激到这个田地,她凭着一般母亲对孩子的直觉,马上猜透了女儿的心。事实上,欧也妮母女俩的生命,比两个连体的匈牙利孪生姊妹②还要密切,她们永远一块儿坐在这个窗

① 大印度,当时指印度半岛(即今印度支那半岛),包括泰国、缅甸和印度支那,以区别于东印度和西印度群岛。

② 匈牙利孪生姊妹生于一七〇一年,在欧洲各地展览后,送入修道院,一七二三年去世。

洞底下，一块儿上教堂，睡在一座屋子里，呼吸着同样的空气。

"可怜的孩子!"葛朗台太太把女儿的头搂在怀里。

欧也妮听了这话，仰起头来望了望母亲，揣摩她心里是什么意思，末了她说：

"干吗要送他上印度去？他遭了难，不是正应该留在这儿吗？他不是我们的骨肉吗？"

"是的，孩子，应该这样。可是父亲有父亲的理由，应当尊重。"

母女俩一声不响地坐着，重新拿起活计，一个坐在有木座子的椅上，一个坐在小靠椅里。欧也妮为了感激母亲深切的谅解，吻着她的手说：

"你多好，亲爱的妈妈!"

这两句话使母亲那张因终身苦恼而格外憔悴的老脸，有了一点儿光彩。

"你觉得他好吗?"欧也妮问。

葛朗台太太只微微笑了一下;过了一会她轻轻地说：

"你已经爱上他了是不是？那可不好。"

"不好？为什么不好?"欧也妮说，"你喜欢他，拿侬喜欢他，干吗我不能喜欢他？喂，妈妈，咱们摆起桌子来预备他吃早饭吧。"

她丢下活计，母亲也跟着丢下，嘴里却说：

"你疯了!"

但她自己也跟着发疯，仿佛证明女儿并没有错。

欧也妮叫唤拿侬。

"又是什么事呀，小姐?"

"拿侬，乳酪到中午可以弄好了吧?"

"啊！中午吗？行，行。"老妈子回答。

"还有，他的咖啡要特别浓，我听见德·格拉桑说，巴黎人都喝挺浓的咖啡。你得多放一些。"

"哪儿来这么些咖啡？"

"去买呀。"

"给先生碰到了怎么办？"

"不会，他在草原上呢。"

"那么让我快点儿去吧。不过费萨尔老板给我白烛的时候，已经问咱们家里是不是三王来朝了。这样花钱，满城都要知道喽。"

"你父亲知道了，"葛朗台太太说，"说不定要打我们呢。"

"打就打吧，咱们跪在地下挨打就是。"

葛朗台太太一言不答，只抬起眼睛望了望天。拿侬戴上头巾，出去了。欧也妮铺上白桌布，又到顶楼上把她好玩地吊在绳上的葡萄摘下几串。她在走廊里蹑手蹑脚的，唯恐惊醒了堂兄弟，又禁不住把耳朵贴在房门上，听一听他均匀的呼吸，心里想：

"真叫作无事家中卧，祸从天上来。"

她从葡萄藤上摘下几张最绿的叶子，像侍候筵席的老手一般，把葡萄装得那么好看，然后得意扬扬地端到饭桌上。在厨房里，她把父亲数好的梨全部掳掠了来，在绿叶上堆成一座金字塔。她走来走去，蹦蹦跳跳，恨不得把父亲的家倾箱倒箧地搜括干净；可是所有的钥匙都在他身上。拿侬揣着两个鲜蛋回来了。欧也妮一看见蛋，简直想跳上拿侬的脖子。

"我看见朗德的佃户篮里有鸡子，就问他要，这好小子，为了讨好我就给我了。"

欧也妮把活计放下了一二十次,去看煮咖啡,听堂兄弟的起床和响动;这样花了两小时的心血,她居然端整好一顿午餐,很简单,也不多花钱,可是家里的老规矩已经破坏完了。照例午餐是站着吃的,各人不过吃一些面包,一个果子,或是一些牛油,外加一杯酒。现在壁炉旁边摆着桌子,堂兄弟的刀叉前面放了一张靠椅,桌上摆了两盆水果,一个蛋盅,一瓶白酒,面包,衬碟内高高地堆满了糖:欧也妮望着这些,想到万一父亲这时候回家瞪着她的那种眼光,不由得四肢哆嗦。因此她一刻不停地望着钟,计算堂兄弟是否能够在父亲回来之前用完早餐。

"放心,欧也妮,要是你爸爸回来,一切归我担当。"葛朗台太太说。

欧也妮忍不住掉下一滴眼泪,叫道:

"哦! 好妈妈,怎么报答你呢?"

夏尔哼呀唱呀,在房内不知绕了多少转,终于下楼了。还好,时间不过十一点。这巴黎人! 他穿扮花哨,仿佛在苏格兰的那位贵妇人爵府上做客。他进门时那副笑盈盈的怪和气的神情,配上青春年少多么合适,叫欧也妮看了又快活又难受。意想中伯父的行宫别墅,早已成为空中楼阁,他却嘻嘻哈哈地满不在乎,很高兴地招呼他伯母:

"伯母,你昨夜睡得好吗? 还有你呢,大姊?"

"很好,侄少爷,你自己呢?"葛朗台太太回答。

"我么? 睡得好极了。"

"你一定饿了,弟弟,"欧也妮说,"来用早点吧。"

"中午以前我从来不吃东西,那时我才起身呢。不过路上的饭食太坏了,不妨随便来一点,而且……"

说着他掏出勃雷盖①造的一只最细巧的扁平的表。

"咦,只有十一点,我起早了。"

"早了?……"葛朗台太太问。

"是呀,可是我要整东西。也罢,有东西吃也不坏,随便什么都行,家禽啰,鹧鸪啰。"

"啊,圣母马利亚!"拿侬听了不禁叫起来。

"鹧鸪。"欧也妮心里想,她恨不得把全部私蓄去买一只鹧鸪。

"这儿坐吧。"伯母招呼他。

花花公子懒洋洋地倒在靠椅中,好似一个漂亮女子摆着姿势坐在一张半榻上。欧也妮和母亲端了两张椅子在壁炉前面,坐在他旁边。

"你们终年住在这儿吗?"夏尔问。他发觉堂屋在白天比在烛光底下更丑了。

"是的,"欧也妮望着他回答,"除非收割葡萄的时候,我们去帮一下拿侬,住在诺阿伊哀修道院里。"

"你们从来不出去逛逛吗?"

"有时候,星期日做完了晚祷,天晴的话,"葛朗台太太回答,"我们到桥边去,或者在割草的季节去看割草。"

"这儿有戏院没有?"

"看戏!"葛朗台太太嚷道,"看戏子! 哎哟,侄少爷,难道你不知道这是该死的罪孽吗?"

"喂,好少爷,"拿侬捧着鸡子进来说,"请你尝尝带壳仔鸡。"

---

① 勃雷盖(1747—1823),著名钟表匠。

"哦！新鲜的鸡子？"夏尔叫道,他正像那些惯于奢华的人一样,已经把他的鹧鸪忘掉了,"好极了！可有些牛油吗,好嫂子？"

"啊！牛油！那么你们不想吃千层饼了？"老妈子说。

"把牛油拿来,拿侬！"欧也妮叫道。

少女留神瞧着堂兄弟把面包切成小块,觉得津津有味,正如巴黎最多情的女工,看一出好人得胜的戏一样。夏尔受过极有风度的母亲教养,又给一个时髦女子琢磨过了,的确有些爱娇而文雅的小动作,颇像一个风骚的情妇。少女的同情与温柔,真有磁石般的力量。夏尔一看见堂姊与伯母对他的体贴,觉得那股潮水般向他冲来的感情,简直没法抗拒。他对欧也妮又和善又怜爱地瞧了一眼,充满了笑意。把欧也妮端详之下,他觉得纯洁的脸上线条和谐到极点,态度天真,清朗有神的眼睛闪出年轻的爱情,只有愿望而没有肉欲的成分。

"老实说,亲爱的大姊,要是你盛装坐在巴黎歌剧院的包厢里,我敢保证伯母的话没有错,你要叫男人动心,叫女人妒忌,他们全得犯罪呢。"

这番恭维虽然使欧也妮莫名其妙,却把她的心抓住了,快乐得直跳。

"噢！弟弟,你取笑我这个可怜的乡下姑娘。"

"要是你识得我的脾气,大姊,你就知道我是最恨取笑的人:取笑会使一个人的心干枯,伤害所有的情感。"

说罢他有模有样地吞下一小块涂着牛油的面包。

"对了,大概我没有取笑人的聪明,所以吃亏不少。在巴黎,'他心地好呀'这样的话,可以把一个人羞得无地自容。因为这句话的意思是'其蠢似牛'。但是我,因为有钱,谁都知道我拿起随便什么手枪,三十步外第一下就能打中靶子,而且还是在野地里,所以没有人敢开我的玩笑。"

"侄儿,这些话证明你的心地好。"

"你的戒指漂亮极了,"欧也妮说,"给我瞧瞧不妨事吗?"

夏尔伸手脱下戒指,欧也妮的指尖,和堂兄弟粉红的指甲轻轻碰了一下,马上脸红了。

"妈妈,你看,多好的手工。"

"噢!多少金子啊。"拿侬端了咖啡进来,说。

"这是什么?"夏尔笑着问。他指着一个又高又瘦的土黄色的陶壶,上过釉彩,里边搪瓷的,四周堆着一圈灰土;里面的咖啡冲到面上又往底下翻滚。

"煮滚的咖啡呀。"拿侬回答。

"啊!亲爱的伯母,既然我在这儿住,至少得留下些好事做纪念。你们太落伍了!我来教你们怎样用夏普塔咖啡壶来煮成好咖啡。"

接着他解释用夏普塔咖啡壶的一套方法。

"哎唷,这样麻烦,"拿侬说,"要花上一辈子的工夫。我才不高兴这样煮咖啡呢。不是吗,我煮了咖啡,谁给咱们的母牛割草呢?"

"我来割。"欧也妮接口。

"孩子!"葛朗台太太望着女儿。

这句话,把马上要临到这可怜的青年头上的祸事,提醒了大家,三个妇女一齐闭口,不胜怜悯地望着他,使他大吃一惊。

"什么事,大姊?"

欧也妮正要回答,被母亲喝住了:"嘘!孩子,你知道父亲会对先生说的……"

"叫我夏尔吧。"年轻的葛朗台说。

"啊！你名叫夏尔？多美丽的名字！"欧也妮叫道。

凡是预感到的祸事,差不多全会来的。拿侬、葛朗台太太和欧也妮,想到老箍桶匠回家就会发抖的,偏偏听到那么熟悉的门锤声响了一下。

"爸爸来了!"欧也妮叫道。

她在桌布上留下了几块糖,把糖碟子收了。拿侬把盛鸡蛋的盘子端走。葛朗台太太笔直地站着,像一头受惊的小鹿。这一场突如其来的惊慌,弄得夏尔莫名其妙。他问:

"嗨,嗨,你们怎么啦?"

"爸爸来了呀。"欧也妮回答。

"那又怎么样?……"

葛朗台进来,尖利的眼睛望了望桌子,望了望夏尔,什么都明白了。

"啊!啊!你们替侄儿摆酒,好吧,很好,好极了!"他一点都不口吃地说,"猫儿上了屋,耗子就在地板上跳舞啦。"

"摆酒?……"夏尔暗中奇怪。他想象不到这户人家的伙食和生活习惯。

"把我的酒拿来,拿侬。"老头儿吩咐。

欧也妮端了一杯给他。他从荷包里掏出一把面子很阔的牛角刀,割了一块面包,拿了一些牛油,很仔细地涂上了,就地站着吃起来。这时夏尔正把糖放入咖啡。葛朗台一眼瞥见那么些糖,便打量着他的女人,她脸色发白地走了过来。他附在可怜的老婆耳边:"哪儿来的这么些糖?"

"拿侬上费萨尔铺子买的,家里没有了。"

这默默无声的一幕使三位女人怎样地紧张,简直难以想象。拿侬从厨房里跑出来,向堂屋内张望,看看事情怎么样。夏尔尝了尝咖啡,觉得太苦,想再加些糖,已经给葛朗台收起了。

"侄儿,你找什么?"老头儿问。

"找糖。"

"冲些牛奶,咖啡就不苦了。"葛朗台回答。

欧也妮把父亲藏起的糖碟子重新拿来放上桌子,声色不动地打量着父亲。真的,一个巴黎女子帮助情人逃走,用娇弱的胳膊拉住从窗口挂到地下的丝绳那种勇气,也不见得胜过把糖重新放上桌子时欧也妮的勇气。可是巴黎女子是有酬报的,美丽的手臂上每根受伤的血管,都会由情人用眼泪与亲吻来滋润,用快乐来治疗;欧也妮被父亲霹雳般的目光瞪着,惊慌到心都碎了,而这种秘密的痛苦,夏尔是永远不会得知的。

"你不吃东西吗,太太?"葛朗台问他的女人。

可怜的奴隶走过来恭恭敬敬切了块面包,捡了一只梨。欧也妮大着胆子请父亲吃葡萄:"爸爸,尝尝我的干葡萄吧!——弟弟,也吃一点好不好?这些美丽的葡萄,我特地为你摘来的。"

"哦!再不阻止的话,她们为了你要把索漠城抢光呢,侄儿。你吃完了,咱们到花园里去;我有事跟你谈,那可是不甜的喽。"

欧也妮和母亲对夏尔瞅了一眼,那种表情,夏尔马上懂得了。

"你是什么意思呢,伯父?自从我可怜的母亲去世以后……(说到母亲二字他的声音软了下来),不会再有什么祸事的了……"

"侄儿,谁知道上帝想用什么灾难来磨炼我们呢?"他的伯母说。

"咄,咄,咄,咄!"葛朗台叫道,"又来胡说八道了。——侄儿,我看到你这双漂亮雪白的手真难受。"

他指着手臂尽处那双羊肩般的手。

"明明是生来捞钱的手! 你的教养,却把我们做公事包放票据用的皮,穿在你脚上。不行哪! 不行哪!"

"伯父,你究竟什么意思? 我可以赌咒,简直一个字都不懂。"

"来吧。"葛朗台回答。

吝啬鬼把刀子折起,喝干了杯中剩下的白葡萄酒,开门出去。

"弟弟,拿出勇气来呀!"

少女的声调教夏尔浑身冰冻,他跟着好厉害的伯父出去,焦急得要命。拿侬和欧也妮母女,按捺不住好奇心,一齐跑到厨房,偷偷瞧着两位演员,那幕戏就要在潮湿的小花园中演出了。伯父跟侄儿先是不声不响地走着。

说出夏尔父亲的死讯,葛朗台并没觉得为难,但知道夏尔一个钱都没有了,倒有些同情,私下想怎样措辞才能把悲惨的事实弄得和缓一些。"你父亲死了"这样的话,没有什么大不了,为父的总死在孩子前面。可是"你一点家产都没有了"这句话,却包括了世界上所有的苦难。老头儿在园子中间格格作响的砂径上已经走到了第三转。在一生的重要关头,凡是悲欢离合之事发生的场所,总跟我们的心牢牢粘在一块。所以夏尔特别注意到小园中的黄杨,枯萎的落叶,剥落的围墙,奇形怪状的果树,以及一切别有风光的细节;这些都将成为他不可磨灭的回忆,和这个重大的时间永久分不开。因为激烈的情绪有一种特别的记忆力。

葛朗台深深吸了一口气:

"天气真热,真好。"

"是的,伯父,可是为什么?……"

"是这样的,孩子,"伯父接着说,"我有坏消息告诉你。你父亲危险得很……"

"那么我还在这儿干吗?"夏尔叫道,"拿侬,上驿站去要马!我总该在这里弄到一辆车吧。"他转身向伯父补上一句。可是伯父站着不动。

"车呀马呀都不中用了。"葛朗台瞅着夏尔回答,夏尔一声不出,眼睛发呆了。——"是的,可怜的孩子,你猜着了。他已经死了。这还不算,还有更严重的事呢,他是用手枪自杀的……"

"我的父亲?……"

"是的。可是这还不算。报纸上还有名有分地批评他呢。噢,你念吧。"

葛朗台拿出向克罗旭借来的报纸,把那段骇人的新闻送在夏尔眼前。可怜的青年这时还是一个孩子,还在极容易流露感情的年纪,他眼泪涌了出来。

"啊,好啦,"葛朗台私下想,"他的眼睛吓了我一跳。现在他哭了,不要紧了。"

"这还不算一回事呢,可怜的侄儿,"葛朗台高声往下说,也不知道夏尔有没有在听他,"这还不算一回事呢,你慢慢会忘掉的,可是……"

"不会!永远不会!爸爸呀!爸爸呀!"

"他把你的家败光了，你一个钱也没有了。"

"那有什么相干？我的爸爸呢？……爸爸！"

围墙中间只听见号哭与抽噎的声音凄凄惨惨响成一片，而且还有回声。三个女人都感动得哭了：眼泪跟笑声一样会传染的。夏尔不再听他的伯父说话了，他冲进院子，摸到楼梯，跑到房内横倒在床上，把被窝蒙着脸，预备躲开亲人痛哭一场。

"让第一阵暴雨过了再说。"葛朗台走进堂屋道。这时欧也妮和母亲急匆匆地回到原位，抹了抹眼泪，颤巍巍的手指重新做起活计来。"可是这孩子没有出息，把死人看得比钱还重。"

欧也妮听见父亲对最圣洁的感情说出这种话，不禁打了个寒噤。从此她就开始批判父亲了。夏尔的抽噎虽然沉了下去，在这所到处有回声的屋子里仍旧听得清清楚楚；仿佛来自地下的沉痛的呼号，慢慢地微弱，到傍晚才完全止住。

"可怜的孩子！"葛朗台太太说。

这句慨叹可出了事。葛朗台老头瞅着他的女人，瞅着欧也妮和糖碟子，记起了请倒霉侄儿吃的那顿丰盛的早餐，便站在堂屋中央，照例很镇静地说：

"啊！葛朗台太太，希望你以后不要再乱花钱。我的钱不是给你买糖喂那个小混蛋的。"

"不关母亲的事，"欧也妮说，"是我……"

"你成年了就想跟我闹别扭是不是？"葛朗台截住了女儿的话，"欧也妮，你该想一想……"

"父亲，你弟弟的儿子在你家里总不成连……"

"咄，咄，咄，咄！"老箍桶匠这四个字全是用的半音阶，

"又是我弟弟的儿子呀,又是我的侄儿呀。哼,夏尔跟咱们什么相干? 他连一个子儿,半个子儿都没有;他父亲破产了。等这花花公子称心如意地哭够了,就叫他滚蛋;我才不让他把我的家搅得天翻地覆呢。"

"父亲,什么叫作破产?"

"破产,"父亲回答说,"是最丢人的事,比所有丢人的事还要丢人。"

"那一定是罪孽深重啰,"葛朗台太太说,"我们的弟弟要入地狱了吧。"

"得了吧,你又来婆婆妈妈的,"他耸耸肩膀,"欧也妮,破产就是窃盗,可是有法律保护的窃盗。人家凭了纪尧姆·葛朗台的信用跟清白的名声,把口粮交给他,他却统统吞没了,只给人家留下一双眼睛落眼泪。破产的人比路劫的强盗还要不得:强盗攻击你,你可以防卫,他也拼着脑袋;至于破产的人……总而言之,夏尔是丢尽了脸。"

这些话一直响到可怜的姑娘心里,全部的分量压在她心头。她天真老实的程度,不下于森林中的鲜花娇嫩的程度,既不知道社会上的教条,也不懂似是而非的论调,更不知道那些骗人的推理;所以她完全相信父亲的解释,不知他是有心把破产说得那么卑鄙,不告诉她有计划的破产跟迫不得已的破产是不同的。

"那么父亲,那桩倒霉事儿你没有法子阻拦吗?"

"兄弟并没有跟我商量;而且他亏空四百万呢。"

"什么叫作一百万,父亲?"她那种天真,好像一个要什么就有什么的孩子。

"一百万吗?"葛朗台说,"那就是一百万个二十铜子的钱,五个二十铜子的钱才能凑成五法郎。"

"天哪! 天哪! 叔叔怎么能有四百万呢? 法国可有人有这么几百万几百万的吗?"

葛朗台老头摸摸下巴,微微笑着,肉瘤似乎胀大了些。

"那么堂兄弟怎么办呢?"

"到印度去,照他父亲的意思,他应该想法在那儿发财。"

"他有没有钱上那儿去呢?"

"我给他路费……送他到……是的,送他到南特。"

欧也妮跳上去钩住了父亲的脖子。

"啊! 父亲,你真好,你!"

她拥抱他的那股劲儿,差一点叫葛朗台惭愧,他的良心有些不好过了。

"赚到一百万要很多时候吧?"她问。

"噉,"箍桶匠说,"你知道什么叫作一块拿破仑吧①;一百万就得五万拿破仑。"

"妈妈,咱们得替他念'九天经'吧?"

"我已经想到了。"母亲回答。

"又来了! 老是花钱,"父亲嚷道,"啊! 你们以为家里几千几百的花不完吗?"

这时顶楼上传来一声格外凄惨的悲啼,把欧也妮和她的母亲吓呆了。

"拿侬,上去瞧瞧:别让他自杀了。"葛朗台这句话把母女俩听得脸色发白,他却转身吩咐她们:"啊! 你们,别胡闹。我要走了,跟咱们的荷兰客人打交道去,他们今天动身。过后

---

① 指有拿破仑头像的金洋,每块值二十法郎。

我得去看克罗旭，谈谈这些事。"

他走了。葛朗台带上大门，欧也妮和母亲呼吸都自由了。那天以前，女儿在父亲前面从来不觉得拘束；但几小时以来，她的感情跟思想时时刻刻都在变化。

"妈妈，一桶酒能卖多少法郎？"

"你父亲的价钱是一百到一百五十，听说有时卖到两百。"

"那么他有一千四百桶①收成的时候……"

"老实说，孩子，我不知道那可以卖到多少；你父亲从来不跟我谈他的生意。"

"这么说来，爸爸应该有钱哪。"

"也许是吧。不过克罗旭先生跟我说，他两年以前买了弗鲁瓦丰。大概他现在手头不宽。"

欧也妮对父亲的财产再也弄不清了，她的计算便到此为止。

"他连看也没看我，那小少爷！"拿侬下楼说，"他躺在床上像条小牛，哭得像玛德莱娜②，真想不到！这可怜的好少爷干吗这样伤心呀？"

"我们赶快去安慰安慰他吧，妈妈；等敲门，我们就下楼。"

葛朗台太太抵抗不了女儿那么悦耳的声音。欧也妮变得伟大了，已经是成熟的女人了。

两个人心里忐忑地上楼，走向夏尔的卧房。房门打开着。

① 这个数字与上文不符，是作者的疏忽。
② 即《新约》中抹大拉的马利亚，原系一妓女，后诚心悔过，痛哭流涕，耶稣赦其罪，成为圣徒，此处喻其哭得如泪人儿一般。

夏尔什么都没有看见,什么都没有听见。他浸在泪水中间,不成音节地在那里哼哼唧唧。

"他对他父亲多好!"欧也妮轻轻地说。

这句话的音调,明明显出她不知不觉已经动了情,存着希望。葛朗台太太慈祥地望了女儿一眼,附在她耳边悄悄地说:"小心,你要爱上他了。"

"爱他!"欧也妮答道,"你没有听见父亲说的话呢!"

夏尔翻了一个身,看见了伯母跟堂姊。

"父亲死了,我可怜的父亲!要是他把心中的苦难告诉我,我跟他两个可以想法子挽回啊。我的上帝!我的好爸爸!我以为不久就会看到他的,临走对他就没有什么亲热的表示……"

他一阵呜咽,说不下去了。

"我们为他祷告就是了,"葛朗台太太说,"你得听从主的意思。"

"弟弟,勇敢些!父亲死了是挽回不来的;现在应该挽回你的名誉……"

女人的本能和乖巧,对什么事都很机灵,在安慰人家的时候也是如此;欧也妮想教堂兄弟关切他自己,好减轻一些痛苦。

"我的名誉?"他猛地把头发一甩,抱着胳膊在床上坐起,"啊!不错。伯父说我父亲是破产了。"

他凄厉地叫了一声,把手蒙住了脸。

"你走开,大姊,你走开!我的上帝,我的上帝!饶恕我的父亲吧;他已经太痛苦了。"

年轻人的真实的、没有计算、没有做作的痛苦的表现,真是又惨又动人。夏尔挥手叫她们走开的时候,欧也妮和母亲两颗单纯的心,都懂得这是一种不能让旁人参与的痛苦。她们下楼,默默地回到窗下的座位上,不声不响地工作了约一小时。凭着少女们一眼之间什么都看清了的眼睛,欧也妮早已瞥见堂兄弟美丽的梳妆用具,金镶的剪刀和剃刀之类。在痛苦的气氛中看到这种奢华气派,使她对比之下更关切夏尔。母女俩一向过的平静与孤独的生活,从来没有一桩这样严重的事,一个这样惊心动魄的场面,刺激过她们的幻想。

“妈妈,”欧也妮说,“咱们应该替叔叔戴孝吧。”

“你父亲会决定的。”葛朗台太太回答。

她们又不作声了。欧也妮一针一针缝着,有规律的动作很能使一个旁观的人觉察她内容丰富的冥想。这可爱的姑娘第一个愿望,是想跟堂兄弟一起守丧。

四点光景,门上来势汹汹地敲了一声,把葛朗台太太骇得心儿直跳,对女儿说:

“你父亲什么事呀?”

葛朗台高高兴兴地进来,脱下手套,两手拼命地搓,几乎把皮肤都擦破,幸而他的表皮像俄国皮件那样上过硝似的,只差没有加过香料。——他踱来踱去,一刻不停地看钟。临了他心头的秘密泄露了,一点也不口吃地说:

“告诉你,太太,他们都中了我的计。咱们的酒卖掉了!荷兰人跟比国人今儿动身,我在广场上闲荡,在他们的旅馆前面,装作无聊的神气。你认识的那家伙就来找我。所有出产好葡萄的人都压着货不肯卖,我自然不去阻拦他们。咱们的比国人可是慌了。我看得清清楚楚。结果是两百法郎一桶成交,一半付现。收到的货款全是金币。合同已经签下,这六个路易①是给你的中金。再过三个月,酒价一定要跌。"

他说最后一句的时候语气很镇静,可是话中带刺。索漠人这时挤在广场上,葛朗台的酒脱手的消息已经把他们吓坏了,要是再听到上面的话,他们一定会气得发抖。人心的慌乱可能使酒价跌去一半。

"今年你不是有一千桶酒吗,父亲?"欧也妮问。

"是啊,小乖乖。"

这个称呼是老箍桶匠快乐到了极点的表示。

"可以卖到二十万法郎喽?"

"是的,葛朗台小姐。"

"这样,父亲,你很容易帮夏尔的忙了。"

当初巴比伦王伯沙撒②,看到神秘的手在墙上预告他的死亡时,他的愤怒与惊愕也不能跟这时葛朗台的怒火相比。他早已把侄儿忘得一干二净,却发觉侄儿始终盘踞在女儿心里,在女儿的计算之中。

"啊,好!这个花花公子一进了我的家,什么都颠倒了。你们摆阔,买糖果,花天酒地地请客。我可不答应。到了这个年纪,我总该知道怎么做人了吧!并且也轮不到女儿,轮不到谁来教训我。应该怎样对付我的侄儿,我就怎样对付。不用你们管。——至于你,欧也妮,"他转过身子对她说,"再不许提到他,要不,我把你跟拿侬一起送到诺阿伊哀修道院去,看

---

① 一路易是约值二十法郎的金币。
② 巴比伦摄政王伯沙撒骄奢淫逸,用从耶路撒冷掠夺来的圣器饮宴,这时他看见一只神秘的手在墙上写了三个字:Mane-Tekel-Pharès(算,量,分)。先知解释,这意味着"你的日子不多了,你太轻浮,你的王国将被瓜分"。当夜,巴比伦被攻占,国王被处死,王国被波斯人和米堤亚人瓜分。

我做得到做不到;你再哼一声,明天就打发你走。——他在哪儿,这孩子?下过楼没有?"

"没有,朋友。"葛朗台太太回答。

"他在干什么?"

"哭他的父亲哪。"欧也妮回答。

葛朗台瞪着女儿,想不出话来。他好歹也是父亲哪。在堂屋里转了两下,他急急忙忙上楼,躲进密室去考虑买公债的计划。连根砍掉的两千阿尔邦的林木,卖到六十万法郎;加上白杨,上年和当年的收入,以及最近成交的二十万法郎买卖,总数大概有九十万。公债行情是七十法郎,短时期内好赚二分利,他很想试一试。他拿起记载兄弟死讯的那张报纸,写下数目计算起来,虽然听到侄儿的呻吟,也没有听进耳朵。

拿侬跑来敲敲墙壁请主人下楼,晚饭已经预备好了。走到穹隆下面楼梯的最后一级,葛朗台心里想:

"既然有八厘利,我一定做这笔生意。两年以后可以有一百五十万金洋从巴黎提回来。——哎,侄儿在哪里?"

"他说不要吃饭,"拿侬说,"真是不顾身体。"

"省省我的粮食也好。"主人回答。

"是啵。"她说。

"嘿!他不会永远哭下去的。肚子饿了,树林里的狼也躲不住呢。"

晚饭时候,大家好古怪地不出一声。等到桌布拿掉了,葛朗台太太才说:

"好朋友,咱们该替兄弟戴孝吧。"

"真是,太太,你只晓得想出花钱的玩意儿。戴孝在乎心,不在乎衣服。"

"可是兄弟的孝不能不戴,教会吩咐我们……"

"就在你六个路易里支出,买你们的孝服吧。我只要一块黑纱就行。"

欧也妮抬起眼睛向上望了望,一言不发。她慷慨的天性素来潜伏着,受着压制,第一遭觉醒了,又时时刻刻受到伤害。

这一晚,表面上跟他们单调生活中无数的夜晚一样,但确是最难受的一晚。欧也妮头也不抬地做她的活计,也不动用隔夜给夏尔看得一文不值的针线匣。葛朗台太太编织她的套袖。葛朗台坐在一边把大拇指绕动了四小时,想着明天会教索漠全城吃惊的计算,出神了。

那晚谁也没有上门。满城都在谈论葛朗台的那一下辣手,他兄弟的破产,和侄子的到来。为了需要对共同的利益唠叨一番,索漠城内所有中上阶层的葡萄园主,都挤在德·格拉桑府上,对前任市长破口大骂。

拿侬照例绩麻,堂屋的灰色的楼板下面,除了纺车声,更没有别的声响。

"噯,噯,咱们都爱惜舌头,舍不得用哪。"她说着,露出一排又白又大的牙齿,像光杏仁。

"是呀,什么都得爱惜。"葛朗台如梦方醒似的回答。

他远远看到三年以后的八百万家私,他在一片黄金的海上载沉载浮。

"咱们睡觉吧。我代表大家去向侄儿说一声晚安,顺便瞧瞧他要不要吃点东西。"

葛朗台太太站在二层楼的楼梯台上,想听听老头儿跟夏尔说些什么。欧也妮比母亲大胆,更走上两级。

"喂,侄儿,你心里难受是不是? 好吧,你哭吧,这是常情。父亲总是父亲。可是我们遇到苦难就得耐心忍受。你在这里哭,我却在替你打算。你瞧,做伯父的对你多好。来,拿出勇气来。要不要喝一小杯酒呢?"

索漠的酒是不值钱的:请人喝酒就像印度人请喝茶。

"哎,"葛朗台接着说,"你没有点火。要不得,要不得!做什么事都得看个清楚啊。"

说着他走到壁炉架前面。

"呦!这不是白烛么?哪儿来的白烛?娘儿们为了替这个孩子煮鸡蛋,把我的楼板都会拆掉呢!"

一听到这几句,母女俩赶紧回房,钻在床上,像受惊的耗子逃回老巢一样快。

"葛朗台太太,你有金山银山是不是?"丈夫走进妻子的卧房问。

"朋友,我在祷告,等一会好不好?"可怜的母亲声音异样地回答。

"见他的鬼,你的好老天爷!"葛朗台咕噜着说。

凡是守财奴都只知道眼前,不相信来世。葛朗台这句话,把现在这个时代赤裸裸地暴露了出来。金钱控制法律,控制政治,控制风俗,到了前所未有的程度。学校,书籍,人物,主义,一切都在破坏对来世的信仰,破坏这一千八百年以来的社会基础。如今坟墓只是一个无人惧怕的阶段。死后的未来,给提到现在来了。不管什么义与不义,只要能够达到尘世的天堂,享尽繁华之福,化心肝为铁石,胼手胝足地去争取暂时的财富,像从前的殉道者为了未来的幸福而受尽苦难一样。这是今日最普遍的,到处都揭橥着的思想,甚至法律上也这样写着。法律不是问立法者"你想些什么?"而是问"你出多少代价?"等到这种主义从布尔乔亚传布到平民大众的时候,真不知我们的国家要变成什么模样。

"太太,你完了没有?"老箍桶匠问。

"朋友,我还在为你祈祷呢。"

"好吧!再见。明儿早上再谈。"

可怜的女人睡下时,仿佛小学生没有念熟功课,生怕醒来看到老师生气的面孔。正当她怀着鬼胎钻入被窝,蒙住耳朵时,欧也妮穿着衬衣,光着脚,跑到床前,吻着她的前额说:

"噢!好妈妈,明天我跟他说,一切都是我做的。"

"不行,他会送你到诺阿伊哀。还是让我来对付,他不会把我吃掉的。"

"你听见没有,妈妈?"

"什么?"

"他老是在哭哪。"

"去睡觉吧,孩子。你光着脚要受凉了,地砖潮得很呢。"

这一天重大的日子就这样过去了。有钱而可怜的独养女儿,一辈子都忘不了这一日;从今以后,她的睡眠再没有从前那么酣畅那么深沉了。

人生有些行为,虽然千真万确,但从事情本身看,往往像是不可能的。大概我们对于一些自发的决心,从没加以心理的剖析,对于促成那些行为的神秘的原因,没有加以说明。欧也妮深刻的热情,也许要在她最微妙的机体中去分析;因为她的热情,如一般爱挖苦的人所说的,变成了一种病态,使她终身受到影响。许多人宁可否认事情的结局,不愿估计一下把许多精神现象暗中联系起来的关系、枢纽和连锁的力量。在懂得观察人性的人,看了欧也妮的过去,就知道她会天真到毫无顾忌,会突如其来地流露感情。她过去的生活越平静,女子的怜悯,这最机敏的情感,在她心中发展得越猛烈。所以被白天的事情扰乱之下,她夜里惊醒了好几次,聆听堂兄弟的声息,以为又听到了从隔天起一直在她心中响着的哀叹:忽而她看见他悲伤得闭住了气,忽而梦见他差不多要饿死了。黎明时分,她确实听到一声可怕的呼喊,便立刻穿衣,在晨光中蹑手蹑脚地赶到堂兄弟房里。房门打开着,白烛一直烧到烛盘底上。夏尔疲倦之极,在靠椅中和衣睡着,脑袋倒在床上。他像一般空肚子的人一样做着梦。欧也妮此时尽可哭个痛快,尽可仔细鉴赏这张年轻秀美的脸,脸上刻画着痛苦的痕迹,眼睛哭肿了,虽然睡着,似乎还在流泪。夏尔睡梦中受到精神的感应,觉得欧也妮来了,便睁开眼睛,看见她满脸同情地站在面前。

"噢,大姊,对不起。"他显然不知道什么时间,也不知道身在何处。

"弟弟,这里还有几颗真诚的心听到你的声音,我们以为你需要什么呢。你该好好地睡,这样坐着太累了。"

"是的。"

"那么再见吧。"

她赶紧溜走,觉得跑到这儿来又高兴又害臊。只有天真才会做出这种冒失的事。要是心里明白的话,连德行也会像罪恶一般作种种计较的。欧也妮在堂兄弟面前并没发抖,一回到自己屋里却两腿站不直了。浑浑噩噩的生活突然告终,她左思右想地考虑起来,把自己大大地埋怨了一番。"他对我要怎么想呢?以为我爱上了他吧。"其实这正是她最希望的。坦白的爱情自有它的预感,知道爱能生爱。幽居独处的姑娘,居然偷偷跑进一个青年的屋子,真是何等的大事!在爱情中间,有些思想有些行为,对某些心灵不就等于神圣的婚约吗?

一小时以后,她走进母亲房内,像平时一样服侍她起床。然后她们俩坐在窗下老位置上等候葛朗台,焦急的情绪正如一个人害怕责骂与惩戒的时候,心发冷发热,或者揪紧或者膨胀,看各人的气质而定。这种情绪也很自然,连家畜也感觉到:它们自己不小心而受了伤可以不哼一声,犯了过失挨了打,一点儿痛苦就会使它们号叫。老头儿下楼了,心不在焉地跟太太说话,拥抱了一下欧也妮,坐上饭桌,仿佛已经忘记了隔夜恐吓的话。

"侄儿怎么啦?这孩子倒不打搅人。"

"先生,他睡着呢。"拿侬回答。

"再好没有,他用不到白烛了。"葛朗台用讥讽的口气说。

这种反常的宽大,带些讽刺的高兴,使葛朗台太太不胜惊奇,留神瞧着她的丈夫。老头儿……(这儿似乎应当提醒读者,在都兰、安茹、普瓦图、布列塔尼这些区域,老头儿这个名称——我们已经好几次用来称呼葛朗台了——用于最淳厚的人,同时也用于最残忍的人,只要他们到了相当的年龄。所以这个称呼与个人的慈悲仁厚毫无关系。)老头儿拿起帽子,手套,说:

"我要到广场上去溜达一下,好碰到咱们的几位克罗旭。"

"欧也妮,你父亲心中一定有事。"母亲对女儿说。

的确,不大需要睡眠的葛朗台,夜里大半时间都在作种种初步的盘算。这些盘算,使他的见解、观察、计划,特别来得准确，而且百发百中，做一样成功一样，叫索漠人惊叹不置。人类所有的力量，只是耐心加上时间的混合。所谓强者是既有意志，又能等待时机。守财奴的生活，便是不断地运用这种力量为自我效劳。他只依赖两种情感：自尊心与利益。但利益既是自尊心的实际表现，并且是真正优越的凭据，所以自尊心与利益是一物的两面，都从自私自利来的。因此，凡是守财奴都特别耐人寻味，只要有高明的手段把他烘托出来。这种人物涉及所有的情感，可以说集情感之大成，而我们个个人都跟他们一脉相通。哪里有什么全无欲望的人？而没有金钱，哪个欲望能够满足？

葛朗台的确心中有事，照他妻子的说法。像所有的守财奴一样，他非跟人家钩心斗角，把他们的钱合法地赚过来不可，这在他是一种无时或已的需要。搜刮旁人，岂非施展自己的威力，使自己老是可以有名有分地瞧不起那些过于懦弱的，给人吃掉的人吗？躺在上帝面前的那平和恬静的羔羊，真是尘世的牺牲者最动人的写照，象征了牺牲者在彼世界的生活，证明懦弱与受苦受到何等的光荣。可是这些微言奥旨有谁懂得？守财奴只知道把这头羔羊养得肥肥的，把它关起来，宰它，烤它，吃掉它，轻蔑它。金钱与鄙薄，才是守财奴的养料。

夜里，老头儿的念头换了一个方向；这是他表现宽大的缘故。他想好了一套阴谋诡计，预备开巴黎人的玩笑，折磨他们，捉弄他们，把他们捻一阵捏一阵，叫他们奔来，奔去，流汗，希望，急得脸色发白；是啊，他这个老箍桶匠，在灰色的堂屋底里，在索漠家中虫蛀的楼梯上走的时候，就能这样玩弄巴黎人。他一心想着侄儿的事，他要挽回亡弟的名誉，可无须他或他的侄儿花一个钱。他的现金马上要存放出去，三年为期，现在他只消管理田地了;所以非得找些材料让他施展一下狡狯的本领不可,而兄弟的破产就是现成的题目。手里没有旁的东西可以挤压,他就想把巴黎人捏成齑粉,让夏尔得些实惠,自己又一文不花地做了个有义气的哥哥。他的计划中根本没有什么家庭的名誉,他的好意有如赌徒的心情,喜欢看一场自己没有下注的赌博赌得精彩。克罗旭是他必不可少的帮手,他却不愿意去找他们,而要他们来找他。他决心把刚才想好的计划当晚就开始搬演,以便第二天早上,不用花一个小钱,叫全城的人喝他的彩。

吝啬鬼许的愿·情人起的誓

　　父亲不在家,欧也妮就不胜欣喜地可以公然关切她心爱的堂兄弟,可以放心大胆把胸中蕴蓄着的怜悯,对他尽量发泄了。怜悯是女子胜过男子的德行之一,是她愿意让人家感觉到的唯一的情感,是她肯让男人挑逗起来而不怨怪的唯一的情感。欧也妮跑去听堂兄弟的呼吸,听了三四次,要知道他睡着还是醒了;之后,他起床了,于是咖啡,乳酪,鸡子,水果,盘子,杯子,一切有关早餐的东西,都成为她费心照顾的对象。她轻快地爬上破旧的楼梯,听堂兄弟的响动。他是不是在穿衣呀? 他还在哭吗? 她一直跑到房门外面。

　　“喂,弟弟!”

　　“嗳,大姊!”

　　“你喜欢在哪儿用早餐,堂屋里还是你房里?”

　　“随便。”

　　“你好吗?”

　　“大姊,说来惭愧,我肚子饿了。”

　　这段隔着房门的谈话,在欧也妮简直是小说之中大段的穿插。

　　“那么我们把早餐端到你房里来吧,免得父亲不高兴。”

　　她身轻如燕地跑下厨房。

"拿侬,去替他收拾卧房。"

这座上上下下不知跑了多少次的楼梯,一点儿声音就会格格作响的,在欧也妮眼中忽然变得不破旧了;她觉得楼梯明晃晃的,会说话,像她自己一样年轻,像她的爱情一样年轻,同时又为她的爱情服务。还有她母亲,慈祥而宽容的母亲,也乐意受她的爱情幻想驱遣。夏尔的卧房收拾好了,她们俩一齐进去,给不幸的孩子做伴:基督教的慈悲,不是教人安慰受难者吗?两个女子在宗教中寻出许多似是而非的怪论,为她们有乖体统的行为做借口。

因此夏尔·葛朗台受到最亲切最温柔的款待。他因着痛苦而破碎的心,清清楚楚地感到这种体贴入微的友谊,这种美妙的同情的甜蜜;那是母女俩被压迫的心灵,在痛苦的领域——她们天性所属的领域——内能有一刻儿自由就会流露的。既然是至亲骨肉,欧也妮就不妨把堂兄弟的内衣,和随身带来的梳妆用具整理一下,顺便把手头捡到的小玩意儿,镂金镂银的东西,称心如意地逐件玩赏,并且以察看做工为名,拿在手里不放。夏尔看到伯母与堂姊对他古道热肠的关切,不由得大为感动;他对巴黎社会有相当的认识,知道以他现在的处境,照例只能受人冷淡。他发觉欧也妮那种特殊的美,光艳照人;隔夜他认为可笑的生活习惯,从此他赞美它的纯朴了。所以当欧也妮从拿侬手中接过一只珐琅的碗,满满盛着咖啡和乳酪,很亲热地端给堂兄弟,不胜怜爱地望了他一眼时,夏尔便含着泪拿起她的手亲吻。

"哎哟,你又怎么啦?"她问。

"哦!我感激得流泪了。"

欧也妮突然转身跑向壁炉架拿烛台。

"拿侬,"她说,"来,把烛台拿走。"

她回头再瞧堂兄弟的时候,脸上还有一片红晕,但眼神已经镇定,不致把内心洋溢的快乐泄露了;可是两人的目光都表现同样的情绪,正如他们的心灵交融在同一的思想中:未来是属于他们的了。

这番柔情,夏尔特别觉得甘美,因为他遭了大难,早已不敢存什么希望。大门上锤子响了一下,立刻把两个女子召归原位。幸而她们下楼相当快,在葛朗台进来的时候,手里已经拿上活计;如果他在楼下环洞那边碰到她们是准会疑心的。老头儿急急忙忙吃完午餐之后,来了弗鲁瓦丰田上看庄子的,早先说好的津贴至今没拿到。他带来一只野兔,几只鹧鸪,都是大花园里打到的,还有磨坊司务欠下的鳗鱼与两条梭鱼。

"嗳!嗳!来得正好,这科努瓦耶。这东西好吃吗,你说?"

"好吃得很呢,好心的先生;打下来有两天了。"

"喂,拿侬,快来!"好家伙说,"把这些东西拿去,做晚饭菜;我要请两位克罗旭吃饭呢。"

拿侬瞪着眼发呆,对大家望着。

"可是,"她说,"哪儿来的猪油跟香料呢?"

"太太,"葛朗台说,"给拿侬六法郎。等会我要到地窖里去找好酒,别忘了提醒我一声。"

看庄子的久已预备好一套话,想解决薪金问题:

"这么说来,葛朗台先生……"

"咄,咄,咄,咄!"葛朗台答道,"我知道你的意思,你是一个好小子。今天我忙得很,咱们明儿谈吧。太太,先给他五法郎。"

他说完赶紧跑了。可怜的女人觉得花上十一法郎求一个清静,高兴得很。她知道葛朗台把给她的钱一个一个逼回去之后,准有半个月不寻事。

"嗳,科努瓦耶,"她把十法郎塞在他手里说,"回头我们再重重谢你吧。"

科努瓦耶没有话说,走了。拿侬戴上黑头巾,抓起篮子说:

"太太,我只要三法郎就够了,多下的你留着吧。行了,我照样会对付的。"

"拿侬,饭菜弄好一些呀,堂兄弟下来吃饭的呢。"欧也妮吩咐。

"真是,家里有了大事了,"葛朗台太太说,"我结婚到现在,这是你父亲第三次请客。"

四点左右,欧也妮和母亲摆好了六个人的刀叉,屋主把外省人那么珍视的旧藏佳酿,提了几瓶出来,夏尔也进了堂屋。他脸色苍白,举动、态度、目光、说话的音调,在悲苦中别有一番妩媚。他并没假装悲伤,他的难受是真实的,痛苦罩在他脸上的阴影,有一副为女子特别喜爱的神情。欧也妮因之愈加爱他了。或许苦难替欧也妮把他拉近了些。夏尔不再是那个高不可攀的、有钱的美少年,而是一个遭难的穷亲戚了。苦难生平等。救苦救难是女子与天使相同的地方。夏尔和欧也妮彼此用眼睛说话,靠眼睛了解。那个落难公子,可怜的孤儿,躲在一边不出一声,沉着,高傲;但堂姊温柔慈爱的目光不时落在他身上,逼他抛开愁苦的念头,跟她一起神游于未来与希望之中,那是她最乐意的事。

葛朗台请克罗旭吃饭的消息,这时轰动了全城;他前一天出售当年的收成,对全体种葡萄的背信的罪行,倒没有把人心刺激得这么厉害。苏格拉底的弟子阿西比亚得,为了惊世骇俗,曾经把自己的狗割掉尾巴;如果这老奸巨猾的葡萄园主以同样的心思请客,或许他也可成为一个大人物。可是他老是玩弄城里的人,没有遇到过一个对手,所以从不把索漠人放在心上。德·格拉桑他们,知道了夏尔的父亲暴卒与可能破产的新闻,决意当天晚上就到他们的主顾家吊唁一番,慰问一番,同时探听一下他们为什么事,在这种情形之下请几位克罗旭吃饭。

五点整,德·篷风所长跟他的老叔克罗旭公证人,浑身上下穿得齐齐整整地来了。大家立刻入席,开始大嚼。葛朗台严肃,夏尔静默,欧也妮一声不出,葛朗台太太不比平时多开口,真是一顿款待吊客的丧家饭。大家离席的时候,夏尔对伯父伯母说:

"对不起,我先告退了,有些极不愉快的长信要写。"

"请吧请吧,侄儿。"

他一走,葛朗台认为夏尔一心一意地去写信,什么都听不见的了,便狡狯地望着妻子说:

"太太,我们要谈的话,对你们简直是天书,此刻七点半,还是钻进你们的被窝去吧。明儿见,欧也妮。"

他拥抱了女儿,两位女子离开了堂屋。葛朗台与人交接的结果,早已磨炼得诡计多端,使一般被他咬得太凶的人常常暗里叫他老狗。那天晚上,他比平生任何时候都运用更多的机巧。倘使索漠前任市长的野心放得远大一些,再加机缘凑巧,爬上高位,奉派到国际会议中去,把他保护私人利益的长才在那里表现一番的话,毫无疑问他会替法国立下大功。但也说不定一离开索漠,老头儿只是一个毫无出息的可怜虫。有些人的头脑,或许像有些动物一般,从本土移到了另一个地方,离开了当地的水土,就没法繁殖一般,一旦改变环境,就会变得技穷才尽的。

"所……所长……先……先……先生,你你你……说……说说说过破破破产……"

他假装了多少年而大家久已当真的口吃,和他在雨天常常抱怨的耳聋,在这个场合使两位克罗旭难受死了,他们一边听一边不知不觉地扯动嘴脸,仿佛要把他故意卷在舌尖上的字眼代为补足。在此我们应当追叙一下葛朗台的口吃与耳聋的故事。

在安茹地区,对当地的土话懂得那么透彻,讲得那么清楚的,谁都比不上这狡猾的葡萄园主。但他虽是精明透顶,从前却上过一个犹太人的当。在谈判的时候,那犹太人老把两手捧着耳朵,假装听不清,同时结结巴巴的口吃得厉害,永远说不出适当的字眼,以致葛朗台竟吃了善心的亏,自动替狡猾的犹太人寻找他心中的思想与字眼,结果把犹太人的理由代说了,他说的话倒像是该死的犹太人应该说的,他终于变了犹太人而不是葛朗台了。那场古怪的辩论所做成的交易,是老箍桶匠平生唯一吃亏的买卖。但他虽然经济上受了损失,精神上却得了一次很好的教训,从此得益不浅。葛朗台临了还祝福那个犹太人,因为他学会了一套本领,在生意上叫敌人不耐烦,逼对方老是替自己这方面打主意,而忘掉他那方的观点。

那天晚上所要解决的问题,的确最需要耳聋与口吃,最需要莫名其妙地兜圈子,把自己的思想深藏起来:第一他不愿对自己的计划负责;第二他不愿授人话柄,要人家猜不透他的真主意。

"德·篷……篷……篷风先生。"

葛朗台称克罗旭公证人的侄子为篷风先生,三年以来这是第二次。所长听了很可能当作那奸刁的老头儿已经选定他做女婿。

"你你你……真的说……说破破破产,在……在某某……某些情形中可……可可以……由……由……"

"可以由商务裁判所出面阻止。这是常有的事。"德·篷风先生这么说,自以为把葛朗台老头的思想抓住了,或者猜到了,预备诚诚恳恳替他解释一番,便又道:"你听我说。"

"我听……听……听着。"老头儿不胜惶恐地回答,狡猾的神气,像一个小学生面上装作静听老师的话,暗地里却在讪笑。

"一个受人尊敬而重要的人物,譬如像你已故的令弟……"

"舍弟……是的。"

"有周转不灵的危险……"

"那……那那叫……叫作……周周周转不灵吗?"

"是的。……以致免不了破产的时候,有管辖权的(请你注意)商务裁判所,可以凭它的判决,委任几个当事人所属的商会中人做清理委员。清理并非破产,懂不懂?一个破产的人名誉扫地,但宣告清理的人是清白的。"

"那相相差……太大了,要是……那……那并并并不……花……花……花更……更……更多的钱……"葛朗台说。

"可是即使没有商事裁判所帮忙,仍旧可以宣告清理的,

99

因为，"所长吸了一撮鼻烟，接着说，"你知道宣告破产要经过怎样的手续吗?"

"是呀，我从来没有想……想……想过。"葛朗台回答。

"第一，"法官往下说，"当事人或者他的合法登记的代理人，要亲自造好一份资产负债表，送往法院书记室。第二，由债权人出面申请。可是如果当事人不提出资产负债表，或者债权人不申请法院把当事人宣告破产，那怎么办呢?"

"对……对对对啦，怎……怎……怎么办呢?"

"那么死者亲族，代表人，继承人，或者当事人自己，如果他没有死，或者他的朋友，如果他避不见面，可以办清理。也许你想把令弟的债务宣告清理吧?"所长问。

"啊! 葛朗台!"公证人嚷道，"那可好极了。我们偏僻的外省还知道名誉的可贵。要是你保得身家清白，因为这的确与你的身家有关，那你真是大丈夫了……"

"伟大极了!"所长插嘴道。

"当……当然，"老头儿答道，"我兄兄兄弟姓……姓……姓葛朗台，跟……跟我我……我……我一样，还……还……还还用说吗? 我……我……我……我没有说不。清清……清……清……清理，在在……无……无论何……何种情……情形之下，从从……各各…各……各方面看看看，对我侄……侄……侄儿是很……很……很有有有利的，侄……侄侄儿又又又是我……我喜……喜欢的。可是先……先要弄清楚。我不认……认……认得那些巴黎的坏蛋。我……我是在索……索漠，对不对? 我的葡葡葡萄秧，沟沟渠，总总……总之，我有我的事事事情。我从没出过约……约……约期票。什么叫作约期票? 我收收……收到过很……很多，从来没有……

出……出给人家。我只……只……只知道约期票可……可可可以兑现，可……可可以贴贴贴现。听……听说约……约……约期票可可以赎赎赎回……"

"是的，"所长说，"约期票可以打一个折扣从市场上收回来。你懂吗？"

葛朗台两手捧着耳朵，所长把话再说了一遍。

"那么，"老头儿答道，"这些事情也……也有好有坏喽？我……我……我老了，这这这些都……都弄弄……弄不清。我得留……留在这儿看……看……看守谷子。谷子快……快收了，咱们靠……靠……靠谷子开……开开销。最要紧的是，看……看好收成，在弗鲁瓦丰我我……我有重……重要的收入。我不能放……放……放弃了家去去对对……对付那些鬼……鬼……鬼……鬼事，我又搅搅不清。你你说……要避免破产，要办办……办清……清……清理，我得去巴黎。一个人又不不……不是一只鸟，怎怎……怎么能同时在……在……在两个地方……"

"我明白你的意思，"公证人嚷道，"可是老朋友，你有的是朋友，有的是肯替你尽心出力的朋友。"

"得啦，"老头儿心里想，"那么你自己提议呀！"

"倘使派一个人到巴黎去，找到令弟纪尧姆最大的债主，对他说……"

"且慢，"老头儿插嘴道，"对他说……说什么？是……是不是这……这样：'索漠的葛朗台长，……索漠……的葛朗台短，他爱他的兄弟，爱他的侄……侄……侄子。葛朗台是一个好哥……哥哥，有一番很好的意思。他的收……收……收成卖了好价。你们不要宣告破……破……破……破产，你们集集集合起来,委……委……委托几个清……清……清理人。那那时葛朗台再……再……再瞧着办。与其让法院里的人沾……沾……沾手,不如清理来……来……来得上算……'嗯,是不是这么说?"

"对!"所长回答。

"因为,你瞧,篷……篷……篷……篷风先生,我们要三……三思而行。做……做不到总……总是做……做不到。凡是花……花……花钱的事,先得把收支搞清楚,才才才不至于倾……倾……倾家荡产。嗯,对不对?"

"当然喽,"所长说,"我吗,我认为花几个月的时间,出一笔钱,以协议的方式付款,可以把债券全部赎回。啊,啊!你手里拿块肥肉,那些狗还不跟你跑吗?只要不宣告破产,把债权证件抓在你手里,你就是白璧无瑕。"

"白……白……白璧?"葛朗台又把两手捧着耳朵,"我不懂什么白……白……白璧。"

"哎,"所长嚷道,"你听我说呀。"

"我……我我听着。"

"债券是一种商品,也有市价涨落。这是根据英国法学家杰雷米·边沁关于高利贷的理论推演出来的。他曾经证明,大家谴责高利贷的成见是荒谬的。"

"嗯!"好家伙哼了一声。

"据边沁的看法,既然原则上金钱是一种商品,代表金钱的东西也是一种商品,既然是商品,就免不了市价涨落;那么契据这种商品,有某人某人签字的文件,也像旁的货物一样,市场上会忽而多忽而少,它们的价值也就忽而高忽而低,法院可以要人家……(呕,我多糊涂,对不起……)我认为你可以把令弟的债券打个二五折赎回来。"

"他叫……叫……叫作杰……杰……杰雷米·边……"

"边沁,是个英国人。"

"这个杰雷米,使我们在生意上再也用不到怨气冲天。"公证人笑着说。

"这些英国人有……有……有时真讲情……情理,"葛朗台说,"那么,照边……边……边沁的看法,要是我兄弟的债券值……值……值多少……实际是并不值!我我……我……我说得对不对?我觉得明白得很……债主可能……不,不可能……我懂……懂懂得。"

"让我解释给你听吧,"所长说,"在法律上要是你拿到葛朗台号子所有欠人的债券,令弟和他的继承人就算跟大家两讫了,行了。"

"行了。"老头儿也跟着说了一遍。

"以公道而论,要是令弟的债券,以多少折扣在市场上转让(转让,你明白这两个字的意思吗?),要是你朋友中有人在场收买了下来,既然债权人自愿出售而并没受暴力胁迫,那么令弟的遗产就光明正大地没有什么负债了。"

"不错……生……生……生意是生意,这是老话,"箍桶匠说,"可是,你明……明……明……明白,这很……很……很难。我……我……我没有钱钱钱,也……也……也没有空,没有空也没……"

"是的,你不能分身。那么我代你上巴黎。(旅费归你,那是小意思。)我去找那些债权人,跟他们谈,把债券收回,把付款的期限展缓,只要在清算的总数上多付一笔钱,一切都好商量的。"

"咱咱咱们再谈,我不……不……不……能,我不愿随……随……随便答应,在在在……没……没有……,做……做不到,总是做……做不到。你你你明白?"

"那不错。"

"你跟……跟……跟我讲……讲……讲的这一套,把我……我……我头都涨……涨……涨昏了。我活到现在,第……第……第一次要想……想到这这……"

"对,你不是法学家。"

"不过是一个可……可……可怜的种葡萄的,你……你……你刚才说的,我一点儿不知道,我……我……我得研……研……研究一一一下。"

"那么……"所长似乎想把他们的谈话归出一个结论来。公证人带着埋怨的口吻插嘴道:

"老侄!……"

"哦,叔叔?"

"你应当让葛朗台先生说明他的意思。委托这样一件事不是小事。咱们的朋友应当把范围说清……"

大门上一声锤响,报告德·格拉桑一家来了,他们的进场和寒暄,打断了克罗旭的话。这一打岔,公证人觉得很高兴,葛朗台已经在冷眼觑他,肉瘤颤巍巍地表示心中的激动。可是第一,小心谨慎的公证人认为一个初级裁判所所长根本不宜于上巴黎去钓债权人上钩,牵入与法律抵触而不清不白的阴谋中去;其次,葛朗台老头肯不肯出钱还一点没有表示,侄儿就冒冒失失地参与,也使公证人本能地觉得害怕。所以他趁德·格拉桑他们进来的当儿,抓着所长的胳膊,把他拉到一个窗洞下面:

"老侄,你的意思表示得够了;献殷勤也应当适可而止。你想他的女儿想昏了。不要见鬼,没头没脑地乱冲乱撞。现在让我来把舵,你只要从旁边助我一臂就行。难道你值得以堂堂法官之尊,去参与这样一件……"

他没有说完,听见德·格拉桑向老箍桶匠伸着手说:

"葛朗台,我们知道府上遭了不幸,纪尧姆·葛朗台的号子出了事,令弟去世了,我们特地来表示哀悼。"

公证人插嘴道:

"最不幸的是二爷的死。要是他想到向兄长求救,就不至于自杀了。咱们的老朋友爱名誉,连指甲缝里都爱到家,他想出面清理巴黎葛朗台的债务呢。舍侄为免得葛朗台在这桩涉及司法的交涉中遇到麻烦,提议立刻代他去巴黎跟债权人磋商,以便适当满足他们。"

这段话,加上葡萄园主摸着下巴表示认可的态度,叫三位德·格拉桑诧异到万分,他们一路来的时候还在称心如意地骂葛朗台守财奴,差不多认为兄弟就是给他害死的。这时银行家却望着他的太太嚷道:

"啊!我早知道的!喂,太太,我路上跟你怎么说的?葛朗台连头发根里都是爱惜名誉的,绝不肯让他们的姓氏有一点儿玷污。有钱而没有名誉是一种病。① 咱们外省还有人爱名誉呢!葛朗台,你这个态度好极了,好极了。我是一个老军人,装不了假,只晓得把心里的话直说。这真是,我的天!伟大极了。"说着银行家热烈地握着他的手。

"可可可是伟……伟……伟大要花大……大……大钱

---

① 这是著名剧作家拉辛的一句名言。

呀。"老头儿回答。

"但是,亲爱的葛朗台,"德·格拉桑接着说,"请所长先生不要生气,这纯粹是件生意上的事,要一个生意上的老手去交涉的。什么回复权,预支,利息的计算,全得内行。我有些事上巴黎去,可以附带代你……"

"咱们俩慢慢地来考虑,怎怎……怎么样想出一个可……可……可能的办法,使我不……不……不至于贸贸然答……答……答应我……我……我不愿愿愿意做的事,"葛朗台结结巴巴地回答,"因为,你瞧,所长先生当然要我负担旅费的。"说这最后几句时他不口吃了。德·格拉桑太太便说:

"嗳!到巴黎去是一种享受,我愿意自己花旅费去呢。"

她对丈夫丢了一个眼风,似乎鼓励他不惜代价把这件差事从敌人手里抢过来;她又带着嘲弄的神气望望两位脸色沮丧的克罗旭。

于是葛朗台抓住了银行家的衣纽,拉他到一边对他说:

"在你跟所长中间,我自然更信托你。而且,"他的肉瘤牵动了几下,"其中还有文章呢。我想买公债,大概有好几万法郎的数目,可是只预备出八十法郎的价钱。据说月底行市会跌。你是内行,是不是?"

"嘿!岂敢!这样说来,我得替你收进几万法郎的公债啰?"

"嘘!开场小做做。我玩这个,谁都不让知道。你可以买月底的期货;可是不能让克罗旭他们得知,他们会不高兴。既然你上巴黎去,请你替我可怜的侄儿探探风色。"

"就这样吧,"德·格拉桑提高了嗓子,"明天我搭驿车动身,几点钟再来请示细节呢?"

"明天五点吧,吃晚饭以前。"葡萄园主搓着手。

两家客人又一起坐了一会。德·格拉桑趁谈话停顿的当儿拍拍葛朗台的肩膀说:

"有这样的同胞兄弟,叫人看了也痛快……"

"是呀是呀,"葛朗台回答说,"表面上看不出,我可是极重骨……骨肉之情。我对兄弟很好,可以向大家证明,要是花……花……花钱不……不多……"银行家不等他说完,很识趣地插嘴道:

"咱们告辞了,葛朗台。我要提早动身的话,还得把事情料理料理。"

"好,好,为了刚才和你谈的那件事,我……我要进……进……进我的'评评……评……评议室'去,像克罗旭所长说的。"

"该死!一下子我又不是德·篷风先生了。"法官郁郁不乐地想,脸上的表情好像在庭上给辩护律师弄得不耐烦似的。

两家敌对的人物一齐走了。早上葛朗台出卖当地葡萄园主的行为,都给忘掉了,彼此只想刺探对方:对于好家伙在这件新发生的事情上存什么心,是怎么一个看法;可是谁也不肯表示。

"你跟我们上德·奥松瓦太太家去吗?"德·格拉桑问公证人。

"咱们过一会去,"所长回答,"要是家叔允许的话,我答应德·格里鲍果小姐到她那边转一转的,我们要先上那儿。"

"那么再见了,诸位。"德·格拉桑太太说。

他们别过了两位克罗旭,才走了几步,阿道尔夫便对他的父亲说:

"他们这一下可冒火呢,嗯?"

"别胡说,孩子,"他母亲回答道,"他们还听得见。而且你的话不登大雅,完全是法科学生的味儿。"

法官眼看德·格拉桑一家走远之后,嚷道:

"喂,叔叔!开场我是德·篷风所长,结果仍旧是光杆儿的克罗旭。"

"我知道你会生气;不过风向的确对德·格拉桑有利。你聪明人怎么糊涂起来了!葛朗台老头的咱们再谈那一套,由他们去相信吧。孩子,你放心,欧也妮还不一样是你的?"

不多一会,葛朗台慷慨的决心同时在三份人家传布开去,城里的人只谈着这桩手足情深的义举。葛朗台破坏了葡萄园主的誓约而出卖存酒的事,大家都加以原谅,一致佩服他的诚实,赞美他的义气,那是出乎众人意料的。法国人的性格,就是喜欢捧一时的红角儿,为不打紧的新鲜事儿上劲。那些群众竟是健忘得厉害。

葛朗台一关上大门,就叫唤拿侬:

"你别把狗放出来,等会儿睡觉,咱们还得一起干事呢。十一点钟的时候,科努瓦耶会赶着弗鲁瓦丰的破车到这儿来。你留心听着,别让他敲门,叫他轻轻地进来。警察局不许人家黑夜里高声大气地闹。再说,乡邻也用不着知道我出门。"

说完之后,葛朗台走进他的工作室,拿侬听着他走动,找东西,来来去去,可是小心得很,显而易见他不愿惊醒太太和女儿,尤其不愿惹起侄儿的注意。他瞧见侄儿屋内还有亮光,已经在私下咒骂了。

半夜里,一心想着堂兄弟的欧也妮,似乎听见一个快要死去的人在那里呻吟,而这个快要死去的人,对她便是夏尔:他和她分手的时候脸色不是那么难看、那么垂头丧气吗？也许他自杀呢！她突然之间披了一件有风兜的大氅想走出去。先是她房门的隙缝中透进一道强烈的光，把她吓了一跳，以为是失了火；后来她放心了，因为听见拿侬沉重的脚步与说话的声音，还夹着好几匹马嘶叫的声音。她极其小心地把门打开一点，免得发出声响，但开到正好瞧见甬道里的情形。她心里想："难道父亲把堂兄弟架走不成？"

冷不防她的眼睛跟父亲的眼睛碰上了，虽然不是瞧着她，而且也毫不疑心她在门后偷看，欧也妮却骇坏了。老头儿和拿侬两个，右肩上架着一支又粗又短的棍子，棍子上系了一条绳索，扣着一只木桶，正是葛朗台闲着没事的辰光在面包房里做着玩的那种。

"圣母马利亚！好重啊！先生。"拿侬轻声地说。

"可惜只是一些大铜钱！"老头儿回答，"当心碰到烛台。"

楼梯扶手的两根柱子中间，只有一支蜡烛照着。

"科努瓦耶，"葛朗台对那个 in partibus① 的看庄子的说，"你带了手枪没有？"

"没有，先生。嘿！你那些大钱怕什么？……"

"噢！不怕。"葛朗台回答。

"再说，我们走得很快，"看庄子的又道，"你的佃户替你预备了最好的马。"

"行，行。你没有跟他们说我上哪儿去吗？"

"我压根儿不知道。"

"好吧。车子结实吗？"

---

① 拉丁文：有职无权。这里的意思指他光干活，却拿不到薪金。

"结实？嘿，好装三千斤。你那些破酒桶有多重？"

"噢，那我知道！"拿侬说，"总该有一千八百斤。"

"别多嘴，拿侬！跟太太说我下乡去了，回来吃夜饭。——科努瓦耶，快一点儿，九点以前要赶到昂热。"

车子走了。拿侬锁上大门，放了狗，肩头酸痛地睡下，街坊上没有一个人知道葛朗台出门，更没有人知道他出门的目的。老头儿真是机密透顶。在这座堆满黄金的屋子里，谁也没有见过一个大钱。早晨他在码头上听见人家闲话，说南特城里接了大批装配船只的生意，金价涨了一倍，投机商都到昂热来收买黄金，他听了便向佃户借了几匹马，预备把家里的藏金装到昂热去抛售，好换回一笔库券，作为买公债的款子，而且趁金价暴涨的机会又好赚一笔外快。

"父亲走了。"欧也妮心里想，她在楼梯高头把一切都听清楚了。

屋子里又变得寂静无声，逐渐远去的车轮声，在万家酣睡的索漠城中已经听不见了。这时欧也妮在没有用耳朵谛听之前，先在心中听到一声呻吟从夏尔房中传来，一直透过她卧房的板壁。三楼门缝里漏出一道像刀口一般细的光，横照在破楼梯的栏杆上。她爬上两级，心里想：

"他不好过哩。"

第二次呻吟使她爬到了楼梯高头，把虚掩着的房门推开了。夏尔睡着，脑袋倒在旧靠椅外面；笔已经掉下，手几乎碰到了地。他在这种姿势中呼吸困难的模样，叫欧也妮突然害怕起来，赶紧走进卧房。

"他一定累坏了。"她看到十几通封好的信，心里想。她看见信封上写着"法里·布雷侬曼车行""布伊松成衣铺"，等等。

"他一定在料理事情,好早点儿出国。"

她又看到两封打开的信,开头写着"我亲爱的安奈
特……"几个字,使她不由得一阵眼花,心儿直跳,双脚钉在
地下不能动了。

"他亲爱的安奈特! 他有爱人了,有人爱他了! 没有希
望喽! ……他对她说些什么呢?"

这些念头在她脑子里心坎里闪过,到处都看到这几个像
火焰一般的字,连地砖上都有。

"没有希望了! 我不能看这封信。应当走开……可是看
了又怎么呢?"

她望着夏尔,轻轻地把他脑袋安放在椅背上,他像孩子一
般听人摆布,仿佛睡熟的时候也认得自己的母亲,让她照料,
受她亲吻。欧也妮也像做母亲的一样,把他垂下的手拿起,轻
轻地吻了吻他的头发。"亲爱的安奈特!"仿佛有一个鬼在她
耳畔叫着这几个字。她想:

"我知道也许是不应该的,可是那封信,我还是要看。"

欧也妮转过头去,良心在责备她。善恶第一次在她心中
照了面。至此为止,她从没做过使自己脸红的事。现在可是
热情与好奇心把她战胜了。每读一句,她的心就膨胀一点,看
信时身心兴奋的情绪,把她初恋的快感刺激得愈加尖锐了:

亲爱的安奈特,什么都不能使我们分离,除了我这次
遭到的大难,那是尽管谨慎小心也是预料不到的。我的
父亲自杀了,我和他的财产全部丢了。由于我所受的教
育,在这个年纪上我还是一个孩子,可是已经成了孤儿:
虽然如此,我得像成人一样从深渊中爬起来。刚才我花

了半夜工夫作了一番盘算。要是我愿意清清白白地离开法国，——我一定得办到这一点——我还没有一百法郎的钱好拿了上印度或美洲去碰运气。是的，可怜的安娜，我要到气候最恶劣的地方去找发财的机会。据说在那些地方，发财又快又稳。留在巴黎吗，根本不可能。一个倾家荡产的人，一个破产的人的儿子，天哪，亏空了两百万！……一个这样的人所能受到的羞辱，冷淡，鄙薄，我的心和我的脸都受不了的。不到一星期，我就会在决斗中送命。所以我决不回巴黎。你的爱，一个男人从没受到过的最温柔最忠诚的爱，也不能动摇我不去巴黎的决心。可怜啊！我最亲爱的，我没有旅费上你那儿，来给你一个，受你一个最后的亲吻，一个使我有勇气奔赴前程的亲吻……

——可怜的夏尔，幸亏我看了这封信！我有金子，可以给他啊，欧也妮想。

她抹了抹眼泪又念下去：

我从没想到过贫穷的苦难。要是我有了必不可少的一百路易旅费，就没有一个铜子买那些起码货去做生意。不要说一百路易，连一个路易也没有。要等我把巴黎的私债清偿之后，才能知道我还剩多少钱。倘使一文不剩，我也就心平气和地上南特，到船上当水手，一到那里，我学那些苦干的人的榜样，年轻时身无分文地上印度，变了巨富回来。从今儿早上起，我把前途冷静地想过了。那对我比对旁人更加可怕，因为我受过母亲的娇养，受过最慈祥的父亲的疼爱，刚踏进社会又遇到了安娜的爱！我一向只看见人生的鲜花,而这种福气是不会长久的。可是亲爱的安奈特,我还有足够的勇气,虽然我一向是个无愁无虑的青年,受惯一个巴黎最迷人的女子的爱抚,享尽家庭之乐,有一个百依百顺的父亲……哦!安奈特,我的父亲,他死了啊……

是的,我把我的处境想过了,也把你的想过了。二十四小时以来,我老了许多。亲爱的安娜,即使你为了把我留在巴黎,留在你身旁,而牺牲一切豪华的享受,牺牲你的衣着,牺牲你在歌剧院的包厢,咱们也没法张罗一笔最低的费用,来维持我挥霍惯的生活。而且我不能接受你那么多的牺牲。因此咱们俩今天只能诀别了。

——他离开她了,圣母马利亚!哦,好运气!

欧也妮快乐得跳起来。夏尔身子动了一下,把她骇得浑身发冷,幸而他并没有醒。她又往下念:

我什么时候回来?不知道。印度的气候很容易使一个欧洲人衰老,尤其是一个辛苦的欧洲人。就说是十年吧。十年以后,你的女儿十八岁,已经是你的伴侣,会刺探你的秘密了。对你,社会已经够残酷,而你的女儿也许对你更残酷。社会的成见,少女的忘恩负义,那些榜样我们已看得不少,应当有所警惕。希望你像我一样,心坎里牢牢记着这四年幸福的回忆,别负了你可怜的朋友,如果可能的话。可是我不敢坚决要求,因为亲爱的安奈特,我必须适应我的处境,用平凡的眼光看人生,一切都得打最实际的算盘。所以我要想到结婚,在我以后的生涯中那是一项应有的节目。而且我可以告诉你在这里,在我索漠的伯父家里,我遇到一个堂姊,她的举动,面貌,头脑,心地,都会使你喜欢的,并且我觉得她……

欧也妮看到信在这里中断,便想:"他一定是疲倦极了,才没有写完。"

她替他找辩护的理由!当然,这封信的冷淡无情,叫这个无邪的姑娘怎么猜得透?在虔诚的气氛中长大的少女,天真,纯洁,一朝踏入了迷人的爱情世界,便觉得一切都是爱情了。她们徜徉于天国的光明中,而这光明是她们的心灵放射的,光辉所布,又照耀到她们的爱人。她们用胸中如火如荼的热情点燃爱人,把自己崇高的思想当作他们的。女人的错误,差不多老是因为相信善,或是相信真。"我亲爱的安奈特,我最亲爱的"这些字眼,传到欧也妮心中竟是爱情的最美的语言,把她听得飘飘然,好像童年听到大风琴上再三奏着 Venite,adoremus① 这几个庄严的音符,觉得万分悦耳一样。并且夏尔眼中还噙着泪水,更显出他的心地高尚,而心地高尚是最容易使少女着迷的。

她又怎么知道夏尔这样地爱父亲,这样真诚地哭他,并非出于什么了不得的至情至性,而是因为做父亲的实在太好的缘故。在巴黎,一般做儿女的,对父母多少全有些可怕的打算,或者看到了巴黎生活的繁华,有些欲望有些计划老是因父母在堂而无法实现,觉得苦闷。纪尧姆·葛朗台夫妇却对儿子永远百依百顺,让他穷奢极侈地享尽富贵,所以夏尔才不至于对父母想到那些可怕的念头。父亲不惜为了儿子挥金如土,终于在儿子心中培养起一点纯粹的孝心。然而夏尔究竟是一个巴黎青年,当地的风气与安奈特的陶养,把他训练得对

———————————
① 拉丁文:来啊,咱们膜拜上帝。

什么都得计算一下;表面上年轻,他实际已经是一个深于世故的老人。他受到巴黎社会可怕的教育,眼见一个夜晚在思想上说话上所犯的罪,可能比重罪法庭所惩罚的还要多;信口雌黄,把最伟大的思想诋毁无余,而美其名曰妙语高论;风气所播,竟以目光准确为强者之道。所谓目光准确,乃是全无信念,既不信情感,也不信人物,也不信事实,而从事于假造事实。在这个社会里,要目光准确就得每天早上把朋友的钱袋掂过斤量,对任何事情都得像政客一般不动感情;眼前对什么都不能钦佩赞美,既不可赞美艺术品,也不可赞美高尚的行为;对什么事都应当把个人的利益看得高于一切。那位贵族太太,美丽的安奈特,在疯疯癫癫调情卖俏之后,教夏尔一本正经地思索了:她把香喷喷的手摸着他的头发,跟他讨论他的前程;一边替他重做发卷,一边教他为人生打算。她把他变成女性化而又实际化。那是从两方面使他腐化,可是使他腐化的手段,做得高雅巧妙,不同凡俗。

"夏尔,你真傻,"她对他说,"教你懂得人生,真不容易。你对德·吕卜克斯先生的态度很不好。我知道他是一个不大高尚的人;可是等他失势之后你再称心如意地鄙薄他呀。你知道康庞太太①的教训吗?——孩子们,只要一个人在台上,就得尽量崇拜他;一朝下了台,赶快帮着把他拖上垃圾堆。有权有势的时候,他等于上帝;给人家挤倒了,还不如石像被塞在阴沟里的马拉②,因为马拉已经死了,而他还活着。人生是

<hr>

① 康庞太太(1752—1822),原为路易十六王后之密友,拿破仑在位时,曾委任她为某女子学校校长。
② 马拉(1743—1793),法国大革命的领袖之一,死后他的石像曾被群众塞在蒙马特尔阴沟里。

一连串纵横捭阖的把戏,要研究,要时时刻刻地注意,一个人才能维持他优越的地位。"

以夏尔那样的一个时髦人物,父母太溺爱他,社会太奉承他,根本谈不上有何伟大的情感。母亲种在他心里的一点点真金似的品行,散到巴黎这架螺旋机中去了;这点品行,他平时就应用得很浅薄,而且多所摩擦之后,迟早要磨蚀完的。但那时夏尔只有二十一岁。在这个年纪上,生命的朝气似乎跟心灵的坦白还分不开。声音,目光,面貌,都显得与情感调和。所以当一个人眼神清澈如水,额上还没有一道皱痕的时候,纵使最无情的法官,最不轻信人的讼师,最难相与的债主,也不敢贸然断定他的心已老于世故,工于计算。巴黎哲学的教训,夏尔从没机会实地应用过,至此为止,他的美是美在没有经验。可是不知不觉之间,他血里已经种下了自私自利的疫苗。巴黎人的那套政治经济,已经潜伏在他心头,只要他从悠闲的旁观者一变而为现实生活中的演员,这些潜在的根苗便会立刻开花。

几乎所有的少女都会相信外貌的暗示,以为人家的心地和外表一样地美;但即使欧也妮像某些外省姑娘一样地谨慎小心,一样地目光深远,在堂兄弟的举动、言语、行为,与心中憧憬还内外一致的时候,欧也妮也不见得会防他。一个偶然的机会,对欧也妮是致命伤,使她在堂兄弟年轻的心中,看到他最后一次的流露真情,听到他良心的最后几声叹息。

她把这封她认为充满爱情的信放下,心满意足地端详着睡熟的堂兄弟:她觉得这张脸上还有人生的新鲜的幻象;她先暗暗发誓要始终不二地爱他。末了她的眼睛又转到另一封信上,再也不觉得这种冒昧的举动有什么了不得了。并且她看

这封信,主要还是想对堂兄弟高尚的人格多找些新证据;而这高尚的人格,原是她像所有的女子一样推己及人假借给意中人的:

> 亲爱的阿尔封斯,你读到这封信的时候,我已经没有朋友了;可是我尽管怀疑社交界那般满口友谊的俗人,却没有怀疑你的友谊。所以我托你料理事情,相信你会把我所有的东西卖得好价。我的情形,想你已经知道。我一无所有了,想到印度去。刚才我写信给所有我有些欠账的人,凭我记忆所及,附上清单一纸,我的藏书、家具、车辆、马匹等等,大概足以抵偿我的私债。凡是没有什么价值的玩意儿,可以作为我做买卖的底子的,都请留下。亲爱的阿尔封斯,为出售那些东西,我稍缓当有正式的委托书寄上,以免有人异议。请你把我全部的枪械寄给我。至于勃里通,你可以留下自用。这匹骏马是没有人肯出足价钱的,我宁愿送给你,好像一个临死的人把常戴的戒指送给他的遗嘱执行人一样。法里·布雷依曼车行给我造了一辆极舒服的旅行车,还没有交货,你想法叫他们留下车子,不再要我补偿损失。倘使不肯,另谋解决也可以,总以不损害我目前处境中的名誉为原则。我欠那个岛国人六路易赌债,不要忘记还给他……

"好弟弟。"欧也妮暗暗叫着,丢下了信,拿了蜡烛跫着小步溜回卧房。

到了房里,她快活得什么似的打开旧橡木柜的抽斗——文艺复兴时最美的家具之一,上面还模模糊糊看得出弗朗索瓦一世的王徽。她从抽斗内拿出一只金线坠子金银线绣花的红丝绒钱袋,外祖母遗产里的东西。然后她很骄傲地掂了掂钱袋的分量,把她已经忘了数目的小小的积蓄检点一番。

她先理出簇新的二十枚葡萄牙金洋,一七二五年约翰五世铸造,兑换率是每枚值葡币五元,或者据她父亲说,等于一百六十八法郎六十四生丁,但一般公认的市价可以值到一百八十法郎,因为这些金洋是罕有之物,铸造极精,黄澄澄的光彩像太阳一般。

其次,是热那亚币一百元一枚的金洋五枚,也是稀见的古钱,每枚值八十七法郎,古钱收藏家可以出到一百法郎。那是从外曾祖德·拉贝特利耶那儿来的。

再次,是三枚西班牙金洋,一七二九年腓力五世铸造。冉蒂耶太太给她的时候老是说:"这小玩意儿,这小人头,值到九十八法郎! 好娃娃,你得好好保存,将来是你私库里的宝物。"

再次,是她父亲最看重的一百荷兰杜加,一七五六年铸造,每枚约值十三法郎。成色是二十三开又零,差不多是十足的纯金。

再次,是一批罕见的古物,一般守财奴最珍视的金徽章,三枚刻着天平的卢比,五枚刻着圣母的卢比[①],都是二十四开的纯金,蒙古大帝的货币,本身的价值是每枚三十七法郎四十生丁,玩赏黄金的收藏家至少可以出到五十法郎。

再次,是前天才拿到,她随便丢在袋里的四十法郎一枚的拿破仑。

这批宝物中间,有的是全新的、从未用过的金洋,真正的

―――――――――

① 此处卢比系指印度货币。

艺术品,葛朗台不时要问到,要拿出来瞧瞧,以便向女儿指出它们本身的美点,例如边缘的做工如何细巧,底子如何光亮,字体如何丰满,笔画的轮廓都没有磨蚀分毫等等。但欧也妮那天夜里既没想到金洋的珍贵,也没想到父亲的癖性,更没想到把父亲这样珍爱的宝物脱手是如何危险;不,她只想到堂兄弟,计算之下,——算法上自然不免有些小错——她终于发觉她的财产大概值到五千八百法郎,照一般的市价可以卖到六千法郎。

看到自己这么富有,她不禁高兴得拍起手来,有如一个孩子快活到了极点,必须用肉体的动作来发泄一下。这样,父女俩都盘过了自己的家私:他是为了拿黄金去卖;欧也妮是为了把黄金丢入爱情的大海。

她把金币重新装入钱袋,毫不迟疑地提了上楼。堂兄弟瞒着不给人知道的窘况,使她忘了黑夜,忘了体统,而且她的良心,她的牺牲精神,她的快乐,一切都在壮她的胆。

正当她一手蜡烛一手钱袋,踏进门口的时候,夏尔醒了,一看他的堂姊,便愣住了。欧也妮进房把火放在桌上,声音发抖地说:

"弟弟,我做了一桩非常对不起你的事;但要是你肯宽恕的话,上帝也会原谅我的罪过。"

"什么事呀?"夏尔擦着眼睛问。

"我把这两封信都念过了。"

夏尔脸红了。

"怎么会念的,"她往下说,"我为什么上楼的,老实说,我现在都想不起了。可是我念了这两封信觉得也不必太后悔,因为我识得了你的灵魂,你的心,还有……"

“还有什么?”夏尔问。

“还有你的计划,你需要一笔款子……”

“亲爱的大姊……”

“嘘,嘘,弟弟,别高声,别惊动了人。”她一边打开钱袋一边说,“这是一个可怜的姑娘的积蓄,她根本没有用处。夏尔,你收下吧。今天早上,我还不知道什么叫作金钱,是你教我弄明白了,钱不过是一种工具。堂兄弟就跟兄弟差不多,你总可以借用姊姊的钱吧?”

一半还是少女一半已经成人的欧也妮,不曾防到他会拒绝,可是堂兄弟一声不出。

“嗳,你不肯收吗?”欧也妮问。静寂中可以听到她的心跳。

堂兄弟的迟疑不决使她着了慌;但他身无分文的窘况,在她脑海里愈加显得清楚了,她便双膝跪下,说道:

“你不收,我就不起来! 弟弟,求你开一声口,回答我呀! 让我知道你肯不肯赏脸,肯不肯大度包容,是不是……”

一听到这高尚的心灵发出这绝望的呼声,夏尔不由得落下泪来,掉在欧也妮手上,他正握着她的手不许她下跪。欧也妮受到这几颗热泪,立刻跳过去抓起钱袋,把钱倒在桌上。

“那么你答应收下了,嗯?”她快活得哭着说,“不用怕,弟弟,你将来会发财的,这些金子对你有利市的;将来你可以还我。而且我们可以合伙;什么条件都行。可是你不用把这笔礼看得那么重啊。”

这时夏尔才能够把心中的情感表白出来:“是的,欧也妮,我再不接受,未免太小心眼了。可是不能没有条件,你信托我,我也得信托你。”

"什么意思?"她害怕地问。

"听我说,好姊姊,我这里有……"

他没有说完,指着衣柜上装在皮套里的一口方匣子。

"你瞧,这里有一样东西,我看得和性命一样宝贵。这匣子是母亲给我的。从今天早上起我就想到,要是她能从坟墓里走出来,她一定会亲自把这匣上的黄金卖掉,你看她当初为了爱我,花了多少金子;但要我自己来卖,真是太亵渎了。"

欧也妮听到最后一句,不禁颤巍巍地握着堂兄弟的手。

他们静默了一会,彼此用水汪汪的眼睛望着,然后他又说:

"不,我既不愿把它毁掉,又不愿带着去冒路上的危险。亲爱的欧也妮,我把它交托给你。朋友之间,从没有交托一件比这个更神圣的东西。你瞧过便知道。"

他过去拿起匣子,卸下皮套,揭开盖子,伤心地给欧也妮看。手工的精巧,使黄金的价值超过了本身重量的价值,把欧也妮看得出神了。

"这还不算稀罕,"他说着摁了一下暗钮,又露出一个夹底,"瞧,我的无价之宝在这里呢。"

他掏出两张肖像,都是德·弥尔贝尔夫人①的杰作,四周镶满了珠子。

"哦,多漂亮的人!这位太太不就是你写信去……"

"不,"他微微一笑,"是我的母亲,那是父亲,就是你的叔父叔母。欧也妮,我真要跪着求你替我保存这件宝物。要是我跟你小小的家私一齐断送了,这些金子可以补偿你的损失;

---

① 德·弥尔贝尔夫人(1796—1849),当时有名的小型肖像画家。

两张肖像我只肯交给你,你才有资格保留;可是你宁可把它们毁掉,绝不能落在第二个人手中……"

欧也妮一声不出。

"那么你答应了,是不是?"他妩媚地补上一句。

听了堂兄弟重复她刚说过的这些话,她对他望了一眼,那是钟情的女子第一次瞧爱人的眼风,又爱娇又深沉;夏尔拿她的手吻了一下。

"纯洁的天使!咱们之间,钱永远是无所谓的,是不是?有了感情钱才有些价值,从今以后应当是感情高于一切。"

"你很像你的母亲。她的声音是不是像你的一样温柔?"

"哦!温柔多哩……"

"对你是当然喽,"她垂下眼皮说,"喂,夏尔,睡觉吧,我要你睡,你累了。明儿见。"

他拿着蜡烛送她,她轻轻地把手从堂兄弟手里挣脱。两人一齐走到门口,他说:

"啊!为什么我的家败光了呢?"

"不用急,我父亲有钱呢,我相信。"她回答说。

夏尔往房内走了一步,背靠着墙壁:

"可怜的孩子,他有钱就不会让我的父亲死了,也不会让你日子过得这么苦,总之他不是这生活的。"

"可是他有弗鲁瓦丰呢。"

"弗鲁瓦丰能值多少?"

"我不知道,可是他还有诺阿伊哀。"

"一些起码租田!"

"还有葡萄园跟草原……"

"那更谈不上了,"夏尔满脸瞧不起的神气,"只要你父亲一年有两万四千法郎收入,你还会住这间又冷又寒酸的卧房吗?"他一边说一边提起左脚向前走了一步。——"我的宝贝就得藏在这里面吗?"他指着一口旧箱子问,借此掩饰一下他的思想。

"去睡吧。"她不许他走进凌乱的卧房。

夏尔退了出去,彼此微微一笑,表示告别。

两人做着同样的梦睡去,从此夏尔在守丧的心中点缀了几朵蔷薇。

下一天早上,葛朗台太太看见女儿在午饭之前陪着夏尔散步。他还是愁容满面,正如一个不幸的人堕入了忧患的深渊、估量到苦海的深度、感觉到将来的重担以后的态度。

欧也妮看见母亲脸上不安的神色,便说:

"父亲要到吃晚饭的时候才回来呢。"

欧也妮的神色,举动,显得特别温柔的声音,都表示她与堂兄弟精神上有了默契。也许爱情的力量双方都没有深切地感到,可是他们的精神已经热烈地融成一片。夏尔坐在堂屋里暗自忧伤,谁也不去惊动他。三个女子都有些事情忙着。葛朗台忘了把事情交代好,家中来了不少人。瓦匠,铅管匠,泥水匠,土方工人,木匠,种园子的,管庄稼的,有的来谈判修理费,有的来付田租,有的来收账。葛朗台太太与欧也妮不得不来来往往,跟唠叨不已的工人与乡下人答话。拿侬把人家送来抵租的东西搬进厨房。她老是要等主人发令,才能知道哪些该留在家里,哪些该送到菜场上去卖。葛朗台老头的习惯,和外省大多数的乡绅一样,喝的老是坏酒,吃的老是烂果子。傍晚五点光景,葛朗台从昂热回来了,他把金子换了一万四千法郎,荷包里藏着王家库券,在没有拿去购买公债以前还有利息可拿。他把科努瓦耶留在昂热,照顾那几匹累得要死的马,等它们将养好了再慢慢赶回。

"太太,我从昂热回来了,"他说,"我肚子饿了。"

"从昨天到现在没有吃过东西吗?"拿侬在厨房里嚷着问。

"没有。"老头儿回答。

拿侬端上菜汤。全家正在用饭,德·格拉桑来听取他主顾的指示了。葛朗台老头简直没有看到他的侄儿。

"你先吃饭吧,葛朗台,"银行家说,"咱们等会再谈。你知道昂热的金价吗?有人特地从南特赶去收买。我想送一点儿去抛售。"

"不必了,"好家伙回答说,"已经到了很多。咱们是好朋友,不能让你白跑一趟。"

"可是金价到了十三法郎五十生丁呢。"

"应当说到过这个价钱。"

"你鬼使神差地又从哪儿来呀?"

"昨天夜里我到了昂热。"葛朗台低声回答。

银行家惊讶得打了一个寒噤。随后两人咬着耳朵交谈,谈话中,德·格拉桑与葛朗台对夏尔望了好几次。大概是老箍桶匠说出要银行家买进十万法郎公债的时候吧,德·格拉桑又做了一个惊讶的动作。他对夏尔说:

"葛朗台先生,我要上巴黎去;要是你有什么事叫我办……"

"没有什么事,先生,谢谢你。"夏尔回答。

"能不能再谢得客气一点,侄儿?他是去料理纪尧姆·葛朗台号子的事情的。"

"难道还有什么希望吗?"夏尔问。

"哎,"老箍桶匠骄傲的神气装得逼真,"你不是我的侄儿吗?你的名誉便是我们的。你不是姓葛朗台吗?"

夏尔站起来,抓着葛朗台老头拥抱了,然后脸色发白地走了出去。欧也妮望着父亲,钦佩到了万分。

"行了,再会吧,好朋友;一切拜托,把那班人灌饱迷汤再说。"

两位军师握了握手;老箍桶匠把银行家一直送到大门,然后关了门回来,埋在安乐椅里对拿侬说:

"把果子酒拿来!"

但他过于兴奋了,没法坐下,起身瞧了瞧德·拉贝特利耶先生的肖像,踏着拿侬所谓的舞步,嘴里唱起歌来:

> 法兰西的御林军中哎
> 我有过一个好爸爸①······

拿侬,葛朗台太太,欧也妮,不声不响地彼此瞪了一眼。老头儿快乐到极点的时候,她们总有些害怕。

晚会不久就告结束。先是葛朗台老头要早睡,而他一睡觉,家里便应当全体睡觉:正好像奥古斯特一喝酒,波兰全国都该醉倒。② 其次,拿侬,夏尔,欧也妮,疲倦也不下于主人。至于葛朗台太太,一向是依照丈夫的意志睡觉、吃喝、走路的。可是在饭后等待消化的两小时中间,从来没有那么高兴的老

---

① 原歌词应为"我有一个好情郎",葛朗台这么唱,是因为肖像上的拉贝特利耶先生着王家卫队服装。

② 指十七至十八世纪时的奥古斯特二世,这两句话系形容奥古斯特好宴饮的俗谚。

箍桶匠,发表了不少怪论,我们只要举出一二句,就可见出他的思想。他喝完了果子酒,望着杯子说:

"嘴唇刚刚碰到,杯子就干了!做人也是这样。不能要了现在,又要过去。钱不能又花出去又留在你袋里。要不然人生真是太美了。"

他说说笑笑,和气得很。拿侬搬纺车来的时候,他说:

"你也累了,不用绩麻了。"

"啊,好!……不过我要无聊呢。"女用人回答。

"可怜的拿侬!要不要来一杯果子酒?"

"啊!果子酒,我不反对;太太比药剂师做得还要好。他们卖的哪里是酒,竟是药。"

"他们糖放的太多,一点酒味儿都没有了。"老头儿说。

下一天早上八点钟,全家聚在一块用早餐的时候,第一次有了真正融融泄泄的气氛。苦难已经使葛朗台太太、欧也妮和夏尔精神上有了联系,连拿侬也不知不觉地同情他们。四个人变了一家。至于葛朗台老头,吝啬的欲望满足了,眼见花花公子不久就要动身,除了到南特的旅费以外不用他多花一个钱,所以虽然家里住着这个客,他也不放在心上了。他听任两个孩子——对欧也妮与夏尔他是这样称呼的——在葛朗台太太监督之下自由行动;关于礼教的事,他是完全信任太太的。草原与路旁的土沟要整理,卢瓦尔河畔要种白杨,弗鲁瓦丰和庄园有冬天的工作,使他没有功夫再管旁的事。从此,欧也妮进入了爱情里的春天。自从她半夜里把财宝送给了堂兄弟之后,她的心也跟着财宝一起去了。两人怀着同样的秘密,彼此瞧望的时候都表示出心心相印的了解,把他们的情感加深了,更亲密,更相契,使他们差不多生活在另一个世界上。

亲族之间不作兴有温柔的口吻与含情的目光么？因此欧也妮竭力使堂兄弟领略爱情初期的、儿童般的欢喜，来忘掉他的痛苦。

爱情的开始与生命的开始，颇有些动人的相似之处。我们不是用甜蜜的歌声与和善的目光催眠孩子吗？我们不是对他讲奇妙的故事，点缀他的前程吗？希望不是对他老展开着光明的翅翼吗？他不是忽而乐极而涕，忽而痛极而号吗？他不是为了一些无聊的小事争吵吗，或是为了造活动宫殿的石子，或是为了摘下来就忘掉的鲜花？他不是拼命要抓住时间，急于长大吗？恋爱是我们第二次的脱胎换骨。在欧也妮与夏尔之间，童年与爱情简直是一桩事情：初恋的狂热，附带着一切应有的疯癫，使原来被哀伤包裹的心格外觉得苏慰。

这爱情的诞生是在丧服之下挣扎出来的，所以跟这所破旧的屋子，与朴素的外省气息更显得调和。在静寂的院子里，靠井边与堂姊交谈几句；坐在园中长满青苔的凳上，一本正经地谈着废话，直到日落时分；或者在围墙下宁静的气氛中，好似在教堂的拱廊下面，一同默想：夏尔这才懂得了爱情的圣洁。因为他的贵族太太，他亲爱的安奈特，只给他领略到爱情中暴风雨般的骚动。这时他离开了爱娇的、虚荣的、热闹的、巴黎式的情欲，来体味真正而纯粹的爱。他喜欢这屋子，也不觉得这屋里的生活习惯如何可笑了。

他清早就下楼，趁葛朗台没有来分配粮食之前，跟欧也妮谈一会；一听到老头儿的脚步声在楼梯上响，他马上溜进花园。这种清晨的约会，连母亲也不知道而拿侬装作看不见的约会，使他们有一点小小的犯罪感觉，为最纯洁的爱情添上几分偷尝禁果似的快感。等到用过早餐,葛朗台出门视察田地与种植园的时光,夏尔便跟母女俩在一起,帮她们绕线团,看她们做活,听她们闲话,体味那从来未有的快乐。这种近乎修道院生活的朴素,使他看了大为感动,从而认识这两颗不曾涉足社交界的灵魂之美。他本以为法国不可能再有这种风气,要就在德国,而且只是荒唐无稽地存在于奥古斯特·拉封丹的小说之中。① 可是不久他发觉欧也妮竟是理想中的歌德的玛格丽特,而且还没有玛格丽特的缺点。

一天又一天,他的眼神,说话,把可怜的姑娘迷住了,一任爱情的热浪摆布;她抓着她的幸福,犹如游泳的人抓着一根杨柳枝条想上岸休息。日子飞一般地过去,其间最愉快的时光,不是已经为了即将来临的离别而显得凄凉黯淡吗?每过一天,总有一些事提醒他们分手在即。德·格拉桑走了三天之后,葛朗台带了夏尔上初级裁判所,庄严得了不得,那是外省人在这种场合惯有的态度;他教夏尔签了一份放弃继承权的声明书。可怕的声明!简直是离宗叛教似的文件。他又到克罗旭公证人那儿,缮就两份委托书,一份给德·格拉桑,一份给代他出售动产的朋友。随后他得办理手续领取出国的护照。末了当夏尔定做的简单的孝服从巴黎送来之后,他在索漠城里叫了一个裁缝来,把多余的衣衫卖掉。这件事让葛朗台老头大为高兴。他看见侄儿穿着粗呢的黑衣服时,便说:

"这样才像一个想出门发财的人哩。好,很好!"

"放心,伯父,"夏尔回答,"我知道在我现在的地位怎样

---

① 奥古斯特·拉封丹(1758—1831),德国小说家。

做人。"

老头儿看见夏尔手中捧着金子,不由得眼睛一亮,问道:

"这是什么?"

"伯父,我把纽扣,戒指,所有值几个钱的小玩意儿集了起来;可是我在索漠一个人都不认识,想请你……"

"叫我买下来吗?"葛朗台打断了他的话。

"不是的,伯父,想请你介绍一个规规矩矩的人……"

"给我吧,侄儿;我到上面去替你估一估,告诉你一个准确的价值,差不了一生丁。"他把一条长长的金链瞧了瞧说,"这是首饰金,十八开到十九开。"

老头儿伸出大手把大堆金子拿走了。

"大姊,"夏尔说,"这两颗纽子送给你,系上一根丝带,正好套在手腕上。现在正时行这种手镯。"

"我不客气,收下了,弟弟。"她说着对他会心地望了一眼。

"伯母,这是先母的针箍,我一向当作宝贝般放在旅行梳妆匣里的。"夏尔说着,把一个玲珑可爱的金顶针送给葛朗台太太,那是她想了十年而没有到手的东西。老母亲眼中含着泪,回答说:

"真不知道怎样谢你才好呢,侄儿。我做早课夜课的时候,要极诚心地祷告出门人的平安。我不在之后,欧也妮会把它保存好的。"

"侄儿,一共值九百八十九法郎七十五生丁,"葛朗台推门进来说,"免得你麻烦去卖给人家,我来给你现款吧……利勿尔作十足算。"

在卢瓦尔河一带,利勿尔作十足算的意思,是指六法郎一枚的银币,不扣成色,算足六法郎。①

"我不敢开口要你买,"夏尔回答,"可是在你的城里变卖首饰,真有点不好意思。拿破仑说过,脏衣服得躲在家里洗。所以我得谢谢你的好意。"

葛朗台搔搔耳朵,一时间大家都没有话说。

"亲爱的伯父,"夏尔不安地望着他,似乎怕他多心,"大姊跟伯母,都赏脸收了我一点小意思做纪念;你能不能也收下这副袖纽,我已经用不着了,可是能让你想起一个可怜的孩子在外面没有忘掉他的骨肉。从今以后他的亲人只剩你们了。"

"我的孩子,我的孩子,你怎么能把东西送光呢?……——你拿了什么,太太?"他馋痨地转过身来问,"啊!一个金顶针。——你呢,小乖乖?噢,钻石搭扣。——好吧,孩子,你的袖纽我拿了,"他握着夏尔的手,"可是答应我……替你付……你的……是呀……上印度去的旅费。是的,你的路费由我来。尤其是,孩子,替你估首饰的时候,我只算了金子,也许手工还值点儿钱。所以,就这样办吧。我给你一千五百法郎……利勿尔作十足算,那还得问克罗旭去借,家里一个铜子都没有了,除非佩罗泰把欠租送来。对啦,对啦,我这就找他去。"

他拿了帽子,戴上手套,走了。

"你就走了吗?"欧也妮说着,对他又悲哀又钦佩地望了一眼。

"该走了。"他低下头回答。

_____

① 根据一八一〇年的法令,六利勿尔的银币只值五法郎八十生丁。

几天以来,夏尔的态度,举动,言语,显出他悲痛到了极点,可是鉴于责任的重大,已经在忧患中磨炼出簇新的勇气。他不再长吁短叹,他变成大人了。所以看到他穿着粗呢的黑衣服下楼,跟苍白的脸色与忧郁不欢的神态非常调和的时候,欧也妮把堂兄弟的性格看得更清楚了。这一天,母女俩开始戴孝,和夏尔一同到本区教堂去参加为纪尧姆·葛朗台举行的追思弥撒。

　　午饭时分,夏尔收到几封巴黎的来信,一齐看完了。

　　"喂,弟弟,事情办得满意吗?"欧也妮低声问。

　　"女儿,不作兴问这些话,"葛朗台批评道,"嘿!我从来不说自己的事,干吗你要管堂兄弟的闲事?别打搅他。"

　　"噢!我没有什么秘密哪。"夏尔说。

　　"咄,咄,咄,咄!侄儿,以后你会知道,做买卖就得嘴紧。"

　　等到两个情人走在花园里的时候,夏尔挽着欧也妮坐在胡桃树下的破凳上对她说:

　　"我没有把阿尔封斯看错,他态度好极了,把我的事办得很谨慎很忠心。我巴黎的私债全还清了,所有的家具都卖了好价钱;他又告诉我,他请教了一个走远洋的船主,把剩下的三千法郎买了一批欧洲的小玩意,可以在印度大大赚一笔钱的货。他把我的行李都发送到南特,那边有一条船开往爪哇。不出五天,欧也妮,我们得分别了,也许是永别,至少也很长久。我的货,跟两个朋友寄给我的一万法郎,不过是小小的开头。没有好几年我休想回来。亲爱的大姊,别把你的一生跟我的放在一起,我可能死在外边,也许你有机会遇到有钱的亲事……"

"你爱我吗？……"她问。

"噢！我多爱你。"音调的深沉显得感情也是一样的深。

"我等你，夏尔。哟，天哪！父亲在楼窗口。"她把逼近来想拥抱她的堂兄弟推开。

她逃到门洞下面，夏尔一路跟着；她躲到楼梯脚下，打开了过道里的门；后来不知怎的，欧也妮到了靠近拿侬的小房间，走道里最黑的地方；一路跟着来的夏尔，抓住她的手放在他心口，挽了她的腰把她轻轻贴在自己身上。欧也妮不再撑拒了，她受了，也给了一个最纯洁、最温馨、最倾心相与的亲吻。

"亲爱的欧也妮，"夏尔说，"堂兄弟胜过兄弟，他可以娶你。"

"好吧，一言为定！"拿侬打开她黑房间的门嚷道。

两个情人吃了一惊，溜进堂屋，欧也妮拿起她的活计，夏尔拿起葛朗台太太的祷告书念着《圣母经》。

"哟！"拿侬说，"咱们都在祷告哪。"

夏尔一宣布行期，葛朗台便大忙特忙起来，表示对侄儿的关切；凡是不用花钱的地方他都很阔气。他去找一个装箱的木匠，回来却说箱子要价太高，便自告奋勇，定要利用家中的旧板由他自己来做；他清早起身，把薄板锯呀，刨呀，钉呀，钉成几口很好的箱子，把夏尔的东西全部装了进去；他又负责装上船，保了险，从水道运出，以便准时送到南特。

自从过道里一吻之后，欧也妮愈觉得日子飞也似的快得可怕。有时她竟想跟堂兄弟一起走。凡是领略过最难割舍的热情的人，领略过因年龄、时间、不治的疾病，或什么宿命的打击，以致热情存在的时期一天短似一天的人，便不难懂得欧也妮的苦恼。她常常在花园里一边走一边哭,如今这园子,院子,屋子,城,对她都太窄了;她已经在茫无边际的大海上飞翔。

终于到了动身的前夜。早上,趁葛朗台与拿侬都不在家,藏有两张肖像的宝匣,给庄严地放进了柜子上唯一有锁钥而放着空钱袋的抽斗。存放的时候免不了几番亲吻几番流泪。欧也妮把钥匙藏在胸口的时光,竟没有勇气阻止夏尔亲吻她的胸脯。

"它永久在这里,朋友。"

"那么我的心也永久在这里。"

"啊!夏尔,这不行。"她说,口气并不像在埋怨。

"我们不是已经结婚了吗?"他回答,"你已经答应了我,现在要由我来许愿了。"

"永久是你的!"这句话双方都说了两遍。

世界上再没比这个誓约更纯洁的了:欧也妮的天真烂漫,霎时间把夏尔的爱情也变得神圣了。

下一天早上,早餐是不愉快的。拿侬虽然受了夏尔的金绣睡衣与挂在胸间的十字架,还是控制不住感情,不禁含着眼泪说道:

"可怜的好少爷,要去漂洋过海……但愿上帝保佑他!"

十点半,全家出门送夏尔搭去南特的驿车。拿侬放了狗,关了街门,定要替夏尔提随身的小包。老街上所有做买卖的,都站在门口看他们一行走过,到了广场,还有公证人候在那里。

"欧也妮,等会别哭。"母亲嘱咐她。

葛朗台在客店门口拥抱夏尔,吻着他的两颊:

"侄儿,你光身去,发了财回来,你父亲的名誉绝不会有一点儿损害。我葛朗台敢替你保险;因为那时候,都靠你……"

"啊!伯父!这样我动身也不觉得太难受了。这不是你送我的最好的礼物吗!"

夏尔把老箍桶匠的话打断了,根本没有懂他的意思,却在伯父面疱累累的脸上流满了感激的眼泪,欧也妮使劲握着堂兄弟与父亲的手。只有公证人在那里微笑,暗暗佩服葛朗台的机巧,因为只有他懂得老头儿的心思。①

四个索漠人,周围还有几个旁人,站在驿车前面一直等到它出发;然后当车子在桥上看不见了,只远远听到声音的时候,老箍桶匠说了声:

"一路顺风!"

幸而只有克罗旭公证人听到这句话。欧也妮和母亲已经走到码头上还能望见驿车的地方,扬着她们的白手帕,夏尔也在车中扬巾回答。赶到欧也妮望不见夏尔的手帕时,她说:

"母亲,要有上帝的法力多好啊!"

为的不要岔断以后葛朗台家中的事,且把老头儿托德·格拉桑在巴黎办的事情提前叙述一下。银行家出发了一个月之后,葛朗台在国库的总账上登记了正好以八十法郎买进的十万公债。这多疑的家伙用什么方法把买公债的款子拨到巴黎,直到他死后人家编造他的财产目录时都无法知道。克罗旭公证人认为是拿侬不自觉地做了运送款子的工具。因为那

～～～～～～～～～～

① 葛朗台那句没有说完的话应当是:都靠你发了财回来偿还父亲的债。

个时节,女仆有五天不在家,说是到弗鲁瓦丰收拾东西去,仿佛老头儿真会有什么东西丢在那里不收起来似的。关于纪尧姆·葛朗台号子的事,竟不出老箍桶匠的预料。

大家知道,法兰西银行对巴黎与各省的巨富都有极准确的调查。索漠的德·格拉桑与费利克斯·葛朗台都榜上有名,而且像一般拥有大地产而绝对没有抵押出去的金融家一样,信用极好。所以索漠的银行家到巴黎来清算葛朗台债务的传说,立刻使债权人放弃了签署拒绝证书的念头,[①]从而使已故的葛朗台少受了一次羞辱。财产当着债权人的面启封,本家的公证人照例进行财产登记。不久,德·格拉桑把债权人召集来了,他们一致推举索漠的银行家,和一家大商号的主人,同时也是主要债权人之一的弗朗索瓦·凯勒为清算人,把挽救债权与挽回葛朗台的信誉两件事,一齐委托了他们。索漠的葛朗台的信用,加上德·格拉桑银号代他做的宣传,使债权人都存了希望,因而增加了谈判的便利;不肯就范的债主居然一个都没有。谁也不曾把债权放在自己的盈亏总账上计算过,只想着:

"索漠的葛朗台会偿还的!"

六个月过去了,那些巴黎人把转付出去的葛朗台债券清偿了,收回来藏在皮包里。这是老箍桶匠所要达到的第一个目标。

第一次集会以后九个月,两位清算人发了百分之四十七给每个债权人。这笔款子是把已故的葛朗台的证券,动产,不动产,以及一切零星杂物变卖得来的,变卖的手续做得极

---

① 拒绝证书系债主证明债务人到期不清偿债务的文件。

精密。

那次的清算办得公正规矩,毫无弊窦。债权人一致承认葛朗台两兄弟的信誉的确无可批评。等到这种赞美的话在外边传播了一番以后,债权人要求还余下的部分了。那时他们写了一封全体签名的信给葛朗台。

"嗯,哼! 这个吗?"老箍桶匠把信往火里一扔,"朋友们,耐一耐性子吧。"

葛朗台的答复,是要求把所有的债权文件存放在一个公证人那里,另外附一张已付款项的收据,以便核对账目,把遗产的总账轧清。这个条件立刻引起了无数的争执。

债主通常总是脾气古怪的家伙:今天预备成立协议了,明天又嚷着烧呀杀呀,把一切都推翻;过了一响,又忽然地软下来。今天,他的太太兴致好,小儿子牙齿长得顺利,家里什么都如意,他便一个铜子都不肯吃亏;明儿,逢着下雨,不能出门,心里憋闷得慌,只消一件事情能够结束,便任何条件都肯答应;后天,他要担保品了;月底,他要你全部履行义务,非把你逼死不可,这刽子手! 大人开小孩子玩笑,说要捉小鸟,只消把一颗盐放在它尾巴上。世界上要有这种呆鸟的话,就是债主了。或者是他们把自己的债权看作那样的呆鸟,结果是永远扑一个空。

葛朗台留神观看债主的风色,而他兄弟的那批债主的确不出他的所料。有的生气了,把存放证件一节干脆拒绝了。

"好吧,好得很。"葛朗台念着德·格拉桑的来信,搓着手说。

另外一批债权人答应提交证件,可是要求把他们的权利确切证明一下,声明任何权利不能放弃,甚至要保留宣告破产的权利。再通信,再磋商,结果索漠的葛朗台把对方提出保留的条件全部接受了。获得了这点让步之后,温和派的债主把激烈派的劝解了。大家咕噜了一阵,证件终于交了出来。

"这好家伙,"有人对德·格拉桑说,"简直跟你和我们开玩笑。"

纪尧姆·葛朗台死了两年差一个月的时候,许多商人给巴黎市场的动荡搅昏了,把葛朗台到期应付的款项也忘了,或者即使想到,也不过是"大概百分之四十七就是我们所能到手的全部了"一类的想法。

老箍桶匠素来相信时间的力量,他说时间是一个好小鬼。第三年年终,德·格拉桑写信给葛朗台,说债权人已经答应,在结欠的二百四十万法郎中再收一成,就可把债券交还。

葛朗台复信说,闹了亏空把他兄弟害死的那个公证人与经纪人,倒逍遥地活着! 他们不应当负担一部分吗? 现在要对他们起诉,逼他们拿出钱来,减轻一点我们这方面的亏累。

第四年终了,欠款的数目讲定了十二万法郎。然后清算人与债权人,清算人与葛朗台,往返磋商,拖了六个月之久。总而言之,赶到葛朗台被逼到非付不可的时节,在那年的第九个月,他又回信给两位清算人,说他侄子在印度发了财,向他表示要把亡父的债务全部归清;他不能擅自了结这笔债,要等侄子回音。

第五年过了一半,债权人还是给"全部归清"几个字搪塞着,老奸巨猾的箍桶匠暗地里笑着,把全部归清的话不时说一遍。每逢嘴里提到"这些巴黎人! ……"时,他总得附带一副阴险的笑容,赌一句咒。可是那些债主最后的命运,却是商场大事记上从来未有的纪录。后来,当这个故事的发展使他们重新出场的时候,他们所处的地位,还是当初给葛朗台冻结在那里的地位。

公债涨到一百十五法郎,葛朗台老头抛了出去,在巴黎提回二百四十万法郎左右的黄金,和公债上的复利六十万法郎,一齐倒进了密室内的木桶。德·格拉桑一直留在巴黎,原因是:第一他当了国会议员;第二他虽然当了家长,却给索漠的生活磨得厌烦死了,爱上了公主剧院最漂亮的一个女演员佛洛丽纳,他当年军队生活的习气又在银行家身上复活了。不用说,他的行为被索漠人一致认为伤风败俗。他太太还算运气,跟他分了家,居然有魄力管理索漠的银号,用她的名字继续营业,把德·格拉桑因荒唐而败掉的家私设法弥补。几位克罗旭推波助澜,把这个活寡妇的尴尬地位弄得更糟,以致她的女儿嫁得很不得意,娶欧也妮·葛朗台做媳妇的念头也放弃了,阿道尔夫跟德·格拉桑一起在巴黎,据说变得很下流。克罗旭他们终于得胜了。

"你丈夫真糊涂,"葛朗台凭了抵押品借一笔钱给德·格拉桑太太时说,"我代你抱怨,你倒是一个贤惠的太太。"

"啊!先生,"可怜的妇人回答说,"他从你府上动身到巴黎去的那一天,谁想得到他就此走上了坏路呢?"

"太太,皇天在上,我直到最后还拦着不让他去呢。当时所长先生极想亲自出马的。我们现在才明白为什么他争着要去。"

这样,葛朗台便用不着再欠德·格拉桑什么情分了。

家庭的苦难

不论处境如何,女人的痛苦总比男人多,而且程度也更深。男人有他的精力需要发挥;他活动,奔走,忙乱,打主意,眼睛看着将来,觉得安慰。例如夏尔。但女人是静止的,面对着悲伤无法分心,悲伤替她开了一个窟窿,让她往下钻,一直钻到底,测量窟窿的深度,把她的愿望与眼泪来填。例如欧也妮。她开始认识了自己的命运。感受,爱,受苦,牺牲,永远是女人生命中应有的文章。欧也妮变得整个儿是女人了,却并无女人应有的安慰。她的幸福,正如博叙埃刻画入微的说法,仿佛墙上的钉子,随你积得怎么多,捧在手里也永远遮不了掌心的。[①] 悲苦绝不姗姗来迟,叫人久等,而她的一份就在眼前了。夏尔动身的下一天,葛朗台的屋子在大家眼里又恢复了本来面目,只有欧也妮觉得突然之间空虚得厉害。瞒着父亲,她要把夏尔的卧房保持他离开时的模样。葛朗台太太与拿侬,很乐意助成她这个维持 statu quo[②] 的愿望。

① 博叙埃这句话全文如下:有时我也能体验些许欢乐,感受某种幸福,但我的一生中,这种时刻何等稀少,宛如大墙上的钉子,间隔着一定的距离,可能你会认为这些欢乐和幸福本身就占有相当的分量,但你不妨细加掂量:所有这一切竟不足以填满你的掌心。——原编者注。

② 拉丁文:现状。

"谁保得定他不早些回来呢？"她说。

"啊！希望他再来啊，"拿侬回答，"我服侍他惯了！多和气、多好的少爷，脸庞儿又俏，头发鬈鬈的像一个姑娘。"

欧也妮望着拿侬。

"哎哟，圣母马利亚！小姐，你这副眼神要入地狱的！别这样瞧人呀。"

从这天起，葛朗台小姐的美丽又是一番面目。对爱情的深思，慢慢地浸透了她的心，再加上有了爱人以后的那种尊严，使她眉宇之间增添了画家用光轮来表现的那种光辉。堂兄弟未来之前，欧也妮可以跟未受圣胎的童贞女相比；堂兄弟走了之后，她有些像做了圣母的童贞女：她已经感受了爱情。某些西班牙画家把这两个不同的马利亚表现得那么出神入化，成为基督教艺术中最多而最有光辉的形象。夏尔走后，她发誓天天要去望弥撒；第一次从教堂回来，她在书店里买了一幅环球全图钉在镜子旁边，为的能一路跟堂兄弟上印度，早晚置身于他的船上，看到他，对他提出无数的问话，对他说：

"你好吗？不难受吗？你教我认识了北极星的美丽和用处，现在你看到了那颗星，想我不想？"

早上，她坐在胡桃树下虫蛀而生满青苔的凳上出神，他们在那里说过多少甜言蜜语，多少疯疯癫癫的废话，也一起做过将来成家以后的美梦。她望着围墙上空的一角青天，想着将来；然后又望望古老的墙壁，与夏尔卧房的屋顶。总之，这是孤独的爱情，持久的，真正的爱情，渗透所有的思想，变成了生命的本体，或者像我们父辈所说的，变成了生命的素材。

晚上，那些自称为葛朗台老头的朋友来打牌的时候，她装作很高兴，把真情藏起；但整个上午她跟母亲与拿侬谈论夏

尔。拿侬懂得她可以对小主人表同情,而并不有亏她对老主人的职守,她对欧也妮说:

"要是有个男人真心对我,我会……会跟他入地狱。我会……呕……我会为了他送命;可是……没有呀。人生一世是怎么回事,我到死也不会知道的了。唉,小姐,你知道吗,科努瓦耶那老头,人倒是挺好的,老盯着我打转,自然是为了我的积蓄喽,正好比那些为了来嗅嗅先生的金子、有心巴结你的人。我看得很清,别看我像猪一样胖,我可不傻呢。可是小姐,虽然他那个不是爱情,我也觉得高兴。"

两个月这样过去了。从前那么单调的日常生活,因大家关切欧也妮的秘密而有了生气,三位妇人也因之更加亲密。在她们心目中,夏尔依旧在堂屋灰暗的楼板下面走来走去。早晨,夜晚,欧也妮都得把那口梳妆匣打开一次,把叔母的肖像端详一番。某星期日早上,她正一心对着肖像揣摩夏尔的面貌时,被母亲撞见了。于是葛朗台太太知道了侄儿与欧也妮交换宝物的可怕消息。

"你统统给了他!"母亲惊骇之下说,"到元旦那天,父亲问你要金洋看的时候,你怎么说?"

欧也妮眼睛发直,一个上午半天,母女俩吓得半死,糊里糊涂把正场的弥撒都错过了,只能参加读唱弥撒。

三天之内,一八一九年就要告终。三天之内就要发生大事,要演出没有毒药、没有尖刀、没有流血的平凡的悲剧,但对于剧中人的后果,只有比阿特里得斯家族①所有的惨剧还要残酷。

---

① 希腊神话传说中迈锡尼王阿特柔斯的后代,以命途多舛著称。

"那怎么办?"葛朗台太太把编织物放在膝上,对女儿说。

可怜的母亲,两个月以来受了那么多的搅扰,甚至过冬必不可少的毛线套袖都还没织好。这件家常小事,表面上无关紧要,对她却发生了不幸的后果。因为没有套袖,后来在丈夫大发雷霆骇得她一身冷汗时,她中了恶寒。

"我想,可怜的孩子,要是你早告诉我,还来得及写信到巴黎给德·格拉桑先生。他有办法收一批差不多的金洋寄给我们;虽然你父亲看得极熟,也许……"

"可是哪儿来这一大笔钱呢?"

"有我的财产做抵押呀。再说德·格拉桑先生可能为我们……"

"太晚啦,"欧也妮声音嘶哑、嗓子异样地打断了母亲的话,"明天早上,我们就得到他卧房里去跟他拜年了。"

"可是孩子,为什么我不去看看克罗旭他们呢?"

"不行不行,那简直是自投罗网,把我们卖给了他们了。而且我已经拿定主意。我没有做错事,一点儿不后悔。上帝会保佑我的。听凭天意吧。唉!母亲,要是你读到他那些信,你也要心心念念地想他呢。"

下一天早上,一八二〇年一月一日,母女俩恐惧之下,想出了最天然的托词,不像往年一样郑重其事地到他卧房里拜年。一八一九至一八二〇的冬天,在当时是一个最冷的冬天。屋顶上都堆满了雪。

葛朗台太太一听到丈夫房里有响动,便说:

"葛朗台,叫拿侬在我屋里生个火吧;冷气真厉害,我在被窝里冻僵了。到了这个年纪,不得不保重一点。"她停了一会又说:"再说,让欧也妮到我房里来穿衣吧。这种天气,孩子在她屋里梳洗会闹病的。等会我们到暖暖和和的堂屋里跟你拜年吧。"

"咄,咄,咄,咄! 官话连篇! 太太,这算是新年发利市吗? 你从来没有这么唠叨过。你总不见得吃了酒浸面包吧?"①

说罢大家都不出一声。

"好吧,"老头儿大概听了妻子的话心软了,"就照你的意思办吧,太太。你太好了,我不能让你在这个年纪上有什么三长两短,虽然拉贝特利耶家里的人多半是铁打的。"他停了一会又嚷:"嗯! 你说是不是? 不过咱们得了他们的遗产,我原谅他们。"

说完他咳了几声。

"今天早上你开心得很,老爷。"葛朗台太太的口气很严肃。

"我不是永远开心的吗,我……

　　开心,开心,真开心,你这箍桶匠,
　　不修补你的脸盆又怎么样!"

他一边哼一边穿得齐齐整整地进了妻子的卧房。"真,好家伙,冷得要命。早上咱们有好菜吃呢,太太。德·格拉桑从巴黎带了夹香菇的鹅肝来! 我得上驿站去拿。"说着他又咬着她的耳朵:

"他还给欧也妮带来一块值两块的拿破仑。我的金子光了,太太。我本来还有几块古钱,为了做买卖只好花了。这话

〰〰〰〰〰

　　① 系莫里哀喜剧中语,说鹦鹉吃了酒浸的面包,才会说话。

143

我只能告诉你一个人。"

然后他吻了吻妻子的前额,表示庆祝新年。

"欧也妮,"母亲叫道,"不知你父亲做了什么好梦,脾气好得很。——得啦,咱们还有希望。"

"先生今天怎么啦?"拿侬到太太屋里生火时说,"他一看见我就说:大胖子,你好,你新年快乐。去给太太生火呀,她好冷呢。——他说着伸出手来给我一块六法郎的钱,精光滴滑,簇崭全新,把我看呆了。太太,你瞧。哦!他多好。他真大方。有的人越老心越硬;他却温和得像你的果子酒一样,越陈越好了。真是一个十足地道的好人……"

老头儿这一天的快乐,是因为投机完全成功的缘故。德·格拉桑把箍桶匠在十五万法郎荷兰证券上所欠的利息,以及买进十万公债时代垫的尾数除去之后,把一季利息所剩的三万法郎托驿车带给了他,同时又报告他公债上涨的消息。行市已到八十九法郎,那些最有名的资本家,还出九十二法郎的价钱买进正月底的期货。葛朗台两个月中间的投资赚了百分之十二,他业已收支两讫,今后每半年可以坐收五万法郎,既不用付捐税,也没有什么修理费。外省人素来不相信公债的投资,他却终于弄明白了,预算不出五年,不用费多少心,他的本利可以滚到六百万,再加上田产的价值,他的财产势必达到惊人的数字。给拿侬的六法郎,也许是她不自觉地帮了他一次大忙而得到的酬劳。

"噢!噢!葛朗台老头上哪儿去呀,一清早就像救火似的这么奔?"街上做买卖的一边开铺门一边想。

后来,他们看见他从码头上回来,后面跟着驿站上的一个脚夫,独轮车上的袋都是满满的。有的人便说:"水总是往河里流的,老头儿去拿钱哪。"

"巴黎,弗鲁瓦丰,荷兰,流到他家里来的钱可多哩。"另外一个说。

"临了,索漠城都要给他买下来喽。"第三个又道。

"他不怕冷,"一个女人对她的丈夫说,"老忙着他的事。"

"嗨!嗨!葛朗台先生,"跟他最近的邻居,一个布商招呼他,"你觉得累赘的话,我来给你扔了吧。"

"呕!不过是些大钱罢了。"葡萄园主回答。

"是银子呢。"脚夫低声补上一句。

"哼,要我照应吗,闭上你的嘴。"老头儿一边开门一边对脚夫咕噜。

"啊!老狐狸,我拿他当作聋子,"脚夫心里想,"谁知冷天他倒听得清。"

"给你二十个子儿酒钱,得啦!去你的!"葛朗台对他说,"你的独轮车,等会叫拿侬来还你。——娘儿们是不是在望弥撒,拿侬?"

"是的,先生。"

"好,快,快一点儿!"他嚷着把那些袋交给她。

一眨眼,钱都装进了他的密室,他关上了门,躲在里面。

"早餐预备好了,你来敲我的墙壁。先把独轮车送回驿站。"

到了十点钟,大家才吃早点。

"在堂屋里父亲不会要看你金洋的,"葛朗台太太望弥撒回来对女儿说,"再说,你可以装作怕冷。挨过了今天,到你过生日的时候,我们好想法把你的金子凑起来了……"

葛朗台一边下楼一边想着把巴黎送来的钱马上变成黄

金,又想着公债上的投机居然这样成功。他决意把所有的收入都投资进去,直到行市涨到一百法郎为止。他这样一盘算,欧也妮便倒了霉。他进了堂屋,两位妇女立刻给他拜年,女儿跳上去搂着他的脖子撒娇,太太却是又庄严又稳重。

"啊!啊!我的孩子,"他吻着女儿的前额,"我为你辛苦呀,你不看见吗?……我要你享福。享福就得有钱。没有钱,什么都完啦。瞧,这儿是一个簇新的拿破仑,特地为你从巴黎弄来的,天!家里一点儿金屑子都没有了,只有你有。小乖乖,把你的金子拿来让我瞧瞧。"

"噢!好冷呀;先吃早点吧。"欧也妮回答。

"行,那么吃过早点再拿,是不是?那好帮助我们消化。——德·格拉桑那胖子居然送了这东西来。喂,大家吃呀,又不花我的钱。他不错,这德·格拉桑,我很满意。好家伙给夏尔帮忙,而且尽义务。他把我可怜的兄弟的事办得很好。——嗯哼!嗯哼!"他含着一嘴食物嘟囔,停了一下又道:"唔!好吃!太太,你吃呀!至少好叫你饱两天。"

"我不饿,你知道,我一向病病歪歪的。"

"哎!哎!你把肚子塞饱也不打紧,你是拉贝特利耶出身,结实得很。你真像一根小黄草,可是我就喜欢黄颜色。"

一个囚徒在含垢忍辱、当众就戮之前,也没有葛朗台太太母女俩在等待早点以后的大祸时那么害怕。葛朗台老头越讲得高兴,越吃得起劲,母女俩的心抽得越紧。但是做女儿的这时还有一点依傍:在爱情中汲取勇气。她心里想:

"为了他,为了他,千刀万剐我也受。"

这么想着,她望着母亲,眼中射出勇敢的火花。

十一点,早餐完了,葛朗台唤拿侬:

"统统拿走,把桌子留下。这样,我们看起你的宝贝来更舒服些,"他望着欧也妮说,"孩子!真的,你十十足足有了五千九百五十九法郎的财产,加上今天早上的四十法郎,一共是六千法郎差一个。好吧,我补你一法郎凑足整数,因为小乖乖,你知道……哎哎,拿侬,你干吗听我们说话?去吧,去做你的事。"

拿侬走了。

"听我说,欧也妮,你得把金子给我。你不会拒绝爸爸吧,嗯,我的小乖乖?"

母女俩都不出一声。

"我吗,我没有金子了。从前有的,现在没有了。我把六千法郎现款跟你换,你照我的办法把这笔款子放出去。别想什么压箱钱了。我把你出嫁的时候——也很快了——我会替你找一个夫婿,给你一笔本省从来没有听见过的、最体面的压箱钱。小乖乖,你听我说,现在有一个好机会:你可以把六千法郎买公债,半年就有近两百法郎利息,没有捐税,没有修理费,不怕冰雹,不怕冻,不怕涨潮,一切跟年成捣乱的玩意儿全没有。也许你不乐意把金子放手,小乖乖?拿来吧,还是拿给我吧。以后我再替你收金洋,什么荷兰的,葡萄牙的,蒙古卢比,热那亚金洋,再加你每年生日我给你的,要不了三年,你那份美丽的小家私就恢复了一半。你怎么说,小乖乖?抬起头来呀。去吧,我的儿,去拿来。我这样把钱怎么生怎么死的秘密告诉了你,你该吻一吻我的眼睛谢我喽。真的,钱像人一样是活的,会动的,它会来,会去,会流汗,会生产。"

欧也妮站起身子向门口走了几步,忽然转过身来,定睛望着父亲,说:

"我的金子没有了。"

"你的金子没有了！"葛朗台嚷着，两腿一挺，直站起来，仿佛一匹马听见身旁有大炮在轰。

"没有了。"

"不会的，欧也妮。"

"真是没有了。"

"爷爷的锹子！"

每逢箍桶匠赌到这个咒，连楼板都会发抖的。

"哎哟，好天好上帝！太太脸都白了。"拿侬嚷道。

"葛朗台，你这样冒火，把我吓死了。"可怜的妇人说。

"咄，咄，咄，咄！你们！你们家里的人是死不了的！欧也妮，你的金洋怎么啦？"他扑上去大吼。

"父亲，"女儿在葛朗台太太身旁跪了下来，"妈妈难受成这样……你瞧……别把她逼死啊。"

葛朗台看见太太平时那么黄黄的脸完全发白了，也害怕起来。

"拿侬，扶我上去睡，"她声音微弱地说，"我要死了。"

拿侬和欧也妮赶紧过去搀扶，她走一步软一步，两个人费了好大气力才把她扶进卧房。葛朗台独自留在下面。可是过了一会，他走上七八级楼梯，直着嗓子喊：

"欧也妮，母亲睡了就下来。"

"是，父亲。"

她把母亲安慰了一番，赶紧下楼。

"欧也妮，"父亲说，"告诉我你的金子哪儿去了？"

"父亲，要是你给我的东西不能完全由我做主，那么你拿回去吧。"欧也妮冷冷地回答，一边在壁炉架上抓起拿破仑还他。

葛朗台气冲冲地一手抢过来,塞在荷包里。

"哼,你想我还会给你什么东西吗! 连这个也不给!"说着他把大拇指扳着门牙,"得——"的一声,"你瞧不起父亲? 居然不相信他? 你不知什么叫作父亲? 要不是父亲高于一切,也就不成其为父亲了。你的金子哪儿去了?"

"父亲,你尽管生气,我还是爱你,敬重你;可是原谅我大胆提一句,我已经二十二岁了。你常常告诉我,说我已经成年,为的是要我知道。所以我把我的钱照我自己的意思安排了,而且请你放心,我的钱放得很妥当……"

"放在哪里?"

"秘密不可泄露,"她说,"你不是有你的秘密吗?"

"我不是家长吗? 我不能有我的事吗?"

"这却是我的事。"

"那一定是坏事,所以你不能对父亲说,小姐!"

"的确是好事,就是不能对父亲说。"

"至少得告诉我,什么时候把金子拿出去的?"

欧也妮摇摇头。

"你生日那天还在呢,是不是?"

欧也妮被爱情训练出来的狡猾,不下于父亲被吝啬训练出来的狡猾,她仍旧摇摇头。

"从来没见过这样的死心眼儿,这样的偷盗,"葛朗台声音 crescendo①,震动屋子,"怎么! 这里,在我自己家里,居然有人拿掉你的金子,家里就是这么一点儿的金子! 而我还没

---

① 意大利文:渐强。这里的意思是嗓门越来越大。

法知道是谁拿的！金子是宝贵的东西呀。不错,最老实的姑娘也免不了有过失,甚至于把什么都给了人,上至世家旧族,下至小户人家,都有的是;可是把金子送人！因为你一定是给了什么人的,是不是?"

欧也妮声色不动。

"这样的姑娘倒从来没有见到过！我是不是你的父亲?要是存放出去,你一定有收据……"

"我有支配这笔钱的权利没有? 有没有? 是不是我的钱?"

"哎,你还是一个孩子呢!"

"成年了。"

给女儿驳倒了,葛朗台脸色发白,跺脚,发誓;终于又想出了话:

"你这个该死的婆娘,你这条毒蛇! 唉! 坏东西,你知道我疼你,你就胡来。你勒死你的父亲! 哼! 你会把咱们的家产一齐送给那个穿摩洛哥皮鞋的光棍。爷爷的锹子! 我不能取消你的继承权,天哪! 可是我要咒你,咒你的堂兄弟,咒你的儿女! 他们都不会对你有什么好结果的,听见没有? 要是你给了夏尔……喔,不可能的。怎么! 这油头粉脸的坏蛋,胆敢偷我的……"

他望着女儿,她冷冷的一声不出。

"她动也不动! 眉头也不皱一皱! 比我葛朗台还要葛朗台。至少你不会把金子白送人吧,嗯,你说?"

欧也妮望着父亲,含讥带讽的眼神把他气坏了。

"欧也妮,你是在我家里,在你父亲家里。要留在这儿,就得服从父亲的命令。神甫他们也命令你服从我。"

欧也妮低下头去。他接着又说：

"你就拣我最心疼的事伤我的心，你不屈服，我就不要看见你。到房里去。我不许你出来，你就不能出来。只有冷水跟面包，我叫拿侬端给你。听见没有？去！"

欧也妮哭作一团，急忙溜到母亲旁边。

葛朗台在园中雪地里忘了冷，绕了好一会圈子，之后，忽然疑心女儿在他妻子房里，想到去当场捉住她违抗命令的错儿，不由得高兴起来，他便像猫儿一般轻捷地爬上楼梯，闯进太太的卧房，看见欧也妮的脸埋在母亲怀里，母亲摸着她的头发，说：

"别伤心，可怜的孩子，你父亲的气慢慢会消下去的。"

"她没有父亲了！"老箍桶匠吼道，"这样不听话的女儿是我跟你生的吗，太太？好教育，还是信教的呢！怎么，你不在自己房里？赶快，去坐牢，坐牢，小姐。"

"你硬要把我们娘儿俩拆开吗，老爷？"葛朗台太太发着烧，脸色通红。

"你要留她，你就把她带走，你们俩替我一齐离开这儿……天打的！金子呢？金子怎么啦？"

欧也妮站起身子，高傲地把父亲望了一眼，走进自己的卧房。她一进去，老头儿把门锁上了。

"拿侬，把堂屋里的火熄掉。"他嚷道。

然后他坐在太太屋里壁炉旁边的一张安乐椅上：

"她一定给了那个迷人的臭小子夏尔，他只想我的钱。"

葛朗台太太为了女儿所冒的危险，为了她对女儿的感情，居然鼓足勇气，装聋作哑的冷静得很。

"这些我都不知道。"她一边回答，一边朝床里翻身，躲开丈夫闪闪发光的眼风,"你生这么大的气,我真难受;我预感我只能伸直着腿出去的了。现在你可以饶我一下吧,我从来没有给你受过气,至少我自己这样想。女儿是爱你的,我相信她跟初生的孩子一样没有罪过。别难为她。收回成命吧。天冷得厉害,说不定你会教她闹场大病的。"

"我不愿意看见她,也不再跟她说话。她得关在屋里,只有冷水面包,直到她使父亲满意为止。见鬼!做家长的不该知道家里的黄金到了哪儿去吗?她的卢比恐怕全法国都找不出来,还有热那亚金洋,荷兰杜加……"

"老爷!我们只生欧也妮一个,即使她把金子扔在水里……"

"扔在水里!扔在水里!"好家伙嚷道,"你疯了,太太。我说得到,做得到,你还不知道吗?你要求家里太平,就该叫女儿招供,逼她老实说出来;女人对女人,比我们男人容易说得通。不管她做了什么事,我决不会把她吃掉。她是不是怕我?即使她把堂兄弟从头到脚装了金,唉,他早已漂洋出海,我们也追不上了……"

"那么,老爷……"

由于当时的神经过敏,或者是女儿的苦难使她格外慈爱,也格外聪明起来,葛朗台太太犀利的目光发觉丈夫的肉瘤有些可怕的动作,她便马上改变主意,顺着原来的口吻,说:

"那么,老爷,你对女儿没有办法,我倒有办法了吗?她一句话也没有对我说,她像你。"

"嗯哼!今天你多会说话!咄,咄,咄,咄!你欺侮我。说不定你跟她通气的。"

他定睛瞪着妻子。

"真的,你要我命,就这样说下去吧。我已经告诉你,先生,即使把我的命送掉,我还是要告诉你:你这样对女儿是不应该的,她比你讲理。这笔钱是她的,她不会糟掉,我们做的好事,只有上帝知道。老爷,我求你,饶了欧也妮吧!……你饶了她,我受的打击也可以减轻一些,也许你救了我的命,我的女儿呀,先生!还我女儿啊!"

"我走啦,"他说,"家里耽不下去了,娘儿俩的念头,说话,都好像……勃罗……啵!你好狠心,送了我这笔年礼,欧也妮!"他提高了嗓子,"好,好,哭吧!这种行为,你将来要后悔的,听见没有?一个月吃两次好老天爷的圣餐有什么用?既然会把你父亲的钱偷偷送给一个游手好闲的光棍!他把你什么都吃完之后,还会吃掉你的心呢!你瞧着吧,你的夏尔是什么东西,穿着摩洛哥皮靴目空一切!他没有心肝,没有灵魂,敢把一个姑娘的宝贝,不经她父母允许,带着就跑。"

街门关上了,欧也妮便走出卧房,挨在母亲身边,对她说:
"你为了你女儿真有勇气。"

"孩子,瞧见没有,一个人做了违禁的事落到什么田地!……你逼我撒了一次谎。"

"噢!我求上帝只罚我一个人就是了。"

"真的吗,"拿侬慌张地跑来问,"小姐从此只有冷水面包好吃?"

"那有什么大不了,拿侬?"欧也妮冷静地回答。

"啊!东家的女儿只吃干面包,我还咽得下什么糖酱……噢,不,不!"

"这些话都不用提,拿侬。"欧也妮说。

"我就不开口好啦,可是你等着瞧吧!"

二十四年以来第一次,葛朗台独自用晚餐。

"哎哟,你变了单身汉了,先生,"拿侬说,"家里有了两个妇女还做单身汉,真不是味儿哪。"

"我不跟你说话。闭上你的嘴,要不我就赶你走。你蒸锅里煮的什么,在灶上扑扑扑的?"

"熬油哪……"

"晚上有客,你得生火。"

八点钟,几位克罗旭,德·格拉桑太太和她儿子一齐来了,他们很奇怪没有见到葛朗台太太与欧也妮。

"内人有点儿不舒服;欧也妮陪着她。"老头儿若无其事地回答。

闲扯了一小时,上楼去问候葛朗台太太的德·格拉桑太太下来了,大家争着问:

"葛朗台太太怎么样?"

"不行,简直不行,"她说,"她的情形真叫人担心。在她的年纪,要特别小心才好呢,葛老头。"

"慢慢瞧吧。"老头儿心不在焉地回答。

大家告辞了。几位克罗旭走到了街上,德·格拉桑太太便告诉他们:

"葛朗台家出了什么事啦。母亲病得很厉害,她自己还不知道。女儿红着眼睛,仿佛哭过很久,难道他们硬要把她攀亲吗?"

老头儿睡下了,拿侬穿着软鞋无声无息地走进欧也妮卧房,给她一个用蒸锅做的大肉饼。

"喂,小姐,"好心的用人说,"科努瓦耶给了我一只野兔。你胃口小,这个饼好吃八天;冻紧了,不会坏的。至少你不用吃淡面包了。那多伤身体。"

"可怜的拿侬!"欧也妮握着她的手。

"我做得很好,煮得很嫩,他一点儿不知道。猪油,香料,都在我的六法郎里面买。这几个钱总是由我做主的了。"

然后她以为听到了葛朗台的声音,马上溜了。

几个月工夫,老头儿拣着白天不同的时间,经常来看太太,绝口不提女儿,也不去看她,也没有间接关涉到她的话。葛朗台太太老睡在房里,病情一天一天地严重,可是什么都不能使老箍桶匠的心软一软。他顽强,严酷,冰冷,像一座石头。他按照平时的习惯上街,回家,可是不再口吃,说话也少了,在买卖上比从前更苛刻,弄错数目的事也常有。

"葛朗台家里出了事啦。"克罗旭党与德·格拉桑党都这么说。

"葛朗台家究竟闹些什么啊?"索漠人在随便哪家的晚会上遇到,总这样彼此问一声。

欧也妮上教堂,总由拿侬陪着。从教堂出来,倘使德·格拉桑太太跟她说话,她的回答总是躲躲闪闪的,叫人不得要领。虽然如此,两个月之后,欧也妮被幽禁的秘密终于瞒不过三位克罗旭与德·格拉桑太太。她的老不见客,到了某个时候,也没有理由好推托了。后来,不知是谁透露了出去,全城都知道从元旦起,葛朗台小姐被父亲软禁在房里,只有清水面包,没有取暖的火,倒是拿侬替小姐弄些好菜半夜里送进去;大家也知道女儿只能候父亲上街的时间去探望母亲,服侍母亲。

于是葛朗台的行为动了公愤。全城仿佛当他是化外之人,又记起了他的出卖地主和许多刻薄的行为,大有一致唾弃之概。他走在街上，个个人在背后交头接耳。

当女儿由拿侬陪了去望弥撒或做晚祷，在弯弯曲曲的街上走着的时候，所有的人全扑上窗口，好奇地打量那有钱的独养女儿的脸色与态度，发觉她除了满面愁容之外，另有一副天使般温柔的表情。她的幽禁与失宠，对她全不相干。她不是老看着世界地图、花园、围墙、小凳吗？爱情的亲吻留在嘴唇上的甜味，她不是老在回味吗？城里关于她的议论，她好久都不知道，跟她的父亲一样。虔诚的信念，无愧于上帝的纯洁，她的良心与爱情，使她有耐心忍受父亲的愤怒与谴责。

但是一宗深刻的痛苦压倒了其余的一切痛苦。——她的母亲一天不如一天了。多么慈祥温柔的人，灵魂发出垂死的光辉，反而显出了她的美。欧也妮常常责备自己无形中促成了母亲的病，慢慢在折磨她的残酷的病。这种悔恨，虽经过了母亲的譬解，使她跟自己的爱情越发分不开。每天早上，父亲一出门，她便来到母亲床前，拿侬把早点端给她。但是可怜的欧也妮，为了母亲的痛苦而痛苦，暗中示意拿侬看看母亲的脸色，然后她哭了，不敢提到堂兄弟。倒是母亲先开口：

"他在哪儿呀？怎么没有信来？"

母女俩都不知道路程的远近。

"我们心里想他就是了，"欧也妮回答，"别提他。你在受难，你比一切都要紧。"

所谓一切，便是指他。

"哎，告诉你们，"葛朗台太太常常说，"我对生命没有一点儿留恋。上帝保佑我，使我看到苦难完了的日子只觉得高兴。"

这女人的说话老是虔诚圣洁，显出基督徒的本色。在那年最初几个月之内,当用早餐时丈夫到她房里踱来踱去的时候,她翻来覆去地对他说着一篇同样的话,虽然说得极其温柔,却也极其坚决,因为知道自己不久人世,所以反而有了平时没有的勇气。他极平淡地问了她一句身体怎样,她总是回答说:

"谢谢你关心我的病。我是不久的了,要是你肯把我的苦恼减轻一些,把我的悲痛去掉一些,请你饶了女儿吧;希望你以身作则,表示你是基督徒,是贤夫,是慈父。"

一听到这些话,葛朗台便坐在床边,仿佛一个人看见阵雨将临而安安静静躲在门洞里避雨的神气。他静静地听着,一言不答。要是太太用最动人最温柔最虔诚的话恳求他,他便说:

"你今天脸色不大好啊,可怜的太太。"

他脑门硬邦邦的,咬紧了嘴唇,表示他已经把女儿忘得干干净净。甚至他那一成不变的,支吾其词的答话使妻子惨白的脸上流满了泪,他也不动心。

"但愿上帝原谅你,老爷,"她说,"像我原谅你一样。有朝一日,你也得求上帝开恩的。"

自从妻子病后,他不敢再叫出那骇人的咄、咄、咄、咄的声音。这个温柔的天使,面貌的丑恶一天天地消失,脸上映照着精神的美,可是葛朗台专制的淫威并没因之软化。

她只剩下一颗赤裸裸的灵魂了。由于祷告的力量,脸上最粗俗的线条都似乎净化,变得细腻,有了光彩。有些圣洁的脸庞,灵魂的活动会改变生得最丑的相貌,思想的崇高纯洁,会印上特别生动的气息:这种脱胎换骨的现象大概谁都见识过。在这位女子身上,痛苦把肉体煎熬完了以后换了一副相貌的景象,对心如铁石的老箍桶匠也有了作用,虽是极微弱的作用。他说话不再盛气凌人,却老是不出一声,用静默来保全他做家长的面子。

他的忠心的拿侬一到菜市上,立刻就有对她主人开玩笑或者谴责的话传到她耳里。虽然公众的舆论一致讨伐葛朗台,女仆为了替家里争面子,还在替他辩护。

"嗨,"她回答那些说葛朗台坏话的人,"咱们老起来,不是心肠都要硬一点吗?为什么他就不可以?你们别胡说八道。小姐日子过得挺舒服,像王后一样呢。她不见客,那是她自己喜欢。再说,我东家自有道理。"

葛朗台太太给苦恼折磨得比疾病还难受,尽管祷告也没法把父女俩劝和,终于在暮春时节的某天晚上,她把心中的隐痛告诉了两位克罗旭。

"罚一个二十三岁的女儿吃冷水面包!……"德·篷风所长嚷道,"而且毫无理由;这是妨害自由,侵害身体,虐待家属,她可以控告,第一点……"

"哎,哎,老侄,"公证人插嘴道,"说那些法庭上的调调儿干吗?——太太,你放心,我明天就来想法,把软禁的事结束。"

听见人家讲起她的事,欧也妮走出卧房,很高傲地说:

"诸位先生,请你们不要管这件事。我父亲是一家之主。只要我住在他家里,我就得服从他。他的行为用不着大家赞成或反对,他只向上帝负责。我要求你们的友谊是绝口不提这件事。责备我的父亲,等于侮辱我们。诸位,你们对我的关切,我很感激;可是我更感激,要是你们肯阻止城里那些难听的闲话,那是我偶然知道的。"

"她说得有理。"葛朗台太太补上一句。

欧也妮因幽居、悲伤与相思而增添的美,把老公证人看呆了,不觉肃然起敬地答道:

"小姐,阻止流言最好的办法,便是恢复你的自由。"

"好吧,孩子,这件事交给克罗旭先生去办吧,既然他有把握。他识得你父亲的脾气,知道怎么对付他。我没有几天好活了,要是你愿意我最后的日子过得快活一些,无论如何你得跟父亲讲和。"

下一天,照葛朗台把欧也妮软禁以后的习惯,他到小园里来绕几个圈子。他散步的时间总是欧也妮梳头的时间。老头儿一走到大胡桃树旁边,便躲在树干背后,把女儿的长头发打量一会,这时他的心大概就在固执的性子与想去亲吻女儿的欲望中间摇摇不定。他往往坐在夏尔与欧也妮海誓山盟的那条破凳上,而欧也妮也在偷偷地,或者在镜子里看父亲。要是他起身继续散步,她便凑趣地坐在窗前瞧着围墙,墙上挂着最美丽的花,裂缝中间透出仙女萝,昼颜花,和一株肥肥的、又黄又白的景天草,在索漠和图尔各地的葡萄藤中最常见的植物。

克罗旭公证人很早就来了,发现老头儿在晴好的六月天坐在小凳上,背靠了墙望着女儿。

"有什么事好替你效劳呢,公证人?"他招呼客人。

"我来跟你谈正经。"

"啊!啊!有什么金洋换给我吗?"

"不,不,不关钱的事,是令爱欧也妮的问题。为了你和她,大家都在议论纷纷。"

"他们管得着?区区煤炭匠,也是个家长。"

"对啊,煤炭匠在家里什么都能做,他可以自杀,或者更进一步,把钱往窗外扔。"

"你这是什么意思?"

"嗳!你太太的病不轻呀,朋友。你该请贝日冷先生来瞧一瞧,她有性命之忧哪。不好好地把她医治,她死后我相信你不会安心的。"

"咄,咄,咄,咄!你知道我女人闹什么病呀。那些医生一朝踏进了你大门,一天会来五六次。"

"得啦,葛朗台,随你。咱们是老朋友;你的事,索漠城里没有一个人比我更关切,所以我应当告诉你。好吧,反正没多大关系,你又不是一个孩子,自然知道怎样做人,不用提啦。而且我也不是为这件事来的。还有些别的事情恐怕对你严重多哩。到底你也不想把太太害死吧,她对你太有用了。要是葛朗台太太不在了,你在女儿面前处的什么地位,你想想吧。你应当向欧也妮报账,因为你们夫妇的财产没有分过。你的女儿有权利要求分家,叫你把弗鲁瓦丰卖掉。总而言之,她继承她的母亲,你不能继承你的太太。"

这些话对好家伙宛如晴天霹雳,他在法律上就不像生意上那么内行。他从没想到共有财产的拍卖。

"所以我劝你对女儿宽和一点。"克罗旭末了又说。

"可是你知道她做的什么事吗,克罗旭?"

"什么事?"公证人很高兴听听葛朗台的心腹话,好知道这次吵架的原因。

"她把她的金子送了人。"

"那不是她的东西吗?"公证人问。

"哎,他们说的都是一样的话!"老头儿做了一个悲壮的姿势,让手臂掉了下去。

"难道为了芝麻大的事,"公证人接着说,"你就不想在太太死后,要求女儿放弃权利吗?"

"嘿!你把六千法郎的金洋叫作芝麻大的事?"

"嗳!老朋友,把太太的遗产编造清册,分起家来,要是欧也妮这样主张的话,你得破费多少,你知道没有?"

"怎么呢?"

"二十万,三十万,四十万法郎都说不定!为了要知道实际的财产价值,不是要把共有财产拍卖,变现款吗?倘使你能取得她同意……"

"爷爷的锹子!"老箍桶匠脸孔发白地坐了下来,"慢慢再说吧,克罗旭。"

沉默了一会,或者是痛苦地挣扎了一会,老头儿瞪着公证人说:

"人生残酷,太痛苦了。"他又换了庄严的口吻,"克罗旭,你不会骗我吧,你得发誓刚才你说的那一套都是根据法律的。把民法给我看,我要看民法!"

"朋友,我自己的本行还不清楚吗?"

"那么是真的了?我就得给女儿抢光、欺骗、杀死、吞掉的了。"

"她继承她的母亲哪。"

"那么养儿女有什么用?啊!我的太太,我是爱她的。幸亏她硬朗得很:她是拉贝特利耶家里的种。"

"她活不了一个月了。"

老箍桶匠敲着自己的脑袋,走过去,走回来,射出一道可怕的目光盯着克罗旭,问道:

"怎么办?"

"欧也妮可以把母亲的遗产无条件地抛弃。你总不愿意剥夺她的继承权吧,你? 既然要她作这种让步,就不能亏待她。朋友,我告诉你这些,都是对我自己不利的。我靠的是什么,嗯? ……不是清算,登记,拍卖,分家等等吗?"

"慢慢瞧吧,慢慢瞧吧。不谈这些了,克罗旭。你把我的肠子都搅乱了。你收到什么金子没有?"

"没有;可是有十来块古钱,可以让给你。好朋友,跟欧也妮讲和了吧。你瞧,全索漠都对你丢石子呢。"

"那些混蛋!"

"得啦,公债涨到九十九法郎哪。人生一世总该满意一次吧。"

"九十九,克罗旭?"

"是啊。"

"嗨! 嗨! 九十九!"老头儿说着把老公证人一直送到街门。

然后,刚才听到的一篇话使他心中七上八下的,在家里耽不住,上楼对妻子说:

"喂,妈妈,你可以跟你女儿混一天了,我上弗鲁瓦丰去。你们俩都乖乖的啊。今天是咱们的结婚纪念日,好太太:这儿是十块钱给你在圣体节做路祭用。你不是想了好久吗? 得啦,你玩儿吧! 你们就乐一下,痛快一下吧,你得保重身体。噢,我多开心呦!"

他把十块六法郎的银币丢在女人床上,捧着她的头吻她的前额。

"好太太,你好一些了,是不是?"

"你心中连女儿都容不下,怎么能在家里接待大慈大悲的上帝呢?"她激动地说。

"咄,咄,咄,咄!"他的声音变得柔和婉转了,"慢慢瞧吧。"

"谢天谢地! 欧也妮,快来拥抱你父亲,"她快活得脸孔通红地叫着,"他饶了你啦!"

可是老头儿已经不见了。他连奔带跑地赶到庄园上,急于要把他搅乱了的思想整理一下。那时葛朗台刚刚跨到第七十六个年头。两年以来,他更加吝啬了,正如一个人一切年深月久的痴情与癖好一样。根据观察的结果,凡是吝啬鬼,野心家,所有执着一念的人,他们的感情总特别灌注在象征他们痴情的某一件东西上面。看到金子,占有金子,便是葛朗台的执着狂。他专制的程度也随着吝啬而俱增;妻子死后要把财产放手一部分,哪怕是极小极小的一部分,只要他管不着,他就觉得逆情悖理。怎么! 要对女儿报告财产的数目,把动产不动产一股脑儿登记起来拍卖?……

"那简直是抹自己的脖子。"他在庄园里检视着葡萄藤,高声对自己说。

终于他主意拿定了,晚饭时分回到索漠,决意向欧也妮屈服,巴结她,诱哄她,以便到死都能保持家长的威风,抓着几百万家财的大权,直到咽最后一口气为止。老头儿无意中身边带着百宝钥匙,便自己开了大门,轻手蹑脚地上楼到妻子房里,那时欧也妮正捧了那口精美的梳妆箱放在母亲床上。趁葛朗台不在家,母女俩很高兴地在夏尔母亲的肖像上呵摸一下夏尔的面貌。

"这明明是他的额角,他的嘴!"老头儿开门进去,欧也妮正这么说着。

一看见丈夫瞪着金子的眼光,葛朗台太太便叫起来:

"上帝呀,救救我们!"

老头儿身子一纵,扑上梳妆匣,好似一头老虎扑上一个睡着的婴儿。

"什么东西?"他拿着宝匣往窗前走去,"噢,是真金! 金子!"他连声叫嚷,"这么多的金子! 有两斤重。啊! 啊! 夏尔把这个跟你换了美丽的金洋,是不是? 为什么不早告诉我? 这交易划得来,小乖乖! 你真是我的女儿,我明白了。"

欧也妮四肢发抖。老头儿接着说:

"不是吗,这是夏尔的东西?"

"是的,父亲,不是我的。这匣子是神圣不可侵犯的,是寄存的东西。"

"咄,咄,咄,咄! 他拿了你的家私,正应该补偿你。"

"父亲……"

好家伙想掏出刀子撬一块金板下来,先把匣子往椅上一放。欧也妮扑过去想抢回;可是箍桶匠的眼睛老盯着女儿跟梳妆匣,他手臂一摆,使劲一推,她便倒在母亲床上。

"老爷! 老爷!"母亲嚷着,在床上直坐起来。

葛朗台拔出刀子预备撬了。欧也妮立刻跪下,爬到父亲身旁,高举着两手,嚷道:

"父亲,父亲,看在圣母面上,看在十字架上的基督面上,看在所有的圣灵面上,看在你灵魂得救面上,看在我的性命面上,你不要动它! 这口梳妆匣不是你的,也不是我的,是一个受难的亲属的,他托我保管,我得原封不动地还他。"

"为什么拿来看呢,要是寄存的话? 看比动手更要不得。"

"父亲,不能动呀,你叫我见不得人啦! 父亲,听见没有?"

"老爷,求你!"母亲跟着说。

"父亲!"欧也妮大叫一声,吓得拿侬也赶到了楼上。

欧也妮在手边抓到了一把刀子,当作武器。

"怎么样?"葛朗台冷笑着,静静地说。

"老爷,老爷,你要我命了!"母亲嚷着。

"父亲,你的刀把金子碰掉一点,我就把这刀结果我的性命。你已经把母亲害到只剩一口气,你还要杀死你的女儿。好吧,大家拼掉算了!"

葛朗台把刀子对着梳妆匣,望着女儿,迟疑不决。

"你敢吗,欧也妮?"他说。

"她会的,老爷。"母亲说。

"她说得到做得到,"拿侬嚷道,"先生,你一生一世总得讲一次理吧。"

箍桶匠看看金子,看看女儿,愣了一会。葛朗台太太晕过去了。

"哎,先生,你瞧,太太死过去了!"拿侬嚷道。

"噢,孩子,咱们别为了一口箱子生气啦。拿去吧!"箍桶匠马上把梳妆匣扔在了床上,"——拿侬,你去请贝日冷先生。——得啦,太太,"他吻着妻子的手,"没有事啦,咱们讲和啦。——不是吗,小乖乖? 不吃干面包了,爱吃什么就吃什么吧……啊! 她眼睛睁开了。——嗳嗳,妈妈,小妈妈,好妈妈,得啦! 哎,你瞧我拥抱欧也妮了。她爱她的堂兄弟,她要嫁给他就嫁给他吧,让她把小箱子藏起来吧。可是你得长命百岁地活下去啊,可怜的太太。嗳嗳,你身子动一下给我看

165

哪！告诉你,圣体节你可以拿出最体面的祭桌,索漠从来没有过的祭桌。"

"天哪,你怎么可以这样对你的妻子跟孩子!"葛朗台太太的声音很微弱。

"下次绝不了,绝不了!"箍桶匠叫着,"你瞧就是,可怜的太太。"

他到密室去拿了一把路易来摔在床上。

"喂,欧也妮,喂,太太,这是给你们的,"他一边说一边把钱拈着玩,"嗳嗳,太太,你开开心;快快好起来吧,你要什么有什么,欧也妮也是的。瞧,这一百金路易是给她的。你不会把这些再送人了吧,欧也妮,是不是?"

葛朗台太太和女儿面面相觑,莫名其妙。

"父亲,把钱收起来吧;我们只需要你的感情。"

"对啦,这才对啦,"他把金路易上了袋,"咱们和和气气过日子吧。大家下楼,到堂屋去吃晚饭,天天晚上来两个铜子的摸彩。你们痛快玩吧!嗯,太太,好不好?"

"唉!怎么不好,既然这样你觉得快活,"奄奄一息的病人回答,"可是我起不来啊。"

"可怜的妈妈,"箍桶匠说,"你不知道我多爱你。——还有你,我的儿!"

他搂着她,把她拥抱。

"噢!吵过了架再搂着女儿多开心,小乖乖!……嗨,你瞧,小妈妈,现在咱们两个变了一个了。"他又指着梳妆匣对欧也妮说:"把这个藏起来吧。去吧,不用怕。我再也不提了,永远不提了。"

不久,索漠最有名的医生,贝日冷先生来了。诊察完毕,他老实告诉葛朗台,说他太太病得厉害,只有给她精神上绝对安静,悉心调养,服侍周到,可能拖到秋末。

"要不要花很多的钱?要不要吃药呢?"

"不用多少药,调养要紧。"医生不由得微微一笑。

"嗳,贝日冷先生,你是有地位的人。我完全相信你,你认为什么时候应该来看她,尽管来。求你救救我的女人;我多爱她,虽然表面上看不出,因为我家里什么都藏在骨子里的,那些事把我心都搅乱了。我有我的伤心事。兄弟一死,伤心事就进了我的门,我为他在巴黎花钱……花了数不清的钱!而且还没得完。再会吧,先生。要是我女人还有救,请你救救她,即使要我一百两百法郎也行。"

虽然葛朗台热烈盼望太太病好,因为她一死就得办遗产登记,而这就要了他的命;虽然他对母女俩百依百顺,一心讨好的态度使她们吃惊;虽然欧也妮竭尽孝心地侍奉——葛朗台太太还是很快地往死路上走。像所有在这个年纪上得了重病的女人一样,她一天憔悴一天。她像秋天的树叶一般脆弱。天国的光辉照着她,仿佛太阳照着树叶发出金光。有她那样的一生,才有她那样的死,恬静隐忍,完全是一个基督徒的死,死得崇高,伟大。

到了一八二二①年十月,她的贤德,她的天使般的耐心和对女儿的怜爱,表现得格外显著;她没有一句怨言地死了,像洁白的羔羊一般上了天。在这个世界上她只舍不得一个人,她凄凉的一生的温柔的伴侣,——她最后的几眼似乎暗示女儿将来的苦命。想到把这头和她自己一样洁白的羔羊,孤零

---

① 这个时间可能有误,因为上文提到她活不到一八二〇年秋天。

零地留在自私自利的世界上任人宰割,她就发抖。

"孩子,"她断气以前对她说,"幸福只有在天上,你将来会知道。"

下一天早上,欧也妮更有一些新的理由,觉得和她出生的、受过多少痛苦的、母亲刚在里面咽气的这所屋子分不开。她望着堂屋里的窗棂与草垫的椅子不能不落泪。她以为错看了老父的心,因为他对她多么温柔多么体贴:他来挽了她去用午饭,几小时地望着她,眼睛的神气差不多是慈祥了;他瞅着女儿,仿佛她是金铸的一般。

老箍桶匠变得厉害,常在女儿前面哆嗦,眼见他这种老态的拿侬与克罗旭他们,认为是他年纪太大的缘故,甚至担心他有些器官已经衰退。可是到了全家戴孝那天,吃过了晚饭,当唯一知道这老人秘密的公证人在座的时候,老头儿古怪的行为就有了答案。

饭桌收拾完了,门都关严了,他对欧也妮说:

"好孩子,现在你继承了你母亲啦,咱们中间可有些小小的事得办一办。——对不对,克罗旭?"

"对。"

"难道非赶在今天办不行吗,父亲?"

"是呀,是呀,小乖乖。我不能让事情搁在那儿牵肠挂肚。你总不至于要我受罪吧。"

"噢!父亲……"

"好吧,那么今天晚上一切都得办了。"

"你要我干什么呢?"

"乖乖,这可不关我的事。——克罗旭,你告诉她吧。"

"小姐,令尊既不愿意把产业分开,也不愿意出卖,更不愿因为变卖财产,有了现款而付大笔的捐税,所以你跟令尊共有的财产,你得放弃登记……"

"克罗旭,你这些话保险没有错吗,可以对一个孩子说吗?"

"让我说呀,葛朗台。"

"好,好,朋友。你跟我的女儿都不会抢我的家私。——对不对,小乖乖?"

"可是,克罗旭先生,究竟要我干什么呢?"欧也妮不耐烦地问。

"哦,你得在这张文书上签个字,表示你抛弃对令堂的继承权,把你跟令尊共有的财产,全部交给令尊管理,收入归他,光给你保留虚有权……"

"你对我说的,我一点儿不明白,"欧也妮回答,"把文书给我,告诉我签字应该签在哪儿。"

葛朗台老头的眼睛从文书转到女儿,从女儿转到文书,紧张得脑门上尽是汗,一刻不停地抹着。

"小乖乖,这张文书送去备案的时候要花很多钱,要是对你可怜的母亲,你肯无条件抛弃继承权,把你的前途完全交托给我的话,我觉得更满意。我按月付你一百法郎的大利钱。这样,你爱做多少台弥撒给谁都可以了!……嗯!按月一百法郎,六利勿尔的银币作六法郎,行吗?"

"你爱怎么办就怎么办吧,父亲。"

"小姐,"公证人说,"以我的责任,应当告诉你,这样你自己是一无所有了……"

"嗨!上帝,"她回答,"那有什么关系!"

"别多嘴,克罗旭。——一言为定,"葛朗台抓起女儿的手放在自己手中一拍,"欧也妮,你绝不翻悔,你是有信用的姑娘,是不是?"

"噢!父亲……"

他热烈地拥抱她,把她紧紧地搂得几乎喘不过气来。

"得啦,孩子,你给了我生路,我有了命啦;不过这是你把欠我的还了我:咱们两讫了。这才叫作公平交易。人生就是一件交易。我祝福你!你是一个贤德的姑娘,孝顺爸爸的姑娘。你现在爱做什么都可以。"

"明儿见,克罗旭,"他望着骇呆了的公证人说,"请你招呼法院书记官预备一份抛弃文书,麻烦你给照顾一下。"

下一天中午时分,声明书签了字,欧也妮自动地抛弃了财产。

可是到第一年年终,老箍桶匠庄严地许给女儿的一百法郎月费,连一个子儿都没有给。欧也妮说笑之间提到的时候,他不由得脸上一红,奔进密室,把他从侄儿那里三钱不值两文买来的金饰,捧了三分之一下来。

"嗳,孩子,"他的语调很有点挖苦意味,"要不要把这些抵充你的一千二百法郎?"

"噢,父亲,真的吗,你把这些给我?"

"明年我再给你这么些,"他说着把金饰倒在她围裙兜里,"这样,不用多少时候,他的首饰都到你手里了。"他搓着手,因为能够利用女儿的感情占了便宜,觉得很高兴。

话虽如此,老头儿尽管还硬朗,也觉得需要让女儿学一学管家的诀窍了。连着两年,他教欧也妮当他的面吩咐饭菜,收人家的欠账。他慢慢地,把庄园田地的名称内容,陆续告诉了她。第三年上,他的吝啬作风把女儿训练成熟,变成了习惯,于是他放心大胆地,把伙食房的钥匙交给她,让她正式当家。

五年这样过去了,在欧也妮父女单调的生活中无事可述,老是些同样的事情,做得像一座老钟那样准确。葛朗台小姐的愁闷忧苦已经是公开的秘密;但是尽管大家感觉到她忧苦的原因,她从没说过一句话,给索漠人对她感情的猜想有所证实。她唯一来往的人,只有几位克罗旭与他们无意中带来走熟的一些朋友。他们教会了她打惠斯特牌,每天晚上都来玩一局。

一八二七那一年,她的父亲感到衰老的压迫,不得不让女儿参与田产的秘密,遇到什么难题,就叫她跟克罗旭公证人商量,——他的忠实,老头儿是深信不疑的。然后,到这一年年终,在八十二岁①上,好家伙患了风瘫,很快地加重。贝日冷先生断定他的病是不治的了。

想到自己不久就要一个人在世界上了,欧也妮便跟父亲格外接近,把这感情的最后一环握得更紧。像一切动了爱情的女子一样,在她心目中,爱情便是整个的世界,可是夏尔不在眼前。她对老父的照顾服侍,可以说是鞠躬尽瘁。他开始显得老态龙钟,可是守财奴的脾气依旧由本能支持在那里。所以这个人从生到死没有一点儿改变。

从清早起,他叫人家把他的转椅,在卧室的壁炉与密室的门中间推来推去,密室里头不用说是堆满了金子的。他一动不动待在那儿,极不放心地把看他的人,和装了铁皮的门,轮流瞧着。听到一点儿响动,他就要人家报告原委,而且使公

①　老葛朗台的年龄,与前文有出入,巴尔扎克的作品中,常有此类问题出现。

证人大为吃惊的是,他连狗在院子里打呵欠都听得见。他好像迷迷糊糊的神志不清,可是一到人家该送田租来,跟管庄园的算账,或者出立收据的日子与时间,他会立刻清醒。于是他推动转椅,直到密室门口。他叫女儿把门打开,监督她亲自把一袋袋的钱秘密地堆好,把门关严。然后他又一声不出地回到原来的位置,只要女儿把那个宝贵的钥匙交还了他,藏在背心袋里,不时用手摸一下。他的老朋友公证人,觉得倘使夏尔·葛朗台不回来,这个有钱的独养女儿稳是嫁给他当所长的侄儿的了,所以他招呼得加倍殷勤,天天来听葛朗台差遣,奉命到弗鲁瓦丰,到各处的田地,草原,葡萄园去,代葛朗台卖掉收成,把暗中积在密室里的成袋的钱,兑成金子。

末了,终于到了弥留期,那几日老头儿结实的身子进入了毁灭的阶段。他要坐在火炉旁边,密室之前。他把身上的被子一齐拉紧,裹紧,嘴里对拿侬说着:

"裹紧,裹紧,别让人家偷了我的东西。"

他所有的生命力都退守在眼睛里了,他能够睁开眼的时候,立刻转到满屋财宝的密室门上:

"在那里吗? 在那里吗?"问话的声音显出他惊慌得厉害。

"在那里呢,父亲。"

"你看住金子! ……拿来放在我面前!"

欧也妮把金路易铺在桌上,他几小时的用眼睛盯着,好像一个才知道观看的孩子呆望着同一件东西;也像孩子一般,他露出一点儿很吃力的笑意。有时他说一句:

"这样好让我心里暖和!"脸上的表情仿佛进了极乐世界。

本区的教士来给他做临终圣事的时候，十字架、烛台和银镶的圣水壶一出现，似乎已经死去几小时的眼睛立刻复活了，目不转睛地瞧着那些圣器，他的肉瘤也最后地动了一动。神甫把镀金的十字架送到他唇边，给他亲吻基督的圣像，他却做了一个骇人的姿势想把十字架抓在手里，这一下最后的努力送了他的命。他唤着欧也妮，欧也妮跪在前面，流着泪吻着他已经冰冷的手，可是他看不见。

"父亲，祝福我啊。"

"把一切照顾得好好的！到那边来向我交账！"这最后一句证明基督教应该是守财奴的宗教。

于是欧也妮在这座屋子里完全孤独了；只有拿侬，主人对她递一个眼神就会懂得，只有拿侬为爱她而爱她，只有跟拿侬才能谈谈心中的悲苦。对于欧也妮，拿侬简直是一个保护人，她不再是一个女仆，而是卑恭的朋友。

父亲死后，欧也妮从克罗旭公证人那里知道，她在索漠地界的田产每年有三十万法郎收入；有六十法郎买进的三厘公债六百万，现在已经涨到每股七十七法郎；还有价值二百万的金子，十万现款，其他零星的收入还不计在内。她财产的总值大概有一千七百万。

"可是堂兄弟在哪里啊？"她想着。

克罗旭公证人把遗产清册交给欧也妮的那天，她和拿侬两个在壁炉架两旁各据一方地坐着，在这间空荡荡的堂屋内，一切都是回忆，从母亲坐惯的草垫椅子起，到堂兄弟喝过的玻璃杯为止。

"拿侬，我们孤独了！"

"是的，小姐；嗳，要是我知道他在哪里，我会走着去把他找来,这俏冤家。"

"汪洋大海隔着我们呢。"

正当可怜的继承人,在这所包括了她整个天地的又冷又暗的屋里,跟老女仆两个相对饮泣的时候,从南特到奥尔良,大家议论纷纷,只谈着葛朗台小姐的一千七百万家私。她的第一批行事中间,一桩便是给了拿侬一千二百法郎终身年金。拿侬原来有六百法郎,加上这一笔,立刻找到一门有陪嫁的好亲事。不到一个月,她从闺女一变而为人家的媳妇,嫁给替葛朗台小姐看守田地产业的安东尼·科努瓦耶了。科努瓦耶太太比当时旁的妇女占很大的便宜。五十九岁的年纪看上去不超过四十。粗糙的线条不怕时间的侵蚀。一向过着修道院式的生活,她的鲜红的皮色,铁一般硬邦邦的身体,根本不知衰老为何物。也许她从没有结婚那天好看过。生得丑倒是沾了光,她高大,肥胖,结实;毫不见老的脸上,有一股幸福的神气,叫有些人羡慕科努瓦耶的福分。

"她气色很好。"那个开布店的说。

"她还能够生孩子呢,"盐商说,"说句你不爱听的话,她好像在盐卤里腌过,不会坏的。"

"她很有钱,科努瓦耶这小子算捞着了。"另外一个街坊说。

人缘很好的拿侬从老屋里出来,走下弯弯曲曲的街,上教堂去的时候,一路受到人家祝贺。

欧也妮送的贺礼是三打餐具。科努瓦耶想不到主人这样慷慨,一提到小姐便流眼泪:他甚至肯为她丢掉脑袋。成为欧也妮的心腹之后,科努瓦耶太太在嫁了丈夫的快乐以外,又添了一桩快乐:因为终于轮到她来把伙食房打开,关上,早晨去分配粮食,好似她去世的老主人一样。其次,归她调度的还有两名仆役,一个是厨娘,一个是收拾屋子、修补衣裳被服、缝制小姐衣衫的女仆。科努瓦耶兼做看守与总管。不消说,拿侬挑选来的厨娘与女仆都是上选之才。这样,葛朗台小姐有了四个忠心的仆役。老头儿生前管理田产的办法早已成为老例章程,现在再由科努瓦耶夫妇谨谨慎慎地继续下去,那些庄稼人简直不觉得老主人已经去世。

如 此 人 生

　　到了三十岁,欧也妮还没有尝到一点儿人生乐趣。黯淡凄凉的童年,是在一个有了好心而无人识得、老受欺侮而永远痛苦的母亲身旁度过的。这位离开世界只觉得快乐的母亲,曾经为了女儿还得活下去而发愁,使欧也妮心中老觉得有些对不起她,永远地悼念她。欧也妮第一次也是仅有的一次爱情,成为她痛苦的根源。情人只看见了几天,她就在匆忙中接受了而回敬了的亲吻中间,把心给了他;然后他走了,整个世界把她和他隔开了。这场被父亲诅咒的爱情,差不多送了母亲的命,她得到的只有苦恼与一些渺茫的希望。所以至此为止,她为了追求幸福而消耗了自己的精力,却没有地方好去补充她的精力。精神生活与肉体生活一样,有呼也有吸:灵魂要吸收另一颗灵魂的感情来充实自己,然后以更丰富的感情送回给人家。人与人之间要没有这点美妙的关系,心就没有了生机:它缺少空气,它会受难,枯萎。

　　欧也妮开始痛苦了。对她,财富既不是一种势力,也不是一种安慰;她只能靠了爱情,靠了宗教,靠了对前途的信心而生活。爱情给她解释了永恒。她的心与福音书,告诉她将来还有两个世界好等。她日夜沉浸在两种无穷的思想中,而这两种思想,在她也许只是一种。她把整个的生命收敛起来,只知道爱，也自以为被人爱。七年以来，她的热情席卷一切。她的宝物并非收益日增的千万家私，而是夏尔的那口匣子，而是挂在床头的两张肖像，而是向父亲赎回来、放在棉花上、藏在旧木柜抽斗中的金饰，还有母亲用过的叔母的顶针。单单为了要把这满是回忆的金顶针套在手指上，她每天都得诚诚心心地戴了它做一点儿绣作，——正如珀涅罗珀等待丈夫回家的活计。

看光景葛朗台小姐绝不会在守丧期间结婚。大家知道她的虔诚是出于真心。所以克罗旭一家在老神甫高明的指挥之下，光是用殷勤恳切的照顾来包围有钱的姑娘。

她堂屋里每天晚上都是高朋满座，都是当地最热烈最忠心的克罗旭党，竭力用各种不同的语调颂赞主妇。她有随从御医，有大司祭，有内廷供奉，有侍候梳洗的贵嫔，有首相，特别是枢密大臣，那个无所不言的枢密大臣。如果她想有一个替她牵裳曳袂的侍从，人家也会替她找来的。她简直是一个王后，人家对她的谄媚，比对所有的王后更巧妙。谄媚从来不会出自伟大的心灵，而是小人的伎俩，他们卑躬屈膝，把自己尽量地缩小，以便钻进他们趋附的人物的生活核心。而且谄媚背后有利害关系。所以那些每天晚上挤在这儿的人，把葛朗台小姐唤作德·弗鲁瓦丰小姐，居然把她捧上了。这些众口一词的恭维，欧也妮是闻所未闻的，最初不免脸红；但不论奉承的话如何过火，她的耳朵不知不觉也把称赞她如何美丽的话听惯了，倘使此刻还有什么新来的客人觉得她丑陋，她绝不能再像八年前那样满不在乎。而且临了，她在膜拜情人的时候暗中说的那套甜言蜜语，她自己也爱听了。因此她慢慢地听任人家夜夜来上朝似的，把她捧得像王后一般。

德·篷风所长是这个小圈子里的男主角,他的才气,人品,学问,和蔼,老是有人在那儿吹捧。有的说七年来他的财产增加了不少;篷风那块产业至少有一万法郎收入,而且和克罗旭家所有的田产一样,周围便是葛朗台小姐广大的产业。

"你知道吗,小姐,"另外一个熟客说,"克罗旭他们有四万法郎收入!"

"还有他们的积蓄呢,"克罗旭党里的一个老姑娘,德·格里鲍果小姐接着说,"最近巴黎来了一位先生,愿意把他的事务所以二十万法郎的代价盘给克罗旭。这位巴黎人要是谋到了乡镇推事的位置,就得把事务所出盘。"

"他想填补德·篷风先生当所长呢,所以先来布置一番,"德·奥松瓦太太插嘴说,"因为所长先生不久要升高等法院推事,再升庭长;他办法多得很,保险成功。"

"是啊,"另外一个接住了话头,"他真是一个人才,小姐,你看是不是?"

所长先生竭力把自己收拾得和他想扮演的角色相配。虽然年纪已有四十,虽然那张硬邦邦的暗黄脸,像所有司法界人士的脸一样干瘪,他还装作年轻人模样,拿着藤杖满嘴胡扯,在德·弗鲁瓦丰小姐府上从来不吸鼻烟,老戴着白领带,领下的大折裥颈围,使他的神气很像与一般蠢头蠢脑的火鸡同族。他对美丽的姑娘说话的态度很亲密,把她叫作"我们亲爱的欧也妮"。

总之,除了客人的数目,除了摸彩变了惠斯特,再除去了葛朗台夫妇两个,堂屋里晚会的场面和过去并没有什么两样。那群猎犬永远在追逐欧也妮和她的千百万家私,但是猎狗的数量增多了,叫也叫得更巧妙,而且是同心协力地包围它们的俘虏。要是夏尔忽然从印度跑回来,他可以发现同样的人物与同样的利害冲突。欧也妮依旧招待得很客气的德·格拉桑太太,始终跟克罗旭他们捣乱。可是跟从前一样,控制这个场面的还是欧也妮;也跟从前一样,夏尔在这儿还是高于一切。但情形究竟有了些进步。从前所长送给欧也妮过生日的鲜花,现在变成经常的了。每天晚上,他给这位有钱的小姐送来一大束富丽堂皇的花,科努瓦耶太太有心当着众人把它插入花瓶,可是客人一转背,马上给暗暗扔在院子角落里。

初春的时候,德·格拉桑太太又来破坏克罗旭党的幸福了,她向欧也妮提起德·弗鲁瓦丰侯爵,说要是欧也妮肯嫁给他,在订立婚书的时候,把他以前的产业带回过去的话,他立刻可以重振家业。德·格拉桑太太把贵族的门第,侯爵夫人的头衔叫得震天响,把欧也妮轻蔑的微笑当作同意的暗示,到处扬言,克罗旭所长先生的婚事不见得像他所想的那么成熟。

"虽然德·弗鲁瓦丰先生已经五十岁,"她说,"看起来也不比克罗旭先生老;不错,他是鳏夫,他有孩子;可是他是侯爵,将来又是贵族院议员,嘿! 在这个年月,你找得出这样的亲事来吗? 我确确实实知道,葛朗台老头当初把所有的田产并入弗鲁瓦丰,就是存心要跟弗鲁瓦丰家接种。他常常对我说的。他狡猾得很呀,这老头儿。"

"怎么,拿侬,"欧也妮有一晚临睡时说,"他一去七年,连一封信都没有! ……"

正当这些事情在索漠搬演的时候,夏尔在印度发了财。先是他那批起码货卖了好价,很快弄到了六千美金。[1] 他一

---

[1] 当时美金一元值五法郎四十生丁。

过赤道线,便丢掉了许多成见:发觉在热带地方的致富捷径,像在欧洲一样,是贩卖人口。于是他到非洲海岸去做黑人买卖,同时在他为了求利而去的各口岸间,拣最挣钱的货色贩运。他把全副精神放在生意上,忙得没有一点儿空闲,唯一的念头是发了大财回到巴黎去耀武扬威,爬到比从前一个斤斗栽下来的地位更阔的地位。

在人堆中混久了,地方跑多了,看到许多相反的风俗,他的思想变了,对一切都取怀疑态度。他眼见在一个地方成为罪恶的,在另一个地方竟是美德,于是他对是非曲直再没有一定的观念。一天到晚为利益打算的结果,心变冷了,收缩了,干枯了。葛朗台家的血统没有失传,夏尔变得狠心刻薄,贪婪到了极点。他贩卖中国人,黑人,燕窝,儿童,艺术家①,大规模放高利贷。偷税走私的习惯,使他愈加蔑视人权。他到圣托马斯岛②上贱价收买海盗的赃物,运到缺货的地方去卖。

初次出国的航程中,他心头还有欧也妮高尚纯洁的面貌,好似西班牙水手把圣母像挂在船上一样;生意上初期的成功,他还归功于这个温柔的姑娘的祝福与祈祷;可是后来,黑种女人,白种女人,黑白混血种女人,爪哇女人,埃及舞女……跟各种颜色的女子花天酒地,到处荒唐胡闹过后,把他关于堂姊,索漠,旧屋,凳子,甬道里的亲吻等等的回忆,抹得一干二净。他只记得墙垣破旧的小花园,因为那儿是他冒险生涯的起点,可是他否认他的家属:伯父是只老狗,骗了他的金饰;欧也妮在他的心中与脑海中都毫无地位,她只是生意上供给他六千

---

① 这里"艺术家"可能指一般的歌手或卖艺者。
② 圣托马斯岛位于安的列斯群岛,当时属丹麦所有。

法郎的一个债主。这种行径与这种念头，便是夏尔·葛朗台杳无音信的原因。在印度，圣托马斯，非洲海岸，里斯本，美国，这位投机家为免得牵连本姓起见，取了一个假姓名，叫作卡尔·塞斐尔。这样，他可以毫无危险地到处胆大妄为了；不择手段、急于捞钱的作风，似乎巴不得把不名誉的勾当早日结束，在后半世做个安分良民。这种办法使他很快地发了大财。一八二七年上，他搭了一家保王党贸易公司的一条华丽帆船，玛丽-卡罗琳娜号，回到波尔多。他有三大桶箍扎严密的金屑子，值到一百九十万法郎，打算到巴黎换成金币，再赚七八厘利息。同船有一位慈祥的老人，查理十世陛下的内廷行走，德·奥勃里翁先生，当初糊里糊涂地娶了一位交际花。他的产业在安的列斯群岛上，这次是为了弥补太太的挥霍，到那边去变卖家产的。德·奥勃里翁夫妇是旧世家德·奥勃里翁·德·比什出身，德·比什的最后一位将军在一七八九年以前就死了。现在的德·奥勃里翁，一年只有两万法郎左右的进款，还有一个奇丑而没有陪嫁的女儿，因为母亲自己的财产仅仅够住在巴黎的开销。可是交际场中认为，就凭一般时髦太太那样天大的本领，也不容易嫁掉这个女儿。德·奥勃里翁太太自己也看了女儿心焦，因为不论是谁，即使是想当贵族想迷了心的男人对这位小姐也是不敢领教的。

德·奥勃里翁小姐与她同音异义的昆虫一样，长得像一只蜻蜓；[①]又瘦又细，嘴巴老是瞧不起人的模样，上面挂着一个太长的鼻子，平常是黄黄的颜色，一吃饭却完全变红，这种植物性的变色现象，在一张又苍白又无聊的脸上格外难看。

---

① 小姐一词在法文中亦为蜻蜓的俗称。

总而言之,她的模样,正好教一个年纪三十八而还有风韵还有野心的母亲欢喜。可是为补救那些缺陷起见,德·奥勃里翁侯爵夫人把女儿教得态度非常文雅,经常的卫生习惯把鼻子维持着相当合理的皮色,教她学会打扮得大方,传授她许多漂亮的举动,会做出那些多愁多病的眼神,教男人看了动心,以为终于遇到了找遍天涯无觅处的安琪儿;她也教女儿如何运用双足,赶上鼻子肆无忌惮发红的辰光,就该及时地伸出脚来,让人家鉴赏它们的纤小玲珑。总之,她把女儿琢磨得着实不错了。靠了宽大的袖子,骗人的胸褡,收拾得齐齐整整而衣袂往四下里鼓起来的长袍,束得极紧的撑裙,她居然制成了一些女性的特征,其巧妙的程度实在应当送进博物馆,给所有的母亲做参考。夏尔很巴结德·奥勃里翁太太,而她也正想交结他。有好些人竟说在船上的时期,美丽的德·奥勃里翁太太把凡是可以钓上这有钱女婿的手段,件件都做到家了。一八二七年六月,在波尔多下了船,德·奥勃里翁先生,太太,小姐和夏尔,寄宿在同一个旅馆,又一同上巴黎。德·奥勃里翁的府邸早已抵押出去,要夏尔给赎回来。丈母已经讲起把楼下一层让给女婿女儿住是多么快活的话。不像德·奥勃里翁先生那样对门第有成见,她已经答应夏尔·葛朗台,向查理十世请一道上谕,钦准他葛朗台改姓德·奥勃里翁,使用德·奥勃里翁家的爵徽;并且只要夏尔送一个岁收三万六千法郎的采邑给德·奥勃里翁,他将来便可承袭德·比什大将军与德·奥勃里翁侯爵的双重头衔。两家的财产合起来,加上国家的干俸,一切安排得好好的话,德·奥勃里翁府大概可以有十几万法郎收入。

她对夏尔说:"一个人有了十万法郎收入,有了姓氏,有了门第,出入宫廷——我会给你弄一个内廷行走的差使——那不是要当什么就当什么了吗?这样,你可以当行政法院审查官,当省长,当大使馆秘书,当大使,由你挑就是。查理十世很喜欢德·奥勃里翁,他们从小就相熟。"

这女人挑逗夏尔的野心,弄得他飘飘然;她手段巧妙地,当作体己话似的,告诉他将来有如何如何的希望,使夏尔在船上一路想出了神。他以为父亲的事情有伯父料清了,觉得自己可以平步青云,一脚闯入个个人都想挤进去的圣日耳曼区,在玛蒂尔德小姐的蓝鼻子提携之下,他可以摇身一变而为德·奥勃里翁伯爵,好似德勒一家当初一变而为布雷泽一样。[①]他出国的时候,王政复辟还是摇摇欲坠的局面,现在却是繁荣昌盛,把他看得眼花了,贵族思想的光辉把他震住了,所以他在船上开始的醉意,一直维持到巴黎。到了巴黎,他决心不顾一切,要把自私的丈母娘暗示给他的高官厚爵弄到手。在这个光明的远景中,堂姊自然不过是一个小点子了。

他重新见到了安奈特。以交际花的算盘,安奈特极力怂恿她的旧情人攀这门亲,并且答应全力支援他一切野心的活动。安奈特很高兴夏尔娶一位又丑又可厌的小姐,因为他在印度逗留过后,出落得更讨人喜欢了:皮肤变得暗黄,举动变得坚决、放肆,好似那些惯于决断、控制、成功的人一样。夏尔眼看自己可以成个角色,在巴黎更觉得如鱼得水了。

德·格拉桑知道他已经回国,不久就要结婚,并且有了钱,便来看他,告诉他再付三十万法郎便可把他父亲的债务偿清。

---

① 德勒伯爵于一六八六年获得布雷泽家的土地和侯爵头衔。

他见到夏尔的时候，正碰上一个珠宝商在那里拿了图样，向夏尔请示德·奥勃里翁小姐首饰的款式。夏尔从印度带回的钻石确是富丽堂皇，可是钻石的镶工，新夫妇所用的银器，金银首饰与小玩意儿，还得花二十万法郎以上。夏尔见了德·格拉桑已经认不得了，态度的傲慢，活现出他是一个时髦青年，曾经在印度跟人家决斗、打死过四个对手的人物。德·格拉桑已经来过三次。夏尔冷冷地听着，然后，并没把事情完全弄清楚，就回答说：

"我父亲的事不是我的事。谢谢你这样费心，先生，可惜我不能领情。我流了汗挣来不到两百万的钱，不是预备送给我父亲的债主的。"

"要是几天之内人家把令尊宣告了破产呢？"

"先生，几天之内我叫作德·奥勃里翁伯爵了。还跟我有什么相干？而且你比我更清楚，一个有十万法郎收入的人，他的父亲绝不会有过破产的事。"他说着，客客气气把德·格拉桑推到门口。

这一年的八月初，欧也妮坐在堂兄弟对她海誓山盟的那条小木凳上，天晴的日子她就在这儿用早点的。这时候，在一个最凉爽最愉快的早晨，可怜的姑娘正在记忆中把她爱情史上的大事小事，以及接着发生的祸事，一件件地想过来。阳光照在那堵美丽的墙上，——到处开裂的墙快要坍毁了，科努瓦耶老是跟他女人说早晚要压坏人的，可是古怪的欧也妮始终不许人去碰它一碰。这时邮差来敲门，递了一封信给科努瓦耶太太，她一边嚷一边走进园子："小姐，有信哪！"

她授给了主人，问："是不是你天天等着的信呀？"

这句话传到欧也妮心中的声响，其强烈不下于在园子和院子的墙壁中间实际的回声。

"巴黎！……是他的！他回来了。"

欧也妮脸色发白，拿着信愣了一会。她抖得太厉害了，简直不能拆信。

长脚拿侬站在那儿，两手叉着腰，快乐在她暗黄脸的沟槽中像一道烟似的溜走了。

"念呀，小姐……"

"啊！拿侬，他从索漠动身的，为什么回巴黎呢？"

"念呀，你念了就知道啦。"

欧也妮哆嗦着拆开信来。里面掉出一张汇票，是向德·格拉桑太太与柯雷合伙的索漠银号兑款的，拿侬给捡了起来。

> 亲爱的堂姊……

——不叫我欧也妮了，她想着，心揪紧了。

> 您……

——用这种客套的称呼了！

她交叉了手臂，不敢再往下念，大颗的眼泪冒了上来。

"难道他死了吗？"拿侬问。

"那他不会写信了！"欧也妮回答。

于是她把信念下去：

> 亲爱的堂姊，您知道了我的事业成功，我相信您一定很高兴。您给了我吉利，我居然挣了钱回来。我也听从了伯父的劝告。他和伯母去世的消息，刚由德·格拉桑先生告诉我。父母的死亡是必然之事，我们应当接替他们。希望您现在已经节哀顺变。我觉得什么都抵抗不住

时间。是的,亲爱的堂姊,我的幻象,不幸都已过去。有什么办法!走了许多地方,我把人生想过了。动身时是一个孩子,回来变了大人。现在我想到许多以前不曾想过的事。堂姊,您是自由了,我也还是自由的。表面上似乎毫无阻碍,我们尽可实现当初小小的计划;可是我太坦白了,不能把我的处境瞒您。我没有忘记我不能自由行动;在长途的航程中我老是想起那条小凳……

欧也妮仿佛身底下碰到了火炭,猛地站了起来,走去坐在院子里一级石磴上。

……那条小凳,我们坐着发誓永远相爱的小凳;也想起过道,灰色的堂屋,阁楼上我的卧房,也想起那天夜里,您的好意给了我很大的帮助。是的,这些回忆支持了我的勇气,我常常想,您一定在我们约定的时间想念我,正如我想念您一样。您有没有在九点钟看云呢?看的,是不是?所以我不愿欺骗我认为神圣的友谊,不,我绝对不应该欺骗您。此刻有一门亲事,完全符合我对于结婚的观念。在婚姻中谈爱情是做梦。现在,经验告诉我,结婚这件事应当服从一切社会的规律,适应风俗习惯的要求。而您我之间第一先有了年龄的差别,将来对于您也许比对我更有影响。更不用提您的生活方式,您的教育,您的习惯,都与巴黎生活格格不入,决计不能配合我以后的方针。我的计划是维持一个场面阔绰的家,招待许多客人,而我记得您是喜欢安静恬淡的生活的。不,我要更坦白些,请您把我的处境仲裁一下吧;您也应当知道我的情形,您有裁判的权利。如今我有八万法郎的收入。这笔财产使我能够跟德·奥勃里翁家攀亲,他们的独养女儿十九岁,可以给我带来一个姓氏,一个头衔,一个内廷行走的差使,以及声势显赫的地位。老实告诉您,亲爱的堂姊,我对德·奥勃里翁小姐没有一点儿爱情;但是和她联姻之后,我替孩子预留了一个地位,将来的便宜简直无法估计:因为尊重王室的思想慢慢地又在抬头了。几年之后,我的儿子承袭了德·奥勃里翁侯爵,有了四万法郎的采邑,他便爱做什么官都可以了。我们应当对儿女负责。您瞧,堂姊,我多么善意地把我的心,把我的希望,把我的财产,告诉给您听。可能在您那方面,经过了七年的离别,您已经忘记了我们幼稚的行为;可是我,我既没有忘记您的宽容,也没忘记我的诺言,我什么话都记得,即使在最不经意的时候说的话,换了一个不像我这样认真的,不像我这样保持童心而诚实的青年,是早已想不起的了。我告诉您,我只想为了地位财产而结婚,告诉您我还记得我们童年的爱情,这不就是把我交给了您,由您做主吗?这也就是告诉您,如果要我放弃尘世的野心,我也心甘情愿享受朴素纯洁的幸福,那种动人的情景,您也早已给我领略过了……

您忠实的堂弟　夏尔

在签名的时候,夏尔哼着一阕歌剧的调子:"铛搭搭——铛搭低——叮搭搭——咚!——咚搭低——叮搭搭……"

"天哪!这就叫作略施小技。"他对自己说。

然后他找出汇票,添注了一笔:

　　　附上汇票一纸,请向德·格拉桑银号照兑,票面八千法郎,可用黄金支付。这是包括您慷慨惠借的六千法郎的本利。另有几件东西预备送给您,表示我永远的感激;可是那口箱子还在波尔多,没有运到,且待以后送上。我的梳妆匣,请交驿车带回,地址是伊勒兰-贝尔坦街,德·奥勃里翁府邸。

"交驿车带回!"欧也妮自言自语地说,"我为了它拼命的东西,交驿车带回!"

伤心残酷的劫数! 船沉掉了,希望的大海上,连一根绳索一块薄板都没有留下。

受到遗弃之后,有些女子会去把爱人从情敌手中抢回,把情敌杀死,逃到天涯海角,或是上断头台,或是进坟墓。这当然很美;犯罪的动机是一片悲壮的热情,令人觉得法无可恕,情实可悯。另外一些女子却低下头去,不声不响地受苦,她们奄奄一息地隐忍,啜泣,宽恕,祈祷,相思,直到咽气为止。这是爱,是真爱,是天使的爱,以痛苦生以痛苦死的高傲的爱。这便是欧也妮读了这封残酷的信以后的心情。她抬眼望天,想起了母亲的遗言。像有些临终的人一样,母亲是一眼之间把前途看清看透了的。然后欧也妮记起了这先知般的一生和去世的情形,转瞬间悟到了自己的命运。她只有振翼高飞,努力往天上扑去,在祈祷中了却残生,等待自己的解脱。

"母亲说得不错,"她哭着对自己说,"只有受苦与死亡。"

她脚步极慢地从花园走向堂屋。跟平时的习惯相反,她不走甬道;但灰灰的堂屋里依旧有她堂兄弟的纪念物:壁炉架上老摆着那只小碟子,她每天吃早点都拿来用的,还有那塞夫勒旧瓷的糖壶。这一天对她真是庄严重大的日子,发生了多少大事。拿侬来通报本区的教士到了。他和克罗旭家是亲

188

戚,也是关心德·篷风所长利益的人。几天以前老克罗旭神甫把他说服了,叫他在纯粹宗教的立场上,跟葛朗台小姐谈一谈她必须结婚的义务。欧也妮一看见他,以为他来收一千法郎津贴穷人的月费,便叫拿侬去拿钱;可是教士笑道:

"小姐,今天我来跟你谈一个可怜的姑娘的事,整个索漠都在关心她,因为她自己不知爱惜,她的生活方式不够称为一个基督徒。"

"我的上帝!这时我简直不能想到邻人,我自顾还不暇呢。我痛苦极了,除了教会,没有地方好逃,只有它宽大的心胸才容得了我们所有的苦恼,只有它丰富的感情,我们才能取之不尽。"

"嗳,小姐,我们照顾了这位姑娘,同时就照顾了你。听我说!如果你要永生,你只有两条路好走:或者是出家,或者是服从在家的规律;或者听从你俗世的命运,或者听从你天国的命运。"

"啊!好极了,正在我需要指引的时候,你来指引我。对了,一定是上帝派你来的,神甫。我要向世界告别,不声不响地在退隐中为上帝生活。"

"取这种极端的行动,孩子,是需要长时期的考虑的。结婚是生,修道是死。"

"好呀,神甫,死,马上就死!"她激烈的口气叫人害怕。

"死?可是,你对社会负有重大的义务呢,小姐。你不是穷人的母亲,冬天给他们衣服柴火,夏天给他们工作吗?你巨大的家私是一种债务,要偿还的,这是你已经用圣洁的心地接受了的。往修道院一躲是太自私了;终身做老姑娘又不应该。先是你怎么能独自管理偌大的家业?也许你会把它丢了。一桩又一桩的官司会弄得你焦头烂额,无法解决。听你引路人的话吧:你需要一个丈夫,你应当把上帝赐给你的加以保存。这些话,是我把你当作亲爱的信徒而说的。你那么真诚地爱上帝,绝不能不在俗世上求永生;你是世界上最美的装饰之一,给了人家多少圣洁的榜样。"

这时仆人通报德·格拉桑太太来到。她是气愤之极,存了报复的心思来的。

"小姐……——啊!神甫在这里……我不说了,我是来商量俗事的,看来你们在谈重要的事情。"

"太太,"神甫说,"我让你。"

"噢!神甫,"欧也妮说,"过一会再来吧,今天我正需要你的支持。"

"不错,可怜的孩子。"德·格拉桑太太插嘴。

"什么意思?"葛朗台小姐和神甫一齐问。

"难道你堂兄弟回来了,要娶德·奥勃里翁小姐,我还不知道吗?……一个女人不会这么糊涂的。"

欧也妮脸上一红,不出一声;但她决意从此要像父亲一般装作若无其事。

"嗳,太太,"她带着嘲弄的意味,"我倒真是糊涂呢,不懂你的意思。你说吧,不用回避神甫,你知道他是我的神师。"

"好吧,小姐,这是德·格拉桑给我的信,你念吧。"

欧也妮接过信来念道:

　　贤妻如面:夏尔·葛朗台从印度回来,到巴黎已有一月……

——一个月!欧也妮心里想,把手垂了下来。停了一会又往下念：

> ……我白跑了两次，方始见到这位未来的德·奥勃
> 里翁子爵。虽然全个巴黎都在谈论他的婚事，教会也公
> 布了婚事征询……

——那么他写信给我的时候已经……欧也妮没有往下再
想，也没有像巴黎女子般叫一声"这无赖！"可是虽然面上毫
无表现，她心中的轻蔑并没减少一点。

> ……这头亲事还渺茫得很呢：德·奥勃里翁侯爵绝
> 不肯把女儿嫁给一个破产的人的儿子。我特意去告诉夏
> 尔，我和他的伯父如何费心料理他父亲的事，用了如何巧
> 妙的手段才把债权人按捺到今天。这傲慢的小子胆敢回
> 答我——为了他的利益与名誉，日夜不息帮忙了五年的
> 我——说"他父亲的事不是他的事！"为这件案子，一个
> 诉讼代理人真可以问他要三万到四万法郎的酬金，合到
> 债务的百分之一。可是，且慢，他的的确确还欠债权人一
> 百二十万法郎，我非把他的父亲宣告破产不可。当初我
> 接手这件事，完全凭了葛朗台那老鳄鱼一句话，并且我早
> 已代表他的家属对债权人承诺下来。尽管德·奥勃里翁
> 子爵不在乎他的名誉，我却很看重我自己的名誉。所以
> 我要把我的地位向债权人说明。可是我素来敬重欧也妮
> 小姐——你记得，当初我们境况较好的时候，曾经对她有
> 过提亲的意思——所以在我采取行动之前，你必须去跟
> 她谈一谈……

念到这里，欧也妮立刻停下，冷冷地把信还给了德·格拉
桑太太，说：

"谢谢你;慢慢再说吧……"

"哎哟,此刻你的声音和你从前老太爷的一模一样。"

"太太,你有八千一百法郎金子要付给我们哪。"拿侬对她说。

"不错;劳驾你跟我去一趟吧,科努瓦耶太太。"

欧也妮心里已经拿定主意,所以态度很大方很镇静地说:

"请问神甫,结婚以后保持童身,算不算罪过?"

"这是一个宗教里的道德问题,我不能回答。要是你想知道那有名的桑切斯①在《神学要略》的《婚姻篇》内怎样说,明天我可以告诉你。"

神甫走了。葛朗台小姐上楼到父亲的密室内待了一天,吃饭的时候,拿侬再三催促也不肯下来。直到晚上客人照例登门的时候,她才出现。葛朗台家从没有像这一晚那样宾客满堂。夏尔的回来,和奇蠢无比的忘恩负义的消息,早已传遍全城。但来客尽管聚精会神地观察,也无法满足他们的好奇心。早有准备的欧也妮,镇静的脸上一点都不露出在胸中激荡的惨痛的情绪。人家用哀怨的眼神和感伤的言语对她表示关切,她居然能报以笑容。她终于以谦恭有礼的态度,掩饰了她的苦难。

九点左右,牌局完了,打牌的人离开桌子,一边算账一边讨论最后几局惠斯特,走来加入谈天的圈子。正当大家伙儿起身预备告辞的时候,忽然展开了富有戏剧性的一幕,震动了索漠,震动了全区,震动了周围四个州府。

"所长,你慢一步走。"欧也妮看见德·篷风先生拿起手

---

① 桑切斯(1550—1610),西班牙神学家。

杖的时候,这么说。

听到这句话,个个人都为之一怔。所长脸色发白,不由得坐了下来。

"千万家私是所长的了。"德·格里鲍果小姐说。

"还不明白吗,"德·奥松瓦太太接着嚷道,"德·篷风所长娶定了葛朗台小姐。"

"这才是最妙的一局哩。"老神甫说。

"和了满贯哪。"公证人说。

每个人都有他的妙语,双关语,把欧也妮看作高踞在千万家私之上,好似高踞在宝座上一样。酝酿了九年的大事到了结束的阶段。当着全索漠城的面,叫所长留下,不就等于宣布她决定嫁给他了吗?礼节体统在小城市中是极严格的,像这一类越出常轨的举动,当然成为最庄严的诺言了。

客人散尽之后,欧也妮声音激动地说道:

"所长,我知道你喜欢我的是什么。你得起誓,在我活着的时候,让我自由,永远不向我提起婚姻给你的权利,那么我可以答应嫁给你。噢!我的话还没有完呢,"她看见所长跪了下去,便赶紧补充,"我不应对你隐瞒,先生。我心里有一股熄灭不了的感情。我能够给丈夫的只有友谊:我既不愿使他难受,也不愿违背我心里的信念。可是你得帮我一次大忙,才能得到我的婚约和产业。"

"赴汤蹈火都可以。"所长回答。

"这儿是一百五十万法郎,"她从怀中掏出一张法兰西银行一百股的股票,"请你上巴黎,不是明天,不是今夜,而是立刻。你到德·格拉桑先生那里,去找出我叔父的全部债权人名单,把他们召集起来,把叔父所欠的本金,以及到付款日为止的全部息金，照五厘计算，一律付清，要他们立一张总收据，经公证人签字证明，一切照应有的手续办理。你是法官，这件事我只信托你一个人。你是一个正直的、有义气的男子：我将来就凭你一句话，靠你夫家的姓，挨过人生的危难。我们将来相忍相让。认识了这么多年，我们差不多是一家人了，想你一定不会使我痛苦的。"

所长扑倒在有钱的继承人脚下，又快活又凄怆地浑身哆嗦。

"我一定做你的奴隶！"他说。

"你拿到了收据，先生，"她冷冷地望了他一眼，"你把它和所有的借券一齐送给我的堂兄弟，另外把这封信交给他。等你回来，我履行我的诺言。"

所长很明白他能得到葛朗台小姐，完全是由于爱情的怨望；所以他急急要把她的事赶快办了，免得两个情人有讲和的机会。

德·篷风先生走了，欧也妮倒在沙发里哭作一团。一切都完了。所长雇了驿车，次日晚上到了巴黎。第二日清晨他去见德·格拉桑。法官邀请债权人到存放债券的公证人事务所会齐，他们居然一个也没有缺席。虽然全是债主，可是说句公道话，这一次他们都准时而到。然后德·篷风所长以葛朗台小姐的名义，把本利一并付给了他们。照付利息这一点，在巴黎商界中轰动一时。

所长拿到了收据，又依照欧也妮的吩咐，送了五万法郎给德·格拉桑做报酬，然后上德·奥勃里翁爵府。他进门的时候，夏尔正碰了丈人的钉子回到自己屋里。老爵爷告诉他，一定要等纪尧姆·葛朗台的债务清偿之后，才能把女儿嫁给他。

所长先把下面一封信交给夏尔：

> 堂弟大鉴：叔父所欠的债务，业已全部清偿，特由德·篷风所长送上收据一纸。另附收据一纸，证明我上述代垫的款项已由吾弟归还。外面有破产的传说，我想一个破产的人的儿子未必能娶德·奥勃里翁小姐。您批评我的头脑与态度的话，确有见地：我的确毫无上流社会的气息，那些计算与风气习惯，我都不知；您所期待的乐趣，我无法贡献。您为了服从社会的惯例，牺牲了我们的初恋，但愿您在社会的惯例之下快乐。我只能把您父亲的名誉献给您，来成全您的幸福。别了！愚姊永远是您忠实的朋友。

> 欧也妮

这位野心家拿到正式的文件，不由自主地叫了一声，使所长看了微笑。

"咱们现在不妨交换喜讯啦。"他对夏尔说。

"啊！你要娶欧也妮？好吧，我很高兴，她是一个好人。"——他忽然心中一亮，接着说："哎，那么她很有钱喽？"

"四天以前，"所长带着挖苦的口吻回答，"她有将近一千九百万；可是今天她只有一千七百万了。"

夏尔望着所长，发呆了。

"一千七百……万……"

"对，一千七百万，先生。结婚之后，我和葛朗台小姐总共有七十五万法郎收入。"

"亲爱的姊丈，"夏尔的态度又镇静了些，"咱们好彼此提携提携啦。"

"行!"所长回答,"这里还有一口小箱子,非当面交给你不可。"他把装有梳妆匣的小箱放在了桌上。

"喂,好朋友,"德·奥勃里翁侯爵夫人进来的当儿,根本没有注意到克罗旭,"刚才德·奥勃里翁先生说的话,你一点不用放在心上,他是给德·绍利厄公爵夫人迷昏了。我再告诉你一遍,你的婚事绝无问题……"

"绝无问题,"夏尔应声回答,"我父亲欠的三百万,昨天都还清了。"

"付了现款吗?"

"不折不扣,连本带利:我还得替先父办复权手续呢。"

"你太傻了!"他的丈母叫道。——"这位是谁?"她看到了克罗旭,咬着女婿的耳朵问。

"我的经纪人。"他低声回答。

侯爵夫人对德·篷风先生傲慢地点了点头,走了出去。

"咱们已经在彼此提携啦,"所长拿起帽子说,"再见吧,内弟。"

"他竟开我的玩笑,这索漠的臭八哥。恨不得一剑戳破他的肚子才好。"

所长走了。三天以后,德·篷风先生回到了索漠,公布了他与欧也妮的婚事。过了六个月,他升了昂热法院的推事。

离开索漠之前,欧也妮把多少年来心爱的金饰熔掉了,加上堂兄弟偿还的八千法郎,铸了一口黄金的圣体匣,献给本市的教堂,在那里,她为他曾经向上帝祷告过多少年!

平时她在昂热与索漠两地来来往往。她的丈夫在某次政治运动上出了力,升了高等法院庭长,过了几年又升了院长。他很焦心地等着大选,好进国会。他的念头已经转到贵族院了,那时……

　　"那时,王上跟他是不是称兄道弟了?"拿侬,长脚拿侬,
科努瓦耶太太,索漠的布尔乔亚,听见女主人提到将来显赫的
声势时,不禁说出这么一句。

结　局

虽然如此，德·篷风院长（他终于把产业的名字代替了老家克罗旭的姓）野心勃勃的梦想，一桩也没有实现。宣布为索漠议员八天以后，他就死了。洞烛幽微而罚不及无辜的上帝，一定是谴责他的心计与玩弄法律的手段。他由克罗旭做参谋，在结婚契约上订明"倘将来并无子女，则夫妇双方之财产，包括动产不动产，绝无例外与保留，一律全部互相遗赠；且夫妇任何一方身故之后，得不再依照例行手续举办遗产登记，但自以不损害继承人权利为原则，须知上述夫妇互相遗赠财产之举确为……"这一项条款，便是院长始终尊重德·篷风太太的意志与独居的理由。妇女们提起院长，总认为他是一个最体贴的人，而对他表示同情；她们往往谴责欧也妮的隐痛与痴情，而且在谴责一个女人的时候，她们照例是很刻毒的：

"德·篷风太太一定是病得很厉害，否则绝不会让丈夫独居的。可怜的太太！她就会好吗？究竟是什么病呀，胃炎吗？癌症吗？为什么不去看医生呢？这些时候她脸色都黄了；她应该上巴黎去请教那些名医。她怎么不想生一个孩子呢？据说她非常爱丈夫，那么以他的地位，怎么不给他留一个后代继承遗产呢？真是可怕。倘使单单为了任性，那简直是罪过……可怜的院长!"

欧也妮因为幽居独处、长期默想的结果,变得感觉灵敏,对周围的事故看得很清,加上不幸的遭遇与最后的教训,她对什么都猜得透。她知道院长希望她早死,好独占这笔巨大的家私,因为上帝忽发奇想,把两位老叔——公证人和教士——都召归了天国,使他的财产愈加庞大了。欧也妮只觉得院长可怜;不料全知全能的上帝,代她把丈夫居心叵测的计划完全推翻了:他尊重欧也妮无望的痴情,表示满不在乎,其实他觉得不与妻子同居倒是最可靠的保障;要是生了一个孩子,院长自私的希望,野心勃勃的快意,不是都归泡影了吗?

如今上帝把大堆的黄金丢给被黄金锁缚的女子,而她根本不把黄金放在心上,只在想望天国,过着虔诚慈爱的生活,只有一些圣洁的思想,不断地暗中援助受难的人。

德·篷风太太三十三岁上做了寡妇,富有八十万法郎的收入,依旧很美,可是像个将近四十的女人的美。白白的脸,安闲,镇静。声音柔和而沉着,举止单纯。她有痛苦的崇高伟大,有灵魂并没被尘世玷污过的人的圣洁,但也有老处女的僵硬的神气,和外省闭塞生活养成的器局狭小的习惯。虽然富有八十万法郎的岁收,她依旧过着当年欧也妮·葛朗台的生活,非到了父亲从前允许堂屋里生火的日子,她的卧房绝不生火,熄火的日子也依照她年轻时代的老规矩。她的衣着永远跟当年的母亲一样。索漠的屋子,没有阳光,没有暖气,老是阴森森的,凄凉的屋子,便是她一生的小影。她把所有的收入谨谨慎慎地积聚起来,要不是她慷慨解囊地拨充善举,也许还显得吝啬呢。可是她办了不少公益与虔诚的事业,一所养老院,几处教会小学,一所庋藏丰富的图书馆,等于每年向人家责备她吝啬的话提出反证。索漠的几座教堂,靠她的捐助,多添了一些装修。德·篷风太太,有些人刻薄地叫作小姐,很受一般人敬重。由此可见,这颗只知有温情而不知有其他的高尚的心,还是逃脱不了人间利益的盘算。金钱不免把它冷冰冰的光彩,玷污了这个超脱一切的生命,使这个感情丰富的女子也不敢相信感情了。

"只有你爱我。"她对拿侬说。

这女子的手抚慰了多少家庭的隐痛。她挟着一连串善行义举向天国前进。心灵的伟大,抵消了她教育的鄙陋和早年的习惯。这便是欧也妮的故事,她在世等于出家,天生的贤妻良母,却既无丈夫,又无儿女,又无家庭。

几天以来,大家又提到她再嫁的问题。索漠人在注意她跟德·弗鲁瓦丰侯爵的事,因为这一家正开始包围这个有钱的寡妇,像当年克罗旭他们一样。

据说拿侬与科努瓦耶两人都站在侯爵方面;这真是荒谬绝伦。长脚拿侬和科努瓦耶的聪明,都还不够懂得世道人心的败坏。

一八三三年九月　巴黎

高 老 头

献给杰出伟大的若夫华·圣伊莱尔①,以示对他的才华和著作的敬佩。

德·巴尔扎克

① 若夫华·圣伊莱尔(1772—1844),法国著名动物学家,进化论的先驱,曾于一八三○年同居维埃进行震撼全欧思想界的公开论战。

伏 盖 公 寓

　　一个夫家姓伏盖、娘家姓龚弗朗的老妇人,四十年来在巴黎开着一所兼包客饭的公寓,坐落在拉丁区与圣马尔索之间的圣·热内维埃弗新街上。大家称为伏盖家的这所寄宿舍,男女老少,一律招留,从来没有为了风化问题受过飞短流长的攻击,可是三十年间也不曾有姑娘们寄宿;而且非要家庭给的生活费少得可怜,才能使一个青年男子住到这儿来。话虽如此,一八一九年上,正当这幕惨剧开场的时候,公寓里的确住着一个可怜的少女。虽然惨剧这个字眼被近来多愁善感、颂赞痛苦的文学用得那么滥,那么歪曲,以致无人相信;这儿可是不得不用。并非在真正的字义上说,这个故事有什么戏剧意味;但我这部书完成之后,intra muros et extra① 也许有人会掉几滴眼泪。出了巴黎是不是还有人懂得这件作品,确是疑问。书中有许多考证与本地风光,只有住在蒙马特尔和蒙鲁日高地之间的人能够领会。这个著名的盆地,墙上的石灰老是在剥落,阳沟内全是漆黑的泥浆;到处是真苦难,空欢喜,而且那么忙乱,不知要怎么重大的事故才能在那儿轰动一下。然而也有些东零西碎的痛苦,因为罪恶与德行混在一块而变

━━━━━━━

　　① 拉丁文:城墙内外(此处指巴黎城内外)。

得伟大庄严,使自私自利的人也要定一定神,生出一点同情心;可是他们的感触不过是一刹那的事,像匆匆忙忙吞下的一颗美果。文明好比一辆大车,和印度的神车一样①,碰到一颗比较不容易粉碎的心,略微耽搁了一下,马上把它压碎了,又浩浩荡荡地继续前进。你们读者大概也是如此:雪白的手捧了这本书,埋在软绵绵的安乐椅里,想道:也许这部小说能够让我消遣一下。读完了高老头隐秘的痛史以后,你依旧胃口很好地用晚餐,把你的无动于衷推给作者负责,说作者夸张,渲染过分。殊不知这惨剧既非杜撰,亦非小说。All is true②,真实到每个人都能在自己身上或者心里发现剧中的要素。

公寓的屋子是伏盖太太的产业,坐落在圣·热内维埃弗新街下段,正当地面从一个斜坡向弩弓街低下去的地方。坡度陡峭,马匹很少上下,因此挤在慈谷军医学院和先贤祠之间的那些小街道格外清静。两座大建筑罩下一片黄黄的色调,改变了周围的气息;穿隆阴沉严肃,使一切都暗淡无光。街面上石板干燥,阳沟内没有污泥,没有水,沿着墙根生满了草。一到这个地方,连最没心事的人也会像所有的过路人一样无端端地不快活。一辆车子的声音在此简直是件大事;屋子死气沉沉的,墙垣全带几分牢狱气息。一个迷路的巴黎人③在这一带只看见些公寓或者私塾、苦难或者烦恼、垂死的老人或是想作乐而不得不用功的青年。巴黎城中没有一个区域更丑

~~~~~~~~~~

① 印度每年逢 Vichnou 神纪念日,将神像置于车上游行,善男信女奉之若狂,甚至有攀附神车或置身轮下之举,以为如此则来世可托生于较高的阶级(Caste)。

② 英文:一切都是真情实事。——引自莎士比亚的悲剧《亨利八世》。

③ 真正的巴黎人是指住在塞纳河右岸的人。公寓所在地系左岸。"迷路"云云谓右岸的人偶尔漫步到左岸去的意思。

恶、更没有人知道的了。特别是圣·热内维埃弗新街,仿佛一个古铜框子,跟这个故事再合适没有。为求读者了解起见,尽量用上灰黑的色彩和沉闷的描写也不嫌过分,正如游客参观初期基督徒墓窟的时候,走下一级级的石梯,日光随着暗淡,向导的声音越来越空洞。这个比较的确是贴切的。谁又能说,枯萎的心灵和空无一物的骷髅,究竟哪一样看上去更可怕呢?

公寓侧面靠街,前面靠小花园,屋子跟圣·热内维埃弗新街成直角。屋子正面和小园之间有条中间微凹的小石子路,大约宽两公尺;前面有一条平行的砂子铺的小路,两旁有风吕草、夹竹桃和石榴树,种在蓝白二色的大陶盆内。小路靠街的一头有扇小门,上面钉一块招牌,写着:伏盖宿舍;下面还有一行:本店兼包客饭,男女宾客,一律欢迎。临街的栅门上装着一个声音刺耳的门铃。白天你在栅门上张望,可以看到小路那一头的墙上,画着一个模仿青色大理石的神龛,大概是本区画家的手笔。神龛内画着一个爱神像:浑身斑驳的釉彩,一般喜欢象征的鉴赏家可能认作爱情病的标记,那是在邻近的街坊上就可医治的①。神像座子上模糊的铭文,令人想起雕像的年代,伏尔泰在一七七七年上回到巴黎大受欢迎的年代。那两句铭文是:②

> 不论你是谁,她总是你的师父,
>
> 现在是,过去是,或者将来是。

天快黑的时候,栅门换上板门。小园的宽度正好等于屋

---

① 指附近圣雅各区的嘉布遣会医院。

② 指伏尔泰为梅仲宫堡园中的爱神像所作的铭文。

子正面的长度。园子两旁,一边是临街的墙,一边是和邻居分界的墙;大片的常春藤把那座界墙统统遮盖了,在巴黎城中格外显得清幽,引人注目。各处墙上都钉着果树和葡萄藤,瘦小而灰土密布的果实成为伏盖太太年年发愁的对象,也是和房客谈天的资料。沿着侧面的两堵墙各有一条狭小的走道,走道尽处是一片菩提树荫。伏盖太太虽是龚弗朗出身,菩提树三字却老是念别音的,房客们用文法来纠正她也没用。两条走道之间,一大块方地上种着朝鲜蓟,左右是修成圆锥形的果树,四周又围着些莴苣、香芹、酸菜。菩提树荫下有一张绿漆圆桌,周围放几个凳子。逢着大暑天,一般有钱喝咖啡的主顾,在热得可以孵化鸡子的天气到这儿来品尝咖啡。

四层楼外加阁楼的屋子用的材料是粗沙石,粉的那种黄颜色差不多使巴黎所有的屋子不堪入目。每层楼上开着五扇窗子,全是小块的玻璃;细木条子的遮阳撑起来高高低低,参差不一。房子侧面有两扇窗,楼下的两扇装有铁栅和铁丝网。正屋之后是一个二十尺宽的院子:猪啊,鸡啊,兔子啊,和和气气地混在一块儿;院子底上有所堆木柴的棚子。棚子和厨房的后窗之间挂一口凉橱,下面淌着洗碗池流出来的脏水。靠圣·热内维埃弗新街有扇小门,厨娘为了避免瘟疫不得不冲洗院子的时候,就把垃圾打这扇门里扫到街上。

房屋的分配本是预备开公寓的。底层第一间有两扇临街的窗子取光,通往园子的是一扇落地长窗。客厅侧面通到饭厅,饭厅和厨房中间是楼梯道,楼梯的踏级是用木板和彩色地砖拼成的。一眼望去,客室的景象再凄凉没有:几张沙发和椅子,上面包的马鬃布满是一条条忽而暗淡忽而发光的纹缕。正中放一张黑地白纹的云石面圆桌,桌上摆一套白瓷小酒杯,金线已经剥落一大半,这种酒杯现在还到处看得到。房内地板很坏,四周的护壁板只有半人高,其余的位置糊着上油的花纸,画着《忒勒玛科斯》①主要的几幕,一些有名的人物都着彩色。两扇有铁丝网的窗子之间的壁上,画着卡吕普索款待尤利西斯的儿子的盛宴。② 四十年来这幅画老是给年轻的房客当作说笑的引子,把他们为了穷而不得不将就的饭食取笑一番,表示自己的身份比处境高出许多。石砌的壁炉架上有两瓶藏在玻璃罩下的旧纸花,中间放一座恶俗的半蓝不蓝的云石摆钟。壁炉内部很干净,可见除了重大事故,难得生火。

这间屋子有股说不出的味道,应当叫作公寓味道。那是一种闭塞的、霉烂的、酸腐的气味,叫人发冷,吸在鼻子里潮腻腻的,直往衣服里钻;那是刚吃过饭的饭厅的气味,酒菜和碗盏的气味,救济院的气味。老老少少的房客 sui generis③ 气味,跟他们伤风的气味合成的令人作呕的成分,倘能加以分析,也许这味道还能形容。话得说回来,这间客室虽然叫你恶心,同隔壁的饭厅相比,你还觉得客室很体面,芬芳,好比太太们的上房呢。

饭厅全部装着护壁,漆的颜色已经无从分辨,只有一块块油迹画出奇奇怪怪的形状。几口粘手的食器柜上摆着暗淡无光的破裂的水瓶,刻花的金属垫子,好几堆图尔内④窑的蓝边厚瓷盆。屋角有口小橱,分成许多标着号码的格子,存放寄膳客人满是污迹和酒痕的饭巾。在此有的是销毁不了的家具,

① 指法国作家费讷隆(1651—1715)的名著《忒勒玛科斯》。
② 即《忒勒玛科斯》中的情节。
③ 拉丁文:特殊的。
④ 图尔内,比利时一城市。

没处安插而扔在这儿,跟那些文明的残骸留在痼疾救济院里一样。你可以看到一个晴雨表,下雨的时候有一个教士出现;还有些令人倒胃的版画,配着黑漆描金的框子;一口镶铜的贝壳座钟;一只绿色火炉;几盏灰尘跟油混在一块儿的挂灯;一张铺有漆布的长桌,油腻之厚,足够爱淘气的医院实习生用手指在上面刻画姓名;几张断腿折臂的椅子;几块可怜的小脚毯,草辫老在散率而始终没有分离;还有些破烂的脚炉,洞眼碎裂,铰链零落,木座子像炭一样焦黑。这些家具的古旧,龟裂,腐烂,摇动,虫蛀,残缺,老弱无能,奄奄一息,倘使详细描写,势必长篇累牍,妨碍读者对本书的兴趣,恐非性急的人所能原谅。红色的地砖,因为擦洗或上色之故,画满了高高低低的沟槽。总之,这儿是一派毫无诗意的贫穷;那种锱铢必较的、浓缩的、百孔千疮的贫穷。即使还没有泥浆,却已有了污迹;即使还没有破洞,还不算褴褛,却快要崩溃腐朽,变成垃圾。

这间屋子最有光彩的时间是早上七点左右,伏盖太太的猫赶在主人之前,先行出现,它跳上食器柜,把好几罐盖着碟子的牛奶闻嗅一番,呼啊呼啊地做它的早课。不久寡妇出现了,网纱做的便帽下面,露出一圈歪歪斜斜的假头发,懒洋洋地趿着愁眉苦脸的软鞋。她的憔悴而多肉的脸,中央耸起一个鹦鹉嘴般的鼻子,滚圆的小手,像教堂的耗子①一般胖胖的身材,膨脝饱满而颤颤耸耸的乳房,一切都跟这寒酸气十足而暗里蹲着冒险家的饭厅调和。她闻着室内暖烘烘的臭味,一

① 教堂的耗子原是一句俗语,指过分虔诚的人;因巴尔扎克以动物拟人的用意在本书中特别显著,故改按字面译。

点不觉得难受,她的面貌像秋季初霜一样新鲜,眼睛四周布满皱纹,表情可以从舞女那样的满面笑容,一变而为债主那样的竖起眉毛,板起脸孔。总之她整个的人品足以说明公寓的内容,正如公寓可以暗示她的人品。监狱少不了牢头禁卒,你想象中绝不能有此无彼。这个小妇人的没有血色的肥胖,便是这种生活的结果,好像传染病是医院气息的产物。罩裙底下露出毛线编成的衬裙,罩裙又是用旧衣衫改的,棉絮从开裂的布缝中钻出来;这些衣衫就是客室、饭厅和小园的缩影,同时也泄露了厨房的内容与房客的流品。她一出场,舞台面就完全了。五十岁左右的伏盖太太跟一切饱经忧患的女人一样。无精打采的眼睛、假惺惺的神气像一个会假装恼怒以便敲竹杠的媒婆,而且她也存心不择手段地讨便宜,倘若世界上还有什么乔治或皮什格吕可以出卖,她是决计要出卖的。① 房客们却说她骨子里是个好人,他们听见她同他们一样咳嗽,哼哼,便相信她真穷。伏盖先生当初是怎么样的人,她从无一字提及。他怎样丢了家私的呢?她回答说是遭了厄运。他对她不好,只留给她一双眼睛好落眼泪,这所屋子好过活,还给了她不必同情别人灾祸的权利,因为她说,她什么苦难都受尽了。

一听见女主人急促的脚步声,胖子厨娘西尔维赶紧打点房客们的中饭。一般寄饭客人通常只包每月三十法郎的一顿晚饭。

这个故事开始的时代,寄宿的房客共有七位。二层楼上

---

① 乔治与皮什格吕均系法国大革命时代人物,因阴谋推翻拿破仑而被处死刑。

209

是全屋最好的两套房间,伏盖太太住了小的一套,另外一套住着库蒂尔太太,她过世的丈夫在共和政府时代当过军需官。和她同住的是一个年纪轻轻的少女,维克托莉·泰伊番小姐,把库蒂尔太太当作母亲一般。这两位女客的膳宿费每年一千八百法郎。三层楼上的两套房间,分别住着一个姓波阿雷的老人,和一个年纪四十上下、戴假头发、鬓角染黑的男子,自称为退休的商人,叫作伏脱冷先生。四层楼上有四个房间:老姑娘米旭诺小姐住了一间;从前做粗细面条和淀粉买卖,大家叫作高老头的,住了另外一间;其余两间预备租给候鸟①,像高老头和米旭诺小姐般只能付四十五法郎一月膳宿费的穷学生。可是伏盖太太除非没有办法,不大乐意招留这种人,因为他们面包吃得太多。

那时代,两个房间中的一个,住着一位从昂古莱姆乡下到巴黎来读法律的青年,欧也纳·德·拉斯蒂涅。人口众多的老家,省吃俭用,熬出他每年一千二百法郎的生活费。他是那种因家境清寒而不得不用功的青年,从小就懂得父母的期望,自己在那里打点美妙的前程,考虑学业的影响,使学科迎合社会未来的动向,以便捷足先登,榨取社会。倘没有他的有趣的观察,没有他在巴黎交际场中无孔不入的本领,我们这故事就要缺乏真实的色彩。没有问题,这点真实性完全要归功于他敏锐的头脑,归功于他有种欲望,想刺探一桩惨事的秘密;而这惨事是制造的人和身受的人一致讳莫如深的。

四层楼的顶上有一间晾衣服的阁楼,还有做粗活的男仆克里斯朵夫和胖子厨娘西尔维的两间卧房。

①　候鸟,指短时期的过路客人。此语为作者以动物拟人的又一例。

除了七个寄宿的房客,伏盖太太旺季淡季统扯总有八个法科或医科的大学生,和两三个住在近段的熟客,包一顿晚饭。可以容纳一二十人的饭厅,晚餐时坐到十八个人;中饭只有七个房客,团团一桌的情景颇有家庭风味。每个房客跂着软鞋下楼,对包饭客人的衣着神气、隔夜的事故,毫无顾忌地议论一番。这七位房客好比伏盖太太特别宠爱的孩子,她按照膳宿费的数目,对各人定下照顾和尊敬的分寸,像天文家一般不差毫厘。这批萍水相逢的人心里都有同样的打算。三层楼的两位房客只付七十二法郎一月。这等便宜的价钱(唯有库蒂尔太太的房饭钱是例外),只能在圣马塞尔区、在妇救医院和流民习艺所中间的那个地段找到。这一点,证明那些房客明里暗里全受着贫穷的压迫,因此这座屋子内部的悲惨景象,在住户们破烂的衣着上照样暴露。男人们穿着说不出颜色的大褂,像高等住宅区扔在街头巷尾的靴子,快要磨破的衬衫,有名无实的衣服。女人们穿着黯淡陈旧、染过而又褪色的服装;戴着补过的旧花边,用得发亮的手套,老是暗黄色的领围,经纬散率的围巾。衣服虽是这样,人却差不多个个生得很结实,抵抗过人世的风波;冷冷的狠巴巴的脸,好像用旧而不再流通的银币一般模糊;干瘪的嘴巴配着一副尖利的牙齿。你看到他们会体会到那些已经演过的和正在搬演的戏剧,——并非在脚灯和布景前面上演的,而是一些活生生的,或是无声无息的、冰冷的、把人心搅得发热的、连续不断的戏剧。

老姑娘米旭诺,疲倦的眼睛上面戴着一个油腻的绿绸眼罩,扣在脑袋上的铜丝连怜悯之神也要为之大吃一惊。身体只剩一把骨头,穗子零零落落像眼泪一般的披肩,仿佛披在一副枯骨上面。当初她一定也俊俏过,现在怎么会形销骨立的呢?为了荒唐胡闹吗?有什么伤心事吗?过分的贪心吗?是不是谈爱情谈得太多了?有没有做过花粉生意?还是单单是个娼妓?她是否因为年轻的时候骄奢过度,而受到老年时路人侧目的报应?惨白的眼睛叫人发冷,干瘪的脸孔带点儿凶相。尖厉的声音好似丛林中冬天将临时的蝉鸣。她自称服侍过一个患膀胱炎的老人,他被儿女们当作没有钱而丢在一边。老人给她一千法郎的终身年金,至今他的继承人常常为此跟她争执,说她坏话。虽然她的面貌被情欲摧残得很厉害,肌肤之间却还有些白皙与细腻的遗迹,足见她身上还保存一点儿残余的美。

波阿雷先生差不多是架机器。他走在植物园的小道上像一个灰色的影子:戴着软绵绵的旧鸭舌帽,有气无力地抓着一根手杖,象牙球柄已经发黄了;褪色的大褂遮不了空荡荡的扎脚裤,只见衣摆在那里扯来扯去;套着蓝袜子,两条腿摇摇晃晃像喝醉了酒;上身露出腌臜的白背心,枯草似的粗纱颈围,跟绕在火鸡式脖子上别扭的领带,乱糟糟地搅在一起。看他那副模样,大家都心里思忖,这个幽灵是否跟在意大利人大街上溜达的哥儿们同样属于泼辣放肆的白种民族?什么工作使他这样干瘪缩小的?什么情欲把他生满小球刺儿的脸变成了黑沉沉的猪肝色?这张脸画成漫画,简直不像是真的。他当过什么差事呢?说不定做过司法部的职员,经手过刽子手们送来的账单,——执行逆伦犯所用的蒙面黑纱,刑台下铺的糠①,刑架上

---

① 法国刑法规定,凡逆伦犯押赴刑场时,面上须蒙以黑纱作为标志。刑台下铺糠乃预备吸收尸身之血。

挂铡刀的绳子等等的账单。也许他当过屠宰场收款员,或卫生处副检查长之类。总之,这家伙好比社会大磨坊里的一匹驴子,做了傀儡而始终不知道牵线的是谁,也仿佛多少公众的灾殃或丑事的轴心;总括一句,他是我们见了要说一声究竟这等人也少不得的人。这些被精神的或肉体的痛苦磨得色如死灰的脸相,巴黎的漂亮人物是不知道的。巴黎真是一片海洋,丢下探海锤也没法测量这海洋的深度。不论花多少心血到里面去搜寻去描写,不管海洋的探险家如何众多如何热心,都会随时找到一片处女地,一个新的洞穴,或是几朵鲜花,几颗明珠,一些妖魔鬼怪,一些闻所未闻、文学家想不到去探访的事。伏盖公寓便是这些奇怪的魔窟之一。

其中有两张脸跟多数房客和包饭的主顾成为显著的对比。维克托莉·泰伊番小姐虽则皮色苍白,带点儿病态,像害干血痨的姑娘,虽则经常的忧郁,局促的态度,寒酸和娇弱的外貌,使她脱不了这幅画面的基本色调——痛苦;可是她的脸毕竟不是老年人的脸,动作和声音毕竟是轻盈活泼的。这个不幸的青年人仿佛一株新近移植的灌木,因为水土不宜而叶子萎黄了。黄里带红的脸色,灰黄的头发,过分纤瘦的腰身,颇有近代诗人在中世纪小雕像上发现的那种妩媚。灰中带黑的眼睛表现她有基督徒式的温柔与隐忍。朴素而经济的装束勾勒出年轻人的身材。她的好看是由于五官四肢配搭得巧。只要心情快乐,她可能非常动人;女人要有幸福才有诗意,正如穿扮齐整才显得漂亮。要是舞会的欢情把这张苍白的脸染上一些粉红的色调,要是讲究的生活使这对已经微微低陷的面颊重新丰满而泛起红晕,要是爱情使这双忧郁的眼睛恢复光彩,维克托莉大可跟最美的姑娘们见个高低。她只缺少叫女人返老还童的东西:衣衫和情书。她的故事足够写一本书。她的父亲自以为有不认亲生女儿的理由,不让她留在身边,只给六百法郎一年,又改变他财产的性质,以便全部传给儿子。维克托莉的母亲在悲苦绝望之中死在远亲库蒂尔太太家里;库蒂尔太太便把孤儿当作亲女一样抚养长大。共和政府军需官的寡妇不幸除了丈夫的预赠年金和公家的抚恤金以外一无所有,可能一朝丢下这个既无经验又无资财的少女,任凭社会摆布。好心的太太每星期带维克托莉去望弥撒,每半个月去忏悔一次,让她将来至少能做一个虔诚的姑娘。这办法的确不错。有了宗教的热情,这个弃女将来也能有一条出路。她爱她的父亲,每年回家去转达母亲临终时对父亲的宽恕;每年父亲总是闭门不纳。能居间斡旋的只有她的哥哥,而哥哥四年之中没有来探望过她一次,也没有帮助过她什么。她求上帝使父亲开眼,使哥哥软心,毫无怨恨地为他们祈福。库蒂尔太太和伏盖太太只恨字典上咒骂的字眼太少,不够形容这种野蛮的行为。她们咒骂混账的百万富翁的时候,总听到维克托莉说些柔和的话,好似受伤的野鸽,痛苦的叫喊仍然吐露着爱。

欧也纳·德·拉斯蒂涅纯粹是南方型的脸:白皮肤,黑头发,蓝眼睛。风度,举动,姿势,都显出他是大家子弟,幼年的教育只许他有高雅的习惯。虽然衣着朴素,平日尽穿隔年的旧衣服,有时也能装扮得风度翩翩地上街。平常他只穿一件旧大褂,粗背心;蹩脚的旧黑领带扣得马马虎虎,像一般大学生一样;裤子也跟上装差不多,靴子已经换过底皮。

在两个青年和其余的房客之间,那四十上下、鬓角染色的伏脱冷,正好是个中间人物。人家看到他那种人都会喊一声好家伙！肩头很宽,胸部很发达,肌肉暴突,方方的手非常厚实,手指中节生着一簇簇茶红色的浓毛。没有到年纪就打皱的脸似乎是性格冷酷的标记;但是看他软和亲热的态度,又不像冷酷的人。他的低中音嗓子,跟他嘻嘻哈哈的快活脾气刚刚配合,绝对不讨厌。他很殷勤,老堆着笑脸。什么锁钥坏了,他立刻拆下来,粗枝大叶地修理,上油,锉一阵磨一阵,装配起来,说:"这一套我是懂的。"而且他什么都懂:帆船,海洋,法国,外国,买卖,人物,时事,法律,旅馆,监狱。要是有人过于抱怨诉苦,他立刻凑上来帮忙。好几次他借钱给伏盖太太和某些房客;但受惠的人死也不敢赖他的债,因为他尽管外表随和,自有一道深沉而坚决的目光叫人害怕。看那唾口水的功架,就可知道他头脑冷静的程度:要解决什么尴尬局面的话,一定是杀人不眨眼的。像严厉的法官一样,他的眼睛似乎能看透所有的问题,所有的心地,所有的感情。他的日常生活是中饭后出门,回来用晚饭,整个黄昏都在外边,到半夜前后回来,用伏盖太太给他的百宝钥匙开大门。百宝钥匙这种优待只有他一个人享受。他待寡妇也再好没有,叫她妈妈,搂着她的腰,——可惜这种奉承对方体会得不够,老妈妈还以为这是轻而易举的事,殊不知唯有伏脱冷一个人才有那么长的胳膊,够得着她粗大的腰身。他另外一个特点是饭后喝一杯葛洛丽亚①,每个月很阔绰地花十五法郎。那般青年人固然卷在巴黎生活的旋涡内一无所见,那般老年人也固然对一切与己无干的事漠不关心,但即使不像他们那么肤浅的人,也不会注意到伏脱冷形迹可疑。旁人的事,他都能知道或者猜到;他

---

　　① 一种羼有酒精的咖啡或红茶。

的心思或营生,却没有一个人看得透。虽然他把亲热的态度、快活的性情,当作墙壁一般挡在他跟旁人之间,但他不时流露的性格颇有些可怕的深度。往往他发一阵可以跟尤维纳利斯①相比的牢骚,专爱挖苦法律,鞭挞上流社会,攻击它的矛盾,似乎他对社会抱着仇恨,心底里密不透风地藏着什么秘密事儿。

泰伊番小姐暗中偷觑的目光和私下的念头,离不开这个中年人跟那个大学生。一个是精力充沛,一个是长得俊美,她无意之间受到他们吸引。可是那两位好似一个也没有想到她,虽说天道无常,她可能一变而为陪嫁富裕的对象。并且,那些人也不愿意推敲旁人自称的苦难是真是假。除了漠不关心之外,他们还因为彼此境况不同而提防人家。他们知道没有力量减轻旁人的痛苦,而且平时叹苦经叹得太多了,互相劝慰的话也早已说尽。像老夫妻一样无话可谈,他们之间的关系只有机械地生活,等于没有上油的齿轮在那里互相推动。他们可以在路上遇到一个瞎子而头也不回地走过,也可以无动于衷地听人家讲一桩苦难,甚至把死亡看作一个悲惨局面的解决;饱经忧患的结果,大家对最惨痛的苦难都冷了心。这些伤心人中最幸福的还算伏盖太太,高高在上地管着这所私人救济院。唯有伏盖太太觉得那个小园是一座笑吟吟的树林;事实上,静寂和寒冷,干燥和潮湿,使园子像大草原一样广漠无垠。唯有为她,这所黄黄的、阴沉沉的、到处是账台的铜绿味的屋子,才充满愉快。这些牢房是属于她的。她喂养那

---

① 尤维纳利斯(约60—140),著名的拉丁诗人,其讽刺诗批评富人的骄奢淫逸,对穷人表示同情,是罗马讽刺作家中锋芒最锐的一个。

批终身做苦役的囚犯,他们尊重她的权威。以她所定的价目,这些可怜虫在巴黎哪儿还能找到充足而卫生的饭食,以及即使不能安排得高雅舒适、至少可以收拾得干干净净的房间?哪怕她做出极不公道的事来,人家也只能忍受,不敢叫屈。

整个社会的分子在这样一个集团内当然应有尽有,不过是具体而微罢了。像学校或交际场中一样,饭桌上十八个客人中间有一个专受白眼的可怜虫,老给人家打哈哈的出气筒。欧也纳·德·拉斯蒂涅住到第二年开头,发觉在这个还得住上两年的环境中,最堪注目的便是那个出气筒,从前做面条生意的高里奥老头。要是画家来处理这个对象,一定会像史家一样把画面上的光线集中在他头上。半含仇恨的轻蔑,带着轻视的虐待,对苦难毫不留情的态度,为什么加之于一个最老的房客身上呢?难道他有什么可笑的或是古怪的地方,比恶习更不容易原谅吗?这些问题牵涉到社会上许多不公正的事。也许人的天性就喜欢叫那些为了谦卑,为了懦弱,或者为了满不在乎而忍受一切的人,忍受一切。我们不是都喜欢把什么人或物做牺牲品,来证明我们的力量吗?最幼弱的生物,儿童,就会在大冷天按人家的门铃,或者提着脚尖在崭新的建筑物上涂写自己的名字。

六十九岁的高老头,在一八一三年上结束了买卖,住到伏盖太太这儿来。他先住库蒂尔太太的那套房间,每年付一千二百法郎膳宿费,那气派仿佛多五个路易少五个路易①都无所谓。伏盖太太预收了一笔补偿费,把那三间屋子整新了一番,添置一些起码家具,例如黄布窗帘,羊毛绒面的安乐椅,几

---

① 路易为法国旧时金币,合二十至二十四法郎,随时代而异。

张胶印画，以及连乡村酒店都不要的糊壁纸。高老头那时还被尊称为高里奥先生，也许房东看他那种满不在乎的阔气，以为他是个不知市面的冤大头。高里奥搬来的时候箱笼充实，里外服装，被褥行头，都很讲究，表示这位告老的商人很会享福。十八件二号荷兰细布衬衫，叫伏盖太太叹赏不止，面条商还在纱颈围上扣着两只大金刚钻别针，中间系一条小链子，愈加显出衬衣料子的细洁。他平时穿一套宝蓝衣服，每天换一件雪白的细格布背心，下面鼓起一个滚圆的大肚子在那儿翕动，把一条挂有各色坠子的粗金链子，震动得一蹦一跳。鼻烟匣也是金的，里面有一个装满头发的小圆匣子，仿佛他还有风流韵事呢。听到房东太太说他风流，他嘴边立刻浮起笑容，好似一个小财主听见旁人称赞他的爱物。他的柜子（他把这个名词跟穷人一样念别了音）装满许多家用的银器。伏盖寡妇殷勤地帮他整东西时，不由得眼睛发亮，什么勺子，羹匙，刀叉，油瓶，汤碗，盘子，镀金的早餐用具，以及美丑不一、有相当分量、他舍不得放手的东西。这些礼物使他回想起家庭生活中的大事。他抓起一个盘，跟一个盖上有两只小鸽亲嘴的小钵，对伏盖太太说：

"这是内人在我们结婚的第一周年送我的。好心的女人为此花掉了做姑娘时候的积蓄。噢，太太，要我动手翻土都可以，这些东西我决不放手。谢天谢地！这一辈子总可以天天早上用这个钵喝咖啡；我不用发愁，有现成饭吃的日子还长哩。"

末了，伏盖太太那双喜鹊眼还瞥见一沓公债票，约略加起来，高里奥这个好人每年有八千到一万法郎的进款。从那天起，龚弗朗家的姑奶奶，年纪四十八而只承认三十九的伏盖太太,打起主意来了。虽然高里奥的里眼角向外翻转,又是虚肿又是往下掉,他常常要用手去抹,她觉得这副相貌还体面,讨人喜欢。他的多肉而突出的腿肚子,跟他的方鼻子一样暗示他具备伏盖寡妇所重视的若干优点;而那张满月似的、又天真又痴呆的脸,也从旁证实。伏盖寡妇理想中的汉子应当精壮结实,能把全副精神花在感情方面。每天早晨,综合理工学院①的理发匠来为高里奥把头发扑粉,梳成鸽翅式,在他的低额角上留出五个尖角,十分好看。虽然有点儿土气,他穿扮得十分整齐,倒起烟来老是一大堆,吸进鼻孔的神气表示他从来不愁烟壶里会缺少玛古巴②。所以高里奥搬进伏盖太太家的那一天,她晚上睡觉的时候便盘算怎样离开伏盖的坟墓,到高里奥身上去再生;她把这个念头放在欲火上烧烤,仿佛烤一只涂满油脂的竹鸡。再醮,把公寓出盘,跟这位布尔乔亚的精华结合,成为本区中一个显要的太太,替穷人募捐,星期日逛舒瓦齐,苏瓦西,让蒂耶③;随心所欲地上戏院,坐包厢,无须再等房客在七月中弄几张作家的赠券送她。总而言之,她做着一般巴黎小市民的黄金梦。她有一个铜子一个铜子积起来的四万法郎,对谁也没有提过。当然,她觉得以财产而论,自己还是一个出色的对象。

"至于其他,我还怕比不上这家伙!"想到这儿她在床上翻了个身,仿佛有心表现一下美妙的身段,所以胖子西尔维每天早上看见褥子上有个陷下去的窝。

从这天起,约莫有三个月,伏盖寡妇利用高里奥先生的理

---

① 法国有名的最高学府之一,校址在先贤祠附近,离伏盖公寓甚近。

② 当时最著名的一种鼻烟,产于马提尼克岛。

③ 舒瓦齐,苏瓦西,让蒂耶,均为巴黎近郊名胜。

发匠,在装扮上花了点心血,推说公寓里来往的客人都很体面,自己不能不修饰得和他们相称。她想出种种玩意儿要调整房客,声言从今以后只招待从各方面看来都是最体面的人。遇到生客上门,她便宣传说高里奥先生,巴黎最有名望最有地位的商界巨子,特别选中她的公寓。她分发传单,上面大书特书:伏盖宿舍,后面写着:"拉丁区最悠久最知名的包饭公寓。风景优美,可以远眺戈伯兰盆地(那是要在四层楼上远眺的),园亭幽雅,菩提树夹道成荫。"另外还提到环境清静、空气新鲜的话。

这份传单替她招来了德·昂倍梅尼伯爵夫人,三十六岁,丈夫是一个死在战场上的将军;她以殉职军人的寡妇身份,等公家结算抚恤金。伏盖太太把饭菜弄得很精美,客厅里生火有六个月之久,传单上的诺言都严格履行,甚至花了她的血本。伯爵夫人称伏盖太太为亲爱的朋友,说预备把德·沃梅尔朗男爵夫人和上校皮克阿梭伯爵的寡妇,她的两个朋友,介绍到这儿来;她们住在沼泽区①一家比伏盖公寓贵得多的宿舍里,租期快要满了。一朝陆军部各司署把手续办完之后,这些太太都是很有钱的。

"可是,"她说,"衙门里的公事老不结束。"

两个寡妇晚饭之后一齐上楼,到伏盖太太房里谈天,喝着果子酒,嚼着房东留备自用的糖果。德·昂倍梅尼夫人大为赞成房东太太对高里奥的看法,认为确是高见,据说她一进门就猜到房东太太的心思;她觉得高里奥是个十全十美的男人。

"啊!亲爱的太太,"伏盖寡妇对她说,"他一点毛病都没

---

① 从十七世纪起,沼泽区属于巴黎高等住宅区。

有,保养得挺好,还能给一个女人许多快乐哩。"

伯爵夫人对伏盖太太的装束很热心地贡献意见,认为还不能跟她的抱负配合。"你得武装起来。"她说。仔细计算一番之后,两个寡妇一同上王宫市场的木廊①,买了一顶饰有羽毛的帽子和一顶便帽。伯爵夫人又带她的朋友上小冉奈德铺子挑了一件衣衫和一条披肩。武装买齐,扎束停当之后,寡妇真像煨牛肉饭店的招牌②。她却觉得自己大为改观,添加了不少风韵,便很感激伯爵夫人,虽是生性吝啬,也硬要伯爵夫人接受一顶二十法郎的帽子;实际是打算托她去探探高里奥,替自己吹嘘一番。昂倍梅尼夫人很乐意当这个差事,跟老面条商作了一次密谈,想笼络他,把他勾引过来派自己的用场;可是种种的诱惑,对方即使不曾明白拒绝,至少是怕羞得厉害。他的伧俗把她气走了。

"我的宝贝,"她对她的朋友说,"你在这个家伙身上什么都挤不出来的!他那疑神疑鬼的态度简直可笑;这是个吝啬鬼,笨蛋,蠢货,只能讨人厌。"

高里奥先生和昂倍梅尼太太会面的经过,使伯爵夫人甚至从此不愿再同他住在一幢屋里。第二天她走了,把六个月的膳宿费都忘了,留下的破衣服只值五法郎。伏盖太太拼命寻访,总没法在巴黎打听到一些关于德·昂倍梅尼伯爵夫人的消息。她常常提起这件倒霉事儿,埋怨自己过于轻信,其实她的疑心病比猫还要重;但她像许多人一样,老是提防亲近的

①　一八二八年以前王宫市场内有一条走廊,都是板屋,开着小铺子,廊子的名字叫作木廊。

②　饭店当时开在中学街,离王宫市场不远,招牌上画一头牛,戴着帽子和披肩;旁边有一株树,树旁坐着一个女人。

人而遇到第一个陌生人就上当。这种古怪的,也是实在的现象,很容易在一个人的心里找到根源。也许有些人,在共同生活的人身上再也得不到什么;把自己心灵的空虚暴露之后,暗中觉得受着旁人严厉的批判。而那些得不到的恭维,他们又偏偏极感需要,或者自己素来没有的优点,竭力想显得具备;因此他们希望争取陌生人的敬重或感情,顾不得将来是否会落空。更有一等人,天生势利,对朋友或亲近的人绝对不行方便,因为那是他们的义务,没有报酬的;不比替陌生人效劳,可以让自尊心满足一下。所以在感情圈内同他们离得越近的人,他们越不爱;离得越远,他们越殷勤。伏盖太太显然兼有上面两种性格,骨子里都是鄙陋的,虚伪的,恶劣的。

"我要是在这儿,"伏脱冷说,"包你不会吃这个亏!我会揭破那个女骗子的面皮,叫她当场出彩。那种嘴脸我是一望而知的。"

像所有心路不宽的人一样,伏盖太太从来不能站在事情之外推究它的原因。她喜欢把自己的错处推在别人头上。受了那次损失,她认为老实的面条商是罪魁祸首;并且据她自己说,从此死了心。当她承认一切的挑逗和搔首弄姿都归无用之后,她马上猜到了原因,以为这个房客像她所说的另有所欢。事实证明她那个美丽动人的希望只是一场空梦,在这家伙身上是什么都挤不出来的,正如伯爵夫人那句一针见血的话,——她倒像是个内行呢。伏盖太太此后敌视的程度,当然远过于先前友谊的程度。仇恨的原因并非为了她的爱情,而是为了希望的破灭。一个人向感情的高峰攀登,可能中途休息;从怨恨的险坡往下走,就难得留步了。然而高里奥先生是她的房客,寡妇不能不捺着受伤的自尊心不让爆发,把失望以后的长吁短叹藏起来,把报复的念头闷在肚里,好似修士受了院长的气。逢到小人要发泄感情,不问是好感是恶感,总是不断地玩小手段的。那寡妇凭着女人的狡狯,想出许多暗中捉弄的方法,折磨她的仇人。她先取消公寓里添加出来的几项小节目。

"用不着什么小黄瓜跟鳗鱼了。都是上当的东西!"她恢复旧章的那天早晨,这样吩咐西尔维。

可是高里奥先生自奉菲薄,正如一般白手起家的人,早年不得已的俭省已经成为习惯。素羹,或是肉汤,加上一盘蔬菜,一向是,而且永远就该是,他最称心的晚餐。因此伏盖太太要折磨她的房客极不容易,他简直无所谓嗜好,也就没法跟他为难。遇到这样一个无懈可击的人,她觉得无可奈何,只能瞧不起他,把她对高里奥的敌意感染别的房客;而他们为了好玩,竟然帮着她出气。

第一年将尽,寡妇对他十分猜疑,甚至在心里思忖;这个富有七八千法郎进款的商人,银器和饰物的精美不下于富翁的外室,为什么住到这儿来,只付一笔在他财产比例上极小的膳宿费?这第一年的大半时期,高里奥先生每星期总有一两次在外面吃晚饭;随后,不知不觉改为一个月两次。高里奥大爷那些甜蜜的约会,对伏盖太太的利益配合得太好了;所以他在家用餐的习惯越来越正常,伏盖太太不能不生气。这种改变被认为一方面由于他的财产慢慢减少,同时也由于他故意跟房东为难。小人许多最可鄙的习惯中间,有一桩是以为别人跟他们一样小气。不幸,第二年年终,高里奥先生竟证实了关于他的谰言,要求搬上三楼,膳宿费减为九百法郎。他需要极度撙节,甚至整整一冬屋里没有生火。伏盖寡妇要他先付后住,高里奥答应了,从此她便管他叫高老头。

关于他降级的原因,大家议论纷纷,可是始终猜不透!像那假伯爵夫人所说的,高老头是一个城府很深的家伙。一般头脑空空如也,并且因为只会胡扯而随便乱说的人,自有一套逻辑,认为不提自己私事的人绝没有什么好事。在他们眼中,那么体面的富商一变而为骗子,风流人物一变而为老混蛋了。一会儿,照那个时代搬入公寓的伏脱冷的说法,高老头是做交易所的,送完了自己的钱,还在那里靠公债做些小投机,这句话,在伏脱冷嘴里用的是有声有色的金融上的术语。一会儿,他是个小本的赌鬼,天天晚上去碰运气,赢他十来个法郎。一会儿,他又是特务警察雇用的密探;但伏脱冷认为他还不够狡猾当这个差事。又有一说,高老头是个放印子钱的守财奴,再不然是一个追同号奖券的人①。总之,大家把他当作恶劣的嗜好、无耻、低能所能产生的最神秘的人物。不过无论他的行为或恶劣的嗜好如何要不得,人家对他的敌意还不至于把他撵出门外:他从没欠过房饭钱。况且他也有他的用处,每个人快乐的或恶劣的心绪,都可用打趣或咕噜的方式借他来发泄。最近似而被众人一致认可的意见,是伏盖太太的那种说法。这个保养得那么好,一点毛病都没有,还能给一个女人许多快乐的人,据她说,实在是个古怪的好色鬼。伏盖寡妇的这种坏话有下面的事实做根据。

那个晦气星伯爵夫人白吃白住了半年,溜掉以后几个月,伏盖太太一天早上起身之前,听见楼梯上有绸衣窸窣的声音,一个年轻女人轻轻巧巧地溜进高里奥房里,打开房门的方式

---

① 买彩票时每次买同样的号码而增加本钱,叫作追同号奖券。

又像有暗号似的。胖子西尔维立即上来报告女主人,说有个漂亮得不像良家妇女的姑娘,装扮得神仙似的,穿着一双毫无灰土的薄底呢靴,像鳗鱼一样从街上一直溜进厨房,问高里奥先生的房间在哪儿。伏盖太太带着厨娘去凑在门上偷听,耳朵里掠到几句温柔的话;两人会面的时间也有好一会。高里奥送女客出门,胖子西尔维马上抓起菜篮,装作上菜市的模样去跟踪这对情人。

她回来对女主人说:"太太,高里奥先生一定钱多得作怪,才撑得起那样的场面。你真想不到吊刑街转角,有一辆漂亮马车等在那里,我看她上去的。"

吃晚饭的时候,伏盖太太去拉了一下窗帘,把射着高里奥眼睛的那道阳光遮掉。①

"高里奥先生,你阳光高照,艳福不浅呢,"她说话之间暗指他早晨的来客,"吓!你眼力真好,她漂亮得很啊。"

"那是我的女儿呐。"他回答时那种骄傲的神气,房客都以为是老人故意遮面子。

一个月以后,又有一个女客来拜访高里奥先生。他女儿第一次来是穿的晨装,这次是晚餐以后,穿得像要出去应酬的模样。房客在客厅里聊天,瞥见一个美丽的金发女子,瘦瘦的身腰,极有丰韵,那种高雅大方的气度绝不可能是高老头的女儿。

"哎啊!竟有两个!"胖子西尔维说;她完全认不出是同一个人。

过了几天,另外一个女儿,高大,结实,深色皮肤,黑头发,

---

① 本书中所说的晚餐,约在下午四点左右。公寓每日只开两餐。

配着炯炯有神的眼睛,跑来见高里奥先生。

"哎啊!竟有三个!"西尔维说。

这第二个女儿初次也是早上来的,隔了几天又在黄昏时穿了跳舞衣衫,坐了车来。

"哎啊!竟有四个!"伏盖太太和西尔维一齐嚷着。她们在这位阔太太身上一点没有看出她上次早晨穿扮朴素的影子。

那时高里奥还付着一千二百法郎的膳宿费。伏盖太太觉得一个富翁养四五个情妇是挺平常的,把情妇充作女儿也很巧妙。他把她们叫到公寓里来,她也并不生气。可是那些女客既然说明了高里奥对她冷淡的原因,她在第二年年初便唤他作老雄猫。等到他降级到九百法郎之后,有一次她看见这些女客之中的一个下楼,就恶狠狠地问他打算把她的公寓当作什么地方。高老头回答说这位太太是他的大女儿。

"你女儿有两三打吗?"伏盖太太尖刻地说。

"我只有两个。"高老头答话的口气非常柔和,正如一个落难的人,什么贫穷的委屈都受得了。

快满第三年的时候,高老头还要节省开支,搬上四楼,每个月的房饭钱只有四十五法郎了。他戒掉了鼻烟,打发了理发匠,头上也不再扑粉。高老头第一次不扑粉下楼,房东太太大吃一惊,直叫起来;他的头发原是灰中带绿的腌臜颜色。他的面貌被暗中的忧患磨得一天比一天难看,似乎成了饭桌上最忧郁的一张脸。如今是毫无疑问了:高老头是一个老色鬼。要不是医生本领高强,他的眼睛早就保不住,因为治他那种病的药品是有副作用的。他的头发所以颜色那么丑恶,也是由于他纵欲无度,和服用那些使他继续纵欲的药物之故。可怜虫的精神与身体的情形,使那些无稽之谈显得凿凿有据。漂亮的被褥衣物用旧了,他买十四铜子一码的棉布来代替。金刚钻,金烟匣,金链条,饰物,一样一样地不见了。他脱下宝蓝大褂跟那些华丽的服装,不分冬夏,只穿一件栗色粗呢大褂,羊毛背心,灰色毛料长裤。他越来越瘦,腿肚子掉了下去;从前因心满意足而肥胖的脸,不知打了多少皱褶;脑门上有了沟槽,牙床骨突了出来。他住到圣·热内维埃弗新街的第四年上,完全变了样。六十二岁时的面条商,看上去不满四十,又胖又肥的小财主,仿佛不久才荒唐过来,雄起起气昂昂,叫路人看了也痛快,笑容也颇有青春气息;如今是七十老翁,龙龙钟钟,摇摇晃晃,面如死灰。当初那么生气勃勃的蓝眼睛,变了黯淡的铁灰色,转成苍白,眼泪水也不淌了,殷红的眼眶好似在流血。有些人觉得他可憎,有些人觉得他可怜。一般年轻的医学生注意到他下唇低垂,量了量他面角的顶尖,再三戏弄他而什么话都探不出来之后,说他害着甲状腺肿大。①

有一天黄昏,吃过饭,伏盖太太挖苦他说:"啊,喂!她们不来看你了吗,你那些女儿?"口气之间显然怀疑他做父亲的身份。高老头一听之下,浑身发抖,仿佛给房东太太刺了一针。

"有时候来的。"他声音抖动地回答。

"哎啊!有时你还看到她们!"那般大学生齐声嚷着,"真

---

① 面角为生理学名词。侧面从耳孔至齿槽(鼻孔与口唇交接处)之水平线,正面从眼窝上部(即额角最突出处)至齿槽之垂直线,二线相遇所成之角,称为面角。人类之面角大,近于直角;兽类之面角小,近于锐角。面角的顶尖乃指眼窝上部。甲状腺肿大之生理现象往往为眼睛暴突,精神现象为感觉迟钝,智力衰退。

了不起，高老头！"

老人并没听见他的答话所引起的嘲笑，又恢复了迷迷糊糊的神气。光从表面上观察的人以为他老态龙钟。倘使对他彻底认识了，也许大家会觉得他的身心交瘁是个大大的疑案；可是认识他真是谈何容易。要打听高里奥是否做过面条生意，有多少财产，都不是难事；无奈那般注意他的老年人从来不走出本区的街坊，老躲在公寓里像牡蛎粘着岩石；至于旁人，巴黎生活特有的诱惑，使他们一走出圣·热内维埃弗新街便忘记了他们所调侃的可怜老头。头脑狭窄的人和漠不关心的年轻人，一致认为以高老头那种寒碜，那种蠢头蠢脑，根本谈不上有什么财产或本领。至于他称为女儿的那些婆娘，大家都接受伏盖太太的意见。像她那种每天晚上以嚼舌为事的老太婆，对什么事都爱乱猜，结果自有一套严密的逻辑，她说：

"要是高老头真有那么有钱的女儿，像来看他的那些女客，他绝不会住在我四层楼上，每月只付四十五法郎的房饭钱，也不会穿得像穷人一样上街了。"

没有一件事情可以推翻这个结论。所以到一八一九年十一月底，这幕惨剧爆发的时期，公寓里每个人都对可怜的老头儿有了极其肯定的意见。他压根儿不曾有过什么妻子儿女；荒淫的结果使他变成了一条蜗牛，一个人形的软体动物，据一个包饭客人，博物院职员说，应当列入鸭舌帽类①。跟高老头比较起来，波阿雷竟是老鹰一般，大有绅士气派了。波阿雷会说话，会理论，会对答；虽然他的说话，理论，对答，只是用不同

---

① 高老头当时和波阿雷一样戴一顶鸭舌帽，因而博物院职员用分类学名词将他归入鸭舌帽类。

的字眼重复旁人的话。但他毕竟参加谈话，他是活的，还像有知觉的；不比高老头，照那博物院职员的说法，在寒暑表上永远指着零度。

欧也纳·德·拉斯蒂涅过了暑假回来，他的心情正和一般英俊有为的青年或是因家境艰难而暂时显得卓越的人一样。寄寓巴黎的第一年，法科学生考初级文凭的作业并不多，尽可享受巴黎的繁华。要知道每个戏院的戏码，摸出巴黎迷宫的线索，学会规矩、谈吐，把京城里特有的娱乐搅上瘾，走遍好好坏坏的地方，选听有趣的课程，背得出各个博物院的宝藏……一个大学生绝不嫌时间太多。他会对无聊的小事情入迷，觉得伟大得了不得。他有他的大人物，例如法兰西高等学校的什么教授，拿了薪水吸引群众的人。他整着领带，对喜歌剧院楼厅里的妇女搔首弄姿。一样一样入门以后，他就脱了壳，扩大眼界，终于体会到社会的各阶层是怎样重叠起来的。大太阳的日子，在爱丽舍田园大道上辐辏成行的车马，他刚会欣赏，跟着就眼红了。

欧也纳得了文学士和法学士学位，回乡过暑假的时节，已经不知不觉经过这些学习。童年的幻象，外省人的观念，完全消灭了。见识改换，雄心奋发之下，他看清了老家的情形。父亲，母亲，两个兄弟，两个妹妹，和一个除了养老金外别无财产的姑母，统统住在拉斯蒂涅家小小的田地上。年收三千法郎左右的田，进款并没把握，因为葡萄的行情跟着酒市上落，可是每年总得凑出一千二百法郎给他。家里一向为了疼他而瞒起的常年窘迫的景象；他把小时候觉得那么美丽的妹妹，和他认为美的典型的巴黎妇女所做的比较；压在他肩上的这个大家庭的渺茫的前途；眼见任何微末的农作物都珍藏起来的俭省的习惯；用榨床上的残渣剩滓制造的家常饮料……总之，在此无须一一列举的许多琐事，使他对于权位的欲望与出人头地的志愿，加强了十倍。像一切有志气的人，他发愿一切都要靠自己的本领去挣。但他的性格明明是南方人的性格：临到实行就狐疑不决，主意动摇了，仿佛青年人在汪洋大海中间，既不知向哪方面驶去，也不知把帆挂成怎样的角度。先是他想没头没脑地用功，后来又感到应酬交际的必要，发觉女子对社会生活影响极大，突然想投身上流社会，去征服几个可以做他后台的妇女。一个有热情有才气的青年，加上倜傥风流的仪表，和很容易叫女人着迷的那种阳性的美，还愁找不到那样的女子吗？他一边在田野里散步一边不断转着这些念头。从前他同妹妹们出来闲逛完全无忧无虑，如今她们觉得他大大地变了。他的姑母德·玛西阿克太太，当年也曾入宫觐见，认识一批名门贵族的领袖。野心勃勃的青年忽然记起姑母时常讲给他听的回忆中，有不少机会好让他到社会上去显露头角，这一点至少跟他在法学院的成就同样重要；他便盘问姑母，那些还能拉到关系的人是怎么样的亲戚。老姑太太把家谱上的各支各脉想了一想，认为在所有自私的阔亲戚中间，德·鲍赛昂子爵夫人大概最容易相与。她用老派的体裁写了封信交给欧也纳，说如果能接近这位子爵夫人，她自会帮他找到其余的亲戚。回到巴黎几天之后，拉斯蒂涅把姑母的信寄给德·鲍赛昂夫人，夫人寄来一张第二天的跳舞会的请帖，代替复信。

以上是一八一九年十一月底公寓里的大概情形。过了几天，欧也纳参加了德·鲍赛昂太太的舞会，清早两点左右回家。为了补偿损失的光阴，勇气十足的大学生一边跳舞一边发愿回去开夜车。他预备第一次在这个万籁无声的区域中熬夜,自以为精力充沛,其实只是见到豪华的场面的冲动。那晚他没有在伏盖太太家用餐,同居的人可能以为他要天亮回来,好像他有几次赴普拉多舞厅①或奥德翁舞厅②的舞会,丝袜上溅满污泥,漆皮鞋走了样地回家。克里斯朵夫闩上大门之前,开出门来向街上瞧了瞧。拉斯蒂涅恰好在这时赶回,悄悄地上楼,跟在他后面上楼的克里斯朵夫却闹出许多响声。欧也纳进了卧房,卸了装,换上软鞋,披了一件破大褂,燃起泥炭,急匆匆地准备用功。克里斯朵夫笨重的脚步声还没有完,把青年人轻微的响动盖过了。

欧也纳没有开始读书,先出神地想了一会。他看出德·鲍赛昂子爵夫人是当今的阔太太之一,她的府第被认为是圣日耳曼区最愉快的地方。以门第与财产而论,她也是贵族社会的一个领袖。靠了德·玛西阿克姑母的力量,这个穷学生居然受到鲍府的优待,可还不知道这优待的作用多大。能够在那些金碧辉煌的客厅中露面,就等于一纸阀阅世家的证书。一朝踏进了这个比任何社会都不容易进去的地方,可以到处通行无阻。盛会中的鬓光钗影看得他眼睛都花了;他和子爵夫人仅仅寒暄了几句,便在那般争先恐后赴此晚会的巴黎女神中,发现了一个叫青年人一见倾心的女子。阿娜斯塔齐·德·雷斯托伯爵夫人生得端正,高大,被称为巴黎身腰最好看的美人之一。一对漆黑的大眼睛,美丽的手,有样的脚,举动之间流露出热情的火焰;这样一个女人,照德·龙克罗尔侯爵的说法,是一匹纯血种的马。泼辣的气息并没影响她的美;身

---

① 普拉多舞厅,坐落在最高法院对面,一八五五年时拆毁。
② 一八一九年新开张的舞厅,欧也纳参加了开场后的几次舞会。

腰丰满圆浑而并不肥胖。纯血种的马,贵种的美人,这些成语已经开始代替天上的安琪儿,仙女般的脸庞,以及新派公子哥儿早已唾弃不用的关于爱情的老神话。在拉斯蒂涅心目中,阿娜斯塔齐·德·雷斯托夫人干脆就是一个迷人的女子。他想法在她的扇子上登记了两次①,并且在第一次四组舞时就有机会对她说:

"以后在哪儿跟你见面呢,太太?"说话之间那股热情冲动的劲儿,正是女人们最喜欢的。

"森林②啊,滑稽剧院啊,我家里啊,到处都可以。"她回答。

于是这南方的冒险家,在一场四组舞或华尔兹舞中间可能接触的范围内,竭力和这个动人心魄的伯爵夫人周旋。一经说明他是德·鲍赛昂太太的表弟,他心目中的那位贵妇人立刻邀请他,说随时可以上她家去玩儿。她对他最后一次的微笑,使他觉得登门拜访之举是少不了的了。宾客之中有的是当时出名放肆的男人,什么摩冷古,龙克罗尔,马克西姆·德·特拉伊,德·玛赛,阿瞿达-潘托,旺德奈斯,都是自命不凡、煊赫一时之辈,尽跟最风雅的妇女们厮混,例如布朗东勋爵夫人,德·朗热公爵夫人,德·凯嘉鲁埃伯爵夫人,德·赛里齐夫人,德·卡里利阿诺公爵夫人,费罗伯爵夫人,德·朗蒂夫人,德·哀格勒蒙侯爵夫人,菲尔米亚尼夫人,德·利斯托迈尔侯爵夫人,德·埃斯巴侯爵夫人,德·摩弗里纽斯公爵夫人,葛朗利厄夫人。在这等场合,年轻人闹出不通世面的笑

---

① 当时舞会习惯,凡男子要求妇女同舞,必先预约,由女子在扇子上登记,依次轮值。

② 指巴黎近郊布洛涅森林,巴黎上流社会游乐胜地。

话是最糟糕的。拉斯蒂涅遇到的幸而不是一个嘲笑他愚昧无知的人,而是德·朗热公爵夫人的情人,德·蒙特里沃侯爵,一位淳朴如儿童的将军,告诉他德·雷斯托伯爵夫人住在海尔德街。

　　年纪轻轻,渴望踏进上流社会,饥荒似的想弄一个女人,眼见高门大户已有两处打通了路子:在圣日耳曼区能够跨进德·鲍赛昂子爵夫人的府第,在昂丹大道①能够在德·雷斯托伯爵夫人家出入!一眼之间望到一连串的巴黎沙龙,自以为相当英俊,足够博取女人的欢心而得到她的帮助与庇护!也自认为雄心勃勃,尽可像江湖卖技的汉子似的,走在绳索上四平八稳,飞起大腿作一番精彩表演,把一个迷人的女子当作一个最好的平衡棒,支持他的重心!脑中转着这些念头,那女人仿佛就巍巍然站在他的炭火旁边,站在法典与贫穷之间;在这种情形之下,谁又能不像欧也纳一样沉思遐想,探索自己的前途,谁又能不用成功的幻想点缀前途?他正在胡思乱想,觉得将来的幸福十拿九稳,甚至自以为已经在德·雷斯托太太身旁了;不料静悄悄的夜里忽然哼的一声喘息,欧也纳听了几乎以为是垂死病人的痰厥。他轻轻开了门,走入甬道,瞥见高老头房门底下有一线灯光;他怕邻居病了,凑上锁孔张望,不料老人干的事非常可疑,欧也纳觉得为了公众安全,应当把自称为面条商的深更半夜干的勾当看个明白。原来高老头把一张桌子仰倒着,在桌子横档上缚了一个镀金的盘和一件好似汤钵一类的东西,另外用根粗绳绞着那些镂刻精工的器物,拼命拉紧,似乎要绞成金条。老人不声不响,用筋脉隆起的胳

---

　　①　当时新贵的住宅区,海尔德街即在此区域内。

膊,靠绳索帮忙,扭着镀金的银器,像捏面粉一般。

"呦!好家伙!"拉斯蒂涅私下想着,挺起身子站了一会,"他是一个贼还是一个窝赃的?是不是为了遮人耳目,故意装疯作傻,过着叫花子般的生活?"

大学生又把眼睛凑上锁孔,只见高老头解开绳索,拿起银块,在桌上铺了一条毯子,把银块放在上面卷滚,非常利落地搓成一根条子。条子快搓成的时候,欧也纳心想:"难道他力气跟波兰王奥古斯特①一样大吗?"

高老头伤心地瞧了瞧他的作品,掉下几滴眼泪,吹灭蜡烛,躺上床去,叹了一口气。

欧也纳思忖道:"他疯了。"

"可怜的孩子!"高老头忽然叫了一声。

听到这一句,拉斯蒂涅认为这件事还是不声张为妙,觉得不该冒冒失失断定邻居是坏人。他正要回房,又听见一种难以形容的声音,大概是几个穿布底鞋的人上楼梯。欧也纳侧耳细听,果然有两个人不同的呼吸,既没有开门声,也没有脚步声,忽然三楼伏脱冷的屋内漏出一道微光。

"一所公寓里竟有这么些怪事!"他一边想一边走下几级听着,居然还有洋钱的声音。一忽儿,灯光灭了,没有开门的声音,却又听到两个人的呼吸。他们慢慢地下楼,声音也就跟着低下去。

"谁啊?"伏盖太太打开卧房的窗子问。

"是我回来喔,伏盖妈妈。"伏脱冷大声回答。

"真怪!"欧也纳回到房内想,"克里斯朵夫明明把大门上

---

① 指波兰王奥古斯特二世(1670—1733)。传说他力大无比。

了门。在巴黎真要通宵不睡才弄得清周围的事。"

这些小事打断了他关于爱情的幻想,他开始用功了。可是,他先是猜疑高老头,心思乱了,而打扰得更厉害的是德·雷斯托太太的面貌不时出现,仿佛一个预告幸运的使者;结果他上床睡熟了。年轻人发狠要在夜里读书,十有九夜是睡觉完事的。要熬夜,一定要过二十岁。

第二天早上,巴黎浓雾蔽天,罩住全城,连最准时的人也弄错了时间。生意上的约会全失误了,中午十二点,大家还当是八点。九点半,伏盖太太在床上还没动弹。克里斯朵夫和胖子西尔维也起迟了,正在消消停停地喝他们的咖啡,里面羼着从房客的牛奶上撇起来的一层乳脂。西尔维把牛乳放在火上尽煮,叫伏盖太太看不出他们揩油的痕迹。

克里斯朵夫把第一块烤面包浸在咖啡里,说道:"喂,西尔维,你知道,伏脱冷先生是个好人;昨晚又有两个客人来看他。太太要有什么疑心,你一个字都别提。"

"他有没有给你什么?"

"五法郎,算本月份的赏钱,意思叫我不要声张。"

西尔维回答:"除了他跟库蒂尔太太舍得花钱以外,旁的都想把新年里右手给的,左手拿回去!"

"哼! 他们给的也是天晓得!"克里斯朵夫接着说,"一块洋钱,五法郎! 高老头自己擦皮鞋擦了两年了。波阿雷那小气鬼根本不用鞋油,大概他宁可吞在肚里,舍不得搽他的破靴子。至于那瘦小的大学生,他只给两法郎。两法郎还不够我买鞋刷,临了他还卖掉他的旧衣服。真是没出息的地方!"

西尔维一小口一小口喝着咖啡:"话得说回来,咱们这个还算这一区的好差事哩。哎,克里斯朵夫,关于伏脱冷先生,人家有没有对你说过什么?"

"怎么没有! 前几天街上有位先生和我说:你们那里住着一位鬓角染黑的胖子是不是? ——我回答说:不,先生。他并没有染鬓角。他那样爱寻快活的人,才没有这个闲工夫呢。我把这个告诉了伏脱冷先生,他说:伙计,你对付得好! 以后就这样说吧。顶讨厌是给人家知道我们的缺点,娶起亲来不麻烦吗?"

"也有人在菜市上哄我,要知道我有没有看见他穿衬衫。你想好笑不好笑!"西尔维忽然转过话头:"呦! 慈谷军医学院已经敲九点三刻了,还没一个人动弹。"

"啊,喂! 他们都出去啦。库蒂尔太太同她的小姑娘八点钟就上圣艾蒂安教堂拜老天爷去了。高老头挟着一个小包上街了。大学生要十点钟上完课才回来。我打扫楼梯的时候看他们出去的;我还给高老头的小包裹撞了一下,硬得像铁。这老头儿究竟在干什么呢? 旁人耍弄他,当作陀螺一样,人倒是挺好的,比他们都强。他不给什么钱,可是我替他送信去的地方,那般太太酒钱给得很阔气,穿也穿得漂亮。"

"是他所说的那些女儿吗,嗯? 统共有一打吧?"

"我一向只去过两家,就是到这儿来过的两个。"

"太太起来了;一忽儿就要叫叫嚷嚷的,我该上去了。你当心着牛奶,克里斯朵夫,仔细那猫儿。"

西尔维走进女主人的屋子。

"怎么,西尔维,已经十点差一刻了,你让我睡得像死人一样! 真是从来没有的事!"

"那是浓雾作怪,浓得用刀劈也劈不开。"

"中饭怎么了?"①

"呕! 那些房客都见了鬼,一太早就滚出去了。"

"说话要清楚,西尔维。应该说一大早。"

"哦! 太太,你要我怎么说都可以。包你十点钟有饭吃。米旭诺跟波阿雷还没动弹。只有他们俩在家,睡得像猪一样。"

"西尔维,你把他们两个放在一块儿讲,好像……"

"好像什么?"西尔维大声痴笑起来,"两个不是一双吗?"

"真怪,西尔维,昨夜克里斯朵夫把大门上了闩,怎么伏脱冷先生还能进来?"

"不是的,太太。他听见伏脱冷先生回来,下去开门的。你当作……"

"把短袄给我,快快去弄饭。剩下的羊肉再加些番薯;饭后点心用煮熟梨子,挑两个里亚②一个的。"

过了一会,伏盖太太下楼了,她的猫刚刚一脚掀开罩盆,急匆匆地舐着牛奶。

"弥斯蒂格里!"她叫了一声,猫逃了,又回来在她腿边厮磨,"好,好,你拍马屁,你这老畜生!"

她接着又叫:"西尔维! 西尔维!"

"哎,哎,什么事呀,太太?"

"你瞧,猫喝掉了多少!"

"都是混账的克里斯朵夫不好,我早告诉他摆桌子,他到

---

① 当时中饭比现在吃得早,大概在十一点左右(见皮尔南著:《一八三〇年法国的日常生活》),但伏盖公寓的习惯,中饭比一般更早。

② 里亚,法国旧铜币,价值等于一个苏的四分之一。二十个苏等于一法郎。

哪儿去了？不用急,太太,那份牛奶倒在高老头的咖啡里吧。让我冲些水,他不会发觉的。他对什么都不在意,连吃什么都不知道。"

"他上哪儿去了,这怪物?"伏盖太太摆着盘子,问。

"谁知道?大概在跟魔鬼打交道吧。"

"我睡得太多了。"伏盖太太说。

"可是太太,你新鲜得像一朵玫瑰……"

这时门铃一响,伏脱冷大声唱着,走进客厅:

> 我久已走遍了世界,
>
> 人家到处看见我呀……

"哦!哦!你早,伏盖妈妈。"他招呼了房东,又亲热地拥抱她。

"喂,放手呀。"

"干吗不说放肆呀!"他回答,"说啊,说我放肆啊!哦,哦,我来帮你摆桌子。你看我多好!……

> 勾搭褐发和金发的姑娘,
>
> 爱一阵呀叹一声……

"我才看见一桩怪事……

> ……全是偶然……"

寡妇道:"什么事?"

"高老头八点半在后妃街,拿了一套镀金餐具,走进一家收买旧食器旧肩章的银匠铺,卖了一笔好价钱。亏他不吃这行饭的人,绞出来的条子倒很像样呢。"

"真的?"

"当然真的。我有个朋友出远门,送他上了邮车回来,我看到高老头,就想等着瞧瞧是怎么回事。他回到本区砂岩街上,走进鼎鼎大名放印子钱的高布赛克家;你知道高布赛克是个了不起的坏蛋,会把他老子的背脊梁雕成骰子的家伙! 真是个犹太人,阿拉伯人,希腊人,波希米亚人,哼,你休想抢到他的钱,他把洋钱都存在银行里。"

"那么高老头去干什么?"

"干什么? 吃尽当光!"伏脱冷回答,"这糊涂虫不惜倾家荡产去爱那些婊子……"

"他来了!"西尔维叫着。

"克里斯朵夫,你上来。"高老头招呼用人。

克里斯朵夫跟着高老头上楼,一忽儿下来了。

"你上哪儿去?"伏盖太太问。

"替高里奥先生跑一趟。"

"什么东西呀?"伏脱冷说着,从克里斯朵夫手中抢过一个信封,念道,"送阿娜斯塔齐·德·雷斯托伯爵夫人。"他把信还给克里斯朵夫,问:"送哪儿呢?"

"海尔德街。他吩咐一定要面交伯爵夫人。"

"里面是什么东西?"伏脱冷把信照着亮处说,"钞票? 不是的。"他把信封拆开一点:——"哦,是一张债务清讫的借票。嘿! 这老妖精倒有义气!"他伸出大手摸了摸克里斯朵夫的头发,把他的身体像骰子般骨碌碌地转了几下,"去吧,坏东西,你又好挣几个酒钱了。"

刀叉杯盘已经摆好。西尔维正在煮牛奶。伏盖太太生着火炉,伏脱冷在旁帮忙,嘴里哼着:

我久已走遍了世界,

人家到处看见我呀……

一切准备停当,库蒂尔太太和泰伊番小姐回来了。

"这么早到哪儿去啦,漂亮的太太?"伏盖太太问。

"我们在圣艾蒂安教堂祈祷。今儿不是要去泰伊番先生家吗?可怜的孩子浑身哆嗦,像一张树叶。"库蒂尔太太说着坐在火炉前面,鞋子搁在火门口冒起烟来。

"来烤火吧,维克托莉。"伏盖太太说。

"小姐,"伏脱冷端了一把椅子给她,"求上帝使你父亲回心转意固然不错,可是不够。还得有个朋友去叫这个丑八怪把头脑醒醒。听说这蛮子手头有三百万,偏偏不肯给你一分陪嫁。这年月,一个美人儿是少不得陪嫁的。"

"可怜的孩子,"伏盖太太接口道,"你那魔王老子不怕报应吗?"

一听这几句,维克托莉眼睛湿了;伏盖太太看见库蒂尔太太对她摆摆手,就不出声了。

军需官的寡妇接着说:"只要我能见到他的面,和他说话,把他妻子的遗书交给他,也就罢了。我从来不敢冒险从邮局寄去;他认得我的笔迹……"

"哦!那些无辜的女人,遭着灾殃,受着欺侮。"①伏脱冷这么嚷着,忽然停下,说:"你现在就是落到这个田地!过几天让我来管这笔账,包你称心满意。"

"哦!先生,"维克托莉一边说,一边对伏脱冷又畏怯又热烈地望了一眼,伏脱冷却毫不动心,"倘若你有方法见到家父,请你告诉他,说我把父亲的慈爱和母亲的名誉,看得比世

---

① 伏脱冷这句话是模仿当时上演的一出悲剧的台词。

界上所有的财宝都贵重。如果你能把他的铁石心肠劝转一些,我要在上帝面前为你祈祷,我一定感激不尽……"

"我久已走遍了世界……"伏脱冷用讽刺的口吻唱着。

这时高里奥,米旭诺小姐,波阿雷,都下楼了,也许都闻到了肉汁的味道,那是西尔维做来浇在隔夜的羊肉上的。七个同居的人正在互相问好,围着桌子坐下,时钟敲了十点,大学生的脚步也在门外响了。

"噯,行啦,欧也纳先生,"西尔维说,"今儿你可以跟大家一块儿吃饭了。"

大学生招呼了同居,在高老头身旁坐下。

"我今天有桩意想不到的奇遇。"他说着夹了好些羊肉,割了一块面包——伏盖太太老在那里估计面包的大小。

"奇遇!"波阿雷叫道。

"哎!你大惊小怪干什么,老糊涂?"伏脱冷对波阿雷说,"难道他老人家不配吗?"

泰伊番小姐怯生生地对大学生瞟了一眼。

伏盖太太说道:"把你的奇遇讲给我们听吧。"

"昨天我去赴德·鲍赛昂子爵夫人的舞会,她是我的表姊,有一所华丽的住宅,每间屋子都铺满了绫罗绸缎。她举行一个盛大的跳舞会,把我乐得像一个皇帝……"

"像黄雀。"伏脱冷打断了他的话。

"先生,"欧也纳气恼地问,"你这是什么意思?"

"我说黄雀,因为黄雀比皇帝快活得多。"

应声虫波阿雷说:"不错,我宁可做一只无忧无虑的黄雀,不要做皇帝,因为……"

"总之,"大学生截住了波阿雷的话,"我同舞会里最漂亮的一位太太跳舞,一位千娇百媚的伯爵夫人,真的,我从没见过那样的美人儿。她头上插着桃花,胸部又是最好看的花球,都是喷香的鲜花;啊唷!真要你们亲眼看见才行。一个女人跳舞跳上了劲,真是难画难描。唉!哪知今儿早上九点,我看见这位神仙似的伯爵夫人在砂岩街上走。哦!我的心跳啦,以为……"

"以为她上这儿来,嗯?"伏脱冷对大学生深深地瞧了一眼,"其实她是去找放印子钱的高布赛克老头。要是你在巴黎妇女的心窝里掏一下,包你先发现债主,后看见情夫。你的伯爵夫人叫作阿娜斯塔齐·德·雷斯托,住在海尔德街。"

一听见这个名字,大学生瞪着伏脱冷。高老头猛地抬起头来,把他们俩瞧了一眼,又明亮又焦急的目光叫大家看了奇怪。

"克里斯朵夫走晚了一步,她到过那儿了。"高里奥不胜懊恼地自言自语。

"我猜着了。"伏脱冷咬着伏盖太太的耳朵。

高老头糊里糊涂地吃着东西,根本不知道吃的什么;愣头傻脑,心不在焉到这个程度,他还从来不曾有过。

欧也纳问:"伏脱冷先生,她的名字谁告诉你的?"

伏脱冷回答:"嗳!嗳!既然高老头会知道,干吗我不能知道?"

"什么!高里奥先生?"大学生叫起来。

"真的?昨天晚上她很漂亮吗?"可怜的老人问。

"谁?"

"德·雷斯托太太。"

"你瞧这老东西眼睛多亮。"伏盖太太对伏脱冷说。

"他难道养着那个女人吗?"米旭诺小姐低声问大学生。

"哦!是的,她漂亮得了不得,"欧也纳回答高老头,高老头不胜艳羡地望着他,"要没有德·鲍赛昂太太,那位神仙般的伯爵夫人竟可以算全场的王后了;年轻人的眼睛只盯住她一个,我在她的登记表上已经是第十二名,没有一次四组舞没有她,旁的女人都气坏了。昨天她的确是最得意的人。常言道:天下之美,莫过于满帆的巨舶,飞奔的骏马,婆娑起舞的美女。真是一点不错。"

"昨天在爵府的高堂上,今儿早晨在债主的脚底下,这便是巴黎女人的本相,"伏脱冷说,"丈夫要供给不起她们挥霍,她们就出卖自己。要不就破开母亲的肚子,搜搜刮刮地拿去摆架子,总而言之,她们什么千奇百怪的事都做得出。唉,有的是,有的是!"

高老头听了大学生的话,眉飞色舞,像晴天的太阳;听到伏脱冷刻毒的议论,立刻沉下了脸。

伏盖太太道:"你还没说出你的奇遇呢。你刚才有没有跟她说话?她要不要跟你补习法律?"

欧也纳道:"她没有看见我;可是九点钟在砂岩街上碰到一个巴黎顶美的美人儿,清早两点才跳完舞回家的女子,不古怪吗?只有巴黎才会碰到这等怪事。"

"吓!比这个更怪的事还多咧。"伏脱冷嚷道。

泰伊番小姐并没留神他们的话,只想着等会儿要去尝试的事。库蒂尔太太向她递了个眼色,叫她去换衣服。她们俩一走,高老头也跟着走了。

"喂,瞧见没有?"伏盖太太对伏脱冷和其余的房客说,"他明明是给那些婆娘弄穷的。"

大学生叫道:"我无论如何不相信美丽的伯爵夫人是高老头的情妇。"

　　"我们并没要你相信啊,"伏脱冷截住了他的话,"你年纪太轻,还没熟悉巴黎。慢慢你会知道自有一般所谓痴情汉……"

　　(米旭诺小姐听了这一句,会心地瞧了瞧伏脱冷,仿佛战马听见了号角。)

　　"哎!哎!"伏脱冷停了一下,深深地瞪了她一眼,"咱们不都是有过一点儿小小的痴情吗?……"

　　(老姑娘低下眼睛,好似女修士见到裸体雕像。)

　　伏脱冷又道:"再说,那些人啊,一朝有了一个念头就抓住不放。他们只认定一口井喝水,往往还是臭水;为了要喝这臭水,他们肯出卖老婆、孩子,或者把自己的灵魂卖给魔鬼。在某些人,这口井是赌场,是交易所,是收古画,收集昆虫,或者是音乐;在另外一些人,也许是做得一手好菜的女人。世界上所有的女人,他们都不在乎,一心一意只要满足自己疯魔的那个。往往那女的根本不爱他们,凶悍泼辣,叫他们付很高的代价换一点儿小小的满足。唉!唉!那些傻蛋可没有厌倦的时候,他们会把最后一床被窝送进当铺,换几个最后的钱去孝敬她。高老头便是这等人。伯爵夫人剥削他,因为他不会声张;这就叫作上流社会!可怜的老头儿只想着她。一出痴情的范围,你们亲眼看到,他简直是个蠢笨的畜生。提到他那一门,他眼睛就发亮,像金刚钻。这个秘密是容易猜到的。今儿早上他把镀金盘子送进银匠铺,我又看他上砂岩街高布赛克老头家。再看他的下文。回到这儿,他叫克里斯朵夫送信给德·雷斯托太太,咱们都看见信封上的地址,里面是一张债务清讫的借票。要是伯爵夫人也去过那放债的家里,显见情形是紧急得很了。高老头很慷慨地替她还债。用不到多少联想,咱们就看清楚了。告诉你,年轻的大学生,当你的伯爵夫人嬉笑跳舞,搔首弄姿,把她的桃花一摇一摆,尖尖的手指拈着裙角的时候,她是像俗语所说的,大脚套在小鞋里,正想着她或是她情人的到了期付不出的借票。"

欧也纳叫道:"你们这么一说,我非把事情弄清楚不可了。明儿我就上德·雷斯托太太家。"

"对,"波阿雷接口道,"明儿就得上德·雷斯托太太家。"

"说不定你会碰到高老头放了情分在那边收账呢!"

欧也纳不胜厌恶地说:"那么你们的巴黎竟是一个垃圾坑了。"

"而且是一个古怪的垃圾坑,"伏脱冷接着说,"凡是浑身污泥而坐在车上的都是正人君子,浑身污泥而搬着两条腿走的都是小人流氓。扒窃一件随便什么东西,你就给牵到法院广场上去展览,大家拿你当把戏看。偷上一百万,交际场中就说你大贤大德。你们花三千万养着宪兵队和司法人员来维持这种道德。妙极了!"

"怎么,"伏盖太太插嘴道,"高老头把他的镀金餐具熔掉了?"

"盖上有两只小鸽的是不是?"欧也纳问。

"是呀。"

"大概那是他心爱的东西,"欧也纳说,"他毁掉那只碗跟盘的时候,他哭了。我无意中看到的。"

"那是他看作性命一般的呢。"寡妇回答。

"你们瞧这家伙多痴情!"伏脱冷叫道,"那女人有本领迷得他心眼儿都痒了。"

大学生上楼了,伏脱冷出门了。过了一会,库蒂尔太太和维克托莉坐上西尔维叫来的马车。波阿雷搀着米旭诺小姐,上植物园去消磨一天之中最舒服的两个钟点。

"哎哟!他们这不像结了婚?"胖子西尔维说,"今儿他们第一次一块儿出去。两口儿都是又干又硬,碰起来一定会爆出火星,像打火石一样呢。"

"米旭诺小姐真要当心她的披肩才好,"伏盖太太笑道,"要不就会像艾绒一样烧起来的。"

四点钟,高里奥回来了,在两盏冒烟的油灯下看见维克托莉红着眼睛。伏盖太太听她们讲着白天去看泰伊番先生一无结果的情形。他因为给女儿和这个老太太纠缠不清,终于答应接见,好跟她们说个明白。

"好太太,"库蒂尔太太对伏盖太太说,"你想得到吗,他对维克托莉连坐也不叫坐,让她从头至尾站在那里。对我,他并没动火,可是冷冷地对我说,以后不必再劳驾上他的门;说小姐——不说他的女儿——越跟他麻烦(一年一次就说麻烦,这魔王!),越惹他厌;又说维克托莉的母亲当初并没有陪嫁,所以她不能有什么要求。反正是许多狠心的话,把可怜的姑娘哭得泪人儿似的。她扑在父亲脚下,勇敢地说,她的苦苦哀求只是为了母亲,她愿意服从父亲的意旨,一点不敢抱怨,但求他把亡母的遗嘱读一遍。于是她呈上信去,说着世界上最温柔最诚心的话,不知她从哪儿学来的,一定是上帝的启示吧,因为可怜的孩子说得那么至情至性,把我听的人都哭昏了。哪想到老昏君铰着指甲,拿起可怜的泰伊番太太浸透眼泪的信,往壁炉里一扔,说道:好!他想扶起跪在地下的女儿,一看见她捧着他的手要亲吻，马上缩了回去。你看他多恶！他那脓包儿子跑进来，对他的亲妹妹理都不理。"

"难道他们是野兽吗？"高里奥插了一句。

"后来，"库蒂尔太太并没留意高老头的慨叹，"父子俩对我点点头走了，说有要事。这便是我们今天拜访的经过。至少，他见过了女儿。我不懂他怎么会不认她，父女相像得跟两滴水一样。"

包饭的和寄宿的客人陆续来了，彼此问好，说些无聊的废话。在巴黎某些社会中，这种废话，加上古怪的发音和手势，就算谐谑，主要是荒唐胡闹。这一类的俗语常常在变化，作为根据的笑料不到一个月就听不见了。什么政治事件，刑事案子，街上的小调，戏子的插科打诨，都可以做这种游戏的材料，把思想、言语，当作羽毛球一般抛来抛去。一种新发明的玩意叫作狄奥喇嘛①，比巴诺喇嘛②把光学的幻景更推进一步；某些画室用这个字打哈哈，无论说什么，字尾总添上一个喇嘛。有一个年轻的画家在伏盖公寓包饭，把这笑料带了来。

"啊，喂！波阿雷先生，"博物院管事说，"你的健康喇嘛怎么啦？"不等他回答，又对库蒂尔太太和维克托莉说，"太太们，你们心里难受，是不是？"

"快开饭了吗？"荷拉斯·毕安训问，他是医科学生，拉斯蒂涅的朋友，"我的宝贝胃儿快要掉 usque ad talones③。"

"天冷得要冰喇嘛！"伏脱冷叫着，"让一让啊，高老头。该死！你的脚把火门全占了。"

---

①　十九世纪风行的透景画。
②　活动景画。
③　拉丁文：到脚底下去了。

毕安训道："大名鼎鼎的伏脱冷先生，干吗你说冷得要冰喇嘛？那是不对的。应该说冷得要命喇嘛。"

"不，"博物院管事说，"应当说冷得要冰喇嘛，意思是说我的脚冷。"

"啊！啊！原来如此！"

"嘿！拉斯蒂涅侯爵大人阁下，胡扯法学博士来了，"毕安训一边嚷一边抱着欧也纳的脖子，叫他透不过气来，——"哦！嗨！诸位，哦！嗨！"

米旭诺小姐轻轻地进来，一言不发对众人点点头，坐在三位太太旁边。

"我一看见她就打寒噤，这只老蝙蝠，"毕安训指着米旭诺低声对伏脱冷说，"我研究加尔的骨相学①，发觉她有犹大的反骨。"

"你先生认识犹大吗？"伏脱冷问。

"谁没有碰到过犹大？"毕安训回答，"我敢打赌，这个没有血色的老姑娘，就像那些长条的虫，梁木都会给它们蛀空的。"

伏脱冷理着鬓角，说道："这就叫作，孩子啊，

　　　　那蔷薇，就像所有的蔷薇，
　　　　只开了一个早晨。"

看见克里斯朵夫恭恭敬敬端了汤盆出来，波阿雷叫道：

"啊！啊！出色的喇嘛汤来了。"

"对不起，先生，"伏盖太太道，"那是蔬菜汤。"

——————————

① 加尔（1758—1828），德国医生，骨相学的创始人。

所有的青年人都大声笑了。

"输了,波阿雷!"

"波阿雷输了!"

"给伏盖妈妈记上两分。"伏脱冷道。

博物院管事问:"可有人注意到今儿早上的雾吗?"

毕安训道:"那是一场狂雾,惨雾,绿雾,忧郁的,闷塞的,高里奥式的雾。"

"高里奥喇嘛的雾,"画家道,"因为混混沌沌,什么都瞧不见。"

"喂,葛里奥脱老爷,提到你啦。"

高老头坐在桌子横头,靠近端菜的门。他抬起头来,把饭巾下面的面包凑近鼻子去闻,那是他偶然流露的生意上的老习惯。

"呦!"伏盖太太带着尖刻的口气,粗大的嗓子盖住了羹匙、盘子和谈话的声音,"是不是面包不行?"

"不是的,太太。那用的是埃唐帕面粉,头等货色。"

"你凭什么知道的?"欧也纳问。

"凭那种白,凭那种味道。"

"凭你鼻子里的味道,既然你闻着嗅着,"伏盖太太说,"你省俭到极点,有朝一日单靠厨房的气味就能过活的。"

博物院管事道:"那你不妨去领一张发明执照,倒好发一笔财哩。"

画家说:"别理他。他这么做,不过是叫人相信他做过面条生意。"

"那么,"博物院管事又追问一句,"你的鼻子竟是一个提炼食物精华的蒸馏瓶了。"

"蒸——什么?"毕安训问。

"蒸饼。"

"蒸笼。"

"蒸汽。"

"蒸鱼。"

"蒸包子。"

"蒸茄子。"

"蒸黄瓜。"

"蒸黄瓜喇嘛。"

这八句回答从室内四面八方传来,像连珠炮似的,把大家笑得不可开交,高老头愈加目瞪口呆地望着众人,好像要想法懂一种外国话似的。

"蒸什么?"他问身旁的伏脱冷。

"蒸猪脚,朋友!"伏脱冷一边回答,一边往高里奥头上拍了一下,把他帽子压下去蒙住了眼睛。

可怜的老人被这下出其不意的攻击骇呆了,半晌不动。克里斯朵夫以为他已经喝过汤,拿走了他的汤盆。等到高老头掀起帽子,拿汤匙往身边掏的时候,一下碰到了桌子,引得众人哄堂大笑。

"先生,"老头儿说,"你真缺德,要是你敢再来捺我帽子的话……"

"那么老头儿,怎么样?"伏脱冷截住了他的话。

"那么,你总有一天要受大大的报应……"

"进地狱是不是?"画家问,"还是进那个关坏孩子的黑房?"

"喂,小姐,"伏脱冷招呼维克托莉,"你怎么不吃东西?

爸爸还是不肯让步吗?"

"简直是魔王。"库蒂尔太太说。

"总得要他讲个理才好。"伏脱冷说。

"可是,"跟毕安训坐得很近的欧也纳插嘴,"小姐大可为吃饭问题告一状,因为她不吃东西。嗨!嗨!你们瞧高老头,打量维克托莉小姐的神气。"

老人忘了吃饭,只顾端详可怜的女孩子;她脸上显出真正的痛苦,一个横遭遗弃的孝女的痛苦。

"好朋友,"欧也纳低声对毕安训说,"咱们把高老头看错了。他既不是一个蠢货,也不是毫无生气的人。拿你的骨相学来试一试吧,再告诉我你的意见。昨夜我看见他扭一个镀金盘子,像蜡做的一样轻便;此刻他脸上的神气表示他颇有点了不起的感情。我觉得他的生活太神秘了,值得研究一下。你别笑,毕安训,我说的是正经话。"

"不消说,"毕安训回答,"用医学的眼光看,这家伙是有格局的;我可以把他解剖,只要他愿意。"

"不,只要你量一量他的脑壳。"

"行,就怕他的傻气会传染。"

两处访问

第二天，拉斯蒂涅穿得非常漂亮，下午三点光景出发到德·雷斯托太太家去了，一路上痴心妄想，希望无穷。因为有这种希望，青年人的生活才那么兴奋，激动。他们不考虑阻碍与危险，到处只看见成功；单凭幻想，把自己的生活变作一首诗；计划受到打击，他们便伤心苦恼，其实那些计划只不过是空中楼阁，漫无限制的野心。要不是他们无知，胆小，社会的秩序也没法维持了。欧也纳担着一百二十分的心，提防街上的泥土，一边走一边盘算跟德·雷斯托太太说些什么话，准备好他的聪明才智，想好一番敏捷的对答，端整了一套巧妙的措辞，塔莱朗①式精辟的句子，以便遇到求爱的机会拿来应用，而能有求爱的机会就能建筑他的前程。不幸大学生还是被泥土玷污了，只能在王宫市场叫人上鞋油，刷裤子。他把以防万一的一枚银币找换时想道：

"我要是有钱，就可以坐在车上，舒舒服服地思索了。"

他终于到了海尔德街，向门上说要见德·雷斯托伯爵夫人。人家看他走过院子，大门外没有车马的声音，便轻蔑地瞧了他一眼；他存着终有一朝扬眉吐气的心，咬咬牙齿忍受了。

---

① 塔莱朗(1754—1838)，法国著名外交家。

院中停着一辆华丽的两轮车,披挂齐整的马在那儿跺脚。他看了挥金如土的奢华,暗示巴黎享乐生活的场面,已经自惭形秽,再加上人们的白眼,自然更难堪了。他马上心绪恶劣。满以为心窍大开、才思涌发的头脑,忽然闭塞了,神志也不清了。当差进去通报,欧也纳站在穿堂内一扇窗下,提着一只脚,肘子搁在窗子的拉手上,茫然望着窗外的院子。他觉得等了很久;要不是他有南方人的固执脾气,坚持下去会产生奇迹的那股劲儿,他早已跑掉了。

“先生,”当差出来说,“太太在上房里忙得很,没有给我回音;请先生到客厅里去等一会,已经有客在那里了。”

仆役能在一言半语之间批判主人或非难主人,拉斯蒂涅一边暗暗佩服这种可怕的本领,一边胸有成竹,推开当差走出来的门,想叫那般豪仆看看他是认得府里的人物的,不料他莽莽撞撞走进一间摆油灯、酒架、烘干浴巾的器具的屋子,屋子通到一条黑洞洞的走廊和一座暗梯。他听到下人们在穿堂里匿笑,更慌了手脚。

“先生,客厅在这儿。”当差那种假装的恭敬似乎多加了一点讽刺的意味。

欧也纳性急慌忙退出来,撞在浴缸上,幸而帽子抓在手中,不曾掉在缸里。长廊尽头亮着一盏小灯,那边忽然开出一扇门,拉斯蒂涅听见德·雷斯托太太和高老头的声音,还带着一声亲吻。他跟着当差穿过饭厅,走进第一间客厅,发现一扇面临院子的窗,便去站在那儿。他想看看清楚,这个高老头是否真是他的高老头。他心跳得厉害,又想起伏脱冷那番可怕的议论。当差还在第二客室门口等他,忽然里面走出一个漂亮青年,不耐烦地说:

"我走了，莫里斯。告诉伯爵夫人，说我等了半个多钟点。"

这个放肆的男人——当然有他放肆的权利喽——哼着一支意大利歌曲的花腔，往欧也纳这边的窗子走过来，为了端详生客，也为了眺望院子。

"爵爷还是再等一会吧，太太事情已经完了。"莫里斯退往穿堂时说。

这时高老头从小扶梯的出口，靠近大门那边出现了。他提起雨伞准备撑开，没有注意大门开处，一个戴勋章的青年赶着一辆轻便马车直冲进来。高老头赶紧倒退一步，险些儿给撞翻。马被雨伞的绸盖吓了一下，向阶沿冲过去的时候，微微往斜刺里歪了一些。青年人怒气冲冲地回过头来，瞧了瞧高老头，在他没有出大门之前，对他点点头；那种礼貌就像对付一个有时要去求教的债主，又像对付一个不得不表敬意，而一转背就要为之脸红的下流坯。高老头亲热地答礼，好似很高兴。这些小节目都在一眨眼之间过去了。欧也纳全神贯注地瞧着，不觉得身边还有旁人，忽然听见伯爵夫人含嗔带怨的声音：

"嗳，马克西姆，你走啦？"伯爵夫人也没留意到楼下有车子进来。拉斯蒂涅转过身子，瞧见她娇滴滴地穿着件白开司米外扣粉红结的梳妆衣，头上随便挽着一个髻，正是巴黎妇女的晨装。她身上发出一阵阵的香味，两眼水汪汪的，大概才洗过澡；经过一番调理，她愈加娇艳了。年轻人是把什么都看在眼里的，他们的精神是和女人的光彩融成一片的，好似植物在空气中吸取养料一般。欧也纳无须接触，已经感觉到这位太太的手鲜嫩无比；微微敞开的梳妆衣有时露出一点儿粉红的胸脯，他的眼睛就在这上面打转。伯爵夫人用不着鲸鱼骨绑腰，一根带子就表现出柔软的腰肢；她的脖子叫人疼爱，套着软底鞋的脚非常好看。马克西姆捧着她的手亲吻，欧也纳才瞧见了马克西姆，伯爵夫人才瞧见了欧也纳。

"啊！是你，拉斯蒂涅先生，我很高兴看到你。"她说话时那副神气，聪明人看了马上会服从的。

马克西姆望望欧也纳，又望望伯爵夫人，那态度分明是叫不识趣的生客走开。——"喂，亲爱的，把这小子打发掉吧。"傲慢无礼的马克西姆的眼神，等于这句简单明了的话。伯爵夫人窥探马克西姆的脸色，唯命是听的表情无意中泄露了一个女人的全部心事。

拉斯蒂涅心里恨死了这个青年。先是马克西姆一头烫得很好的金黄头发，使他觉得自己的头发多么难看。其次，马克西姆的靴子又讲究又干净，不像他的沾了一层薄泥，虽然走路极其小心。最后，马克西姆穿着一件紧贴腰肢的外氅，像一个美丽的女人；欧也纳却在下午两点半已经穿上黑衣服了。从夏朗德省来的聪明的孩子，当然觉得这个高大细挑，淡眼睛、白皮肤的花花公子，和没有父母的子弟交往会让对方倾家荡产的人，靠了衣着占了上风。德·雷斯托太太不等欧也纳回答，便飞鸟似的走进另外一间客厅，衣裾招展，像一只蝴蝶。马克西姆跟着她，怒火中烧的欧也纳跟着马克西姆和伯爵夫人。在大客厅中间，和壁炉架离开几尺远的地方，三个人又碰在一块儿了。大学生明知要妨碍那讨厌的马克西姆，却顾不得德·雷斯托太太会不会生气，存心要跟这花花公子捣乱。他忽然记起在德·鲍赛昂太太的舞会里见过这青年，猜到他同伯爵夫人的关系。他凭着那种不是闯祸便是成功的少年人的胆气,私忖道:"这是我的情敌,非打倒不可。"

啊!这冒失鬼!他不知道这位马克西姆·德·特拉伊伯爵专门挑拨人家侮辱他,然后先下手为强,一枪把敌人打死。欧也纳虽是打猎的能手,但靶子棚里二十二个木人,还不能打倒二十个。

年轻的伯爵往壁炉旁边的长椅里倒下身子,拿起火钳,把柴火乱搅一阵,动作那么粗暴,那么烦躁,把阿娜斯塔齐那张好看的脸马上变得难看了。她转身向着欧也纳,冷冷地带着质问意味瞪了他一眼,意思是说:"干吗你还不走?"那在有教养的人是会立刻当作逐客令的。

欧也纳赔着笑脸,说道:"太太,我急于要拜见你,是为了……"

他突然停住,客厅的门开了。那位赶轻便马车的先生忽然出现,光着头,也不招呼伯爵夫人,只是不大放心地瞧瞧欧也纳,跟马克西姆握了握手,说了声"你好",语气的亲热弄得欧也纳莫名其妙。外省青年完全不知道主角式的生活多么有意思。

伯爵夫人指着她的丈夫对大学生说:"这是德·雷斯托先生。"

欧也纳深深鞠了一躬。

"这一位,"她把欧也纳介绍给伯爵,"是德·拉斯蒂涅先生,因玛西阿克家的关系,跟德·鲍赛昂太太是亲戚,我在她家上次的舞会里认识的。"

因玛西阿克家的关系,跟德·鲍赛昂太太是亲戚,伯爵夫人因为要显出主妇的高傲,表示她府上的宾客没有一个无名小卒,而说得特别着重的两句话,发生了奇妙的作用,伯爵立

刻放下那副冷淡的矜持的神气,招呼大学生道:

"久仰久仰。"

连马克西姆·德·特拉伊伯爵也不安地瞧了瞧欧也纳,不像先前那么目中无人了。一个姓氏的力量竟像魔术棒一样,不但周围的人为之改容,便是大学生自己也头脑清醒,早先预备好的聪明机智都恢复过来了。巴黎上流社会的气氛对他原是漆黑一团,如今他灵机一动,忽然看清楚了。什么伏盖公寓,什么高老头,早已给忘得干干净净。

"我以为玛西阿克一族已经没有人了。"德·雷斯托伯爵对欧也纳说。

"是的,先生。先伯祖德·拉斯蒂涅骑士,娶的是玛西阿克家最后一位小姐。他们只生一个女儿,嫁给德·克拉兰博元帅,便是德·鲍赛昂太太的外祖父。我们一支是小房,先伯祖是海军中将,因为尽忠王事,把什么都丢了,就此家道中落。革命政府清算东印度公司的时候,竟不承认我们股东的权利。"

"令伯祖是不是在一七八九年前指挥复仇者号的?"

"正是。"

"那么他该认得先祖了。当时先祖是伏维克号的舰长。"

马克西姆对德·雷斯托太太微微耸了耸肩膀,仿佛说:"倘使他跟这家伙大谈海军,咱们可完啦。"阿娜斯塔齐懂得这意思,拿出女人的看家本领,对他笑着说:

"你来,马克西姆,我有事请教你。你们两位尽管驾着伏维克号和复仇者号并排出海吧。"说罢她站起身子,向马克西姆做了个俏皮的暗号,马克西姆便跟着她往上房走去。这蹊跷的一对刚走到门口,伯爵忽然打断了跟欧也纳的谈话,很不高兴地叫道：

"阿娜斯塔齐，你别走。你明明知道……"

"我就来，我就来，"她抢着回答，"我托马克西姆的事，一下子就说完的。"

她很快地回来了。凡是要自由行动的女子都不能不看准丈夫的性格，知道做到哪一步还不至于丧失丈夫的信任，也从来不在小事情上闹别扭。就跟这些女子一样，伯爵夫人一听丈夫的声音，知道这时候不能太太平平在内客室耽下去。而这番挫折的确是从欧也纳来的。因此伯爵夫人恨恨地对马克西姆指着大学生。马克西姆含讥带讽向伯爵夫妇和欧也纳说：

"噢，你们谈正经，我不打搅了；再见吧。"说完他走了。

"别走啊，马克西姆！"伯爵嚷道。

"回头来吃饭吧。"伯爵夫人丢下欧也纳和伯爵，跟着马克西姆走进第一客室，耽搁了半晌，以为伯爵可能打发欧也纳走的。

拉斯蒂涅听见他们俩一忽儿笑，一忽儿谈话，一忽儿寂静无声，便在伯爵面前卖弄才华，或是恭维他，或是逗他高谈阔论，有心拖延时间，好再见伯爵夫人，弄清她同高老头的关系。欧也纳怎么都想不过来，这个爱上马克西姆而能摆布丈夫的女子，怎么会同老面条商来往。他想摸清底细，拿到一点儿把柄去控制这个标准的巴黎女人。

"阿娜斯塔齐！"伯爵又叫起太太来了。

"算了吧，可怜的马克西姆，"她对那青年说，"没有法儿了，晚上见……"

"希望你，娜齐，"他咬着她耳朵，"把这小子打发掉。你梳妆衣敞开一下,他眼睛就红得像一团火;他会对你谈情说爱,连累你,临了叫我不得不打死他。"

"你疯了吗,马克西姆? 这些大学生不是挺好的避雷针吗? 当然我会叫德·雷斯托对他头痛的。"

马克西姆大声笑着出去了,伯爵夫人靠着窗口看他上车,拉起缰绳,扬起鞭子,直到大门关上了她才回来。

"喂,亲爱的,"伯爵对她说,"这位先生家里的庄园就在夏朗德河上,离韦尔特伊不远。他的伯祖还认得我的祖父呢。"

"好极了,大家都是熟人。"伯爵夫人心不在焉地回答。

"还不止这一点呢。"欧也纳低声说。

"怎么?"她不耐烦地问。

"刚才我看见从这儿出去一位先生,和我住在一所公寓里,而且是隔壁房间,高里奥老头……"

一听到老头这个俏皮字儿,正在拨火的伯爵好似烫了手,把钳子往火里一扔,站起身子说:

"先生,你可以称呼一声高里奥先生吧!"

看见丈夫烦躁,伯爵夫人脸上白一阵红一阵,狼狈不堪。她强作镇静,极力装着自然的声音说:"怎么会认识一个我们最敬爱的……"她顿住了,瞧着钢琴,仿佛心血来潮想起了什么,说道:"你喜欢音乐吗,先生?"

"喜欢得很。"欧也纳脸色通红,心慌意乱,迷迷糊糊地觉得自己闯了祸。

"你会唱歌吗?"她说着,走到钢琴前面,使劲按着所有的键,从最低音的 do 到最高音的 fa,啦啦啦地响成一片。

"不会,太太。"

伯爵在屋里踱来踱去。

"可惜！不会唱歌在交际场中就少了一件本领。——Ca-a-ro,Ca-a-ro,Ca-a-a-ro,non dubita-re。"①伯爵夫人唱着。

欧也纳说出高老头的名字,也等于挥动了一下魔术棒,同那句"跟德·鲍赛昂太太是亲戚"的魔术棒作用正相反。他好比走进一个收藏家的屋子,靠了有力的介绍才得进门,不料粗心大意撞了一下摆满小雕像的古董橱,把三四个不曾十分粘牢的头撞翻了。他恨不得钻入地下。德·雷斯托太太冷冷地板着脸,神情淡漠的眼睛故意躲开闯祸的大学生。

大学生道:"太太,你和德·雷斯托先生有事,请接受我的敬意,允许我……"

伯爵夫人赶紧做一个手势打断了欧也纳:"以后你每次光临我们总是挺欢迎的。"

欧也纳对主人夫妇深深地行了礼,虽然再三辞谢,还是被德·雷斯托先生一直送到穿堂。

"以后这位先生来,再不许通报!"伯爵吩咐莫里斯。

欧也纳跨下石级,发觉在下雨了。

"哼!"他心里想,"我跑来闹了一个笑话,既不知道原因,也不知范围;除此以外还得糟蹋我的衣服帽子。真应该乖乖地啃我的法律,一心一意做个严厉的法官。要体体面面地到交际场中混,先得办起两轮马车,雪亮的靴子,必不可少的行头,金链条,从早起就戴上六法郎一副的麂皮手套,晚上又是

---

① 意大利文。意大利作曲家西马罗沙(1749—1801)的歌剧《秘密结婚》中的唱词。

黄手套,我够得上这个资格吗?混账的高老头,去你的吧!"

走到大门口,一个马夫赶着一辆出租马车,大概才送了新婚夫妇回家,正想瞒着老板找几个外快;看见欧也纳没有雨伞,穿着黑衣服,白背心,又是白手套,上过油的靴子,便向他招招手。欧也纳憋着一肚子无名火,只想往已经掉下去的窟窿里钻,仿佛可以找到幸运的出路似的。他对马夫点点头,也不管袋里只剩一法郎零两个铜子,径自上了车。车厢里零零落落散着橘花和扎花的铜丝,证明新郎新娘才离开不久。

"先生上哪儿去呢?"车夫问。他已经脱下白手套。①

欧也纳私下想:"管他!既然花了线,至少得利用一下!"便高声回答:"鲍赛昂府。"

"哪一个鲍赛昂府?"

一句话把欧也纳问住了。初出茅庐的漂亮哥儿不知道有两个鲍赛昂府,也不知道把他置诸脑后的亲戚有那么多。

"德·鲍赛昂子爵,在……"

"格勒奈尔街,"马夫侧了侧脑袋,接口说,"你知道,还有德·鲍赛昂伯爵和侯爵的府第,在圣多明各街。"他一边吊起踏脚,一边补充。

"我知道。"欧也纳沉着脸回答。他把帽子往前座的垫子上一丢,想道:"今天大家都拿我打哈哈!吓……这次胡闹一下把我的钱弄光了。可是至少,我有了十足的贵族排场去拜访我那所谓的表姊了。高老头起码使我花了十法郎,这老混蛋!真的,我要把今天的倒霉事儿告诉德·鲍赛昂太太,说不定会引她发笑呢。这老东西同那漂亮女人的该死的关系,她

① 喜事车子的马夫通常穿一套特殊的礼服,还戴白手套。

一定知道。与其碰那无耻女人的钉子，——恐怕还得花一大笔钱——还不如去讨好我表姊。子爵夫人的姓名已经有那样的威力，她本人的权势更可想而知。还是走上面的门路吧。一个人想打天堂的主意，就该看准上帝下手！"

他思潮起伏，不知转着多少念头，上面的话只是一个简单的提纲。他望着雨景，镇静些，胆气也恢复了些。他自忖虽然花掉了本月份仅存的十法郎，衣服鞋帽究竟保住了。一听马夫喊了声：对不住，开门哪！他不由得大为得意。金镶边大红制服的门丁，把大门拉得咕咕地直叫，拉斯蒂涅心满意足，眼看车子穿过门洞，绕进院子，在阶前玻璃棚下停住。马夫穿着大红绳边的蓝大褂，放下踏脚。欧也纳下车听见游廊里一阵匿笑。三四名当差在那里笑这辆恶俗的喜事车子。他们的笑声提醒了大学生，因为眼前就有现成的车马好比较。院中有一辆巴黎最华丽的轿车，套着两匹精壮的牲口，耳边插着蔷薇花，咬着嚼子，马夫头发扑着粉，打着领带，拉着缰绳，好像怕牲口逃走似的。昂丹大道的雷斯托太太府上，停着一个二十六岁男子的轻巧两轮车，圣日耳曼区又摆着一位爵爷的煊赫的仪仗，一副三万法郎还办不起来的车马。

"又是谁在这儿呢？该死！表姊一定也有她的马克西姆！"欧也纳到这时才明白，巴黎难得碰到没有主顾的女人，纵然流着血汗也征服不了那样一个王后。

他跨上台阶，心已经凉了一半。玻璃门迎着他打开了；那些当差都一本正经，像挨过一顿痛打的骡子。他上次参加的跳舞会，是在楼下大厅内举行的。在接到请柬和舞会之间，他来不及拜访表姊，所以不曾进入德·鲍赛昂太太的上房；今天还是第一遭瞻仰那些精雅绝伦、别出心裁的布置，一个杰出的女子的心灵和生活习惯，都可以在布置上面看出来。有了德·雷斯托太太的客厅做比较，对鲍府的研究也就更有意思。下午四点半，子爵夫人可以见客了。再早五分钟，她就不会招待表弟。完全不懂巴黎规矩的欧也纳，走上一座金漆栏杆，大红毯子，两旁供满鲜花的大楼梯，进入德·鲍赛昂太太的上房；至于她的小史，巴黎交际场中交头接耳说得一天一个样子的许多故事之中的一页，他可完全不知道。

　　三年以来，子爵夫人和葡萄牙一个最有名最有钱的贵族，德·阿瞿达－潘托侯爵有来往。那种天真无邪的交情，对当事人真是兴味浓厚，受不了第三者打扰。德·鲍赛昂子爵本人也以身作则，不管心里如何，面上总尊重这蹊跷的友谊。在他们订交的初期，凡是下午两点来拜访子爵夫人的宾客，总碰到德·阿瞿达－潘托侯爵在座。德·鲍赛昂太太为了体统关系，不能闭门谢客，可是对一般的来客十分冷淡，目不转睛地老瞧着墙壁上面的嵌线，结果大家都懂得她在那里受罪。直到巴黎城中知道了两点至四点之间的访问要打搅德·鲍赛昂太太，她才得到清静。她上滑稽剧院或者歌剧院，必定由德·鲍赛昂和德·阿瞿达－潘托两位先生陪着；老于世故的德·鲍赛昂先生把太太和葡萄牙人安顿停当之后，就托故走开。最近德·阿瞿达先生要同罗什菲德家的一位小姐结婚了，整个上流社会中只剩德·鲍赛昂太太一个人不曾知道。有几个女朋友向她隐隐约约提过几次；她只是打哈哈，以为朋友们忌妒她的幸福，想破坏。可是教堂的婚约公告①马上就得颁布。

---

　　①　按西俗，教徒结婚前一个月，教堂须颁布三次公告，征询大众对当事人之人品私德有无指摘。

这位葡萄牙美男子,那天特意来想对子爵夫人宣布婚事,却始终不敢吐出一个负心字儿。为什么?因为天下的难事莫过于对一个女子下这么一个哀的美敦书。有些男人觉得在决斗场上给人拿着剑直指胸脯倒还好受,不像一个哭哭啼啼了两小时,再晕过去要人施救的女子难于应付。那时德·阿瞿达侯爵如坐针毡,一心要溜,打算回去写信来告诉她;男女之间一刀两断的手续,书面总比口头好办。听见当差通报欧也纳·德·拉斯蒂涅先生来了,德·阿瞿达侯爵快乐得直跳。一个真有爱情的女人猜疑起来,比寻欢作乐、更换口味还要心思灵巧。一朝到了被遗弃的关头,她对于一个姿势的意义,能够一猜就中,连马在春天的空气中嗅到刺激爱情的气息,也没有那么快。德·鲍赛昂太太一眼就觑破了那个不由自主的表情,微妙的,可是天真得可怕的表情。

欧也纳不知道在巴黎不论拜访什么人,必须先到主人的亲友那里,把丈夫的,妻子的,或儿女的历史打听明白,免得闹出笑话来,要像波兰俗语所说的,把五头牛套上你的车!就是说真要九牛二虎之力,才能拔出你的泥脚。在谈话中出乱子,在法国还没有名称,大概因为谣言非常普遍,大家认为不会再发生冒失的事。在德·雷斯托家闹了乱子以后,——主人也不给他时间把五头牛套上车——也只有欧也纳才会莽莽撞撞闯进鲍赛昂家再去闯祸。所不同的是,他在前者家里叫德·雷斯托太太和德·特拉伊先生发窘,在这儿却是替德·阿瞿达解了围。

一间小巧玲珑的客室,只有灰和粉红两种颜色,陈设精美而没有一点富贵气。欧也纳一进客室,葡萄牙人便向德·鲍赛昂太太说了声"再会",急急地抢着往门边走。

"那么晚上见，"德·鲍赛昂太太回头向侯爵望了一眼，"我们不是要上滑稽剧院①吗？"

"不能奉陪了。"他的手已经抓着门钮。

德·鲍赛昂太太站起身子，叫他走回来，根本没有注意欧也纳。欧也纳站在那儿，给华丽的排场弄得迷迷糊糊，以为进了天方夜谭的世界；他面对着这个连瞧也不瞧他的太太，不知道怎么办。子爵夫人举起右手食指做了个美妙的动作，指着面前的位置要侯爵站过来。这姿态有股热情的威势，侯爵不得不放下门钮走回来。欧也纳望着他，心里非常羡慕。

他私下想："这便是轿车中的人物！哼！竟要骏马前驱，健仆后随，挥金如流水，才能博得巴黎女子的青睐吗？"奢侈的欲望像魔鬼般咬着他的心，攫取财富的狂热煽动他的头脑，黄金的饥渴使他喉干舌燥。他每季有一百三十法郎生活费；而父亲，母亲，兄弟，妹妹，姑母，统共每月花不到两百法郎。他把自己的境况和理想中的目标很快地比较了一下，心里愈加发慌了。

"为什么你不能上滑稽剧院呢？"子爵夫人笑着问。

"为了正经事！今晚英国大使馆请客。"

"你可以先走一步啊。"

一个男人一开始欺骗，必然会接二连三地扯谎。德·阿瞿达先生笑着说："你非要我先走不可吗？"

"当然。"

"嗳，我就是要你说这一句呀。"他回答时那种媚眼，换了别的女人都会被他骗过的。

---

① 当时意大利剧院的别名是滑稽剧院。

265

他抓起子爵夫人的手亲了一下,走了。

欧也纳用手掠了掠头发,弓着身子预备行礼,以为德·鲍赛昂太太这一下总该想到他了。不料她身子往前一扑,冲入回廊,跑到窗前瞧德·阿瞿达先生上车;她侧耳留神,只听见跟班的小厮传令给马夫道:"上罗什菲德公馆。"

这几个字,加上德·阿瞿达坐在车厢里如释重负的神气,对子爵夫人不啻闪电和雷击。她回身进来,心惊肉跳。上流社会中最可怕的祸事就是这个。她走进卧室,坐下来拈起一张美丽的信纸,写道:

> 只要你在罗什菲德家吃饭而不是在英国使馆,你非和我解释清楚不可。我等着你。

有几个字母因为手指发抖而写走了样,她改了改,签上一个 C 字,那是她的姓名克莱尔·德·勃艮第的缩写。然后她拉铃叫人。

"雅克,"她吩咐当差,"你七点半上罗什菲德公馆去见德·阿瞿达侯爵。他在的话,把这条子交给他,不用等回音;要是不在,原信带回。"

"太太,客厅里还有人等着。"

"啊,不错!"她说完推门进去。

欧也纳已经觉得很不自在,终于瞧见子爵夫人的时候,她情绪激动的语气又搅乱了他的心。她说:

"对不起,先生,我刚才要写个字条,现在可以奉陪了。"

其实她自己也不知道说些什么,她心里正想着:"啊!他要娶罗什菲德小姐。可是他身子自由吗?今晚上这件亲事就得毁掉,否则我……噢!事情明天就解决了,急什么!"

"表姊……"欧也纳才叫了一声。

"唔?"子爵夫人傲慢的目光叫大学生打了一个寒噤。

欧也纳懂得了这个"唔"。三小时以来他长了多少见识;一听见这一声,马上警惕起来,红着脸改口道:"夫人。"他犹豫了一会又说:"请原谅,我真需要人家提拔,便是拉上一点儿远亲的关系也有用处。"

德·鲍赛昂太太微微一笑,笑得很凄凉:她已经感觉到在她周围酝酿的厄运。

"如果你知道我家庭的处境,"他接着说,"你一定乐意做神话中的仙女,替孩子们打破难关。"

她笑道:"哦,表弟,要我怎样帮忙呢?"

"我也说不上。恢复我们久已疏远的亲戚关系,在我已经是大大的幸运了。你使我心慌意乱,我已经忘记要对你说什么了。我在巴黎只认识你一个人。噢!我要向你请教,求你当我是个可怜的孩子,愿意绕在你裙下,为你出生入死。"

"你能为我杀人吗?"

"杀两个都可以。"欧也纳回答。

"孩子!真的,你是个孩子,"她忍住了眼泪,"你才会真诚地爱,你!"

"噢!"他甩了甩脑袋。

子爵夫人听了大学生这句野心勃勃的回答,不禁对他大为关切。这是南方青年第一次用心计。在德·雷斯托太太的蓝客厅和德·鲍赛昂太太的粉红客厅之间,他读完了三年的巴黎法。这部法典虽则没有人提过,却构成一部高等社会判例,一朝学成而善于运用的话,无论什么目的都可以达到。

"噢!我要说的话想起来了,在你的舞会里我认识了德·雷斯托太太,我刚才看了她来着。"

"那你大大地打搅她了。"德·鲍赛昂太太笑着说。

"唉!是呀,我一窍不通,你要不帮忙,我会叫所有的人跟我作对。我看,在巴黎极难碰到一个年轻、美貌、有钱、风雅,而又没有主顾的女子;我需要这样一位女子,把你们解释得多么巧妙的人生开导我;而到处都有一个特拉伊先生。我这番来向你请教一个谜的谜底,求你告诉我,我所闹的乱子究竟是什么性质。我在那边提起了一个老头儿……"

"德·朗热公爵夫人来了。"雅克进来通报,打断了大学生的话,大学生做了一个大为气恼的姿势。

"你要想成功,"子爵夫人低声嘱咐他,"第一先不要这样富于表情。"

"喂!你好,亲爱的。"她起身迎接公爵夫人,握着她的手,热情洋溢,便是对亲姊妹也不过如此。公爵夫人也做出种种亲热的样子。

"这不是一对好朋友吗?"拉斯蒂涅心里想,"从此我可以有两个保护人了;这两位想必口味相仿,表姊关切我,这客人一定也会关切我的。"

"你真好,想到来看我,亲爱的安东奈特!"德·鲍赛昂太太说。

"我看见德·阿瞿达先生进了罗什菲德公馆,便想到你是一个人在家了。"

公爵夫人说出这些不祥的话,德·鲍赛昂太太既不咬嘴唇,也不脸红,而是目光镇静,额角反倒开朗起来。

"要是我知道你有客……"公爵夫人转身望着欧也纳,补上一句。

子爵夫人说:"这位是我的表弟欧也纳·德·拉斯蒂涅先生。你有没有蒙特里沃将军的消息?昨天赛里齐告诉我,大家都看不见他了,今天他到过府上没有?"

大家知道公爵夫人热恋德·蒙特里沃先生,最近被遗弃了;她听了这句问话十分刺心,红着脸回答:

"昨天他在爱丽舍宫。"

"值班吗?①"德·鲍赛昂太太问。

"克拉拉,你想必知道,"公爵夫人放出狡狯的目光,"德·阿瞿达先生和罗什菲德小姐的婚约,明天就要由教堂公布了。"

这个打击可太凶了,子爵夫人不禁脸色发白,笑着回答:

"哦,又是那些傻瓜造的谣言。干吗德·阿瞿达先生要把葡萄牙一个最美的姓氏送给罗什菲德呢?罗什菲德家封爵还不过是昨天的事。"

"可是人家说贝尔特有二十万法郎利息的陪嫁呢。"

"德·阿瞿达先生是大富翁,绝不会存这种心思。"

"可是,亲爱的,罗什菲德小姐着实可爱呢。"

"是吗?"

"还有,他今天在那边吃饭,婚约的条件已经谈妥;你消息这样不灵,好不奇怪!"

"哎,你究竟闹了什么乱子呢,先生?"德·鲍赛昂太太转过话头说,"这可怜的孩子刚踏进社会,我们才说的话,他一句也不懂。亲爱的安东奈特,请你照应照应他。我们的事,明

---

① 爱丽舍宫当时是路易十八的侄子德·贝里公爵的府第。蒙特里沃将军属于王室卫队,所以说"值班"。

儿再谈,明儿一切都正式揭晓,你要帮我忙也更有把握了。"

公爵夫人傲慢地瞧了欧也纳一眼,那种眼风能把一个人从头到脚瞧尽,把他缩小,化为乌有。

"太太,我无意之间得罪了德·雷斯托太太。无意之间这四个字便是我的罪名。"大学生灵机一动,发觉眼前两位太太亲切的谈话藏着狠毒的讽刺,他接着说,"对那些故意伤害你们的人,你们会照常接见,说不定还怕他们;一个伤了人而不知伤到什么程度的家伙,你们当他是傻瓜,当他是什么都不会利用的笨蛋,谁都瞧不起他。"

德·鲍赛昂太太眼睛水汪汪地瞟了他一下。伟大的心灵往往用这种眼光表示他们的感激和尊严。刚才公爵夫人用拍卖行估价员式的眼风打量欧也纳,伤了他的心,现在德·鲍赛昂太太的眼神在他的伤口上涂了止痛的油膏。

欧也纳接着说:"你们才想不到呢,我刚博得了德·雷斯托伯爵的欢心,因为,"他又谦恭又狡狯地转向公爵夫人,"不瞒你说,太太,我还不过是个可怜的大学生,又穷又孤独……"

"别说这个话,先生。哭诉是谁都不爱听的,我们女人又何尝爱听。"

"好吧!我只有二十二岁,应当忍受这个年纪上的苦难,何况我现在正在忏悔;哪里还有比这儿更美丽的忏悔室呢?我们在教士前面忏悔的罪孽,就是在这儿犯的。"

公爵夫人听了这段亵渎宗教的议论,把脸一沉,很想把这种粗俗的谈吐指斥一番,她对子爵夫人说:"这位先生才……"

德·鲍赛昂太太觉得表弟和公爵夫人都很好笑,也就老实不客气笑了出来。

"对啦，他才到巴黎来，正在找一个女教师，教他懂得一点儿风雅。"

"公爵夫人，"欧也纳接着说，"我们想找门路，把所爱的对象摸清根底，不是挺自然的吗？"（呸！他心里想，这几句话简直像理发匠说的。）

公爵夫人说："我想德·雷斯托太太是德·特拉伊先生的女弟子吧。"

大学生说："我完全不知道，太太，因此糊里糊涂闯了进去，把他们岔开了。幸而我跟丈夫混得不坏，那位太太也还客气，直到我说出我认识一个刚从他们后楼梯下去，在一条甬道底上跟伯爵夫人拥抱的人。"

"谁呀？"两位太太同时问。

"住在圣马尔索区的一个老头儿，像我这穷学生一样一个月只有四十法郎的生活费，被大家取笑的可怜虫，叫作高里奥老头。"

"哦呀！你这个孩子，"子爵夫人嚷道，"德·雷斯托太太便是高里奥家的小姐啊。"

"面条商的女儿，"公爵夫人接口说，"她跟一个糕饼师的女儿同一天入宫觐见。你不记得吗，克拉拉？王上笑开了，用拉丁文说了句关于面粉的妙语，说那些女子，怎么说的，那些女子……"

"Ejusdem farinae①。"欧也纳替她说了出来。

"对啦。"公爵夫人说。

~~~~~~~~~~~

① 拉丁文：其为面粉也无异。

"啊！原来是她的父亲。"大学生做了个不胜厌恶的姿势。

"可不是！这家伙有两个女儿，他都喜欢得要命，可是两个女儿差不多已经不认他了。"

"那小的一个，"子爵夫人望着德·朗热太太说，"不是嫁给一个姓名像德国人的银行家，叫作德·纽沁根的男爵吗？她名字叫但斐纳，头发淡黄，在歌剧院有个侧面的包厢，也上滑稽剧院，常常高声大笑引人家注意，是不是？"

公爵夫人笑道："嗳，亲爱的，真佩服你。干吗你对那些人这样留神呢？真要像德·雷斯托一样爱得发疯，才会跟阿娜斯塔齐在面粉里打滚。嘿！他可没有学会生意经。他太太落在德·特拉伊手里，早晚要倒霉的。"

"她们不认父亲！"欧也纳重复了一句。

"嗳！是啊，"子爵夫人接着说，"不承认她们的亲爸爸，好爸爸。听说他给了每个女儿五六十万，让她们攀一门好亲事，舒舒服服地过日子。他自己只留下八千到一万法郎的进款，以为女儿永远是女儿，一朝嫁了人，他等于有了两个家，可以受到敬重，奉承。哪知不到两年，两个女婿把他赶出他们的圈子，当他是个要不得的下流东西……"

欧也纳冒出几颗眼泪。他最近还在家中体味到骨肉之爱，天伦之乐；他还没有失掉青年人的信仰，而且在巴黎文明的战场上还是第一天登台。真实的感情是极有感染力的：三个人都一声不出，愣了一会。

"唉！天哪，"德·朗热夫人说，"这一类的事真是该死，可是我们天天看得到。总该有个原因吧？告诉我，亲爱的，你有没有想过，什么叫女婿？——女婿是我们替他白养女儿的男人。我们把女儿当作心肝宝贝,抚养长大,我们和她有着千丝万缕的联系。十七岁以前,她是全家的快乐天使,像拉马丁①所说的洁白的灵魂,然后变作家庭的瘟神。女婿从我们手里把她抢走,拿她的爱情当作一把刀,把我们的天使心中所有拴着娘家的感情,活生生地一齐斩断。昨天女儿还是我们的性命,我们也还是女儿的性命;明天她便变作我们的仇敌。这种悲剧不是天天有吗?这里,又是媳妇对那个为儿子牺牲一切的公公肆无忌惮;那里,又是女婿把丈母撵出门外。我听见人家都在问,今日社会里究竟有些什么惨剧;唉,且不说我们的婚姻都变成了糊涂婚姻,关于女婿的惨剧不是可怕到极点吗?我完全明白那老面条商的遭遇,记得这个福里奥……"

"是高里奥,太太。"

"是啊,这莫里奥在大革命时代当过他们分会主席。那次有名的饥荒,他完全知道底细;当时面粉的售价比进价高出十倍,他从此发了财。那时他囤足面粉;光是我祖母的总管就卖给他一大批。当然,高里奥像所有那些人一样,是跟公安委员会分肥的。我记得总管还安慰祖母,说她尽可以太太平平地住在格朗德维列,她的麦子就是一张出色的公民证。至于把麦子卖给刽子手们②的洛里奥,只有一桩痴情,就是溺爱女儿。他把大女儿高高地供在德·雷斯托家里,把老二接种接在德·纽沁根男爵身上,纽沁根是个加入保王党的有钱的银

---

① 拉马丁(1790—1869),法国著名浪漫派诗人。

② 大革命时代的公安委员会是逮捕并处决反革命犯的机构,在保王党人口中就变成了"刽子手"。公安委员会当时也严禁囤货,保王党人却说它同商人分肥。

行家。你们明白，在帝政时代，两个女婿看到家里有个老革命党并不讨厌；既然是拿破仑当权，那还可以将就。可是波旁家复辟之后，那老头儿就叫德·雷斯托先生头疼了，尤其那个银行家。两个女儿或许始终爱着父亲，想在父亲跟丈夫之间委曲求全；她们在没有外客的时候招待高里奥，想出种种借口表示她们的体贴。'爸爸，你来呀。没有人打搅，我们舒服多了！'诸如此类的话。我相信，亲爱的，凡是真实的感情都有眼睛，都能体会到，所以那个大革命时代的可怜虫伤心死了。他看出女儿们觉得他丢了她们的脸；也看出要是她们爱丈夫，他却妨害了女婿，非牺牲不可。他便自己牺牲了，因为他是父亲，他自动退了出来。看到女儿因此高兴，他明白他做得很对。这小小的罪过实在是父女同谋的。我们到处都看到这种情形。在女儿的客厅里，陶里奥老头不是一个油脂的污迹吗？他在那儿感到拘束，闷得发慌。这个父亲的遭遇，便是一个最美的女子对付一个最心爱的男人也能碰到，如果她的爱情使他厌烦，他会走开，做出种种卑鄙的事来躲开她。所有的感情都会落到这个田地的。我们的心是一座宝库，一下子倒空了，就会破产。一个人把情感统统拿了出来，就像把钱统统花光了一样得不到人家原谅。这个父亲把什么都给了。二十年间他给了他的心血，他的慈爱；又在一天之间给了他的财产。柠檬榨干了，那些女儿把剩下的皮扔在街上。"

"社会真卑鄙。"子爵夫人低着眼睛，拉着披肩上的经纬。德·朗热太太讲这个故事的时候，有些话刺了她的心。

"不是卑鄙！"公爵夫人回答，"社会就是那么一套。我这句话不过表示我看透了社会。实际我也跟你一般想法，"她紧紧握着子爵夫人的手，"社会是一个泥坑，我们得站在高地上。"

她起身亲了一下德·鲍赛昂太太的前额,说:

"亲爱的,你这一下真漂亮。血色好极了。"

然后她对欧也纳略微点点头,走了。

欧也纳想起那夜高老头扭绞镀金盘子的情形,说道:"高老头真伟大!"

德·鲍赛昂太太没有听见,她想得出神了。两人半天没有出声,可怜的大学生愣在那儿,既不敢走,又不敢留,也不敢开口。

"社会又卑鄙又残忍,"子爵夫人终于说,"只要我们碰到一桩灾难,总有一个朋友来告诉我们,拿把短刀掏我们的心窝,叫我们欣赏刀柄。冷一句热一句,挖苦,奚落,一齐来了。啊!我可是要抵抗的。"她抬起头来,那种庄严的姿势恰好显出她贵妇人的身份,高傲的眼睛射出闪电似的光芒。——"啊!"她一眼瞧见了欧也纳,"你在这里!"

"是的,还没有走。"他不胜惶恐地回答。

"嗳,拉斯蒂涅先生,你得以牙还牙对付这个社会。你想成功吗?我帮你。你可以测量出来,女人堕落到什么田地,男人虚荣到什么田地。虽然人生这部书我已经读得烂熟,可是还有一些篇章不曾寓目。现在我全明白了。你越没有心肝,越高升得快。你得不留情地打击人家,叫人家怕你。只能把男男女女当作驿马,把它们骑得筋疲力尽,到了站上丢下来;这样你就能达到欲望的最高峰。不是吗?你要没有一个女人关切,你在这儿便一文不值。这女人还得年轻,有钱,漂亮。倘使你有什么真情,必须像宝贝一样藏起,永远别给人家猜到,要不就完啦,你不但做不成刽子手,反过来要给人家开刀了。有朝一日你动了爱情，千万要守秘密！没有弄清楚对方的底细，绝不能掏出你的心来。你现在还没有得到爱情；可是为保住将来的爱情，先得学会提防人家。听我说，米盖尔……（她不知不觉说错了名字）①女儿遗弃父亲，巴望父亲早死，还不算可怕呢。那两姊妹也彼此忌妒得厉害。雷斯托是旧家出身，他的太太进过宫了，贵族社会也承认她了；可是她的有钱的妹妹，美丽的但斐纳·德·纽沁根夫人，银行家太太，却难过死了。忌妒咬着她的心，她跟姊姊貌合神离，比路人还不如；姊姊已经不是她的姊姊；两个人你不认我，我不认你，正如不认她们的父亲一样。德·纽沁根太太只消能进我的客厅，便是把圣拉扎尔街到格勒奈尔街一路上的灰土舐个干净也是愿意的。她以为德·玛赛能够帮她达到这个目的，便心甘情愿做他的奴隶，把他缠得头痛。哪知德·玛赛干脆不把她放在心上。你要能把她介绍到我这儿来，你便是她的心肝宝贝。以后你能爱她就爱她，要不就利用她一下也好。我可以接待她一两次，逢到盛大的晚会，宾客众多的时候；可是绝不单独招待她。我看见她打个招呼就够了。你说出了高老头的名字，你把伯爵夫人家的大门关上了。是的，朋友，你尽管上雷斯托家二十次，她会二十次不在家。你被他们撵出门外了。好吧，你叫高老头替你介绍德·纽沁根太太吧。那位漂亮太太可以做你的幌子。一朝她把你另眼相看了，所有的女人都会一窝蜂地来追你。跟她竞争的对手，她的朋友，她的最知己的朋友，都想把你抢过去了。有些女人，只喜欢别的女子挑中的男人，好像那般资产阶级的妇女，以为戴上我们的帽子就有

①　米盖尔是她的情人阿瞿达侯爵的名字。

了我们的风度。所以那时你就能走红。在巴黎,走红就是万事亨通,就是拿到权势的宝钥。倘若女人觉得你有才气,有能耐,男人就会相信,只消你自己不露马脚。那时你多大的欲望都不成问题可以实现,你哪儿都走得进去。那时你会明白,社会不过是傻子跟骗子的集团。你别做傻子,也别做骗子。我把我的姓氏借给你,好比一根阿里亚纳的线①,引你进这座迷宫。别把我的姓污辱了,"她扭了扭脖子,气概非凡地对大学生瞧了一眼,"清清白白地还给我。好,去吧,我不留你了。我们做女人的也有我们的仗要打。"

"要不要一个死心塌地的人替你去点炸药?"欧也纳打断了她的话。

"那又怎么样?"她问。

他拍拍胸脯,表姊对他笑了笑,他也笑了笑,走了。那时已经五点;他肚子饿了,只怕赶不上晚饭。这一担心,使他感到在巴黎平步青云,找到了门路的快乐。得意之下,他马上给自己许多思想包围了。像他那种年龄的青年,一受委屈就会气得发疯,对整个社会抢着拳头,又想报复,又失掉了自信。拉斯蒂涅那时正为了你把伯爵夫人家的大门关上了那句话发急,心上想:"我要去试一试! 如果德·鲍赛昂太太的话不错,如果我真的碰在门上,那么……哼! 德·雷斯托夫人不论上哪一家的沙龙,都要碰到我。我要学击剑,放枪,把她的马克西姆打死! ——可是钱呢?"他忽然问自己,"哪儿去弄钱呢?"德·雷斯托伯爵夫人家里铺张的财富,忽然在眼前亮起

① 典出希腊神话,阿里亚纳(又译阿里阿德涅)是克里特王弥诺斯和帕西淮的女儿,爱上了雅典英雄忒修斯,她给了忒修斯一团小线,使忒修斯杀了牛首人身的弥诺陶诺斯后,仍能逃出迷宫。

来。他在那儿见到一个高里奥小姐心爱的奢华,金碧辉煌的屋子,显而易见的贵重器物,暴发户的恶俗排场,像人家的外室那样的浪费。这幅迷人的图画忽然又给鲍赛昂府上的大家气派压倒了。他的幻想飞进了巴黎的上层社会,马上冒出许多坏念头,扩大他的眼界和心胸。他看到了社会的本相:法律跟道德对有钱的人全无效力,财产才是 ultima ratio mundi①。他想:"伏脱冷说得不错,有财便是德!"

到了圣·热内维埃弗新街,他赶紧上楼拿十法郎付了车钱,走入气味难闻的饭厅;十八个食客好似马槽前的牲口一般正在吃饭。他觉得这副穷酸相跟饭厅的景象丑恶已极。环境转变得太突兀了,对比太强烈了,格外刺激他的野心。一方面是最高雅的社会的新鲜可爱的面目,个个人年轻,活泼,有诗意,有热情,四周又是美妙的艺术品和阔绰的排场;另一方面是溅满污泥的阴惨的画面,人物的脸上只有被情欲扫荡过的遗迹。德·鲍赛昂太太因为被人遗弃,一怒之下给他的指导和策划的计谋,他一下子都回想起来,而眼前的惨象又等于给那些话添上注解。拉斯蒂涅决意分两路进攻去猎取财富:依靠学问,同时依靠爱情,成为一个有学问的博士,同时做一个时髦人物。可笑他还幼稚得很,不知道这两条路线是永远连不到一起的。

"你神气忧郁得很,侯爵大人。"伏脱冷说。他的眼风似乎把别人心里最隐蔽的秘密都看得雪亮。

欧也纳答道:"我受不了这一类的玩笑,要在这儿真正当一个侯爵,应当有十万法郎进款;住伏盖公寓的就不是什么走

---

① 拉丁文:金科玉律。

运的人。"

伏脱冷瞧着拉斯蒂涅,倚老卖老而轻蔑的神气仿佛说:"小子! 还不够我一口!"接着说:"你心绪不好,大概在漂亮的德·雷斯托太太那边没有得手。"

欧也纳道:"哼,因为我说出她父亲跟我们一桌子吃饭,她把我撵走了。"

饭桌上的人都面面相觑。高老头低下眼睛,掉转头去抹了一下。

"你把鼻烟撒在我眼里了。"他对邻座的人说。

"从今以后,谁再欺负高老头,就是欺负我,"欧也纳望着老面条商邻座的人说,"他比我们都强。当然我不说太太们。"他向泰伊番小姐补上一句。

这句话成为事情的转折点,欧也纳说话的神气使桌上的人不出声了。只有伏脱冷含讥带讽地回答:

"你要做高老头的后台,做他的经理,先得学会击剑跟放枪。"

"对啦,我就要这么办。"

"这么说来,你今天预备开场啰。"

"也许,"拉斯蒂涅回答,"不过谁都管不了我的事,既然我不想知道旁人黑夜里干些什么。"

伏脱冷斜着眼把拉斯蒂涅瞅了一下。

"老弟,要拆穿人家的把戏,就得走进戏棚子,不能在帐幔的缝子里张一张就算。别多说了,"他看见欧也纳快要发毛,补上一句,"你要愿意谈谈,我随时可以奉陪。"

饭桌上大家冷冰冰的,不作声了。高老头听了大学生那句话,非常难受,不知道众人对他的心理已经改变,也不知道一个有资格阻止旁人虐待他的青年,挺身而出做了他的保护人。

"高里奥先生真是一个伯爵夫人的父亲吗?"伏盖太太低声问。

"同时也是一个男爵夫人的父亲。"拉斯蒂涅回答。

"他只好当父亲的角色,"毕安训对拉斯蒂涅说,"我已经打量过他的脑袋:只有一根骨头,一根父骨,他大概是天父吧。"

欧也纳心事重重,听了毕安训的俏皮话不觉得好笑。他要遵从德·鲍赛昂太太的劝告,盘算从哪儿去弄钱,怎样去弄钱。社会这片大草原在他面前又空旷又稠密,他望着出神了。吃完晚饭,客人散尽,只剩他一个人在饭厅里。

"你竟看到我的女儿么?"高老头非常感动地问。

欧也纳惊醒过来,抓着老人的手,很亲热地瞧着他回答:

"你是一个好人,正派的人。咱们回头再谈你的女儿。"

他不愿再听高老头的话,躲到卧房里给母亲写信去了。

　　亲爱的母亲,请你考虑一下,能不能再给我一次哺育之恩。我现在的情形可以很快地发迹;只是需要一千二百法郎,而且非要不可。对父亲一个字都不能提,也许他会反对,而如果我弄不到这笔钱,我将濒于绝望,以至自杀。我的用意将来当面告诉你,因为要你了解我目前的处境,简直要写上几本书才行。好妈妈,我没有赌钱,也没有欠债;可是你给我的生命,倘使你愿意保留的话,就得替我筹这笔款子。总而言之,我已见过德·鲍赛昂子爵夫人,她答应提拔我。我得应酬交际,可是没有钱买一副合适的手套。我能够只吃面包,只喝清水,必要时可以挨饿；但我不能缺少巴黎种葡萄的工具。将来是青云直上还是留在泥地里，都在此一举。你们对我的期望，我全知道，并且要快快地实现。好妈妈，卖掉一些旧首饰吧，不久我买新的给你。我很知道家中的境况，你的牺牲，我是心中有数的；你也该相信我不是无端端地叫你牺牲，那我简直是禽兽了。我的请求是迫不得已。咱们的前程全靠这一次的接济，拿了这个，我将上阵开仗，因为巴黎的生活是一场永久的战争。倘使为凑足数目而不得不出卖姑母的花边，那么请告诉她，我将来有最好看的寄给她。

他分别写信给两个妹妹，讨她们的私蓄，知道她们一定乐意给的。为了使她们在家里绝口不提，他故意挑拨青年人的好胜心，要她们懂得体贴。可是写完了这些信，他仍旧有点儿心惊肉跳，神魂不定。青年野心家知道像他妹妹那种与世隔绝、一尘不染的心灵多么高尚，知道自己这封信要给她们多少痛苦，同时也要给她们多少快乐；她们将怀着何等欢悦的心情，躲在庄园底里偷偷谈论她们疼爱的哥哥。他心中亮起一片光明，似乎看到她们私下数着小小的积蓄，看到她们卖弄少女的狡狯，为了好心而第一次玩弄手段，把这笔钱用 incognito① 方式寄给他。他想："一个姊妹的心纯洁无比，它的温情是没有穷尽的！"他写了那样的信，觉得惭愧。她们许起愿心来何等有力！求天拜地的冲动何等纯洁！有一个牺牲的机会，她们还不快乐死吗？如果他母亲不能凑足他所要的款子，她又要多么苦恼！这些至诚的感情，可怕的牺牲，将要成为他达到德·纽沁根太太面前的阶梯；想到这些，他不由得落下几

---

① 拉丁文：匿名。

滴眼泪,等于献给家庭神坛的最后几炷香。他心乱如麻,在屋子里乱转。高老头从半开的门里瞧见他这副模样,进来问他:

"先生,你怎么啦?"

"唉!我的邻居,我还没忘记做儿子做兄弟的本分,正如你始终尽着父亲的责任。你真有理由替伯爵夫人着急,她落在马克西姆·德·特拉伊手里,早晚要断送她的。"

高老头嘟囔着退了出来,欧也纳不曾听清他说些什么。

第二天,拉斯蒂涅把信送往邮局。他到最后一刻还犹疑不决,但终于把信丢进邮箱,对自己说:"我一定成功!"这是赌棍的口头禅,大将的口头禅,这种相信运气的话往往是致人死命而不是救人性命的。过了几天,他去看德·雷斯托太太,德·雷斯托太太不见。去了三次,三次挡驾,虽则他都候马克西姆不在的时间上门。子爵夫人料得不错。大学生不再用功念书,只上堂去应卯画到,过后便溜之大吉。多数大学生都要临到考试才用功,欧也纳把第二第三年的学程并在一起,预备到最后关头再一口气认认真真读他的法律。这样他可以有十五个月的空闲好在巴黎的海洋中漂流,追求女人,或者捞一笔财产。

在那一星期内,他见了两次德·鲍赛昂太太,都是等德·阿瞿达侯爵的车子出门之后才去的。这位红极一时的女子,圣日耳曼区最有诗意的人物,又得意了几天,把罗什菲德小姐和德·阿瞿达侯爵的婚事暂时搁浅。德·鲍赛昂太太生怕好景不长,在这最后几天中感情格外热烈;但就在这期间,她的祸事酝酿成熟了。德·阿瞿达侯爵跟罗什菲德家暗中同意,认为这一次的吵架与讲和大有好处,希望德·鲍赛昂太太对这头亲事思想上有个准备,希望德·鲍赛昂太太终于肯把每天下午的聚首为德·阿瞿达的前程牺牲,结婚不是男人一生中必经的阶段吗?所以德·阿瞿达虽然天天海誓山盟,实在是在做戏,而子爵夫人也心甘情愿受他蒙蔽。"她不愿从窗口庄严地跳下去,宁可在楼梯上打滚。"她的最知己的朋友德·朗热公爵夫人这样说她。这些最后的微光照耀得相当长久,使子爵夫人还能留在巴黎,给年轻的表弟效劳,——她对他的关切简直有点迷信,仿佛认为他能够带来好运。欧也纳对她表示非常忠心非常同情,而那是正当一个女人到处看不见怜悯和安慰的目光的时候。在这种情形之下,一个男人对女子说温柔的话,一定是别有用心。

拉斯蒂涅为了彻底看清形势,再去接近纽沁根家,想先把高老头从前的生活弄个明白。他搜集了一些确实的材料,可以归纳如下:

大革命之前,冉-若希姆·高里奥是一个普通的面条司务,熟练,省俭,相当有魄力,能够在东家在一七八九年第一次大暴动中遭劫以后,盘下铺子,开在瑞西安纳街,靠近麦子市场。他很识时务,居然肯当分会主席,使他的买卖得到那个危险时代一般有势力的人保护。这种聪明是他起家的根源。就在不知是真是假的大饥荒时代,巴黎粮食贵得惊人的那一时节里,他开始发财。那时民众在面包店前面拼命,而有些人照样太太平平向杂货商买到各式上等面食。

那一年,高里奥公民积了一笔资本,他以后做买卖也就像一切资力雄厚的人那样,处处占着上风。他的遭遇正是一切中等才具的遭遇。他的平庸占了便宜。并且直到有钱不再危险的时代,他的财富才揭晓,所以并没引起人家的妒羡。粮食的买卖似乎把他的聪明消耗完了。只要涉及麦子、面粉、粉

283

粒,辨别品质、来路,注意保存,推测行市,预言收成的丰歉,用低价籴进谷子,从西西里、乌克兰去买来囤积,高里奥可以说没有敌手的。看他调度生意,解释粮食的出口法、进口法,研究立法的原则,利用法令的缺点等等,他颇有国务大臣的才具。办事又耐烦又干练,有魄力有恒心,行动迅速,目光犀利如鹰,什么都占先,什么都料到,什么都知道,什么都藏得紧,算计策划如外交家,勇往直前如军人。可是一离开他的本行,一出他黑魆魆的简陋的铺子,闲下来背靠门框站在阶沿上的时候,他仍不过是一个又蠢又粗野的工人,不会用头脑,感觉不到任何精神上的乐趣,坐在戏院里会打盹,总而言之,他是巴黎的那种陶里庞①,只会闹笑话。这一类的人差不多完全相像,心里都有一股极高尚的情感。面条司务的心便是给两种感情填满的,吸干的,犹如他的聪明是为了粮食买卖用尽的。他的老婆是布里地方一个富农的独养女儿,是他崇拜赞美、敬爱无边的对象。高里奥赞美她生得又娇嫩又结实,又多情又美丽,跟他恰好是极端的对比。男人天生的情感,不是因为能随时保护弱者而感到骄傲吗?骄傲之外再加上爱,就可了解许多古怪的精神现象。所谓爱其实就是一般坦白的人对赐予他们快乐的人表示热烈的感激。过了七年圆满的幸福生活,高里奥的老婆死了;这是高里奥的不幸,因为那时她正开始在感情以外对他有点儿影响。也许她能把这个死板的人栽培一下,叫他懂得一些世道和人生。既然她早死,疼爱女儿的感情便在高里奥心中发展到荒谬的程度。死神夺去了他所爱

~~~~~~~~~~~~~~~~~~~~~

① 陶里庞,苏达尔-德福尔热的喜剧《聋子,或客满的旅店》(1790)中的主人公,是个呆傻的老头,几乎断送女儿的终身大事。

的对象,他的爱就转移到两个女儿身上,她们开始的确满足了他所有的感情。尽管一般争着要把女儿嫁给他做填房的商人或庄稼人,提出多么优越的条件,他都不愿意续娶。他的岳父,他唯一觉得气味相投的人,很有把握地说高里奥发过誓,永远不做对不起妻子的事,哪怕在她身后。巴黎中央菜市场的人不了解这种高尚的痴情,拿来取笑,替高里奥起了些粗俗的诨号。有个人跟高里奥做了一笔交易,喝着酒,第一个叫出这个外号,当场给面条商一拳打在肩膀上,脑袋向前,一直翻倒在奥布兰街一块界石旁边。高里奥没头没脑地偏疼女儿,又多情又体贴的父爱,传布得遐迩闻名,甚至有一天,一个同行想叫他离开市场以便操纵行情,告诉他说但斐纳被一辆马车撞翻了。面条商立刻面无人色地回家。他为了这场虚惊病了好几天。那造谣的人虽然并没受到凶狠的老拳,却在某次风潮中被逼破产,从此进不得市场。

两个女儿的教育,不消说是不会合理的了。富有每年六万法郎以上的进款,自己花不了一千二,高里奥的乐事只在于满足女儿们的幻想:最优秀的教师给请来培养她们高等教育应有的各种才艺,另外还有一个做伴的小姐;还算两个女儿运气,做伴的小姐是一个有头脑有品格的女子。两个女儿会骑马,有自备车辆,生活奢华得像一个有钱的老爵爷养的情妇,只要开声口,最奢侈的欲望,父亲也会满足她们,只要求女儿跟他亲热一下作为回敬。可怜的家伙,把女儿当作天使一般,当然是在他之上了。甚至她们给他的痛苦,他也喜欢。一到出嫁的年龄,她们可以随心所欲地挑选丈夫,各人可以有父亲一半的财产做陪嫁。德·雷斯托伯爵看中阿娜斯塔齐生得美,她也很想当一个贵族太太,便离开父亲,跳进了高等社会。

但斐纳喜欢金钱，嫁了纽沁根，一个原籍德国而在帝政时代封了男爵的银行家。高里奥依旧做他的面条商。不久，女儿女婿看他继续做那个买卖，觉得不痛快，虽然他除此以外，生命别无寄托。他们央求了五年，他才答应带着出盘铺子的钱跟五年的盈余退休。这笔资本所生的利息，便是他住进伏盖公寓的时代，伏盖太太估计到八千至一万的收入。看到女儿受着丈夫的压力，非但不招留他去住，还不愿公开在家招待他，绝望之下，他便搬进这个公寓。

受盘高老头铺子的缪雷先生供给的资料只有这一些。德·朗热公爵夫人对拉斯蒂涅说的种种猜测的话因此证实了。

这场暧昧而可怕的巴黎悲剧的序幕，在此结束。

初 见 世 面

　　十二月第一星期的末了,拉斯蒂涅接到两封信,一封是母亲的,一封是大妹妹的。那些一望而知的笔迹使他快乐得心跳,害怕得发抖。对于他的希望,两张薄薄的纸等于一道生死攸关的判决书。想到父母姊妹的艰苦,他固然有点害怕;可是她们对他的溺爱,他太有把握了,尽可放心大胆吸取她们最后几滴血。母亲的信是这样写的:

　　亲爱的孩子,你要的钱我寄给你了。但望好好地使用,下次即使要救你性命,我也不能瞒了你父亲再张罗这样大的数目,那要动摇我们的命根,拿田地去抵押了。我不知道计划的内容,自然无从批评;但究竟是什么性质的计划,你不敢告诉我呢? 要解释,用不着写上几本书,我们为娘的只要一句话就明白,而这句话可以免得我因为无从捉摸而牵肠挂肚。告诉你,来信使我非常痛苦。好孩子,究竟是什么情绪使你引起我这样的恐怖呢? 你写信的时候大概非常难受吧,因为我看信的时候就很难受。你想干哪一行呢? 难道你的前途,你的幸福,就在于装出你没有的身份,花费你负担不起的本钱,浪费你宝贵的求学的光阴,去见识那个社会吗? 孩子,相信你母亲吧,拐弯抹角的路绝无伟大的成就。像你这种情形的青年,应当以忍耐与安命为美德。我不埋怨你,我不愿我们的贡献对你有半点儿苦味。我的话是一个又相信儿子,又有远见的母亲的话。你知道你的责任所在,我也知道你的心是纯洁的,你的用意是极好的。所以我很放心地对你说:好,亲爱的,去干吧! 我战战兢兢,因为我是母亲;但你每走一步,我们的愿望和祝福总是陪你一步。谨慎小心呀,亲爱的孩子。你应当像大人一般明哲,你心爱的五个人①的命运都在你的肩上。是啊,我们的财富都在你身上,正如你的幸福就是我们的幸福。我们都求上帝帮助你的计划。你的玛西阿克姑母真是好到极点,她甚至懂得你关于手套的话。她很快活地说,她对长子特别软心。欧也纳,你应该深深地爱她,她为你所做的事,等你成功以后再告诉你,否则她的钱要使你烫手的。你们做孩子的还不知道什么叫作牺牲纪念物! 可是我们哪一样不能为你牺牲呢? 她要我告诉你,说她亲你的前额,希望你常常快乐。倘不是手指害痛风症,她也要写信给你呢。父亲身体很好。今年的收成超过了我们的希望。再会了,亲爱的孩子,关于你妹妹们的事,我不说了,洛尔另外有信给你。她喜欢拉拉扯扯地谈家常,我就让她去了。但求上天使你成功! 噢! 是的,你非成功不可,欧也纳,你使我太痛苦了,我再也受不了第二次。因为巴望能有财产给我的孩子,我才懂得贫穷的

~~~~~~~~~~~~~~~~

① 此数字有误,因家庭成员有父亲,母亲,两个妹妹,两个兄弟,一个姑母,应当是七个人。

滋味。好了,再会吧。切勿杳无音信。接受你母亲的
亲吻吧。

欧也纳念完信,哭了。他想到高老头扭掉镀金盘子,卖了钱
替女儿还债的情景。"你的母亲也扭掉了她的首饰,"他对
自己说,"姑母卖掉纪念物的时候一定也哭了。你有什么权
力诅咒阿娜斯塔齐呢?她为了情人,你为了只顾自己的前
程,你比她强在哪里?"大学生肚子里有些热不可当的感觉。
他想放弃上流社会,不拿这笔钱。这种良心上的责备正是
心胸高尚的表现,一般人批判同胞的时候不大理会这一点,
唯有天上的安琪儿才会考虑到,所以人间的法官所判的罪
犯,常常会得到天使的赦免。拉斯蒂涅拆开妹子的信,天真
而婉转的措辞使他心里轻松了些。

　　亲爱的哥哥,你的信来得正好,阿伽特和我,想把
我们的钱派作多少用场,简直决定不了买哪样好了。
你像西班牙王的仆人一样,打碎了主子的表,反倒解决
了他的难题;你一句话叫我们齐了心。真的,为了选择
问题,我们老是在拌嘴,可做梦也想不到,原来只有一
项用途真正能满足我们所有的欲望。阿伽特快活得直
跳起来。我们俩乐得整天疯疯癫癫,以至于(姑母的说
法)妈妈扮起一本正经的脸来问:"什么事呀,两位小
姐?"如果我们因此受到一言半语的埋怨,我相信我们
还要快活呢。一个女子为了所爱的人受苦才是乐事!
只有我在快乐之中觉得不痛快,有点儿心事。将来我
绝不是一个贤惠的女人,我太会花钱,买了两根腰带,
一只穿引胸衣小孔的美丽的引针,一些无聊东西,因此

我的钱没有胖子阿伽特多;她很省俭,把洋钱一块块积起来像喜鹊一样。① 她有两百法郎! 我么,可怜的朋友,我只有一百五十。我大大地遭了报应,真想把腰带扔在井里,从此我用到腰带心中就要不舒适了。唉,我揩了你的油。阿伽特真好,她说:"咱们把三百五十法郎合在一块儿寄给他吧!"实际情形恕不详细奉告! 我们依照你的吩咐,拿了这笔了不得的款子假装出去散步,一上大路,直奔吕费克村,把钱交给驿站站长格兰贝尔先生。回来我们身轻如燕。阿伽特问我:"是不是因为快乐我们身体这样轻?"我们不知讲了多少话,恕不细述了。反正谈的是你巴黎佬的事。噢! 好哥哥,我们真爱你! 要说守秘密吧,像我们这样的调皮姑娘,据姑母说,什么都做得出来,就是守口如瓶也办得到。母亲和姑母偷偷摸摸地上昂古莱姆,两人对旅行的目标绝口不提,动身之前,还经过一次长时期的会议,我们和男爵大人都不准参加。在拉斯蒂涅国里,大家纷纷猜测。公主们给王后陛下所绣的小孔纱衫,极秘密地赶起来,把两条边补足了。韦尔特伊方面决定不砌围墙,用篱笆代替。小百姓要损失果子,再没有钉在墙上的果树,但外人可以赏玩一下园内的好风景。如果王太子需要手帕,德·玛西阿克母后在多年不动的宝箱里,找出了一匹遗忘已久的上等荷兰细布;阿伽特和洛尔两位公主,正在打点针线和老是冻得红红的手,听候太子命令。堂亨利和堂加布里埃尔两位小王子还是那么淘气:狂吞葡萄酱,

---

① 西方各国传说,喜鹊爱金属发光之物,乡居人家常有金属物被喜鹊衔去之事。

惹姊姊们冒火,不肯念书,喜欢掏鸟窠,吵吵嚷嚷,冒犯禁令去砍伐柳条,做枪做棒。教皇的专使,俗称为本堂教士,威吓说要驱逐他们出教,如果他们再放着神圣的文法不学而去舞枪弄棒。再会吧,亲爱的哥哥,我这封信表示我对你全心全意地祝福,也表示我对你的友爱得到了极大的满足。你将来回家,一定有许多事情告诉我!你什么都不会瞒我,是不是?我是大妹妹呀。姑母曾经透露一句,说你在交际场中颇为得意。

只讲起一个女子,其余便只字不提。① 只字不提,当然是对我们啰!喂!欧也纳,你需要的话,我们可以省下手帕的布替你做衬衣。关于这一点,快快来信。倘若你马上要做工很好的漂亮衬衫,我们得立刻赶做;有什么我们不知道的巴黎式样,你寄个样子来,尤其袖口。再会了,再会了!我吻你的左额,那是专属于我的。另外一张信纸我留给阿伽特,她答应凡是我写的话绝不偷看。可是为保险起见,她写的时候我要在旁监视。

爱你的妹妹 洛尔·德·拉斯蒂涅。

"哦!是啊,是啊,"欧也纳心里想,"无论如何非发财不可!奇珍异宝也报答不了这样的忠诚。我得把世界上所有的幸福都带给她们。"他停了一会又想,"一千五百五十法郎,每个法郎都得用在刀口上!洛尔说得不错。该死!我只有粗布衬衫。为了男人的幸福,女孩子家真像小偷一样机灵。她那么天真,为我设想却那么周到,犹如天上的安琪儿,根本不懂

---

① 此诗句从高乃依的《西拿》第四幕中一句台词变化而来,原诗是:"只谈水,只谈台伯河,其余的只字不提。"

得尘世的罪过便宽恕了。"

于是世界是他的了！先把裁缝叫来,探过口气,居然答应赊账。见过了特拉伊先生,拉斯蒂涅懂得裁缝对青年人的生活影响极大。为了账单,裁缝要不是一个死冤家,便是一个好朋友,总是走极端的。欧也纳所找的那个,懂得人要衣装的老话,自命为能够把青年人捧出山。后来拉斯蒂涅感激之余,在他那套巧妙的谈吐里有两句话,使那个成衣匠发了财:

"我知道有人靠了他做的两条裤子,攀了一门有两万法郎陪嫁的亲事。"①

一千五百法郎现款,再加可以赊账的衣服！这么一来,南方的穷小子变得信心十足。他下楼用早餐的时候,自有一个年轻人有了几文的那种说不出的神气。钱落到一个大学生的口袋里,他马上觉得有了靠山。走路比从前有劲得多,杠杆有了着力的据点,眼神丰满,敢于正视一切,全身的动作也灵活起来。隔夜还怯生生的,挨了打不敢还手;此刻可有胆子得罪内阁总理了。他心中有了不可思议的变化:他无所不欲,无所不能,想入非非地又要这样又要那样,兴高采烈,豪爽非凡,话也多起来了。总之,从前没有羽毛的小鸟如今长了翅膀。没有钱的大学生拾取一星半点的欢娱,像一条狗冒着无穷的危险偷一根骨头,一边咬着嚼着,吮着骨髓,一边还在跑。等到小伙子袋里有了几枚不容易招留的金洋,就会把乐趣细细地体味、咀嚼,得意非凡,魂灵儿飞上半天,再不知穷苦二字怎讲。整个巴黎都是他的了。那是样样闪着金光、爆出火花的

----

① 巴尔扎克本人为感激常让他赊账的裁缝布伊松,常在《人间喜剧》中称赞这位裁缝。

年龄！成年以后的男女哪还有这种快活劲儿！那是欠债的年龄，提心吊胆的年龄！而就因为提心吊胆，一切欢乐才格外有意思！凡是不熟悉塞纳河左岸、没有在拉丁区混过的人，根本不懂得人生！

拉斯蒂涅咬着伏盖太太家一个铜子一个的煮熟梨，心上想："嘿！巴黎的妇女知道了，准会到这儿来向我求爱。"

这时栅门上的铃声一响，驿车公司的一个信差走进饭厅。他找欧也纳·德·拉斯蒂涅先生，交给他两只袋和一张签字的回单。欧也纳被伏脱冷深深地瞅了一眼，好像被鞭子抽了一下。

伏脱冷对他说："那你可以去找老师学击剑打枪了。"

"金船到了。"伏盖太太瞧着钱袋说。

米旭诺小姐不敢对钱袋望，唯恐人家看出她贪心。

"你的妈妈真好。"库蒂尔太太说。

"他的妈妈真好。"波阿雷马上跟了一句。

"对啊，妈妈连血都挤出来了，"伏脱冷道，"现在你可以胡闹，可以交际，去钓一笔陪嫁，跟那些满头桃花的伯爵夫人跳舞。可是听我的话，小朋友，靶子场非常去不可。"

伏脱冷做了一个瞄准的姿势。拉斯蒂涅想拿酒钱给信差，一个钱都掏不出来。伏脱冷拿一个法郎丢给来人。

"你的信用是不错的。"他望着大学生说。

拉斯蒂涅只得谢了他，虽然那天从鲍赛昂家回来，彼此抢白过几句以后，他非常讨厌这个家伙。在那八天之内，欧也纳和伏脱冷见了面都不作声，彼此只用冷眼观察。大学生想来想去也不明白是怎么回事。大概思想的放射，总是以孕育思想的力量为准的，头脑要把思想送到什么地方，思想便落在什么地方,准确性不下于从炮身里飞出去的弹丸,效果却个个不同。有些娇嫩的个性,思想可以钻进去损坏组织;也有些武装坚强的个性,铜墙铁壁式的头脑,旁人的意志打上去只能颓然堕下,好像炮弹射着城墙一样;还有软如棉花的个性,旁人的思想一碰到它便失掉作用,犹如炮弹落在堡垒外面的泥沟里。拉斯蒂涅的那种头脑却是装满了火药,一触即发,他朝气太旺,不能避免思想放射的作用,接触到别人的感情,不能不感染,许多古怪的现象在他不知不觉之间种在他心里。他的精神视觉像他的山猫眼睛一样明澈;每种灵敏的感官都有那种神秘的力量,能够感知遥远的思想,也具有那种反应敏捷、往返自如的弹性。我们在优秀的人物身上,善于把握敌人缺点的战士身上,就是佩服这种弹性。并且一个月以来,欧也纳所发展的优点跟缺点一样多。他的缺点是社会逼出来的,也是满足他日趋高涨的欲望所必需的。在他的优点中间,有一项是南方人的兴奋活泼,喜欢单刀直入解决困难,受不了不上不下的局面;北方人把这个优点称为缺点,他们以为这种性格如果是缪拉成功的秘诀,也是他丧命的原因。① 由此可以得出一个结论:如果一个南方人把北方人的狡猾和卢瓦尔河彼岸②的勇猛联合起来,就可成为全才,坐上瑞典的王位。③ 因

~~~~~~~~~~~~

① 缪拉(1767—1815),拿破仑之妹婿,帝政时代名将之一,曾被封为那不勒斯王,终为奥军俘获枪决。他是法国南方人,以大胆勇猛著称。

② 卢瓦尔河彼岸事实上还不能算法国南部;巴尔扎克笔下的南方,往往范围比一般更广。

③ 指贝纳多特(1763—1844),也是法国南方人,原系拿破仑部下名将,被封为蓬特-科沃亲王、法国元帅,曾任法国驻维也纳大使。后投奔瑞典,一八一〇年成为瑞典王位继承人,一八一八年成为瑞典国王,迄今瑞典王室犹为其后裔。

此,拉斯蒂涅绝不能长久处于伏脱冷的炮火之下,而不弄清楚这家伙究竟为敌为友。他常常觉得这怪人看透他的情欲,看透他的心思,而这怪人自己却把一切藏得那么严,其深不可测正如无所不知、无所不见而一言不发的斯芬克司①。这时欧也纳荷包里有了几文,想反抗了。伏脱冷喝完了最后几口咖啡,预备起身出去,欧也纳说:

"对不起,请你等一下。"

"干吗?"伏脱冷回答,一边戴上他的阔边大帽,提起铁手杖。平时他常常拿这根手杖在空中舞动,大有三四个强盗来攻击也不怕的神气。

"我要还你钱。"拉斯蒂涅说着,急急忙忙解开袋子,数出一百四十法郎给伏盖太太,说道:"账算清,朋友亲。到今年年底为止,咱们两讫了。再请兑五法郎零钱给我。"

"朋友亲,账算清。"波阿雷瞧着伏脱冷重复了一句。

"这儿还你一法郎。"拉斯蒂涅把钱授给那个戴假发的斯芬克司。

"好像你就怕欠我的钱,嗯?"伏脱冷大声说着,犀利的目光直瞧到他心里;那副涎皮赖脸的挖苦人的笑容,欧也纳一向讨厌,想跟他闹了好几回了。

"嗳……是的。"大学生回答,提着两只钱袋预备上楼了。

伏脱冷正要从通到客厅的门里出去,大学生想从通到楼梯道的门里出去。

"你知道吗,德·拉斯蒂涅喇嘛侯爵大人,你的话不大客气?"伏脱冷说着,砰的一声关上客厅的门,迎着大学生走过

① 古埃及的狮身人面像。

来。大学生冷冷地瞅着他。

拉斯蒂涅带上饭厅的门，拉着伏脱冷走到楼梯脚下。楼梯间有扇直达花园的板门，嵌着长玻璃，装着铁栅。西尔维正从厨房出来，大学生当着她的面说：

"伏脱冷先生，我不是侯爵，也不是什么拉斯蒂涅喇嘛。"

"他们要打架了。"米旭诺小姐不关痛痒地说。

"打架！"波阿雷跟着说。

"噢，不会的。"伏盖太太摩挲着她的一堆洋钱回答。

"他们到菩提树下去了，"维克托莉小姐叫了声，站起来向窗外张望，"可怜的小伙子没有错啊。"

库蒂尔太太说："上楼吧，亲爱的孩子，别管闲事。"

库蒂尔太太和维克托莉起来走到门口，西尔维迎面拦住了去路，说道：

"什么事啊？伏脱冷先生对欧也纳先生说：咱们来评个理吧！说完抓着他的胳膊，踏着我们的朝鲜蓟走过去了。"

这时伏脱冷出现了。"伏盖妈妈，"他笑道，"不用怕，我要到菩提树下去试试我的手枪。"

"哎呀！先生，"维克托莉合着手说，"干吗你要打死欧也纳先生呢？"

伏脱冷退后两步，瞧着维克托莉。

"又是一桩公案，"他那种嘲弄的声音把可怜的姑娘羞得满面通红，"这小伙子很可爱是不是？你叫我想起了一个主意。好，让我来成全你们俩的幸福吧，美丽的孩子。"

库蒂尔太太抓起女孩子的胳膊，一边走一边凑在她耳边说：

"维克托莉，你今儿真是莫名其妙。"

伏盖太太道："我不愿意人家在我这里打枪,你要惊动邻居,老清早叫警察上门了!"

"哦!放心,伏盖妈妈,"伏脱冷回答,"你别慌,我们到靶子场去就是了。"说罢他追上拉斯蒂涅,亲热地抓了他的手臂:

"等会你看我三十五步之外接连五颗子弹打在黑桃 A①的中心,你不至于泄气吧?我看你有点生气了,那你可要糊里糊涂送命的呢。"

"你不敢啦?"欧也纳说。

"别惹我,"伏脱冷道,"今儿天气不冷,来这儿坐吧,"他指着几只绿漆的凳子,"行,这儿不会有人听见了。我要跟你谈谈。你是一个好小子,我不愿意伤了你。咱家鬼——(吓!该死!)咱家伏脱冷可以赌咒,我真喜欢你。为什么?我会告诉你的。现在只要你知道,我把你认识得清清楚楚,好像你是我生的一般。我可以给你证明。哎,把袋子放在这儿吧。"他指着圆桌说。

拉斯蒂涅把钱袋放在桌上,他非常奇怪这家伙本来说要打死他,怎么又忽然装作他的保护人。

"你很想知道我是谁,干过什么事,现在又干些什么。你太好奇了,孩子。哎,不用急。我的话长呢。我倒过霉。你先听着,等会再回答。我过去的身世,'倒过霉'三个字儿就可以说完了。我是谁?伏脱冷。做些什么?做我爱做的事。完啦。你要知道我的性格吗?只要对我好的或是我觉得投机的

---

① 黑桃为扑克牌的一种花色,A 为每种花色中最大的牌。此处是指打枪的靶子。

人,我对他们和气得很。这种人可以百无禁忌,尽管在我小腿上踢几脚,我也不会说一声哼,当心! 可是,小乖乖! 那些跟我找麻烦的人,或是我觉得不对劲的,我会凶得像魔鬼。还得告诉你,我把杀人当作——呸～～～这样的玩意儿!"说着他唾了一道口水,"不过我杀人杀得很得体,倘使非杀不可的话。我是你们所说的艺术家。别小看我,我念过班韦尼托·却利尼①的《回忆录》,还是念的意大利文原著! 他是一个会作乐的好汉,我跟他学会了模仿天意,所谓天意,就是不分青红皂白把我们乱杀一阵。我也学会了到处爱美。你说:单枪匹马跟所有的人作对,把他们一齐打倒,不是挺美吗? 对你们这个乱七八糟的社会组织,我仔细想过。告诉你,孩子,决斗是小娃娃的玩意儿,简直胡闹。两个人中间有一个多余的时候,只有傻瓜才会听凭偶然去决定。决斗吗? 就像猜铜板! 呃! 我一口气在黑桃 A 的中心打进五颗子弹,一颗钉着一颗,还是在三十五步之外! 有了这些小本领,总以为打中个把人是没问题的了。唉! 哪知我隔开二十步打一个人竟没有中。对面那混蛋,一辈子没有拿过手枪,可是你瞧!"他说着解开背心,露出像熊背一样多毛的胸脯,生着一簇叫人又恶心又害怕的黄毛,"那乳臭未干的小子竟然把我的毛烧焦了。"他把拉斯蒂涅的手指按在他乳房的一个窟窿上,"那时我还是一个孩子,像你这个年纪,二十一岁。我还相信一些东西,譬如说,相信一个女人的爱情,相信那些弄得你七荤八素的荒唐事儿。我们交起手来,你可能把我打死。假定我躺在地下了,你怎么

---

① 班韦尼托·却利尼(1500—1571),意大利著名雕塑家,以生活放浪喜欢冒险闻名于世。

办？得逃走喽,上瑞士去,白吃爸爸的,而爸爸也没有几文。你现在的情形,让我来点醒你;我的看法高人一等,因为我有生活经验,知道只有两条路好走:不是糊里糊涂地服从,就是反抗。我,还用说吗?我对什么都不服从。照你现在这个派头,你知道你需要什么,一百万家财,而且要快;不然的话,你尽管胡思乱想,一切都是水中捞月,白费! 这一百万,我来给你吧。"他停了一下,望着欧也纳,"啊!啊!现在你对伏脱冷老头的神气好一些了。一听我那句话,你就像小姑娘听见人家说了声:晚上见。便理理毛,舐舐嘴唇,有如喝过牛奶的猫咪。这才对啦。来,来,咱们合作吧。先算算你那笔账,小朋友。家乡,咱们有爸爸,妈妈,祖姑母,两个妹妹(一个十八一个十七),两个兄弟(一个十五一个十岁),这是咱们的花名册。祖姑母管教两个妹妹,神甫教两个兄弟拉丁文。家里总是多喝栗子汤,少吃白面包;爸爸非常爱惜他的裤子,妈妈难得添一件冬衣和夏衣,妹妹们能将就便将就了。我什么都知道,我住过南方。要是家里每年给你一千二,田里的收入统共只有三千,那么你们的情形就是这样。咱们有一个厨娘,一个当差,面子总要顾到,爸爸还是男爵呢。至于咱们自己,咱们有野心,有鲍赛昂家撑腰,咱们拼着两条腿走去,心里想发财,袋里空空如也;嘴里吃着伏盖妈妈的起码饭菜,心里爱着圣日耳曼区的山珍海味;睡的是破床,想的是高堂大厦! 我不责备你的欲望。我的小心肝,野心不是个个人有的。你去问问娘儿们,她们追求的是怎么样的男人,还不是野心家?野心家比旁的男子腰粗臂胖,血中铁质更多,心也更热。女人强壮的时候真快乐,真好看,所以在男人中专挑有力气的爱,便是给他压坏也甘心。我一项一项举出你的欲望,好向你提出问题。

问题是这样:咱们肚子饿得像狼,牙齿又尖又快,怎么办才能弄到大鱼大肉? 第一要吞下民法,那可不是好玩的事,也学不到什么;可是这一关非过不可。好,就算过了关,咱们去当律师,预备将来在重罪法庭当一个庭长,把一些英雄好汉,肩膀上刺了 T.F.①打发出去,好让财主们太太平平地睡觉。这可不是味儿,而且时间很长。先得在巴黎愁眉苦脸地熬两年,对咱们馋涎欲滴的美果只许看,不许碰。老想要而要不到,才磨人呢。倘若你面无血色,性格软绵绵得像条虫,那还不成问题;不幸咱们的血像狮子的一样滚烫,胃口奇好,一天可以胡闹二十次。这样你就受罪啦,受老天爷地狱里最凶的刑罚啦。就算你安分守己,只喝牛奶,做些哀伤的诗;可是熬尽了千辛万苦,憋着一肚子怨气之后,你总得,不管你怎样的胸襟高旷,先要在一个混蛋手下当代理检察,在什么破落的小城里,政府丢给你一千法郎薪水,好像把残羹冷饭扔给一条肉铺里的狗。你的职司是钉在小偷背后狂吠,替有钱的人辩护,把有心肝的送上断头台。你非这样不可! 要没有靠山,你就在外省法院里发霉。到三十岁,你可以当一名年俸一千二的推事,倘若捧住饭碗的话。熬到四十岁,娶一个磨坊主人的女儿,带来六千上下的陪嫁。得啦,谢谢吧。要是有靠山,三十岁上你便是检察官,五千法郎薪水,娶的是市长的女儿。再玩一下卑鄙的政治手段,譬如读选举票,把自由党的曼努埃尔念作保王党的维莱勒(既然押韵,用不着良心不安),你可以在四十岁上升做首席检察官,还能当议员。你要注意,亲爱的孩子,这么做是要咱们昧一下良心,吃二十年苦,无声无息地受二十年难,咱

---

① 苦役犯肩上黥印 T.F. 两个字母,是苦役二字的缩写。

们的姊妹只能当老姑娘终身。还得奉告一句：首席检察官的缺份，全法国统共只有二十个，候补的有两万，其中尽有些不要脸的，为了升官发财，不惜出卖妻儿子女。如果这一行你觉得倒胃口，那么再来瞧瞧旁的。德·拉斯蒂涅男爵有意当律师吗？噢！好极了！先得熬上十年，每月一千法郎开销，要一套藏书，一间事务所，出去应酬，卑躬屈膝地巴结诉讼代理人，才能招揽案子，到法院去吃灰。要是这一行能够使你出头，那也罢了；可是你去问一问，五十岁左右每年挣五万法郎以上的律师，巴黎有没有五个？吓！与其受这样的委屈，还不如去当海盗。再说，哪儿来的本钱？这都泄气得很。不错，还有一条出路是女人的陪嫁。哦，你愿意结婚吗？那等于把一块石头挂上自己的脖子。何况为了金钱而结婚，咱们的荣誉感，咱们的志气，又放到哪儿去？还不如现在就反抗社会！像一条蛇似的躺在女人前面，舐着丈母的脚，做出叫母猪也害臊的卑鄙事情，呸！这样要能换到幸福，倒还罢了。但这种情形之下娶来的老婆，会叫你倒霉得像阴沟盖。跟自己的老婆斗还不如同男人打架。这是人生的三岔口，朋友，你挑吧。你已经挑定了，你去过表亲鲍赛昂家，嗅到了富贵气。你也去过高老头的女儿雷斯托太太家，闻到了巴黎妇女的味道。那天你回来，脸上明明白白写着几个字：往上爬！不顾一切地往上爬。我暗中叫好，心里想这倒是一个配我脾胃的汉子。你要用钱，哪儿去找呢？你抽了姊妹的血。做弟兄的多多少少全骗过姊妹的钱。你家乡多的是栗子，少的是洋钱，天知道怎么弄来的一千五百法郎，往外溜的时候跟大兵出门抢劫一样快，钱完了怎么办？用功吗？用功的结果，你现在明白了，是给波阿雷那等角色老来在伏盖妈妈家租间屋子。跟你情形相仿的四五万青年,此刻都有一个问题要解决:赶快挣一笔财产。你是其中的一个。你想:你们要怎样地拼命,怎样地斗争;势必你吞我,我吞你,像一个瓶里的许多蜘蛛,因为根本没有四五万个好缺份。你知道巴黎的人怎么打天下的?不是靠天才的光芒,就是靠腐蚀的本领。在这个人堆里,不像炮弹一般轰进去,就得像瘟疫一般钻进去。清白老实一无用处。在天才的威力之下,大家会屈服,先是恨他,毁谤他,因为他一口独吞,不肯分肥;可是他要坚持的话,大家便屈服了。总而言之,没法把你埋在土里的时候,就向你磕头。雄才大略是少有的,遍地风行的是腐化堕落。社会上多的是饭桶,而腐蚀便是饭桶的武器,你到处觉得有它的刀尖。有些男人,全部家私不过六千法郎薪水,老婆的衣着花到一万以上。收入只有一千二的小职员也会买田买地。你可以看到一些女人出卖身体,为了要跟贵族院议员的公子,坐了车到长野跑马场的中央大道上去奔驰。女婿有了五万法郎进款,可怜的脓包高老头还不得不替女儿还债,那是你亲眼看见的。你试着瞧吧,在巴黎走两三步路要不碰到这一类的鬼玩意才怪。我敢把脑袋跟这一堆生菜打赌,你要碰到什么你中意的女人,不管是谁,不管怎样有钱,美丽,年轻,你马上掉在黄蜂窠里。她们受着法律束缚,什么事都得跟丈夫明争暗斗。为了情人,衣着,孩子,家里的开销,虚荣,所玩的手段,简直说不完,反正不是为了高尚的动机。所以正人君子是大众的公敌。你知道什么叫作正人君子吗?在巴黎,正人君子是不声不响、不愿分赃的人。至于那批可怜的公共奴隶,到处做苦工而没有报酬的,还没有包括在内;我管他们叫作相信上帝的傻瓜。当然这是德行的最高峰,愚不可及的好榜样,同时也是苦海。倘若上帝开个玩笑,在最后审判时缺席一下,那些好人包你都要愁眉苦脸!因此,你要想快快发财,必须现在已经有钱,或者装作有钱。要弄大钱,就该大刀阔斧地干,要不就完事大吉。三百六十行中,倘使有十几个人成功得快,大家便管他们叫作贼。你自己去找结论吧。人生就是这么回事。跟厨房一样腥臭。要捞油水不能怕弄脏手,只消事后洗干净;今日所谓道德,不过是这一点。我这样议论社会是有权利的,因为我认识社会。你以为我责备社会吗?绝对不是。世界一向是这样的。道德家永远改变不了它。人是不完全的,不过他的作假有时多有时少,一般傻子便跟着说风俗淳朴了,或是浇薄了。我并不帮平民骂富翁,上中下三等的人都是一样的人。这些高等野兽,每一百万中间总有十来个狠家伙,高高地坐在一切之上,甚至坐在法律之上,我便是其中之一。你要有种,你就扬着脸一直线往前冲。可是你得跟忌妒、毁谤、庸俗斗争,跟所有的人斗争。拿破仑碰到一个叫作奥布里的陆军部长,差一点给送往殖民地。① 你自己忖一忖吧!看你是否能每天早上起来,比隔夜更有勇气。倘然是的话,我可以给你提出一个谁也不会拒绝的计划。喂,你听着。我有个主意在这儿。我想过一种长老生活,在美国南部弄一大块田地,就算十万阿尔邦②吧。我要在那边种植,买奴隶,靠了卖牛、卖烟草、卖林木的生意挣他几百万,把日子过得像小皇帝一样;那种随心所欲的生活,蹲在这儿破窑里的人连做梦也做不到的。我是一个大诗人。我的诗不是写下来

① 一七九四年的拿破仑被国防委员会委员奥布里解除意大利方面军的炮兵指挥。

② 阿尔邦为古量度名,约等于三十至五十公亩,因地域而异。在法国,一般相当于四十二公亩。

的,而是在行动和感情上表现的。此刻我有五万法郎,只够买四十名黑人。我需要二十万法郎,因为我要两百个黑人,才能满足我长老生活的瘾。黑人,你懂不懂?那是一些自生自发的孩子,你爱把他们怎么办就怎么办,绝没有一个好奇的检察官来过问。有了这笔黑资本,十年之内可以挣到三四百万。我要成功了,就没有人盘问我出身。我就是四百万先生,合众国公民。那时我才五十岁,不至于发霉,我爱怎么玩儿就怎么玩儿。总而言之,倘若我替你弄到一百万陪嫁,你肯不肯给我二十万?两成佣金,不算太多吧?你可以叫小媳妇儿爱你。一朝结了婚,你得表示不安,懊恼,半个月工夫装作闷闷不乐。然后,某一天夜里,先来一番装腔作势,再在两次亲吻之间,对你老婆说出有二十万的债,当然那时要把她叫作心肝宝贝啰!这种戏文天天都有一批最优秀的青年在搬演。一个少女把心给了你,还怕不肯打开钱袋吗?你以为你损失了吗?不。一桩买卖就能把二十万捞回来。凭你的资本,凭你的头脑,挣多大的家财都不成问题。Ergo①,你在六个月中间造成了你的幸福,造成了一个小娇娘的幸福,还有伏脱冷老头的幸福,还有你父母姊妹的幸福,他们此刻不是缺少木柴,手指冻得发疼吗?我的提议跟条件,你不用大惊小怪!巴黎六十件美满的婚姻,总有四十七件是这一类的交易。公证人公会曾经强逼某先生……"

"要我怎么办呢?"拉斯蒂涅急不可待地打断了伏脱冷的话。

~~~~~~~~~~

① 拉丁文:于是乎。旧时逻辑学及修辞学中的套头语,表示伏脱冷也拿过书。

"噢,用不着你多费心的,"伏脱冷回答的时候,那种高兴好比一个渔翁觉得鱼儿上了钩,"你听我说! 凡是可怜的、遭难的女子,她的心等于一块极需要爱情的海绵,只消一滴感情,立刻膨胀。追求一个孤独、绝望、贫穷、想不到将来有大家私的姑娘,呃! 那简直是拿了一手同花顺子①,或是知道了头奖的号码去买奖券,或是得了消息去做公债。你的亲事就像在三合土上打了根基。一朝有几百万家财落在那姑娘头上,她会当作泥土一般扔在你脚下,说道:' 拿吧,我的心肝! 拿吧,阿道尔夫! 阿尔弗雷德! 拿吧,欧也纳!'只消阿道尔夫,阿尔弗雷德,或者欧也纳有那聪明的头脑肯为她牺牲。所谓牺牲,不过是卖掉一套旧衣服,换几个钱一同上蓝钟餐厅吃一顿香菌包子;晚上再到昂必居喜剧院看一场戏;或者把表送往当铺,买一条披肩送她。那些爱情的小玩意儿,无须跟你细说;多少女人都喜欢那一套,譬如写情书的时候,在信笺上洒几滴水冒充眼泪等等,我看你似乎完全懂得调情的把戏。你瞧,巴黎仿佛新大陆上的森林,有无数的野蛮民族在活动,什么伊利诺斯人,休伦人,②都在社会上靠打猎过活。你是个追求百万家财的猎人,得用陷阱,用鸟笛,用哨子去猎取。打猎的种类很多:有的猎取陪嫁;有的猎取破产后的清算;③有的出卖良心;有的出卖无法抵抗的订户。④ 凡是满载而归的人都被敬重,庆贺,受上流社会招待。说句公平话,巴黎的确是世界上最好客的城市。如果欧洲各大京城高傲的贵族,不许

① 同花顺子为纸牌中最高级的大牌。
② 伊利诺斯、休伦都是美洲的地名,当时都是未开化的地区。
③ 资本主义社会中有的商人是靠倒闭清算而发财的。
④ 出卖良心是指受贿赂的选举,出卖订户指报馆老板出让报纸。

一个声名狼藉的百万富翁跟他们称兄道弟,巴黎自会对他张开臂膀,赴他的宴会,吃他的饭,跟他碰杯,祝贺他的丑事。"

"可是哪儿去找这样一个姑娘呢?"欧也纳问。

"就在眼前,听你摆布!"

"维克托莉小姐吗?"

"对啦!"

"怎么?"

"她已经爱上你了,你那个德·拉斯蒂涅男爵夫人!"

"她一个子儿都没有呢。"欧也纳很诧异地说。

"噢!这个吗?再补上两句,事情就明白了。泰伊番老头在大革命时代暗杀过他的一个朋友;他是跟咱们一派的好汉,思想独往独来。他是银行家,弗雷德里克·泰伊番公司的大股东;他想把全部家产传给独养儿子,把维克托莉一脚踢开。咱家我,可不喜欢这种不平事儿。我好似堂吉诃德,专爱锄强扶弱。如果上帝的意志要召回他的儿子,泰伊番自会承认女儿;他好歹总要一个继承人,这又是人类天生的傻脾气;可是他不能再生孩子,我知道。维克托莉温柔可爱,很快会把老子哄得回心转意,用感情弄得他团团转,像个德国陀螺似的。你对她的爱情,她感激万分,绝不会忘掉,她会嫁给你。我么,我来替天行道,叫上帝发愿。我有个生死之交的朋友,卢瓦尔军团①的上校,最近调进王家卫队。他听了我的话加入极端派的保王党,他才不是固执成见的糊涂蛋呢。顺便得忠告你一句,好朋友,你不能拿自己的话当真,也不能拿自己的主张当真。有人要收买你的主张,不妨出卖。一个自命为

---

① 滑铁卢一仗以后,拿破仑的一部分军队改编为卢瓦尔军团。

从不改变主张的人,是一个永远走直线的人,相信自己永远正确的大傻瓜。世界上没有原则,只有事故;没有法律,只有时势。高明的人同事故跟时势打成一片,任意支配。倘若真有什么固定的原则跟法律,大家也不能随时更换,像咱们换衬衫一样容易了。一个人用不着比整个民族更智慧。替法国出力最少的倒是受人膜拜的偶像,因为他老走激进的路;其实这等人至多只能放在博物院中跟机器一块儿,挂上一条标签,叫他作拉法夷特①。至于被每个人丢石子的那位亲王,根本瞧不起人类,所以人家要他发多少誓便发多少誓,他却在维也纳会议中使法国免于瓜分;他替人争了王冠,人家却把污泥丢在他脸上。② 噢!什么事的底细我都明白;人家的秘密我知道的才多呢!不用多说了。只消有一天能碰到三个人对一条原则的运用意见一致,我就佩服,我马上可以采取一个坚决的主张;可是不知何年何月才有这么一天呢!对同一条法律的解释,法庭上就没有三个推事意见相同。言归正传,说我那个朋友吧。只消我开声口,他会把耶稣基督重新钉上十字架。凭我伏脱冷老头一句话,他会跟那个小子寻事,他——对可怜的妹子连一个子儿都不给,哼!——……然后……"

伏脱冷站起身子,摆着姿势,好似一个剑术教师准备开步的功架:

"然后,请他回老家!"

"怕死人了!"欧也纳道,"你是开玩笑吧,伏脱冷先生?"

---

① 拉法夷特(1757—1834),法国将军,复辟时期的反对党领袖,一生并无重大贡献而声名不衰,政制屡更,仍无影响。

② 指塔莱朗,在拿破仑时代以功封为亲王,王政时代仍居显职,可谓三朝元老。波旁王朝复辟,塔莱朗在幕后出了很大的力量。

"呦！呦！呦！别紧张,"他回答,"别那么孩子气。你要是愿意,尽管去生气,去冒火！说我恶棍,坏蛋,无赖,强盗,都行,只别叫我骗子,也别叫我奸细！来吧,开口吧,把你的连珠炮放出来吧！我原谅你,在你的年纪上那是挺自然的！我就是过来人！不过得仔细想一想。也许有一天你干的事比这个更要不得,你会去拍漂亮女人的马屁,接受她的钱。你已经在这么想了。因为你要不在爱情上预支,你的梦想怎么能成功？亲爱的大学生,德行是不可分割的,是则是,非则非,一点没有含糊。有人说罪过可以补赎,可以用忏悔来抵消！哼,笑话！为要爬到社会上的某一级而去勾引一个女人,离间一家的弟兄,总之为了个人的快活和利益,明里暗里所干的一切卑鄙勾当,你以为合乎信仰、希望、慈悲三大原则吗？一个纨绔子弟引诱未成年的孩子,一夜之间夺去人家一半家产,凭什么只判两个月徒刑？一个可怜的穷鬼在加重刑罚的情节①中偷了一千法郎,凭什么就判终身苦役？这是你们的法律。没有一条不荒谬。戴了黄手套说漂亮话的人物,杀人不见血,永远躲在背后;普通的杀人犯却在黑夜里用铁棍撬门进去,那明明是犯了加重刑罚的条款了。我现在向你提议的,跟你将来所要做的,差别只在于见血不见血。你还相信世界上真有什么固定不变的东西！嗳！千万别把人放在眼里,倒应该研究一下民法上哪儿有漏洞。只要不是彰明较著发的大财,骨子里都是大家遗忘了的罪案,只是案子做得干净罢了。"

"别说了,先生,我不能再听下去,你要叫我对自己都怀

① 加重刑罚的情节为法律术语,例如手持武器,夜入人家,在刑事上即为加重刑罚的情节。

疑了,这时我只能听感情指导。"

"随你吧,孩子。我只道你是个硬汉;我再不跟你说什么了。不过,最后交代你一句,"他目不转睛地瞪着大学生,"我的秘密交给你了。"

"不接受你计划,当然会忘掉的。"

"说得好,我听了很高兴。不是吗,换了别人,就不会这么谨慎体贴了。别忘了我这番心意。等你半个月。要就办,不就算了。"

眼看伏脱冷挟着手杖,若无其事地走了,拉斯蒂涅不禁想道:"好一个铁石心肠的家伙! 德·鲍赛昂太太文文雅雅对我说的,他赤裸裸地说了出来。他拿钢铁般的利爪把我的心撕得粉碎。干吗我要上德·纽沁根太太家去? 我刚转好念头,他就猜着了。关于德行,这强盗坏三言两语告诉我的,远过于多少人物多少书本所说的。如果德行不允许妥协,我岂不是偷盗了我的妹妹?"

他把钱袋往桌上一扔,坐下来胡思乱想。

"忠于德行,就是做一个伟大的殉道者! 喝! 个个人相信德行,可是谁是有德行的? 民众崇拜自由,可是自由的人民在哪儿? 我的青春还像明净无云的蓝天,可是巴望富贵,不就是决定扯谎、屈膝、在地下爬、逢迎吹拍、处处作假吗? 不就是心甘情愿听那般扯过谎、屈过膝、在地下爬过的人使唤吗? 要加入他们的帮口,先得侍候他们。呸! 那不行。我要规规矩矩、清清白白地用功,日以继夜地用功,凭劳力来挣我的财产。这是求富贵最慢的路,但我每天可以问心无愧地上床。白璧无瑕,像百合一样纯洁,将来回顾一生的时候,岂不挺美? 我跟人生,还像一个青年和他的未婚妻一样新鲜。伏脱冷却叫我看到婚后十年的情景。该死！我越想越糊涂了。还是什么都不去想，听凭我的感情指导吧。"

胖子西尔维的声音赶走了欧也纳的幻想，她报告说裁缝来了。他拿了两口袋钱站在裁缝前面，觉得这个场面倒也不讨厌。试过晚礼服，又试一下白天穿的新装，他马上变了一个人。

他心上想："还怕比不上德·特拉伊？还不是一样的绅士气派？"

"先生，"高老头走进欧也纳的屋子说，"你可是问我德·纽沁根太太上哪些地方应酬吗？"

"是啊。"

"下星期一，她要参加德·卡里利阿诺元帅的跳舞会。要是你能够去，请你回来告诉我，她们姊妹俩是不是玩得痛快，穿些什么衣衫，总之，你要样样说给我听。"

"你怎么知道的？"欧也纳让他坐在火炉旁边问他。

"她的老妈子告诉我的。从泰蕾丝和康斯坦斯①那边，我打听出她们的一举一动。"他像一个年轻的情人因为探明了情妇的行踪，对自己的手段非常得意，"你可以看到她们了，你！"他的艳羡与痛苦都天真地表现了出来。

"还不知道呢，"欧也纳回答，"我要去见德·鲍赛昂太太，问她能不能把我介绍给元帅夫人。"

欧也纳想到以后能够穿着新装上子爵夫人家，不由得暗中欢喜。伦理学家所谓人心的深渊，无非指一些自欺欺人的

---

① 泰蕾丝是德·纽沁根太太的贴身女仆，康斯坦斯是德·雷斯托太太的贴身女仆。

思想,不知不觉只顾自己利益的念头。那些突然的变化,来一套仁义道德的高调,又突然回到老路上去,都是迎合我们求快乐的愿望的。眼看自己穿扮齐整,手套靴子样样合格之后,拉斯蒂涅又忘了敦品励学的决心。青年人陷于不义的时候,不敢对良心的镜子照一照,成年人却不怕正视;人生两个阶段的不同完全在于这一点。

几天以来,欧也纳和高老头这对邻居成了好朋友。他们心照不宣的友谊,伏脱冷和大学生的不投机,其实都出于同样的心理。将来倘有什么大胆的哲学家,想肯定我们的感情对物质世界的影响,一定能在人与动物的关系中找到不少确实的例子,证明感情并不是抽象的。譬如说,看相的人推测一个人的性格,绝不能一望而知,像狗知道一个陌生人对它的爱憎那么快。有些无聊的人想淘汰古老的字眼,可是物以类聚这句成语始终挂在每个人的嘴边。受到人家的爱,我们是感觉到的。感情在无论什么东西上面都能留下痕迹,并且能穿越空间。一封信代表一颗灵魂,等于口语的忠实的回声,所以敏感的人把信当作爱情的至宝。高老头的盲目的感情,已经把他像狗一样的本能发展到出神入化,自然能体会大学生对他的同情、钦佩和好意。可是初期的友谊还没有到推心置腹的阶段。欧也纳以前固然表示要见德·纽沁根太太,却并不想托老人介绍,而仅仅希望高里奥漏出一点儿口风给他利用。高老头也直到欧也纳访问了阿娜斯塔齐和德·鲍赛昂太太回来,当众说了那番话,才和欧也纳提起女儿。他说:

"亲爱的先生,你怎么能以为说出了我的名字,德·雷斯托太太便生你的气呢?两个女儿都很孝顺,我是个幸福的父亲。只是两个女婿对我不好。我不愿意为了跟女婿不和,叫两个好孩子伤心;我宁可暗地里看她们。这种偷偷摸摸的快乐,不是那些随时可以看到女儿的父亲所能了解的。我不能那么办,你懂不懂?所以碰到好天气,先问过老妈子女儿是否出门,我上爱丽舍田园大道去等。车子来的时候,我的心跳起来;看她们穿扮那么漂亮,我多高兴。她们顺便对我笑一笑,噢!那就像天上照下一道美丽的阳光,把世界镀了金。我待在那儿,她们还要回来呢。是呀,我又看见她们了!呼吸过新鲜空气,脸蛋儿红红的。周围的人说:'哦!多漂亮的女人!'我听了多开心。那不是我的亲骨血吗?我喜欢替她们拉车的马,我愿意做她们膝上的小狗。她们快乐,我才觉得活得有意思。各有各的爱的方式,我那种爱又不妨碍谁,干吗人家要管我的事?我有我享福的办法。晚上去看女儿出门上跳舞会,难道犯法吗?要是去晚了,知道'太太已经走了',那我才伤心死呢!有一晚我等到清早三点,才看到两天没有见面的娜齐。我快活得几乎晕过去!我求你,以后提到我,一定得说我女儿孝顺。她们要送我各式各样的礼物,我把她们拦住了,我说:'不用破费呀!我要那些礼物干什么?我一样都不缺少。'真的,亲爱的先生,我是什么东西?不过是一个臭皮囊罢了,只是一颗心老跟着女儿。"

那时欧也纳想出门先上杜伊勒里公园逛逛,然后到了时间去拜访德·鲍赛昂太太。高老头停了一会儿又说:"将来你见过了德·纽沁根太太,告诉我你在两个之中更喜欢哪一个。"

这次的散步是欧也纳一生的关键。有些女人注意到他了:他那么美,那么年轻,那么体面,那么风雅!一看到自己成为路人赞美的目标,立刻忘了被他罗掘一空的姑母姊妹,也忘了良心的指摘。他看见头上飞过那个极像天使的魔鬼,五色翅膀的撒旦,一路撒着红宝石,把黄金的箭射在宫殿前面,把女人们涂得大红大紫,把简陋的王座蒙上恶俗的光彩;他听着那个虚荣的魔鬼唠叨,把虚幻的光彩看作权势的象征。伏脱冷的议论尽管那样玩世不恭,已经深深地种在他心头,好比处女的记忆中有个媒婆的影子,对她说过:"黄金和爱情,滔滔不尽!"

懒洋洋地溜达到五点左右,欧也纳去见德·鲍赛昂太太,不料碰了个钉子,青年人无法抵抗的那种钉子。至此为止,他觉得子爵夫人非常客气,非常殷勤;那是贵族教育的表现,不一定有什么真情实意的。他一进门,德·鲍赛昂太太便做了一个不高兴的姿势,冷冷地说:

"德·拉斯蒂涅先生,我不能招待你,至少在这个时候!我忙得很……"

对于一个能察言观色的人,而拉斯蒂涅已经很快地学会了这一套,这句话,这个姿势,这副眼光,这种音调,原原本本说明了贵族阶级的特性和习惯;他在丝绒手套下面瞧见了铁掌,在仪态万方之下瞧见了本性和自私,在油漆之下发现了木料。总之他听见了从王上到末等贵族一贯的口气:我是王。以前欧也纳把她的话过于当真,过于相信她的心胸宽大。不幸的人只道恩人与受恩的人是盟友,以为一切伟大的心灵完全平等。殊不知使恩人与受恩的人同心一体的那种慈悲,是跟真正的爱情同样绝无仅有,同样不受了解的天国的热情,两者都是优美的心灵慷慨豪爽的表现。拉斯蒂涅一心想踏进德·卡里利阿诺公爵夫人的舞会,也就忍受了表姊的脾气。

"太太,"他声音颤巍巍地说,"没有要紧事儿,我也不敢来惊动你,你包涵点儿吧,我回头再来。"

"行,那么你来吃饭吧。"她对刚才的严厉有点不好意思了;因为这位太太的好心的确不下于她的高贵。

虽则突然之间的转圜使欧也纳很感动,他临走仍不免有番感慨:"爬就是了,什么都得忍受。连心地最好的女子一刹那间也会忘掉友谊的诺言,把你当破靴似的扔掉,旁的女人还用说吗? 各人自扫门前雪,想不到竟是如此! 不错,她的家不是铺子,我不该有求于她。真得像伏脱冷所说的,像一颗炮弹似的轰进去!"

想到要在子爵夫人家吃饭的快乐,大学生的牢骚也就很快没有了。就是这样,好似命中注定似的,他生活中一切琐琐碎碎的事故,都逼他如伏脱冷所说的,在战场上为了不被人杀而不得不杀人,为了不受人骗而不得不骗人,把感情与良心统统丢开,戴上假面具,冷酷无情地玩弄人,神不知鬼不觉地去猎取富贵。

他回到子爵夫人家,发现她满面春风,又是向来的态度了。两人走进饭厅,子爵早已等在那儿。大家知道,王政时代是饮食最奢侈的时代。德·鲍赛昂先生什么都玩腻了,除了讲究吃喝以外,再没有旁的嗜好;他在这方面跟路易十八和德·埃斯卡公爵①是同道。他饭桌上的奢侈是外表和内容并重的。欧也纳还是第一遭在世代簪缨之家用餐,没有见识过这等场面。舞会结束时的夜宵在帝政时代非常时行,军人们非饱餐一顿,养足精神,应付不了国内国外的斗争。当时的风

① 德·埃斯卡公爵(1747—1822),从一七七四年起任宫中掌膳大臣。路易十八复辟后,仍任原职。一八二二年死于消化不良。路易十八闻讯,自诩"消化能力比那个可怜的德·埃斯卡强多了"。

气把这种夜宵取消了。欧也纳过去只参加过舞会。幸亏他态度持重,——将来他在这一点上很出名的,而那时已经开始有些气度,——并没显得大惊小怪。可是眼见镂刻精工的银器,席面上那些说不尽的讲究,第一次领教到毫无声响的侍应,一个富于想象的人怎么能不羡慕无时无刻不高雅的生活,而不厌弃他早上所想的那种清苦生涯呢!他忽然想到公寓的情形,觉得厌恶之极,发誓正月里非搬家不可:一则换一所干净的屋子,一则躲开伏脱冷,免得精神上受他的威胁。头脑清楚的人真要问,巴黎既有成千上万有声无声的伤风败俗之事,怎么国家会如此糊涂,把学校放在这个城里,让青年人聚集在一起?怎么美丽的妇女还会受到尊重?怎么兑换商堆在铺面上的黄金不至于从木钟①里不翼而飞?再拿青年人很少犯罪的情形来看,那些耐心的饥荒病者拼命压止馋痨的苦功,更令人佩服了!穷苦的大学生跟巴黎的斗争,好好描写下来,便是现代文明最悲壮的题材。

德·鲍赛昂太太瞅着欧也纳逗他说话,他却始终不肯在子爵面前开一声口。

"你今晚陪我上意大利剧院去吗?"子爵夫人问她的丈夫。

"能够奉陪在我当然是桩快乐的事,"子爵的回答殷勤之中带点儿俏皮,欧也纳根本没有发觉,"可惜我要到多艺剧院去会朋友。"

"他的情妇喽。"她心里想。

"阿瞿达今晚不来陪你吗?"子爵问。

---

① 木钟为当时兑换商堆放金币之器物,有如我国旧时之钱板。

"不。"她回答的神气不大高兴。

"嗳，你一定要人陪的话，不是有拉斯蒂涅先生在这里吗？"

子爵夫人笑盈盈地望着欧也纳，说道："对你可不大方便吧？"

"夏多布里昂①先生说过：法国人喜欢冒险，因为冒险之中有光荣。"欧也纳欠了欠身回答。

过了一会，欧也纳坐在德·鲍赛昂太太旁边，给一辆飞快的轿车送往那个时髦剧院。他走进一个正面的包厢，和子爵夫人同时成为无数手眼镜的目标。子爵夫人的装束美艳无比，欧也纳几乎以为进了神仙世界，再加销魂荡魄之事接踵而至。

子爵夫人问道："你不是有话跟我说吗？呦！你瞧，德·纽沁根太太就离我们三个包厢。她的姊姊同德·特拉伊先生在另外一边。"

子爵夫人说着对罗什菲德小姐的包厢瞟了一眼，看见德·阿瞿达先生并没在座，顿时容光焕发。

"她可爱得很。"欧也纳瞧了瞧德·纽沁根太太。

"她的眼睫毛黄得发白。"

"不错，可是多美丽的细腰身！"

"手很大。"

"噢！眼睛美极了！"

"脸太长。"

~~~~~~~~~~

① 夏多布里昂(1768—1848)，法国作家。一八二二年至一八二四年间曾任法国外交大臣。

"长有长的漂亮。"

"真的吗？那是她运气了。你瞧她手眼镜举起放下的姿势！每个动作都脱不了高里奥气息。"子爵夫人这些话使欧也纳大为诧异。

德·鲍赛昂太太擎着手眼镜照来照去，似乎并没注意德·纽沁根太太，其实是把每个举动瞧在眼里。剧院里都是漂亮人物。可是德·鲍赛昂太太的年轻、俊俏、风流的表弟，只注意但斐纳·德·纽沁根一个，叫但斐纳看了着实得意。

"先生，你对她尽瞧下去，要给人家笑话了。这样不顾一切地死盯人是不会成功的。"

"亲爱的表姊，我已经屡次承蒙你照应，倘使你愿意成全我的话，只请你给我一次惠而不费的帮助。我已经入迷了。"

"这么快？"

"是的。"

"就是这一个吗？"

"还有什么旁的地方可以施展我的抱负呢？"他对表姊深深地望了一眼，停了一会儿又道："德·卡里利阿诺公爵夫人跟德·贝里夫人很要好。你见到她的时候，请你把我介绍给她，带我去赴她下星期一的跳舞会。我可以在那儿碰到德·纽沁根太太，试试我的本领。"

"好吧，既然你已经看中她，你的爱情一定顺利。瞧，德·玛赛在德·加拉蒂奥讷公主的包厢里。德·纽沁根太太在受罪啦，她气死啦。要接近一个女人，尤其银行家的太太，再没比这个更好的机会了。昂丹大道的妇女都是喜欢报复的。"

"你碰到这情形又怎么办？"

"我么,我就不声不响地受苦。"

这时德·阿瞿达侯爵走进德·鲍赛昂太太的包厢。

他说:"因为要来看你,我把事情都弄糟啦,我先提一声,免得我白白牺牲。"

欧也纳觉得子爵夫人脸上的光辉是真爱情的表示,不能同巴黎式的调情打趣、装腔作势混为一谈。他对表姊钦佩之下,不说话了,叹了口气把座位让给阿瞿达,心里想:"一个女人爱到这个地步,真是多高尚,多了不起!这家伙为了一个玩具式的娃娃把她丢了,真叫人想不通。"他像小孩子一样气愤之极,很想在德·鲍赛昂太太脚下打滚,恨不得有魔鬼般的力量把她抢到自己心坎里,像一只鹰在平原上把一头还没断奶的小白山羊抓到窠里去。在这个粉白黛绿的博物院中没有一幅属于他的画,没有一个属于他的情妇,他觉得很委屈。他想:"有一个情妇等于有了王侯的地位,有了权势的标识!"他望着德·纽沁根太太,活像一个受了侮辱的男子瞪着敌人。子爵夫人回头使了个眼色,对他的知情识趣表示不胜感激。台上第一幕刚演完。

她问阿瞿达:"你和德·纽沁根太太相熟,可以把拉斯蒂涅先生介绍给她吗?"

侯爵对欧也纳说:"哦,她一定很高兴见见你的。"

漂亮的葡萄牙人起身挽着大学生的手臂,一眨眼便到了德·纽沁根太太旁边。

"男爵夫人,"侯爵说道,"我很荣幸能够给你介绍这位欧也纳·德·拉斯蒂涅骑士,德·鲍赛昂太太的表弟。他对你印象非常深刻,我有心成全他,让他近前来瞻仰瞻仰他的偶像。"

这些话多少带点打趣和唐突的口吻,可是经过一番巧妙的掩饰,永远不会使一个女人讨厌。德·纽沁根太太微微一笑,把丈夫刚走开而留下的座位让欧也纳坐了。

她说:"我不敢请你留在这儿,一个人有福分跟德·鲍赛昂太太在一起,是不肯走开的。"

"可是,太太,"欧也纳低声回答,"如果我要讨表姊的欢心,恐怕就该留在你身边。"他又提高嗓子:"侯爵来到之前,我们正谈着你,谈着你大方高雅的风度。"

德·阿瞿达先生抽身告辞了。

"真的,先生,你留在我这儿吗?"男爵夫人说,"那我们可以相熟了,家姊和我提过你,真是久仰得很!"

"那么她真会作假,她早已把我挡驾了。"

"怎么呢?"

"太太,我应当把原因告诉你;不过要说出这样一桩秘密,先得求你包涵。我是令尊大人的邻居,当初不知道德·雷斯托太太是他的女儿。我无意中,冒冒失失提了一句,把令姊和令姊夫得罪了。你真想不到,德·朗热公爵夫人和我的表姊,认为这种背弃父亲的行为多么不合体统。我告诉她们经过情形,她们笑坏了。德·鲍赛昂太太把你同令姊做比较,说了你许多好话,说你待高里奥先生十分孝顺。真是,你怎么能不孝顺他呢?他那样疼你,叫我看了忌妒。今儿早上我和令尊大人谈了你两小时。刚才陪表姊吃饭的时候,我脑子里还装满了令尊的那番话,我对表姊说:我不相信你的美貌能够跟你的好心相比。大概看到我对你这样仰慕,德·鲍赛昂太太才特意带我上这儿来,以她那种惯有的殷勤对我说,我可以有机会碰到你。"

"先生，"银行家太太说，"承你的情，我感激得很。不久我们就能成为老朋友了。"

"你说的友谊固然不是泛泛之交，我可永远不愿意做你的朋友。"

初出茅庐的人这套印版式的话，女人听了总很舒服，唯有冷静的头脑才会觉得这话空洞贫乏。一个青年人的举动，音调，目光，使那些废话变得有声有色。德·纽沁根太太觉得拉斯蒂涅风流潇洒。她像所有的女子一样，没法回答大学生那些单刀直入的话，扯到旁的事情上去了。

"是的，姊姊对可怜的父亲很不好。他却是像上帝一样疼我们。德·纽沁根先生只许我在白天接待父亲，我没有法儿才让步的。可是我为此难过了多少时候，哭了多少回。除了平时虐待之外，这种霸道也是破坏我们夫妇生活的一个原因。旁人看我是巴黎最幸福的女子，实际却是最痛苦的。我对你说这些话，你一定以为我疯了。可是你认识我父亲，不能算外人了。"

"噢！"欧也纳回答，"像我这样愿意把身心一齐捧给你的人，你永远不会碰到第二个。你不是要求幸福么？"他用那种直扣心弦的声音说，"啊！如果女人的幸福是要有人爱，有人疼；有一个知己可以诉说心中的欲望，梦想，悲哀，喜悦；把自己的心，把可爱的缺点和美妙的优点一齐显露出来，不怕被人拿去利用……那么请相信我，这颗赤诚的心只能在一个年轻的男子身上找到，因为他有无穷的幻想，只消你有一点儿暗示，他便为你赴汤蹈火；他还不知道天高地厚，也不想知道，因为你便是他整个的世界。我啊，请不要笑我幼稚，我刚从偏僻的外省来，不懂世故，只认识一般心灵优美的人；我没有想到什么爱情。承我的表姊瞧得起,把我看作心腹,从她那儿我才体会到热情的宝贵;既然没有一个女人好让我献身,我就像薛侣班①一样爱慕所有的女人。可是我刚才进来一看见你,便像触电似的被你吸住了。我想你已经想了好久!可做梦也想不到你会这样的美。德·鲍赛昂太太叫我别尽瞧着你,她可不知道你美丽的红唇,洁白的皮色,温柔的眼睛,叫人没有法子不看。你瞧,我也对你说了许多疯话,可是请你让我说吧。"

女人最喜欢这些絮絮叨叨的甜言蜜语,连最古板的妇女也会听进去,即使她们不应该回答。这么一开场,拉斯蒂涅又放低声音,说了一大堆体己话;德·纽沁根太太的笑容明明在鼓励他。她不时对德·加拉蒂奥讷公主包厢里的德·玛赛瞄上一眼。拉斯蒂涅陪着德·纽沁根太太,直到她丈夫来找她回去的时候。

"太太,"欧也纳说,"在德·卡里利阿诺公爵夫人的舞会之前,我希望能够去拜访你。"

"既然内人请了你,她一定欢迎你的。"德·纽沁根男爵说。一看这个臃肿的阿尔萨斯人的大圆脸,你就知道他是个老滑头。

德·鲍赛昂太太站起来预备和阿瞿达一同走了。欧也纳一边过去作别,一边想:"事情进行得不错;我对她说'你能不能爱我?'她并不怎么吃惊。缰绳已经扣好,只要跳上去就行了。"他不知道男爵夫人根本心不在焉,正在等德·玛赛的一

---

① 薛侣班,博马舍(1732—1799)的喜剧《费加罗的婚姻》中的人物,年少风流,渴望爱情。

封信,一封令人心碎的决裂的信。欧也纳误会了这意思,以为自己得手了,满心欢喜,陪子爵夫人走到戏院外边的廊下,大家都在那儿等车。

欧也纳走后,阿瞿达对子爵夫人笑着说:"你的表弟简直换了一个人。他要冲进银行去了。看他像鳗鱼一般灵活,我相信他会抖起来的。也只有你会叫他挑中一个正需要安慰的女人。"

"可是,"德·鲍赛昂太太回答,"先得知道她还爱不爱丢掉她的那一个。"

欧也纳从意大利剧院走回圣·热内维埃弗新街,一路打着如意算盘。他刚才发现德·雷斯托太太注意他,不管他在子爵夫人的包厢里,还是在德·纽沁根太太包厢里,他料定从此那位伯爵夫人不会再把他挡驾了。他也预计一定能够讨元帅夫人喜欢,这样他在巴黎高等社会的中心就有了四个大户人家好来往。他已经懂得,虽然还不知道用什么方法,在这个复杂的名利场中,必须抓住一个机钮,才能高高在上地控制机器;而他自问的确有叫轮子搁浅的力量。"倘若德·纽沁根太太对我有意,我会教她怎样控制她的丈夫。那家伙是做银钱生意的,可以帮我一下子发一笔大财。"这些念头,他并没想得这样露骨,他还不够老练,不能把局势看清,估计,细细地筹划;他的主意只像轻云一般在天空飘荡,虽没有伏脱冷的计划狠毒,可是放在良心的坩埚内熔化之下,也未必能提出多少纯粹的分子了。一般人就是从这一类的交易开始,终于廉耻荡然,而今日社会上也相习成风,恬不为怪。方正清白,意志坚强,疾恶如仇,认为稍出常规便是罪大恶极的人物,在现代比任何时代都寥落了。过去有两部杰作代表这等清白的性格,一是莫里哀的阿尔赛斯特①,一是比较晚近的瓦尔特·司各特的迪恩斯②父女。也许性质相反的作品,把一个上流人物,一个野心家如何抹杀良心,走邪路,装了伪君子而达到目的,曲曲折折描写下来,会一样的美,一样的动人心魄。

拉斯蒂涅走到公寓门口,已经对纽沁根太太着了迷,觉得她身段窈窕,像燕子一样轻巧。令人心醉的眼睛,仿佛看得见血管而像丝织品一样细腻的皮肤,迷人的声音,金黄的头发,他都一一回想起来;也许他走路的时候全身的血活动了,使脑海中的形象格外富于诱惑性。他粗手粗脚地敲着高老头的房门,喊:

"喂,邻居,我见过但斐纳太太了。"

"在哪儿?"

"意大利剧院。"

"她玩得怎么样?请进来喔。"老人没穿好衣服就起来开了门,赶紧睡下。

"跟我说呀,她怎么样?"他紧跟着问。

欧也纳还是第一次走进高老头的屋子。欣赏过女儿的装束,再看到父亲住的丑地方,他不由得做了个吃惊的姿势。窗上没有帘子,糊壁纸好几处受了潮气而脱落,卷缩,露出煤烟熏黄的石灰。老头儿躺在破床上,只有一条薄被,压脚的棉花毯是用伏盖太太的旧衣衫缝的。地砖潮湿,全是灰。窗子对面,一口旧红木柜子,带一点儿鼓形,铜拉手是蔓藤和花叶纠结在一处的形状;一个木板面子的洗脸架,放着脸盆和水壶,

---

① 阿尔赛斯特,莫里哀(1622—1673)的喜剧《恨世者》中的主人公。

② 迪恩斯,司各特的小说《中洛辛郡的心脏》中的人物。

旁边是全套剃胡子用具。壁角放着几双鞋；床头小几，底下没有门，面上没有云石；壁炉没有生过火的痕迹，旁边摆一张胡桃木方桌，高老头毁掉镀金盘子就是利用桌上的横档。一口破书柜上放着高老头的帽子。这套破烂家具还包括两把椅子，一张草垫陷下去的大靠椅。红白方格的粗布床幔，用一条破布吊在天花板上。便是最穷的捐客住的阁楼，家具也比高老头在伏盖家用的好一些。你看到这间屋子会身上发冷，胸口发闷；像监狱里阴惨惨的牢房。幸而高老头没有留意欧也纳把蜡烛放在床几上时的表情。他翻了个身，把被窝一直盖到下巴颏儿。

"哎，你说，两姊妹你喜欢哪一个？"

"我喜欢但斐纳太太，"大学生回答，"因为她对你更孝顺。"

听了这句充满感情的话，老人从床上伸出胳膊，握着欧也纳的手，很感动地说：

"多谢多谢，她对你说我什么来着？"

大学生把男爵夫人的话背了一遍，渲染一番，老头儿好像听着上帝的圣旨。

"好孩子！是呀，是呀，她很爱我啊。可是别相信她说阿娜斯塔齐的话，姊妹俩为了我彼此忌妒，你明白吗？这更加证明她们的孝心。娜齐也很爱我，我知道的。父亲对儿女，就跟上帝对咱们一样。他会钻到孩子们的心底里去，看他们存心怎么样。她们两人心地一样好。噢！要再有两个好女婿，不是太幸福了吗？世界上没有全福的。倘若我和她们住在一起，只要听到她们的声音，知道她们在那儿，看到她们走进走出，像从前在我身边一样，那我简直乐死了。她们穿得漂亮吗?"

"漂亮。可是,高里奥先生,既然你女儿都嫁得这么阔,你怎么还住在这样一个贫民窟里?"

"嘿,"他装作满不在乎的神气说,"我住得再好有什么相干? 这些事情我竟说不上来;我不能接连说两句有头有尾的话。总而言之,一切都在这儿,"他拍了拍心窝,"我么,我的生活都在两个女儿身上。只要她们能玩儿,快快活活,穿得好,住得好;我穿什么衣服,睡什么地方,有什么相干? 反正她们暖和了,我就不觉得冷;她们笑了,我就不会心烦;只有她们伤心了我才伤心。你有朝一日做了父亲,听见孩子们喊喊喳喳,你心里就会想:'这是从我身上出来的!'你觉得这些小生命每滴血都是你的血,是你的血的精华,——不是吗! 甚至你觉得跟她们的皮肉连在一块儿,她们走路,你自己也在动作。无论哪儿都有她们的声音在答应我。她们眼神有点儿不快活,我的血就冻了。你终有一天知道,为了她们的快乐而快乐,比你自己快乐更快乐。我不能向你解释这个,只能说心里有那么一股劲,叫你浑身舒畅。总之,我一个人过着三个人的生活。我再告诉你一件古怪事儿好不好? 我做了父亲,才懂得上帝。他无处不在,既然世界是从他来的。先生,我对女儿便是这样无处不在。不过我爱我的女儿,还胜过上帝爱人类;因为人不像上帝一样的美,我的女儿却比我美得多。我跟她们永远心贴着心,所以我早就预感到,你今晚会碰到她们。天哪! 要是有个男人使我的小但斐纳快活,把真正的爱情给她,那我可以替那个男人擦靴子,跑腿。我从她女用人那里知道,德·玛赛那小子是条恶狗,我有时真想扭断他的脖子。哼,他竟不知道爱一个无价之宝的女人,夜莺般的声音,生得像天仙一样！只怪她没有眼睛，嫁了个阿尔萨斯死胖子。姊妹俩都要俊俏温柔的后生才配得上；可是她们的丈夫都是她们自己挑的。"

那时高老头伟大极了。欧也纳从没见过他表现那种慈父的热情。感情有股熏陶的力量；一个人不论如何粗俗，只要表现出一股真实而强烈的情感，就有种特殊的气息，使容貌为之改观，举动有生气，声音有色彩。往往最蠢的家伙，在热情鼓动之下，即使不能在言语上，至少能在思想上达到雄辩的境界，他仿佛在光明的领域内活动。那时老人的声音举止，感染力不下于名演员。归根结底，我们优美的感情不就是意志的表现么？

"告诉你，"欧也纳道，"她大概要跟德·玛赛分手了，你听了高兴吗？那花花公子丢下她去追加拉蒂奥讷公主。至于我，我今晚已经爱上了但斐纳太太。"

"哦！"高老头叫着。

"是呀。她并不讨厌我。咱们谈情谈了一小时，后天星期六我要去看她。"

"哦！亲爱的先生，倘使她喜欢你，我也要喜欢你呢！你心肠好，不会给她受罪。你要欺骗她，我就割掉你的脑袋。一个女人一生只爱一次，你知道不知道？天！我尽说傻话，欧也纳先生。你在这儿冷得很。哎啊！你跟她谈过话喽，她叫你对我说些什么呢？"

"一句话也没有。"欧也纳心里想，可是他高声回答："她告诉我，说她很亲热地拥抱你。"

"再见吧，邻居。希望你睡得好，做好梦。凭你刚才那句话，我就会做好梦了。上帝保佑你万事如意！今晚你简直是我的好天使,我在你身上闻到了女儿的气息。"

欧也纳睡下时想道:"可怜的老头儿,哪怕铁石心肠也得被他感动呢。他的女儿可一点没有想到他,当他外人一样。"

自从这次谈话以后,高老头把他的邻居看作一个朋友,一个意想不到的心腹。他们的关系完全建筑在老人的父爱上面;没有这一点,高老头跟谁也不会亲近的。痴情汉的计算从来不会错误。因为欧也纳受到但斐纳的重视,高老头便觉得跟这个女儿更亲近了些,觉得她对自己的确更好一些。并且他已经把这个女儿的痛苦告诉欧也纳,他每天都要祝福一次的但斐纳从来没有得到甜蜜的爱情。照他的说法,欧也纳是他遇到的最可爱的青年,他也似乎预感到,欧也纳能给但斐纳从来未有的快乐。所以老人对邻居的友谊一天天地增加,要不然,我们就无从得知这件故事的终局了。

第二天,高老头在饭桌上不大自然地瞧着欧也纳的神气,和他说的几句话,平时同石膏像一样而此刻完全改变了的面容,使同住的人大为奇怪。伏脱冷从密谈以后还是初次见到大学生,似乎想猜透他的心思。隔夜睡觉之前,欧也纳曾经把眼前阔大的天地估量一番,此刻记起伏脱冷的计划,自然联想到泰伊番小姐的陪嫁,不由得瞧着维克托莉,正如一个极规矩的青年瞧一个有钱的闺女。碰巧两人的眼睛遇在一块。可怜的姑娘当然觉得欧也纳穿了新装挺可爱。双方的目光意味深长,拉斯蒂涅肯定自己已经成为她心目中的对象;少女们不是都有些模糊的欲望,碰到第一个迷人的男子就想求得满足吗?欧也纳听见有个声音在耳边叫:"八十万!八十万!"可是又突然想到隔夜的事,认为自己对纽沁根太太别有用心的热情,确乎是一帖解毒剂,可以压制他不由自主的邪念。

他说:"昨天意大利剧院演唱罗西尼的《塞维勒的理发师》,我从没听过那么美的音乐。喝! 在意大利剧院有个包厢多舒服!"

高老头听了,马上竖起耳朵,仿佛一条狗看到了主人的动作。

"你们真开心,"伏盖太太说,"你们男人爱怎么玩儿就怎么玩儿。"

"你怎么回来的?"伏脱冷问。

"走回来的。"

"哼,"伏脱冷说,"要玩就得玩个痛快。我要坐自己的车,上自己的包厢,舒舒服服地回来。要就全套,不就拉倒! 这是我的口号。"

"这才对啦。"伏盖太太凑上一句。

"你要到德·纽沁根太太家去吧,"欧也纳低声对高里奥说,"她一定很高兴看到你,会向你打听我许多事。我知道她一心希望我的表姊德·鲍赛昂子爵夫人招待她。你不妨告诉她,说我太爱她了,一定使她满足。"

拉斯蒂涅赶紧上学校,觉得在这所怕人的公寓里耽得越少越好。他差不多闲荡了一整天,头里热烘烘的,像抱着热烈的希望的年轻人一样。他在卢森堡公园内从伏脱冷的议论想开去,想到社会和人生,忽然碰到他的朋友毕安训。

"你干吗一本正经地板着脸?"医学生说着,抓着他的胳膊往卢森堡宫前面走去。

"脑子里尽想些坏念头,苦闷得很。"

"什么坏念头? 那也可以治啊。"

"怎么治?"

"只要屈服就行了。"

"你不知道怎么回事,只管打哈哈。你念过卢梭没有?"

"念过。"

"他著作里有一段,说倘使身在巴黎,能够单凭一念之力,在中国杀掉一个年老的满大人①,因此发财;读者打算怎么办? 你可记得?"

"记得。"

"那么你怎么办?"

"噢! 满大人我已经杀了好几打了。"

"说正经话,如果真有这样的事,只消你点点头就行,你干不干?"

"那满大人是不是老得很了? 呃,老也罢,少也罢,痨病也罢,健康也罢,我吗,吓! 我不干。"

"你是个好人,毕安训。不过要是你爱上一个女人,爱得你肯把灵魂翻身,而你非得有钱,有很多的钱,供给她衣着,车马,满足她一切想入非非的欲望,那你怎么办?"

"嗳,你拿走了我的理性,还要我用理性来思想!"

"毕安训,我疯了,你把我治一治吧。我有两个妹子,又美又纯洁的天使,我要她们幸福。从今儿起五年之间,哪儿去弄二十万法郎给她们做陪嫁? 你瞧,人生有些关口非大手大脚赌一下不可,不能为了混口苦饭吃而蹉跎了幸福。"

"每个人踏进社会的时候都遇到这种问题。而你想快刀斩乱麻,马上成功。朋友,要这样干,除非有亚历山大那样的

① 十八、十九世纪的法国人通常把中国的大官称为"满大人",因为那时是满清皇朝。

雄才大略,要不然你会坐牢。我么,我情愿将来在外省过平凡的生活,老老实实接替父亲的位置。在最小的小圈子里,跟在最大的大环境里,感情同样可以得到满足。拿破仑吃不了两顿晚饭,他的情妇也不能比嘉布遣会医院的实习医生多几个。咱们的幸福,朋友,离不了咱们的肉体;幸福的代价每年一百万也罢,两千法郎也罢,实际的感觉总是那么回事。所以我不想要那个中国人的性命。"

"谢谢你,毕安训,我听了你的话怪舒服。咱们永远是好朋友。"

"喂,"医学生说,"我刚才在植物园上完居维埃①的课出来,看见米旭诺和波阿雷坐在一张凳上,同一个男人谈话。去年国会附近闹事的时候,我见过那家伙,很像一个暗探,冒充靠利息过活的布尔乔亚。你把米旭诺和波阿雷研究一下吧,以后我再告诉你为什么。再见,我要去上四点钟的课了。"

欧也纳回到公寓,高老头正等着他。

"你瞧,"那老人说,"她有信给你。你看她那一笔字多好!"

欧也纳拆开信来。

先生,家严说你喜欢意大利音乐,如果你肯赏光驾临我的包厢,我将非常欣幸。星期六我们可以听到福多尔和佩莱格里尼②,相信你不会拒绝的。德·纽沁根先生

---

① 居维埃(1769—1832),法国著名动物学家,比较解剖学和古生物学的奠基人。从十八世纪末期起,巴黎的"植物园"亦称"博物馆",设有生物、化学、植物学等自然科学讲座及实验室。一八〇二年,居维埃在此任教授。

② 前者为女高音,后者为男低音,都是当时有名的歌唱家。

和我,一致请你到舍间来用便饭。倘蒙俯允,他将大为高
兴,因为他可以摆脱丈夫的苦役,不必再陪我上戏院了。
无须赐复,但候光临,并请接受我的敬意。

D. N.

欧也纳念完了信,老人说:"给我瞧瞧。"他嗅了嗅信纸又
道:"你一定去的,是不是? 嗯,好香! 那是她手指碰过
的啊!"

欧也纳私下想:"照理女人不会这样进攻男人的。她大
概想利用我来挽回德·玛赛,心中有了怨恨才会做出这种
事来。"

"喂,你想什么呀?"高老头问。

欧也纳不知道某些女子的虚荣简直像发狂一样,为了踏
进圣日耳曼区阀阅世家的大门,一个银行家的太太作什么牺
牲都肯。那时的风气,能出入圣日耳曼区贵族社会的妇女,被
认为高人一等。大家把那个社会的人叫作小王官的太太
们①,领袖群伦的便是德·鲍赛昂太太,德·朗热公爵夫人,
德·摩弗里纽斯公爵夫人。昂丹大道的妇女想挤进那个群星
照耀的高等社会的狂热,只有拉斯蒂涅一个人不曾得知。但
他对但斐纳所存的戒心,对他不无好处,因为他能保持冷静,
能够向人家提出条件而不至于接受人家的条件。

"噢! 是的,我一定去。"欧也纳回答高老头。

因此他是存着好奇心去看纽沁根太太,要是那女的瞧他
不起,他反而要为了热情冲动而去了。虽然如此,他还是心焦
得很,巴不得明天出发的时间快点儿来到。青年人初次弄手

---

① 指当时有资格出入御弟(即后来的查理十世)王府的一批贵妇。

段也许和初恋一样甜蜜。胜券可操的把握使人喜悦不尽,这种喜悦男人并不承认,可是的确造成某些妇女的魅力。容易成功和难于成功同样能刺激人的欲望。两者都是引起或者培养男子的热情的。爱情世界也就是分成这两大阵地。也许这个分野是气质促成的,因为气质支配着人与人的关系。忧郁的人需要女子若即若离地卖弄风情来提神;而神经质或多血质的人碰到女子抵抗太久了,说不定会掉头不顾。换句话说,哀歌主要是淋巴质的表现,正如颂歌是胆汁质的表现。①

　　欧也纳一边装扮,一边体味那些小小的乐趣,青年们怕人取笑,一般都不敢提到这种得意,可是虚荣心特别感到满足。他梳头发的时候,想到一个漂亮女子的目光会在他漆黑的头发卷中打转。他做出许多怪模怪样,活像一个更衣去赴跳舞会的小姑娘。他解开上衣,沾沾自喜地瞧着自己的细腰身,心上想:"当然,不如我的还多呢!"公寓中全班人马正围着桌子吃饭,他下楼了,喜洋洋地受到众人喝彩。看见一个人穿扮齐整而大惊小怪,也是包饭公寓的一种风气。有人穿一套新衣,每个人就得开声口。

　　"得,得,得,得。"毕安训把舌头抵着上颚作响,好似催马快走一般。

　　"吓! 好一个王孙公子的派头!"伏盖太太道。

　　"先生是去会情人吧?"米旭诺小姐表示意见。

　　"怪样子!"画家嚷道。

　　"候候你太太。"博物院管事说。

---

① 淋巴质指纤弱萎靡的气质;胆汁质指抑郁易怒的气质。这是西洋老派医学的一种说法。

332

"先生有太太了?"波阿雷问。

"柜子里的太太,好走水路,包不褪色,二十五法郎起码,四十法郎为止,新式花样,不怕冲洗,上好质地,半丝线,半棉料,半羊毛,包医牙痛,包治王家学会钦定的疑难杂症! 对小娃娃尤其好,头痛,充血,食道病,眼病,耳病,特别灵验,"伏脱冷用滑稽的急口令,和江湖卖艺的腔调叫着,"这件妙物要多少钱看一看呀? 两个铜子吗? 不,完全免费。那是替蒙古大皇帝造的,全欧洲的国王都要瞧一眼的! 大家来吧! 向前走,买票房在前面,喂,奏乐,勃龙,啦,啦,脱冷! 啦,啦,蓬!蓬! 喂,吹小笛子的,你把音吹走了,等我来揍你!"

"天哪! 这个人多好玩,"伏盖太太对库蒂尔太太说,"有他在一块儿永远不觉得无聊。"

正在大家说笑打诨的时候,欧也纳发觉泰伊番小姐偷偷瞅了他一眼,咬了咬库蒂尔太太的耳朵。

西尔维道:"车来了。"

毕安训问:"他上哪儿吃饭呀?"

"德·纽沁根男爵夫人家里。"

"高里奥先生的女儿府上。"大学生补上一句。

大家的目光转向老面条商,老面条商不胜艳羡地瞧着欧也纳。

拉斯蒂涅到了圣拉扎尔街。一座轻巧的屋子,十足地道的银行家住宅,单薄的廊柱,毫无气派的回廊,就是巴黎的所谓漂亮。不惜工本的讲究,人造云石的装饰,五彩云石镶嵌的楼梯台。小客厅挂满意大利油画,装饰像咖啡馆。男爵夫人愁容满面而勉强掩饰的神气不是假装的,欧也纳看了大为关心。他自以为一到就能叫一个女人快乐,不料她竟是愁眉不

展。这番失望刺激了他的自尊心。他把她心事重重的神色打趣了一番,说道:

"太太,我没有资格要你信任我。要是我打搅你,请你老实说。"

"哦! 你别走。你一走就剩我一个人在家了。纽沁根在外边应酬,我不愿意孤零零地待在这儿。我闷得慌,需要散散心才好。"

"有什么事呢?"

她道:"绝对不能告诉你。"

"我就想知道,就想参加你的秘密。"

"或许……"她马上改口道,"噢,不行。夫妇之间的争吵应当深深地埋在心里。前天我不是跟你提过吗? 我一点不快活。黄金的枷锁是最重的。"

一个女人在一个青年面前说她苦恼,而如果这青年聪明伶俐,服装齐整,袋里有着一千五百法郎闲钱的话,他就会像欧也纳一般想法而得意扬扬了。

欧也纳回答:"你又美又年轻,又有钱又有爱情,还要什么呢?"

"我的事不用提了,"她沉着脸摇摇头,"等会儿我们一块儿吃饭,就是我们两个。吃过饭去听最美的音乐。"她站起身子,抖了抖绣着富丽的波斯图案的白开司米衣衫,问:"你觉得我怎么样?"

"可爱极了,我要你整个儿属于我呢。"

"那你倒霉了,"她苦笑道,"这儿你一点看不出苦难;可是尽管有这样的外表,我苦闷到极点,整夜睡不着觉,我要变得难看了。"

大学生道："哦！不会的。可是我很想知道，究竟是什么痛苦连至诚的爱情都消除不了？"

她说："告诉你，你就要躲开了。你喜欢我，不过是男人对女人表面上的殷勤；真爱我的话，你会马上痛苦得要死。所以我不应该说出来。咱们谈旁的事吧。来，瞧瞧我的屋子。"

"不，还是留在这儿。"欧也纳说着，挨着德·纽沁根太太坐在壁炉前面一张双人椅里，大胆抓起她的手来。

她让他拿着，还用力压他的手，表示她心中骚动得厉害。

"听我说，"拉斯蒂涅道，"你要有什么伤心事儿，就得告诉我。我要向你证明，我是为爱你而爱你的。你得把痛苦对我说，让我替你出力，哪怕要杀几个人都可以；要不我就一去不回地走了。"

她忽然想起一个无可奈何的念头，拍拍额角，说道："嗳，好，让我立刻来试你一试。"

她心上想："是的，除此以外也没有办法了。"她打铃叫人。

"先生的车可是套好了？"她问当差。

"套好了，太太。"

"我要用。让他用我的车吧。等七点钟再开饭。"

"喂，来吧。"她招呼欧也纳。

欧也纳坐在德·纽沁根先生的车里陪着这位太太，觉得像做梦一样。

她吩咐车夫："到王宫市场，靠近法兰西剧院。"

一路上她心绪不宁，也不搭理欧也纳无数的问话。他弄不明白那种沉默的、痴呆的、一味撑拒的态度是什么意思。

"一眨眼就抓不住她了。"他想。

车子停下的时候,男爵夫人瞪着大学生的神色使他住了嘴,不敢再胡说八道,因为那时他已经控制不了自己。

"你是不是很爱我?"她问。

"是的。"他强作镇静地回答。

"不论我叫你干什么,你不会看轻我吗?"

"不会。"

"你愿意听我指挥吗?"

"连眼睛都不眨一眨。"

"你有没有上过赌场?"她的声音发抖了。

"从来没有。"

她说:"啊!我放心了。你的运道一定好。我荷包里有一百法郎;一个这么幸福的女子,全部财产就是这一点。你拿着到赌场去,我不知道在哪儿,反正靠近王宫市场。你把这一百法郎去押轮盘赌,要就输光了回来,要就替我赢六千法郎。等你回来,我再把痛苦说给你听。"

"我现在要去做的事我一点都不懂,可是我一定照办。"他回答的口气很高兴,他暗暗地想:"叫我干了这种事,她什么都不会拒绝我了。"

欧也纳揣着美丽的钱袋,向一个卖旧衣服的商人问了最近的赌场地址,找到九号门牌,奔上楼去。侍者接过他的帽子,他走进屋子问轮盘在哪儿。一般老赌客好不诧异地瞧着他由侍者领到一张长桌前面,又听见他大大方方地问,赌注放在什么地方。

一个体面的白发老人告诉他:"三十六门随你押,押中了,一赔三十六。"

欧也纳想到自己的年龄,把一百法郎押在二十一的数字上。他还来不及定一定神,只听见一声惊喊,已经中了。

那老先生对他说:"把钱收起来吧,这个玩意儿绝不能连赢两回的。"

欧也纳接过老人授给他的耙,把三千六百法郎拨到身边。他始终不明白这赌博的性质,又连本带利押在红上。① 周围的人看他继续赌下去,很眼痒地望着他。轮盘一转,他又赢了,庄家赔了他三千六百法郎。

老先生咬着他的耳朵说:"你有了七千二百法郎了。你要是相信我,你赶快走。今儿红已经出了八次。倘使你肯酬谢我的忠告,希望你发发善心,救济我一下。我是拿破仑的旧部,当过州长,现在潦倒了。"

拉斯蒂涅糊里糊涂让白发老头拿了两百法郎,自己揣着七千法郎下楼。他对这个玩意儿还是一窍不通,只奇怪自己的好运道。

他等车门关上,把七千法郎捧给德·纽沁根太太,说道:"哎哟! 你现在又要带我上哪儿啦?"

但斐纳发疯似的搂着他,拥抱他,兴奋得不得了,可不是爱情的表现。

"你救了我!"她说,快乐的眼泪簌落落地淌了一脸,"让我统统告诉你吧,朋友。你会和我做朋友的是不是? 你看我有钱,阔绰,什么都不缺,至少在表面上。唉! 你怎知道纽沁根连一个子儿都不让我支配! 他只管家里的开销,我的车子和包厢。可是他给的衣着费是不够的,他有心逼得我一个钱

---

① 轮盘赌的规则:押在一至三十六的数字上,押中是一赔三十六;押在红、黑、单、双上,押中是一赔一。

都没有。我太高傲了，不愿意央求他。要他的钱，就得依他的条件；要是接受那些条件，我简直算不得人了。我自己有七十万财产，怎么会让他剥削到这步田地？为了高傲，为了气愤。刚结婚的时候，我们那么年轻那么天真！向丈夫讨钱的话，说出来仿佛要撕破嘴巴；我始终不敢出口，只能花着我的积蓄和可怜的父亲给我的钱；后来我只能借债。结婚对我是最可怕的骗局，我没法跟你说；只消告诉你一句：要不是我和纽沁根各有各的屋子，我竟会跳楼。为了首饰，为了满足我的欲望所欠的债，（可怜的父亲把我们宠惯了，一向要什么有什么。）要对丈夫说出来的时候，我真是受难，可是我终于进足勇气说了。我不是有自己的一份财产吗？纽沁根却大生其气，说我要使他倾家荡产了，一大串的混账话，我听了恨不得钻入地下。当然，他得了我的陪嫁，临了不能不替我还债；可是从此以后把我的零用限了一个数目，我为了求个太平也就答应了。从那时起，我满足了那个男人的虚荣心，你知道我说的是谁。即使我被他骗了，我还得说句公道话，他的性格是高尚的。可是他终于狠心地把我丢了！男人给过一个遭难的女子大把的金钱，永远不应该抛弃她！应当永远爱她！你只有二十一岁，高尚，纯洁，你或许要问：一个女人怎么能接受一个男人的钱呢？唉，天哪！同一个使我们幸福的人有难同当，有福同享，不是挺自然的吗？把自己整个地给了人，还会顾虑这整个中间的一小部分吗？只有感情消灭之后，金钱才成为问题。两人不是海誓山盟、生死不渝的吗？自以为有人疼爱的时候，谁想到有分手的一天？既然你们发誓说你们的爱是永久的，干吗再在金钱上分得那么清？你不知道我今天怎样的难受，纽沁根斩钉截铁地拒绝我六千法郎，可是他按月就得送这样一笔数目给他的情妇,一个歌剧院的歌女。我想自杀,转过最疯狂的念头。有时我竟羡慕一个女用人,羡慕我的老妈子。找父亲去吗?发疯!阿娜斯塔齐和我已经把他榨干了;可怜的父亲,只要他能值六千法郎,他把自己出卖都愿意。现在我只能使他干急一阵。想不到你救了我,救了我的面子,救了我的性命。那时,我痛苦得糊里糊涂了。唉,先生,我不能不对你作这番解释,我简直疯了,才会教你去做那样的事。刚才你走了以后,我真想走下车子逃……逃哪儿去?我不知道。巴黎的妇女半数就是过的这种生活:表面上穷奢极侈,暗里心事担得要死。我认得一般可怜虫比我更苦。有的不得不叫铺子开花账,有的不得不偷盗丈夫;有些丈夫以为两千法郎的开司米只值五百,有的以为五百法郎的开司米值到两千。还有一般可怜的妇女叫儿女挨饿,好搜刮些零钱做件衣衫。我可从没干过这些下流的骗局。这次是我最后一次的苦难了。有些女人为了控制丈夫,不惜把自己卖给丈夫,我至少是自由的!我很可以叫纽沁根在我身上堆满黄金,可是我宁愿伏在一个我敬重的男人怀里痛哭。啊!今晚上德·玛赛再不能把我看作他出钱饲养的女人了。"

她双手捧着脸,不让欧也纳看见她哭。他却拿掉她的手,细细瞧着她,觉得她庄严极了。

她说:"把金钱和爱情混在一块儿,不是丑恶极了吗?你不会爱我的了。"

使女人显得多么伟大的好心,现在的社会组织逼她们犯的过失,两者交错之下,使欧也纳心都乱了。他一边用好话安慰她,一边暗暗赞叹这个美丽的女子,她的痛苦的呼号竟会那么天真那么冒失。

她说:"你将来不会拿这个来要挟我吧? 你得答应我。"

"嗳,太太,我不是这等人。"

她又感激又温柔地拿他的手放在心口:"你使我恢复了自由,快乐。过去我老受着威胁。从此我要生活朴素,不乱花钱了。你一定喜欢我这么办是不是? 这一部分你留着,"她自己只拿六张钞票,"我还欠你三千法郎,因为我觉得要跟你平分才对。"

欧也纳像小姑娘一样再三推辞。男爵夫人说:"你要不肯做我的同党,我就把你当作敌人。"他只得收下,说道:"好,那么我留着以防不测吧。"

"噢! 我就怕听这句话,"她脸色发白地说,"你要瞧得起我,千万别再上赌场。我的天! 由我来教坏你! 那我要难受死哩。"

他们回到家里。苦难与奢华的对比,大学生看了头脑昏昏沉沉,伏脱冷那些可怕的话又在耳朵里响起来了。

男爵夫人走进卧室,指着壁炉旁边一张长靠椅说:"你坐一会儿,我要写一封极难措辞的信。你替我出点儿主意吧。"

"干脆不用写。把钞票装入信封,写上地址,派你的女用人送去就行了。"

"哦! 你真是一个宝贝。这便叫作有教养! 这是十足地道的鲍赛昂作风。"她笑着说。

"她多可爱!"越来越着迷的欧也纳想。他瞄了瞄卧房,奢侈的排场活像一个有钱的交际花的屋子。

"你喜欢这屋子吗?"她一边打铃一边问。

"泰蕾丝,把这封信当面交给德·玛赛先生。他要不在家,原封带回。"

泰蕾丝临走把大学生俏皮地瞅了一眼。晚饭开出了,拉斯蒂涅让德·纽沁根太太挽着手臂带到一间精致的饭厅,在表姊家瞻仰过的讲究的饮食,在这儿又见识了一次。

"逢着意大利剧院演唱的日子,你就来吃饭,陪我上剧院。"

"这种甜蜜的生活要能长久下去,真是太美了;可怜我是一个清寒的学生,还得挣一份家业咧。"

"你一定成功的,"她笑道,"你瞧,一切都有办法;我就想不到自己会这样快活。"

女人的天性喜欢用可能来证明不可能,用预感来取消事实。德·纽沁根太太和拉斯蒂涅走进意大利剧院包厢的时候,她心满意足,容光焕发,使每个人看了都能造些小小的谣言,非但女人没法防卫,而且会叫人相信那些凭空捏造的放荡生活确有其事。直要你认识巴黎之后,才知道大家说的并不是事实,而事实是大家不说的。欧也纳握着男爵夫人的手,两人用握手的松紧代替谈话,交换他们听了音乐以后的感觉。这是他们俩销魂荡魄的一晚。他们一同离开剧院,德·纽沁根太太把欧也纳送到新桥,一路在车中挣扎,不肯把她在王宫市场那么热烈的亲吻再给他一个。欧也纳埋怨她前后矛盾,她回答说:

"刚才是感激那个意想不到的恩惠,现在却是一种许愿了。"

"而你就不肯许一个愿,没良心的!"

他恼了。于是她伸出手来,不耐烦的姿势使情人愈加动心;而他捧了手亲吻时不大乐意的神气,她也看了很得意。她说:

"星期一跳舞会上见！"

欧也纳踏着月光回去，开始一本正经地思索。他又喜又恼：喜的是这桩奇遇大概会给他钓上一个巴黎最漂亮最风流的女子，正好是他心目中的对象；恼的是他的发财计划完全给推翻了。他前天迷迷糊糊想的主意，此刻才觉得自己真有这么个念头。一个人要失败之后，方始发觉他欲望的强烈。欧也纳越享受巴黎生活，越不肯自甘贫贱。他把袋里一千法郎的钞票捻来捻去，找出无数自欺欺人的理由想据为己有。终于他到了圣·热内维埃弗新街，走完楼梯，看见有灯光。高老头虚掩着房门，点着蜡烛，使大学生不致忘记跟他谈谈他的女儿。欧也纳毫无隐瞒地全说了。

高老头忌妒到极点，说道："嗳，她们以为我完了，我可还有一千三百法郎利息呢！可怜的孩子，怎么不到我这儿来！我可以卖掉存款，在本钱上拿一笔款子出来，余下的钱改作终身年金。干吗你不来告诉我她为难呢，我的邻居？你怎么能有那种心肠，拿她的区区一百法郎到赌台上去冒险？这简直撕破了我的心！唉，所谓女婿就是这种东西！嘿，要给我抓住了，我一定把他们勒死。天！她竟哭了吗？"

"就伏在我背心上哭的。"欧也纳回答。

"噢！把背心给我。怎么！你的背心上有我的女儿，有我心疼的但斐纳的眼泪！她小时候从来不哭的。噢！我给你买件新的吧，这一件你别穿了，给我吧。婚约上规定，她可以自由支配她的财产。我要去找诉讼代理人但维尔，明天就去。我一定要把她的财产划出来另外存放。我是懂法律的，我还能像老虎一样张牙舞爪呢。"

"喂，老丈，这是她分给我的一千法郎。你放在背心袋里,替她留着吧。"

高里奥瞪着欧也纳,伸出手来,一颗眼泪掉在欧也纳手上。

"你将来一定成功,"老人说,"你知道,上帝是赏罚分明的。我明白什么叫作诚实不欺;我敢说像你这样的人很少很少。那么你也愿意做我亲爱的孩子喽?好吧,去睡吧。你还没有做父亲,不会睡不着觉。唉,她哭了,而我,为了不肯让她们落一滴眼泪,连圣父、圣子、圣灵都会一齐出卖的人,正当她痛苦的时候,我竟若无其事地在这儿吃饭,像傻瓜一样!"

欧也纳一边上床一边想:"我相信我一生都可以做个正人君子。凭良心干,的确是桩快乐的事。"

也许只有信仰上帝的人才会暗中行善,而欧也纳是信仰上帝的。

鬼　上　当

第二天到了舞会的时间，拉斯蒂涅到德·鲍赛昂太太家，由她带去介绍给德·卡里利阿诺太太。他受到元帅夫人极殷勤的招待，又遇见了德·纽沁根太太。她特意装扮得要讨众人喜欢，以便格外讨欧也纳喜欢。她装作很镇静，暗中却是非常焦心地等欧也纳瞟她一眼。你要能猜透一个女人的情绪，那个时间便是你最快乐的时间。人家等你发表意见，你偏偏沉吟不语；明明心中高兴，你偏偏不动声色；人家为你担心，不就是承认她爱你吗？眼看她惊惶不定，然后你微微一笑加以安慰，不是最大的乐事吗？——这些玩意儿谁不喜欢来一下呢？在这次盛会中，大学生忽然看出了自己的地位，懂得以德·鲍赛昂太太公开承认的表弟资格，在上流社会中已经取得身份。大家以为他已经追上德·纽沁根太太，对他另眼相看，所有的青年都不胜艳羡地瞅着他。看到这一类的目光，他第一次体味到踌躇满志的快感。从一间客厅走到另外一间，在人丛中穿过的时候，他听见人家在夸说他的艳福。女太太们预言他前程远大。但斐纳唯恐他被别人抢去，答应等会把前天坚决拒绝的亲吻给他。拉斯蒂涅在舞会中接到好几户人家邀请。表姊介绍他几位太太，都是自命风雅的人物，她们的府上也是挺有趣的交际场所。他眼看自己在巴黎最高级最漂亮的社会中露了头角。

这个初次登场就大有收获的晚会，在他是到老不会忘记的，正如少女忘不了她特别走红的一个跳舞会。

第二天用早餐的时候，他把得意事儿当众讲给高老头听。伏脱冷却是狞笑了一下。

"你以为，"那个冷酷的逻辑学家叫道，"一个公子哥儿能够待在圣·热内维埃弗新街，住伏盖公寓吗？不消说，这儿在各方面看都是一个上等公寓，可绝不是时髦地方。我们这公寓殷实，富足，兴隆发达，能够做拉斯蒂涅的临时公馆非常荣幸；可是到底是圣·热内维埃弗新街，纯粹是家庭气息，不知道什么叫作奢华。我的小朋友，"伏脱冷又装出倚老卖老的挖苦的神气说，"你要在巴黎拿架子，非得有三匹马，白天有辆篷车，晚上有辆轿车，统共是九千法郎的置办费。倘若你只在成衣铺花三千法郎，香粉铺花六百法郎，鞋匠那边花三百，帽子匠那边花三百，你还大大地够不上咧。要知道光是洗衣服就得花上一千。时髦小伙子的内衣绝不能马虎，那不是大众最注目的吗？爱情和教堂一样，祭坛上都要有雪白的桌布才行。这样，咱们的开销已经到一万四，还没算进打牌、赌东道、送礼等等的花费；零用少了两千法郎是不成的。这种生活，我是过来人，要多少开支，我知道得清清楚楚。除掉这些必不可少的用途，再加六千法郎伙食，一千法郎房租。嗳，孩子，这样就得两万五一年，要不就落得给人家笑话；咱们的前途，咱们的锋头，咱们的情妇，一股脑儿甭提啦！我还忘了听差跟小厮呢！难道你能叫克里斯朵夫送情书吗？用你现在这种信纸写信吗？那简直是自寻死路。相信一个饱经世故的老头儿吧！"他把他的低嗓子又 rinforzando① 了一点，"要就躲到你清高的阁楼

---

① 意大利文：渐强。

上去,抱着书本用功;要就另外挑一条路。"

伏脱冷说罢,睨着泰伊番小姐眯眯眼睛;这副眼神等于把他以前引诱大学生的理论重新提了一下,总结了一下。

一连多少日子,拉斯蒂涅过着花天酒地的生活,差不多天天和德·纽沁根太太一同吃饭,陪她出去交际。他早上三四点回家,中午起来梳洗,晴天陪着但斐纳去逛森林。他浪费光阴,尽量地模仿,学习,享受奢侈,其狂热正如雌枣树的花萼拼命吸收富有生殖力的花粉。他赌的输赢很大,养成了巴黎青年挥霍的习惯。他拿第一次赢来的钱寄了一千五百法郎还给母亲姊妹,加上几件精美的礼物。虽然他早已表示要离开伏盖公寓,但到正月底还待在那儿,不晓得怎么样搬出去。青年人行事的原则,初看简直不可思议,其实就因为年轻,就因为发疯似的追求快乐。那原则是:不论穷富,老是缺少必不可少的生活费,可是永远能弄到钱来满足想入非非的欲望。对一切可以赊账的东西非常阔绰,对一切现付的东西吝啬得不得了;而且因为心里想的,手头没有,似乎故意浪费手头所有的来出气。我们还可以说得更明白些:一个大学生爱惜帽子远过于爱惜衣服。成衣匠的利子厚,肯放账;帽子匠利子薄,所以是大学生不得不敷衍的最疙瘩的人。坐在戏院花楼上的小伙子,在漂亮妇女的手眼镜中尽管显出辉煌耀眼的背心,脚上的袜子是否齐备却大有问题,袜子商又是他荷包里的一条蛀虫。那时拉斯蒂涅便是这种情形。对伏盖太太老是空空如也,对虚荣的开支老是囊橐充裕;他的财源的荣枯,同最天然的开支绝不调和。为了自己的抱负,这腌臜的公寓常常使他觉得委屈,但要搬出去不是得付一个月的房饭钱给房东,再买套家具来装饰他花花公子的寓所吗?这笔钱就永远没有着落。拉斯蒂涅用赢来的钱买些金表金链,预备在紧要关头送进当铺,送给青年人的那个不声不响的、知趣的朋友,这是他张罗赌本的办法;但临到要付房饭钱,采办漂亮生活必不可少的工具,就一筹莫展了,胆子也没有了。日常的需要,为了衣食住行所欠的债,都不能使他触动灵机。像多数过一天算一天的人,他总要等到最后一刻,才会付清布尔乔亚认为神圣的欠账,好似米拉波①,非等到面包账变成可怕的借据绝不清偿。那时拉斯蒂涅正把钱输光了,欠了债。大学生开始懂得,要没有固定的财源,这种生活是混不下去的。但尽管经济的压迫使他喘不过气来,他仍舍不得这个逸乐无度的生活,无论付什么代价都想维持下去。他早先假定的发财机会变了一场空梦,实际的障碍越来越大。窥到纽沁根夫妇生活的内幕之后,他发觉若要把爱情变作发财的工具,就得含垢忍辱,丢开一切高尚的念头;可是青年人的过失是全靠那些高尚的念头抵消的。表面上光华灿烂的生活,良心受着责备,片刻的欢娱都得用长时期的痛苦补赎的生活,他上了瘾了,滚在里头了,他像拉布吕耶尔的糊涂虫一般,把自己的床位铺在泥洼里;但也像糊涂虫一样,那时还不过弄脏了衣服。②

“咱们的满大人砍掉了吧?”毕安训有一天离开饭桌时问他。

“还没有。可是喉咙里已经起了痰。”

医学生以为他这句话是开玩笑,其实不是的。欧也纳好

---

① 米拉波(1749—1791),法国大革命时政治家,演说家,早年以生活放浪著名。

② 拉布吕耶尔(1645—1696),法国作家,其著作中的糊涂虫,名梅纳克,曾有种种笑柄。但上述一事未见记述,恐系作者误记。

久没有在公寓里吃晚饭了，这天他一路吃饭一路出神，上过点心，还不离席，挨在泰伊番小姐旁边，还不时意味深长地瞟她一眼。有几个房客还在桌上吃胡桃，有几个踱来踱去，继续谈话。大家离开饭厅的早晚，素来没有一定，看各人的心思，对谈话的兴趣，以及是否吃得过饱等等而定。在冬季，客人难得在八点以前走完；等大家散尽了，四位太太还得待一会儿，她们刚才有男客在座，不得不少说几句，此刻特意要找补一下。伏脱冷先是好像急于出去，接着注意到欧也纳满肚子心事的神气，便始终留在饭厅内欧也纳看不见的地方，欧也纳当他已经离开了。后来他也不跟最后一批房客同走，而是很狡猾地躲在客厅里。他看出大学生的心事，觉得他已经到了紧要关头。

的确，拉斯蒂涅那时正像多少青年一样，陷入了僵局。德·纽沁根太太不知是真爱他呢还是特别喜欢调情，她拿出巴黎女子的外交手腕，叫拉斯蒂涅尝遍了真正的爱情的痛苦。冒着大不韪当众把德·鲍赛昂太太的老表抓在身边之后，她反倒迟疑不决，不敢把他似乎已经享有的权利，实实在在地给他。一个月以来，欧也纳的欲火被她一再挑拨，连心都受到伤害了。初交的时候，大学生自以为居于主动的地位，后来德·纽沁根太太占了上风，故意装腔作势，勾起欧也纳所有善善恶恶的心思，那是代表一个巴黎青年的两三重人格的。她这一套是不是有计划的呢？不是的，女人即使在最虚假的时候也是真实的，因为她总受本能支配。但斐纳落在这青年人掌握之中，原是太快了一些，她所表示的感情也过分了些；也许她事后觉得有失尊严，想收回她的情分，或者暂时停止一下。而且，一个巴黎女人在被爱情冲昏了头、快要下水之前，临时踌躇不决,试试那个她预备以身相许的人的心,也是应有之事。德·纽沁根太太既然上过一次当,一个自私的青年辜负她的一片忠心;她现在提防人家更是应该的。或许欧也纳因为得手太快而表示的大模大样的态度,使她看出有一点儿轻视的意味,那是他们微妙的关系促成的。她大概要在这样一个年纪轻轻的男人面前拿出一点威严,拿出一点大人气派,过去她在那个遗弃她的男人前面,做矮子做得太久了。正因为欧也纳知道她曾经落过德·玛赛之手,她不愿意他把自己当作容易征服的女人。并且在一个人妖、一个登徒子那儿尝过那种令人屈辱的乐趣以后,她觉得在爱情的乐园中闲逛一番另有一种说不出的甜蜜:欣赏一下所有的景致,饱听一番颤抖的声音,让清白的微风抚弄一会,她都认为是迷人的享受。纯正的爱情要替不纯正的爱情赎罪。这种不合理的情形永远不会减少,如果大家不了解初次的欺骗把一个少妇鲜花般的心摧残得多么厉害。不管但斐纳究竟是什么意思,总之她在玩弄拉斯蒂涅,而且引以为乐,因为她知道他爱她,知道只要她老人家高兴,可以随时消灭她情人的悲哀。欧也纳为了自尊心,不愿意初次上阵就吃败仗,便毫不放松地紧迫着,仿佛猎人第一次过圣于贝尔①节,非要打到一只火鸡不可。他的焦虑,受伤的自尊心,真真假假的绝望,使他越来越丢不掉那个女人。全巴黎都认为德·纽沁根太太是他的了,其实他和她并不比第一天见面时更接近。他还没有懂得,一个女人卖弄风情所给人的好处,有时反而远过于她的爱情所给人的快乐,所以他憋着一肚子无名火。虽说在女人对爱情欲迎故拒之际,拉斯蒂

〜〜〜〜〜〜〜〜〜〜〜

① 圣于贝尔是猎人的守护圣人。圣于贝尔节即十一月三日猎人节。

涅能尝到第一批果实,可是那些果子是青的,带酸的,咬在嘴里特别有味,所以代价也特别高。有时,眼看自己没有钱,没有前途,就顾不得良心的呼声而想到伏脱冷的计划,想和泰伊番小姐结婚,得她的家财。那天晚上他又是穷得一筹莫展,几乎不由自主地要接受可怕的斯芬克司的计策了。他一向觉得那家伙的目光有勾魂摄魄的魔力。

波阿雷和米旭诺小姐上楼的时节,拉斯蒂涅以为除了伏盖太太和坐在壁炉旁边迷迷糊糊编织毛线套袖的库蒂尔太太以外,再没有旁人,便脉脉含情地瞅着泰伊番小姐,把她羞得低下头去。

"你难道也有伤心事吗,欧也纳先生?"维克托莉沉默了一会说。

"哪个男人没有伤心事!"拉斯蒂涅回答,"我们这些时时刻刻预备为人牺牲的年轻人,要是能得到爱,得到赤诚的爱作为酬报,也许我们就不会伤心了。"

泰伊番小姐的回答只是毫不含糊地瞧了他一眼。

"小姐,你今天以为你的心的确如此这般;可是你敢保险永远不变吗?"

可怜的姑娘浮起一副笑容,好似灵魂中涌出一道光,把她的脸照得光艳动人。欧也纳想不到挑动了她这么强烈的感情,大吃一惊。

"嗳!要是你一朝有了钱,有了幸福,有了一笔大家私从云端里掉在你头上,你还会爱一个你落难时候喜欢的穷小子吗?"

她姿势很美地点了点头。

"还会爱一个怪可怜的青年吗?"

又是点头。

"喂,你们胡扯些什么?"伏盖太太叫道。

"别打搅我们,"欧也纳回答,"我们谈得很投机呢。"

"敢情欧也纳·德·拉斯蒂涅骑士和维克托莉·泰伊番小姐私订终身了吗?"伏脱冷低沉的嗓子突然在饭厅门口叫起来。

库蒂尔太太和伏盖太太同时说:"哟! 你吓了我们一跳。"

"我挑的不算坏吧。"欧也纳笑着回答。伏脱冷的声音使他非常难受,他从来不曾有过那样可怕的感觉。

"嗳,你们两位别缺德啦!"库蒂尔太太说,"孩子,咱们该上楼了。"

伏盖太太跟着两个房客上楼,到她们屋里去消磨黄昏,节省她的灯烛柴火。饭厅内只剩下欧也纳和伏脱冷两人面面相对。

"我早知道你要到这一步的,"那家伙声色不动地说,"可是你听着! 我是非常体贴人的。你心绪不大好,不用马上决定。你欠了债。我不愿意你为了冲动或是失望投到我这儿来,我要你用理智决定。也许你手头缺少几千法郎,嗯,你要吗?"

那魔鬼掏出皮夹,捡了三张钞票对大学生扬了一扬。欧也纳正窘得要命,欠着德·阿瞿达侯爵和德·特拉伊伯爵两千法郎赌债。因为还不出钱,虽则大家在德·雷斯托太太府上等他,他不敢去。那是不拘形迹的集会,吃吃小点心,喝喝茶,可是在惠斯特牌桌上可以输掉六千法郎。

"先生,"欧也纳好容易忍着身体的抽搐,说道,"自从你对我说了那番话,你该明白我不能再领你的情。"

"好啊,说得好,叫人听了怪舒服的,"那个一心想勾引他的人回答,"你是个漂亮小伙子,想得周到,像狮子一样高傲,像少女一样温柔。你这样的俘虏才配魔鬼的胃口呢。我就喜欢这种性格的年轻人。再加上几分政治家的策略,你就能看到社会的本相了。只要玩几套清高的小戏法,一个高明的人能够满足他所有的欲望,教台下的傻瓜连声喝彩。要不了几天,你就是我的人了。哦!你要愿意做我的徒弟,管叫你万事如意,想什么就什么,并且马上到手,不论是名,是利,还是女人。凡是现代文明的精华,都可以拿来给你享受。我们要疼你,惯你,当你心肝宝贝,拼了命来让你寻欢作乐。有什么阻碍,我们替你一律铲平。倘使你再有顾虑,那你是把我当作坏蛋了?哼!你自以为清白,一个不比你少清白一点的人,德·丢兰纳先生,跟强盗们做点小交易,并不觉得有伤体面。① 你不愿意受我的好处,嗯?那容易,你先把这几张烂票子收下,"伏脱冷微微一笑,掏出一张贴好印花税的白纸,"你写:兹借到三千五百法郎,准一年内归楚。再填上日子!利息相当高,免得你多心。你可以叫我犹太人,用不着再欠我情了。今天你要瞧不起我也由你,以后你一定会喜欢我。你可以在我身上看到那些无底的深渊,广大无边的感情,傻子们管这些叫作罪恶;可是你永远不会觉得我没有种,或者无情无义。总之,我既不是小卒,也不是呆笨的士、象,而是冲锋的车,告

① 德·丢兰纳子爵(1611—1675),法国元帅,传说某日被群盗拦截,他为了保住一只价值并不昂贵的戒指,应允给强盗一百金路易。第二天,强盗来取款,丢兰纳命人如数付给,且等强盗走远后才说出这段险遇,为的是对人不失信用。

诉你!"

"你究竟是什么人?简直是生来跟我捣乱嘛!"欧也纳叫道。

"哪里!我是一个好人,不怕自己弄脏手,免得你一辈子陷在泥坑里。你问我这样热心为什么?嗳,有朝一日我会咬着你耳朵,轻轻告诉你的。我替你拆穿了社会上的把戏和诀窍,你就害怕;可是放心,这是你的怯场,跟新兵第一次上阵一样,马上会过去的。你慢慢自会把大众看作心甘情愿替自封为王的人当炮灰的大兵。可是时世变了。从前你对一个好汉说:给你三百法郎,替我去砍掉某人;他凭一句话把一个人送回了老家,若无其事地回家吃饭。如今我答应你偌大一笔家私,只要你点点头,又不连累你什么,你却是三心二意,委决不下。这年头真没出息。"

欧也纳立了借据,拿了钞票。

伏脱冷又说:"哎,来,来,咱们总得讲个理。几个月之内我要动身上美洲去种我的烟草了。我会捎雪茄给你。我有了钱,我会帮你忙。要是没有孩子(很可能,我不想在这个世界上留种),我把遗产传给你。够朋友吗?我可是喜欢你呀,我。我有那股痴情,要为一个人牺牲。我已经这样干过一回了。你看清楚没有,孩子?我生活的圈子比旁人的高一级。我认为行动只是手段,我眼里只看见目的。一个人是什么东西?——得!——"他把大拇指甲在牙齿上弹了一下,"一个人不是高于一切,就是分文不值。叫作波阿雷的时候,他连分文不值还谈不上,你可以像掐死一个臭虫一般掐死他,他干瘪,发臭。像你这样的人却是一个上帝,那可不是一架皮包的机器,而是有最美的情感在其中活动的舞台。我是单凭情感过活的。一宗情感，在你思想中不就等于整个世界吗？你瞧那高老头，两个女儿就是他整个的天地，就是他生活的指路标。我么，挖掘过人生之后，觉得世界上真正的情感只有男人之间的友谊。我醉心的是皮埃尔和雅非哀。《威尼斯转危为安》①我全本背得出。一个伙计对你说：来，帮我埋一个尸首！你跟着就跑，鼻子都不哼一哼，也不唠唠叨叨对他谈什么仁义道德；这样有血性的人，你看到过几个？咱家我就干过这个。我并不对每个人都这么说。你是一个高明的人，可以对你无所不谈，你都能明白。这个满是癞蛤蟆的泥塘，你不会老待下去的。得了吧，一言为定。你一定会结婚的。咱们各自拿着枪杆冲吧！嘿，我的绝不是银样镴枪头，你放心！"

伏脱冷根本不想听欧也纳说出一个不字，径自走了，让他定定神。他似乎懂得这种忸怩作态的心理：人总喜欢小小地抗拒一下，对自己的良心有个交代，替以后的不正当行为找个开脱的理由。

"他怎么办都由他，我一定不娶泰伊番小姐！"欧也纳对自己说。

他想到可能和这个素来厌恶的人联盟，心中火辣辣的非常难受；但伏脱冷那些玩世不恭的思想，把社会踩在脚底下的胆量，使他越来越觉得那家伙了不起。他穿好衣服，雇了车上德·雷斯托太太家去了。几天以来，这位太太对他格外殷勤，因为他每走一步，和高等社会的核心就接近一步，而且他似乎有朝一日会飞黄腾达。他付清了德·特拉伊和德·阿瞿达两

---

① 《威尼斯转危为安》，英国十七世纪作家奥特韦（1652—1685）写的悲剧，皮埃尔与雅非哀是剧中男主角，以忠于友谊著称。

位的账，打了一场夜牌，输的钱都赢了回来。需要趱奔前程的人多半相信宿命；欧也纳就有这种迷信，认为他运气好是上天对他始终不离正路的报酬。第二天早上，他赶紧问伏脱冷借据有没有带在身边。一听到说是，他便不胜欣喜地把三千法郎还掉了。

"告诉你，事情很顺当呢。"伏脱冷对他说。

"我可不是你的同党。"

"我知道，我知道，"伏脱冷打断了他的话，"你还在闹孩子脾气，看戏只看场子外面的小丑。"

两天以后，波阿雷和米旭诺小姐，在植物园一条冷僻的走道中坐在太阳底下一张凳上，同医学生很有理由猜疑的一位先生说着话。

"小姐，"龚杜罗先生说，"我不懂你哪儿来的顾虑，警察总监①大人阁下……"

"哦！警察总监大人阁下……"波阿雷跟着说了一遍。

"是的，总监大人亲自在处理这件案子。"龚杜罗又道。

这个自称为布丰街上的财主说出警察二字，在安分良民的面具之下露出耶路撒冷街官员②的本相之后，退职的小公务员波阿雷，虽然毫无头脑，究竟是畏首畏尾不敢惹是招非的人，还会继续听下去，岂不是谁都觉得难以相信？其实是挺自然的。你要在愚夫愚妇中间了解波阿雷那个特殊的种族，只要听听某些观察家的意见，不过这意见至今尚未公布。世界上有一类专吃公事饭的民族，在衙门的预算表上列在第一至

---

① 实际上当时已取消警察总监，其职责划归内务部。

② 耶路撒冷街即巴黎警察总署所在地。

第三级之间的;第一级,年俸一千二,打个譬喻说,在衙门里仿佛冰天雪地中的格陵兰①;第三级,年俸三千至六千,气候比较温和,虽然种植不易,什么津贴等等也能存了。这仰承鼻息的一批人自有许多懦怯下贱的特点,最显著的是对本衙门的大头儿有种不由自主的、机械的、本能的恐惧。小公务员之于大头儿,平时只认识一个看不清的签名。在那般俯首帖耳的人看来,大人阁下几个字犹如巴格达的哈里发的化名②,代表一种神圣的、没有申诉余地的权威。小公务员心目中的大臣,好比基督徒心目中的教皇,做的事永远不会错的。大臣的行为,言语,一切用他名义所说的话,都有大臣的一道毫光;那个绣花式的签名把什么都遮盖了,把他命令人家做的事都变得合法了。大人这个称呼证明他用心纯正,意念圣洁;一切荒谬绝伦的主意,只消出之于大人之口便百无禁忌。那些可怜虫为了自己的利益所不肯做的事,一听到大人二字就赶紧遵命。衙门像军队一样,大家只知道闭着眼睛服从。这种制度不许你的良心抬头,灭绝你的人性,年深月久,把一个人变成政府机构中的一只螺丝。老于世故的龚杜罗到了要显原形的时候,马上像念咒一般说出大人二字唬一下波阿雷,因为他早已看出他是个吃过公事饭的脓包,并且觉得波阿雷是男性的米旭诺,正如米旭诺是女性的波阿雷。

"既然总监阁下,总监大人……那事情完全不同了。"波阿雷说。

<hr />

① 北极圈内的大岛,与冰岛相对,气候严寒,大部为冰雪所蔽。
② 法国作曲家布瓦迪厄(1775—1834)于一八○○年创作一喜歌剧《巴格达的哈里发》,一八三四年巴黎正在上演。剧中的哈里发用一化名掩盖身份,为的是引诱一女子。

那冒充的小财主回头对米旭诺说:"先生这话,你听见吗?你不是相信他的吗?总监大人已经完全确定,住在伏盖公寓的伏脱冷便是土伦苦役场的逃犯,绰号叫作鬼上当。"

"哦哟!鬼上当!"波阿雷道,"他有这个绰号,一定是运气很好喽。"

"对,"暗探说,"他这个绰号是因为犯了几桩非常大胆的案子都能死里逃生。你瞧,他不是一个危险分子吗?他有好些长处使他成了不起的人物。进了苦役监之后,他在帮口里更有面子了。"

"那么他是一个有面子的人了。"波阿雷道。

"嘿!他挣面子是另有一功的!他很喜欢一个小白脸,意大利人,爱赌钱,犯了伪造文书的罪,结果由他顶替了。那小伙子从此进了军队,变得很规矩。"

米旭诺小姐说:"既然总监大人已经确定伏脱冷便是鬼上当,还需要我干什么?"

"对啦,对啦!"波阿雷接着说,"要是大人,像你说的,切实知道……"

"谈不到切实,不过是疑心。让我慢慢说给你听吧。鬼上当的真姓名叫作雅克·柯冷,是三处苦役场囚犯的心腹,经理,银行老板。他在这些生意上赚到很多钱,干那种事当然要一表人才喽。"

波阿雷道:"哎,哎,小姐,你懂得这个双关语吗?先生叫他一表人才,因为他身上黥过印,有了标记。"

暗探接下去说:"假伏脱冷收了苦役犯的钱,代他们存放,保管,预备他们逃出以后交还;或者交给他们的家属,要是他们在遗嘱上写明的话;或者交给他们的情妇,将来托他出面领钱。"

波阿雷道:"怎么! 他们的情妇? 你是说他们的老婆吧?"

"不,先生,苦役场的犯人普遍只有不合法的配偶,我们叫作姘妇。"

"那他们过的是姘居生活喽?"

"还用说吗?"

波阿雷道:"嗳,这种荒唐事儿,总监大人怎么不禁止呢? 既然你荣幸得很,能见到大人,你又关切公众的福利,我觉得你应当把这些犯人的不道德行为提醒他。那种生活真是给社会一个很坏的榜样。"

"可是先生,政府送他们进苦役场并不是把他们作为道德的模范呀。"

"不错。可是先生,允许我……"

"嗳,好乖乖,你让这位先生说下去啊。"米旭诺小姐说。

"小姐,你知道,搜出一个违禁的钱库——听说数目很大——政府可以得到很大的利益。鬼上当经管大宗的财产,所收的赃不光是他的同伴的,还有万字帮的。"

"怎么! 那些贼党竟有上万吗?"波阿雷骇然叫起来。

"不是这意思,万字帮是一个高等窃贼的团体,专做大案子的,不上一万法郎的买卖从来不干。帮口里的党徒都是刑事犯中间最了不起的人物。他们熟读民法,从来不会在落网的时候被判死刑。柯冷是他们的心腹,是他们的参谋。他神通广大,有他的警卫组织,爪牙密布,神秘莫测。我们派了许多暗探监视了他一年,还摸不清他的底细。他凭他的本领和财力,能够经常为非作歹,张罗犯罪的资本,让一批恶党不断地同社会斗争。抓到鬼上当,没收他的基金,等于把恶势力斩草除根。因此这桩侦探工作变了一件国家大事,凡是出力协助的人都有光荣。就是你先生,有了功也可以再进衙门办事,或者当个警察局的秘书,照样能拿你的养老金。"

"可是为什么,"米旭诺小姐问,"鬼上当不拿着他保管的钱逃走呢?"

暗探说:"噢!他无论到哪儿都有人跟着,万一他盗窃苦役犯的公款,就要被打死。况且卷逃一笔基金不像拐走一个良家妇女那么容易。再说,柯冷是条好汉,绝不干这样的勾当,他认为那是极不名誉的事。"

"你说得不错,先生,那他一定要声名扫地了。"波阿雷凑上两句。

米旭诺小姐说:"听了你这些话,我还是不懂干吗你们不直接上门抓他。"

"好吧,小姐,我来回答你……可是,"他咬着她耳朵说,"别让你的先生打断我,要不咱们永远讲不完。居然有人肯听这个家伙的话,大概他很有钱吧。——鬼上当到这儿来的时候,冒充安分良民,装作巴黎的小财主,住在一所极普通的公寓里;他狡猾得很,从来不会没有防备,因此伏脱冷先生是一个很体面的人物,做着了不起的买卖。"

"当然啰。"波阿雷私下想。

"大人不愿意弄错事情,抓了一个真伏脱冷,得罪巴黎的商界和舆论。要知道警察总监的地位也是不大稳的,他有他的敌人,一有错儿,钻谋他位置的人就会挑拨自由党人大叫大嚷,轰他下台。所以对付这件事要像对付柯瓦涅尔案子的圣赫勒拿假伯爵一样；①要真有一个圣赫勒拿伯爵的话，咱们不是糟了吗？因此咱们得证实他的身份。"

"对。可是你需要一个漂亮女人啊。"米旭诺小姐抢着说。

暗探说："鬼上当从来不让一个女人近身：告诉你，他是不喜欢女人的。"

"这么说来，我还有什么作用，值得你给我两千法郎去替你证实？"

陌生人说："简单得很。我给你一个小瓶，装着特意配好的酒精，能够叫人像中风似的死过去，可没有生命危险。那种药可以掺在酒里或是咖啡里。等他一晕过去，你立刻把他放倒在床上，解开他衣服，装作看看他有没有断气。趁没有人的时候，你在他肩上打一下——啪——一声，印的字母马上会显出来。"

"那可一点儿不费事。"波阿雷说。

"唉，那么你干不干呢？"龚杜罗问老姑娘。

"可是，亲爱的先生，要没有字显出来，我还能有两千法郎到手吗？"

"不。"

"那么怎样补偿我呢？"

"五百法郎。"

---

① 皮埃尔·柯瓦涅尔（1779—1831），法国冒险家，自称圣赫勒拿伯爵，拐骗盗窃，无所不为，一八〇二年被捕，判苦役十四年。一八〇五年越狱，化名投军，数次受伤，升擢至团长，王政时代任塞纳省宪兵队中校，受勋累累，同时暗中仍为贼党领袖。某次在杜伊勒里花园检阅，被人识破，判处终身苦役。此案当时轰动一时。

"为这么一点儿钱干这么一件事！良心上总是一块疙瘩，而我是要良心平安的，先生。"

波阿雷说："我敢担保，小姐除了非常可爱非常聪明之外，还非常有良心。"

米旭诺小姐说："还是这么办吧，他要真是鬼上当，你给我三千法郎；不是的话一个子儿都不要。"

"行，"龚杜罗回答，"可是有个条件，事情明儿就得办。"

"不能这么急，先生，我还得问问我的忏悔师。"

"你调皮，嗯！"暗探站起身来说，"那么明儿见。有什么要紧事儿找我，可以到圣安娜小街，小圣堂大院底上，穹窿底下只有一扇门，到那儿问龚杜罗先生就行了。"

毕安训上完居维埃的课回来，无意中听到鬼上当这个古怪字儿，也听见那有名的暗探所说的行。

"干吗不马上答应下来？三千法郎的终身年金，一年不是有三百法郎利息吗？"波阿雷问米旭诺。

"干吗！该想一想呀。倘使伏脱冷果真是鬼上当，跟他打交道也许好处更多。不过问他要钱等于给他通风报信，他会溜之大吉。那可就 gratis①，糟糕透啦！"

"你通知他也不行的，"波阿雷接口道，"那位先生不是说已经有人监视他吗？而你可什么都损失了。"

米旭诺小姐心里想："并且我也不喜欢这家伙，他老对我说些不客气的话。"

波阿雷又说："你还是那样办吧。我觉得那位先生挺好，衣服穿得整齐。他说得好，替社会去掉一个罪犯，不管他怎样

---

① 拉丁文：报酬落空。

义气,在我们总是服从法律。江山易改,本性难移。谁保得住他不会一时性起,把我们一齐杀掉? 那才该死呢! 他杀了人,我们是要负责任的,且不说咱们的命先要送在他手里。"

米旭诺小姐一肚子心事,没有工夫听波阿雷那些断断续续的话,好似没有关严的水龙头上漏出一滴一滴的水。这老头儿一朝说开了场,米旭诺小姐要不加阻拦,就会像开了发条的机器,嘀嘀咕咕永远没得完。他提出了一个主题,又岔开去讨论一些完全相反的主题,始终没有结论。回到伏盖公寓门口,他东拉西扯,旁征博引,正讲着在拉古洛先生和莫兰太太的案子里他如何出庭替被告做证的故事。进得门来,米旭诺瞥见欧也纳跟泰伊番小姐谈得那么亲热那么有劲,连他们穿过饭厅都没有发觉。

"事情一定要到这一步的,"米旭诺对波阿雷说,"他们俩八天以来眉来眼去,恨不得把灵魂都扯下来。"

"是啊,"他回答,"所以她给定了罪。"

"谁?"

"莫兰太太喽。"

"我说维克托莉小姐,你回答我莫兰太太。谁是莫兰太太?"米旭诺一边说一边不知不觉走进了波阿雷的屋子。

波阿雷问:"维克托莉小姐有什么罪?"

"怎么没有罪? 她不该爱上欧也纳先生,不知后果,没头没脑地瞎撞,可怜的傻孩子!"

欧也纳白天被德·纽沁根太太折磨得绝望了。他内心已经完全向伏脱冷屈服,既不愿意推敲一下这个怪人对他的友谊是怎么回事,也不想想这种友谊的结果。一小时以来,他和泰伊番小姐信誓旦旦,亲热得了不得;他已经一脚踏进泥洼,只有奇迹才能把他拉出来。维克托莉听了他的话以为听到了安琪儿的声音,天国的门开了,伏盖公寓染上了神奇的色彩,像舞台上的布景。她爱他,他也爱她,至少她是这样相信!在屋子里没有人窥探的时候,看到拉斯蒂涅这样的青年,听着他说话,哪个女人不会像她一样相信呢?至于他,他和良心做着斗争,明知自己在做一桩坏事,而且是有心地做,心里想只要将来使维克托莉快乐,他这点儿轻微的罪过就能补赎;绝望之下,他流露出一种悲壮的美,把心中所有地狱的光彩一齐放射出来。算他运气,奇迹出现了:伏脱冷兴冲冲地从外边进来,看透了他们的心思。这对青年原是由他恶魔般的天才撮合的,可是他们这时的快乐,突然被他粗声大气,带着取笑意味的歌声破坏了。

> "我的芳舍特多可爱,
>
> 你瞧她多么朴实……①"

维克托莉一溜烟逃了。那时她心中的喜悦足够抵消她一生的痛苦。可怜的姑娘!握一握手,脸颊被欧也纳的头发厮磨一下,贴着她耳朵(连大学生嘴唇的暖气都感觉到)说的一句话,压在她腰里的一条颤巍巍的手臂,印在她脖子上的一个亲吻……在她都成为心心相印的记号;再加隔壁屋里的西尔维随时可能闯入这间春光烂漫的饭厅,那些热情的表现就比有名的爱情故事中的海誓山盟更热,更强烈,更动心。这些微不足道的小事(按我们祖先的漂亮说法)②,在一个每十五天忏悔一次的姑娘,已经是天大的罪过了。即使她将来有了钱,

---

① 维亚尔(1771—1837)的喜歌剧《两个忌妒的人》(1813)中的唱词。

② 拉封丹(1621—1695)曾用这个词组来形容那种天真无邪的爱情表示。

有了快乐,整个委身于人的时节,流露的真情也不能同这个时候相比。

"事情定局了,"伏脱冷对欧也纳道,"两位哥儿已经打过架。一切都进行得很得体。是为了政见不同。咱们的鸽子侮辱了我的老鹰,明天在克利尼昂库尔堡垒交手。八点半,正当泰伊番小姐在这儿消消停停拿面包浸在咖啡里的时候,就好继承她父亲的慈爱和财产。你想不奇怪吗!泰伊番那小子的剑法很高明,他恨天恨地,像抓了一手大牌似的,可是休想逃过我的撒手锏。你知道,我有一套挑起剑来直刺脑门的家数,将来我教给你,有用得很呢。"

拉斯蒂涅听着愣住了,一句话都说不上来。这时高老头、毕安训,和别的几个包饭客人进来了。

"你这样我才称心呢,"伏脱冷对他道,"你做的事,你心中有数。行啦,我的小老鹰!你将来一定能支配人,你又强,又痛快,又勇敢;我佩服你。"

伏脱冷想握他的手,拉斯蒂涅急忙缩回去,他脸色发白,倒在椅子里,似乎看到眼前淌着一摊血。

"啊!咱们的良心还在那儿嘀咕,"伏脱冷低声说,"老头儿有三百万,我知道他的家私。这样一笔陪嫁尽可把你洗刷干净,跟新娘的礼服一样白;那时你自己也会觉得问心无愧呢。"

拉斯蒂涅不再迟疑,决定当夜去通知泰伊番父子。伏脱冷走开了,高老头凑在他耳边说:

"你很不高兴,孩子。我来给你开开心吧,你来!"说完老人在灯上点了火把,欧也纳存着好奇心跟他上楼。

高老头问西尔维要了大学生的钥匙,说道:"到你屋子里去。今天早上你以为她不爱你了,嗯?她硬要你走了,你生气了,绝望了。傻子!她等我去呢。明白没有?我们约好要去收拾一所小巧玲珑的屋子,让你三天之内搬去住。你不能出卖我哪。她要瞒着你,到时叫你喜出望外,我可是忍不住了。你的屋子在阿图瓦街,离圣拉扎尔街只有两步路。那儿包你像王爷一般舒服。我们替你办的家具像新娘用的。一个月工夫,我们瞒着你做了好多事。我的诉讼代理人已经在交涉,将来我女儿一年有三万六千收入,是她陪嫁的利息,我要女婿把她的八十万法郎投资在房地产上面。"

欧也纳不声不响,抱着手臂在他乱七八糟的小房间里踱来踱去。高老头趁大学生转身的当儿,把一个红皮匣子放在壁炉架上,匣子外面有德·拉斯蒂涅家的烫金的纹章。

"亲爱的孩子,"可怜的老头儿说,"我全副精神对付这些事。可是,你知道,我也自私得很,你的搬家对我也有好处。嗯,你不会拒绝我吧,倘使我有点儿要求?"

"什么事?"

"你屋子的六层楼上有一间卧房,也是归你的,我想住在那里,行吗?我老了,离开女儿太远了。我不会打搅你的,光是住在那儿。你每天晚上跟我谈谈她。你说,你不会讨厌吧?你回家的时候,我睡在床上听到你的声音,心里想:——他才见过我的小但斐纳,带她去跳舞,使她快乐。——要是我病了,听你回来,走动,出门,等于给我心上涂了止痛膏。你身上有我女儿的气息!我只要走几步路就到爱丽舍田园大道,她天天打那儿过,我可以天天看到她,不会再像从前那样迟到了。也许她还会上你这儿来!我可以听到她,看她穿着梳妆衣,趿着细步,像小猫一样可爱地走来走去。一个月到现在,她又恢复了从前小姑娘的模样,快活,漂亮,她的心情复原了,你给了她幸福。哦!什么办不到的事,我都替你办。她刚才回家的路上对我说:爸爸,我真快活!——听她们一本正经地叫我父亲,我的心就冰冷;一叫我爸爸,我又看到了她们小时候的样子,回想起从前的事。我觉得自己还是十足十的父亲,她们还没有给旁人占去!"

老头儿抹了抹眼泪。

"好久我没听见她们叫我爸爸了,好久没有挽过她们的胳膊了。唉!是呀,十年工夫我没有同女儿肩并肩地一块儿走了。挨着她的裙子,跟着她的脚步,沾到她的暖气,多舒服啊!今儿早上我居然能带了但斐纳到处跑,同她一块儿上铺子买东西,又送她回家。噢!你一定得收留我!你要人帮忙的时候,有我在那儿,就好伺候你啦。倘若那个阿尔萨斯臭胖子死了,倘若他的痛风症乖乖地跑进了他的胃,我女儿不知该多么高兴呢!那时你可以做我的女婿,堂而皇之做她的丈夫了。唉!她那么可怜,一点儿人生的乐趣都没有尝到,所以我什么都原谅她。好老天爷总该保佑慈爱的父亲吧。"他停了一会,侧了侧脑袋又说,"她太爱你了,上街的时候她跟我提到你:是不是,爸爸,他好极了!他多有良心!有没有提到我呢!——呃,从阿图瓦街到全景巷,拉拉扯扯不知说了多少!总之,她把她的心都倒在我的心里了。整整一个上午我快乐极了,不觉得老了,我的身体还不到一两重。我告诉她,你把一千法郎交给了我。哦!我的小心肝听着哭了。"

拉斯蒂涅站在那儿不动,高老头忍不住了,说道:

"嗳,你壁炉架上放的什么呀?"

欧也纳愣头愣脑地望着他的邻居。伏脱冷告诉他明天要决斗了;高老头告诉他,渴望已久的梦想要实现了。两个那么极端的消息,使他好像做了一场噩梦。他转身瞧了瞧壁炉架,看到那小方匣子,马上打开,发现一张纸条下面放着一只勃雷盖牌子的表。纸上写着:

我要你时时刻刻想到我,因为…… 但斐纳

最后一句大概暗指他们俩某一次的争执,欧也纳看了大为感动。拉斯蒂涅的纹章是在匣子里边用釉彩堆成的。这件想望已久的装饰品,链条,钥匙,式样,图案,他件件中意。高老头在旁乐得眉飞色舞。他准是答应女儿把欧也纳惊喜交集的情形告诉她听的;这些年轻人的激动也有老人的份,他的快乐也不下于他们两人。他已经非常喜欢拉斯蒂涅了,为了女儿,也为了拉斯蒂涅本人。

"你今晚一定要去看她,她等着你呢。阿尔萨斯臭胖子在他舞女那儿吃饭。嗳,嗳,我的代理人向他指出事实,他愣住了。他不是说爱我女儿爱得五体投地么?哼,要是他碰一碰她,我就要他的命。一想到我的但斐纳……(他叹了口气)我简直气得要犯法;呸,杀了他不能说杀了人,不过是牛头马面的一个畜生罢了。你会留我一块儿住的,是不是?"

"是的,老丈,你知道我是喜欢你的……"

"我早看出了,你并没觉得我丢你的脸。来,让我拥抱你。"他搂着大学生,"答应我,你得使她快乐!今晚你一定去了?"

"噢,是的。我先上街去一趟,有件要紧事儿,不能耽误。"

"我能不能帮忙呢?"

"哦,对啦!我上纽沁根太太家,你去见泰伊番老头,要他今天晚上给我约个时间,我有件紧急的事和他谈。"

高老头脸色变了,说道:"楼下那些混蛋说你追求他的女儿,可是真的,小伙子?该死!你可不知什么叫作高里奥的老拳呢。你要欺骗我们,就得叫你尝尝味儿了。哦!那是不可能的。"

大学生道:"我可以赌咒,世界上我只爱一个女人,连我自己也只是刚才知道。"

高老头道:"啊,那才好呢!"

"可是,"大学生又说,"泰伊番的儿子明天要同人决斗,听说他会送命的。"

高老头道:"那跟你有什么相干?"

欧也纳道:"噢!非告诉他不可,别让他的儿子去……"

伏脱冷在房门口唱起歌来,打断了欧也纳的话:

　　"噢,理查,噢,我的陛下,
　　　世界把你丢啊……①

勃龙!勃龙!勃龙!勃龙!勃龙!

　　我久已走遍了世界,
　　　人家到处看见我呀……

脱啦,啦,啦,啦……"

"诸位先生,"克里斯朵夫叫道,"汤冷了,饭厅上人都到齐了。"

---

① 格雷特里(1741—1813)作曲的喜歌剧《狮心王理查》中的唱词。

"喂，"伏脱冷喊，"来拿我的一瓶波尔多去。"①

"你觉得好看吗，那只表?"高老头问，"她挑的不差可不是?"

伏脱冷、高老头和拉斯蒂涅三个人一同下楼，因为迟到在饭桌上坐在一处。吃饭的时候，欧也纳一直对伏脱冷很冷淡；可是伏盖太太觉得那个挺可爱的家伙从来没有这样的谈锋。他谐谑百出，把桌上的人都引得非常高兴。这种安详，这种镇静，欧也纳看着害怕了。

"你今儿交了什么运呀，快活得像云雀一样?"伏盖太太问。

"我做了好买卖总是快活的。"

"买卖?"欧也纳问。

"是啊。我交出了一部分货，将来好拿一笔佣金。"他发觉老姑娘在打量他，便问："米旭诺小姐，你这样盯着我，是不是我脸上有什么地方叫你不舒服? 老实告诉我，为了讨你欢喜，我可以改变的。"

他又瞅着老公务员说："波阿雷，咱们不会因此生气的，是不是?"

"真是! 你倒好给雕刻家做模特儿，让他塑一个滑稽大家的像呢。"青年画家对伏脱冷道。

"不反对! 只要米旭诺小姐肯给人雕做拉雪兹神甫公墓②的爱神。"伏脱冷回答。

"那么波阿雷呢?"毕安训问。

---

① 波尔多为法国西部港口，盛产红葡萄酒，通常以此地名称呼红酒。
② 拉雪兹神甫公墓为巴黎最大的公共坟场。

"噢！波阿雷就扮作波阿雷。他是果园里的神道,是梨的化身。"①伏脱冷回答。

"那你是坐在梨跟酪饼之间了。"毕安训说。

"都是废话,"伏盖太太插嘴道,"还是把你那瓶波尔多献出来吧,又好健胃又好助兴。那个瓶已经在那儿伸头探颈了!"

"诸位,"伏脱冷道,"主席叫我们遵守秩序。库蒂尔太太和维克托莉小姐虽不会对你们的胡说八道生气,可不能侵犯无辜的高老头。我请大家喝一瓶波尔多,那是靠拉法夷特先生的大名而格外出名的。我这么说可毫无政治意味。② ——来呀,你这傻子!"他望着一动不动的克里斯朵夫叫,"这儿来,克里斯朵夫!怎么你没听见你名字?傻瓜!把酒端上来!"

"来啦,先生。"克里斯朵夫捧着酒瓶给他。

伏脱冷给欧也纳和高老头各斟了一杯,自己也倒了几滴。两个邻居已经在喝了,伏脱冷拿起杯子辨了辨味道,忽然扮了个鬼脸;

"见鬼!见鬼!有瓶塞子味儿。克里斯朵夫,这瓶给你吧,另外去拿,在右边,你知道?咱们一共十六个,拿八瓶下来。"

"既然你破钞,"画家说,"我也来买一百个栗子。"

"哦!哦!"

"啵!啵!"

---

① 法语中梨(poire)与波阿雷(poiret)谐音,故以此为戏。

② 夏多-拉法夷特,波尔多有名的酿酒区,有一种出名的红酒就用这个名称,恰好和拉法夷特同名,所以伏脱冷出此戏言。

"哎！哎！"

每个人大惊小怪地叫嚷,好似花筒里放出来的火箭。

"喂,伏盖妈妈,来两瓶香槟。"伏脱冷叫。

"亏你想得出,干吗不把整个屋子吃光了? 两瓶香槟!十二法郎! 我哪儿去挣十二法郎! 不成,不成。要是欧也纳先生肯付香槟的账,我请大家喝果子酒。"

"吓! 他的果子酒像秦皮汁一样难闻。"医学生低声说。

拉斯蒂涅道:"别说了,毕安训,我听见秦皮汁三个字就恶心……行! 去拿香槟,我付账就是了。"

"西尔维,"伏盖太太叫,"拿饼干跟小点心来。"

伏脱冷道:"你的小点心太大了,而且出毛了。还是拿饼干来吧。"

一霎时,波尔多斟遍了,饭桌上大家提足精神,越来越开心。粗野疯狂的笑声夹着各种野兽的叫声。博物院管事学巴黎街上的一种叫卖声,活像猫儿叫春。立刻八个声音同时嚷起来:

"磨刀哇! 磨刀哇!"

"鸟粟子呕!"

"卷饼哎,太太们,卷饼哎!"

"修锅子,补锅子!"

"船上来的鲜鱼呕! 鲜鱼呕!"

"要不要打老婆,要不要拍衣服?"

"有旧衣服,旧金线,旧帽子卖哦?"

"甜樱桃啊甜樱桃!"

最妙的是毕安训用鼻音哼的"修阳伞哇"!

几分钟之内,稀里哗啦,沸沸扬扬,把人脑袋都胀破了。

你一句我一句,无非是瞎说八道,像一出大杂耍。伏脱冷一边当指挥一边冷眼觑着欧也纳和高里奥。两人好像已经醉了,靠着椅子,一本正经望着这片从来未有的混乱,很少喝酒,都想着晚上要做的事,可是都觉得身子抬不起来。伏脱冷在眼梢里留意他们的神色,等到他们眼睛迷迷糊糊快要闭上了,他贴着拉斯蒂涅的耳朵说:

"喂,小家伙,你还要不过伏脱冷老头呢。他太喜欢你了,不能让你胡闹。一朝我决心要干什么事,只有上帝能拦住我。嘿!咱们想给泰伊番老头通风报信,跟小学生一样糊涂!炉子烧热了,面粉捏好了,面包放上铲子了;明儿咱们就可以咬在嘴里,丢着面包心子玩儿了,你竟想捣乱吗?不成不成,生米一定得煮成熟饭!心中要有什么小小的不舒服,等你吃的东西消化了,那点儿不舒服也就没有啦。咱们睡觉的时候,上校弗朗舍西尼伯爵剑头一挥,替你把米歇尔·泰伊番的遗产张罗好啦。维克托莉继承了她的哥哥,一年有小小的一万五千收入。我已经打听清楚,光是母亲的遗产就有三十万以上……"

欧也纳听着这些话不能回答,只觉得舌尖跟上颚粘在一块,身子重甸甸的,瞌睡得要死。他只能隔了一重明晃晃的雾,看见桌子和同桌的人的脸。不久,声音静下来,客人一个一个地散了,临了只剩下伏盖太太、库蒂尔太太、维克托莉、伏脱冷和高老头。拉斯蒂涅好似在梦中,瞥见伏盖太太忙着倒瓶里的余酒,把别的瓶子装满。

寡妇说:"嗳!他们疯疯癫癫,多年轻啊!"

这是欧也纳听到的最后一句话。

西尔维道:"只有伏脱冷先生才会叫人这样快活,哟!克里斯朵夫打鼾打得像陀螺一样。"

"再见，伏盖妈妈，我要到大街上看马蒂演《荒山》去了，那是把《孤独者》改编的戏。倘使你愿意，我请你和这些太太们一块儿去。"

库蒂尔太太回答："我们不去，谢谢你。"

伏盖太太说："怎么，我的邻居！你不想看《孤独者》改编的戏？那是阿达拉·德·夏多布里昂①写的小说，我们看得津津有味，去年夏天在菩提树下哭得像玛德莱娜②，而且是一部伦理作品，正好教育教育你的小姐呢。"

维克托莉回答："照教会的规矩，我们不能看喜剧。"

"哦，这两个都人事不知了。"伏脱冷把高老头和欧也纳的脑袋滑稽地摇了一下。

他扶着大学生的头靠在椅背上，让他睡得舒服些，一边热烈地亲了亲他的额角，唱道：

　　　"睡吧，我的心肝肉儿！
　　　我永远替你们守护。③"

维克托莉道："我怕他害病呢。"

伏脱冷道："那你在这里照应他吧。"又凑着她的耳朵说："那是你做贤妻的责任。他真爱你啊，这小伙子。我看，你将来会做他的小媳妇儿。"他又提高了嗓子："末了，他们在地方

---

① 伏盖太太毫无知识，把作者的姓名弄得七颠八倒，和作品名混为一体。
② 玛德莱娜，即《新约》中抹大拉的马利亚，原系一堕落女子，后彻底悔罪，在耶稣面前痛哭流涕，受到赦免。哭得像玛德莱娜，意思是哭得像泪人儿。
③ 阿梅代·德·博柏朗的一首著名情歌中的叠句，一八一九年为斯克里布和德拉维涅合作的一出歌舞剧所采用。

上受人尊敬,白头偕老,子孙满堂。所有的爱情故事都这样结束的。哎,妈妈,"他转身搂着伏盖太太,"去戴上帽子,穿上漂亮的小花绸袍子,披上当年伯爵夫人的披肩。让我去替你雇辆车。"说完他唱着歌出去了:

"太阳,太阳,神明的太阳,

是你晒熟了南瓜的瓜瓤……①"

伏盖太太说:"天哪!你瞧,库蒂尔太太,这样的男人才叫我日子过得舒服呢。"她又转身对着面条商说:"呦,高老头去啦。这吝啬鬼从来没想到带我上哪儿去过。我的天,他要倒下来啦。上了年纪的人再失掉理性,太不像话!也许你们要说,没有理性的人根本丢不了什么。西尔维,扶他上楼吧。"

西尔维抓着老人的胳膊扶他上楼,当他铺盖卷似的横在床上。

"可怜的小伙子,"库蒂尔太太说着,把欧也纳挡着眼睛的头发撩上去,"真像个女孩子,还不知道喝醉是怎么回事呢。"

伏盖太太道:"啊!我开了三十一年公寓,像俗话说的,手里经过的年轻人也不少了;像欧也纳先生这么可爱、这么出众的人才,可从来没见过。瞧他睡得多美!把他的头放在你肩上吧,库蒂尔太太。呃,他倒在维克托莉小姐肩上了。孩子们是有神道保佑的。再侧过一点,他就碰在椅背的葫芦上啦。他们俩配起来倒是挺好的一对。"

───────

① 当时工场里流行的小调。

库蒂尔太太道:"好太太,别胡说,你的话……"

伏盖太太回答:"呃!他听不见的。来,西尔维,帮我去穿衣服,我要戴上我的大胸褡。"

西尔维道:"哎哟!太太,吃饱了饭戴大胸褡!不,你找别人吧,我下不了这毒手。你这么不小心是有性命危险的。"

"管他,总得替伏脱冷先生挣个面子。"

"那你对继承人真是太好了。"

寡妇一边走一边吆喝:"嗳,西尔维,别顶嘴啦。"

厨娘对维克托莉指着女主人,说:"在她那个年纪!"

饭厅里只剩下库蒂尔太太和维克托莉,欧也纳靠在维克托莉肩膀上睡着。静悄悄的屋里只听见克里斯朵夫的打鼾声;相形之下,欧也纳的睡眠越加显得恬静,像儿童一般妩媚。维克托莉脸上有种母性一般的表情,好像很得意;因为她有机会照顾欧也纳,借此发泄女人的情感,同时又能听到男人的心在自己的心旁跳动,而没有一点犯罪的感觉。千思百念在胸中涌起,跟一股年轻纯洁的热流接触之下,她情绪激动,说不出有多么快活。

库蒂尔太太紧紧握着她的手说:"可怜的好孩子!"

天真而苦恼的脸上罩着幸福的光轮,老太太看了暗暗称赏。维克托莉很像中世纪古拙的画像,没有琐碎的枝节,沉着有力的笔触只着重面部,黄黄的皮色仿佛反映着天国的金光。

维克托莉摸着欧也纳的头发说:"他只不过喝了两杯呀,妈妈。"

"孩子,他要是胡闹惯的,酒量就会跟别人一样了。他喝醉倒是证明他老实。"

街上传来一辆车子的声音。

年轻的姑娘说:"妈妈,伏脱冷先生来了。你来扶一扶欧也纳先生。我不愿意给那个人看见。他说话叫人感到精神上受污辱,瞧起人来叫人受不了,仿佛剥掉人的衣衫一样。"

库蒂尔太太说:"不,你看错了!他是个好人,有点像过去的库蒂尔先生,虽然粗鲁,本性可是不坏,他是好人歹脾气。"

在柔和的灯光抚弄之下,两个孩子正好配成一幅图画。伏脱冷悄悄地走进来,抱了手臂,望着他们说道:

"哎哟!多有意思的一幕,喔!给《保尔和维吉妮》的作者,贝尔纳丹·德·圣皮埃尔看到了,一定会写出好文章来。青春真美,不是吗,库蒂尔太太?"他又端详了一会欧也纳,说道:"好孩子,睡吧。有时福气就在睡觉的时候来的。"他又回头对寡妇道:"太太,我疼这个孩子,不但因为他生得清秀,还因为他心眼好。你瞧他不是一个薛侣班靠在天使肩上么?真可爱!我要是女人,我愿意为了他而死,(哦,不!不这么傻!)愿意为了他而活!这样欣赏他们的时候,太太,"他贴在寡妇耳边悄悄地说,"不由得不想到他们是天生一对,地造一双。"然后他又提高了嗓子:"上帝给我们安排的路是神秘莫测的,他是鉴察人心,试验人肺腑的。① 孩子们,看到你们俩都一样的纯洁,一样的有情有义,我相信一朝结合了,你们绝不会分离。上帝是正直的。"他又对维克托莉说:"我觉得你很有福相,给我瞧瞧你的手,小姐。我会看手相,人家的好运气常常被我说准的。别怕。哎唷!你的手怎么啦?真的,你马上要发财了,爱你的人也要托你的福了。父亲会叫你回家,

---

① 此语来自《旧约·耶利米书》第十七章。

你将来要嫁给一个年轻的人,又漂亮又有头衔,又爱你!"

妖娆的伏盖寡妇下楼了,沉重的脚步声打断了伏脱冷的预言。

"瞧啊,伏盖妈妈美丽得像一颗明明明……明星,包扎得像根红萝卜。不有点儿气急吗?"他把手按着她胸口说,"啊,胸脯绑得很紧了,妈妈。不哭则已,一哭准会爆炸;可是放心,我会像古董商一样把你仔仔细细捡起来的。"

寡妇咬着库蒂尔太太的耳朵说:"他真会讲法国式的奉承话,这家伙!"

"再见,孩子们,"伏脱冷转身招呼欧也纳和维克托莉,一只手放在他们头上,"我祝福你们! 相信我,小姐,一个规矩老实的人的祝福是有道理的,包你吉利,上帝会听他的话的。"

"再见,好朋友,"伏盖太太对她的女房客说,又轻轻补上一句:"你想伏脱冷先生对我有意思吗?"

"呕! 呕!"

他们走后,维克托莉瞧着自己的手叹道:

"唉! 亲爱的妈妈,倘若真应了伏脱冷先生的话!"

老太太回答:"那也不难,只消你那魔鬼哥哥从马上倒栽下来就成了。"

"噢! 妈妈!"

寡妇道:"我的天! 咒敌人也许是桩罪过,好,那么我来补赎吧。真的,我很愿意给他送点儿花到坟上去。他那个坏良心,没有勇气替母亲说话,只晓得拿她的遗产,夺你的家私。当时你妈妈陪嫁很多,算你倒霉,婚约上没有提。"

维克托莉说:"要拿人家的性命来换我的幸福,我心上永远不会安乐的。倘使要我幸福就得去掉我哥哥，那我宁可永久住在这儿。"

"伏脱冷先生说得好，谁知道全能的上帝高兴叫我们走哪条路呢？——你瞧他是信教的，不像旁人提到上帝比魔鬼还要不敬。"

她们靠着西尔维帮忙，把欧也纳抬进卧房，放倒在床上；厨娘替他脱了衣服，让他舒舒服服地睡觉。临走，维克托莉趁老太太一转身，在欧也纳额上亲了一亲，觉得这种偷偷摸摸的罪过真有说不出的快乐。她瞧瞧他的卧室，仿佛把这一天多多少少的幸福归纳起来，在脑海中构成一幅图画，让自己老半天看着出神。她睡熟的时候变了巴黎最快乐的姑娘。

伏脱冷在酒里下了麻醉药，借款待众人的机会灌醉了欧也纳和高老头，这一下他可断送了自己。半醉的毕安训忘了向米旭诺追问鬼上当那个名字。要是他说了，伏脱冷，或者雅克·柯冷——在此我们不妨对苦役场中的大人物还他的真名实姓——一定会马上提防。后来，米旭诺小姐认为柯冷性情豪爽，正在盘算给他通风报信让他在半夜里逃走是不是更好的时候，听到拉雪兹神甫公墓上的爱神那个绰号，便突然改变主意。她吃过饭由波阿雷陪着出门，到圣安娜小街找那有名的特务头子去了，心里还以为他不过是个名叫龚杜罗的高级职员。特务长见了她挺客气。把一切细节说妥之后，米旭诺小姐要求那个检验黥印的药品。看到圣安娜小街的大人物在书桌抽斗内找寻药品时那种得意的态度，米旭诺才懂得这件事情的重要性还不止在于抓捕一个普通的逃犯。她仔细一想，觉得警察当局还希望根据苦役场内线的告密，赶得上没收那笔巨大的基金。她把这点疑心向那老狐狸说了,他却笑了笑,有心破除老姑娘的疑心。

"你想错了,"他说,"在贼党里,柯冷是个从未有过的最危险的博士,我们要抓他是为这一点。那些坏蛋也都知道。他是他们的旗帜,他们的后台,他们的拿破仑;他们都爱戴他。这家伙永远不会把他的老根丢在沙滩广场上的。"①

米旭诺听了莫名其妙,龚杜罗给她解释,他用的两句土话是贼党里极有分量的切口,他们早就懂得一个人的脑袋可有两种看法:博士是一个活人的头脑,是他的参谋,是他的思想;老根是个轻蔑的字眼,表示头颅落地之后毫无用处。

他接着说:"柯冷拿我们打哈哈。对付那些英国钢条般的家伙,我们也有一个办法,只要他们在逮捕的时候稍微抵抗一下,立刻把他干掉。我们希望柯冷明天动武,好把他当场格杀。这么一来,诉讼啊,看守的费用啊,监狱里的伙食啊,一概可以省掉,同时又替社会除了害。起诉的手续,证人的传唤,旅费津贴,执行判决,凡是对付这些无赖的合法步骤所花的钱,远不止你到手的三千法郎。并且还有节省时间的问题。一刀戳进鬼上当的肚子,可以消弭上百件的罪案,叫多少无赖不敢越过轻罪法庭的范围。这就叫作警政办得好。照真正慈善家的理论,这种办法便是预防犯罪。"

"这就是替国家出力呀。"波阿雷道。

"对啦,你今晚的话才说得有理了。是呀,我们当然是替国家出力啰。外边的人对我们很不公平,其实我们暗中

---

① 老根,俗话指脑袋。沙滩广场为巴黎执行死刑的地方,也是公众庆祝活动的集会场所。

帮了社会多少的忙。再说,一个人不受偏见约束才算高明,违反成见所做的好事自然免不了害处,能忍受这种害处才是基督徒。你瞧,巴黎终究是巴黎。这句话就说明了我的生活。小姐,再见吧。明天我带着人在植物园等。你叫克里斯朵夫上布丰街我前次住的地方找龚杜罗先生就得了。先生,将来你丢了东西,尽管来找我,包你物归原主。我随时可以帮忙。"

"噯,"波阿雷走到外边对米旭诺小姐说,"世界上竟有些傻子,一听见警察两字就吓得魂不附体。可是这位先生多和气,他要你做的事情又像打招呼一样简单。"

第二天是伏盖公寓历史上最重大的日子。至此为止,平静的公寓生活中最显著的事件,是那个假伯爵夫人像彗星一般地出现。可是同这一日天翻地覆的事(从此成为伏盖太太永久的话题)一比,一切都黯淡无光了。先是高里奥和欧也纳一觉睡到十一点。伏盖太太半夜才从快活剧院回家,早上十点半还在床上。喝了伏脱冷给的剩酒,克里斯朵夫的酣睡耽误了屋里的杂务。波阿雷和米旭诺小姐并不抱怨早饭开得晚。维克托莉和库蒂尔太太也睡了晚觉。伏脱冷八点以前就出门,直到开饭才回来。十一点一刻,西尔维和克里斯朵夫去敲各人的房门请吃早饭,居然没有一个人说什么不满意的话。两个仆人一走开,米旭诺小姐首先下楼,把药水倒入伏脱冷自备的银杯,那是装满了他冲咖啡用的牛奶,跟旁人的一起炖在锅子上的。老姑娘算好利用公寓里这个习惯下手。七个房客过了好一会才到齐。欧也纳伸着懒腰最后一个下楼,正碰上德·纽沁根太太的信差送来一封信,写的是:

朋友,我对你并不生气,也不觉得我有失尊严。我等到半夜二点,等一个心爱的人!受过这种罪的人绝不会叫人家受。我看出你是第一次恋爱。你碰到了什么事呢?我真急死了。要不怕泄露心中的秘密,我就亲自来了,看看你遇到的究竟是凶是吉。可是在那个时候出门,不论步行或是坐车,岂不是断送自己?我这才觉得做女人的苦。我放心不下,请你告诉我为什么父亲对你说了那些话之后,你竟没有来。我要生你的气,可是会原谅你的。你病了么?为什么住得这样远?求你开声口吧。希望马上就来。倘若有事,只消回我一个字:或者说就来,或者说害病。不过你要不舒服的话,父亲会来通知我的。那么究竟是怎么回事呢?……

"是啊,怎么回事呢?"欧也纳叫了起来。他搓着没有念完的信,冲进饭厅,问:"几点了?"

"十一点半。"伏脱冷一边说一边把糖放进咖啡。

那逃犯冷静而迷人的眼睛瞪着欧也纳。凡是天生能勾魂摄魄的人都有这种目光,据说能镇压疯人院中的武痴。欧也纳不禁浑身哆嗦。街上传来一辆马车的声音,泰伊番先生家一个穿号衣的当差神色慌张地冲进来,库蒂尔太太一眼便认出了。

"小姐,"他叫道,"老爷请你回去,家里出了事。弗雷德里克先生跟人决斗,脑门上中了一剑,医生认为没有希望了,恐怕你来不及跟他见面了,已经昏迷了。"

伏脱冷叫道:"可怜的小伙子!有了三万一年的收入,怎么还能打架?年轻人真不懂事。"

"吓,老兄!"欧也纳对他嚷道。

"怎么,你这个大孩子?巴黎哪一天没有人决斗?"伏脱冷一边回答一边若无其事地喝完咖啡。米旭诺小姐全副精神看他这个动作,听到那件惊动大众的新闻也不觉得震动。

库蒂尔太太说:"我跟你一块儿去,维克托莉。"

她们俩帽子也没戴,披肩也没拿,径自跑了。维克托莉临走噙着泪对欧也纳望了一眼,仿佛说:"想不到我们的幸福要叫我流泪!"

伏盖太太道:"呃,你竟是未卜先知了,伏脱冷先生?"

雅克·柯冷回答:"我是先知,我是一切。"

伏盖太太对这件事又说了一大堆废话:"不是奇怪吗!死神来寻到我们,连商量都不跟我们商量一下。年轻人往往走在老年人之前。我们女人总算运气,用不着决斗;可是也有男人没有的病痛。我们要生孩子,而做母亲的苦难是很长的!维克托莉真福气! 这会儿她父亲没有办法啦,只能让她继承喽。"

"可不是!"伏脱冷望着欧也纳说,"昨天两手空空,今儿就有了几百万!"

伏盖太太叫道:"喂,欧也纳先生,这一下你倒是中了头彩啦。"

听到这一句,高老头瞧了瞧欧也纳,发现他手中还拿着一封团皱的信。

"你还没有把信念完呢! ……这是什么意思? 难道你也跟旁人一样吗?"他问欧也纳。

"太太,我永远不会娶维克托莉小姐。"欧也纳回答伏盖太太的时候,不胜厌恶的口气叫在场的人都觉得奇怪。

高老头抓起大学生的手握着,恨不得亲它一下。

伏脱冷道:"哦,哦! 意大利人有句妙语,叫作 Col tempo①!"

"我等回音呢。"纽沁根太太的信差催问拉斯蒂涅。

"告诉太太说我会去的。"

信差走了。欧也纳心烦意躁,紧张到极点,再也顾不得谨慎不谨慎了。他高声自言自语:"怎么办? 一点儿没有证据!"

伏脱冷微微笑着。他吞下的药品已经发作,只是逃犯的身体非常结实,还能站起来瞧着拉斯蒂涅,沉着嗓子说:

"孩子,福气就在睡觉的时候来的。"

说完他直僵僵地倒在地下。

欧也纳道:"果真是神灵不爽!"

"哎哟! 他怎么啦? 这个可怜的亲爱的伏脱冷先生?"

米旭诺小姐叫道:"那是中风啊。"

"喂,西尔维,请医生去,"寡妇吩咐,"拉斯蒂涅先生,你快去找毕安训先生。说不定西尔维碰不到我们的葛兰佩勒医生。"

拉斯蒂涅很高兴借此机会逃出这个可怕的魔窟,便连奔带跑地溜了。

"克里斯朵夫,你上药铺去要些治中风的药。"

克里斯朵夫出去了。

"哎,喂,高老头,帮我们抬他上楼,抬到他屋里去。"

大家抓着伏脱冷,七手八脚抬上楼梯,放在床上。

高里奥说:"我帮不了什么忙,我要看女儿去了。"

---

① 意大利文:听凭时间安排。

"自私的老头儿!"伏盖太太叫道,"去吧,但愿你不得好死,孤零零得像野狗一样!"

"瞧瞧你屋子里可有乙醚。"米旭诺小姐一边对伏盖太太说,一边和波阿雷解开伏脱冷的衣服。

伏盖太太下楼到自己卧房去,米旭诺小姐就可以为所欲为了。

她吩咐波阿雷:"赶快,脱掉他的衬衫,把他翻过来!你至少也该有点儿用处,总不成叫我看到他赤身露体。你老待在那里干吗?"

伏脱冷给翻过身来,米旭诺照准他肩头一巴掌打过去,鲜红的皮肤上立刻白白地泛出两个该死的字母。

"吓! 一眨眼你就得了三千法郎赏格,"波阿雷说着,扶住伏脱冷,让米旭诺替他穿上衬衣——他把伏脱冷放倒在床上,又道,"呃,好重啊!"

"别多嘴! 瞧瞧有什么银箱没有?"老姑娘性急慌忙地说,一双眼睛拼命打量屋里的家具,恨不得透过墙壁才好。

她又道:"最好想个理由打开这口书柜!"

波阿雷回答:"恐怕不大好吧?"

"为什么不大好? 赃赃是公的,不能说是谁的了。可惜来不及,已经听到伏盖的声音了。"

伏盖太太说:"乙醚来了。哎,今天的怪事真多。我的天! 这个人是不会害病的,他白得像仔鸡一样。"

"像仔鸡?"波阿雷接了一句。

寡妇把手按着伏脱冷的胸口,说:"心跳得很正常。"

"正常?"波阿雷觉得很诧异。

"是呀,跳得挺好呢。"

"真的吗?"波阿雷问。

"妈妈呀!他就像睡着一样。西尔维已经去请医生了。喂,米旭诺小姐,他把乙醚吸进去了。大概是抽筋。脉搏很好;身体像土耳其人一样棒。小姐,你瞧他胸口的毛多浓;好活到一百岁呢,这家伙!头发也没有脱。呦!是胶在上面的,他戴了假头发,原来的头发是土红色的。听说红头发的人不是好到极点,就是坏到极点!他大概是好的了,他?"

"好!好吊起来。"波阿雷道。

"你是说他好吊在漂亮女人的脖子上吧?"米旭诺小姐抢着说,"你去吧,先生。你们闹了病要人伺候,那就是我们女人的事了,你还是到外边去遛遛吧。这儿有我跟伏盖太太照应就行了。"

波阿雷一声没出,轻轻地走了,好像一条狗给主人踢了一脚。

拉斯蒂涅原想出去走走,换换空气。他闷得发慌。这桩准时发生的罪案,隔夜他明明想阻止的;后来怎么的呢?他应该怎么办呢?他唯恐在这件案子中做了共谋犯。想到伏脱冷那种若无其事的态度,他还心有余悸。他私下想:

"要是伏脱冷一声不出就死了呢?"

他穿过卢森堡公园的走道,好似有一群猎犬在背后追他,连它们的咆哮都听得见。

"喂,朋友,"毕安训招呼他,"你有没有看到《舵工报》?"

《舵工报》是蒂索先生主办的激进派报纸,在晨报出版后几小时另出一张地方版,登载当天的新闻,在外省比别家报纸的消息要早二十四小时。

科尚医院的实习医生接着说:"有段重要新闻:泰伊番的

儿子和前帝国禁卫军的弗朗舍西尼伯爵决斗,额上中了一剑,深两寸。这么一来,维克托莉小姐成了巴黎有最多陪嫁的姑娘。哼!要是早知道的话!死了个人倒好比开了个头奖!听说维克托莉对你很不错,可是真的?"

"别胡说,毕安训,我永远不会娶她。我爱着一个妙人儿,她也爱着我,我……"

"你这么说好像拼命压制自己,唯恐对你的妙人儿不忠实。难道真有什么女人,值得你牺牲泰伊番老头的家私么?倒要请你指给我瞧瞧。"

拉斯蒂涅嚷道:"难道所有的魔鬼都盯着我吗?"

毕安训道:"那么你又在盯谁呢?你疯了么?伸出手来,让我替你按按脉。呦,你在发烧呢。"

"赶快上伏盖妈妈家去吧,"欧也纳说,"刚才伏脱冷那混蛋晕过去了。"

"啊!我早就疑心,你给我证实了。"毕安训说着,丢下拉斯蒂涅跑了。

拉斯蒂涅溜了大半天,非常严肃。他似乎把良心翻来覆去查看了一遍。尽管他迟疑不决,细细考虑,到底真金不怕火,他的清白总算经得起严格的考验。他记起隔夜高老头告诉他的心腹话,想起但斐纳在阿图瓦街替他预备的屋子;拿出信来重新念了一遍,吻了一下,心上想:

"这样的爱情正是我的救星。可怜老头儿有过多少伤心事;他从来不提,可是谁都一目了然!好吧,我要像照顾父亲一般地照顾他,让他享享福。倘使她爱我,她白天会常常到我家里来陪他的。那高个子的雷斯托太太真该死,竟会把老子当作门房看待。亲爱的但斐纳!她对老人家孝顺多了,她是值得我爱的。啊！今晚上我就可以快乐了!"

他掏出表来,欣赏了一番。

"一切都成功了。两个人真正相爱永久相爱的时候,尽可以互相帮助,我尽可以收这个礼。再说,将来我一定飞黄腾达,无论什么我都能百倍地报答她。这样的结合既没有罪过,也没有什么能叫最严格的道学家皱一皱眉头的地方。多少正人君子全有这一类的男女关系! 我们又不欺骗谁;欺骗才降低我们的人格。扯谎不就表示投降吗? 她和丈夫已经分居好久。我可以对那个阿尔萨斯人说,他既然不能使妻子幸福,就应当让给我。"

拉斯蒂涅心里七上八下,争执了很久。虽然青年人的善念终于得胜了,他仍不免在四点半左右,天快黑的时候,存着按捺不下的好奇心,回到发誓要搬走的伏盖公寓。他想看看伏脱冷有没有死。

毕安训把伏脱冷灌了呕吐剂,叫人把吐出来的东西送往医院化验。米旭诺竭力主张倒掉,越发引起毕安训的疑心。并且伏脱冷也复原得太快,毕安训更疑心这个嘻嘻哈哈的家伙是遭了暗算。拉斯蒂涅回来,伏脱冷已经站在饭厅内火炉旁边。包饭客人到得比平时早,因为知道了泰伊番儿子的事,想来打听一番详细情形以及对维克托莉的影响。除了高老头,全班人马都在那儿谈论这件新闻。欧也纳进去,正好跟不动声色的伏脱冷打了个照面,被他眼睛一瞪,直瞧到自己心里,挑起一些邪念,使他心惊肉跳,打了个寒噤。那逃犯对他说:

"喂,亲爱的孩子,死神向我认输的日子还长哩。那些太太们说我刚才那场脑充血,连牛都吃不住,我可一点事儿都没有。"

伏盖寡妇叫道:"别说牛,连公牛都受不了。"①

"你看我没有死觉得很不高兴吗?"伏脱冷以为看透了拉斯蒂涅的心思,凑着他耳朵说,"那你倒是个狠将了!"

"嗳,真的,"毕安训说,"前天米旭诺小姐提起一个人绰号叫作鬼上当,这个名字对你倒是再合适没有。"

这句话对伏脱冷好似晴天霹雳,他顿时脸色发白,身子晃了几晃,那双勾魂摄魄的眼睛射在米旭诺脸上,好似一道阳光;这股精神的威势吓得她腿都软了,歪歪斜斜地倒在一张椅子里。逃犯扯下平时那张和善的脸,露出狰狞可怖的面目。波阿雷觉得米旭诺遭了危险,赶紧向前,站在她和伏脱冷之间。所有的房客还不知道这出戏是怎么回事,莫名其妙地愣住了。这时外面响起好几个人的脚步声和士兵的枪柄跟街面上的石板碰击的声音。正当柯冷不由自主地望着墙壁和窗子,想找出路的时候,客厅门口出现了四个人。为首的便是那特务长,其余三个是警务人员。

"兹以法律与国王陛下之名……"一个警务人员这么念着,以下的话被众人一片惊讶的声音盖住了。

不久,饭厅内寂静无声,房客闪开身子,让三个人走进屋内。他们的手都插在衣袋里,抓着上好子弹的手枪。跟在后面的两个宪兵把守客厅的门;另外两个在通往楼梯道的门口出现。好几个士兵的脚步声和枪柄声在前面石子道上响起来。鬼上当完全没有逃走的希望了,所有的目光都不由自主

① 伏脱冷所说的牛(boeuf)是去势的牛,伏盖太太说的是公牛(taureau),即斗牛用的牛。

地盯着他一个人。特务长笔直地走过去,对准他的脑袋用力打了一巴掌,把假头发打落了。柯冷丑恶的面貌马上显了出来。土红色的短头发表示他的强悍和狡猾,配着跟上半身气息一贯的脑袋和脸庞,意义非常清楚,仿佛被地狱的火焰照亮了。整个的伏脱冷,他的过去,现在,将来,倔强的主张,享乐的人生观,以及玩世不恭的思想、行动,和一切都能担当的体格给他的气魄,大家全明白了。全身的血涌上他的脸,眼睛像野猫一般发亮。他使出一股犷野的力抖擞一下,大吼一声,把所有的房客吓得大叫。一看这个狮子般的动作,暗探们借着众人叫喊的威势,一齐掏出手枪。柯冷一见枪上亮晶晶的火门,知道处境危险,便突然一变,表现出人的最高的精神力量。那种场面真是又丑恶又庄严!他脸上的表情只有一个譬喻可以形容,仿佛一口锅炉贮满了足以翻江倒海的水汽,一眨眼之间被一滴冷水化得无影无踪。消灭他一腔怒火的那滴冷水,不过是一个快得像闪电般的念头。他微微一笑,瞧着自己的假头发,对特务长说:

"哼,你今天不客气啊。"

他向那些宪兵点点头,把两只手伸了出来。

"来吧,宪兵,拿手铐来吧。请在场的人做证,我没有抵抗。"

这一幕的经过,好比火山的熔液和火舌突然之间窜了出来,又突然之间退了回去。满屋的人看了,不由得唧唧哝哝表示惊叹。

逃犯望着那有名的特务长说:"这可破了你的计,你这小题大做的家伙!"

"少废话,衣服剥下来。"那个圣安娜小街的人物满脸瞧不起地吆喝。

柯冷说：“干吗？这儿还有女太太。我又不赖，我投降了。”

他停了一会，瞧着全场的人，好像一个演说家预备发表惊人的言论。

“你写吧，拉沙佩勒老头。”他招呼一个白头发的矮老头。老人从公事包里掏出逮捕笔录，在桌旁坐下。“我承认是雅克·柯冷，诨名鬼上当，判过二十年苦役。我刚才证明我并没盗窃虚名，辜负我的外号。”他又对房客们说：“只要我举一举手，这三个奸细就要叫我当场出彩，弄脏伏盖妈妈的屋子。这般坏蛋专门暗箭伤人！”

伏盖太太听到这几句大为难受，对西尔维道：“我的天！真要叫人吓出病来了；我昨天还跟他上快活剧院呢。”

“放明白些，妈妈，”柯冷回答，“难道昨天坐了我的包厢就倒霉了吗？难道你比我们强吗？我们肩膀上背的丑名声，还比不上你们心里的坏主意，你们这些烂社会里的蛆！你们之中最优秀的对我也抵抗不了。”

他的眼睛停在拉斯蒂涅身上，温柔地笑了笑；那笑容同他粗野的表情成为奇怪的对照。

“你知道，我的宝贝，咱们的小交易还是照常，要是接受的话！”说着他唱起来：

> “我的芳舍特多可爱，
> 你瞧她多么朴实。”

“你放心，我自有办法收账。人家怕我，绝不敢揩我的油。”

他这个人，这番话，把苦役场中的风气，亲狎，下流，令人触目惊心的气概，忽而滑稽忽而可怕的谈吐，突然表现了出来。他这个人不仅仅是一个人了，而是一个典型，代表整个堕落的民族，野蛮而又合理、粗暴而又能屈能伸的民族。一刹那间柯冷变成一首恶魔的诗，写尽人类所有的情感，只除掉忏悔。他的目光有如撒旦的目光，他像撒旦一样永远要拼个你死我活。拉斯蒂涅低下头去，默认这个罪恶的联系，补赎他过去的邪念。

　　"谁出卖我的？"柯冷可怕的目光朝着众人扫过去，最后盯住了米旭诺小姐，说道："哼，是你！假仁假义的老妖精，你暗算我，骗我中风，你这个奸细！我一句话，包你八天之内脑袋搬家。可是我饶你，我是基督徒。而且也不是你出卖我的。那么是谁呢？"

　　他听见警务人员在楼上打开他的柜子，拿他的东西，便道："嘿！嘿！你们在上面搜查。鸟儿昨天飞走了，窠也搬空了！你们找不出什么来的。账簿在这儿，"他拍拍脑门，"呃，出卖我的人，我知道了。一定是丝线那个小坏蛋，对不对，捕快先生？"他问特务长，"想起我们把钞票放在这儿的日子，一定是他。哼，什么都没有了，告诉你们这般小奸细！至于丝线哪，不出半个月就要他的命，你们派全部宪兵去做保镖也是白搭。——这个米旭诺，你们给了她多少？两三千法郎吧？我可不止值这一些，告诉你这个母夜叉，丑八怪，公墓上的爱神！你要是通知了我，可以到手六千法郎。嗯，你想不到吧，你这个卖人肉的老货！我倒愿意那么办，开销六千法郎，免得旅行一趟，又麻烦，又损失钱，"他一边说一边让人家戴上手铐，"这些家伙要拿我开心，尽量拖延日子，折磨我。要是马上送我进苦役场，我不久就好重新办公，才不怕这些傻瓜的警察老爷呢。在牢里，弟兄们把灵魂翻身都愿意，只要能让他们的大哥走路，让慈悲的鬼上当远走高飞！你们之中可有人像我一样，有一万多弟兄肯替你拼命的？"他骄傲地问，又拍拍心口："这里面着实有些好东西，我从来没出卖过人！喂，假仁假义的老妖精，"他叫老姑娘，"你瞧他们都怕我，可是你哪，只能叫他们恶心。好吧，领你的赏格去吧。"

他停了一会，打量着那些房客，说道：

"你们蠢不蠢，你们！难道从来没见过苦役犯？一个像我柯冷气派的苦役犯，可不像别人那样没心没肺。我是卢梭的门徒，我反抗社会契约①那样的大骗局。我一个人对付政府，跟上上下下的法院、宪兵、预算作对，弄得他们七荤八素。"

"该死！"画家说，"把他画下来倒是挺美的呢。"

"告诉我，你这刽子手大人的跟班，你这个寡妇总监，"（寡妇是苦役犯替断头台起的又可怕又有诗意的名字，）他转身对特务长说，"大家客客气气！告诉我，是不是丝线出卖我的？我不愿意冤枉他，叫他替别人抵命。"

这时警务人员在楼上抄遍了他的卧室，一切登记完毕，进来对他们的主任低声说话。逮捕笔录也已经写好。

"诸位，"柯冷招呼同住的人，"他们要把我带走了。我在这儿的时候，大家都对我很好，我永远不会忘记。现在告辞了。将来我会寄普罗旺斯②的无花果给你们。"

---

① 社会契约即卢梭（1712—1778）所著《民约论》。

② 普罗旺斯为法国南部各州的总名，土伦苦役场即在此地区内。

他走了几步,又回头瞧了瞧拉斯蒂涅。

"再会,欧也纳,"他的声音又温柔又凄凉,跟他长篇大论的粗野口吻完全不同,"要有什么为难,我给你留下一个忠心的朋友。"

他虽然戴了手铐,还能摆出剑术教师的架势,喊着"一,二!"①然后往前跨了一步,又说:

"有什么倒霉事儿,尽管找他。人手和钱都好调度。"

这怪人的最后几句说得十分古怪,除了他和拉斯蒂涅之外,谁都不明白。警察、士兵、警务人员一齐退出屋子,西尔维一边用酸醋替女主人擦太阳穴,一边瞧着那帮诧异不置的房客,说道:

"不管怎么样,他到底是个好人!"

大家被这一幕引起许多复杂的情绪,迷迷糊糊愣在那里,听了西尔维的话方始惊醒过来,你望着我,我望着你,然后不约而同地把眼睛盯在米旭诺小姐身上。她像木乃伊一样的干瘪,又瘦又冷,缩在火炉旁边,低着眼睛,只恨眼罩的阴影不够遮掩她两眼的表情。众人久已讨厌这张脸,这一下突然明白了讨厌的原因。屋内隐隐然起了一阵嘀咕声,音调一致,表示反感也全场一致。米旭诺听见了,仍旧留在那里。毕安训第一个探过身去对旁边的人轻轻地说:

"要是这婆娘再同我们一桌子吃饭,我可要跑了。"

一刹那间,除了波阿雷,个个人赞成医学生的主张;医学生看见大众同意,走过去对波阿雷说:

"你和米旭诺小姐特别有交情,你去告诉她马上离开

---

① "一,二!"为剑术教师教人开步时的口令。

这儿。"

"马上?"波阿雷不胜惊讶地重复了一遍。

接着他走到老姑娘身旁,咬了咬她的耳朵。

"我房饭钱完全付清,我出我的钱住在这儿,跟大家一样!"她说完把全体房客毒蛇似的扫了一眼。

拉斯蒂涅说:"那容易得很,咱们来摊还她好了。"

她说:"你先生帮着柯冷,哼,我知道为什么。"她瞅着大学生的眼光又恶毒又带着质问的意味。

欧也纳跳起来,仿佛要扑上去掐死老姑娘。米旭诺眼神中那点子阴险,他完全体会到,而他内心深处那些不可告人的邪念,也给米旭诺的目光照得雪亮。

房客们叫道:"别理她。"

拉斯蒂涅抱着手臂,一声不出。

"喂,把犹大小姐的事给了一了吧,"画家对伏盖太太说,"太太,你不请米旭诺走,我们走了,还要到处宣扬,说这儿住的全是苦役犯和奸细。不然的话,我们可以替你瞒着;老实说,这是在最上等的社会里也免不了的,除非在苦役犯额上刺了字,让他们没法冒充巴黎的布尔乔亚去招摇撞骗。"

听到这番议论,伏盖太太好像吃了仙丹,立刻精神抖擞,站起身子,把手臂一抱,睁着雪亮的眼睛,没有一点哭过的痕迹。

"嗳,亲爱的先生,你是不是要我的公寓关门?你瞧伏脱冷先生……哎哟!我的天!"她打住了话头,叫道,"我一开口就叫出他那个冒充规矩人的姓名!……一间屋空了,你们又要叫我多空两间。这时候大家都住定了,要我招租不是抓瞎吗!"

毕安训叫道:"诸位,戴上帽子走吧,上索邦广场弗利谷多饭铺去!"

伏盖太太眼睛一转,马上打好算盘,骨碌碌地一直滚到米旭诺面前。

"喂,我的好小姐,好姑娘,你不见得要我关门吧,嗯?你瞧这些先生把我逼到这个田地;你今晚暂且上楼……"

"不行不行,"房客一齐叫着,"我们要她马上出去。"

"她饭都没吃呢,可怜的小姐。"波阿雷用了哀求的口吻。

"她爱上哪儿吃饭就哪儿吃饭。"好几个声音回答。

"滚出去,奸细!"

"奸细们滚出去!"

波阿雷这脓包突然被爱情鼓足了勇气,说道:"诸位,对女性总得客气一些!"

画家道:"奸细还有什么性别!"

"好一个女性喇嘛!"

"滚出去喇嘛!"

"诸位,这不像话。叫人走路也得有个体统。我们已经付清房饭钱,我们不走,"波阿雷说完,戴上便帽,走去坐在米旭诺旁边一张椅子上;伏盖太太正在说教似的劝她。

画家装着滑稽的模样对波阿雷说:"你放赖,小坏蛋,去你的吧!"

毕安训道:"喂,你们不走,我们走啦。"

房客们一窝蜂向客厅拥去。

伏盖太太嚷道:"小姐,你怎么着?我完了。你不能耽下去,他们会动武呢。"

米旭诺小姐站起身子。

——"她走了!"——"她不走!"——"她走了!"——"她不走!"

此呼彼应的叫喊,对米旭诺越来越仇视的说话,使米旭诺低声同伏盖太太办过交涉以后,不得不走了。

她用恐吓的神气说:"我要上比诺太太家去。"

"随你,小姐,"伏盖太太回答,她觉得这房客挑的住所对她是恶毒的侮辱,因为比诺太太的公寓是和她竞争的,所以她最讨厌,"上比诺家去吧,去试试她的酸酒跟那些饭摊上买来的菜吧。"

全体房客分作两行站着,一点声音都没有。波阿雷好不温柔地望着米旭诺小姐,迟疑不决的神气非常天真,表示他不知怎么办,不知应该跟她走呢还是留在这儿。看米旭诺一走,房客们兴高采烈,又看到波阿雷这个模样,便互相望着哈哈大笑。

画家叫道:"唧,唧,唧,波阿雷,喂,唷,啦,喂唷!"

博物院管事很滑稽地唱起一支流行歌曲的头几句:

动身上叙利亚,那年轻俊俏的杜努阿……

毕安训道:"走吧,你心里想死了,真叫作:trahit sua quemque voluptas!①"

助教说:"这句维吉尔②的名言翻成普通话,就是各人跟着各人的相好走。"

米旭诺望着波阿雷,做了一个挽他手臂的姿势;波阿雷忍不住了,过去挽着老姑娘,引得众人哄堂大笑。

① 拉丁文:嗜好所在,锲而不舍。
② 维吉尔(约公元前70—前19),拉丁诗人。《埃涅阿斯纪》的作者。

"好啊,波阿雷!"

"这个好波阿雷哪!"

"阿波罗–波阿雷!"

"战神波阿雷!"

"英勇的波阿雷!"

这时进来一个当差,送一封信给伏盖太太。她念完立刻软瘫似的倒在椅子里。

"我的公寓给天雷打了,烧掉算啦。泰伊番的儿子三点钟断了气。我老是巴望那两位太太好,咒那个可怜的小伙子,现在我遭了报应。库蒂尔太太和维克托莉叫人来拿行李,搬到她父亲家去。泰伊番先生答应女儿招留库蒂尔寡妇做伴。哎哟!多了四间空屋,少了五个房客!"她坐下来预备哭了,叫着:"晦气星进了我的门了!"

忽然街上又有车子的声音。

"又是什么倒霉的事来啦。"西尔维道。

高里奥突然出现,红光满面,差不多返老还童了。

"高里奥坐车!"房客一齐说,"真是世界末日到了!"

欧也纳坐在一角出神,高老头奔过去抓着他的胳膊,高高兴兴地说:"来啊。"

"你不知道出了事么?"欧也纳回答,"伏脱冷是一个逃犯,刚才给抓了去;泰伊番的儿子死了。"

"哎!那跟我们什么相干?我要同女儿一起吃饭,在你屋子里!听见没有?她等着你呢,来吧!"

他用力抓起拉斯蒂涅的手臂,死拖活拉,好像把拉斯蒂涅当作情妇一般地绑走了。

"咱们吃饭吧。"画家叫着。

每个人拉开椅子,在桌边坐下。

胖子西尔维道:"真是,今天样样倒霉。我的黄豆煮羊肉也烧焦了。也罢,就请你们吃焦的吧。"

伏盖太太看见平时十八个人的桌子只坐了十个,没有勇气说话了;每个人都想法安慰她,逗她高兴。先是包饭客人还在谈伏脱冷和当天的事,不久顺着谈话忽东忽西的方向,扯到决斗,苦役场,司法,牢狱,需要修正的法律等等上去了。说到后来,跟什么柯冷,维克托莉,泰伊番,早已离开十万八千里。他们十个人叫得二十个人价响,似乎比平时人更多;今天这顿晚饭和隔天那顿晚饭就是这么点儿差别。这批自私的人已经恢复了不关痛痒的态度,等明天再在巴黎的日常事故中另找一个倒霉鬼做他们的牺牲品。便是伏盖太太也听了胖子西尔维的话,存着希望安静下来。

这一天从早到晚对欧也纳是一连串五花八门的幻境;他虽则个性很强,头脑清楚,也不知道怎样整理他的思想;他经过了许多紧张的情绪,上了马车坐在高老头身旁,老人那些快活得异乎寻常的话传到他耳朵里,简直像梦里听到的。

"今儿早上什么都预备好了。咱们三个人就要一块儿吃饭了,一块儿! 懂不懂? 四年工夫我没有跟我的但斐纳,跟我的小但斐纳吃饭了。这一回她可以整个晚上陪我了。我们从早上起就在你屋子里,我脱了衣衫,像小工一般做活,帮着搬家具。啊! 啊! 你不知道她在饭桌上才殷勤呢,她曾招呼我:嗳,爸爸,尝尝这个,多好吃! 可是我吃不下。噢! 已经有那么久,我没有像今晚这样可以舒舒服服同她在一起了!"

欧也纳说:"怎么,今天世界真是翻了身吗?"

高里奥说:"什么翻了身? 世界从来没这样好过。我在街上只看见快活的脸,只看见人家在握手,拥抱;大家都高兴得不得了,仿佛全要上女儿家吃饭,吃一顿好饭似的。你知道,她是当我的面向英国咖啡馆的总管点的菜。嗳!在她身边,黄连也会变成甘草咧。"

"我现在才觉得活过来了。"欧也纳道。

"喂,马夫,快一点呀,"高老头推开前面的玻璃叫,"快点儿,十分钟赶到,我给五法郎酒钱。"

马夫听着,加了几鞭,他的马便在巴黎街上闪电似的飞奔起来。

高老头说:"他简直不行,这马夫。"

拉斯蒂涅问道:"你带我上哪儿去啊?"

高老头回答:"你府上喽。"

车子在阿图瓦街停下。老人先下车,丢了十法郎给马夫,那种阔绰活现出一个单身汉得意之极,什么都不在乎。

"来,咱们上去吧。"他带着拉斯蒂涅穿过院子,在一幢外观很体面的新屋子的后半边,走上三楼的一套住宅。高老头不用打铃。德·纽沁根太太的女仆泰蕾丝已经来开门了。欧也纳看到一套单身汉住的精雅的屋子,包括穿堂、小客厅、卧室和一间面临花园的书房。小客厅的家具和装修,精雅无比。在烛光下面,欧也纳看见但斐纳从壁炉旁边一张椅子上站起来,把遮火的团扇①放在壁炉架上,声音非常温柔地招呼他:

"非得请你才来吗,你这位莫名其妙的先生!"

泰蕾丝出去了。大学生搂着但斐纳紧紧抱着,快活得哭了。这一天,多少刺激使他的心和头脑都疲倦不堪,加上眼前

---

① 当时妇女握在手中用以遮蔽火炉热气的团扇。

的场面和公寓里的事故对比之下,拉斯蒂涅更加容易激动。

"我知道他是爱你的。"高老头悄悄地对女儿说。欧也纳软瘫似的倒在沙发上,一句话都说不出来,也弄不清这最后一幕幻境是怎么变出来的。

"你来瞧瞧。"德·纽沁根太太抓住他的手,带他走进一间屋子,其中的地毯,器具,一切细节都叫他想到但斐纳家里的卧房,不过稍小一点。

"还少一张床。"拉斯蒂涅说。

"是的,先生。"她红着脸,紧紧握了握他的手。

欧也纳望着但斐纳,他还年轻,懂得女人动了爱情自有真正的羞恶之心表现出来。他附在她耳边说:

"你这种妙人儿值得人家一辈子疼爱。我敢说这个话,因为我们俩心心相印。爱情越热烈越真诚,越应当含蓄隐蔽,不露痕迹。我们绝不能对外人泄露秘密。"

"哦!我不是什么外人啊,我!"高老头咕噜着说。

"你知道你便是我们……"

"对啦,我就希望这样。你们不会提防我的,是不是?我走来走去,像一个无处不在的好天使,你们只知道有他,可是看不见他。嗳,但斐纳,尼奈特,但但!我当初告诉你:阿图瓦街有所漂亮屋子,替他布置起来吧!——不是说得很对吗?你还不愿意。啊!你的生命是我给的,你的快乐还是我给的。做父亲的要幸福,就得永远地给。永远地给,这才是做父亲的所以成其为父亲。"

"怎么呢?"欧也纳问。

"是呀,她早先不愿意,怕人家说闲话,仿佛'人家'抵得上自己的幸福!所有的女人都恨不得要学但斐纳的样呢……"

高老头一个人在那儿说话,德·纽沁根太太带拉斯蒂涅走进书房,给人听到一个亲吻的声音,虽是那么轻轻的一吻。书房和别间屋子一样精雅;每间屋里的动用器具也已经应有尽有。

"你说,我们是不是猜中了你的心意?"她回到客厅吃晚饭时问。

"当然。这种全套的奢华,这些美梦的实现,年少风流的生活的诗意,我都彻底领会到,不至于没有资格享受;可是我不能爱你,我还太穷,不能……"

"嗯嗯!你已经在反抗我了。"她装着半正经半玩笑的神气说,有模有样地噘着嘴。逢到男人有所顾虑的时候,女人多半用这个方法对付。

欧也纳这一天非常严肃地考问过自己,伏脱冷的被捕又使他发觉差点儿一失足成千古恨,因此加强了他的高尚心胸与骨气,不愿轻易接受礼物。但斐纳尽管撒娇,和他争执,他也不肯让步。他只觉得非常悲哀。

"怎么!"德·纽沁根太太说,"你不肯受?你不肯受是什么意思,你知道吗?那表示你怀疑我们的前途,不敢和我结合。你怕有朝一日会欺骗我!倘使你爱我,倘使我……爱你,干吗你对这么一些薄意就不敢受?要是你知道我怎样高兴替你布置这个单身汉的家,你就不会推三阻四,马上要向我道歉了。你有钱存在我这儿,我把这笔钱花得很正当,这不就得了吗?你自以为胸襟宽大,其实并不。你所要求的还远不止这些……(她瞥见欧也纳有道热情奋发的目光)而为了区区小事就扭捏起来。倘使你不爱我,那么好,就别接受。我的命运只凭你一句话。你说呀!"她停了一会,转过来向她父亲说:"喂,父亲,你开导开导他。难道他以为我对于我们的名誉不像他那么顾虑吗?"

高老头看着,听着这场怪有意思的拌嘴,傻呵呵地笑着。

但斐纳抓着欧也纳的手臂又说:"孩子,你正走到人生的大门,碰到多数男人没法打破的关口,现在一个女人替你打开了,你退缩了! 你知道,你是会成功的,你能挣一笔大大的家业;瞧你美丽的额角,明明是飞黄腾达的相貌。今天欠我的,那时不是可以还我么? 古时宫堡里的美人不是把盔甲、刀剑、骏马,供给骑士,让他们用她的名义到处去比武吗? 嗳! 欧也纳,我此刻送给你的是现代的武器,胸怀大志的人必不可少的工具。哼,你住的阁楼也够体面的了,倘使跟爸爸的屋子相比的话。哎,哎! 咱们不吃饭了吗? 你要我心里难受是不是? 你回答我呀!"她摇摇他的手,"天哪!爸爸,你来叫他打定主意,要不然我就走了,从此不见他了。"

高老头从迷惘中醒过来,说道:"好,让我来叫你决定。亲爱的欧也纳先生,你不是会向犹太人借钱吗?"

"那是不得已呀。"

"好,就要你说这句话,"老人说着,掏出一只破皮夹,"那么我来做犹太人。这些账单是我付的,你瞧。屋子里全部的东西,账都清了。也不是什么大数目,至多五千法郎,算是我借给你的。我不是女人,你总不会拒绝了吧。随便写个字做凭据,将来还我就行啦。"

几颗眼泪同时在欧也纳和但斐纳眼中打转,他们俩面面相觑,愣住了。拉斯蒂涅握着老人的手。

高里奥道:"哎哟,怎么! 你们不是我的孩子吗?"

德·纽沁根太太道:"可怜的父亲,你哪儿来的钱呢?"

"嗳! 问题就在这里。你听了我的话决意把他放在身边,像办嫁妆似的买东买西,我就想:她要为难了! 代理人说,向你丈夫讨回财产的官司要拖到六个月以上。好! 我就卖掉长期年金一千三百五十法郎的本金;拿出一万五存了一千二的终身年金①,有可靠的担保;余下的本金付了你们的账。我么,这儿楼上有间每年一百五十法郎的屋子,每天花上两法郎,日子就过得像王爷一样,还能有多余。我什么都不用添置,也不用做衣服。半个月以来我肚里笑着想:他们该多么快活啊! 嗯,你们不是快活吗?"

"哦! 爸爸,爸爸!"德·纽沁根太太扑在父亲膝上,让他抱着。

她拼命吻着老人,金黄的头发在他腮帮上厮磨,把那张光彩奕奕、眉飞色舞的老脸洒满了眼泪。

她说:"亲爱的父亲,你才是一个父亲! 天下哪找得出第二个像你这样的父亲! 欧也纳已经非常爱你,现在更要爱你了!"

高老头有十年工夫,不曾觉得女儿的心贴在他的心上跳过,他说:"噢! 孩子们,噢,小但斐纳,你叫我快活死了! 我的心胀破了! 喂! 欧也纳先生,咱们两讫了!"

老人抱着女儿,发疯似的蛮劲使她叫起来:

"哎,你把我掐痛了。"

~~~~~~~~~~~~

① 终身年金为特种长期存款,按年支息,待存款人故世后本金即没收,故利率较高。

"把你掐痛了？"他说着，脸色发了白，瞅着她，痛苦得了不得。这个父性基督的面目，只有大画家笔下的耶稣受难的图像可以相比。高老头轻轻地亲吻他刚才掐得太重的腰部。他又笑盈盈的，带着探问的口吻：

"不，不，我没有掐痛你；倒是你那么叫嚷使我难受。"他一边小心翼翼地亲着女儿，一边咬着她耳朵，"花的钱不止这些呢，咱们得瞒着他，要不然他会生气的。"

老人的牺牲精神简直无穷无尽，使欧也纳愣住了，只能不胜钦佩地望着他。那种天真的钦佩在青年人心中就是有信仰的表现。

他叫道："我决不辜负你们。"

"噢，欧也纳，你说得好。"德·纽沁根太太亲了亲他的额角。

高老头道："他为了你，拒绝了泰伊番小姐和她的几百万家私。是的，那姑娘是爱你的；现在她哥哥一死，她就和克雷絮斯一样有钱了①。"

拉斯蒂涅道："呃！提这个做什么！"

"欧也纳，"但斐纳凑着他的耳朵说，"今晚上我还觉得美中不足。可是我多爱你，永远爱你！"

高老头叫道："你们出嫁到现在，今天是我最快乐的日子了。好老天爷要我受多少苦都可以，只要不是你们叫我受的。将来我会想到：今年二月里我有过一次幸福，那是别人一辈子都没有的。你瞧我啊，但斐纳！"他又对欧也纳说："你瞧她多美！你有没有碰到过有她那样好看的皮色，小小

---

① 克雷絮斯，公元前六世纪小亚细亚利提阿最后一个国王，以富有著称。

的酒窝的女人？没有，是不是？嗳，这个美人儿是我生出来的呀。从今以后，你给了她幸福，她还要漂亮呢。欧也纳，你如果要我的那份儿天堂，我给你就是，我可以进地狱。吃饭吧，吃饭吧，"他嚷着，不知道自己说些什么，"啊，一切都是咱们的了。"

"可怜的父亲！"

"我的儿啊，"他起来向她走去，捧着她的头亲她的头发，"你不知道要我快乐多么容易！只要不时来看我一下，我老是在上面，你走一步路就到啦。你得答应我！"

"是的，亲爱的父亲。"

"再说一遍。"

"是的，好爸爸。"

"行啦行啦，由我的性子，会叫你说上一百遍。咱们吃饭吧。"

整个黄昏大家像小孩子一样闹着玩儿，高老头的疯癫也不下于他们俩。他躺在女儿脚下，亲她的脚，老半天盯着她的眼睛，把脑袋在她衣衫上厮磨；总之他像一个极年轻极温柔的情人一样疯魔。

"你瞧，"但斐纳对欧也纳道，"我们和父亲在一起，就得整个儿给他。有时的确麻烦得很。"

这句话是一切忘恩负义的根源，可是欧也纳已经几次三番忌妒老人，也就不能责备她了。他向四下里望了望，问：

"屋子什么时候收拾完呢？今晚我们还得分手么？"

"是的。明儿你来陪我吃饭，"她对他使了个眼色，"那是意大利剧院上演的日子。"

高老头道："那么我去买楼下的座儿。"

时间已经到半夜。德·纽沁根太太的车早已等着。高老头和大学生回到伏盖家，一路谈着但斐纳，越谈越上劲，两股强烈的热情在那里互相比赛。欧也纳看得很清楚，父爱绝不受个人利害的玷污，父爱的持久不变和广大无边，远过于情人的爱。在父亲心目中，偶像永远纯洁、美丽，过去的一切，将来的一切，都能加强他的崇拜。他们回家发现伏盖太太待在壁炉旁边，在西尔维和克里斯朵夫之间。老房东坐在那儿，好比马利乌斯坐在迦太基的废墟之上。① 她一边对西尔维诉苦，一边等待两个硕果仅存的房客。虽然拜伦把塔索②的怨叹描写得很美，以深刻和真实而论，还远远不及伏盖太太的怨叹呢。

"明儿早上只要预备三杯咖啡了，西尔维！屋子里荒荒凉凉的，怎么不伤心？没有了房客还像什么生活！公寓里的人一下子全跑光了。生活就靠那些衣食饭碗呀。我犯了什么天条要遭这样的飞来横祸呢？咱们的豆子和番薯都是预备二十个人吃的。想不到还要招警察上门！咱们只能尽吃番薯的了！只能把克里斯朵夫歇掉的了！"

克里斯朵夫从睡梦中惊醒过来，问了声：

"太太？"

"可怜的家伙！简直像条看家狗。"西尔维道。

"碰到这个淡月，大家都安顿好了，哪还有房客上门？真叫我急疯了。米旭诺那老妖精把波阿雷也给拐走了！她对他

~~~~~~~~~~

① 古罗马执政马利乌斯被苏拉战败，逃往非洲时曾逗留于迦太基废墟上，回想战败的经过，唏嘘凭吊。西方俗谚常以此典故为不堪回首之喻。

② 十六世纪意大利大诗人塔索，在十九世纪浪漫派心目中代表被迫害的天才。

怎么的,居然叫他服服帖帖,像小狗般跟着就走?"

"呦!"西尔维侧了侧脑袋,"那些老姑娘自有一套鬼本领。"

"那个可怜的伏脱冷先生,他们说是苦役犯,嗳,西尔维,怎么说我还不信呢。像他那样快活的人,一个月喝十五法郎的葛洛丽亚,付账又从来不拖期!"

克里斯朵夫道:"又那么慷慨!"

西尔维道:"大概弄错了吧?"

"不,他自己招认了,"伏盖太太回答,"想不到这样的事会出在我家里,连一只猫儿都看不见的区域里! 真是,我在做梦了。咱们眼看路易十六出了事,眼看皇帝①下了台,眼看他回来了又倒下去了,这些都不稀奇;可是有什么理由叫包饭公寓遭殃呢? 咱们可以不要王上,却不能不吃饭;龚弗朗家的好姑太太把好茶好饭款待客人……除非世界到了末日……唉,对啦,真是世界的末日到啦。"

西尔维叫道:"再说那米旭诺小姐,替你惹下了大祸,反而拿到三千法郎年金!②"

伏盖太太道:"甭提了,简直是个女流氓! 还要火上加油,住到比诺家去! 哼,她什么都做得出,一定干过混账事儿,杀过人,偷过东西,倒是她该送进苦役场,代替那个可怜的好人……"

说到这里,欧也纳和高老头打铃了。

"啊! 两个有义气的房客回来了。"伏盖太太说着,叹了

---

① 十九世纪法国人对拿破仑通常简称为皇帝,甚至他下野以后仍然保持着这一称号。
② 实际上不是年金。

口气。

两个有义气的房客已经记不大清公寓里出的乱子,直截了当地向房东宣布要搬往昂丹大道。

"唉,西尔维,"寡妇说,"我最后的王牌也完啦。你们两位要了我的命了!简直是当胸一棍。我这里好似有根铁棒压着。今天要使我少活十年,真的,我要发疯了。那些豆子又怎么办?啊!好,要是只剩下我一个人,你明儿也该走了,克里斯朵夫。再会吧,先生们,再会吧。"

"她怎么啦?"欧也纳问西尔维。

"噢!出了那些事,大家都跑了,她急坏了。哎,听呀,她哭起来了。哭一下对她倒是好的。我服侍她到现在,还是第一回看见她落眼泪呢。"

第二天,伏盖太太像她自己所说的,想明白了。固然她损失了所有的房客,生活弄得七颠八倒,非常伤心,可是她神志很清,表示真正的痛苦,深刻的痛苦,利益受到损害,习惯受到破坏的痛苦是怎么回事。一个情人对情妇住过的地方,在离开的时候那副留恋不舍的目光,也不见得比伏盖太太望着空荡荡的饭桌的眼神更凄惨。欧也纳安慰她,说毕安训住院实习期几天之内就满了,一定会填补他的位置;还有博物院管事常常羡慕库蒂尔太太的屋子。总而言之,她的人马不久仍旧会齐的。

"但愿上帝听你的话,亲爱的先生!不过晦气进了我的屋子,十天以内必有死神光临,你等着瞧吧,"她把阴惨惨的目光在饭厅内扫了一转,"不知轮着哪一个!"

"还是搬家的好。"欧也纳悄悄地对高老头说。

"太太,"西尔维慌慌张张跑来,"三天不看见弥斯蒂格里了。"

"啊！好,要是我的猫死了,要是它离开了我们,我……"

可怜的寡妇没有把话说完,合着手仰在椅背上,被这个可怕的预兆吓坏了。

两个女儿

晌午,正当邮差走到先贤祠区域的时候,欧也纳收到一封封套很精致的信,火漆上印着鲍赛昂家的纹章。信内附一份给德·纽沁根夫妇的请帖;一个月以前预告的盛大的舞会快举行了。另外有个字条给欧也纳:

> 我想,先生,你一定很高兴代我向德·纽沁根太太致意。我特意寄上你要求的请柬,我很乐意认识德·雷斯托太太的妹妹。替我陪这个美人儿来吧,希望你别让她把你的全部感情占了去,你该回敬我的着实不少哩。
>
> 德·鲍赛昂子爵夫人。

欧也纳把这封短简念了两遍,想道:"德·鲍赛昂太太明明表示不欢迎德·纽沁根男爵。"

他赶紧上但斐纳家,很高兴能给她这种快乐,说不定还会得到酬报呢。德·纽沁根太太正在洗澡。拉斯蒂涅在内客室等。一个想情人想了两年的急色儿,等在那里当然极不耐烦。这等情绪,年轻人也不会碰到第二次。男人对于他所爱的第一个十足地道的女子,就是说符合巴黎社会的条件的光彩耀目的女子,永远觉得天下无双。巴黎的爱情和旁的爱情没有一点儿相同。每个人为了体统关系,在所谓毫无利害作用的感情上所标榜的门面话,男男女女是没有一个人相信的。在这儿,女人不但应当满足男人的心灵和肉体,而且还有更大的义务,要满足人生无数的虚荣。巴黎的爱情尤其需要吹捧,无耻,浪费,哄骗,摆阔。在路易十四的宫廷中,所有的妇女都羡慕拉瓦利埃小姐,因为她的热情使那位名君忘了他的袖饰值到六千法郎一对,把它撕破了来帮助德·韦尔芒杜瓦公爵降生。① 以此为例,我们对别人还有什么话可说呢!你得年轻,有钱,有头衔,要是可能,金钱名位越显赫越好;你在偶像面前上的香越多,假定你能有一个偶像的话,她越宠你。爱情是一种宗教,信奉这个宗教比信奉旁的宗教代价高得多;并且很快就会消失,信仰过去的时候像一个顽皮的孩子,还得到处闯些祸。感情这种奢侈品唯有阁楼上的穷小子才有;除了这种奢侈,真正的爱还剩下什么呢? 倘若巴黎社会那些严格的法规有什么例外,那只能在孤独生活中,在不受人情世故支配的心灵中找到。这些心灵仿佛是靠近明净的、瞬息即逝而不绝如缕的泉水过活的。他们守着绿荫,乐于倾听另一世界的语言,他们觉得这是身内身外到处都能听到的;他们一边怨叹浊世的枷锁,一边耐心等待自己的超升。拉斯蒂涅却像多数青年一样,预先体验到权势的滋味,打算有了全副武装再跃登人生的战场;他已经染上社会的狂热,也许觉得有操纵社会的力量,但既不明白这种野心的目的,也不知道实现野心的方法。要是没有纯洁和神圣的爱情充实一个人的生命,那么,对权势的渴望也能促成美妙的事业,——只要能摆脱一切个人的利

① 拉瓦利埃(1644—1710),路易十四的情妇,德·韦尔芒杜瓦公爵是他们的私生子。这里指拉瓦利埃分娩时,痛苦中撕下了守候在身边的国王的袖饰。

害,以国家的光荣为目标。可是大学生还没有达到瞻望人生而加以批判的程度。在外省长大的儿童往往有些清新隽永的念头,像绿荫一般荫庇他们的青春,至此为止拉斯蒂涅还对那些念头有所留恋。他老是踌躇不决,不敢放胆在巴黎下海。尽管好奇心很强,他骨子里仍忘不了一个真正的乡绅在古堡中的幸福生活。虽然如此,他隔夜逗留在新屋子里的时候,最后一些顾虑已经消灭。前一个时期他已经靠着出身到处沾光,如今又添上一个物质优裕的条件,使他把外省人的壳完全脱掉了,悄悄地爬到一个地位,看到一个美妙的前程。因此,在这间可以说一半是他的内客室中懒洋洋地等着但斐纳,欧也纳觉得自己和去年初到巴黎时大不相同,回顾之下,他自问是否换了一个人。

"太太在寝室里。"泰蕾丝进来报告,吓了他一跳。

但斐纳横在壁炉旁边一张双人沙发上,气色鲜艳,精神饱满;罗绮被体的模样令人想到印度那些美丽的植物,花还没有谢,果子已经结了。

"哎,你瞧,咱们又见面了。"她很感动地说。

"猜猜我给你带了什么来着。"欧也纳说着,坐在她身旁,拿起她的手亲吻。

德·纽沁根太太念着请帖,做了一个快乐的手势。虚荣心满足了,她水汪汪的眼睛望着欧也纳,把手臂勾着他的脖子,发狂似的把他拉过来。

"倒是你(好宝贝! 她凑上耳朵叫了一声。泰蕾丝在更衣室里,咱们得小心些!),倒是你给了我这个幸福! 是的,我管这个叫作幸福。从你那儿得来的,当然不光是自尊心的满足。没有人肯介绍我进那个社会。也许你觉得我渺小,虚荣,轻薄,像一个巴黎女子;可是你知道,朋友,我准备为你牺牲一切。我所以格外想踏进圣日耳曼区,还是因为你在那个社会里。"

"你不觉得吗,"欧也纳问,"德·鲍赛昂太太暗示她不预备在舞会里见到德·纽沁根男爵?"

"是啊,"男爵夫人把信还给欧也纳,"那些太太就有这种放肆的天才。可是管他,我要去的。我姊姊也要去,她正在打点一套漂亮的服装。"她又放低了声音说:"告诉你,欧也纳,因为外边有闲话,她特意要去露露面。你不知道关于她的谣言吗?今儿早上纽沁根告诉我,昨天俱乐部里公开谈着她的事,天哪!女人的名誉,家庭的名誉,真是太脆弱了!姊姊受到侮辱,我也跟着丢了脸。听说德·特拉伊先生签在外边的借票有十万法郎,都到了期,要被人控告了。姊姊迫不得已把她的钻石卖给一个犹太人,那些美丽的钻石你一定看见她戴过,还是她婆婆传下来的呢。总而言之,这两天大家只谈论这件事儿。难怪阿娜斯塔齐要定做一件金银线织锦缎的衣衫,到鲍府去出风头,戴着她的钻石给人看。我不愿意被她比下去。她老是想压倒我,从来没有对我好过;我帮过她多少忙,她没有钱的时候总给她通融。好啦,别管闲事了,今天我要痛痛快快地乐一下。"

半夜一点,拉斯蒂涅还在德·纽沁根太太家,她恋恋不舍地和他告别,暗示未来的欢乐的告别。她很伤感地说:

"我真害怕,真迷信;不怕你笑话,我只觉得心惊胆战,唯恐我消受不了这个福气,要碰到什么飞来横祸。"

欧也纳道:"孩子!"

她笑道:"啊!今晚是我变作孩子了。"

欧也纳回到伏盖家,想到明天一定能搬走,又回味着刚才的幸福,便像许多青年一样,一路上做了许多美梦。

高老头等拉斯蒂涅走过房门的时候问道:"喂,怎么呢?"

"明儿跟你细谈。"

"从头至尾都得告诉我啊。好,去睡吧,明儿咱们开始过快乐生活了。"

第二天,高里奥和拉斯蒂涅只等运输行派人来,就好离开公寓。不料中午时分,圣·热内维埃弗新街上忽然来了一辆车,停在伏盖家门口。德·纽沁根太太下来,打听父亲是否还在公寓。西尔维回答说是,她便急急上楼。欧也纳正在自己屋里,他的邻居却不知道。吃中饭的时候,他托高老头代搬行李,约定四点钟在阿图瓦街相会。老人出去找搬夫,欧也纳匆匆到学校去应个卯,又回来和伏盖太太算账,不愿意把这件事去累高老头,恐怕他固执,要代付欧也纳的账。房东太太不在家。欧也纳上楼瞧瞧有没有忘了东西,发觉这个念头转得不差,因为在抽斗内找出那张当初给伏脱冷的不写抬头人的借据,还是清偿那天随手扔下的。因为没有火,正想把借据撕掉,他忽然听出但斐纳的口音,便不愿意再有声响,马上停下来听,以为但斐纳不会再有什么秘密要隐瞒他的了。刚听了几个字,他觉得父女之间的谈话出入重大,不能不留神听下去。

"啊!父亲,"她道,"怎么老天爷没有叫你早想到替我追究产业,弄得我现在破产!我可以说话么?"

"说吧,屋子里没有人。"高老头声音异样地回答。

"你怎么啦,父亲?"

老人说:"你这是给我当头一棒。上帝饶恕你,孩子!你不知道我多爱你，你知道了就不会脱口而出，说这样的话了，况且事情还没有到绝望的地步。有什么大不了的事，叫你这时候赶到这儿来？咱们不是等会就在阿图瓦街相会吗？"

"唉！父亲，大祸临头，顷刻之间还做得了什么主！我急坏了！你的代理人把早晚要发觉的倒霉事儿，提早发觉了。你生意上的老经验马上用得着；我跑来找你，好比一个人淹在水里，哪怕一根树枝也抓着不放的了。但维尔先生看到纽沁根种种刁难，便拿起诉恐吓他，说法院立刻会批准分产的要求。纽沁根今天早上到我屋里来，问我是不是要同他两个一齐破产。我回答说，这些事我完全不懂，我只晓得有我的一份产业，应当由我掌管，一切交涉都该问我的诉讼代理人，我自己什么都不明白，什么都不能谈。你不是吩咐我这样说的吗？"

高老头回答说："对！"

"唉！可是他告诉我生意的情形。据说他拿我们两人的资本一齐放进了才开头的企业，为了那个企业，必得放出大宗款子在外边。倘若我强迫他还我陪嫁，他就要宣告清理；要是我肯等一年，他以名誉担保能还我两倍或者三倍的财产，因为他把我的钱经营了地产，等那笔买卖结束了，我就可以支配我的全部产业。亲爱的父亲，他说得很真诚，我听着害怕了。他求我原谅他过去的行为，愿意让我自由，答应我爱怎么办就怎么办，只要让他用我的名义全权管理那些事业。为证明他的诚意，他说确定我产权的文件，我随时可以托但维尔先生检查。总之他自己缚手缚脚地交给我了。他要求再当两年家，求我除了他规定的数目以外，绝对不花钱。他对我证明，他所能办到的只是保全面子，他已经打发了他的舞女，不得不尽量暗中撙节,才能支持到投机事业结束,而不至于动摇信用。我跟他闹,装作完全不信,一步一步地逼他,好多知道些事情;他给我看账簿,最后他哭了,我从来没看见一个男人落到那副模样。他急坏了,说要自杀,疯疯癫癫的叫我看了可怜。"

"你相信他的胡扯吗?"高老头叫道,"他这是做戏!我生意上碰到过德国人,几乎每个都规矩,老实,天真;可是一朝装着老实样儿跟你耍手段、耍无赖的时候,他们比别人更凶。你丈夫哄你。他觉得给你逼得无路可走了,便装死;他要假借你的名义,因为比他自己出面更自由。他想利用这一点规避生意上的风波。他又坏又刁,真不是东西。不行,不行!看到你两手空空我是不愿意进坟墓的。我还懂得些生意经。他说把资金放在某些企业上,好吧,那么他的款子一定有证券、借票、合同等等做凭据!叫他拿出来跟你算账!咱们会挑最好的投机事业去做,要冒险也让咱们自己来。咱们要拿到追认文书,写明但斐纳·高里奥,德·纽沁根男爵的妻子,产业自主。他把我们当傻瓜吗,这家伙?他以为我知道你没有了财产,没有了饭吃,能够忍受到两天吗?唉!我一天、一夜、两小时都受不了!你要真落到那个田地,我还能活吗?嗳,怎么,我忙上四十年,背着面粉袋,冒着大风大雨,舍不得吃,舍不得穿,样样为了你们,为我的两个天使——我只要看到你们,所有的辛苦,所有的重担都轻松了;而今日之下,我的财产,我的一辈子都变成一阵烟!真是气死我了!凭着天上地下所有的神灵起誓,咱们非弄个明白不可,非把账目,银箱,企业,统统清查不可!要不是有凭有据,知道你的财产分文不缺,我还能睡觉吗?还能躺下去吗?还能吃东西吗?谢谢上帝,幸亏婚约上写明你是财产独立的;幸亏有但维尔先生做你的代理人,他是一个规矩人。请上帝做证！你非到老都有你那一百万家私不可,非有你每年五万法郎的收入不可,要不然我就在巴黎闹他一个满城风雨,嘿！嘿！法院要不公正,我向国会请愿。知道你在银钱方面太平无事,才会减轻我的一切病痛,才能排遣我的悲伤。钱是性命。有了钱就有了一切。他对我们胡扯些什么,这阿尔萨斯死胖子？但斐纳,对这只胖猪,一个子儿都不能让,他从前拿锁链缚着你,磨得你这么苦。现在他要你帮忙了吧,好！咱们来抽他一顿,叫他老实一点。天哪,我满头是火,脑壳里有些东西烧起来了。怎么,我的但斐纳躺在草垫上！噢！我的但斐纳！——该死！我的手套呢？哎,走吧,我要去把什么都看个清楚,账簿,营业,银箱,信札,而且当场立刻！直要知道你财产没有了危险,经我亲眼看过了,我才放心。"

"亲爱的父亲！得小心哪。倘若你想借这件事出气,显出过分跟他作对的意思,我就完啦。他是知道你的,认为我担心财产,完全是出于你的授意。我敢打赌,他不但现在死抓我的财产,而且还要抓下去。这流氓会拿了所有的资金,丢下我们溜之大吉的,他也知道我不肯因为要追究他而丢我自己的脸。他又狠又没有骨头。我把一切都想透了。逼他太甚,我是要破产的。"

"难道他是个骗子吗？"

"唉！是的,父亲,"她倒在椅子里哭了,"我一向不愿意对你说,免得你因为把我嫁了这种人而伤心！他的良心,他的私生活,他的精神,他的肉体,都是搭配好的！简直可怕,我又恨他又瞧不起他。你想,下流的纽沁根对我说了那番话,我还能敬重他吗？在生意上干得出那种勾当的人是没有一点儿顾虑的;因为我看透了他的心思,我才害怕。他明明白白答应我,他,我的丈夫,答应我自由,你懂得是什么意思?就是说我要在他倒霉的时候肯让他利用,肯出头顶替,他可以让我自由。"

高老头叫道:"可是还有法律哪!还有沙滩广场给这等女婿预备着呢;要没有刽子手,我就亲自动手,割下他的脑袋。"

"不,父亲,没有什么法律能对付这个人的。丢开他的花言巧语,听听他骨子里的话吧!——要么你完事大吉,一个子儿都没有,因为我不能丢了你而另外找个同党;要么你就让我干下去,把事情弄成功。——这还不明白吗?他还需要我呢。我的为人他是放心的,知道我不会要他的财产,只想保住我自己的一份。我为了避免破产,不得不跟他作这种不清白的、盗窃式的勾结。他收买我的良心,代价是听凭我同欧也纳自由来往。——我允许你胡来,你得让我犯罪,叫那些可怜虫倾家荡产!——这话还说得不明白吗?你知道他所谓的企业是怎么回事?他买进空地,叫一些傀儡去盖屋子。他们一方面跟许多营造厂订分期付款的合同,一方面把屋子低价卖给我丈夫。然后他们向营造厂宣告破产,赖掉未付的款子。纽沁根银号这块牌子把可怜的营造商骗上了。这一点我是懂得的,我也懂得,为预防有朝一日要证明他已经付过大宗款子,纽沁根把巨额的证券送到了阿姆斯特丹、伦敦、那不勒斯、维也纳。咱们怎么能抢回来呢?"

欧也纳听见高老头沉重的膝盖声,大概是跪在地下了。

老头儿叫道:"我的上帝,我什么地方触犯了你,女儿才会落在这个混蛋手里,由他摆布?孩子,原谅我吧!"

但斐纳道:"是的,我陷入泥坑,或许也是你的过失。我们出嫁的时候都没有头脑!社会,买卖,男人,品格,我们懂了哪一样?做父亲的应该代我们考虑。亲爱的父亲,我不埋怨你,原谅我说出那样的话。一切都是我的错。得了,爸爸,别哭啦。"她亲着老人的额角。

"你也别哭啦,我的小但斐纳。把你的眼睛给我,让我亲一亲,抹掉你的眼泪。好吧!我去找那大头鬼,把他一团糟的事理出个头绪来。"

"不,还是让我来吧;我会对付他。他还爱我呢!唉!好吧,我要利用这一点影响,叫他马上放一部分资金在不动产上面。说不定我能叫他用纽沁根太太的名义,在阿尔萨斯买些田,他是看重本乡的。不过明儿你得查一查他的账目跟业务。但维尔先生完全不懂生意一道。哦,不,不要明天,我不愿意惹动肝火。德·鲍赛昂太太的跳舞会就在后天,我要调养得精神饱满,格外好看,替亲爱的欧也纳挣点儿面子!来,咱们去瞧瞧他的屋子。"

一辆车在圣·热内维埃弗新街停下,楼梯上传来德·雷斯托太太的声音。"我父亲在家吗?"她问西尔维。

这一下倒是替欧也纳解了围,他本想倒在床上装睡了。

但斐纳听出姊姊的口音,说道:"啊!父亲,没有人和你提到阿娜斯塔齐吗?仿佛她家里也出了事呢。"

"怎么!"高老头道,"那是我末日到了。真叫作祸不单行,可怜我怎么受得了呢!"

"你好,父亲,"伯爵夫人进来叫,"呦!你在这里,但斐纳。"

德·雷斯托太太看到了妹妹,局促不安。

"你好,娜齐。你觉得我在这儿奇怪吗?我是跟父亲天天见面的,我。"

"从哪时起的?"

"要是你来这儿,你就知道了。"

"别挑错儿啦,但斐纳,"伯爵夫人的声音差不多要哭出来,"我苦极了,我完了,可怜的父亲!哦!这一次真完了!"

"怎么啦,娜齐?"高老头叫起来,"说给我们听吧,孩子。哎哟,她脸色不对了。但斐纳,快,快去扶住她,小乖乖,你对她好一点,我更喜欢你。"

"可怜的娜齐,"但斐纳扶着姊姊坐下,说,"你讲吧!你瞧,世界上只有我们俩始终爱着你,一切原谅你。瞧见没有,骨肉的感情才是最可靠的。"她给伯爵夫人嗅了盐,醒过来了。

"我要死啦,"高老头道,"来,你们俩都走过来。我冷啊。"他拨着炭火,"什么事,娜齐?快快说出来。你要我的命了……"

"唉!我丈夫全知道了。父亲,你记得上回马克西姆那张借票吗?那不是他的第一批债。我已经替他还过不少。正月初,我看他愁眉苦脸,对我什么都不说;可是爱人的心事最容易看透,一点儿小事就够了,何况还有预感。他那时格外多情,格外温柔,我总是一次比一次快乐。可怜的马克西姆!他后来告诉我,原来他暗中和我诀别,想自杀。我拼命逼他,苦苦央求,在他前面跪了两小时,他才说出欠了十万法郎!哦!爸爸,十万法郎!我疯了。你拿不出这笔钱,我又什么都花光了……"

"是的,"高老头说,"我没有办法,除非去偷。可是我会去偷的呀,娜齐! 会去偷的呀!"

姊妹俩听着不出声了。这句凄惨的话表示父亲的感情无能为力,到了痛苦绝望的地步,像一个人临终的痰厥,也像一颗石子丢进深渊,显出它的深度。天下还有什么自私自利的人,能够听了无动于衷呢?

"因此,父亲,我挪用了别人的东西,筹到了款子。"伯爵夫人哭着说。

但斐纳感动了,把头靠在姊姊的脖子上,她也哭了。

"那么外边的话都是真的了?"但斐纳问。

娜齐低下头去,但斐纳抱着她,温柔地亲吻,把她搂在胸口,说道:

"我心中对你只有爱,没有责备。"

高老头有气无力地说:"你们两个小天使,干吗直要患难临头才肯和好呢?"

伯爵夫人受着热情的鼓励,又道:"为了救马克西姆的命,也为了救我的幸福,我跑去找你们认识的那个人,跟魔鬼一样狠心的高布赛克,拿雷斯托看得了不起的,家传的钻石,他的,我的,一齐卖了。卖了! 懂不懂? 马克西姆得救了! 我完啦。雷斯托全知道了。"

高老头道:"怎么知道的? 谁告诉他的? 我要这个人的命!"

"昨天他叫我到他屋子去。他说:'阿娜斯塔齐……(我一听声音就猜着了),你的钻石在哪儿?''在我屋里啊。''不,他瞅着我说,在这儿,在我的柜子上。'他把手帕蒙着的匣子给我看,说道:'你知道从哪儿来的吧?'我双膝跪下……哭着问他要我怎么死。"

"哎哟,你说这个话!"高老头叫起来,"皇天在上,哼! 只要我活着,我一定把那个害你们的人,用文火来慢慢地烤,把他割作一片一片,像……"

高老头忽然不响,话到了喉咙说不出了。娜齐又道:

"临了他要我做的事比死还难受。天! 但愿做女人的永远不会听到那样的话!"

"我要杀他,"高老头冷冷地说,"可恨他欠我两条命,而他只有一条;以后他又怎么说呢?"高老头望着阿娜斯塔齐问。

伯爵夫人停了一忽儿说道:"他瞧着我说:'阿娜斯塔齐,我可以一笔勾销,和你照旧同居;我们有孩子。我不打死特拉伊,因为不一定能打中;用别的方法消灭他又要触犯刑律。在你怀抱里打他吧,叫孩子们怎么见人? 为了使孩子们,孩子们的父亲跟我,一个都不伤,我有两个条件。你先回答我:孩子中间有没有我的?'我回答说有。他问:'哪一个?''爱乃斯特,最大的。''好,'他说,'现在你得起誓,从今以后服从我一件事。(我便起了誓。)多咱我要求你,你就得在你产业的卖契上签字。'"

"不能签呀,"高老头叫着,"永远不能签这个字。吓! 雷斯托先生,你不能使女人快活,她自己去找;你自己不惭愧,反倒要责罚她? ……哼,小心点儿! 还有我呢,我要到处去等他。娜齐,你放心。啊,他还舍不得他的后代! 好吧,好吧。让我掐死他的儿子,哎哟! 天打的! 那是我的外孙呀。那么这样吧,我能够看到小娃娃,我把他藏在乡下,你放心,我会照顾他的。我可以逼这个魔鬼投降,对他说:咱们来拼一拼吧! 你要儿子,就得还我女儿财产,让她自由。"

"我的父亲!"

"是的,你的父亲!唉,我是一个真正的父亲。这流氓贵族不来伤害我女儿也还罢了。天打的!我不知道我的气多大。我像老虎一样,恨不得把这两个男人吃掉。哦呀!孩子们,你们过的这种生活!我急疯了。我两眼一翻,你们还得了!做父亲的应该和女儿活得一样长久。上帝啊,你把世界弄得多糟!人家还说你圣父有个圣子呢。你正应当保护我们,不要在儿女身上受苦。亲爱的小天使,怎么!真要你们遭了难我才能见到你们么?你们只拿眼泪给我看。嗳,是的,你们是爱我的,我知道。来吧,到这儿来哭诉吧,我的心大得很,什么都容得下。是的,你们尽管戳破我的心,撕作几片,还是一片片父亲的心。我恨不得代你们受苦。啊!你们小时候多么幸福!……"

"只有那个时候是我们的好日子,"但斐纳说,"在阁楼面粉袋上打滚的日子到哪里去了?"

"父亲!事情还没完呢,"阿娜斯塔齐咬着老人的耳朵,吓得他直跳起来,"钻石没有卖到十万法郎。马克西姆给告上了。我们还缺一万二。他答应我以后安分守己,不再赌钱。你知道,除了他的爱情,我在世界上一无所有;我付了那么高的代价,失掉这爱情,我只能死了。我为他牺牲了财产,荣誉,良心,孩子。唉!你至少想想办法,别让马克西姆坐牢,丢脸;我们得支持他,让他在社会上混出一个局面来。现在他不但要负我幸福的责任,还要负不名一文的孩子们的责任。他进了圣佩拉日监狱①,就一切都完啦。"

---

① 圣佩拉日监狱,当时拘留债务人的监狱,一八二七年起改为政治犯的监狱。

"我没有这笔钱呀,娜齐。我什么都没有了,没有了!真是世界末日到了。哦呀,世界要坍了,一定的。你们去吧,逃命去吧!呃!我还有银搭扣,六套银的刀叉,我当年第一批买的,最后,我只有一千二百的终身年金……"

"你的长期存款哪儿去了?"

"卖掉了,只留下那笔小数目做生活费。我替但斐纳布置一个屋子,需要一万二。"

"在你家里吗,但斐纳?"德·雷斯托太太问她的妹妹。

高老头说:"问这个干吗!反正一万二已经花掉了。"

伯爵夫人说:"我猜着了。那是为了德·拉斯蒂涅先生。唉!可怜的但斐纳,得了吧。瞧瞧我到了什么田地。"

"亲爱的,德·拉斯蒂涅先生不会叫情妇破产。"

"谢谢你,但斐纳,想不到在我危急的关头你会这样;不错,你从来没有爱过我。"

"她爱你的,娜齐,"高老头说,"我们刚才谈到你,她说你真美,她自己不过是漂亮罢了。"

伯爵夫人接着说:"她!那么冷冰冰的,好看?"

"由你说吧,"但斐纳红着脸回答,"可是你怎么待我呢?你不认我妹妹,我希望要走动的人家,你都给我断绝门路,一有机会就叫我过不去。我,有没有像你这样把可怜的父亲一千又一千地骗去,把他榨干了,逼他落到这个田地?瞧吧,这是你的成绩,姊姊。我却是尽可能地来看父亲,并没把他撵出门外,直到用得着他的时候再来舐他的手。他为我花掉一万二,事先我完全不知道。我没有乱花钱,你是知道的。并且即使爸爸送东西给我,我从来没有向他要过。"

"你比我幸福,德·玛赛先生有钱,你肚里明白。你老是

424

像黄金一样吝啬。再会吧,我没有姊妹,也没有……"

高老头喝道:"别说了,娜齐!"

但斐纳回答娜齐:"只有像你这样的姊妹才会跟着别人造我谣言,你这种话已经没有人相信了。你是野兽。"

"孩子们,孩子们,别说了,要不我死在你们前面了。"

德·纽沁根太太接着说:"得啦,娜齐,我原谅你,你倒了霉。可是我不像你这么做人。你对我说这种话,正当我想拿出勇气帮助你的时候,甚至想走进丈夫的屋子求他,那是我从来不肯做的,哪怕为了我自己或者为了……这个总该对得起你九年以来对我的阴损吧?"

父亲说:"孩子们,我的孩子们,你们拥抱呀!你们是一对好天使呀!"

"不,不,你松手,"伯爵夫人挣脱父亲的手臂,不让他拥抱,"她对我比我丈夫还狠心。大家还要说她大贤大德呢!"

德·纽沁根太太回答:"哼,我宁可人家说我欠德·玛赛先生的钱,不愿意承认德·特拉伊先生花了我二十多万。"

伯爵夫人向她走近一步,叫道:"但斐纳!"

男爵夫人冷冷地回答:"你诬蔑我,我只对你说老实话。"

"但斐纳!你是一个……"

高老头扑上去拉住娜齐,把手掩着她的嘴。

娜齐道:"哎唷!父亲,你今天碰过了什么东西?"

"哟,是的,我忘了,"可怜的父亲把手在裤子上抹了一阵,"我不知道你们会来,我正要搬家。"

他很高兴受这一下抱怨,把女儿的怒气转移到自己身上。他坐下说:

"唉!你们撕破了我的心。我要死了,孩子们!脑子里好像有团火在烧。你们该和和气气,相亲相爱。你们要我命了。但斐纳,娜齐,得了吧,你们俩都有是都有不是。喂,但但尔,"他含着一包眼泪望着男爵夫人,"她要一万两千法郎,咱们来张罗吧。你们别这样瞪眼呀。"

他跪在但斐纳面前,凑着她耳朵说:

"让我高兴一下,你向她赔个不是吧,她比你更倒霉是不是?"

父亲的表情痛苦得像疯子和野人,但斐纳吓坏了,说道:

"可怜的娜齐,是我错了,来,拥抱我吧……"

高老头道:"啊!这样我心里才好过一些。可是哪儿去找一万两千法郎呢?也许我可以代替人家服兵役。"

"啊!父亲!不能,不能。"两个女儿围着他喊。

但斐纳说:"你这种念头只有上帝报答你,我们粉身碎骨也补报不了!不是吗,娜齐?"

"再说,可怜的父亲,即使代替人家服兵役也不过杯水车薪,无济于事。"娜齐回答。

老人绝望之极,叫道:"那么咱们卖命也不成吗?只要有人救你,娜齐,我肯为他拼命,为他杀人放火。我愿意像伏脱冷一样进苦役场!我……"他忽然停住,仿佛被雷劈了一样。他扯着头发又道:"什么都光了!我要知道到哪儿去偷就好啦。不过要寻到一个能偷的地方也不容易。抢银行吧,又要人手又要时间。唉,我应该死了,只有死了。不中用了,再不能说是父亲了!不能了。她来向我要,她有急用!而我,该死的东西,竟然分文没有。啊!你把钱存了终身年金,你这老混蛋,你忘了女儿吗?难道你不爱她们了吗?死吧,像野狗一样地死吧!对啦,我比狗还不如,一条狗也不至于干出这种事来！哎哟！我的脑袋烧起来啦。"

"噢！爸爸，使不得，使不得。"姊妹俩拦着他，不让他把脑袋往墙上撞。

他号啕大哭。欧也纳吓坏了，抓起当初给伏脱冷的借据，上面的印花本来超过原来借款的数目；他改了数字，缮成一张一万二的借据，写上高里奥的抬头，拿着走过去。

"你的钱来了，太太，"他把票据递给她，"我正在睡觉，被你们的谈话惊醒了，我才知道我欠着高里奥先生这笔钱。这儿是张票据，你可以拿去周转，我到期准定还清。"

伯爵夫人拿了票据，一动不动；她脸色发白，浑身哆嗦，气愤到极点，叫道：

"但斐纳，我什么都能原谅你，上帝可以做证！可是这一手哪！吓，你明知道他先生在屋里！你竟这样卑鄙，借他来报仇，让我把自己的秘密，生活，孩子的底细，我的耻辱，名誉，统统交在他手里！去吧，我不认得你这个人，我恨你，我要好好地收拾你……"她气得说不上话，喉咙都干了。

"嗳，他是我的儿子啊，是咱们大家的孩子，是你的兄弟，你的救星啊，"高老头叫着，"来拥抱他，娜齐！瞧，我拥抱他呢，"他说着拼命抱着欧也纳，"噢！我的孩子！我不但要做你的父亲，还要代替你所有的家属。我恨不得变作上帝，把世界丢在你脚下。来，娜齐，来亲他！他不是个凡人，是个天使，真正的天使。"

但斐纳说："别理她，父亲，她疯了。"

德·雷斯托太太说："疯了！疯了！你呢？"

"孩子们，你们这样下去，我要死了。"老人说着，像中了一颗子弹似的往床上倒下。"她们逼死我了！"他对自己说。

欧也纳被这场剧烈的吵架弄得失魂落魄,一动不动愣在那里。但斐纳急急忙忙替父亲解开背心。娜齐毫不在意,她的声音,目光,姿势,都带着探问的意味,叫了声欧也纳:

"先生——"

他不等她问下去就回答:"太太,我一定付清,决不声张。"

老人晕过去了,但斐纳叫道:

"娜齐!你把父亲逼死了!"

娜齐却是往外跑了。

"我原谅她,"老人睁开眼来说,"她的处境太可怕了,头脑再冷静的人也受不住。你安慰安慰娜齐吧,对她好好的,你得答应我,答应你快死的父亲。"他紧紧握着但斐纳的手说。

但斐纳大吃一惊,说道:"你怎么啦?"

父亲说:"没有什么,没有什么。就会好的。觉得有些东西压在我脑门上,大概是头痛。可怜的娜齐,将来怎么办呢?"

这时伯爵夫人回进屋子,跪倒在父亲脚下,叫道:

"原谅我吧!"

"唉,"高老头回答,"你现在叫我更难受了。"

伯爵夫人含着泪招呼拉斯蒂涅:"先生,我一时急昏了头,冤枉了人,你对我真像兄弟一样吗?"她向他伸出手来。

"娜齐,我的小娜齐,把一切都忘了吧。"但斐纳抱着她叫。

"我不会忘掉的,我!"

高老头嚷道:"你们都是天使,你们使我重见光明,你们的声音使我活过来了。你们再拥抱一下吧。嗳,娜齐,这张借据能救了你吗?"

"但愿如此。喂,爸爸,你能不能给个背书?"

"对啦,我真该死,忘了签字! 我刚才不舒服,娜齐,别恨我啊。你事情完了,马上派人来说一声。不,还是我自己来吧。哦,不! 我不能来,我不能看见你丈夫,我会当场打死他的。他休想抢你的财产,还有我呢。快去吧,孩子,想法叫马克西姆安分些。"

欧也纳看着呆住了。

德·纽沁根太太说:"可怜的娜齐一向暴躁,她心是好的。"

"她是为了借票的背书回来的。"欧也纳凑在但斐纳的耳边说。

"真的吗?"

"但愿不是,你可不能不防她一着。"他抬起眼睛,仿佛把不敢明说地话告诉了上帝。

"是的,她专门装腔,可怜父亲就相信她那一套。"

"你觉得怎么啦?"拉斯蒂涅问老人。

"我想睡觉。"他回答。

欧也纳帮着高里奥睡下。老人抓着但斐纳的手睡熟的时候,她预备走了,对欧也纳说:

"今晚在意大利剧院等你。到时你告诉我父亲的情形。明儿你得搬家了,先生。让我瞧瞧你的屋子吧。"她一进去便叫起来,"哟! 要命! 你比父亲住得还要坏。欧也纳,你心地太好了。我更要爱你。可是孩子,倘使你想挣一份家业,就不能把一万两千法郎随便往窗外扔。德·特拉伊先生是个赌棍,姊姊不愿意看清这一点。一万二! 他会到输一座金山或者赢一座金山的地方去张罗的。"

他们听见哼了一声,便回到高里奥屋里。他似乎睡熟了,两个情人走近去,听见他说了声:

"她们在受罪啊!"

不管他是睡着还是醒着,说那句话的口气大大地感动了女儿,她走到破床前面亲了亲他的额角。他睁开眼来说:

"哦!是但斐纳!"

"嗳,你觉得怎么样?"她问。

"还好,你别担心,我就要上街的。得啦,得啦,孩子们,你们尽管去快活吧。"

欧也纳送但斐纳回家,因为不放心高里奥,不肯陪她吃饭。他回到伏盖公寓,看见高老头起来了,正预备吃饭。毕安训挑了个好仔细打量面条商的座位,看他嗅着面包辨别面粉的模样,发觉他的行动已经身不由己,便做了个凄惨的姿势。

"坐到我这边来,实习医师。"欧也纳招呼他。

毕安训很乐意搬个位置,可以和老头儿离得更近。

"他什么病呀?"欧也纳问。

"除非我看错,他完啦!他身上有些出奇的变化,恐怕马上要脑溢血了。下半个脸还好,上半部的线条统统往脑门那边吊上去了。那古怪的眼神也显得血浆已经进了脑子。你瞧他眼睛不是像布满无数的微尘吗?明儿我可以看得更清楚些。"

"还有救吗?"

"没有救了。也许可以拖几天,倘使能把反应限制在身体的末梢,譬如说,限制在大腿部分。明天晚上要是病象不停止,可怜虫就完啦。他怎么发病的,你知道没有?一定精神上受了剧烈的打击。"

"是的。"欧也纳说着,想起两个女儿接二连三地打击父亲的心。

"至少但斐纳是孝顺的!"他私下想。

晚上在意大利剧院,他说话很小心,唯恐德·纽沁根太太惊慌。

"你不用急,"她听了开头几句就回答,"父亲身体很强壮。不过今儿早上我们给他受了些刺激。我们的财产成了问题,你可知道这件倒霉事儿多么严重?要不是你的爱情使我感觉麻木,我竟活不下去了。爱情给了我生活的乐趣,现在我只怕失掉爱情。除此以外,我觉得一切都无所谓,世界上我什么都不爱了。你是我的一切。倘若我觉得有了钱快乐,那也是为了更能讨你喜欢。说句不怕害臊的话,我的爱情胜过我的孝心。我不知道为什么。我整个生命都在你身上。父亲给了我一颗心,可是有了你,它才会跳。全世界责备我,我也不管!你是没有权利恨我的,我为了不可抵抗的感情犯的罪,只要你能替我补赎就行了。你把我当作没有良心的女儿吗?噢,不是的。怎么能不爱一个像我们爸爸那样的好爸爸呢?可是我们可叹的婚姻的必然的后果,我能瞒着他吗?干吗他当初不阻拦我们?不是应该由他来替我们着想吗?今天我才知道他和我们一样痛苦;可是有什么办法?安慰他吗?安慰不了什么。咬紧牙关忍耐吗?那比我们的责备和诉苦使他更难受。人生有些局面,简直样样都是辛酸。"

真正的感情表现得这么坦白,欧也纳听着很感动,一声不出。固然巴黎妇女往往虚伪,非常虚荣,只顾自己,又轻浮又冷酷;可是一朝真正动了心,能比别的女子为爱情牺牲更多的感情,能摆脱一切狭隘卑鄙,变得伟大,达到高超的境界。并且,等到有一股特别强烈的感情把女人跟天性(例如父母与子女的感情)隔离了,有了距离之后,她批判天性的时候所表现的那种深刻和正确,也叫欧也纳暗暗吃惊。德·纽沁根太太看见欧也纳不声不响,觉得心中不快,问道:

"你想什么呀?"

"我在体味你的话,我一向以为你爱我不及我爱你呢。"

她微微一笑,竭力遮掩心中的快乐,免得谈话越出体统。年轻而真诚的爱自有一些动人心魄的辞令,她从来没有听见过。再说几句,她就要忍不住了。

她改变话题,说道:"欧也纳,难道你不知道那个新闻吗?明天,全巴黎都要到德·鲍赛昂太太家,罗什菲德同德·阿瞿达侯爵约好,一点消息不让走漏;王上明儿要批准他们的婚约,你可怜的表姊还蒙在鼓里。她不能取消舞会,可是侯爵不会到场了。到处都在谈这件事。"

"大家取笑一个人受辱,暗地里却就在促成这种事!你不知道德·鲍赛昂太太要为之气死吗?"

但斐纳笑道:"不会的,你不知道这一类妇女。可是全巴黎都要到她家里去,我也要去,——托你的福!"

"巴黎有的是谣言,说不定又是什么捕风捉影的事。"

"咱们明天便知分晓。"

欧也纳没有回伏盖公寓。他没有那个决心不享受一下他的新居。头天他半夜一点钟离开但斐纳,今儿是但斐纳在清早两点左右离开他回家。第二天他起得很晚,中午等德·纽沁根太太来一块儿用餐。青年人都是只顾自己快活的,欧也纳差不多忘了高老头。在新屋里把精雅绝伦的东西一件一件使用过来,真是其乐无穷。再加德·纽沁根太太在场,更抬高了每样东西的价值。四点光景,两个情人记起了高老头,想到他有心搬到这儿来享福。欧也纳认为倘若老人病了,应当赶紧接过来。他离开但斐纳奔回伏盖家。高里奥和毕安训两人都不在饭桌上。

"啊,喂,"画家招呼他,"高老头病倒了,毕安训在楼上看护。老头儿今天接见了他一个女儿,德·雷斯托喇嘛伯爵夫人,以后他出去了一趟,加重了病。看来咱们要损失一件美丽的古董了。"

拉斯蒂涅冲上楼梯。

"喂,欧也纳先生!"

"欧也纳先生!太太请你。"西尔维叫。

"先生,"寡妇说,"高里奥先生和你应该是二月十五搬出的,现在已经过期三天,今儿是十八了,你们得再付一个月。要是你肯担保高老头,只请你说一声就行。"

"干吗?你不相信他吗?"

"相信!倘使老头儿昏迷了,死了,他的女儿们连一个子儿都不会给我的。他的破烂东西统共不值十法郎。今儿早上他把最后的餐具也卖掉了,不知为什么。他脸色像青年人一样。上帝原谅我,我只道他搽着胭脂,返老还童了呢。"

"一切由我负责。"欧也纳说着心慌得厉害,唯恐出了乱子。

他奔进高老头的屋子。老人躺在床上,毕安训坐在旁边。

"你好,老丈。"

老人对他温柔地笑了笑,两只玻璃珠子般的眼睛望着他,问:

"她怎么样？"

"很好，你呢？"

"不坏。"

"别让他劳神。"毕安训把欧也纳拉到屋子的一角嘱咐他。

"怎么啦？"欧也纳问。

"除非奇迹才有办法。脑溢血已经发作。现在贴着芥子膏药：幸而他还有感觉，药性已经起了作用。"

"能不能把他搬个地方？"

"不行。得留在这儿，不能有一点儿动作和精神上的刺激……"

欧也纳说："毕安训，咱们俩来照顾他吧。"

"我已经请医院的主任医师来过。"

"结果呢？"

"要明儿晚上知道。他答应办完了公就来。不幸这倒霉蛋今儿早上胡闹了一次，他不肯说为什么。他脾气犟得像匹驴。我跟他说话，他装没听见，装睡，给我一个不理不答；倘使睁着眼睛，就一味地哼哼。他早上出去了，在城里乱跑，不知到了哪儿去。他把值钱的东西统统拿走了，做了些该死的交易，弄得筋疲力尽！他女儿之中有一个来过这儿。"

"伯爵夫人吗？是不是大个子，深色头发，眼睛很精神很好看，身腰软软的，一双脚很有样的那个？"

"是的。"

拉斯蒂涅道："让我来陪他一会。我盘问他，他会告诉我的。"

"我趁这时候去吃饭。千万别让他太兴奋，咱们还有一线希望呢。"

"你放心。"

高老头等毕安训走了,对欧也纳说:"明儿她们好痛痛快快地乐一下了。她们要参加一个盛大的跳舞会。"

"老丈,你今儿早上干了什么,累成这个样子躺在床上?"

"没有干什么。"

"阿娜斯塔齐来过了吗?"拉斯蒂涅问。

"是的。"高老头回答。

"哎!别瞒我啦。她又问你要什么?"

"唉!"他进足了力气说,"她很苦呀,我的孩子!自从出了钻石的事,她一个子儿都没有了。她为那个跳舞会定做了一件金线铺绣衣衫,好看到极点。不料那下流的女裁缝不肯赊账,结果女用人垫了一千法郎定洋。可怜娜齐落到这步田地!我的心都碎了。女用人看见雷斯托不相信娜齐,怕垫的钱没有着落,串通了裁缝,要等一千法郎还清才肯送衣服来。舞会便是明天,衣衫已经做好,娜齐急得没有法了。她想借我的餐具去抵押。雷斯托非要她上那个舞会去,叫全巴黎瞧瞧那些钻石,外边说是她卖掉了。你想她能对那个恶鬼说:我欠着一千法郎,替我付一付吧。当然不能。我明白这个道理。但斐纳明儿要打扮得天仙似的,娜齐当然不能比不上妹妹。并且她哭得泪人儿似的,可怜的孩子!昨天我拿不出一万两千法郎,已经惭愧死了,我要拼这条苦命来补救。过去我什么都咬着牙齿忍受,但这一回没有钱,真是撕破了我的心。吓!我马上打定主意,把我的钱重新调度一下,拼凑一下;银搭扣和餐具卖了六百法郎,我的终身年金向高布赛克押了四百法郎,一年为期。也行!我光吃面包就得了!年轻的时候我就是这样的,现在也还可以。至少我的娜齐能快快活活地消磨一晚啦,能花枝招展地去出风头啦。一千法郎钞票已经放在我床头。想着头底下藏着娜齐喜欢的东西,我心里就暖和。现在她可以撵走可恶的维克图瓦①了,哼!用人不相信主人,还像话!明儿我就好啦,娜齐十点钟要来的。我不愿意她们以为我害了病。那她们要不去跳舞,来服侍我了。娜齐会拥抱我像拥抱她的孩子,她跟我亲热一下,我的病就没有啦。再说,在药铺子里我不是也能花掉上千法郎吗?我宁可给包医百病的娜齐的。至少我还能使她在苦难中得到点安慰,我存了终身年金的过失也能补救一下。她掉在窟窿里,我没有能力救她出来。哦!我要再去做买卖,上敖德萨去买谷子。那边的麦子比这儿贱三倍。麦子进口是禁止的;可是定法律的先生们并没禁止用麦子做的东西进口哪,吓,吓!今儿早上我想出来了!做淀粉买卖还有很大的赚头。"

"他疯了。"欧也纳望着老人想。

"得啦,你歇歇吧,别说话……"

毕安训上楼,欧也纳下去吃饭。接着两人轮流守夜,一个念医书,一个写信给母亲姊妹。

第二天,病人的症状,据毕安训说,略有转机;可是需要不断治疗,那也唯有两个大学生才能胜任。像他们这样的照应,任何称赞的语句都不会过分。老人骨瘦如柴的身上除了安放许多水蛭以外,又要敷药,又要用热水洗脚,种种的治疗,不是两个热心而强壮的青年人休想对付得了。德·雷斯托太太没有来,派了当差来拿钱。

----

① 前文说她的女仆是康斯坦斯。

"我以为她会亲自来的呢。也好,免得她看见我病了操心。"高老头说。女儿不来,他倒像很高兴似的。

晚上七点,泰蕾丝送来一封但斐纳的信。

> 你在干什么呀,朋友?才相爱,难道就对我冷淡了吗?在肝胆相照的那些心腹话中,你表现的心灵太美了,我相信你是永久忠实的,感情的微妙,你了解太深刻了,正如你听摩西的祈祷①时说的:对某些人,这不过是音符,对另外一些人是无穷尽的音乐!别忘了我今晚等你一同赴德·鲍赛昂夫人的舞会。德·阿瞿达先生的婚约,今天早上在宫中签了,可怜子爵夫人到两点才知道。全巴黎的妇女都要拥到她家里去,好似群众挤到沙滩广场去看执行死刑。你想,去瞧这位太太能否掩藏她的痛苦,能否视死如归,不是太惨了吗?朋友,倘使我从前去过她的家,今天我决计不去了;但她今后一定不再招待宾客,我过去所有的努力不是白费了吗?我的情形和别人不同,况且我也是为你去的。我等你。要是两小时内你还不在我身边,我不知道是否能原谅你。

拉斯蒂涅拿起笔来回答:

> 我等医生来,要知道你父亲还能活不能活。他快死了。我会把医生的判决通知你,恐怕竟是死刑。你能不能赴舞会,到时你斟酌吧。请接受我无限的温情。

八点半,医生来了,认为虽然没有什么希望,也不至于马上就死。他说还有好几次反复,才决定老人的生命和神志。

---

① 意大利作曲家罗西尼(1792—1868)的歌剧《摩西》中最精彩的一幕。

"他还是快一点死的好。"这是医生的最后一句话。

欧也纳把高老头交托给毕安训,向德·纽沁根太太报告凶讯去了;他家庭观念还很重,觉得一切娱乐这时都应该停止。

高老头好似迷迷糊糊地睡着了,在拉斯蒂涅出去的时候忽然坐起来叫着:"告诉她,叫她尽管去玩儿。"

拉斯蒂涅愁眉苦脸地跑到但斐纳面前。她头也梳好了,鞋也穿好了,只等套上跳舞衣衫。可是最后的修整,像画家收拾作品的最后几笔,比用颜色打底子更费功夫。

"嗯,怎么,你还没有换衣服?"她问。

"可是太太,你的父亲……"

"又是我的父亲,"她截住了他的话,"应该怎么对待父亲,不用你来告诉我。我了解他这么多年了。欧也纳,甭说啦。你先穿扮了,我才听你的话。泰蕾丝在你家里一切都准备好了;我的车套好在那儿,你坐着去,坐着回来。到跳舞会去的路上,再谈父亲的事。我们非要早点儿动身不可,如果困在车马阵里,包管十一点才能进门。"

"太太!"

"去吧! 甭说啦。"她说着奔进内客室去拿项链。

"嗳,去啊,欧也纳先生,你要惹太太生气了。"泰蕾丝一边说一边推他走。他可是被这个风雅的忤逆女儿吓呆了。

他一路穿衣一路想着最可怕最丧气的念头。他觉得社会好比一个大泥淖,一脚踩了进去,就陷到脖子。他想:

"他们连犯罪也是没有骨气没有血性的! 伏脱冷伟大得多哩。"

他看到人生的三个面目:服从,斗争,反抗;家庭,社会,伏脱冷。他决定不了挑哪条路。服从吗？受不了；反抗吗？做不到；斗争吗？没有把握。他又想到自己的家，恬静的生活，纯洁的感情，过去在疼爱他的人中间消磨的日子。那些亲爱的人按部就班照着日常生活的规律，在家庭中找到一种圆满的、持续不断的、没有苦闷的幸福。他虽有这些高尚的念头，可没有勇气向但斐纳说出他纯洁的信仰，不敢利用爱情强迫她走上道德的路。他才开始受到的教育已经见效，为了爱情，他已经自私了。他凭着他的聪明，识透了但斐纳的心，觉得她为了参加跳舞会，不怕踩着父亲的身体走过去；而他既没有力量开导她，也没有勇气得罪她，更没有骨气离开她。

"在这个情形之下使她理屈，她永远不会原谅我的。"他想。

然后他又推敲医生的话，觉得高老头也许并不像他想象的那么危险；总之他找出许多为凶手着想的理由，替但斐纳开脱。先是她不知道父亲的病情。即使她去看他，老人自己也要逼她回去参加跳舞会的。呆板的礼教只知道死抓公式，责备那些显而易见的过失；其实家庭中各人的性格，利害观念，当时的情势，都千变万化，可能造成许多特殊情形，宽恕那些表面上的罪过。欧也纳要骗自己，预备为了情妇而抹杀良心。两天以来，他的生活大起变化。女人搅乱了他的心，压倒了家庭，一切都为着女人牺牲了。拉斯蒂涅和但斐纳是在干柴烈火、使他们极尽绸缪的情形之下相遇的。欢情不但没有消灭情欲，反而把充分培养的情欲挑拨得更旺。欧也纳占有了这个女人，才发觉过去对她不过是肉的追求，直到幸福到手的第二天方始对她有爱情。也许爱情只是对欢娱所表示的感激。她下流也罢，高尚也罢，他反正爱极了这个女人，为了他给她的快乐,也为了他得到的快乐,而但斐纳的爱拉斯蒂涅,也像坦塔罗斯爱一个给他充饥疗渴的天使一样。①

欧也纳穿了跳舞服装回去,德·纽沁根太太问道:

"现在你说吧,父亲怎么啦?"

"不行啦。你要真爱我,咱们马上去看他。"

她说:"好吧,等跳舞回来。我的好欧也纳,乖乖的,别教训我啦,来吧。"

他们动身了。车子走了一程,欧也纳一声不出。

"你怎么啦?"她问。

"我听见你父亲痰都涌上来了。"他带着气恼的口吻回答。

接着他用青年人的慷慨激昂的辞令,说出德·雷斯托太太如何为了虚荣心下毒手,父亲如何为了爱她而闹出这场危险的病,娜齐的金线舞衫付出了如何可怕的代价。但斐纳听着哭了。

"我要难看了。"

这么一想,她眼泪干了,接着说:

"我要去服侍父亲,守在他床头。"

拉斯蒂涅道:"啊!这样我才称心哩。"

鲍赛昂府四周被五百多辆车上的灯照得通明雪亮。大门两旁各站着一个气吁吁的警察。这个名门贵妇栽了斤斗,无数上流社会的人都要来瞧她一瞧。德·纽沁根太太和拉斯蒂涅到的时候楼下一排大厅早已黑压压地挤满了人。当年大

---

① 坦塔罗斯为希腊神话中吕狄亚国王,因杀子飨神,得罪众神,被罚永久饥渴:俯饮河水,水即不见;仰取果实,高不可攀。

公主的婚事被路易十四否决以后①,宫廷里全班人马曾经拥到公主府里;从此还没有一件情场失意的悲剧像德·鲍赛昂夫人的那样轰动过。那位天潢贵胄,勃艮第王室的最后一个女儿②,可并没有被痛苦压倒。当初她为了点缀她爱情的胜利,曾经敷衍这个虚荣浅薄的社会;现在到了最后一刻,她依旧高高在上,控制这个社会。每间客厅里都是巴黎最美的妇女,个个盛装艳服,堆着笑脸。宫廷中最显要的人物,各国的大使公使,部长,名流,挂满了十字勋章,系着五光十色的绶带,争先恐后拥在子爵夫人周围,乐队送出一句又一句的音乐,在金碧辉煌的天顶下缭绕;可是在女后心目中,这个地方已经变成一片荒凉。鲍赛昂太太站在第一间客厅的门口,迎接那些自称为她的朋友的人。全身穿着白衣服,头上简简单单地盘着发辫,没有一点装饰,她安闲静穆,既没有痛苦,也没有高傲,也没有假装的快乐。没有一个人能看透她的心思。几乎像一座尼俄柏③的石像。她对几个熟朋友的笑容有时带点儿嘲弄的意味;但是在众人眼里,她始终和平常一样,同她被幸福的光辉照耀的时候一样。这个态度叫一般最麻木的人也看了佩服,犹如古时的罗马青年对一个含笑而死的斗兽士喝彩。上流社会似乎特意装点得花团锦簇,来跟它的一个母

---

① 指路易十四的堂妹和洛桑公爵的婚事。但三天以后国王又回心转意,批准了他们的请求。

② 作者假定德·鲍赛昂夫人的母家是勃艮第王族。中世纪时与十五世纪时,勃艮第族曾两次君临法国。

③ 尼俄柏相传为底比斯王后,生有七子七女,以子女繁衍自傲,嘲笑阿耳忒弥斯和阿波罗的母亲仅一子一女。勒托大怒,命阿波罗将其七子七女杀尽。尼俄柏痛苦之极,化为石像。希腊雕塑中有一组雕像,统称为尼俄柏及其子女。后人以尼俄柏象征母性的痛苦。

后告别。

她和拉斯蒂涅说:"我只怕你不来呢。"

拉斯蒂涅觉得这句话有点埋怨的意思,声音很激动地回答:"太太,我是预备最后一个走的。"

"好,"她握着他的手说,"这儿我能够信托的大概只有你一个人。朋友,对一个女人能永久爱下去,就该爱下去。别随便丢了她。"

她挽着拉斯蒂涅的手臂走进一间打牌的客室,带他坐在一张长沙发上,说道:

"请你替我上侯爵那儿送封信去。我叫当差带路。我向他要还我的书信,希望他全部交给你。拿到之后你上楼到卧室去等我。他们会通知我的。"

她的好朋友德·朗热公爵夫人也来了,她站起身来迎接。拉斯蒂涅出发上罗什菲德公馆,据说侯爵今晚就在那边。他果然找到了阿瞿达,跟他一同回去,侯爵拿出一个匣子,说道:

"统统在这儿了。"

他好像要对欧也纳说话,也许想打听跳舞会和子爵夫人的情形,也许想透露他已经对婚姻失望,——以后他也的确失望;不料他眼中忽然亮起一道骄傲的光,拿出可叹的勇气来,把他最高尚的感情压了下去。

"亲爱的欧也纳,别跟她提到我。"

他紧紧握了握拉斯蒂涅的手,又恳切又伤感,意思催他快走。欧也纳回到鲍赛昂府,给带进子爵夫人的卧房,房内是准备旅行的排场。他坐在壁炉旁边,望着那杉木匣子非常伤心。在他心中,德·鲍赛昂太太的身份不下于《伊利昂纪》史诗中的女神。

"啊！朋友。"子爵夫人进来把手放在拉斯蒂涅肩上。

她流着泪，仰着眼睛，一只手发抖，一只手举着。她突然把匣子放在火上，看它烧起来。

"他们都在跳舞！他们都准时而到，偏偏死神不肯就来。——嘘！朋友。"拉斯蒂涅想开口，被她拦住了。她说："我永远不再见巴黎，不再见人了。清早五点，我就动身，到诺曼底乡下去躲起来。从下午三点起，我忙着种种准备，签署文书，料理银钱杂务；我没有一个人能派到……"

她停住了。

"我知道他一定在……"

她难过得不行，又停住了。这时一切都是痛苦，有些字眼简直说不出口。

"我早打算请你今晚帮我最后一次忙。我想送你一件纪念品。我时常想到你，觉得你心地好，高尚，年轻，诚实，那些品质在这个社会里是少有的。希望你有时也想到我。"她向四下里瞧了一下，"哦，有了，这是我放手套的匣子。每次我上舞会或戏院之前拿手套的时候，总觉得自己很美，因为那时我是幸福的；我每次碰到这匣子，总对它有点儿温情，它多少有我的一点儿气息，有当年的整个鲍赛昂夫人在内。你收下吧。我等会儿叫人送到阿图瓦街去。德·纽沁根太太今晚漂亮得很，你得好好地爱她。朋友，我们尽管从此分别了，你可以相信我远远地祝福你。你对我多好。我们下楼吧，我不愿意人家以为我在哭。以后的日子长呢，一个人的时候，谁也不会来追究我的眼泪了。让我再瞧一瞧这间屋子。"

说到这儿她停住了。她把手遮着眼睛，抹了一下，用冷水浸过，然后挽着大学生的手臂，说道："走吧！"

德·鲍赛昂太太,以这样英勇的精神忍受痛苦,拉斯蒂涅看了感情激动到极点。回到舞会,他同德·鲍赛昂太太在场子里绕了一圈。这位恳切的太太借此表示她最后一番心意。

不久他看见了两姊妹,德·雷斯托太太和德·纽沁根太太。伯爵夫人戴着全部钻石,气概非凡,可是那些钻石绝不会使她好受,而且也是最后一次穿戴了。尽管爱情强烈,态度骄傲,她到底受不住丈夫的目光。这种场面更增加拉斯蒂涅的伤感。在姊妹俩的钻石下面,他看到高老头躺的破床。子爵夫人误会了他的怏怏不乐的表情,抽回手臂,说道:"去吧!我不愿意你为我牺牲快乐。"

欧也纳不久被但斐纳邀了去。她露了头角,好不得意。她一心要讨这个社会喜欢,既然如愿以偿,也就急于拿她的成功献在大学生脚下。

"你觉得娜齐怎么样?"她问。

"她吗,"欧也纳回答,"她预支了她父亲的性命。"

清早四点,客厅的人渐渐稀少。不久音乐也停止了。大客厅中只剩德·朗热公爵夫人和拉斯蒂涅。德·鲍赛昂先生要去睡觉了,子爵夫人和他作别,他再三说:

"亲爱的,何必隐居呢,在你这个年纪!还是同我们一块儿住下吧。"

告别完了,她走到大客厅,以为只有大学生在那儿;一看见公爵夫人,不由得叫了一声。

"我猜到你的意思,克拉拉,"德·朗热夫人说,"你要一去不回地走了;你未走之前,我有番话要跟你说,我们之间不能有一点儿误会。"

德·朗热太太挽着德·鲍赛昂太太的手臂走到隔壁的客

厅里,含着泪望着她,把她抱着,亲她的面颊,说道:

"亲爱的,我不愿意跟你冷冰冰地分手,我良心上受不了。你可以相信我,像相信你自己一样。你今晚很伟大,我自问还配得上你,还要向你证明这一点。过去我有些对不起你的地方,我没有始终如一,亲爱的,请你原谅。一切使你伤心的行为,我都向你道歉;我愿意收回我说过的话。患难成知己,我不知道我们俩哪一个更痛苦。德·蒙特里沃先生今晚没有上这儿来,你明白没有?克拉拉,到过这次舞会的人永远忘不了你。我吗,我在做最后的努力;万一失败,就进修道院!你又上哪儿呢,你?"

"上诺曼底,躲到库尔塞勒乡下去,去爱,去祈祷,直到上帝把我召回为止。"

子爵夫人想起欧也纳等着,便招呼他:

"拉斯蒂涅先生,你来吧。"

大学生弯着身子握了表姊的手亲吻。

德·鲍赛昂太太说:"安东奈特,告辞了!但愿你幸福。"她转身对着大学生说:"至于你,你已经幸福了,你年轻,还能有信仰。没想到我离开这个社会的时候,像那般幸运的死者,周围还有些虔诚的真诚的心!"

拉斯蒂涅目送德·鲍赛昂夫人坐上旅行的轿车,看她泪眼晶莹同他作了最后一次告别。由此可见社会上地位最高的人,并不像那般趋奉群众的人说的,能逃出感情的规律而没有伤心痛苦的事。五点光景,欧也纳冒着又冷又潮湿的天气走回伏盖公寓。他的教育受完了。

拉斯蒂涅走进邻居的屋子,毕安训和他说:"可怜的高老头没有救了。"

欧也纳把睡熟的老人望了一眼,回答说:"朋友,既然你能克制欲望,就走你平凡的路吧。我入了地狱,而且得留在地狱。不管人家把上流社会说得怎么坏,你相信就是! 没有一个讽刺作家能写尽隐藏在金银珠宝底下的丑恶。"

父 亲 的 死

第二天下午两点左右,毕安训要出去,叫醒拉斯蒂涅,接他的班。高老头的病势上半天又加重了许多。

"老头儿活不到两天了,也许还活不到六小时,"医学生道,"可是他的病,咱们不能置之不理。还得给他一些费钱的治疗。咱们替他当看护是不成问题,我可没有钱。他的衣袋,柜子,我都翻遍了,全是空的。他神志清楚的时候我问过他,他说连一个子儿都没有了。你身上有多少,你?"

"还剩二十法郎,我可以去赌,会赢的。"

"输了怎么办?"

"问他的女婿女儿去要。"

毕安训道:"他们不给又怎么办? 眼前最急的还不是钱,而是要在他身上贴滚热的芥子膏药,从脚底直到大腿的半中间。他要叫起来,那还有希望。你知道怎么做的。再说,克里斯朵夫可以帮你忙。我到药剂师那儿去作个保,赊欠药账。可惜不能送他进我们的医院,护理得好一些。来,让我告诉你怎么办;我不回来,你不能离开他。"

他们走进老人的屋子,欧也纳看到他的脸变得没有血色,没有生气,扭作一团,不由得大吃一惊。

"喂,老丈,怎么样?"他靠着破床弯下身去问。

高里奥眨巴着黯淡的眼睛,仔细瞧了瞧欧也纳,认不得他。大学生受不住了,眼泪直涌出来。

　　"毕安训,窗上可要挂个帘子?"

　　"不用。气候的变化对他已经不生影响。他要有冷热的知觉倒好了。可是咱们还得生个火,好煮药茶,还能做好些旁的用处。等会我叫人送些柴草来对付一下,慢慢再张罗木柴。昨天一昼夜,我把你的柴跟老头儿的泥炭都烧完了。屋子潮得厉害,墙壁都在淌水,还没完全烘燥呢。克里斯朵夫把屋子打扫过了,简直像马房,臭得要命,我烧了些松子。"

　　拉斯蒂涅叫道:"我的天! 想想他的女儿哪!"

　　"他要喝水的话,给他这个,"医学生指着一把大白壶,"倘若他哼哼唧唧地叫苦,肚子又热又硬,你就叫克里斯朵夫帮着给他来一下……你知道的。万一他兴奋起来说许多话,有点儿精神错乱,由他去好了。那倒不是坏现象,可是你得叫克里斯朵夫上医院来。我们的医生,我的同事,或是我,我们会来给他做一次灸。今儿早上你睡觉的时候,我们会诊过一次,到的有加尔博士的一个学生,市立医院的主任医师跟我们的主任医师。他们认为颇有些奇特的症候,必须注意病势的进展,可以弄清科学上的几个要点。有一位说,血浆的压力要是特别加在某个器官上,可能发生一些特殊的现象。所以老头儿一说话,你就得留心听,看是哪一类的思想,是记忆方面的,智力方面的,还是判断方面的;看他注意物质的事还是情感的事;是否计算,是否回想过去。总之你想法给我们一个准确的报告。病势可能急转直下,他会像现在这样人事不知地死去。这一类的病怪得很。倘若在这个地方爆发,"毕安训指了指病人的后脑,"说不定有些出奇出怪的病状:头脑某几个部分会恢复机能,一下子死不了。血浆能从脑里回出来,至于再走什么路,只有解剖尸体才能知道。残废院内有个痴呆的老人,充血跟着脊椎骨走;人痛苦得不得了,可是活在那儿。"

高老头忽然认出了欧也纳,说道:

"她们玩得痛快吗?"

"哦!他只想着他的女儿,"毕安训道,"昨夜他和我说了上百次:她们在跳舞呢!她的跳舞衣衫有了。——他叫她们的名字。那声音把我听得哭了,真是要命!他叫:但斐纳!我的小但斐纳!娜齐!真的!简直叫你止不住眼泪。"

"但斐纳,"老人接口说,"她在这儿,是不是?我知道的。"

他眼睛忽然骨碌碌地乱转,瞪着墙壁和房门。

"我下去叫西尔维预备芥子膏药,"毕安训说,"这是替他上药的好机会。"

拉斯蒂涅独自陪着老人,坐在床脚下,定睛瞧着这副嘴脸,觉得又害怕又难过。

"德·鲍赛昂太太逃到乡下去了,这一个又要死了,"他心里想,"美好的灵魂不能在这个世界上待久的。真是,伟大的感情怎么能跟一个猥琐、狭小、浅薄的社会沆瀣一气呢?"

他参加的那个盛会的景象在脑海中浮起来,同眼前这个病人垂死的景象成为对比。毕安训突然奔进来叫道:

"喂,欧也纳,我才见到我们的主任医师,就奔回来了。要是他忽然清醒,说起话来,你把他放倒在一长条芥子膏药上,让芥末把颈窝到腰部下面一齐裹住;再叫人通知我们。"

"亲爱的毕安训!"欧也纳说。

"哦！这是为了科学。"医学生说，他的热心像一个刚改信宗教的人。

欧也纳说："那么只有我一个人是为了感情照顾他了。"

毕安训听了并不生气，只说："你要看到我早上的模样，就不会说这种话了。告诉你，朋友，开业的医生眼里只有疾病，我还看见病人呢。"

他走了。欧也纳单独陪着病人，唯恐高潮就要发作。不久高潮果然来了。

"啊！是你，亲爱的孩子。"高老头认出了欧也纳。

"你好些吗？"大学生拿着他的手问。

"好一些。刚才我的脑袋好似夹在钳子里，现在松一点儿了。你可曾看见我的女儿？她们马上要来了，一知道我害病，会立刻赶来的。从前在瑞西安纳街，她们服侍过我多少回！天哪！我真想把屋子收拾干净，好招待她们。有个年轻人把我的泥炭烧完了。"

欧也纳说："我听见克里斯朵夫的声音，他替你搬木柴来，就是那个年轻人给你送来的。"

"好吧！可是拿什么付账呢？我一个钱都没有了，孩子。我把一切都给了，一切。我变了叫花子了。至少那件金线衫好看吗？（啊唷！我痛！）谢谢你，克里斯朵夫。上帝会报答你的，孩子；我啊，我什么都没有了。"

欧也纳凑着男用人的耳朵说："我不会让你和西尔维白忙的。"

"克里斯朵夫，是不是我两个女儿告诉你就要来了？你再去一次，我给你五法郎。对她们说我觉得不好，我临死之前还想拥抱她们，再看她们一次。你这样去说吧，可是别过分吓了她们。"

克里斯朵夫看见欧也纳对他递了个眼色,便动身了。

"她们要来了,"老人又说,"我知道她们的脾气。好但斐纳,我死了,她要怎样地伤心呀!还有娜齐也是的。我不愿意死,因为不愿意让她们哭。我的好欧也纳,死,死就是再也看不见她们。在那个世界里,我要闷得发慌哩。看不见孩子,做父亲的等于入了地狱;自从她们结了婚,我就尝着这个味道。我的天堂是瑞西安纳街。嗳!喂,倘使我进了天堂,我的灵魂还能回到她们身边吗?听说有这种事情,可是真的?我现在清清楚楚看见她们在瑞西安纳街的模样。她们一早下楼,说:爸爸,你早。我把她们抱在膝上,用种种花样逗她们玩儿,跟她们淘气。她们也跟我亲热一阵。我们天天一块儿吃中饭,一块儿吃晚饭,总之那时我是父亲,看着孩子直乐。在瑞西安纳街,她们不跟我讲嘴,一点不懂人事,她们很爱我。天哪!干吗她们要长大呢?(哎唷!我痛啊;头里在抽。)啊!啊!对不起。孩子们!我痛死了;要不是真痛,我不会叫的,你们早已把我训练得不怕痛苦了。上帝呀!只消我能握着她们的手,我就不觉得痛啦。你想她们会来吗?克里斯朵夫蠢极了!我该自己去的。他倒有福气看到她们。你昨天去了跳舞会,你告诉我呀,她们怎么样?她们一点不知道我病了,可不是?要不她们不肯去跳舞了,可怜的孩子们!噢!我再也不愿意害病了。她们还少不了我呢。她们的财产遭了危险,又是落在怎样的丈夫手里!把我治好呀,治好呀!(噢!我多难过!哟!哟!哟!)你瞧,非把我医好不行,她们需要钱,我知道到哪儿去挣。我要上敖德萨去做淀粉。我才精明呢,会赚他几百万。(哦呀!我痛死了!)"

高里奥不出声了，仿佛集中全身的精力熬着痛苦。

"她们在这儿，我不会叫苦了，干吗还要叫苦呢？"

他迷迷糊糊昏沉了好久。克里斯朵夫回来，拉斯蒂涅以为高老头睡熟了，让用人高声回报他出差的情形。

"先生，我先上伯爵夫人家，可没法跟她说话，她和丈夫有要紧事儿。我再三央求，德·雷斯托先生亲自出来对我说：高里奥先生快死了是不是？哎，再好没有。我有事，要太太待在家里。事情完了，她会去的。——他似乎很生气，这位先生。我正要出来，太太从一扇我看不见的门里走到穿堂，告诉我：克里斯朵夫，你对我父亲说，我同丈夫正在商量事情，不能来。那是有关我孩子们生死的问题。但等事情一完，我就去看他。——说到男爵夫人吧，又是另外一桩事儿！我没有见到她，不能跟她说话。女用人说：啊！太太今儿早上五点一刻才从跳舞会回来；中午以前叫醒她，一定要挨骂的。等会她打铃叫我，我会告诉她，说她父亲的病更重了。报告一件坏消息，不会嫌太晚的。——我再三央求也没用。哎，是呀，我也要求见男爵，他不在家。"

"一个也不来，"拉斯蒂涅嚷道，"让我写信给她们。"

"一个也不来，"老人坐起来接着说，"她们有事，她们在睡觉，她们不会来的。我早知道了。直要临死才知道女儿是什么东西！唉！朋友，你别结婚，别生孩子！你给他们生命，他们给你死。你带他们到世界上来，他们把你从世界上赶出去。她们不会来的！我已经知道了十年。有时我心里这么想，只是不敢相信。"

他每只眼中冒出一颗眼泪，滚在鲜红的眼皮边上，不掉下来。

"唉！倘若我有钱，倘若我留着家私，没有把财产给她们，她们就会来，会用她们的亲吻来舐我的脸！我可以住在一所公馆里，有漂亮的屋子，有我的仆人，生着火；她们都要哭作一团，还有她们的丈夫，她们的孩子。这一切我都可以到手。现在可什么都没有。钱能买到一切，买到女儿。啊！我的钱到哪儿去了？倘若我还有财产留下，她们会来伺候我，招呼我；我可以听到她们，看到她们。啊！欧也纳，亲爱的孩子，我唯一的孩子，我宁可给人家遗弃，宁可做个倒霉鬼！倒霉鬼有人爱，至少那是真正的爱！啊，不，我要有钱，那我可以看到她们了。唉，谁知道？她们两个的心都像石头一样。我把所有的爱在她们身上用尽了，她们对我不能再有爱了。做父亲的应该永远有钱，应该拉紧儿女的缰绳，像对付狡猾的马一样。我却向她们下跪。该死的东西！她们十年来对我的行为，现在到了顶点。你不知道她们刚结婚的时候对我怎样的奉承体贴！（噢！我痛得像受毒刑一样！）我才给了她们每人八十万，她们和她们的丈夫都不敢怠慢我。我受到好款待：好爸爸，上这儿来；好爸爸，往那儿去。她们家永远有我的一份刀叉。我同她们的丈夫一块儿吃饭，他们对我很恭敬，看我手头还有一些呢。为什么？因为我生意的底细，我一句没提。一个给了女儿八十万的人是应该奉承的。他们对我那么周到，体贴，那是为我的钱啊。世界并不美。我看到了，我！她们陪我坐着车子上戏院，我在她们的晚会里爱待多久就待多久。她们承认是我的女儿，承认我是她们的父亲。我还有我的聪明呢，嗨，什么都没逃过我的眼睛。我什么都感觉到，我的心碎了。我明明看到那是假情假意；可是没有办法。在她们家，我就不像在这儿饭桌上那么自在。我什么话都不会说。有些漂亮人物咬着我女婿的耳朵问：

——那位先生是谁啊？

——他是财神，他有钱。

——啊，原来如此！

"人家这么说着，恭恭敬敬瞧着我，就像恭恭敬敬瞧着钱一样。即使我有时叫他们发窘，我也补赎了我的过失。再说，谁又是十全的呢？（哎唷！我的脑袋简直是块烂疮！）我这时的痛苦是临死以前的痛苦，亲爱的欧也纳先生，可是比起当年娜齐第一次瞪着我给我的难受，眼前的痛苦算不了什么。那时她瞪我一眼，因为我说错了话，丢了她的脸；唉，她那一眼把我全身的血管都割破了。我很想懂得交际场中的规矩；可是我只懂得一样：我在世界上是多余的。第二天我上但斐纳家去找安慰，不料又闹了笑话，惹她冒火。我为此急疯了。八天工夫我不知道怎么办。我不敢去看她们，怕受埋怨。这样，我便进不了女儿家的大门。哦！我的上帝！既然我吃的苦，受的难，你全知道，既然我受的千刀万剐，使我头发变白、身子磨坏的伤，你都记在账上，干吗今日还要我受这个罪？就算太爱她们是我的罪过，我受的刑罚也足够补赎了。我对她们的慈爱，她们都狠狠地报复了，像刽子手一般把我上过毒刑了。唉！做老子的多蠢！我太爱她们了，每次都回头去迁就她们，好像赌棍离不开赌场。我的嗜好，我的情妇，我的一切，便是两个女儿，她们俩想要一点儿装饰品什么的，女用人告诉了我，我就去买来送给她们，巴望得到些好款待！可是她们看了我在人前的态度，照样来一番教训。而且等不到第二天！喝，她们为着我脸红了。这是给儿女受好教育的报应。我活了这把年纪，可不能再上学校啦。（我痛死了，天哪！医生呀！医生呀！把我脑袋劈开来,也许会好些。)我的女儿呀,我的女儿呀,娜齐,但斐纳！我要看她们。叫警察去找她们来,抓她们来！法律应该帮我的,天性,民法,都应该帮我。我要抗议。把父亲踩在脚下,国家不要亡了吗？这是很明白的。社会,世界,都是靠父道做轴心的;儿女不孝父亲,不要天翻地覆吗？哦！看到她们,听到她们,不管她们说些什么,只要听见她们的声音,尤其但斐纳,我就不觉得痛苦。等她们来了,你叫她们别那么冷冷地瞧我。啊！我的好朋友,欧也纳先生,看到她们眼中的金光变得像铅一样不灰不白,你真不知道是什么味儿。自从她们的眼睛对我不放光辉之后,我老在这儿过冬天;只有苦水给我吞,我也就吞下了！我活着就是为受委屈,受侮辱。她们给我一点儿可怜的、小小的、可耻的快乐,代价是叫我受种种羞辱,我都受了,因为我太爱她们了。老子偷偷摸摸地看女儿！听见过没有？我把一辈子的生命给了她们,她们今天连一小时都不给我！我又饥又渴,心在发烧,她们不来舒解一下我的临终苦难。我觉得我要死了。什么叫作践踏父亲的尸首,难道她们不知道吗？天上还有一个上帝,他可不管我们做老子的愿不愿意,要替我们报仇的。噢！她们会来的！来啊,我的小心肝,你们来亲我呀;最后一个亲吻就是你们父亲的临终圣体了,他会代你们求上帝,说你们一向孝顺,替你们辩护。归根结底,你们没有罪。朋友,她们是没有罪的！请你对大家都这么说,别为了我难为她们。一切都是我的错,是我纵容她们把我踩在脚下的。我就喜欢那样。这跟谁都不相干,人间的裁判,神明的裁判,都不相干。上帝要是为了我责罚她们,就不公平了。我不会做人,是我糊涂,自己放弃了权利。为她们我甚至堕落也心甘情愿！有什么办法！最美的天性,最优秀的灵魂,都免不了溺爱儿女。我是一个糊涂蛋,遭了报应,女儿七颠八倒的生活是我一手造成的,是我惯了她们。现在她们要寻欢作乐,正像她们从前要吃糖果。我一向对她们百依百顺。小姑娘想入非非的欲望,都给她们满足。十五岁就有了车!要什么有什么。罪过都在我一个人身上,为了爱她们而犯的罪。唉,她们的声音能够打开我的心房。我听见她们,她们在来啦。哦!一定的,她们要来的。法律也要人给父亲送终的,法律是支持我的。只要叫人跑一趟就行。我给车钱。你写信去告诉她们,说我还有几百万家私留给她们!我敢起誓。我可以上敖德萨去做高等面食。我有办法。计划中还有几百万好赚。哼,谁也没有想到。那不会像麦子和面粉一样在路上变坏的。嗳,嗳,淀粉哪,有几百万好赚呢!你告诉她们有几百万绝不是扯谎。她们为了贪心还是肯来的;我宁愿受骗,我要看到她们。我要我的女儿!是我把她们生下来的!她们是我的!"他一边说一边在床上挺起身子,给欧也纳看到一张白发凌乱的脸,竭力装作威吓的神气。

欧也纳说:"嗳,嗳,你睡下吧。我来写信给她们。等毕安训来了,她们要再不来,我就自个儿去。"

"她们再不来,"老人一边大哭一边接了一句,"我要死了,要气疯了,气死了!气已经上来了!现在我把我这一辈子都看清楚了。我上了当!她们不爱我,从来没有爱过我!这是摆明的了。她们这时不来是不会来的了。她们越拖,越不肯给我这个快乐。我知道她们。我的悲伤,我的痛苦,我的需要,她们从来没体会到一星半点,连我的死也没有想到;我的爱,我的温情,她们完全不了解。是的,她们把我糟蹋惯了,在她们眼里我所有的牺牲都一文不值。哪怕她们要挖掉我眼睛,我也会说:挖吧!我太傻了。她们以为天下的老子都像她们的一样。想不到你待人好一定要人知道!将来她们的孩子会替我报仇的。唉,来看我还是为她们自己啊。你去告诉她们,说她们临死要受到报应的。犯了这桩罪,等于犯了世界上所有的罪。去啊,去对她们说,不来送我的终是忤逆!不加上这一桩,她们的罪过已经数不清啦。你得像我一样地去叫:哎!娜齐!哎!但斐纳!父亲待你们多好,他在受难,你们来吧!——唉!一个都不来。难道我就像野狗一样地死吗?爱了一辈子的女儿,到头来反给女儿遗弃!简直是些下流东西,流氓婆;我恨她们,咒她们;我半夜里还要从棺材里爬起来咒她们。嗳,朋友,难道这能派我的不是吗?她们做人这样恶劣,是不是!我说什么?你不是告诉我但斐纳在这儿吗?还是她好。你是我的儿子,欧也纳。你,你得爱她,像她父亲一样地爱她。还有一个是遭了难。她们的财产呀!哦!上帝!我要死了,我太苦了!把我的脑袋割掉吧,留给我一颗心就行了。"

"克里斯朵夫,去找毕安训来,顺便替我雇辆车。"欧也纳嚷着。他被老人这些呼天抢地的哭诉吓坏了。

"老伯,我到你女儿家去把她们带来。"

"把她们抓来,抓来!叫警卫队,叫军队!"老人说着,对欧也纳瞪了一眼,闪出最后一道理性的光,"去告诉政府,告诉检察官,叫人替我带来!"

"你刚才咒过她们了。"

老人愣了一愣,说:"谁说的?你知道我是爱她们的,疼她们的!我看到她们,病就好啦……去吧,我的好邻居,好孩子,去吧,你是慈悲的,我要重重地谢你;可是我什么都没有了,只能给你一个祝福,一个临死的人的祝福。啊!至少我要看到但斐纳,吩咐她代我报答你。那个不能来,就带这个来吧。告诉她,她要不来,你不爱她了。她多爱你,一定会来的。哟,我渴死了,五脏六腑都在烧!替我在头上放点儿什么吧。最好是女儿的手,那我就得救了,我觉得……天哪!我死了,谁替她们挣钱呢?我要为她们上敖德萨去,上敖德萨做面条生意。"

欧也纳搀起病人,用左臂扶着,另一只手端给他一杯满满的药茶,说道:"你喝这个。"

"你一定要爱你的父母,"老人说着,有气无力地握着欧也纳的手,"你懂得吗,我要死了,不见她们一面就死了。永远口渴而没有水喝,这便是我十年来的生活……两个女婿断送了我的女儿。是的,从她们出嫁之后,我就没有女儿了。做老子的听着!你们得要求国会定一条结婚的法律!要是你们爱女儿,就不能把她们嫁人。女婿是毁坏女儿的坏蛋,他把一切都污辱了。再不要有结婚这回事!结婚抢走我们的女儿,叫我们临死看不见女儿。为了父亲的死,应该订一条法律。真是可怕!报仇呀!报仇呀!是我女婿不准她们来的呀。杀死他们!杀雷斯托!杀纽沁根!他们是我的凶手!不还我女儿,就要他们的命!唉!完啦,我见不到她们了!她们!娜齐,但斐纳,喂,来呀,爸爸出门啦……"①

"老伯,你静静吧,别生气,别多想。"

"看不见她们,这才是我的临终苦难!"

---

① "来呀,爸爸出门啦"二句,为女儿幼时父亲出门前呼唤她们的亲切语;此处出门二字有双关意味。

"你会看见的。"

"真的！"老人迷迷惘惘地叫起来，"噢！看到她们！我还会看到她们，听到她们的声音。那我死也死得快乐了。唉，是啊，我不想活了，我不稀罕活了，我痛得越来越厉害了。可是看到她们，碰到她们的衣衫，唉！只要她们的衣衫，衣衫，就这么一点儿要求！只消让我摸到她们的一点儿什么！让我抓一把她们的头发，……头发……"

他仿佛挨了一棍，脑袋往枕上倒下，双手在被单上乱抓，好像要抓女儿们的头发。

他又挣扎着说："我祝福她们，祝福她们。"

然后他昏过去了。毕安训进来说：

"我碰到了克里斯朵夫，他替你雇车去了。"

他瞧了瞧病人，用力揭开他的眼皮，两个大学生只看到一只没有颜色的灰暗的眼睛。

"完啦，"毕安训说，"我看他不会醒的了。"

他按了按脉，摸索了一会，把手放在老头儿心口。

"机器没有停，像他这样反而受罪，还是早点去的好！"

"对，我也这么想。"拉斯蒂涅回答。

"你怎么啦？脸色发白像死人一样。"

"朋友，我听他又哭又叫，说了一大堆。真有一个上帝！哦，是的，上帝是有的，他替我们预备着另外一个世界，一个好一点儿的世界。咱们这个太混账了。刚才的情形要不那么悲壮，我早哭死啦，我的心跟胃都给揪紧了。"

"喂，还得办好多事，哪儿来的钱呢？"

拉斯蒂涅掏出表来：

"你送当铺去。我路上不能耽搁，只怕赶不及。现在我等着克里斯朵夫,我身上一个钱都没有了,回来还得付车钱。"

拉斯蒂涅奔下楼梯,上海尔德街德·雷斯托太太家去了。刚才那幕可怕的景象使他动了感情,一路义愤填膺。他走进穿堂求见德·雷斯托太太,人家回报说她不能见客。

他对当差说:"我是为了她马上要死的父亲来的。"

"先生,伯爵再三吩咐我们……"

"既然伯爵在家,那么告诉他,说他岳父快死了,我要立刻和他说话。"

欧也纳等了好久。

"说不定他就在这个时候死了。"他心里想。

当差带他走进第一客室,德·雷斯托先生站在没有生火的壁炉前面,见了客人也不请坐。

"伯爵,"拉斯蒂涅说,"令岳在破烂的阁楼上就要断气了,连买木柴的钱也没有;他马上要死了,但等见一面女儿……"

"先生,"伯爵冷冷地回答,"你大概可以看出,我对高里奥先生没有什么好感。他教坏了我太太,造成我家庭的不幸。我把他当作扰乱我安宁的敌人。他死也好,活也好,我全不在意。你瞧,这是我对他的情分。社会尽可以责备我,我才不在乎呢。我现在要处理的事,比顾虑那些傻瓜的闲言闲语紧要得多。至于我太太,她现在那个模样没法出门,我也不让她出门。请你告诉她父亲,只消她对我,对我的孩子,尽完了她的责任,她会去看他的。要是她爱她的父亲,几分钟内她就可以自由……"

"伯爵,我没有权利批评你的行为,你是你太太的主人。

可是至少我能相信你是讲信义的吧？请你答应我一件事,就是告诉她,说她父亲没有一天好活了,因为她不去送终,已经在咒她了!"

雷斯托注意到欧也纳愤愤不平的语气,回答道:"你自己去说吧。"

拉斯蒂涅跟着伯爵走进伯爵夫人平时起坐的客厅。她泪人儿似的埋在沙发里,那副痛不欲生的模样叫他看了可怜。她不敢望拉斯蒂涅,先怯生生地瞧了瞧丈夫,眼睛的神气表示她精神肉体都被专横的丈夫压倒了。伯爵侧了侧脑袋,她才敢开口:

"先生,我都听到了。告诉我父亲,他要知道我现在的处境,一定会原谅我。我想不到要受这种刑罚,简直受不了。可是我要反抗到底,"她对她的丈夫说,"我也有儿女。请你对父亲说,不管表面上怎么样,在父亲面前我并没有错。"她无可奈何地对欧也纳说。

那女的经历的苦难,欧也纳不难想象,便呆呆地走了出来。听到德·雷斯托先生的口吻,他知道自己白跑了一趟,阿娜斯塔齐已经失去自由。

接着他赶到德·纽沁根太太家,发觉她还在床上。

"我不舒服呀,朋友,"她说,"从跳舞会出来受了凉,我怕要害肺炎呢,我等医生来……"

欧也纳打断了她的话,说道:"哪怕死神已经到了你身边,爬也得爬到你父亲跟前去。他在叫你!你要听到他一声,马上不觉得你自己害病了。"

"欧也纳,父亲的病也许不像你说的那么严重,可是我要在你眼里有什么不是,我才难过死呢;所以我一定听你的吩咐。我知道,倘若我这一回出去闹出一场大病来,父亲要伤心死的。我等医生来过了就走。"她一眼看不见欧也纳身上的表链,便叫道:"哟!怎么你的表没有啦?"

欧也纳脸上红了一块。

"欧也纳!欧也纳!倘使你已经把它卖了,丢了,……哦!那太岂有此理了。"

大学生伏在但斐纳床上,凑着她耳朵说:

"你要知道吗?哼!好,告诉你吧!你父亲一个钱没有了,今晚上要把他入殓的尸衣①都没法买。你送我的表在当铺里,我钱都光了。"

但斐纳猛地从床上跳下,奔向书柜,抓起钱袋递给拉斯蒂涅,打着铃,嚷道:

"我去我去,欧也纳。让我穿衣服,我简直是禽兽了!去吧,我会赶在你前面!"她回头叫女仆:"泰蕾丝,请老爷立刻上来跟我说话。"

欧也纳因为能对垂死的老人报告有一个女儿会来,几乎很快乐地回到圣·热内维埃弗新街。他在但斐纳的钱袋里掏了一阵打发车钱,发觉这位那么有钱那么漂亮的少妇,袋中只有七十法郎。他走完楼梯,看见毕安训扶着高老头,医院的外科医生当着内科医生在病人背上做灸。这是科学的最后一套治疗,没用的治疗。

"替你做灸你感觉到吗?"内科医生问。

高老头看见了大学生,说道:

"她们来了是不是?"

----

① 西俗入殓时将尸体用布包裹,称为尸衣。

外科医生道:"还有希望,他说话了。"

欧也纳回答老人:"是的,但斐纳就来了。"

"呃!"毕安训说,"他还在提他的女儿,他拼命地叫她们,像一个人吊在刑台上叫着要喝水……"

"算了吧,"内科医生对外科医生说,"没法的了,没救的了。"

毕安训和外科医生把快死的病人放倒在发臭的破床上。

医生说:"总得给他换套衣服,虽则毫无希望,他究竟是个人。"他又招呼毕安训:"我等会儿再来。他要叫苦,就给他横膈膜上搽些鸦片。"

两个医生走了,毕安训说:

"来,欧也纳,拿出勇气来!咱们替他换上一件白衬衫,换一条褥单。你叫西尔维拿了床单来帮我们。"

欧也纳下楼,看见伏盖太太正帮着西尔维摆刀叉。拉斯蒂涅才说了几句,寡妇就迎上来,装出一副又和善又难看的神气,活现出一个满腹猜疑的老板娘,既不愿损失金钱,又不敢得罪主顾。

"亲爱的欧也纳先生,你和我一样知道高老头没有钱了。把被单拿给一个正在翻眼睛的人,不是白送吗?另外还得牺牲一条做他入殓的尸衣。你已经欠我一百四十四法郎,加上四十法郎被单,以及旁的零星杂费,跟等会儿西尔维要给你们的蜡烛,至少也得二百法郎;我一个寡妇怎受得了这样一笔损失?天啊!你也得凭凭良心,欧也纳先生。自从晦气星进了我的门,五天工夫我已经损失得够了。我愿意花三十法郎打发这好家伙归天,像你们说的。这种事还要叫我的房客不愉快。只要不花钱,我愿意送他进医院。总之你替我想想吧。

我的铺子要紧,那是我的,我的性命呀。"

欧也纳赶紧奔上高里奥的屋子。

"毕安训,押了表的钱呢?"

"在桌子上,还剩三百六十多法郎。欠的账已经还清。当票压在钱下面。"

"喂,太太,"拉斯蒂涅愤愤地奔下楼梯,说道,"来算账。高里奥先生在府上不会耽久了,而我……"

"是的,他只能两脚向前地出去了,可怜的人。"她一边说一边数着二百法郎,神气之间有点高兴,又有点惆怅。

"快点儿吧。"拉斯蒂涅催她。

"西尔维,拿出褥单来,到上面去给两位先生帮忙。"

"别忘了西尔维,"伏盖太太凑着欧也纳的耳朵说,"她两晚没有睡觉了。"

欧也纳刚转身,老寡妇立刻奔向厨娘,咬着她耳朵吩咐:

"你找第七号褥单,那条旧翻新的。反正给死人用总是够好的了。"

欧也纳已经在楼梯上跨了几步,没有听见房东的话。

毕安训说:"来,咱们替他穿衬衫,你把他扶着。"

欧也纳站在床头扶着快死的人,让毕安训脱下衬衫。老人做了个手势,仿佛要保护胸口的什么东西,同时哼哼唧唧,发出些不成音的哀号,犹如野兽表示极大的痛苦。

"哦!哦!"毕安训说,"他要一根头发链子和一个小小的胸章,刚才咱们做灸拿掉的。可怜的人,给他挂上。喂,在壁炉架上面。"

欧也纳拿来一条淡黄带灰的头发编成的链子,准是高里奥太太的头发。胸章的一面刻着:阿娜斯塔齐;另外一面刻着:但斐纳。这是他永远贴在心头的心影。胸章里面藏着极细的头发卷,大概是女儿们极小的时候剪下来的。发辫挂上他的脖子,胸章一碰到胸脯,老人便心满意足地长叹一声,叫人听了毛骨悚然。他的感觉这样振动了一下,似乎往那个神秘的区域,发出同情和接受同情的中心,隐没了。抽搐的脸上有一种病态的快乐的表情。思想消灭了,情感还存在,还能发出这种可怕的光彩,两个大学生看着大为感动,涌出几颗热泪掉在病人身上,使他快乐得直叫:

"噢!娜齐!但斐纳!"

"他还活着呢。"毕安训说。

"活着有什么用?"西尔维说。

"受罪喽!"拉斯蒂涅回答。

毕安训向欧也纳递了个眼色,叫他跟自己一样蹲下身子,把胳膊抄到病人腿肚子下面,两人隔着床做着同样的动作,托住病人的背。西尔维站在旁边,但等他们抬起身子,抽换被单。高里奥大概误会了刚才的眼泪,使出最后一些气力伸出手来,在床的两边碰到两个大学生的脑袋,拼命抓着他们的头发,轻轻地叫了声:"啊!我的儿哪!"整个灵魂都在这两句里面,而灵魂也随着这两句呓语飞逝了。

"可怜可爱的人哪。"西尔维说,她也被这声哀叹感动了。这声哀叹,表示那伟大的父爱受了又惨又无心的欺骗,最后激动了一下。

这个父亲的最后一声叹息还是快乐的叹息。这叹息说明了他的一生,他还是骗了自己。大家恭恭敬敬把高老头放倒在破床上。从这个时候起,喜怒哀乐的意识消灭了,只有生与死的搏斗还在他脸上印着痛苦的标记。整个的毁灭不过是时间问题了。

"他还可以这样拖几小时,在我们不知不觉的时候死去。他连临终的痰厥也不会有,脑子全部充血了。"

这时楼梯上有一个气咻咻的少妇的脚步声。

"来得太晚了。"拉斯蒂涅说。

来的不是但斐纳,是她的女仆泰蕾丝。

"欧也纳先生,可怜的太太为父亲向先生要钱,先生和她大吵。她晕过去了,医生也来了,恐怕要替她放血。她嚷着:爸爸要死了,我要去看爸爸呀! 叫人听了心惊肉跳。"

"算了吧,泰蕾丝,现在来也不中用了,高里奥先生已经昏迷了。"

泰蕾丝道:"可怜的先生,竟病得这样凶吗?"

"你们用不着我了,我要下去开饭,已经四点半了。"西尔维说着,在楼梯台上几乎撞在德·雷斯托太太身上。

伯爵夫人的出现叫人觉得又严肃又可怕。床边黑魆魆地只点着一支蜡烛。瞧着父亲那张还有几分生命在颤动的脸,她掉下泪来。毕安训很识趣地退了出去。

"恨我没有早些逃出来。"伯爵夫人对拉斯蒂涅说。

大学生悲伤地点点头。她拿起父亲的手亲吻。

"原谅我,父亲! 你说我的声音可以把你从坟墓里叫回来,哎! 那么你回来一忽儿,来祝福你正在忏悔的女儿吧。听我说啊。——真可怕! 这个世界上只有你会祝福我。大家恨我,只有你爱我。连我自己的孩子将来也要恨我。你带我一块儿去吧,我会爱你,服侍你。噢! 他听不见了,我疯了。"

她双膝跪下,疯子似的端详着那个躯壳。

"我什么苦都受到了,"她望着欧也纳说,"德·特拉伊先生走了，丢下一身的债。而且我发觉他欺骗我。丈夫永远不会原谅我了，我已经把全部财产交给他。唉！一场空梦，为了谁来！我欺骗了唯一疼我的人！（她指着她的父亲）我辜负他，嫌弃他，给他受尽苦难，我这该死的人！"

"他知道。"拉斯蒂涅说。

高老头忽然睁了睁眼，但只不过是肌肉的抽搐。伯爵夫人表示希望的手势，同弥留的人的眼睛一样凄惨。

"他还会听见我吗？——哦，听不见的了。"她坐在床边自言自语。

德·雷斯托太太说要守着父亲，欧也纳便下楼吃饭。房客都到齐了。

"喂，"画家招呼他，"看样子咱们楼上要死掉个把人了喇嘛？"

"夏尔，找点儿不那么凄惨的事开玩笑好不好？"欧也纳说。

"难道咱们就不能笑了吗？"画家回答，"有什么关系，毕安训说他已经昏迷了。"

"嗳！"博物院管事接着说，"他活也罢，死也罢，反正没有分别。"

"父亲死了！"伯爵夫人大叫一声。

一听见这声可怕的叫喊，西尔维，拉斯蒂涅，毕安训，一齐上楼，发觉德·雷斯托太太晕过去了。他们把她救醒，送上等在门外的车；欧也纳嘱咐泰蕾丝小心看护，送往德·纽沁根太太家。

"哦！这一下他真死了。"毕安训下楼说。

"诸位，吃饭吧，汤冷了。"伏盖太太招呼众人。

两个大学生并肩坐下。

欧也纳问毕安训:"现在该怎么办?"

"我把他眼睛阖上了,四肢放得端端正正。等咱们上市政府报告死亡,那边的医生来验过之后,把他包上尸衣埋掉。你还想怎么办?"

"他不能再这样嗅他的面包了。"一个房客学着高老头的鬼脸说。

"要命!"当助教的叫道,"诸位能不能丢开高老头,让我们清静一下?一个钟点以来,只听见他的事儿。巴黎这个地方有桩好处,一个人可以生下,活着,死去,没有人理会。这种文明的好处,咱们应当享受。今天死六十个人,难道你们都去哀悼那些亡灵不成?高老头死就死吧,为他还是死的好!要是你们疼他,就去守灵,让我们消消停停地吃饭。"

"噢!是的,"寡妇道,"他真是死了的好!听说这可怜的人苦了一辈子!"

在欧也纳心中,高老头是父爱的代表,可是他身后得到的唯一的诔词,就是上面这几句。十五位房客照常谈天。欧也纳和毕安训听着刀叉声和谈笑声,眼看那些人狼吞虎咽,不关痛痒的表情,难受得心都凉了。他们吃完饭,出去找一个神甫来守夜,给死者祈祷。手头只有一点儿钱,不能不看钱办事。晚上九点,遗体放在便榻上,两旁点着两支蜡烛,屋内空空的,只有一个神甫坐在他旁边。临睡之前,拉斯蒂涅向教士打听了礼忏和送葬的价目,写信给德·纽沁根男爵和德·雷斯托伯爵,请他们派管事来打发丧费。他要克里斯朵夫把信送出去,方始上床。他疲倦之极,马上睡着了。

第二天早上,毕安训和拉斯蒂涅亲自上市政府报告死亡;

中午,医生来签了字。过了两小时,一个女婿都没送钱来,也没派人来,拉斯蒂涅只得先开销了教士。西尔维讨了十法郎去缝尸衣。欧也纳和毕安训算了算,死者的家属要不负责的话,他们倾其所有,只能极勉强地应付一切开支。把尸身放入棺材的差事,由医学生担任了去;那口穷人用的棺木也是他向医院特别便宜买来的。他对欧也纳说:

"咱们给那些混蛋开一下玩笑吧。你到拉雪兹神甫公墓去买一块地,五年为期;再向丧礼代办所和教堂定一套三等丧仪。要是女婿女儿不还你的钱,你就在墓上立一块碑,刻上几个字:

德·雷斯托伯爵夫人暨德·纽沁根男爵夫人之尊翁

高里奥先生之墓

大学生二人醵资代葬。"

欧也纳在德·纽沁根夫妇和德·雷斯托夫妇家奔走毫无结果,只得听从他朋友的意见。在两位女婿府上,他只能到大门为止。门房都奉有严令,说:

"先生跟太太谢绝宾客。他们的父亲死了,悲痛得了不得。"

欧也纳对巴黎社会已有相当经验,知道不能固执。看到没法跟但斐纳见面,他心里感到一阵异样的压迫,在门房里写了一个字条:

请你卖掉一件首饰吧,使你父亲下葬的时候成个体统。

他封了字条,吩咐男爵的门房递给泰蕾丝送交女主人;门房却送给男爵,被他往火炉里一扔了事。欧也纳部署停当,三点左右回到公寓,望见小门口停着口棺木,在静悄悄的街头,搁在两张凳上,棺木上面连那块黑布也没有遮盖到家。他一见这光景,不由得掉下泪来。谁也不曾把手蘸过的蹩脚圣水盂,①浸在盛满圣水的镀银盘子里。门上黑布也没有挂。这是穷人的丧礼,既没排场,也没后代,也没朋友,也没亲属。毕安训因为医院有事,留了一个便条给拉斯蒂涅,告诉他跟教堂办的交涉。他说追思弥撒价钱贵得惊人,只能做个便宜的晚祷;至于丧礼代办所,已经派克里斯朵夫送了信去。欧也纳看完字条,忽然瞧见藏着两个女儿头发的胸章在伏盖太太手里。

"你怎么敢拿下这个东西?"他说。

"天哪!难道把它下葬不成?"西尔维回答,"那是金的啊。"

"当然啰!"欧也纳愤愤地说,"代表两个女儿的只有这一点东西,还不给他带去么?"

柩车上门的时候,欧也纳叫人把棺木重新抬上楼,他撬开钉子,诚心诚意地把那颗胸章——姊妹俩还年轻,天真,纯洁,像他在临终呼号中所说的"不懂得讲嘴"的时代的形象——挂在死人胸前。除了两个丧礼执事,只有拉斯蒂涅和克里斯朵夫两人跟着柩车,把可怜的人送往圣艾蒂安·杜·蒙,离圣·热内维埃弗新街不远的教堂。灵柩被放在一所低矮黝黑的圣堂②前面。大学生四下里张望,看不见高老头的两个女儿或者女婿。除他之外,只有克里斯朵夫因为赚过他不少酒

---

① 西俗吊客上门,必在圣水盂内蘸圣水。"谁也不曾把手蘸过",即没有吊客的意思。

② 教堂内除正面的大堂外,两旁还有小圣堂。

钱,觉得应当尽一尽最后的礼数。两个教士,唱诗班的孩子,和教堂管事都还没有到。拉斯蒂涅握了握克里斯朵夫的手,一句话也说不上来。

"是的,欧也纳先生,"克里斯朵夫说,"他是个老实人,好人,从来没大声说过一句话,从来没损害别人,也从来没干过坏事。"

两个教士,唱诗班的孩子,教堂的管事,都来了。在一个宗教没有余钱给穷人做义务祈祷的时代,他们做了尽七十法郎所能办到的礼忏:唱了一段圣诗,唱了 Libera① 和 De profundis②。全部礼忏花了二十分钟。送丧的车只有一辆,给教士和唱诗班的孩子乘坐,他们答应带欧也纳和克里斯朵夫同去。教士说:

"没有送丧的行列,我们可以赶一赶,免得耽搁时间。已经五点半了。"

正当灵柩上车的时节,德·雷斯托和德·纽沁根两家有爵徽的空车忽然出现,跟着柩车到拉雪兹神甫公墓。六点钟,高老头的遗体下了墓穴,周围站着女儿家中的管事。大学生出钱买来的短短的祈祷刚念完,那些管事就跟神甫一齐溜了。两个盖坟的工人,在棺木上扔了几铲子土挺了挺腰;其中一个走来向拉斯蒂涅讨酒钱。欧也纳掏来掏去,一个子儿都没有,只得向克里斯朵夫借了一法郎。这件很小的小事,忽然使拉斯蒂涅大为伤心。白日将尽,潮湿的黄昏使他心里乱糟糟的;他瞧着墓穴,埋葬了他青年人的最后一滴眼泪,神圣的感情在

---

① 拉丁文:解脱。

② 拉丁文:来自灵魂深处。

一颗纯洁的心中逼出来的眼泪,从它坠落的地下立刻回到天上的眼泪。① 他抱着手臂,凝神瞧着天空的云。克里斯朵夫见他这副模样,径自走了。

拉斯蒂涅一个人在公墓内向高处走了几步,远眺巴黎,只见巴黎蜿蜒曲折地躺在塞纳河两岸,慢慢地亮起灯火。他的欲火炎炎的眼睛停在旺多姆广场和荣军院的穹隆之间。那便是他不胜向往的上流社会的区域。面对这个热闹的蜂房,他射了一眼,好像恨不得把其中的甘蜜一口吸尽。同时他气概非凡地说了句:

"现在咱们俩来拼一拼吧!"

然后拉斯蒂涅为了向社会挑战,到德·纽沁根太太家吃饭去了。

一八三四年九月于萨榭。

---

① 浪漫派诗歌中常言神圣的眼泪是从天上来的,此处言回到天上,即隐含此意。

"外国文学名著丛书"书目

第 一 辑

书 名	作 者	译 者
伊索寓言	〔古希腊〕伊索	周作人
源氏物语	〔日〕紫式部	丰子恺
堂吉诃德	〔西班牙〕塞万提斯	杨 绛
泰戈尔诗选	〔印度〕泰戈尔	冰 心 石 真
坎特伯雷故事	〔英〕杰弗雷·乔叟	方 重
失乐园	〔英〕约翰·弥尔顿	朱维之
格列佛游记	〔英〕斯威夫特	张 健
傲慢与偏见	〔英〕简·奥斯丁	王科一
雪莱抒情诗选	〔英〕雪莱	查良铮
瓦尔登湖	〔美〕亨利·戴维·梭罗	徐 迟
欧·亨利短篇小说选	〔美〕欧·亨利	王永年
特利斯当与伊瑟	〔法〕贝迪耶	罗新璋
巨人传	〔法〕拉伯雷	鲍文蔚
忏悔录	〔法〕卢梭	范希衡 等
欧也妮·葛朗台 高老头	〔法〕巴尔扎克	傅 雷
雨果诗选	〔法〕雨果	程曾厚
巴黎圣母院	〔法〕雨果	陈敬容
包法利夫人	〔法〕福楼拜	李健吾
叶甫盖尼·奥涅金	〔俄〕普希金	智 量
死魂灵	〔俄〕果戈理	满 涛 许庆道

4

书　名	作　者	译　者
月亮与六便士	〔英〕威廉·萨默塞特·毛姆	谷启楠
萧伯纳戏剧三种	〔爱尔兰〕萧伯纳	潘家洵 等
红字　七个尖角顶的宅第	〔美〕纳撒尼尔·霍桑	胡允桓
汤姆叔叔的小屋	〔美〕斯陀夫人	王家湘
白鲸	〔美〕赫尔曼·梅尔维尔	成　时
马克·吐温中短篇小说选	〔美〕马克·吐温	叶冬心
老人与海	〔美〕欧内斯特·海明威	陈良廷 等
愤怒的葡萄	〔美〕约翰·斯坦贝克	胡仲持
蒙田随笔集	〔法〕蒙田	梁宗岱　黄建华
悲惨世界	〔法〕雨果	李　丹　方　于
九三年	〔法〕雨果	郑永慧
梅里美中短篇小说选	〔法〕梅里美	张冠尧
情感教育	〔法〕福楼拜	王文融
茶花女	〔法〕小仲马	王振孙
都德小说选	〔法〕都德	刘　方　陆秉慧
一生	〔法〕莫泊桑	盛澄华
普希金诗选	〔俄〕普希金	高　莽 等
莱蒙托夫诗选	〔俄〕莱蒙托夫	余　振　顾蕴璞
罗亭　贵族之家	〔俄〕屠格涅夫	陆　蠡　丽　尼
日瓦戈医生	〔苏联〕帕斯捷尔纳克	张秉衡
大师和玛格丽特	〔苏联〕布尔加科夫	钱　诚
茨威格中短篇小说选	〔奥地利〕斯·茨威格	张玉书 等
玩偶	〔波兰〕普鲁斯	张振辉
万叶集精选	〔日〕大伴家持	钱稻孙
人间失格	〔日〕太宰治	魏大海

5

第 五 辑

书　名	作　者	译　者
泪与笑　先知	〔黎巴嫩〕纪伯伦	冰　心 等
华兹华斯 柯尔律治 诗选	〔英〕华兹华斯 柯尔律治	杨德豫
济慈诗选	〔英〕约翰·济慈	屠　岸
汤姆·索亚历险记	〔美〕马克·吐温	张友松
大街	〔美〕辛克莱·路易斯	潘庆舲
田园三部曲	〔法〕乔治·桑	罗　旭 等
金钱	〔法〕左拉	金满成
果戈理小说戏剧选	〔俄〕果戈理	满　涛
奥勃洛莫夫	〔俄〕冈察洛夫	陈　馥
谁在俄罗斯能过好日子	〔俄〕涅克拉索夫	飞　白
亚·奥斯特洛夫 斯基戏剧六种	〔俄〕亚·奥斯特洛夫斯基	姜椿芳 等
复活	〔俄〕列夫·托尔斯泰	草　婴
静静的顿河	〔苏联〕肖洛霍夫	金　人
谢甫琴科诗选	〔乌克兰〕谢甫琴科	戈宝权　任溶溶
维廉·麦斯特的学习时代	〔德〕歌德	冯　至　姚可崑
叔本华随笔集	〔德〕叔本华	绿　原
艾菲·布里斯特	〔德〕台奥多尔·冯塔纳	韩世钟
豪普特曼戏剧三种	〔德〕豪普特曼	章鹏高 等
铁皮鼓	〔德〕君特·格拉斯	胡其鼎
加西亚·洛尔卡诗选	〔西班牙〕加西亚·洛尔卡	赵振江
你往何处去	〔波兰〕亨利克·显克维奇	张振辉
显克维奇中短篇小说选	〔波兰〕亨利克·显克维奇	林洪亮
裴多菲诗选	〔匈〕裴多菲	孙　用